PLAINTES

Né en 1960 dans le comté de Fife, Ian Rankin a étudié la littérature à l'université d'Édimbourg, interprété ses chansons dans un groupe de rock et écrit son premier polar à la place de sa thèse. Il a obtenu un nombre impressionnant de récompenses, dont l'Edgar du meilleur roman policier en 2004, le Grand Prix de littérature policière et le prestigieux Diamond Dagger en 2005 pour l'ensemble de son œuvre. Ian Rankin est considéré comme une star du roman noir et ses livres ont été traduits en vingt-deux langues.

Paru dans Le Livre de Poche :

L'APPEL DES MORTS

CICATRICES

LA COLLINE DES CHAGRINS

DOUBLE DÉTENTE

DU FOND DES TÉNÈBRES

L'ÉTRANGLEUR D'ÉDIMBOURG *(inédit)*

EXIT MUSIC

FLESCHMARKET CLOSE

LE FOND DE L'ENFER *(inédit)*

NOM DE CODE : WITCH

PIÈGE POUR UN ÉLU *(inédit)*

PORTES OUVERTES

REBUS ET LE LOUP-GAROU DE LONDRES *(inédit)*

TRAQUES

UNE DERNIÈRE CHANCE POUR REBUS

IAN RANKIN

Plaintes

TRADUIT DE L'ANGLAIS PAR PHILIPPE LOUBAT-DELRANC

ÉDITIONS DU MASQUE

Titre original :

THE COMPLAINTS
Publié par Orion (Londres).

ISBN : 978-2-253-17374-8 – 1re publication LGF

Vendredi 6 février 2009

1

Quelques applaudissements saluèrent l'entrée de Malcolm Fox.

— Laissez tomber, lança celui-ci, posant son vieil attaché-case sur le bureau le plus proche de la porte.

Deux autres membres des Affaires internes se trouvaient dans la pièce. Ils reprirent le travail avant même que Fox eût ôté son manteau. Il était tombé cinq centimètres de neige à Édimbourg pendant la nuit. La semaine précédente, la même quantité avait paralysé tout Londres ; Fox, lui, avait réussi à venir travailler, ainsi, à première vue, que tous ses collègues. Dehors, le monde semblait temporairement purifié. Fox avait repéré des traces de pas dans son jardin – il savait qu'il y avait un terrier de renards[1] vers chez lui, là où les maisons étaient adossées au terrain de golf municipal. Son surnom au poste de police central, c'était « Foxy[2] », mais ce n'était pas ainsi qu'il se voyait. « Un ours »,

1. Renard se dit *fox* en anglais, comme le nom du personnage. (Toutes les notes sont du traducteur.)

2. Autrement dit, rusé comme un renard.

avait fait observer un de ses anciens patrons. Lent mais tenace, voire redoutable.

Tony Kaye, un dossier plein à craquer coincé sous le bras, passa devant le bureau et parvint à serrer l'épaule de Fox sans rien laisser tomber.

— Bravo quand même, dit-il.

— Merci, Tony, répondit Fox.

Le Q.G. de police du Lothian and Borders[1] se trouvait dans Fettes Avenue. De certaines fenêtres, on avait vue sur le Fettes College. Quelques enquêteurs des Affaires internes avaient fréquenté des écoles privées, mais aucun n'était allé au Fettes. Fox lui-même avait largement bénéficié de la gratuité des études – lycée Boroughmuir, puis université Heriot Watt. Supporteur du FC Hearts même s'ils gagnaient de plus en plus rarement, ne serait-ce qu'un match à domicile. Ne s'intéressait pas du tout au rugby, même lorsque sa ville accueillait le Tournoi des VI Nations, lequel avait lieu ce mois-ci, ce qui signifiait que, le week-end suivant, il y aurait dans les rues des hordes de Gallois en goguette, déguisés en dragons et trimballant d'énormes poireaux gonflables. Fox pensait regarder le match à la télé, à moins qu'il se secoue et descende au pub. Cinq ans maintenant qu'il ne buvait plus, et deux ans qu'il se faisait suffisamment confiance pour y passer de temps en temps. Mais seulement quand il était dans le bon état d'esprit ; seulement quand la volonté était forte.

Il suspendit son manteau et décida de retirer aussi sa veste. Certains de ses collègues considéraient que

---

1. Soit Édimbourg et sa région.

ses bretelles étaient une forme de coquetterie, mais il avait perdu près de six kilos et détestait mettre une ceinture. Elles n'étaient pas d'un ton criard – bleu marine sur une chemise unie bleu clair. Sa cravate du jour était rouge foncé. Il posa sa veste sur le dossier de sa chaise de bureau, en lissa les épaules et s'assit, déverrouillant les serrures de son attaché-case dont il sortit les documents concernant Glen Heaton. Heaton : la raison qui avait valu à Fox la petite salve d'applaudissements de la part de ses collègues. Heaton était un résultat. Il avait fallu presque un an à Fox et à son équipe pour boucler le dossier. Lequel avait été validé par le bureau du procureur général, et Heaton, ayant été convoqué et interrogé, passerait en jugement.

Glen Heaton : quinze ans de service dans la police, dont onze à la brigade criminelle. Autant d'années durant lesquelles il avait passé le plus clair de son temps à tirer le règlement à lui. Seulement, il avait franchi la ligne blanche, divulguant des informations non seulement à ses potes journalistes mais aussi à des criminels. Ce qui, une fois encore, avait attiré sur lui l'attention des Affaires internes.

Les Affaires et Plaintes internes, pour reprendre l'intitulé de tout le service. Les flics qui enquêtent sur d'autres flics. La police des polices, les « bœufs carottes ». Qui dépendait de la PSU[1], autrement dit la Section des normes professionnelles. Si les Plaintes internes travaillaient sur le tout-venant – griefs contre des voitures de patrouille garées sur des emplacements réservés aux handicapés ou voisins flics qui écoutaient

1. Professional Standards Unit.

de la musique trop fort –, les Affaires internes étaient surnommées la « Face obscure ». Ses enquêteurs dépistaient le racisme et la corruption. Traquaient les pots-de-vin et les passe-droits. Ils étaient discrets, zélés, déterminés, et disposaient d'autant de pouvoir que nécessaire pour mener leur mission à bien. Fox et son équipe rendaient des comptes directement à la PSU. Leurs bureaux n'étaient pas situés au même étage que celui des Plaintes internes, et étaient trois fois plus petits. Heaton était sous surveillance depuis des mois, sa ligne fixe sur écoute, le trafic téléphonique de son mobile passé au peigne fin, son ordinateur examiné et réexaminé – le tout à son insu. Il avait été filé, photographié, au point que Fox en savait plus sur cet homme que n'en savait sa propre femme, jusqu'à l'existence de la danseuse de claquettes avec qui il sortait et le fils qu'il avait d'une relation précédente.

Beaucoup de policiers posaient à ceux des Affaires internes la même question : comment faites-vous ? Comment pouvez-vous cracher sur les vôtres ? D'anciens ou de futurs collègues, pour certains. Des « mecs bien », disait-on souvent. Mais là était le problème, justement : que voulait dire être « un mec bien » ? Fox lui-même se l'était souvent demandé en se regardant dans le miroir derrière le bar, sirotant une énième boisson non alcoolisée.

Il y a eux et il y a nous, Foxy... on doit arrondir les angles, de temps à autre, sinon jamais rien n'avancerait... ça a déjà dû t'arriver ? Tu n'es quand même pas irréprochable, hein ? Pur comme un petit ange ?

Pur comme un petit ange, non. Parfois, il avait l'impression de s'être laissé embarquer malgré lui. Embarqué dans la PSU. Embarqué dans des relations...

pour en sortir peu après. Ce matin-là, il avait ouvert les rideaux de sa chambre et contemplé la couverture neigeuse, envisageant de téléphoner pour dire qu'il était bloqué. Mais alors, un voisin était passé en voiture, roulant au pas, et son mensonge avait… fondu comme neige au soleil. Il était venu bosser parce que c'était son job. Il venait travailler et enquêtait sur des policiers. Heaton avait été suspendu, mais son salaire maintenu. Les pièces du dossier avaient été transmises au bureau du procureur.

— C'est bouclé, alors ?

Le collègue de Fox se tenait devant lui, poings serrés dans ses poches, comme à son habitude, se balançant sur ses talons. Joe Naysmith, dans l'équipe depuis six mois, était encore enthousiaste. Il avait vingt-huit ans, ce qui était jeune aux Affaires internes. Tony Kaye supposait que pour Naysmith, ce poste représentait le plus court chemin vers le haut commandement. Le jeunot fit un brusque mouvement de tête, tentant de repousser de son visage la longue mèche de cheveux qui lui valait de se faire régulièrement vanner.

— Tout baigne, répondit Malcolm Fox, qui tira un mouchoir de la poche de son pantalon et se moucha.

— C'est ta tournée, ce soir, alors ?

De son bureau, Tony Kaye n'en avait pas perdu une miette. Il s'enfonça contre le dossier de sa chaise, croisa le regard de Fox.

— T'inquiète, ce sera rien de plus fort qu'un milkshake pour le mouflet, lança-t-il. Dans peu de temps, il portera des pantalons longs.

— C'est pas une foutue cour de récré, ici ! grommela un nouveau venu dans l'embrasure de la porte.

L'inspecteur-chef Bob McEwan entra nonchalamment dans la pièce et frotta ses phalanges contre le front de Naysmith.

— Coiffeur, jeune Joseph ; je croyais vous l'avoir déjà dit.

— Chef, marmonna Naysmith, regagnant son bureau.

McEwan examina sa montre.

— J'ai passé deux putains d'heures dans cette réunion !

— Je suis convaincu que les choses ont bien avancé, Bob.

McEwan regarda Fox.

— Le superintendant pense qu'il y a anguille sous roche à Aberdeen.

— Des détails ?

— Pas encore. Pas pressé de voir ça dans mon courrier « arrivée ».

— Tu as des amis dans la région des Grampians ?

— Je n'ai des amis nulle part, Foxy, et ça me convient tout à fait.

L'inspecteur-chef réfléchit, semblant essayer de se souvenir de quelque chose.

— Heaton ? s'enquit-il, ce que Fox lui confirma d'un signe de tête. Bon. Bon.

À la manière dont il l'avait dit, Fox en conclut que le boss avait des scrupules. Dans la nuit des temps, il avait travaillé au côté de Glen Heaton. Le point de vue de McEwan était que ce gars avait fait de l'excellent boulot, et mérité les avancements qu'on lui avait proposés. Un bon flic, la plupart du temps…

— Bon, répéta McEwan, d'un ton encore plus distrait.

Il se secoua par un mouvement d'épaules.

— Quoi d'autre aujourd'hui ? voulut-il savoir.

— Le tout-venant, répondit Fox, se mouchant une nouvelle fois.

— Tu ne t'es pas encore débarrassé de ton rhume ?

— Il s'est pris d'affection pour moi.

McEwan consulta de nouveau sa montre.

— L'heure du déjeuner est déjà passée, remarqua-t-il. Et si on finissait plus tôt ?

— Chef ? s'étonna Fox.

— C'est vendredi, Foxy. On pourrait bien avoir une nouvelle affaire lundi, alors autant recharger nos batteries.

McEwan devina à quoi pensait Fox.

— Pas Aberdeen, précisa-t-il.

— Quoi, alors ?

— Ça peut toujours tourner court d'ici là, suggéra McEwan. On en reparlera lundi.

Il hésitait à partir.

— Que t'a dit Heaton ? finit-il par demander à Fox.

— Il m'a seulement transpercé du regard comme il sait si bien le faire.

— J'ai vu des mecs se dégonfler dans ces moments-là.

— Pas moi, Bob.

— Non, pas toi.

McEwan se fendit d'un sourire tandis qu'il s'éloignait vers le fond de la pièce, jusqu'à son bureau.

Tony Kaye s'était de nouveau avachi sur sa chaise. Ce gars-là avait des oreilles aussi sensibles que n'importe quel kit électronique.

— Si tu rentres chez toi, laisse-moi un billet de dix.

— Pourquoi ?

— Pour les verres que tu dois nous payer : deux pintes pour moi et le milk-shake pour le petiot.

Joe Naysmith vérifia que le boss ne regardait pas, puis fit une fois de plus un doigt d'honneur à Kaye.

Malcolm Fox ne rentra pas chez lui directement. Son père résidait dans une maison de retraite à l'est de la ville, près de Portobello. Cette ancienne station balnéaire était très prisée, autrefois. C'était là qu'on venait passer l'été. On s'amusait sur la plage, on marchait le long de la promenade. On y trouvait des cornets de glace, des bandits manchots et des *fish and chips*. Les châteaux de sable se dressaient au bord de l'eau, là où le sable était collant et malléable. Les gens faisaient voler des cerfs-volants, jetaient dans les vagues des morceaux de bois que leurs chiens couraient leur rapporter. La mer était si froide qu'on en avait le souffle coupé les premières secondes, mais ensuite, on n'avait plus envie d'en sortir. Les parents restaient assis dans leurs transats rayés, parfois sous un pare-vent planté dans le sable. M'man avait préparé un panier de pique-nique : le goût croquant du pâté sur la fine tranche de pain de mie ; les bouteilles de cola tiédasses. Sourires, lunettes de soleil et papa en pantalons retroussés.

Malcolm n'avait pas emmené son père au bord de la mer depuis bientôt deux ans. Certaines semaines, l'idée l'effleurait, mais il ne la mettait pas en pratique. Le vieux ne tenait plus sur ses guibolles – c'était l'excuse qu'il se donnait. Il n'aimait pas penser à sa crainte que les gens regardent la paire qu'ils formeraient : un vieux monsieur avec de la glace fondue dégoulinant du cornet sur le revers de sa main, guidé vers un banc par son fils. Ils s'assoiraient, puis Fox essuierait la glace qui aurait coulé sur les mocassins de son père avec un mouchoir dont il se servirait aussi pour tamponner son menton piqueté de gris.

Non, ce n'était pas cela du tout. Aujourd'hui, il faisait tout simplement trop froid.

Fox payait plus cher pour la maison de retraite que pour le remboursement de son prêt immobilier. Il avait demandé à sa sœur de partager cette charge, et elle lui avait répondu qu'elle le ferait dès que ses moyens le lui permettraient. Cette maison de retraite était un établissement privé. Fox avait visité deux ou trois autres établissements publics, mais ils étaient délabrés et baignaient dans une odeur âcre. Lauder Lodge, c'était mieux. Une partie des économies de Fox y était passée, changée en papier peint expansé et en désodorisant parfum pin. L'odeur du talc était toujours prégnante, mais l'absence d'effluves désagréables en provenance des cuisines témoignait de la qualité de l'aération. Il se gara sur le côté du bâtiment et s'annonça à l'entrée. C'était une grande maison jumelée de style victorien qui avait dû valoir une fortune avant la crise. Une petite salle d'attente jouxtait le bas de l'escalier, mais une employée indiqua à Fox qu'il pouvait monter dans la chambre de son père.

— Vous connaissez le chemin, m'sieur Fox, pépia-t-elle tandis qu'il lui adressait un signe de tête et se dirigeait vers le plus long des deux couloirs.

Une annexe avait été ajoutée à la structure d'origine, une dizaine d'années plus tôt. Les murs présentaient quelques petites fissures, et certains doubles-vitrages souffraient de forte condensation, mais les pièces étaient claires et spacieuses – pour reprendre les qualificatifs qu'on lui avait servis lorsqu'il était venu visiter les lieux. Claires et spacieuses, avec salle de bains particulière pour quelques heureux élus. Le nom de son père était dactylographié sur un bout de fiche Bristol scotché sur sa porte.

M. M. Fox. M pour Mitchell, le nom de jeune fille de la grand-mère de Malcolm. Mitch : tout le monde appelait son père Mitch. Un nom qui sonnait haut et fort. Fox inspira à fond, frappa et entra. Son père était assis à la fenêtre, mains sur les genoux. Il lui parut un peu plus émacié et un peu moins vif. On le rasait toujours quotidiennement et ses cheveux semblaient lavés de frais. Ils étaient fins, argentés, et on taillait ses pattes longues, comme il les avait toujours portées.

— Salut, p'pa ! lança Fox, en s'asseyant sur le lit. Ça va ?

— Faut pas se plaindre.

Fox se fit un devoir de sourire. On se bousillait le dos à l'usine ; on était en invalidité depuis des années ; puis le cancer entrait dans la danse et le traitement réussissait, en douleur et en fatigue ; sa femme mourait peu après la fin de l'alerte ; puis le grand âge s'approchait en douce.

Mais « faut pas se plaindre » – parce qu'on était le chef de famille, l'homme de la maison.

Son fils divorçait, moins d'un an après son mariage ; lui qui buvait déjà un peu trop se mit à boire davantage ; sa fille quittait le nid pour ne plus donner que très rarement des nouvelles avant de rentrer au bercail flanquée d'un petit copain douteux.

Mais « faut pas se plaindre ».

Au moins, sa chambre ne sentait pas la pisse, et son fils venait le voir quand il le pouvait. Tout bien considéré, il ne s'en sortait pas si mal. On ne lui demandait jamais s'il avait aimé son travail. On ne le remerciait pas non plus pour tout ce qu'il avait payé pour vous.

— J'ai oublié de t'apporter du chocolat.

— Les filles vont m'en chercher, si je le leur demande.

— Du Turkish Delight ? Pas très facile d'en trouver de nos jours.

Mitch Fox hocha lentement la tête, mais ne dit rien.

— Jude est passée te voir ?

— Je ne crois pas, répondit-il, ses sourcils se rejoignant. Quand est-ce que je l'ai vue ?…

— À Noël ? Cherche pas, je demanderai au personnel.

— Je crois bien qu'elle est venue… c'était quand ? la semaine dernière ou celle d'avant ?

Fox se rendit compte qu'il avait sorti son portable. Il faisait semblant de vérifier s'il avait reçu des messages, alors qu'en fait, il regardait l'heure. Moins de trois minutes s'étaient écoulées depuis qu'il était descendu de voiture.

— J'ai bouclé l'affaire dont je te parlais, fit-il, refermant son téléphone d'un coup sec. J'ai rencontré le procureur ce matin – ça devrait aller jusqu'au procès. Il y a encore pas mal de trucs qui peuvent coincer, mais…

— On est dimanche aujourd'hui ?

— Vendredi, p'pa.

— Je n'arrête pas d'entendre des cloches.

— Il y a une église tout près, c'est peut-être un mariage.

Fox n'en pensait pas un mot : il était passé devant en venant, et l'endroit semblait désert. *Pourquoi je fais ça ?* s'interrogea-t-il. *Pourquoi est-ce que je lui mens ?*

Réponse : la facilité.

— Comment va Mme Sanderson ? s'enquit-il, portant de nouveau la main à sa poche pour y prendre un mouchoir.

— Elle a une mauvaise toux. Elle ne veut pas me la refiler.

Mitch Fox ménagea un moment de silence, puis ajouta :

— Tu es sûr que tu as bien fait de venir, avec tous tes microbes ?

Puis il pensa à autre chose.

— On est vendredi et il fait encore jour… Tu ne devrais pas être à ton travail ?

— Libéré pour bonne conduite.

Fox se leva et arpenta la pièce.

— Tu as tout ce qu'il te faut ? demanda-t-il.

Il examina la pile de vieux livres de poche sur la table de chevet : Wilbur Smith, Clive Cussler, Jeffrey Archer – des bouquins que les hommes n'étaient pas censés apprécier. C'était le personnel qui avait dû les choisir ; son père n'avait jamais été un grand lecteur. Le téléviseur était boulonné dans l'angle du mur, vers le plafond – difficile de regarder la télé si on n'était pas couché. Un jour qu'il était venu, elle était réglée sur une chaîne de courses hippiques, alors que son père ne s'y était jamais intéressé – le personnel, là encore. La porte de la salle de bains était entrebâillée. Fox la poussa et jeta un coup d'œil à l'intérieur. Pas de baignoire, mais une cabine de douche agrémentée d'un siège rabattable. Ça sentait le shampoing pour bébé que sa mère utilisait pour Jude et lui quand ils étaient gosses.

— C'est bien, ici, quand même ?

Il avait parlé à mi-voix, de sorte que son père n'entende pas. Cette question, il se la posait depuis qu'ils l'avaient fait partir de la maison jumelée de Morningside. Au début, elle était de pure forme ; il n'en était plus aussi sûr à présent. Il avait fallu vider la maison familiale. Une partie des meubles se trouvait dans le garage de Fox. Son grenier était plein de cartons de photographies et d'autres souvenirs, dont la plupart ne signifiaient pas grand-chose pour lui. Pendant un moment, il en apportait quand il venait en visite, mais ils troublaient son père lorsqu'il était incapable de les resituer. Des noms qu'il aurait dû connaître s'étaient effacés de sa mémoire. Des objets avaient perdu leur sens. Les larmes montaient alors aux yeux du vieil homme.

— Tu as envie de faire quelque chose ? demanda Fox, se rasseyant sur le bord du lit.

— Pas vraiment.

— Regarder la télé ? Boire un thé, peut-être ?

— Tout va bien, répliqua Mitch Fox, fixant soudain son fils du regard. Pour toi aussi, tout baigne, hein ?

— Mieux que jamais.

— Ça se passe comme tu veux, au travail ?

— Apprécié et respecté par tous ceux qui me connaissent.

— Tu as une petite amie ?

— Pas en ce moment.

— Ça fait combien de temps que tu as divorcé de…

Ses sourcils se rejoignirent de nouveau.

— … j'ai son prénom sur le bout de la…

— Elaine, c'est de l'histoire ancienne, p'pa.

Mitch Fox hocha la tête, et réfléchit un moment.

— Il faut que tu fasses attention, tu sais, dit-il.

— Je sais.

— La machine… il faut s'en méfier.

— Je ne travaille pas sur une machine.

— N'empêche…

Malcolm Fox fit de nouveau semblant de vérifier s'il avait reçu des textos.

— Je m'en sors, assura-t-il à son père. Ne t'inquiète pas pour moi.

— Dis à Jude de passer me voir. Et de faire plus attention dans son escalier…

Malcolm Fox leva les yeux de son téléphone.

— Je lui dirai, p'pa.

— C'est quoi cette histoire d'escalier ?

Fox était dehors, appuyé contre sa voiture, une Volvo S 60 gris métallisé ayant cinq mille kilomètres au compteur. Sa sœur avait décroché son téléphone à la sixième sonnerie, juste au moment où il s'apprêtait à couper la communication.

— T'es allé voir Mitch ? en conclut-elle.

— Il m'a demandé ce que tu devenais.

— J'y suis passée la semaine dernière.

— Après ta chute dans l'escalier ?

— Je vais bien. Quelques bosses et quelques bleus.

— Ces bleus, en aurais-tu sur le visage, par hasard, Jude ?

— Je croirais entendre un flic, Malcolm. Je portais des affaires en bas, et je suis tombée.

Fox garda le silence, suivit le trafic des yeux.

— Bon, sinon, ça va ? relança-t-il.

— J'étais triste qu'on n'ait pas pu se réunir à Noël. Je t'ai remercié pour les fleurs ?

— Tu m'as envoyé un texto pour Hogmanay[1], pour me souhaiter une Conne et Geureuse Bannée.

— Je suis nulle avec ce téléphone, les touches sont trop petites.

— Tu avais peut-être un peu bu.

— Oui, aussi, peut-être. Et toi, toujours au régime sec ?

— Cinq ans que je n'ai plus touché à une goutte d'alcool.

— Pas de quoi prendre ces airs supérieurs. Comment va Mitch ?

Fox décida qu'il avait sa dose d'air frais, ouvrit la portière et monta dans la voiture.

— Je ne suis pas persuadé qu'il mange suffisamment.

— Tout le monde n'a pas ton appétit.

— Tu crois que je devrais demander à un médecin de l'examiner ?

— Mitch t'en saurait gré ?

Fox piocha un bonbon à la menthe dans le paquet posé sur le siège passager et le goba.

— Faudrait qu'on se voie un de ces soirs, suggéra-t-il.

— Bien sûr.

— Rien que toi et moi, je veux dire.

Il écouta le silence de sa sœur, se demandant si elle allait mentionner son compagnon. Auquel cas, ils

1. Mot gaélique écossais désignant les célébrations du Nouvel An

auraient peut-être la véritable conversation qu'ils devraient avoir, celle autour de laquelle ils tournaient :

Sans Vince ?

Oui, rien que nous deux.

Pourquoi ?

Parce que je sais qu'il te bat, Jude, et ça me donne envie de lui rendre les coups qu'il te donne.

Tu te trompes, Malcolm.

Ah oui ? Tu veux bien me montrer tes bleus et l'escalier où tu es censée te les être faits ?

Seulement, elle répondit :

— Bon, d'accord, on fera comme ça, oui.

Bientôt, ils se dirent au revoir, et Fox referma son portable qu'il laissa tomber sur l'autre siège. Encore une occasion manquée. Il mit le contact et partit en direction de chez lui.

Chez lui, c'était un pavillon de plain-pied à Oxgangs, au sud-est d'Édimbourg. Quand Elaine et lui l'avaient acheté, les vendeurs le situaient dans les collines de Fairmilehead et le notaire dans le village de Colinton – deux coins considérés déjà à l'époque comme étant plus cotés –, mais Fox se plaisait bien à Oxgangs. On y trouvait des boutiques, des pubs, une bibliothèque. La rocade d'accès à la ville était à quelques minutes. Les bus assuraient une desserte régulière, et deux grands supermarchés étaient facilement accessibles en voiture. Fox ne pouvait en vouloir à son père d'avoir oublié le prénom de son ex-femme. Elaine et lui s'étaient fréquentés pendant six mois, et le mariage avait tenu dix de plus, le tout remontant à six ans. Il s'étaient connus à l'école, puis perdus de vue. Et revus aux obsèques d'un vieil ami. Mis d'accord pour aller boire un verre après le repas, et retrouvés au lit soûls et débordants de désir. « Le désir de vivre », avait-elle décrété. Elaine sortait d'une longue relation de couple – l'idée de réaction à une déception sentimentale étant venue à l'esprit de Fox seulement après le mariage. Elle avait invité son ancien petit ami à la cérémonie, et il s'était pointé, très élégant et très souriant.

Un mois après leur lune de miel (Corfou ; coup de soleil pour tous les deux), ils mesuraient leur erreur. C'est elle qui était partie. Il lui avait proposé de garder la maison, mais elle lui avait répondu qu'elle était à lui, alors il y était resté, avait repeint l'intérieur à son goût et achevé l'aménagement du grenier. « Beige célibataire », selon la description d'un de ses amis, suivie d'une mise en garde : « Attention à ce que ta vie ne prenne pas la même teinte. » Fox engagea sa voiture dans l'allée en s'interrogeant sur ce qu'on pouvait bien reprocher au beige. C'était une couleur comme une autre. Ce qui ne l'avait pas empêché de repeindre sa porte d'entrée en jaune. Il avait posé deux miroirs, un en bas dans le vestibule, et l'autre à l'étage, sur le palier. Des tableaux encadrés égayaient aussi bien le salon que la salle à manger. Le grille-pain en inox étincelait dans la cuisine. Sa housse de couette était vert pomme, son canapé et ses deux fauteuils rouge sang.

— On est loin du beige, marmonna-t-il dans sa barbe.

Une fois à l'intérieur, il se rappela que son attaché-case était enfermé dans le coffre de la voiture. Dès qu'on entrait aux Affaires internes, on était prévenu : ne RIEN laisser à la vue de tous. Il alla le chercher, le posa sur le plan de travail de la cuisine pendant qu'il versait de l'eau dans la bouilloire. Projet pour le restant de l'après-midi : thé, toasts et farniente. Il y avait des lasagnes au frigo pour plus tard. Il s'était acheté une demi-douzaine de DVD bradés chez Zavvi pour cause de fermeture ; il pourrait toujours en regarder un ou deux dans la soirée. À une époque, Zavvi, c'était Virgin. Leurs boutiques avaient fait faillite. Tout comme le Woolworth's de Lothian Road – Fox y allait régulièrement, presque religieusement quand il était môme pour acheter des jouets et des bonbons, puis, ado, des 45 et 33 tours. Adulte, il était passé devant en voiture des centaines de fois, mais sans plus avoir de raisons de s'y arrêter.

Il y avait un quotidien dans son attaché-case : d'autres mauvaises nouvelles de l'économie. Ce qui expliquait peut-être en partie pourquoi un dixième de la population était sous antidépresseurs. Le TDAH[1] grimpait en flèche, un élève de primaire sur cinq souffrait d'obésité et risquait de développer un diabète. Le Parlement écossais avait voté le budget en seconde lecture, mais les commentateurs soulignaient que trop d'emplois dépendaient du secteur public. Il n'y avait pas pire, à part Cuba. Le hasard voulait qu'un des DVD qu'il avait achetés fût *Buena Vista Social Club*. Il essaierait de le regarder dès le soir même : un zeste de Cuba à Oxgangs. Un peu de distraction.

Un autre article du journal concernait une Lituanienne. Elle avait été tuée à Brechin, son corps démembré et jeté à la mer s'était échoué sur la côte morceau par morceau le long de la plage d'Arbroath. Des gamins avaient découvert la tête, et à présent deux

1. Trouble déficitaire de l'attention avec hyperactivité.

travailleurs immigrés passaient en jugement pour ce meurtre. C'était le genre d'enquête qui ferait le bonheur de beaucoup de flics. Fox n'avait travaillé que sur une dizaine de meurtres pendant sa vie antérieure à la brigade criminelle, mais il se souvenait de chaque scène de crime et de chaque autopsie. Il était présent au moment où la famille apprenait la nouvelle, ou était conduite à la morgue pour identifier l'être cher. Les Affaires internes étaient à mille lieues de tout cela, raison pour laquelle les autres flics trouvaient que Fox et ses collègues se la coulaient douce.

— Comment se fait-il que je n'aie pas cette impression ? s'interrogea-t-il à voix haute, au moment même où le grille-pain éjectait le pain grillé.

Il emporta le tout – journal compris – jusqu'au canapé du salon. Il n'y aurait pas grand-chose d'intéressant à la télé à cette heure-là, mais il pouvait toujours se rabattre sur BBC News. Son regard obliqua vers la tablette de la cheminée. Des photos sous verre y étaient alignées. L'une montrait ses parents, sans doute en vacances au milieu des années 60. Sur une autre on voyait Fox lui-même, à peine ado, le bras passé autour de sa petite sœur assise à côté de lui sur un canapé. Il avait l'impression que c'était chez une de ses tantes, mais ne savait plus laquelle. Fox regardait l'objectif en souriant, mais Jude n'avait d'yeux que pour son frère. Une vision fugace lui traversa l'esprit : elle tombait dans l'escalier de chez elle. Que tenait-elle dans les mains ? Des mugs vides peut-être, ou une panière de linge. Mais voilà qu'elle était au pied de l'escalier, indemne, Vince campé devant elle, le poing serré. C'était déjà arrivé, Jude prétendant avoir porté le premier coup, ou en avoir rendu autant qu'elle en avait reçu. *Ça ne se reproduira pas...*

Fox n'avait plus faim, et l'arôme du thé lui indiquait qu'il avait mis trop de lait. Son portable bipa : il avait reçu un texto. Lequel était de Tony Kaye. Il était au pub avec Joe Naysmith.

— *Vade retro*, murmura Fox pour lui-même.

Cinq minutes plus tard, il cherchait ses clés de voiture.

Lundi 9 février 2009

2

Ce matin-là, Malcolm Fox mit autant de temps pour se garer à proximité du Q.G. qu'il ne lui en avait fallu pour faire le trajet. Tony Kaye et Joe Naysmith se trouvaient déjà dans le bureau. En tant que « junior », Naysmith avait préparé le café et fourni l'indispensable brique de lait. Le vendredi, il demandait aux autres de verser leur écot. Parfois c'était oui, parfois c'était non, mais Naysmith continuait, pour la forme, de tenir le compte de ce qu'on lui devait.

— Une livre de retard, disait-il à présent, planté devant le bureau de Fox, les mains enfoncées dans les poches.

— Quitte ou double à la fin de la semaine, répondit Fox, suspendant son manteau.

C'était une belle journée ensoleillée, les routes n'étaient pas verglacées. Les jardins devant lesquels Fox était passé en voiture étaient parsemés de flaques blanches en lieu et place des bonhommes de neige. Il ôta sa veste, exhibant les mêmes bretelles bleu foncé. Ce jour-là, sa cravate était d'un rouge encore plus pétant que celle de vendredi, sa chemise blanche à rayures jaunes fines comme des cheveux. Il n'y avait presque rien dans son attaché-case, ce qui ne l'empêcha pas de l'ouvrir. Naysmith était retourné à la cafetière.

— Trois sucres, lui rappelait Kaye, s'attirant en guise de réponse le geste rituel.

— Aucun signe de Bob ? demanda Fox.

Naysmith secoua sa tignasse – son week-end n'avait pas inclus une coupe d'entretien – et pointa le doigt vers le bureau de Fox.

— Il devrait y avoir un message là-dessus, dit-il.

Fox chercha, mais n'en trouva pas. Il repoussa sa chaise et regarda sous le bureau. Par terre, une feuille de papier portait déjà l'empreinte de sa semelle. Il la ramassa, la retourna, déchiffra l'écriture de McEwan.

Inglis – CEOP – 10 h 30.

Le CEOP, c'était la Protection de l'enfance – Lutte contre l'exploitation des enfants et les sites pédophiles[1], pour en donner l'intitulé complet. La plupart des flics la surnommaient la « BP ». La salle 224 à droite au bout du couloir, c'était la « Boîte à Pervers ». Fox y était entré deux ou trois fois, l'estomac noué à l'idée de ce qui se passait entre ces murs.

— Vous connaissez un dénommé Inglis ? lança-t-il à la ronde.

Ni Naysmith ni Kaye ne purent éclairer sa lanterne. Fox consulta sa montre : 10 h 30, c'était dans plus d'une heure. Naysmith remuait bruyamment son café. Kaye, enfoncé contre le dossier de son fauteuil, s'étirait en bâillant. Fox plia la feuille de papier, la glissa dans sa poche, se leva et remit sa veste.

---

1. Child Exploitation and Online Protection.

— Je n'en ai pas pour longtemps, indiqua-t-il.

— On devrait survivre, ne t'en fais pas, lui assura Kaye.

Il faisait plus frais dans le couloir que dans le bureau des Affaires internes. Même sans se presser, Fox ne mit que quelques secondes pour atteindre le 224. C'était la toute dernière porte, la seule disposant d'une serrure trois points et d'un interphone. Aucun nom n'y figurait – les noms, la Boîte à Pervers les gardait pour elle, contrairement aux Affaires internes. Une plaque stipulait un avertissement : « Sons et images gênants possibles dans cette salle. Pour travail sur écran, présence requise de deux personnes minimum. » Fox inspira à fond, pressa le bouton de l'interphone, et attendit. Une voix masculine résonna dans le haut-parleur.

— Oui ?

— Inspecteur Fox. Je viens voir Inglis.

Du silence, puis, de nouveau, la voix :

— Vous êtes pressé.

— Ah bon ?

— Dix heures et demie, non ?

— On m'a dit neuf heures trente ici.

Autre silence, puis :

— Attendez.

Ce qu'il fit, en examinant la pointe de ses chaussures. Il les avait achetées dans George Street un mois plus tôt, mais elles lui blessaient encore les talons. De la qualité, pourtant : la vendeuse lui avait juré qu'elles dureraient « jusqu'à la fin des temps… ou jusqu'au jour où la ligne de tram sera achevée et en service… selon ce qui se produira en premier ». Pas idiote, la gamine ; de l'humour. Fox lui avait demandé pourquoi elle n'allait pas à l'université.

— À quoi bon ? avait-elle rétorqué. On ne trouve pas de bons boulots, de toute façon, à moins d'émigrer.

Remarque qui avait ramené Fox à sa jeunesse. Pas mal de ses contemporains rêvaient de gagner beaucoup d'argent à l'étranger. Il y avait eu beaucoup d'appelés, et peu d'élus.

On ouvrait la porte. Une femme apparut devant lui. Elle portait un corsage vert pâle et un pantalon noir. Elle faisait dix centimètres et dix ans de moins que lui. Une montre en or ornait son poignet gauche. Ne portait aucune bague à aucun doigt. Elle lui tendit la main.

— Je suis Inglis, dit-elle en guise de présentation.

— Fox, répondit-il, avant d'ajouter, avec le sourire : Malcolm Fox.

— De la PSU.

Affirmation que Fox confirma néanmoins d'un mouvement de tête. Derrière la dame, la pièce était encore plus petite que dans son souvenir. Cinq bureaux, et tout juste suffisamment de place pour se faufiler entre eux. Les murs était tapissés de classeurs à tiroirs et d'étagères métalliques sur lesquelles s'alignaient des ordinateurs. Certains disques durs, ouverts, révélaient leurs composants. D'autres étaient sous scellés. Le seul espace libre du mur était couvert de photos de visages. Des hommes qui ne se ressemblaient pas tous. Des jeunes, des vieux ; les uns barbus, d'autres moustachus ; le regard éteint et fuyant chez certains, arrogant chez d'autres tandis qu'ils fixaient l'objectif. Seul un autre policier était présent dans la pièce, sans doute celui qui lui avait parlé par l'interphone. Assis à son bureau, il scrutait le visiteur. Fox le salua d'un mouvement de tête ; l'homme lui rendit la pareille.

— Voici Gilchrist, dit Inglis. Entrez, asseyez-vous.

— Parce que c'est possible ? fit mine de s'étonner Fox.

Inglis regarda autour d'elle.

— On fait ce qu'on peut.

— Vous n'êtes que deux ici ?

— En ce moment, admit Inglis. Taux d'usure élevé et tout le toutim.

— Sans compter que, le plus souvent, on finit par refiler les enquêtes à Londres, ajouta Gilchrist. Ils sont une centaine, là-bas.

— Cent, ça me paraît beaucoup, commenta Fox.

— Vous n'avez pas vu leur charge de travail, remarqua Inglis.

— Dois-je vous appeler « madame » ? Je veux dire, vous avez un grade, ou un prénom peut-être…

— Annie, lui répondit-elle au bout d'un moment.

Le bureau à côté du sien était inoccupé, alors, d'un geste, elle invita Fox à s'y installer.

— Tournoie, Anthea[1] ! lança Gilchrist.

À sa façon de le dire, Fox devina que la vanne commençait à s'user pour tout le monde.

— Bruce Forsyth ? hasarda-t-il. *The Generation Game ?*

---

1. « *Give us a twirl, Anthea !* » phrase devenue culte, prononcée par Bruce Forsyth à chaque début d'émission à l'adresse d'Anthea Redfern, son épouse et co-présentatrice de « The Generation Game » (jeu dans le genre « Une famille en or ») pour lui signifier de pivoter sur elle-même afin de faire admirer sa robe.

— On m'a donné le prénom de la superbe assistante à la moue boudeuse.

— Mais vous préférez Annie ?

— Sans conteste, à moins que vous ne vouliez qu'on s'en tienne au règlement, auquel cas ce serait « sergent ».

— Annie, ça me va très bien.

Fox s'assit, ôta un fil sur la jambe de son pantalon. Il évitait de regarder le dossier posé devant lui. Intitulé « En uniforme d'écolière ». Il s'éclaircit la voix.

— Mon chef m'a dit que vous vouliez me voir.

Inglis acquiesça. Elle avait pris place devant son ordinateur. Auquel s'adjoignait un portable posé en équilibre précaire sur la tour.

— Que savez-vous, au juste, sur le CEOP ?

— Que vous passez votre temps à traquer les pervers.

— Bien résumé, fit Gilchrist qui pianotait sur son clavier.

— Il paraît que c'était plus simple avant, ajouta Inglis. De nos jours, c'est devenu le tout numérique. Plus personne ne donne ses photos à développer. Plus personne n'achète de revues ni ne se donne la peine d'imprimer quoi que ce soit, sauf dans l'intimité de son domicile. Vous pouvez être aux petits soins pour un gosse à l'autre bout du monde, mais ne le rencontrer que lorsque vous êtes sûr qu'il est prêt.

— Fin prêt, renchérit Gilchrist.

Fox tirailla le col de sa chemise. Il régnait une chaleur intenable dans la pièce. Il ne pouvait pas retirer sa veste – réunion professionnelle, premières impressions et compagnie. Il remarqua que cela n'avait pas empêché Inglis de suspendre la sienne – rose pâle et très mode – au dossier de son fauteuil pivotant. Ses cheveux courts, coupés vaguement à la page, étaient châtain brillant, et il se demanda si elle les teignait. Elle arborait un maquillage discret, léger. Pas de vernis à ongles. Il nota aussi que, contrairement aux autres pièces de l'étage, les fenêtres de celle-là étaient opaques.

— Il fait très chaud ici, lui dit-elle alors. Tous ces ordis sont allumés. Retirez votre veste, si vous voulez.

Il lui adressa un petit sourire : depuis son arrivée, il essayait de deviner ses pensées, et elle les siennes. Il ôta sa veste qu'il coucha sur ses genoux. Inglis et Gilchrist échangèrent un regard dû, il en était sûr, à ses bretelles.

— L'autre problème avec nos « clients de base », reprit-elle, c'est qu'ils sont de plus en plus malins. Ils connaissent le hardware et le software mieux que nous. On a toujours un train de retard. En voici un exemple.

D'une chiquenaude, elle avait déplacé la souris de son ordinateur. L'écran, jusqu'alors éteint, montrait à présent une image déformée.

— C'est ce qu'on appelle une « image swirl », expliqua-t-elle. Les délinquants s'envoient des photos, mais seulement après les avoir cryptées. À nous de concevoir des logiciels qui permettent de les décrypter.

D'un clic de souris, la photo se transforma peu à peu en l'image d'un homme qui enlaçait un petit Asiatique.

— Vous voyez ? demanda Inglis.

— Oui, répondit Fox.

— Ce n'est pas leur seule ruse de guerre, loin de là. Une image peut en cacher une autre, par exemple. Quand on ne le sait pas, on peut passer à côté. On a déjà vu des disques durs cachés à l'intérieur d'autres disques durs…

— On voit de tout, insista Gilchrist d'un air entendu.

— Ce n'est rien de le dire, renchérit Inglis, en lui glissant un regard en coin. Chaque semaine, on découvre quelque chose de nouveau, d'encore plus révoltant. Le tout accessible vingt-quatre heures sur vingt-quatre, sept jours sur sept. On est devant son ordi, chez soi, en train de surfer sur le Net, pour faire un achat en ligne ou lire les dernières news, et on n'est qu'à quatre clics de l'enfer.

— Ou du paradis, lâcha Gilchrist, les yeux fixés sur son écran. Affaire de goût. On a du matos à vous faire dresser les poils sur les couilles.

Fox n'était pas sans savoir que les collègues de la Boîte à Pervers estimaient être d'une autre trempe que ceux du Q.G. de Fettes : la peau plus dure, résilients, endurcis par le boulot. Un brin machistes. Fox se demanda comment Annie Inglis avait réussi à s'intégrer.

— Je vous écoute, se contenta-t-il de dire.

Inglis tapotait son écran de la pointe d'un stylo à bille.

— Ce type-là, dit-elle, montrant l'homme en compagnie du jeune Asiatique. On connaît son identité. On en sait long sur lui.

— C'est un flic ?

Elle braqua son regard sur Fox.

— Qu'est-ce qui vous fait croire ça ?

— Pour quelle autre raison serais-je ici ?

Elle hocha la tête.

— Eh bien, oui, vous avez raison. Mais notre homme est australien, basé à Melbourne.

— Et ?

— Et, comme je le disais, on en sait long sur lui.

Elle prit une chemise et en sortit des documents.

— Il a créé un site web pour les gens ayant les mêmes affinités. Ils doivent payer un droit d'inscription pour avoir accès au contenu du site.

— Et partager, précisa Gilchrist. Vingt-cinq minimum.

— Vingt-cinq ?

— Vingt-cinq photos d'eux avec des gosses. Il faut savoir partager.

— Ils doivent aussi souscrire un abonnement symbolique, par carte de crédit, ajouta Inglis, tendant à Fox les deux premières pages qui comportaient une liste de noms et de numéros. Vous reconnaissez quelqu'un ?

Fox lut la liste deux fois. Elle comportait une centaine de noms. Il secoua lentement la tête.

— J. Breck ? insista Inglis. J pour Jamie.

— Jamie Breck…

Ce nom lui disait quelque chose. Puis, ça lui revint.

— Il est affecté au Lothian and Borders, dit-il.

— Tout juste, approuva Inglis.

— Si c'est le même Jamie Breck.

— La carte de crédit conduit tout droit à Édimbourg. À la banque de Jamie Breck, en fait.

— Vous avez déjà vérifié ? demanda Fox, rendant la liste à Inglis, tandis qu'elle faisait oui de la tête.

— On a déjà vérifié.

— D'accord. Alors, en quoi puis-je vous être utile ?

— Pour le moment, sa carte bancaire, c'est tout ce

qu'on a. Il n'a pas encore envoyé de photos – il ne le fera peut-être pas.

— Le site est toujours actif ?

— On espère qu'ils n'auront pas vent de notre surveillance, pas avant le coup de filet.

— Les membres sont répartis dans une douzaine de pays, intervint Gilchrist. Enseignants, éducateurs, ecclésiastiques...

— Et pas un ne sait que vous êtes sur eux ?

— Nous et une douzaine d'autres brigades aux quatre coins du globe.

— Une fois, le bureau de Londres a arrêté le créateur d'un site pédopornographique et filtré les connexions. Il a fallu dix jours aux utilisateurs pour avoir des soupçons...

— Au terme desquels, interrompit de nouveau Gilchrist, les preuves s'étaient accumulées contre eux.

Fox hocha la tête et se tourna vers Inglis.

— Que peut faire la PSU ?

— Normalement, on refilerait le bébé à Londres, mais là, c'est local...

Elle s'interrompit, fixant Fox du regard.

— On voudrait que vous nous traciez un portrait, expliqua-t-elle. On souhaiterait en savoir plus sur Jamie Breck.

Fox jeta un coup d'œil à l'image sur l'écran.

— Il ne pourrait pas s'agir d'une erreur ?

Quand il tourna la tête vers Annie Inglis, elle haussait les épaules.

— L'inspecteur-chef McEwan nous disait que vous aviez eu la peau de Glen Heaton. Breck travaille dans le même poste de police.

— Et alors ?

— Alors, vous pourriez aller lui parler.

— De Heaton ?

— Officiellement, vous venez lui parler de Heaton. Ensuite, vous nous dites ce que vous pensez de lui.

Fox secoua la tête.

— On ne m'aime pas beaucoup dans ces parages. Mais s'il a quelque chose à se reprocher…

— Oui ?

— On peut aller y regarder de plus près.

— Surveillance ?

— Si nécessaire.

Elle lui accordait toute son attention à présent ; même Gilchrist avait cessé son activité du moment.

— On peut regarder ce qu'il trafique sur son ordi. On peut fouiller dans sa vie privée.

Fox se tut un instant, se massa le front.

— La carte de crédit, c'est tout ce que vous avez contre lui ?

— Pour l'instant.

— Qu'est-ce qui l'empêche de prétendre que quelqu'un l'a utilisée à son insu ?

— Raison pour laquelle il nous en faut plus.

Inglis avait fait pivoter son fauteuil, ses genoux étaient à un millimètre de ceux de Fox. Elle inclina le buste vers l'avant, coudes posés sur les cuisses, mains jointes.

— Il ne doit se douter de rien, sinon il préviendra tous les autres, et on ne pourra plus rien contre eux.

— Ni pour les enfants, ajouta Fox d'une voix douce.

— Pardon ?

— On fait tout ça pour les enfants, hein ? Pour la protection de l'enfance ?

— Absolument, répondit Gilchrist.
— Absolument, répéta Annie Inglis.

Arrivé à quelques pas du bureau des Affaires internes, Fox s'immobilisa. Il avait remis sa veste dont il lissa les pans, histoire de se donner une contenance. Il songeait au sergent Anthea Inglis – qui préférait qu'on l'appelle Annie – et à Gilchrist – dont il ne connaissait ni le grade ni le prénom. Il s'interrogeait aussi sur les investigations menées depuis la Boîte à Pervers. On appelait peut-être les Affaires internes la Face obscure, mais il avait le sentiment qu'Inglis et son collègue s'enfonçaient chaque jour dans plus d'obscurité qu'il n'en connaîtrait jamais. N'empêche, il leur fallait du cran. Ceux de la PSU se savaient détestés de tous ; ceux du CEOP, c'était encore autre chose. Leurs collègues étaient mal à l'aise en pensant à ce qu'ils voyaient, et les évitaient par crainte qu'ils ne leur ouvrent les yeux sur ce qu'ils préféraient ne pas voir. Oui, c'était cela : ceux de la Boîte à Pervers faisaient peur. Carrément peur. Beaucoup plus que ceux des Affaires internes. Derrière la porte verrouillée du bureau 224 était tapi de quoi alimenter toute une vie de cauchemars de Pères Fouettard.

— Malcolm ?

Fox se retourna et vit Annie Inglis qui le regardait, bras croisés, bien campée sur ses jambes. Elle vint vers lui sans le quitter des yeux.

— Tenez, dit-elle, lui tendant quelque chose.

C'était sa carte.

— Vous aurez mon numéro de portable et mon adresse mail, en cas de besoin.

— Merci, répondit Fox, faisant mine de la déchiffrer. J'étais en train de…

— Réfléchir ? hasarda-t-elle. À tout ça ?

Il sortit son portefeuille, prit sa carte. Inglis l'accepta avec un petit signe de tête, pivota sur ses talons et repartit en sens inverse dans le couloir. Une démarche élégante, trouva-t-il. Celle d'une femme sûre de ses capacités, ayant confiance en elle, consciente d'être observée. Et un beau cul, ce qui ne gâtait rien.

La salle de la PSU était beaucoup plus bruyante que tout à l'heure. Bob McEwan, à son poste de travail, était en pleine conversation téléphonique. Il vit Fox venir dans sa direction et, croisant son regard, hocha la tête pour lui signifier que c'était bon. Son bureau était toujours impeccablement rangé, parce que, Fox le savait, tout était réparti au jour le jour dans sa demi-douzaine de tiroirs. Un jour que Tony Kaye y cherchait du paracétamol, il avait appelé Fox et Naysmith pour qu'ils viennent regarder. « C'est comme un site archéologique, avait commenté Joe Naysmith. Des couches successives… »

McEwan raccrocha et prit des notes de son écriture à peine lisible.

— Comment ça s'est passé ? s'enquit-il, placide.

Fox appuya ses phalanges sur le bord du bureau et se pencha vers son supérieur.

— Bien, répondit-il. Très bien. Tu es partant pour que je le fasse ?

— Tout dépend de ce que tu as en tête.

— Vérification des antécédents pour commencer, puis surveillance si nécessaire.

— Hacker son ordinateur ?

Fox haussa les épaules.

— Commençons par le commencement, soupira-t-il.

— Ils t'ont demandé d'aller lui parler ?

— Pas sûr que ce soit une très bonne idée. C'est peut-être un pote de Heaton.

— J'y ai songé, rétorqua McEwan, alors j'en ai touché deux mots.

Fox arqua les sourcils.

— À qui ?

— À quelqu'un qui sait.

Devinant que Fox essayait de déchiffrer sa note manuscrite, McEwan la tourna vers lui.

— Breck et Heaton sont plus des rivaux que des amis. Ça te donne une excuse toute trouvée.

— Sauf que notre enquête sur Heaton est bouclée.

— Pour le moment, oui, mais qui peut savoir ?

— Tu me soutiendras ? Signeras la paperasse ?

— Tout ce que tu veux. Le DCC[1] est déjà au parfum.

Autrement dit, le directeur adjoint de la police, Adam Traynor, dont l'autorisation était nécessaire pour toutes les opérations à petite échelle. Le téléphone de McEwan sonna, et il posa la main sur le combiné, prêt à décrocher, regardant toujours Fox dans les yeux.

— Je compte sur ta discrétion, Foxy.

Puis, comme ce dernier se redressait pour partir, il ajouta :

— Au fait, tu as bien profité de ton week-end prolongé ?

— J'ai réussi à m'offrir deux nuits à Monaco, répliqua Fox.

1. Deputy Chief Constable.

En passant devant le bureau de Tony Kaye, il se demanda ce que le Radar humain avait capté. Kaye semblait concentré sur ce qu'il tapait à son ordinateur – un rapport parmi d'autres.

— Quelque chose d'intéressant ? lança Fox.

— Je te retourne la question, rétorqua Kaye, jetant un coup d'œil en direction du boss.

— Il se pourrait que je doive faire appel à toi, décida Fox sur le moment en se grattant sous le menton.

— Tu n'auras qu'à crier mon nom, Foxy.

Fox hocha distraitement la tête et gagna la relative sécurité de son bureau. Naysmith préparait un autre pot de café.

— Trois sucres ! brailla Kaye.

Naysmith fit la moue, puis s'avisa qu'on l'observait. Il agita un mug vide à l'intention de Fox, mais celui-ci fit non de la tête.

3

Aux RH – les Ressources humaines –, on ne se réjouissait jamais de la venue de quelqu'un des Affaires internes. Les RH, c'était autrefois le Bureau du personnel, terminologie qui avait la préférence de Fox. Aux RH, ce qu'on appréciait, c'était que les enquêteurs tels que lui ne débarquent pas en se croyant tout permis. Aux RH, on avait la sensibilité à fleur de peau, et il y avait de quoi. Ils devaient garantir aux Affaires internes le libre accès aux états de service de tout le monde ou presque, lequel était refusé à n'importe qui d'autre. McEwan les avait appelés pour leur annoncer la visite de Fox, puis avait tapé et signé une lettre justifiant la nécessité de lui permettre de compulser les dossiers. Il n'était pas précisé lesquels, ce qui en horripilait plus d'un aux RH, qui y voyaient l'insinuation qu'on ne leur faisait pas suffisamment confiance pour leur faire remonter les informations. Que, s'ils savaient qui était dans le collimateur des Affaires internes, ils risqueraient de transmettre l'info, tuant l'enquête dans l'œuf. C'était arrivé une fois, une dizaine d'années plus tôt, et depuis lors, les Affaires internes étaient autorisées à se retrancher derrière le secret professionnel le temps que duraient leurs investigations. À cette fin, la directrice des RH devait céder son bureau à Fox pour lui permettre de travailler en toute discrétion, non sans avoir, au préalable, allumé son ordinateur et l'avoir mis à sa disposition ainsi que les clés des nombreux classeurs à tiroirs des archives du service. Ensuite, il ne lui restait plus qu'à attendre, bras croisés, fumasse, en regardant ailleurs pendant qu'il vaquait à ses occupations.

Fox avait déjà suivi cette procédure maintes fois, essayant, au début, d'être cordial, voire dans ses petits souliers. Mais Mme Stephens n'étant pas du genre à se laisser impressionner, il avait renoncé. Elle s'ingéniait encore à lui faire perdre du temps, lisant l'ordre de mission de l'inspecteur-chef avec le plus grand soin et la plus grande attention, allant parfois jusqu'à téléphoner à McEwan pour une double confirmation. Puis elle imposait à Fox de lui présenter sa carte de police et notait son identité sur une fiche qu'il devait signer. Signature qu'elle vérifiait en la comparant avec celle de sa carte, après quoi elle laissait échapper un long soupir et daignait lui confier les clés, son ordinateur, son poste de travail et son bureau.

— Merci, disait-il alors, en général première et dernière parole prononcée lors de cette rencontre.

Les RH se trouvaient au rez-de-chaussée du Q.G. Les services de police du Lothian and Borders ne disposant pas des effectifs les plus importants d'Écosse, Fox se demandait souvent à quoi ce service passait son temps. Son personnel se composait de civils, surtout des femmes. Lesquelles le regardaient par-dessus leurs écrans d'ordinateur. Il arrivait que l'une ou l'autre lui fasse un clin d'œil ou lui envoie un baiser. Il les croisait à la cantine, mais aucune parole n'était échangée, aucun café ou thé partagé – Mme Stephens y veillait.

Fox vérifia que personne ne regardait, puis sortit le dossier de Jamie Breck. Il le plaqua contre sa veste de sorte que le nom ne soit pas visible, referma le tiroir et regagna le bureau de Mme Stephens. Ferma la porte derrière lui et s'assit. Le fauteuil était encore tiède, ce qui ne le dérangea pas outre mesure. Le dossier de Breck, plutôt mince, contenait ses états de service, ainsi que son parcours universitaire. Il avait vingt-sept ans et était entré dans la police six années plus tôt, passant les deux premières en formation puis en uniforme, avant d'être muté à la brigade criminelle. Ses notations étaient favorables, voire enthousiastes. Il n'était mentionné aucune des affaires sur lesquelles il avait travaillé, ni aucune difficulté particulière ou sanction disciplinaire. Un « policier modèle », à en croire un commentaire, repris ailleurs. Fox apprit tout de même une chose : Breck habitait dans le même quartier que lui. Son adresse correspondait au nouveau lotissement situé non loin du supermarché Morrisons. Fox était allé faire un tour sur le site pendant sa construction, alors qu'il se demandait s'il ne lui faudrait pas une maison plus spacieuse.

— Le monde est petit, murmura-t-il pour lui-même.

Les données informatiques n'apportaient pas grand-chose de plus. Il avait eu un arrêt maladie occasionnel, mais rien qui soit lié au stress. Il n'avait jamais eu besoin de consulter le médecin du travail ni d'être adressé à un spécialiste. Ses supérieurs à Torphichen Place – où il était en poste depuis trois ans – ne tarissaient pas d'éloges sur lui. Lisant entre les lignes, Fox en conclut que Breck avait bénéficié d'un avancement accéléré. Il était déjà jeune pour un sergent, et le grade d'inspecteur semblait être à portée de ses trente ans. Fox lui-même y était parvenu à trente-huit. Breck avait été scolarisé dans le privé, au George Watson's College. Il avait joué au rugby, dans la seconde équipe scolaire. Licence de sciences à l'Université d'Édimbourg. Avait toujours ses parents, tous deux médecins généralistes. Un frère aîné, Colin, qui avait émigré aux États-Unis où il exerçait la profession d'ingénieur. Fox sortit son mouchoir, trouva un coin sec et y vida ses narines. Ce bruit suffit à lui valoir un regard appuyé de la part de Mme Stephens, à travers la petite vitre à côté de la porte. Son visage était encore plus figé par le dégoût : il lui laisserait ses microbes dans tout son bureau, souillerait son fief. Par principe, il se moucha de nouveau, presque aussi bruyamment.

Puis il ferma le site qu'il consultait. Mme Stephens savait ce qu'il allait faire ensuite : éteindre l'ordinateur. Non sans avoir pris une autre précaution : supprimer l'historique de ses recherches. Mais avant cela, il tapa un autre nom : Anthea Inglis. Absolument contraire à la procédure, mais tant pis. Il ne lui fallut que deux ou trois minutes pour apprendre qu'elle était célibataire et n'avait jamais été mariée.

Qu'elle avait grandi dans une ferme dans le comté de Fife.

Qu'elle avait fait ses études dans cette région avant de venir s'installer à Édimbourg.

Qu'elle avait fait des tas de petits boulots avant d'entrer dans la police.

Que son patronyme complet était Florence Anthea Inglis.

Comme elle devait son deuxième prénom à *The Generation Game*, il ne put que se demander si le premier ne lui venait pas de *The Magic Roundabout*[1]. Fox réprima un sourire en commençant de tout refermer. Il sortit du bureau, laissant la porte entrebâillée, et alla replacer le dossier dans le classeur en s'assurant que rien ne le distinguait des autres. Satisfait, il referma le tiroir, le verrouilla et tendit la clé à Mme Stephens. Celle-ci, qui s'appuyait de tout son poids contre le bureau d'une collègue, ne décroisa pas les bras, si bien qu'il posa la clé à côté d'elle.

— À la prochaine, lança-t-il en se détournant.

Une des filles leva les yeux sur lui quand il passa devant elle, et il lui décocha un clin d'œil de son cru.

À son retour aux Affaires internes, Naysmith l'informa qu'il y avait un message pour lui.

— Je vais le trouver à quel endroit cette fois, sur ou sous mon bureau ? plaisanta Fox.

Il était bien là, à côté de son téléphone. Rien qu'un nom et un numéro de téléphone. Il les lut, puis regarda Naysmith.

— Alison Pettifer ?

Naysmith haussa les épaules, alors Fox décrocha son téléphone et pressa les touches correspondant au numéro. Quand on répondit, il s'annonça comme étant l'inspecteur Fox.

— Ah, oui, murmura la femme à l'autre bout du fil.

Elle semblait hésiter.

— Vous m'avez appelé, insista Fox.

— Vous êtes le frère de Jude ?

---

1. Inspiré par « Le Manège enchanté », Florence étant le prénom donné, outre-Manche, à la petite Margotte.

Fox ménagea un bref silence.

— Qu'est-il arrivé ?

— Je suis sa voisine, bredouilla la dame. Elle m'avait dit que vous étiez dans la police, c'est pour ça que j'ai pu avoir votre numéro…

— Qu'est-il arrivé ? répéta Fox, conscient qu'aussi bien Naysmith que Kaye écoutaient.

— Jude a eu comme qui dirait un accident…

*

Sa sœur voulut lui fermer la porte au nez, mais il la bloqua et sa résistance s'évanouit. Elle retourna aussi sec dans son salon. Jude habitait dans une maison mitoyenne de Saughtonhall Avenue. Il ignorait de quel côté vivait Alison Pettifer – aucun rideau n'avait bougé. Toutes les maisons de la rue sans exception arboraient une parabole, et le téléviseur de Jude était allumé, réglé sur un talk-show culinaire. Elle l'éteignait quand il entra dans la pièce.

— Ben, quoi ?

Ce fut tout ce qu'elle trouva à dire. Elle avait les yeux rouges d'avoir pleuré. Un léger bleu talait sa joue gauche, et elle avait le bras gauche dans le plâtre et en écharpe.

— Encore l'escalier ?

— J'avais bu.

— Je veux bien te croire.

Il regardait autour de lui dans la pièce. Ça sentait l'alcool et la clope. Une bouteille de vodka vide traînait par terre au pied du canapé. Deux cendriers, archipleins. Deux paquets de cigarettes froissés. Un comptoir séparait le salon de la petite cuisine. Des assiettes empilées à côté d'emballages de fast-food. D'autres bouteilles vides : bière, cidre, vin blanc bon marché. La moquette avait besoin d'un bon coup d'aspirateur. Une couche de poussière recouvrait la table basse. Un pied, cassé, avait été remplacé par quatre briques. Normal : Vince travaillait dans le bâtiment.

— Tu permets que je m'assoie ? demanda Fox.

Elle voulut hausser les épaules. Pas simple. Il opta pour le plus sûr à ses yeux : le bras du canapé. Il avait toujours les mains enfoncées dans les poches de son pardessus. Il ne semblait pas y avoir de chauffage dans la pièce. Sa sœur portait un tee-shirt et un jean informe. Était nu-pieds.

— Si tu te voyais ! lui dit-il.

— Merci du compliment.

— Je ne plaisante pas.

— Tu n'as pas toi non plus un look de jeune premier.

— Je suis au courant, riposta-t-il, sortant son mouchoir de sa poche et se mouchant dedans.

— Tu ne t'es pas encore débarrassé de ce rhume, remarqua-t-elle.

— Et toi, de ce salaud, répliqua-t-il. Où est-il ?

— Au travail.

— J'ignorais qu'on construisait encore.

— Il y a eu des plans sociaux. Il s'accroche aux branches.

Fox hocha lentement la tête. Jude restait debout, appuyée sur une hanche. Il reconnut la pose. Celle qu'elle adoptait, gamine, chaque fois qu'on la prenait en défaut. Elle se plantait devant leur père pendant qu'il l'engueulait.

— Et toi, toujours pas de boulot ?

Elle fit non de la tête. L'agent immobilier l'avait virée juste avant Noël.

— Qui te l'a dit ? finit-elle par questionner. La voisine ?

— Je l'ai su, répondit-il.

Il en resta là.

— Ça n'a rien à voir avec Vince, affirma-t-elle.

— On n'est pas dans un foutu poste de police, Jude. On est entre nous.

— Rien à voir avec lui, insista-t-elle.

— Avec qui, alors ?

— J'étais dans la cuisine, samedi…

Il fit mine de jeter un coup d'œil par-dessus le comptoir.

— Je n'aurais jamais cru qu'il y avait assez de place pour tomber.

— Je me suis cogné le bras contre l'angle de la machine à laver en me baissant….

— C'est la version que tu as donnée aux urgences ?

— C'est eux qui te l'ont dit ?

— Quelle importance ?

Il regardait vers la cheminée. Les étagères, de chaque côté, croulaient sous les vidéos et les DVD – à croire qu'il y avait là tous les épisodes de *Sex and the City*, de *Friends*, plus *Mamma Mia* et d'autres films. Il soupira et se frotta les joues, le nez, la bouche.

— Tu sais ce que je vais te dire.

— Ce n'est pas de la faute de Vince.

— C'est toi qui l'as provoqué ?

— On se provoque l'un l'autre, Malc.

Ça, il le savait ; il aurait pu lui dire que sa voisine entendait souvent leurs concours d'insultes, mais alors Jude aurait su qui l'avait appelé.

— Si on faisait un signalement, rien qu'une fois, ça le calmerait peut-être. On pourrait suggérer la mise en place d'un suivi psychologique.

— Oh, Vince adorerait.

Elle parvint à esquisser un sourire, lequel la rajeunit de dix ans.

— Tu es ma sœur, Jude…

Elle le regarda, battant des paupières, mais les yeux secs.

— Je sais, dit-elle, puis, indiquant son bras plâtré, elle ajouta : Tu penses toujours que je devrais aller voir papa ?

— Il vaut peut-être mieux remettre ta visite à plus tard.

— Tu ne le lui diras pas ?

Il secoua la tête, puis regarda de nouveau autour de lui.

— Tu veux que je range ? Que je fasse la vaisselle ?

— Je me débrouillerai.

— Il t'a demandé pardon ?

Elle fit oui de la tête, sans détourner les yeux. Fox ne savait pas s'il devait la croire – mais quelle importance, de toute façon. Il se leva, la dominant de toute sa hauteur, puis se pencha vers elle pour l'embrasser sur la joue.

— Pourquoi faut-il que ce soit quelqu'un d'autre qui le fasse ? lui murmura-t-il à l'oreille.

— Qui fasse quoi ?

— Qui me téléphone.

Dehors, il s'était remis à neiger. Assis dans sa voiture, Fox se demanda si Vince Faulkner bossait en temps de travail réduit. Faulkner était originaire d'Enfield, dans la banlieue nord de Londres. Supporteur d'Arsenal, il avait toujours la critique à la bouche sur le foot au nord de la frontière. Ç'avait été son entrée en matière quand les deux hommes avaient fait connaissance. Il n'y aurait eu que lui, il ne serait jamais venu s'installer en Écosse, mais « elle arrêtait pas de me rebattre les oreilles avec ça ». Il espérait qu'elle s'ennuierait et voudrait repartir dans le sud. « Elle ». Fox ne l'avait presque jamais entendu l'appeler par son prénom. Elle. Ma bourgeoise. Ma moitié. Ma gonzesse. Il tapota sur le volant avec les doigts, s'interrogeant sur ce qu'il avait de mieux à faire. Faulkner pouvait travailler sur n'importe lequel des trois ou quatre dizaines de chantiers de la ville. La crise avait sûrement mis un frein à la construction des nouveaux appartements dans le quartier de Granton, et la résidence luxueuse de Quartermile aussi devait être en stand-by. Le projet Caltongate[1] n'avait pas encore commencé, et selon la presse locale, ça ne s'annonçait pas très bien pour le promoteur.

— Ce serait peine perdue, murmura-t-il pour lui-même.

Son portable vibra, lui signalant qu'il avait reçu un texto. Il était de Tony Kaye.

On é o Minter's.

Il était un peu plus de quatre heures. McEwan, à l'évidence, avait levé le camp, ne laissant aux autres aucune raison de s'attarder. Fox ferma son téléphone et mit le contact. Le Minter's était un pub de la nouvelle ville qui affichait des prix vieille ville, niché là où seuls les initiés pouvaient le découvrir. Jamais

1. Projet controversé de réhabilitation de bâtiments de la vieille ville.

facile de trouver à se garer, mais il savait ce que Kaye avait dû faire – coller un gros macaron POLICE contre l'intérieur du pare-brise. Des fois, ça marchait, des fois non : selon l'humeur de la contractuelle. Fox réfléchit à l'itinéraire qui lui permettrait de retourner au centre-ville en évitant les travaux du tram à Haymarket, puis renonça. Celui ou celle qui répondrait à cette question mériterait le Prix Nobel. Avant de démarrer, il regarda sur sa droite, mais ne vit aucun signe de Jude à la fenêtre de son salon, et toujours personne dans les maisons mitoyennes. Si Vince Faulkner arrivait maintenant, que ferait-il ? Impossible pour Fox de se rappeler le nom du personnage qui, dans *Le Parrain*, poursuit son beau-frère et le tabasse avec le couvercle d'une poubelle.

Sonny ? Sonny, non ? En tout cas, il voulait croire qu'il le ferait : couvercle de poubelle en plein dans la tronche, et *Ne fais pas de mal à ma sœur !*

Il voulait croire qu'il le ferait.

Au Minter's, c'était calme. Il faut dire que ça l'était depuis des années, le propriétaire en ayant d'abord rejeté la faute sur l'interdiction de fumer avant de râler contre la crise. Il n'avait peut-être pas tort : une grande partie de la gent bancaire vivait dans la ville nouvelle, et avait la sagesse de faire profil bas.

— Hormis les banquiers, déclara Tony Kaye en posant le verre de Coca-Cola glacé de Fox au coin de la table, qui d'autre a les moyens de s'offrir une maison dans le quartier ?

Naysmith buvait une bière pression, Kaye une Guinness. Le proprio, manches retroussées, se passionnait pour un jeu télévisé. Deux clients étaient sortis avec leurs cigarettes. Une femme était assise dans un autre coin de la salle en compagnie d'une amie. Kaye lui avait apporté une fine à l'eau, puis avait expliqué à Fox et Naysmith que c'était une copine à lui.

— Madame est au courant ? l'avait taquiné Joe Naysmith.

Kaye avait agité le doigt à son intention, avant de le pointer vers la femme.

— Elle s'appelle Margaret Sime, et si jamais tu es là sans moi, t'as intérêt à ce qu'on me dise que tu lui as offert un verre…

— Tu as trouvé une place ? demandait à présent Naysmith à Malcolm Fox.

— À mi-hauteur de cette fichue côte, geignit Fox, avant d'ajouter, à l'intention de Kaye : J'ai vu que tu n'avais pas eu de problème.

Le Nissan X-Trail de Kaye était garé devant l'entrée du pub, en stationnement interdit, le macaron POLICE coincé sous un essuie-glace. Kaye se contenta de hausser les épaules, de sourire d'un air finaud, de se mettre à son aise et d'attaquer le restant de sa pinte. S'essuyant une moustache de mousse, il arrêta son regard sur Fox.

— Vince a encore été un vilain garçon ? lâcha-t-il.

Fox le considéra sans réagir, et ce fut Naysmith qui fournit l'explication.

— Après ton départ, Tony a demandé le rappel automatique du dernier numéro.

— Elle m'a parlé de « l'accident » de Jude, confirma Kaye.

— Laisse tomber, tu veux ? le prévint Fox, mais Kaye secouait la tête.

Ce fut de nouveau Naysmith qui prit la parole.

— Tony a fait une recherche sur Vince Faulkner.

— Une recherche ? s'écria Fox, plissant les yeux.

— Dans le PNC[1], précisa Naysmith, buvant bruyamment une gorgée.

— Le fichier national est consultable seulement au sud de la frontière, fit remarquer Fox.

Tony Kaye haussa de nouveau les épaules.

— J'ai un pote flic en Angleterre. Il m'a suffi de lui donner le nom et le lieu de naissance de Faulkner – Enfield, c'est bien ça ? Je le sais parce que c'est toi qui me l'as dit.

— Tu as un pote flic en Angleterre ? Je croyais que tu détestais les Anglais.

— Pas individuellement, rectifia Kaye. Bon, tu veux savoir ou pas ?

— Je doute de pouvoir t'empêcher de me le dire, Tony.

Mais Kaye pinça les lèvres et croisa les bras. Naysmith paraissait sur le point de cracher le morceau, mais Kaye l'en dissuada d'un regard. Les deux fumeurs revinrent dans le bar. Le taulier frappa du plat des deux mains sur le comptoir et beugla à l'intention du téléviseur :

— Un écolier aurait su ça !

— N'en sois pas si sûr, Charlie, lança un des fumeurs. Plus de nos jours.

— Il a un casier, laissa échapper Naysmith, en parlant le plus bas possible.

Kaye leva les yeux au ciel, décroisa les bras, prit son verre et le vida.

1. Police National Computer : Fichier national informatisé.

— Ta tournée, mon grand, dit-il.

Naysmith en resta comme deux ronds de flan, mais l'instant d'après, il trottinait vers le bar avec le verre vide.

— Un casier ? répéta Fox.

— Quelques menus larcins il y a neuf ou dix ans, murmura Kaye, se penchant vers lui. Deux ou trois voies de fait. Rien de grave, mais Jude n'est peut-être pas au courant. Comment va-t-elle ?

— Elle a un bras dans le plâtre.

— Tu as parlé à Faulkner ?

Fox secoua la tête.

— Je ne l'ai pas vu.

— Il faut faire quelque chose, Malcolm. Elle va porter plainte ?

— Non.

— On pourrait le faire pour elle.

— Elle ne veut pas le quitter, Tony.

— Alors, c'est à nous d'aller le voir.

Naysmith, ayant passé commande, était revenu à leur table.

— Exactement ! renchérit-il.

— Vous oubliez une chose, rétorqua Fox. Nous, on fait partie des Affaires internes. Si jamais on apprend qu'on parcourt la ville en faisant régner la peur parmi la plèbe…

Il secoua de nouveau la tête, plus fermement cette fois.

— Ce n'est pas de notre ressort, dit-il.

— Alors, la vie n'est pas drôle ! déclama Tony Kaye en écartant les bras.

Naysmith avait de nouveau fait un saut au bar pour

en rapporter les boissons. Fox considéra ses deux collègues.

Ses deux amis.

— Merci quand même, dit-il.

Puis, parlant encore plus bas :

— En attendant, on peut peut-être trouver encore matière à s'amuser.

Il vérifia que personne dans le bar n'écoutait.

— McEwan m'a mis sur un certain Breck…

— Jamie Breck ? demanda Kaye.

— Tu le connais ?

— Je connais des gens qui le connaissent.

— Qui est-ce ? voulut savoir Naysmith, se rasseyant à leur table après avoir seulement trempé ses lèvres dans le col de mousse de sa bière.

— Brigade criminelle, basé à Torphichen, l'éclaira Kaye. Il a les mains sales ? demanda-t-il à Fox.

— Peut-être.

— C'est pour ça que t'es allé à la Boîte à Pervers, ce matin ?

— Rien ne t'échappe, Tony.

— Et aux RH, cet aprèm ?

— Idem.

Fox s'enfonça dans son siège. Il n'était pas sûr de ce qu'il voulait, au juste. Rien de mal à ce que Kaye et Naysmith soient de la partie, mais pourrait-il leur donner du grain à moudre ? Tout ce qu'il savait, c'était qu'il voulait trouver le moyen de leur montrer sa reconnaissance, et celui-là en valait bien un autre. En prime, ils pouvaient à présent parler boutique plutôt que de Jude. À ce propos, qu'allait-il faire de l'info sur Vince Faulkner ? La garder pour lui ? Il ne se voyait pas la révéler à Jude. Elle l'accuserait de se mêler de ce qui ne le regardait pas, d'ingérence dans sa vie privée.

Occupe-toi de tes oignons, Malcolm... C'était sans doute ainsi qu'elle le formulerait. De l'ensemble de leurs attributions, de toutes les affaires sur lesquelles ils devaient travailler, les conflits domestiques étaient ceux que les flics détestaient le plus. Au moins pour deux raisons : il était rare qu'ils finissent bien et, le plus souvent, il n'y avait rien qu'ils puissent faire pour améliorer la situation. C'était le regard que Jude portait sur la plupart des collègues de Fox. Son problème à elle était exclusivement d'ordre privé. Les fumeurs étaient accoudés au bar. L'un d'eux buvait un whisky. Fox en sentait l'arôme qui lui donnait des picotements dans la gorge. Qui le faisait saliver.

— Alors, raconte, l'encouragea Tony Kaye.

Joe Naysmith inclinait le buste en avant, coudes posés sur les genoux.

Avec le visage de sa sœur en tête et l'odeur du whisky lui chatouillant les narines, Fox raconta à Kaye et à Naysmith ce qu'il avait appris sur Jamie Breck.

Mardi 10 février 2009

4

Le lendemain matin, Fox téléphona à Jude, mais n'obtint pas de réponse. Il avait déjà essayé de la joindre la veille au soir. Elle devait disposer de la présentation du numéro. Elle ne décrochait pas. Après le petit déjeuner, il partit travailler. Kaye et Naysmith voulurent connaître leur « plan d'action ». L'idée de Fox était qu'Annie Inglis les briefe, mais il n'y avait personne au 224. Du coup, il lui envoya un texto, la priant de le contacter.

— On attend, déclara-t-il à ses collègues. Pas de précipitation.

Comme ils regagnaient leur bureau, le téléphone de Fox sonna. Il décrocha et entendit une voix inconnue lui demander s'il était bien Malcolm Fox.

— Qui est à l'appareil ? rétorqua-t-il.

— Sergent Breck.

Fox se raidit, mais garda le silence.

— Vous êtes Malcolm Fox ?

— Oui.

— M. Fox, je vous appelle de la part de votre sœur.

— Elle est avec vous ? Qu'est-il arrivé ?

— Votre sœur va bien, monsieur, mais, malheureusement, nous sommes en route pour la morgue. J'ai demandé à votre sœur s'il y avait une personne à prévenir, et elle…

Le ton était professionnel sans être froid.

— Dites-moi ce qui est arrivé.

— Le compagnon de votre sœur, monsieur… vous savez comment vous rendre à la morgue de la ville ?

*

Il ne le savait que trop bien : elle se trouvait dans Cowgate, discret immeuble dont la façade en brique ne laissait en rien soupçonner ce qui se passait à l'intérieur. Le trafic était d'une lenteur indescriptible ; il semblait y avoir des travaux et des déviations partout. Ce n'était pas seulement les trams, mais aussi les conduites de gaz qu'on remplaçait et le énième goudronnage à hauteur de Grassmarket. Fox avait l'impression de croiser plus de cônes de signalisation que de passants. Kaye lui avait demandé s'il voulait de la compagnie, mais il avait refusé. Vince Faulkner était mort, voilà ce que Jamie Breck allait lui annoncer. Breck, qui prendrait un air attentionné et prévenant. Breck, qui l'attendait à la morgue avec Jude…

Fox gara la Volvo sur une des aires de chargement et pénétra à l'intérieur du bâtiment. Il savait où ils l'attendaient. La salle de présentation des corps se trouvait à l'étage. Il montra sa carte de police à tous les membres du personnel qu'il croisa, lesquels n'y accordèrent aucune attention. Ils portaient des surchaussures en caoutchouc vertes et des blouses trois-quarts, revenaient de se laver les mains ou s'apprêtaient à le faire.

Jude, qui avait entendu ses pas dans l'escalier, courait vers lui quand il atteignit le palier. Elle était secouée de sanglots, tremblait de tous ses membres, ses yeux étaient injectés de sang derrière ses larmes. Il la serra contre lui, en faisant attention à son bras. Au bout d'un moment, il ouvrit les yeux et regarda devant lui à l'endroit où le sergent Jamie Breck se tenait.

Tu ne sais pas qu'il s'appelle Jamie, se rappela-t-il. *Au téléphone, il s'est présenté comme étant le sergent Breck.*

Breck venait vers lui. Fox s'arrangea pour repousser Jude le plus doucement possible. Il tendait la main à l'autre enquêteur. Breck lui souriait, d'un air presque gêné.

— Je suis désolé, dit-il. J'aurais dû me rendre compte que c'était un de nos numéros. Votre sœur me disait que vous êtes inspecteur principal ?

— Inspecteur suffira, rectifia Fox. À la PSU, on laisse tomber le « principal ».

Breck hocha la tête.

— La PSU, c'est les Affaires internes ?

Fox fit oui de la tête, puis reporta son attention sur Jude.

— Ça va ?

Elle frissonna pour toute réponse, et il demanda à Breck si l'identification avait eu lieu.

— Dans deux minutes, répondit ce dernier, faisant mine de consulter sa montre.

Fox savait ce qui était en train de se passer derrière la porte : on rendait le corps le plus présentable possible. Seul le visage serait visible, à moins que l'identification ne requière de révéler un tatouage ou tout autre signe distinctif.

— Où l'a-t-on trouvé ? interrogea Fox.
— Sur un chantier près du canal.
— Là où on démolit la brasserie ?
— Il ne travaillait pas là-bas, déclara Jude d'une petite voix tremblante. Je ne sais pas ce qu'il y faisait.
— Quand l'a-t-on découvert ? demanda Fox à Breck, en serrant plus fort la main de sa sœur.
— Tôt ce matin. Deux joggeurs sur le chemin de halage. L'un d'eux souffrait d'un point de côté, alors ils se sont arrêtés. Contre la clôture, pour faire des étirements, j'imagine. C'est alors qu'ils l'ont aperçu.
— Et on est sûr que c'est... ?
— Deux cartes de crédit dans une poche. J'ai fait à Mlle Fox la description du défunt et de ses vêtements...

Jamie Breck avait les cheveux blonds, un peu bouclés, et le visage parsemé de taches de rousseur. Ses yeux étaient d'un bleu laiteux. Il avait deux ou trois centimètres de moins que Fox, et le tour de taille beaucoup plus mince. Il portait un costume marron foncé dont il avait fermé les trois boutons. Fox s'efforçait de ne pas penser à ce qu'il avait appris sur lui : études au George Watson's College... parents médecins... habite près du supermarché... n'avait pas encore rempli la condition de l'envoi de vingt-cinq photos cryptées... Il se surprit à caresser les cheveux de Jude.
— Ils l'ont tabassé, murmurait-elle d'une voix brisée. Ils l'ont roué de coups et laissé pour mort.

Fox, du regard, quêta la confirmation de Breck.
— Blessures concordantes, déclara le jeune homme pour toute réponse.

À ce moment-là, la porte derrière eux coulissa. Le corps était étendu sur un chariot, emmailloté dans un drap blanc à l'exception de la tête. Même les cheveux et les oreilles étaient couverts. Le visage était tuméfié, mais reconnaissable, même de loin. Fox le vit avant sa sœur.

— Jude, la prévint-il, je peux m'en charger si tu veux.

— J'ai besoin de le faire, répondit-elle. Il le faut…

— Vous feriez mieux de la raccompagner chez elle, suggéra Breck à Fox.

Les deux hommes tenaient un gobelet de thé. Ils se trouvaient dans la salle réservée aux familles. Une pile de livres pour enfants avait été placée sur l'une des chaises, et une affiche représentant un tournesol accrochée au mur. Jude était assise non loin d'eux, tête baissée, dans son gobelet à elle – de l'eau, c'était tout ce qu'elle avait voulu. Ils attendaient les documents qu'elle devrait signer. Le corps meurtri de Vince Faulkner était déjà en route pour la salle d'autopsie où deux médecins légistes travailleraient dessus tandis que leurs assistants pèseraient, mesureraient, ensacheraient et étiquetteraient.

— Quand l'a-t-on trouvé ? s'enquit Fox d'un ton posé.

— Peu après six heures.

— Il fait encore sombre à cette heure-là.

— Il y avait les réverbères de la rue.

— A-t-il été agressé à cet endroit, ou s'en est-on seulement débarrassé là ?

— Écoutez, inspecteur, tout cela peut attendre… si vous voulez rester auprès de votre sœur…

Fox regarda Jude.

— Il y a une voisine, s'entendit-il dire. Alison Pettifer. Elle pourra sans doute la raccompagner chez elle et lui tenir compagnie.

Breck redressa les épaules.

— Sauf votre respect… je sais bien que votre grade est supérieur au mien, mais…

— Je veux juste voir les lieux. Ça pose un problème, sergent ?

Breck parut y réfléchir, puis ses épaules se détendirent.

— Vous pouvez m'appeler Jamie, dit-il.

Vingt-cinq photos minimum, songea Fox.

Il fallut attendre encore une heure pour que les documents administratifs soient prêts et qu'on aille chercher Alison Pettifer à son domicile. Fox lui serra la main et la remercia encore de l'avoir appelé la veille.

— Et maintenant ça ! soupira-t-elle.

Elle n'en dit pas plus. Elle était grande et mince, âgée d'une cinquantaine d'années. Elle prit les choses en main, aidant gentiment Jude à se lever en lui disant que tout irait bien.

— Tu rentres avec moi…

Jude avait toujours les yeux rouges quand Fox l'embrassa sur les joues.

— Je passerai te voir dès que je pourrai, lui souffla-t-il.

Un policier en uniforme attendait les deux femmes, sa voiture de patrouille garée devant le bâtiment. Il donnait presque l'impression de s'ennuyer. Fox eut envie de le secouer. Au lieu de quoi, il consulta son portable : deux textos de Tony Kaye, en fait le même envoyé deux fois : « besoin 2 moi ? »

Fox tapa « non », puis, à la réflexion, ajouta : « pas encore ». Au moment où il l'envoyait, Jamie Breck réapparut.

— On n'a pas besoin de vous à l'autopsie ? lui demanda-t-il.

— Ils ne la commenceront que dans une heure. De ce fait, ajouta Breck en jetant un coup d'œil à sa montre, je peux vous emmener sur les lieux, si vous voulez.

— J'ai ma voiture.

— Alors, vous pouvez nous y conduire…

Au bout de quatre minutes de trajet, Breck fit la remarque qu'ils auraient eu aussi vite fait de s'y rendre à pied. C'était tout droit : Cowgate, West Port jusqu'à Fountainbridge ; mais, une fois encore, ça ne roulait pas : circulation en sens alterné orchestrée par deux ouvriers en gilets fluorescents et panneaux double-face « STOP » et « ROULEZ ».

— Il y a des hommes que ça rend fous, remarqua Breck, d'avoir soudain tout ce pouvoir…

Fox se contenta de hocher la tête.

— Ça vous ennuie que je vous pose une question ?

Fox, que ça ennuyait énormément, haussa les épaules.

— Comment votre sœur s'est-elle cassé le bras ?

— Elle est tombée dans sa cuisine.

Breck fit semblant d'y réfléchir.

— M. Faulkner travaillait dans le bâtiment ?

— Oui.

— Il ne portait pas la tenue de l'emploi : pantalon de bonne qualité, polo et blouson de cuir. Le blouson était un cadeau de Noël de Mlle Fox.

— Ah bon ?

— Ils allaient se marier ?

— Il vous faudra le lui demander.

— Vous êtes proches, tous les deux ?

Fox sentit ses mains se crisper sur le volant.

— On est proches, répondit-il.

— Et M. Faulkner ?

— Que voulez-vous savoir ?

— Il vous était sympathique ?

— Pas spécialement.

— Pourquoi ?

— Aucune raison particulière.

— Ou trop de raisons pour en parler ? Avec mon frère, c'est pareil, précisa Breck. Je ne m'entends pas très bien avec son compagnon.

— Son compagnon ?

— Il est gay.

— Je l'ignorais.

Breck décocha un regard à Fox.

— Vous n'avez aucune raison de le savoir.

Exact, tout comme je n'ai aucune raison de savoir que ce même frère est ingénieur en Amérique...

— Alors, reprit-il, s'éclaircissant la voix, que pensez-vous de tout ça ?

Breck prit son temps avant de répondre.

— Il y a un trou dans la clôture, près de l'endroit où on a découvert le corps. Non loin de là, une petite route latérale où une voiture ou une camionnette peut se garer.

— Le corps aurait été jeté à cet endroit ?

Breck fit une moue d'ignorance, puis se massa les muscles du cou.

— J'ai demandé à Mlle Fox quand elle avait vu M. Faulkner pour la dernière fois.

— Et ?

— Samedi après-midi selon ses dires.

Fox entendait craquer les articulations du cou et des épaules du jeune homme.

— Ce plâtre a l'air très récent…, avança Breck.

— Ça s'est passé samedi, lui confirma Fox d'une voix égale, se concentrant sur la route : deux autres feux tricolores, un rond-point, et ils seraient rendus.

— Donc, elle va aux urgences et M. Faulkner quitte la ville…

Breck cessa ses exercices d'assouplissement et se pencha légèrement vers l'avant, tournant la tête vers Fox de façon à croiser son regard.

— Elle est tombée dans sa cuisine ?

— C'est ce qu'elle m'a dit.

— Et ce que vous m'avez répété… mais votre visage s'est légèrement contracté pendant que vous parliez.

— Vous vous prenez pour Columbo ?

— Simple sens de l'observation, inspecteur. Prenez la prochaine à gauche.

— Je sais.

— Encore cette contraction faciale, murmura Jamie Breck juste assez fort pour que Fox entende.

Le cordon de sécurité était toujours en place, mais le policier de faction le souleva pour leur permettre de passer dessous. Deux journalistes locaux rôdaient autour, mais l'un et l'autre avaient suffisamment de bouteille pour savoir qu'ils n'obtiendraient aucune déclaration. Quelques badauds mataient depuis le chemin de halage, encore qu'il n'y ait pas grand-chose à voir. L'Unité de scène de crime avait déjà ratissé la zone. Des photos montraient le corps *in situ* – Breck les prit des mains d'un technicien de scène de crime et les tendit à Fox. On avait trouvé Vince Faulkner face contre terre, les bras tendus devant lui. Son crâne avait été fracassé par un objet lourd. Ses cheveux étaient poissés de sang. Il avait des égratignures sur les paumes et les doigts – compatibles avec des plaies de défense.

— Nous saurons s'il a des blessures internes seulement après l'autopsie, commenta Breck.

Fox approuva d'un mouvement de tête en regardant autour de lui. L'endroit était sinistre. Des amas de terre et de débris venant des endroits où l'ancienne brasserie avait été démolie. Les entrepôts étaient toujours debout, vidés de leur contenu, les fenêtres pulvérisées. De l'autre côté de la route, étaient jetées les fondations de ce qui allait devenir une « Résidence à mixité sociale », si l'on en croyait le panneau : boutiques, bureaux et logements – plus personne ne parlait d'appartements de nos jours. Des policiers en combinaison de protection travaillaient en rang, espérant localiser l'arme du crime. Il y avait dix mille possibilités, d'une moitié de brique à une pierre, en passant par des gravats de béton.

— Il se peut qu'elle ait été jetée dans le canal, hasarda-t-il.

— Des plongeurs vont arriver, assura Breck.

— Très peu de sang par terre, remarqua Fox qui examinait de nouveau les photos.

— En effet.

— Raison pour laquelle vous pensez qu'on s'est débarrassé du corps ici.

— Peut-être.

— Auquel cas, ce ne serait pas seulement une agression qui aurait mal tourné.

— Sans commentaire.

Breck regarda en l'air et inspira à fond.

— Je sais, dit Fox, comprenant le message. Je ne peux pas m'impliquer. Ni en faire une affaire personnelle. Je dois me tenir à l'écart.

— Tout à fait.

Breck lui avait repris les photos pour les feuilleter.

— Il y a des choses que vous souhaiteriez me dire au sujet de votre sœur ?

— Non.

— C'est lui qui lui a cassé le bras, hein ?

— C'est à elle qu'il faut le demander.

Breck le regarda, puis hocha lentement la tête, et donna un coup de pied dans un petit caillou qui roula sur le sol.

— Combien de temps, à votre avis, va encore durer ce chantier ? se renseigna-t-il.

— Je n'en sais rien.

— On m'a dit que HBOS[1] comptait y installer son quartier général.

— Ça ne risque pas d'arriver de sitôt.

— J'espère que vous ne possédiez pas d'actions.

Fox ricana, puis tendit la main au jeune homme.

— Merci de m'avoir autorisé à venir ici. J'apprécie.

— Soyez assuré, inspecteur, que nous mettrons tout en œuvre… et pas seulement parce que vous êtes de la maison.

Breck lui fit un clin d'œil en lui lâchant la main.

Vingt-cinq photos minimum… Tu aimes mater les

1. HBOS : Halifax-Bank of Scotland.

gamins, sergent, et mon boulot, c'est de te faire pendre haut et court...

— Merci, dit Malcolm Fox. Je vous dépose à la morgue ?

— Je vais rester ici encore un moment.

Breck paraissait plongé dans ses réflexions.

— La PSU, finit-il par dire, vient d'épingler un de mes collègues.

— Il en faudrait plus que les Affaires internes pour éreinter Glen Heaton.

— Vous faisiez partie de cette équipe ?

— Pourquoi voulez-vous savoir ça ?

— Sans raison particulière.

— Vous n'êtes pas un de ses amis proches, si ?

Breck le regarda.

— Et vous, pourquoi voulez-vous savoir ça ?

— Je suis aux Affaires internes, sergent : je vois tout et j'entends tout.

— Je tâcherai de ne pas l'oublier, inspecteur, répondit Jamie Breck.

Fox appela le bureau depuis sa voiture et intima à Tony Kaye d'arrêter les frais avec Jamie Breck. Kaye, évidemment, voulut savoir pourquoi.

— C'est lui qui est en charge de Faulkner.

Kaye sifflotait encore quand Fox coupa la communication. Lorsque son téléphone sonna, Fox répondit sans réfléchir.

— Je te reparle plus tard, Tony.

Il y eut un moment de silence, puis une voix féminine :

— C'est Annie Inglis. Mauvais moment ?

— Pas le meilleur, Annie, pour être franc.

— Je peux faire quelque chose ?

— Non, mais merci quand même.

— J'ai eu votre message…

Le klaxon de la voiture derrière Fox le rappela à l'ordre car il roulait dans une rue réservée aux taxis et aux bus.

— Il y a eu une complication. Le compagnon de ma sœur a été retrouvé mort.

— Je suis désolée…

— Inutile : c'était un enfoiré de première. Mais je viens de rencontrer le responsable de l'enquête. C'est un sergent, un certain Jamie Breck.

— Oh.

— Donc, la tâche que vous m'assignez devra sûrement être confiée à quelqu'un d'autre. En fait, deux de mes collègues sont déjà briefés.

— Bien.

Elle ménagea un bref silence.

— Où êtes-vous en ce moment ?

— En route pour chez ma sœur.

— Comment va-t-elle ?

— C'est justement ce que je vais voir.

— Tenez-moi au courant, d'accord ?

Fox jeta un coup d'œil dans son rétroviseur. Une voiture de patrouille le suivait, surmontée des éclairs bleutés de son gyrophare.

— Je dois vous laisser, dit-il, raccrochant.

Il lui fallut cinq bonnes minutes pour expliquer la situation aux policiers. Il leur avait montré sa carte de police en évitant de révéler qu'il travaillait aux Affaires et Plaintes internes. Peine perdue : ils le savaient déjà. Se rendait-il compte qu'il était en infraction ? Ignorait-il la loi conernant l'usage du téléphone au volant ? Il prit sur lui pour se confondre en excuses, pour réussir à éviter d'expliquer où il allait et pour quelle raison – il ne voyait pas pourquoi il devrait le dire à ces petits cons. Au bout du compte, ils lui collèrent une contredanse.

— Personne n'est au-dessus de la loi, l'avertit le plus âgé des deux.

Fox remercia l'homme et remonta en voiture. Ils firent comme toujours en pareil cas : ils le suivirent sur une centaine de mètres avant de mettre leur clignotant à droite et d'aller voir ailleurs. C'était comme ça pour ceux des Affaires internes : aucune faveur de la part des collègues. En fait, c'était tout le contraire. Ce qui ramena les pensées de Fox vers Jamie Breck...

Il put se garer dans la rue de Jude. Ce fut Alison Pettifer qui vint lui ouvrir. Elle avait tiré les rideaux du salon et de la cuisine – par respect, présuma Fox.

— Où est Jude ? demanda-t-il.

— En haut. Je lui ai préparé un thé avec beaucoup de sucre.

Fox hocha la tête, son regard faisant le tour du salon. Il eut l'impression que Pettifer avait fait un peu de rangement. Fox la remercia et lui fit signe qu'il montait voir sa sœur. Elle lui pressa le bras. Sans un mot, mais son regard en disait long. *Ne la bousculez pas.* Il lui tapota la main et regagna l'entrée. L'escalier était raide et étroit – difficile d'y tomber sans rester coincé à mi-hauteur. Trois portes donnaient sur le petit palier : salle de bains et deux chambres. L'une d'elles était devenue la tanière de Vince Faulkner. Cartons de bric-à-brac, une vieille chaîne hi-fi et des rangées de vieux CD de rock, plus un bureau et un ordinateur bon marché. La porte était entrebâillée, alors Fox jeta un coup d'œil à l'intérieur de la pièce. Les persiennes étaient fermées. Deux revues masculines traînaient par terre : *Nuts* et *Zoo*. Leurs couvertures exhibaient des blondes quasiment identiques qui, de leurs bras repliés, dissimulaient leur poitrine. Fox frappa à la porte suivante, et tourna la poignée. Jude était étendue sur le lit, emmitouflée sous la couette comme dans un cocon. Elle ne dormait pas et n'avait pas touché au thé posé sur la table de chevet à côté d'un verre vide. Une vague odeur de vodka flottait dans la pièce.

— Comment ça va, sœurette ?

Il s'assit sur le lit. On ne voyait d'elle que sa tête et ses pieds nus. Il écarta les cheveux plaqués sur son front. Elle renifla et se redressa pour s'asseoir. Sous la couette, elle était restée habillée.

— Quelqu'un l'a tué, murmura-t-elle.

C'est le mieux qui pouvait arriver, pensa-t-il, mais il dit :

— C'est affreux.

— Ils croient peut-être… ?

— Quoi ?

— Que j'y suis pour quelque chose.

Fox fit non de la tête.

— Mais ils vont t'interroger. La procédure habituelle, ne t'en fais pas.

Elle remua lentement la tête, et il lui caressa de nouveau les cheveux.

— Quand l'as-tu vu pour la dernière fois, Jude ?

— Samedi.

— C'est-à-dire le jour où…

Fox fit un geste en direction du plâtre.

— À mon retour de l'hôpital, il n'était pas là.

— Tu as eu de ses nouvelles ?

Elle inspira profondément, puis expira et secoua la tête.

— Ce n'était pas exceptionnel, pour tout te dire. Certains soirs, j'avais de la chance de le voir cinq minutes. Il sortait avec ses potes, et rentrait le lendemain en me racontant qu'il avait dormi sur un canapé ou dans un lit disponible.

— Tu lui as téléphoné pendant le week-end ?

— Je lui ai envoyé deux textos.

— Pas de réponse ?

Elle fit non de la tête.

— Je l'attendais à la maison le dimanche, mais…

Elle regarda son bras cassé.

— Peut-être qu'il avait plus honte que d'habitude.

— Et hier soir ? relança Fox.

Autre longue inspiration.

— Hier soir… je commençais à m'inquiéter.

— Ou à être dans les vapes, suggéra Fox en montrant le verre vide.

Elle haussa les épaules du mieux qu'elle put.

— Quand je suis passé hier, reprit-il, pourquoi ne m'as-tu rien dit ?

— Je ne voulais pas que tu le saches.

— J'ai essayé de te joindre dans la soirée… pas de réponse.

— Tu l'as dit toi-même : dans les vapes.

— Et pareil ce matin ?

Elle croisa son regard.

— On t'a envoyé ici pour m'interroger ?

— Je te pose simplement les questions qu'ils te poseront.

— Tu ne l'as jamais aimé, décréta-t-elle.

— Je ne vais pas le nier.

— Peut-être même que tu es content qu'il soit mort, poursuivit-elle d'un ton plus accusateur.

Fox, du bout du doigt, la força à redresser le menton et à le regarder.

— Ce n'est pas vrai, mentit-il. Cela étant, tu méritais mieux que lui.

— C'est lui que j'ai eu, Malcolm. Et c'était largement suffisant pour moi.

5

Il retrouva Annie Inglis pour un café à la cantine du poste de Fettes Avenue. À l'exception du personnel de service, l'endroit était désert. Inglis insista pour aller chercher les boissons pendant qu'il s'installait près de la fenêtre.

— Je ne suis pas invalide, lui lança-t-il avec un sourire quand elle poussa le mug vers lui.

— Du sucre ?

Elle laissa tomber une demi-douzaine de sachets sur la table. Il refusa d'un signe de tête et la regarda rapprocher sa chaise avant de s'asseoir. Elle avait opté pour un chocolat chaud. Elle changea de position, effleura la surface du liquide du bout du doigt qu'elle lécha. Puis, elle regarda Fox dans les yeux.

— Eh bien dites donc, fit-elle.

— Eh bien dites donc, approuva-t-il.

— Une idée de ce qui s'est passé ?

— Un chantier près du canal. On l'a laissé sur le carreau.

— Vous avez vu votre sœur ?

— Elle était au lit avec une bouteille de vodka.

— On ne va pas le lui reprocher.

— Jude a un passif avec l'alcool.

Il baissa les yeux sur son café. C'était censé être un cappuccino, mais la mousse était virtuelle. Inglis plissa les lèvres et laissa s'étirer le silence entre eux.

— À part ça, finit-elle par demander, vous avez rencontré le sergent Breck ?

— Je me demandais quand vous alliez vous décider à me le demander, marmonna-t-il.

Elle ignora la remarque.

— Quelle impression vous a-t-il donnée ?

— Je dirais qu'il fait bien son boulot. La conversation n'est pas allée jusque sur le terrain du tripotage de gosses.

Elle se crispa, mais cela ne dura pas.

— Malcolm, dit-elle posément, c'était une simple question.

— Excusez-moi.

— Si je vous la pose, c'est parce que Gilchrist et moi nous sommes parlé…

— C'est lui votre patron, au fait ?

— Gilchrist ? déclara-t-elle, écarquillant légèrement les yeux. Il est constable, c'est mon adjoint.

— Il est plus âgé que vous.

— Donc, vous en avez tout de suite conclu qu'il était mon supérieur ?

Le portable d'Inglis sonna, épargnant à Fox de devoir répondre. Elle le prit sur la table et regarda l'écran.

— Je suis obligée de répondre, fit-elle, portant le téléphone à son oreille. C'est mon fils. Salut, Duncan.

Elle écouta une petite minute, les yeux fixés sur le monde extérieur de l'autre côté de la vitre.

— D'accord, mais rentre à sept heures. Compris ? Bye.

Elle reposa le téléphone sur la table, laissant ses doigts dessus.

— J'ignorais que vous étiez mariée.

— Je ne le suis pas.

Elle réfléchit un petit moment, puis s'étonna :

— Mais qu'est-ce qui vous… ?

Il déglutit avant de répondre. Il y avait des choses qu'il n'était pas supposé savoir sur elle.

— Pas d'alliance, finit-il par dire, avant d'ajouter, un peu trop précipitamment : Quel âge a Duncan ?

— Quinze ans.

— Vous deviez être jeune.

— Ma dernière année au lycée. Mes parents étaient furax, mais ils se sont occupés de lui.

Fox inclina lentement la tête. Il n'était pas fait mention d'un fils dans le dossier personnel d'Inglis. Un oubli ? Il but une gorgée.

— Il va chez un ami, expliqua Annie Inglis.

— Ça ne doit pas être facile : mère célibataire, fils ado…

— Tout se passe très bien, assura-t-elle sur un ton qui indiquait que le sujet était clos.

Fox porta son mug à sa bouche et souffla sur son breuvage.

— Vous me disiez que vous aviez parlé avec Gilchrist…

— Oui. Et nous pensons que ce n'est pas gênant pour nous.

— Moi et Breck, vous voulez dire ?

Elle acquiesça.

— Vous n'êtes pas impliqué dans son enquête, alors il n'y a pas réellement conflit d'intérêt.

— Vous êtes en train de me dire que pendant que

Breck enquêtera sur le meurtre, je me chargerai de l'avoir à l'œil ?

— Vous avez déjà fait connaissance… et vous disposez à présent d'une excuse toute trouvée pour rester en contact avec lui.

— Et il n'y a pas de conflit d'intérêt ?

— On vous demande seulement de vérifier ses antécédents, Malcolm, de voir si vous obtenez des tuyaux qu'on pourrait communiquer à Londres. Rien de ce que vous ferez ne sera utilisé devant un tribunal.

— Comment en être sûr ?

Elle réfléchit un moment, puis haussa les épaules.

— Gilchrist voit ça avec votre supérieur et notre chef-adjoint.

— Ce n'est pas vous qui devriez vous en charger ?

Elle croisa son regard.

— J'ai préféré vous voir, répondit-elle.

— J'en suis touché.

— Êtes-vous à la hauteur de cette tâche, Malcolm ? C'est ce que j'ai besoin de savoir.

Fox repensa au terrain vague du chantier. *Nous mettrons tout en œuvre…*

— Oui, je suis à la hauteur, affirma Malcolm Fox.

De retour à l'étage, il trouva le service des Affaires internes désert. Il s'assit à son bureau et mâchouilla le bout de son stylo pendant cinq bonnes minutes, pensant à Vince Faulkner, à Jude, à Jamie Breck. La porte, entrebâillée, s'ouvrit sur Bob McEwan. Il portait un trench-coat et un attaché-case.

— Ça va, Foxy ? lança-t-il, se campant devant le bureau, les pieds à un bon mètre l'un de l'autre.

— Ouais, ça va.

— J'ai appris pour ton beau-frère… congé pour raison familiale, si tu veux.

— Il ne faisait pas partie de ma famille, rectifia Fox. Seulement un type dont ma sœur s'était entichée.

— Ma proposition reste valable…

— Je passerai la voir dès que je pourrai.

En prononçant ces paroles, il songea à son père. Il fallait aller le lui annoncer.

— Et la Boîte à Pervers ? relança McEwan. Tu penses toujours leur prêter main forte ?

— Tu crois que ça pose problème ?

— Traynor n'en voit aucun.

Adam Traynor, le directeur adjoint de la police.

— Je viens de lui parler, précisa McEwan.

— Alors, c'est réglé, rétorqua Fox, posant le stylo sur le bureau.

Après sa journée de travail, Fox se rendit à Lauder Lodge. Une employée lui indiqua qu'il trouverait son père dans la chambre de Mme Sanderson. Il s'arrêta devant la porte et n'entendit rien. Il frappa et n'entra qu'après y avoir été invité par la voix de la dame. Mitch était assis en face de Mme Sanderson. Les deux fauteuils étaient placés de part et d'autre de la cheminée, laquelle était purement décorative. Un vase de fleurs séchées trônait dans l'âtre inutilisé. Il était déjà venu dans la chambre de Mme Sanderson, la fois où son père l'avait présenté à sa « nouvelle grande amie ». Le vieux remettait ça.

— Voici mon fils, Audrey.

Mme Sanderson laissa échapper un rire pétillant.

— Je sais, Mitch. J'ai déjà rencontré Malcolm.

Mitch Fox plissa le front sous l'effort de mémoire qu'il faisait. Fox se pencha vers Mme Sanderson et déposa un baiser sur sa joue. Elle sentait un peu la poudre de talc ; ses joues étaient parcheminées, de même que ses mains et ses bras. Elle avait sans doute toujours été mince, mais à présent la peau de son visage suivait très exactement le contour des os au-dessous. Malgré tout, c'était encore une belle femme.

— Vous allez mieux ? demanda Fox.

— Beaucoup mieux, mon cher Malcolm, répondit-elle, lui tapotant la main avant de la lâcher.

— Deux fois en l'espace de quelques jours, ironisait son père. Je devrais en être flatté ? Et quand est-ce que ta frangine va daigner venir, tu peux me le dire ?

Fox ne pouvait s'asseoir nulle part sauf sur le lit, alors il resta debout. Il avait l'impression de dominer de toute sa hauteur les deux silhouettes assises. Mme Sanderson rajustait le plaid écossais qui recouvrait ses jambes.

— Jude a appris une mauvaise nouvelle, p'pa.

— Oh ?

— C'est Vince. Il a été tué.

Mme Sanderson le regarda, bouche bée.

— Tué ? répéta Mitch Fox.

— Vous préférez que je… ? proposa Mme Sanderson tout en essayant de se lever.

— Rassieds-toi, lui intima Mitch. C'est ta chambre, Audrey.

— Il faut croire qu'il avait des ennuis, reprit Fox en guise d'explication. On l'a roué de coups.

— Il ne l'a pas volé.

— Oh, voyons, Mitch ! se récria Mme Sanderson. Comment le prend Jude, Malcolm ?

— Elle tient le coup.

— Elle aura besoin de toute l'aide que vous pourrez lui apporter, lui fit-elle observer, puis, se tournant vers Mitch : Tu devrais aller la voir.

— À quoi ça servirait ?

— À lui montrer que tu te soucies de son bien-être. Malcolm t'y emmènera…

Elle se tourna vers Fox, quêtant son approbation. Il ne réussit qu'à exécuter un mouvement entre acquiescement et haussement d'épaules.

— Malcolm t'accompagnera, répéta-t-elle d'une voix plus douce, se penchant en avant et tendant le bras.

Quelques instants plus tard, Mitch Fox l'imitait, et leurs mains se joignirent.

— Peut-être pas tout de suite, intervint Fox, se rappelant le plâtre. Elle n'est pas encore en état de recevoir de la visite. Elle… se réfugie dans le sommeil.

— Demain alors, décréta Mme Sanderson.

— C'est ça, concéda Fox.

En rentrant chez lui, il envisagea de passer voir Jude, mais décida qu'il lui téléphonerait avant d'aller se coucher. Elle avait donné à Alison Pettifer les coordonnées de deux de ses amies, et la voisine avait promis à Fox qu'elles se relayeraient auprès d'elle.

— On ne la laissera pas seule, lui avait-elle assuré en le quittant.

Il s'interrogea aussi sur ce que pouvait bien faire Annie Inglis. Elle avait dit à son fils de rentrer à sept heures. Il était sept heures. Fox se souvenait de son adresse pour l'avoir lue dans le dossier des RH. Il pourrait y être dans dix minutes, un quart d'heure, mais à quoi bon ? Ce gamin piquait sa curiosité. Il essayait d'imaginer ce que ça avait dû représenter, pour une lycéenne, d'annoncer cette nouvelle à son fermier de père. *Mes parents étaient furax... mais ils se sont occupés de lui.* Oui, c'était ce que faisaient les familles : elles serraient les rangs, elles assumaient.

Mais Ducan ne figure pas dans ton dossier, Annie...

Au feu suivant, il regarda la vitrine d'un caviste. Des mini-spots halogènes donnaient du relief à chaque bouteille. Il se demanda si les copines de Jude buvaient. Arriveraient-elles avec des sacs en plastique et une collection de souvenirs, d'histoires tragiques qu'elles se raconteraient à l'infini ?

— Pour toi, ce sera une tasse de thé, Foxy, se dit-il tandis que la file de voitures reprenait sa lente progression vers l'autre côté du carrefour.

Le courrier qui l'attendait sur la moquette du vestibule était conforme à d'habitude : factures, pubs et relevé bancaire. La Royal Bank of Scotland n'avait pas fait faillite, c'était déjà ça. L'enveloppe ne contenait que son relevé, rien d'autre : pas d'obséquieuse lettre d'excuse pour avoir vu trop grand aux risques et périls de leurs clients. Le prélèvement mensuel de Lauder Lodge avait été débité. Le reste se répartissait entre essence et courses. Il regarda le contenu du frigo, cherchant l'inspiration pour dîner sur le pouce. Ne l'y trouvant pas, il essaya les placards et en sortit une boîte de chili con carne et un petit bocal de piments jalapeños. Il y avait du riz long dans un pot sur le plan de travail. La radio s'alluma sur Classic FM, mais il chercha une station qu'il avait découvert depuis peu. Birdsong[1], c'était son nom, et c'était exactement ce

1. Chant d'oiseau.

qu'elle diffusait. Il rouvrit le frigo et en sortit une bouteille d'Appletiser, s'assit à table avec sa boisson et se frotta les joues et le front, se massant les tempes et l'arête du nez. Il se demanda qui paierait sa maison de retraite le moment venu. Il espérait qu'une femme comme Mme Sanderson l'attendrait là-bas.

Quand le plat fut prêt, il l'emporta au salon et alluma la télé. Des chants d'oiseaux lui parvenaient de la cuisine ; il lui arrivait de les laisser toute la nuit. Il surfa sur les chaînes Freeview[1] jusqu'à ce qu'il tombe sur Dave. Des redif, mais toujours regardables. *Fifth Gear* suivi de *Top Gear* suivi par un autre *Top Gear*[2].

— Est-ce que je vais supporter cette vitesse ?

Il avait mis son portable à recharger sur le plan de travail de la cuisine. Quand il sonna, il envisagea de ne pas répondre. Une bouchée du dîner, un gémissement étouffé, et il posa le plateau sur la moquette. Le téléphone ne sonnait plus quand il l'atteignit, mais l'écran affichait deux lettres majuscules : TK. Autrement dit, Tony Kaye. Fox débrancha le téléphone de son chargeur, composa le numéro de son collègue et regagna le canapé.

— Où es-tu ? voulut savoir Kaye.

— Pas de pub pour moi ce soir, l'avertit Fox.

Il entendait le brouhaha en fond sonore. Minter's ou un autre lieu du même genre.

1. Équivalent britannique de notre TNT.

2. Fifth Gear est une émission télévisée consacrée au sport automobile diffusée sur la chaîne Five, ayant pris la suite de Top Gear, diffusée à l'origine par la BBC Two. Dave étant David Coulthard, pilote automobile britannique, qui a participé à ces émissions.

— Oh, que si, l'informa Kaye. On a des ennuis. Tu peux être là dans combien de temps ?

— Quel genre d'ennuis ?

— Ton copain Breck nous a passé un coup de bigo.

— Dis-lui de m'appeler chez moi.

— Ce n'était pas à toi qu'il voulait parler, mais à moi.

Fox, qui avait planté sa fourchette dans son chili con carne, l'y laissa.

— Que veux-tu dire ?

— Il va te falloir éclaircir ça, Foxy. Breck va se pointer ici pile à la prochaine heure.

Fox écarta le téléphone de son oreille suffisamment longtemps pour lire l'heure. Dix-sept minutes.

— Je peux être là dans vingt minutes, continua-t-il, se levant du canapé et éteignant la télé. Qu'est-ce qu'il te veut ?

— Il souhaite savoir pourquoi j'ai demandé à un pote de vérifier si Vince Faulkner figurait dans le fichier national.

Fox jura dans sa barbe.

— Vingt minutes, répéta-t-il, s'emparant de son manteau et de ses clés de voiture. Ne lui dis pas que j'arrive. Au Minter's, c'est ça ?

— Ouais.

Fox jura de nouveau et coupa la communication comme il sortait en claquant la porte.

Les deux mêmes clients étaient au comptoir, échangeant des points de vue avec le propriétaire des lieux au sujet d'un autre jeu télévisé. Jamie Breck reconnut Fox et le salua sans dire un mot. Il était assis à la table habituelle de Tony Kaye, lequel lui faisait face, l'air sérieux.

— Qu'est-ce que je vous offre ? proposa Breck.

Fox secoua la tête et s'assit. Il remarqua que Kaye buvait un jus de tomate, et Breck un diabolo orange.

— Comment va votre sœur ?

Fox se contenta de hocher la tête en soulevant les épaules.

— Parlons de ce qui vous amène, d'accord ?

Breck le regarda.

— J'espère que vous appréciez, commença-t-il, le fait que j'essaie de vous rendre service.

— Service ?

Tony Kaye n'en paraissait pas convaincu.

— Une faveur. On n'est pas des imbéciles, sergent. La première chose qu'on a faite, ce sont les vérif' habituelles. Le PNC garde la trace des recherches récentes, ce qui nous a conduits à votre pote de la crim' de Hull.

— Tu parles d'un pote ! grommela Kaye, croisant les bras.

— Il lui a fallu longtemps pour nous donner votre nom, si ça peut vous consoler. Son chef a dû un peu lui forcer la main.

— Comment s'est passée l'autopsie ? demanda Fox.

Breck reporta son attention sur lui.

— Objet contondant, blessures internes… On est quasiment certain qu'il était mort quand on l'a jeté là.

— Mort depuis combien de temps ?

— Un jour, un jour et demi.

Breck ménagea un silence, faisant tournoyer son verre sur le sous-bock.

— La recherche dans le PNC date d'hier. C'est ce jour-là que vous avez découvert que Jude avait le bras cassé ?

— Oui, admit Fox.

— Vous avez cherché à voir Faulkner ?

— Non.

Breck arqua un sourcil, mais son regard resta fixé sur le verre devant lui.

— Cet homme venait de casser le bras de votre sœur… et vous ne vouliez pas lui dire deux mots ?

— Si, mais je n'ai pas cherché à le voir.

— Et vous, sergent ?

Kaye s'apprêta à répondre, mais Fox leva la main pour lui intimer le silence.

— Le sergent Kaye n'y est pour rien, déclara-t-il. C'est moi qui lui ai demandé de faire une recherche sur les antécédents de Faulkner.

— Pourquoi ?

— Pour avoir des munitions : si on trouvait quelque chose, je me disais que, peut-être, Jude retrouverait son bon sens.

— Le quitterait, vous voulez dire ?

Fox fit oui de la tête.

— Vous l'avez tenue informée ?

— Je n'en ai pas eu le temps : Faulkner était déjà mort, non ?

Breck se dispensa de répondre. Fox croisa le regard de Tony Kaye, hochant imperceptiblement la tête pour lui indiquer qu'il préférait présenter les choses ainsi. Si quelqu'un devait en prendre pour son grade, autant que ce soit lui.

— Je vous avais demandé si vous aviez quelque chose de particulier à me dire au sujet de la victime, vous vous rappelez ? relança Breck, les yeux fixés sur Fox. Comment se fait-il que vous ne m'ayez pas parlé de ses condamnations ?

— Je ne sais pas vraiment, répondit Fox en haussant les épaules.

— Qu'avez-vous appris d'autre sur son compte ?

— Rien.

— Mais vous saviez que ce n'était pas un bon petit ange ?

— Apparemment, il s'était remis dans le droit chemin depuis qu'il était venu dans le Nord.

— Bah, les choses ne se font pas du jour au lendemain. Il voulait peut-être préparer le terrain. Depuis combien de temps était-il ici ?

— Un an, un an et demi, répondit Fox.

L'arôme lui chatouillait de nouveau les narines : celui de deux autres pressions venant d'être servies au comptoir.

— Comment votre sœur l'a-t-elle rencontré ?

— Il faudra que vous le lui demandiez.

— Comptez sur nous, riposta Breck, consultant sa montre. Je vous disais que je vous faisais une faveur, mais l'heure est passée.

— Que voulez-vous dire ?

Breck regarda Malcolm Fox dans les yeux.

— Ce n'est pas moi votre problème sur ce coup, ne l'oubliez pas.

Tous trois tournèrent la tête vers la porte du pub comme celle-ci s'ouvrait, poussée avec tant de force qu'elle grinça sur ses gonds. L'homme qui entra à pas pesants était presque aussi large que grand. Malgré la chute de la température extérieure, il ne portait qu'une veste en tweed par-dessus sa chemise au col ouvert.

Fox le reconnut, évidemment. C'était l'inspecteur-chef William Giles – « Bad Billy » Giles. À voir son visage méchamment ridé, ses cheveux noirs ondulés devaient être passés par la case teinture, mais il y avait peu de risque que quelqu'un lui pose la question. Les yeux du bonhomme étaient d'un bleu froid et cristallin.

— Une pinte, commanda Giles tout en se dirigeant vers la table.

Breck se leva, mais hésita un bref instant avant de faire les présentations.

— On se connaît, l'informa Giles, lui épargnant cette peine. Ils m'ont cuisiné pendant trois heures – trois heures de ma vie que je ne rattraperai jamais.

— Glen Heaton ne méritait pas les efforts que vous avez déployés pour lui, commenta Fox.

— Vous pouvez mettre un homme à terre aussi souvent que vous voulez, cracha Giles. Mais pas l'empêcher de se relever, et Glen Heaton n'est pas de ceux qui seront mis K.-O. par ceux de votre espèce.

La chaise – celle de Breck – grinça sous le poids de Giles quand il s'y laissa tomber. Son regard passa de Tony Kaye à Malcolm Fox.

— Maintenant, c'est moi qui vais m'occuper de vous, déclara-t-il avec une joie féroce.

Billy Giles n'était pas uniquement le grand manitou de la brigade criminelle du poste de Torphichen Place, pas seulement le chef de Jamie Breck – et celui de Glen Heaton, par la même occasion. Il était aussi le plus vieil ami de Heaton. Fox repensa aux trois heures d'interrogatoire. Et à tous les bâtons que Giles avait mis dans les roues de l'enquête de la PSU.

— Maintenant, c'est moi qui vais m'occuper de vous, répéta Giles d'un ton plus détaché.

Du comptoir, Breck croisa le regard de Malcolm Fox. *Ce n'est pas moi votre problème sur ce coup...* Fox lui adressa le même imperceptible mouvement de tête qu'il avait réservé un peu plus tôt à Tony Kaye, lui signifiant par là qu'il avait reçu le message. Puis il reporta son attention sur Giles.

— Ce n'est pas pour tout de suite, lui dit-il en détachant les mots pour leur donner plus de poids.

Il se leva, indiquant à Kaye de faire de même.

— Si vous avez besoin de nous, vous savez où nous trouver, lança-t-il à Giles.

— Maintenant ou plus tard, c'est pareil.

Mais Fox secouait la tête en boutonnant son manteau.

— Vous savez où nous trouver, répéta-t-il. Seulement, assurez-vous de prendre rendez-vous – on est toujours très occupés aux Affaires internes.

— Dans le genre fouille-merdes, vous vous posez un peu là, vous deux.

Même debout, Fox était à peine plus grand que Giles assis. Mais il se pencha quand même un peu vers lui.

— On n'est pas des fouille-merdes, articula-t-il. Vous le disiez vous-même : nous, on est sur le ring, on a mis K.-O. votre pote Heaton. Et aux dernières nouvelles, il était toujours au tapis.

Sur ce, il se redressa, se détourna, s'éloigna et sortit. Tony Kaye le rejoignit quelques instants plus tard. Il nouait son écharpe écossaise en franchissant la porte du pub.

— Qu'est-ce qu'on fait, bordel ? bougonna-t-il.

— Rien. Il arrivera ce qui arrivera.

— On devrait au moins en parler à McEwan.

Fox acquiesça d'un signe de tête.

— Giles voudra nous interroger à Torphichen. On s'en tient à ma version. J'aurai peut-être un blâme, je ne pense pas que ça aille plus loin.

Kaye y réfléchit quelques instants.

— Giles ne s'en tiendra pas là, objecta-t-il. Pour lui, c'est le moment de nous rendre la monnaie de notre pièce.

— Ça n'ira pas chercher loin, Tony.

— Quel con l'autre, à Hull !

— On aurait dû y penser : tout le monde laisse des traces, même sur un ordi.

Kaye souffla bruyamment par le nez.

— Bon, et maintenant ?

Fox haussa les épaules.

— Tu veux que je te dépose ? Je ne vois pas ta Nissan…

— Je l'ai bien garée, pour une fois. À deux rues d'ici.

— Tu ne voulais pas te faire épingler pour ça aussi par ceux de Torphichen ?

Kaye secoua la tête.

— Comment fais-tu pour garder toujours ton calme, Foxy ?

— À quoi bon le perdre ? Comme je te le disais : il arrivera ce qui arrivera.

Kaye jeta un coup d'œil à la porte du Minter's.

— Tirons-nous de là avant qu'il sorte, suggéra-t-il.

— Il doit encore boire sa pinte et peut-être remettre ça. Au fait, que penses-tu de Jamie Breck ?

Kaye délivra son verdict dans la seconde.

— Un mec bien, apparemment.

Malcolm Fox approuva de la tête. *Apparemment…*

Mercredi 11 février 2009

6

Le mercredi matin, Fox se brossait les dents quand son fixe sonna. Il lui fallait recharger son téléphone sans fil à l'étage, et il se doutait que la personne qui l'appelait aurait raccroché avant qu'il atteigne le salon, alors il resta là où il était. Il s'était réveillé tôt, les paroles de Kaye en tête – *Un mec bien, apparemment.* Kaye voulait dire que Breck était du genre à aider les collègues. Ce qui ne voulait pas dire qu'il n'était que de ce genre-là… Comme Fox s'essuyait la bouche, son mobile se mit à son tour à pépier. Il était posé sur la commode de la chambre. Fox traversa la pièce, jetant au passage sa serviette sur le lit qu'il venait de faire.

— Fox, s'annonça-t-il, pressant le téléphone contre son oreille.

— Bonjour monsieur, c'est Alison Pettifer.

Fox eut un nœud à l'estomac.

— Jude va bien ?

— Ils l'ont emmenée.

— Qui ça ? demanda-t-il, alors qu'il le subodorait déjà.

— Des policiers. De la division C, ils ont dit.

En d'autres termes, Torphichen. Fox consulta sa montre : sept heures et demie.

— C'est la procédure habituelle, commença-t-il d'expliquer.

— C'est ce qu'ils ont dit, des « questions de routine ». Mais j'ai pensé qu'il valait quand même mieux vous prévenir.

— C'est gentil à vous.

— Je dois rester, vous croyez ?

Fox n'était pas certain de comprendre : était-elle allée de son propre chef à Torphichen ?

— Pour garder l'œil sur eux, je veux dire, ajouta-t-elle.

Fox écarta le portable de son oreille et lut le numéro affiché sur l'écran. Elle l'appelait de chez Jude.

— Ils sont encore là ? s'enquit-il.

— Certains d'entre eux, oui.

— Avec un mandat de perquisition ?

— Il ont fait signer un papier à Jude, confirma la voisine.

— Où êtes-vous en ce moment, madame ?

— Au pied de l'escalier.

Il l'entendit s'excuser pour céder le passage à quelqu'un. Des pas lourds montaient vers le palier de l'étage.

— Ils n'apprécient pas que j'attende là.

— Et les autres amies de Jude, celles qui devaient lui tenir compagnie ?

— Joyce a passé la nuit ici, mais elle est partie travailler à six heures et demie. La police est arrivée peu de temps après, alors je me suis habillée et…

— Merci pour tout, madame. Vous pouvez rentrer chez vous.

— Deux journalistes ont frappé à ma porte hier soir, mais je les ai envoyés paître.

— Vous avez bien fait.

— Bon… je vais peut-être filer maintenant, si vous pensez que c'est le mieux.

Fox raccrocha, prit une chemise propre sur un cintre et décida que sa cravate de la veille suffirait bien. Il descendait l'escalier quand la ligne fixe sonna de nouveau. Il décrocha le combiné depuis le canapé et le porta à son oreille.

— Fox, dit-il.

— C'est McEwan.

— Bonjour, chef.

— Je te sens tendu.

— Non, chef, tout juste sur le départ.

— Donc, je te vois ici dans une demi-heure ?

— En fait, je dois faire un petit détour avant.

— Je te le déconseille, Malcolm.

— Chef ?

— Torphichen m'a tenu informé. Ils m'ont appelé il y a une heure. Ton histoire de recherche dans le fichier national, ça va prendre du temps pour la désamorcer.

— Je comptais t'en parler… Pour tout te dire, ma sœur a été emmenée pour un interrogatoire. Elle a besoin d'avoir quelqu'un auprès d'elle.

— Pas toi, Malcolm. Toi, tu as besoin d'être ici.

— Ils sont au courant que c'est ma sœur, Bob. Ils n'apprécient pas ce que j'ai fait à leur pote Heaton.

— J'ai mes entrées à Torphichen, Malcolm. Je veillerai à ce que tout se passe dans les règles.

— Bien, chef.

— Dans une demi-heure, alors. Toi, Tony Kaye et moi allons faire un brin de causette...

La ligne fut coupée.

En fait, le trajet dura plus longtemps que prévu. Son excuse : les travaux du tram. En réalité, il avait fait un crochet par la rue où habitait Jude à Saughtonhall. Sa porte d'entrée était ouverte. Une camionnette de scène de crime était garée au bord du trottoir. On avait envoyé quelqu'un à la boutique du coin : l'équipe buvait dans des gobelets en plastique en mâchant des gâteaux et des chips. Il aperçut deux policiers en civil qu'il connaissait de vue pour les avoir croisés au poste de Torphichen. Aucun signe de Billy Giles ou de Jamie Breck. Une voisine d'en face observait la scène de sa fenêtre, bras croisés. Fox laissa son moteur tourner, conscient qu'il ne gagnerait rien à entrer. Finalement, il mit son clignotant et se coula dans le trafic. Les conducteurs étaient tous très polis, c'était à qui freinerait pour le laisser passer.

Ça leur donnait plus de temps pour mater.

— Ils trouveront mes empreintes un peu partout, indiqua Fox à McEwan.

Ils n'étaient pas au bureau : McEwan leur avait déniché une salle de réunion vacante. Table ellipsoïdale et huit ou neuf chaises. Un tableau blanc sur trépied. Trois mots écrits dessus :

VISIBILITÉ
VIABILITÉ
VERSATILITÉ

Tony Kaye s'était approprié la seule chaise à roulettes. Il n'arrêtait pas de la reculer et de la rapprocher de la table.

— C'est agaçant, l'avertit McEwan.

— Que comptez-vous faire au sujet de Bad Billy ? demanda Kaye sans cesser son va-et-vient.

— Inspecteur-chef Giles, si ça ne vous fait rien, sergent – et on compte lui laisser faire son boulot.

Il tourna la tête vers Fox.

— Je n'ai pas raison, Malcolm ?

Fox approuva de la tête.

— C'est la seule chose qu'on puisse faire. Ils se sentiront mieux une fois qu'ils nous auront fichu une raclée.

— Combien de fois vous l'ai-je dit ? soupira McEwan. La PSU doit être au-dessus de tout soupçon.

— Comme je te le disais, faire cette recherche sur Vince Faulkner dans le fichier, c'était mon idée.

McEwan foudroya Fox du regard.

— C'est des conneries, et tu le sais, trancha-t-il. Lui, là, Tony, il est du genre à décider qu'on peut se permettre de ne pas respecter la procédure – pas vrai, sergent ?

— Oui, chef, admit Kaye.

— Hier soir, ce n'est pas ce qu'on a dit à Giles, rappela Fox.

— Alors, tenez-vous-en à votre version, aboya McEwan. S'il vous coince sur un mensonge, il se mettra à en chercher d'autres… D'ailleurs, reprit-il après avoir ménagé un bref silence, il y en a d'autres ?

— Non, chef, répondirent les deux hommes à l'unisson.

McEwan demeura songeur un moment.

— Billy Giles est un fort en gueule, reprit-il. Il est beaucoup moins dangereux qu'il n'y paraît. Mais cela étant, s'écria-t-il en levant le doigt, il ne faut pas le sous-estimer.

Malcolm Fox sortit son mouchoir et se moucha.

— Considèrent-ils la maison de Jude comme une scène de crime ?

— Une scène de crime « potentielle ».

— Ils ne trouveront rien.

— À part tes empreintes, c'est ça ?

— J'y suis allé lundi, puis retourné hier.

— Je te conseille de ne pas oublier de leur dire.

Fox hocha lentement la tête, tandis que McEwan reportait son attention sur Kaye.

— Tony, je vous jure que si vous n'arrêtez pas de pivoter sur cette foutue chaise…

Kaye bondit si brusquement sur ses pieds que la chaise roula en arrière jusqu'au tableau blanc. Il gagna la fenêtre à grands pas, regarda le parking en contrebas.

— Quelque chose me chiffonne, marmonna-t-il en secouant la tête. Foxy commence à s'intéresser à Jamie Breck – et vlan, la division C nous colle aux couilles. Et si Bad Billy en avait eu vent et s'était dit qu'il avait perdu suffisamment de pommes pourries pour la saison ?

— Et fait quoi ? voulut savoir McEwan. Tué un homme de sang-froid ? Vous n'êtes pas sérieux…

— Je ne dis pas que…

Mais Kaye n'acheva pas sa phrase, laquelle se mua en un grognement prolongé.

— Tu penses que je dois me présenter de moi-même pour être interrogé ? suggéra Fox.

— Ils ont déjà exprimé tout le plaisir qu'ils auront de te recevoir, rétorqua McEwan.

— Quand veulent-ils me voir ?

— Tout de suite après cette réunion.

Fox accusa le coup.

— Et alors ? insista-t-il.

— Et alors, comme idiots, vous faites la paire. On n'accède pas au fichier national sans bonne raison.

— On avait une bonne raison ! se récria Kaye.

— Une raison « personnelle », Tony, ce n'est pas du tout la même chose, loin de là.

— Il avait fait subir des violences conjugales, persista Kaye. On voulait connaître ses antécédents.

— Continuez de vous raconter ça, soupira McEwan avec un sourire las.

— Chef ? intervint Fox, sollicitant son feu vert.

— File, répondit obligeamment Bob McEwan.

*

— Ma sœur va bien ?

— Vous voulez la voir ? proposa Giles.

Il portait la même tenue que la veille au soir, mais avec une cravate en plus. Son cou débordait du col de sa chemise, lequel n'était pas boutonné, ce qui se voyait sous le nœud desserré de la cravate.

— Où est-elle ?

— Pas loin.

Ils se trouvaient dans une des salles d'audition du poste de police de Torphichen Place. L'endroit faisait un peu penser au Central 13[1] : un lieu délabré entouré

1. Nom du poste de police assiégé par un gang dans le film *Assaut* de John Carpenter.

d'immeubles vétustes et de travaux de voirie. Il n'y avait pas grand-chose pour les touristes à l'ouest de Princes Street et Lothian Road. La circulation à sens unique charriait bus, taxis et camions tout autour, mais c'était un coin inhospitalier pour les piétons. Les locaux de la police sentaient, comme toujours, le moisi et le désespoir. La salle présentait des blessures de guerre – murs fissurés, bureau éraflé, graffitis sur le battant intérieur de la porte. Ils avaient fait attendre Fox un bon bout de temps à l'accueil, donnant ainsi l'occasion aux policiers en uniforme tout comme aux enquêteurs de venir lui décocher un petit regard noir. Quand, finalement, il avait suivi Giles dans le couloir, ce fut au son des sifflements et des jurons qui lui parvenaient par la porte ouverte des bureaux sur son passage.

— Mais elle va bien ? insista Fox.

Giles croisa son regard pour la première fois depuis son arrivée.

— On n'a pas encore commencé le supplice de la baignoire, si c'est votre question. Thé, petits biscuits et femme-flic pour lui tenir compagnie, aux dernières nouvelles.

Giles se pencha en avant, posant ses coudes sur la table.

— Mauvais, cette affaire, déclara-t-il.

Fox hocha la tête.

— Quand avez-vous vu M. Faulkner pour la dernière fois ?

— Avant Noël ; en novembre, si mes souvenirs sont bons.

— Vous n'aviez pas beaucoup de temps à lui consacrer ?

— Non.

— Je vous comprends. Mais vous saviez qu'il se servait de votre sœur comme d'un punching-ball, hein ?

Fox le regarda sans répondre.

— Moi, si ça arrivait à l'un de mes proches, je lui en ferais voir de toutes les couleurs, à ce salaud.

— J'en ai parlé à ma sœur, expliqua Fox. Elle m'a dit que son bras, c'était accidentel.

— Ne me racontez pas que vous l'avez crue !

Giles se renfonça dans son siège, fourra ses mains dans les poches de sa veste.

— Alors, comment se fait-il que vous n'ayez pas pris Vince Faulkner entre quat'z-yeux ?

— L'occasion ne s'est pas présentée.

— Ou par lâcheté…

Giles laissa l'accusation flotter dans l'air. Voyant que Fox ne relevait pas, il changea de tactique.

— Son bras cassé date de samedi, c'est ça ?

— C'est ce qu'elle dit.

— Quand l'avez-vous appris ?

Du bruit résonna dans le couloir : un jeune homme faisait des siennes pendant qu'on le conduisait à sa cellule ou qu'on l'en sortait.

— Ce doit être Mollison, expliqua Giles. Ce petit branleur est une vague de criminalité à lui tout seul. Dès que j'en aurai terminé avec vous, j'irai lui en toucher un mot.

— Il a quelque chose à voir avec… ?

Giles secoua la tête.

— Mollison entrera par effraction chez vous ou dans votre voiture, mais il y a peu de risques qu'il vous tabasse à mort. Il faut avoir la rage pour ce genre d'agression. Une rage qui se nourrit de rancune.

— Je n'ai pas revu Faulkner depuis avant Noël.

— Vous le saviez à ce moment-là ?

— Si je savais quoi ?

— Qu'il frappait son épouse.

— Jude n'était pas sa femme.

— Mais vous le saviez ?

Les petits yeux perçants de Giles, enfoncés dans son visage gras, fixaient obstinément Fox. Qui ne put s'empêcher de s'agiter sur sa chaise.

— Je me doutais que leur relation était tumultueuse, déclara-t-il.

Giles ricana.

— Je ne vous ai pas fait venir ici pour que vous m'écriviez un roman à l'eau de rose !

— Jude disait toujours qu'elle lui en mettait autant.

— Ce n'est pas une raison, inspecteur. Moi, j'ai l'impression que vous n'avez pas osé vous en mêler. Vous n'avez jamais pris Faulkner à part pour lui parler d'homme à homme.

— Après le bras, je l'aurais fait, si l'occasion s'était présentée.

— Donc, retour à ma première question : quand l'avez-vous appris ?

— Une voisine m'a appelé lundi après-midi.

Giles hocha doucement la tête.

— Mme Pettifer, dit-il.

Oui, il était logique qu'elle ait été interrogée par l'équipe chargée de l'enquête.

— Je suppose que, suite à cela, vous êtes parti à la recherche de Faulkner ?

— Non.

Fox regardait ses mains, jointes sur ses genoux.

— Non ? s'étonna Giles, qui ne paraissait pas convaincu.

— Qu'est-ce que ça aurait changé… il était déjà mort, non ?

— Voyons, Fox, vous n'ignorez pas que l'heure de la mort est toujours sujette à caution… à quelques heures près.

— S'est-il présenté à son travail lundi matin ?

Giles s'accorda un instant de réflexion avant de répondre, mettant dans la balance ce qu'il voulait et ne voulait pas que Fox sache. Finalement, il fit non de la tête.

— Alors, que faisait-il ? Se cachait-il depuis le samedi soir ? Quelqu'un a bien dû le voir.

— Son assassin l'a vu.

— Vous ne pensez quand même pas que c'est Jude.

Giles plissa la bouche, retira les mains de ses poches et les coinça derrière sa nuque. Le tissu de sa chemise se tendit, des espaces se formèrent entre les boutons, révélant, dessous, un maillot de corps blanc. Fox avait l'impression qu'il faisait très chaud dans la pièce. Il savait qu'ils prenaient soin de ne pas l'aérer pour mettre les suspects mal à l'aise. Son crâne le démangeait tellement il transpirait. Mais s'il se grattait ou s'essuyait, Giles penserait que l'interrogatoire le déstabilisait.

— J'ai vu Faulkner sur la table d'autopsie. Un type musclé. Pas évident qu'une manchote alcoolique de quarante-huit kilos à tout casser ait pu le battre aux poings, déclara Giles, épiant une réaction. Cela étant, elle a pu se faire aider.

— Vous ne trouverez rien dans la maison.

Au loin, une porte claqua. Le moteur d'un camion ou d'un bus à l'arrêt tournait au ralenti au pied de l'immeuble, faisant vibrer bruyamment la vitre recouverte de givre.

— Beaucoup de preuves d'une vie chaotique, rétorqua Giles. Même si quelqu'un a pris la peine de tout ranger.

— Sa voisine. Elle l'a fait par gentillesse.

— Je ne sous-entends pas que quelqu'un ait cherché à effacer les traces de son passage, précisa Giles avec un sourire froid. Au fait, pendant que j'y pense, comment se présente votre enquête sur Glen Heaton ?

— Je me demandais combien de temps ça vous prendrait...

— Ce n'est pas lui qui s'en plaint, remarquez : maintien du salaire intégral, les pieds sur le bureau chez lui pendant que nous, on se les gèle et qu'on gratte le pare-brise chaque matin, hein ?

Les mains larges comme des battoirs de Giles s'abattirent sur la table ; il y prit appui pour se pencher vers Fox.

— Tout ça pour être blanchi au bout du compte, acheva-t-il.

— Je lâche Heaton et vous laissez ma sœur tranquille ?

Giles s'essaya à afficher un air de dignité offensée.

— J'ai dit ça, moi ? Je n'en ai pas eu l'impression.

Il ménagea un bref instant de silence.

— Mais je ne peux pas m'empêcher, reprit-il, d'y voir une certaine... ironie de la vie... ou poésie de la justice ?

— Un homme est mort, au cas où vous l'auriez oublié.

— Je ne l'ai pas oublié, inspecteur. Vous pouvez en être sûr. Mes hommes passeront la vie de Vince Faulkner au peigne fin. Votre sœur va devoir s'habituer aux questions qui n'en finissent pas. De plus, les médias s'intéressent à cette affaire, alors il vaudra peut-être mieux pour elle qu'elle arrête d'ouvrir sa porte et de répondre au téléphone.

— Ne vous en prenez pas à elle de cette façon, déclara Fox d'une voix posée.

— Sinon vous porterez plainte aux Affaires internes ? riposta Giles en souriant. Alors ça, ce serait vraiment la meilleure !

— On en a terminé ? lança Fox, s'apprêtant à se lever.

— Pour le moment, oui… à moins que vous ayez autre chose à me dire ?

Fox avait bien une petite idée en tête, mais il se contenta de secouer la tête.

Une fois dans le couloir, il ouvrit quelques portes, mais Jude n'était dans aucune salle d'audition. À l'autre extrémité, se trouvait le hall d'accueil exigu et, au-delà, le monde extérieur. En sortant, Fox tomba sur un visage familier.

— On peut marcher ? demanda Jamie Breck, coupant court à la conversation qu'il avait sur son portable.

— Ma voiture est juste là, répondit Fox avec un signe de tête vers elle.

— Marchons quand même, rétorqua Breck en s'engageant sur la pente en direction du feu tricolore. Comment ça s'est passé avec l'inspecteur-chef Giles ?

— À votre avis ?

Breck hocha doucement la tête.

— Je me disais que vous auriez envie de savoir comment les choses se présentaient.

— C'est comme ça que ça marche ici ? Giles me tient sur le gril, puis vous entrez en scène pour votre numéro de « gentil flic » ?

— Il me tuerait s'il apprenait que je vous ai parlé.

Breck jeta un coup d'œil derrière lui au moment où ils tournaient à l'angle de Morrison Street.

— Dans ce cas, pourquoi le faites-vous ?

— Je n'aime pas cette vision des choses : nous du côté des nôtres, et vous des vôtres.

Breck marchait rapidement. C'était une démarche d'homme jeune, décidée et vigoureuse, comme si l'avenir offrait un but précis. Fox, qui parvenait non sans mal à rester à sa hauteur, sentait sa transpiration devenir glacée à la naissance de ses cheveux.

— Où est ma sœur ?

— En route pour chez elle, je crois.

— De vous à moi, que pensez-vous de Glen Heaton ?

Breck fronça le nez.

— Je voyais bien que, parfois, il prenait le chemin le plus court.

— Quitte à rouler sur tous les trottoirs qui le gênaient.

— C'est son style : très efficace, cela dit.

— Je crois que votre chef a essayé de conclure un marché avec moi.

— Quel genre de marché ?

— Heaton contre ma sœur…

Breck siffla entre ses dents.

— Mais étant donné que ma sœur n'a rien fait…

— Vous l'avez envoyé balader ? devina Breck.

— Vous ne semblez pas surpris qu'il m'ait fait cette offre.

Breck haussa les épaules.

— La seule question que je me pose, c'est pourquoi vous me le racontez.

— Quand on aura coincé Heaton, une place d'inspecteur va se libérer.

— Je suppose.

— Vous n'avez pas d'ambition ?

— Bien sûr ; comme tout le monde, non ? Pas vous ?

— Pas spécialement.

Les deux hommes firent quelques pas en silence.

— Alors, comment ça s'est vraiment passé avec Bad Billy ? finit par demander Breck.

— Il voit dans cette enquête un moyen de faire pression sur moi, ça pourrait fausser son jugement… le pousser à faire fausse route.

Breck en convint d'un signe de tête.

— Il vous a dit pour la vidéosurveillance ?

Fox regarda son cadet.

— Qu'y a-t-il à savoir ?

— J'en conclus qu'il ne vous en a pas parlé.

Breck inspira à fond.

— Il y a un pub dans Gorgie Road… Faulkner n'était pas vraiment un habitué, mais il y allait de temps en temps. Vidéosurveillance à l'intérieur et à l'extérieur.

— Et ?

Breck s'arrêta brusquement et se tourna vers Malcolm Fox, le dévisageant.

— Je ne sais pas trop ce que je peux me permettre de vous dire.

— Quel est le nom de ce pub ?

— Le Marooned. Vous connaissez ?

Breck regarda son aîné faire non de la tête.

— Ouvert depuis seulement un an environ, ajouta-t-il.

— Vince Faulkner a été filmé par les caméras ? insista Fox.

— Samedi soir. Quelques fans de rugby étaient présents ; des Gallois. Le ton est monté, et ils sont sortis pour régler ça.

— Ils l'ont tabassé ?

Breck secoua la tête.

— D'après les images que j'ai visionnées, il a poussé l'un d'eux, et ils lui ont filé une mandale. Trois contre un... Faulkner a soupesé ses chances, et décanillé en leur balançant quelques insultes.

— Ils ne l'ont pas poursuivi ?

— Ça ne veut pas dire qu'il n'est pas retombé sur eux plus tard.

— C'est sûr, murmura Fox, songeur.

— Votre sœur nous a déclaré que Vince Faulkner n'a plus aucune famille dans le Sud... c'est vrai ?

Fox haussa les épaules.

— Elle le sait mieux que moi... tout ça n'a rien à voir avec elle, vous savez.

— Ça ne change rien, soupira Breck. C'est la règle du jeu.

— Sa maison va être sens dessus dessous ?

— J'ai demandé aux techniciens de scène de crime d'y aller mollo.

— Ils n'auront rien trouvé.

Les deux hommes se remirent à marcher. Quand ils tournèrent à gauche, dans Dewar Place, Fox se rendit compte qu'ils revenaient à leur point de départ. À la prochaine à gauche, ils se retrouveraient devant le poste de police et la voiture de Fox.

— Vous habitez tout près de chez moi, disait Breck.

Fox s'apprêta à répondre, au lieu de quoi, se retenant juste à temps, il déglutit. Il avait failli dire : *Je sais.*

— Ah bon ? finit-il par articuler.

— Je l'ai appris par hasard, expliqua Breck en haussant les épaules. Je vis dans la cité derrière le Morrisons[1].

— Vous êtes marié ?

— J'ai une petite amie.

— Du sérieux ?

— On est ensemble seulement depuis deux mois, elle n'est pas encore venue vivre avec moi. Et vous ?

— J'étais marié, répondit Fox.

— La vie de famille, c'est pas évident, quand on est flic, observa Breck.

— Oui, c'est sûr, approuva Fox.

Il pensait à la petite amie. Beaucoup de délinquants sexuels avaient une compagne. C'était une bonne couverture, celle de « l'homme rangé ». Ils ne consacraient qu'une part minuscule de leur vie quotidienne à leur moi secret. D'un autre côté, il y avait sans doute beaucoup d'hommes aux quatre coins de la planète qui tombaient malgré eux sur des sites web… et qui s'y attardaient, captivés, sans savoir pourquoi.

Mais combien d'entre eux finissaient par taper le code de leur carte de crédit ?

— C'est tout ce que vous avez jusqu'à présent ?

1. Une des plus importantes chaînes de supermarchés du Royaume-Uni.

relança Fox. Le Marrooned et quelques supporteurs de rugby.

— En gros, oui.

— Personne ne l'a vu dimanche ou lundi ?

— L'enquête ne fait que commencer, inspecteur.

Fox hocha la tête et pensa à une chose.

— Où travaillait-il ?

— Vous ne le savez pas ?

— Je sais qu'il était ouvrier…

— Il était en CDD à Salamander Point.

— Je croyais qu'ils avaient fait faillite ?

— Pas vraiment.

Ils arrivaient au bout de Dewar Place Lane. Breck toucha l'épaule de Fox.

— Mieux vaut nous séparer ici.

Fox approuva de la tête.

— Merci pour cette petite conversation.

Breck sourit et tendit la main à Fox, qui la serra.

7

Fox appela Lauder Lodge de sa voiture. On lui demanda s'il voulait parler à son père, mais il laissa seulement un message à son intention : il ne pourrait pas le conduire chez Jude aujourd'hui ; il viendrait demain.

Le Marooned était situé à mi-chemin entre Torphichen Place et Saughtonhall Drive. Le bâtiment d'un étage à la façade en brique datait des années 1970. Ç'avait dû être un terrain vague à une époque, avant d'abriter un garage ou un dépôt de matériaux de construction. Il était flanqué d'immeubles anciens de quatre étages, et un autre se trouvait juste en face. Un tableau noir, à gauche de la porte d'entrée, proposait, écrites à la craie, des soirées quiz, du karaoké et des plats chauds. Côté alcools, c'était tarif unique pour les doubles. Une seule caméra de vidéosurveillance, boulonnée en haut du mur dans sa cage grillagée. Fox savait qu'il pourrait entrer et présenter sa carte de police, exiger de visionner la cassette, mais à quoi bon ? Si jamais Billy Giles avait vent de sa visite… Fox jugea préférable d'exécuter un repli stratégique et de repartir en direction de Saughtonhall.

Ce fut une femme qu'il ne connaissait pas qui lui ouvrit. Il se présenta comme étant le frère de Jude.

— Je suis Sandra, déclara la femme. Sandra Henry.

Elle avait à peu près le même âge que Jude, des yeux foncés et fatigués, le visage marbré. Sa tenue – jean artistiquement déchiré et raccommodé, débardeur taillé court pour révéler le nombril – aurait été beaucoup plus seyante sur une femme deux fois plus jeune et trois fois plus mince. Ses cheveux ressemblaient à de la barbe à papa et commençaient à révéler leurs racines plus sombres que le reste. Des créoles en or pendaient à ses lobes. Son nez et sa langue étaient ornés de piercings en forme de clous.

— Jude est couchée, indiqua-t-elle, le précédant à l'intérieur. Vous voulez monter ?

— Dans une minute.

Ils avaient gagné le salon. La pièce était relativement en ordre. La prénommée Sandra, qui s'était assise dans le fauteuil, croisa les jambes. La télé était allumée, mais le son à peine audible. Un homme bronzé semblait vouloir dresser un chien récalcitrant.

— J'adore ça, commenta Sandra.

Fox remarqua alors qu'une de ses chevilles arborait un tatouage représentant un scorpion.

— Comment va-t-elle ? demanda-t-il, commençant à faire le tour de la pièce.

— Comme quelqu'un qui revient d'une visite à la Gestapo…

Elle se tut, le regarda, écarquillant les yeux parce qu'elle se rappelait brusquement ce que le frère de Jude faisait dans la vie.

— J'ai entendu pire, la rassura-t-il.

— Elle était rincée, elle a pensé qu'une petite sieste lui ferait du bien.

Fox hocha la tête d'un air approbateur. Soulevant le couvercle de la poubelle de cuisine, il constata que le sac avait été retiré : les collègues de la Scientifique, à leur Q.G. d'Howdenhall Road, devaient être en train de passer son contenu au peigne fin.

— Je vous remercie de veiller sur elle.

Sandra haussa les épaules.

— Je ne prends mon poste qu'à quatre heures.

— Où travaillez-vous ?

— Chez Asda, Chesser Avenue.

Elle lui proposa un chewing-gum, qu'il refusa d'un signe de tête. Les bouteilles et les canettes vides avaient disparu, les cendriers avaient été nettoyés. Sur le comptoir de la cuisine, ne traînaient plus que deux mugs sales et une boîte à pizza.

— Vous connaissiez Vince ? s'enquit Fox.

— On sortait souvent à quatre.

— Eux, vous et votre compagnon ?

— Il travaille avec Vince.

Elle s'arrêta de mâcher.

— « Travaillait », disons, rectifia-t-elle.

— Il est dans le bâtiment, lui aussi ?

Elle fit oui de la tête.

— Contremaître ; le patron de Vince, disons.

— C'est donc votre compagnon qui a embauché Vince ?

Elle remua de nouveau les épaules.

— Mari, pas compagnon. Seize ans ; on écoperait de moins pour meurtre, comme dit Ronnie.

— Il a sans doute raison. Vous et Ronnie, vous connaissiez bien Vince, alors ?

— Je dirais que oui.

— Déjà allés au pub le Marooned ?

— Ce trou à rats ? Fallait vraiment pas pouvoir faire autrement. Quand il faisait beau, les garçons aimaient bien aller à la Golf Tavern ; comme ça, ils pouvaient faire un parcours mini-golf à Bruntsfield Links.

— Vous et Jude ne jouiez pas ?

— Dîner et quelques parties de roulette ou de black-jack ; c'est plus mon truc.

— Quel casino ?

— L'Oliver.

— À Ocean Terminal ?

Fox, qui avait terminé son tour d'inspection, se tenait au milieu de la pièce, face à elle qui regardait la télé.

— Ouais, celui-là.

— Pas loin de Salamander Point, alors.

— Faisable à pied même avec un verre dans le nez.

Fox hocha la tête pour lui-même.

— Que pensiez-vous de lui, Sandra ?

En entendant son prénom, elle leva les yeux vers lui.

— De Vince, vous voulez dire ?

Elle s'accorda quelques instants de réflexion.

— C'était un mec bien, marrant même, quand on le mettait de bonne humeur.

— Vous voulez dire qu'il ne l'était pas toujours ?

— Il avait un fichu caractère ; mais Jude n'est pas mal non plus, dans son genre.

— Que dites-vous du fait qu'il lui ait cassé le bras ?

— Elle dit qu'elle est tombée.

— Mais nous savons tous les deux que c'est faux.

— Ma devise, c'est : te mêle pas des affaires des autres. Ça ne fait que les compliquer.

Elle se désintéressait de lui à présent. Sur l'écran, le dresseur faisait des progrès évidents.

— Mais vous êtes son amie… vous devez bien…

Fox s'interrompit, pensant à lui : *toi, tu es son frère, et tu n'as rien fait.*

— Je monte, déclara-t-il à la place.

Sandra hocha distraitement la tête.

— Je vous aurais bien proposé de vous préparer un thé ou un café, mais on est à sec.

La porte de la tanière de Vince était grande ouverte, Fox vit que son ordinateur avait été emporté par les enquêteurs. Celle de la chambre de Jude était entrebâillée. Il frappa et l'ouvrit complètement. Sa sœur était assise sur le lit, entourée par des piles de vêtements. La penderie murale avait été à moitié vidée, de même que la commode. C'étaient toutes les affaires de Faulkner – ses jeans, tee-shirts, chaussettes et pantalons. Jude tenait, dans sa main valide, une chemisette dont elle tiraillait le tissu avec les doigts. Elle refoulait ses larmes.

— Je sens encore son odeur, sur les draps, les oreillers… Une part de lui est encore là !

Elle décocha un regard à son frère.

— Tu sais ce qu'ils m'ont dit, Malcolm ? Qu'on ne pouvait pas l'enterrer. Ils ont encore besoin de son corps. Ça peut prendre des semaines, paraît-il. On ignore combien de temps.

Un coin du lit était libre, alors Fox s'y laissa choir, mais garda le silence.

— Sandra me dit qu'il faut résilier ses contrats et prévenir les services administratifs. Que restera-t-il de lui après ?

Elle renifla encore, passa son avant-bras sur ses yeux.

— Ils n'ont pas arrêté de me poser des tas de questions. Ils pensent que c'est moi qui l'ai fait…

— Mais non, la rassura Fox, la prenant par les épaules.

— Ce type… Giles, il s'appelle… il n'arrêtait pas de vouloir me faire dire que Vince était un abuseur – c'est le terme qu'il a employé : « abuseur ». Il m'a appris que Vince avait été condamné dans le passé. Que c'était pour des actes de violence. Que tout le monde comprendrait que j'aie voulu me venger. Mais ce n'est pas ce qui s'est passé, Malcolm.

— Giles le sait, Jude… ils le savent tous.

— Alors, pourquoi n'arrête-t-il pas de le répéter ?

— C'est un gros con, sœurette.

Elle parvint à esquisser un sourire. Fox avait toujours son bras passé autour de ses épaules, mais elle tourna la tête vers sa main.

— Tu me fais mal, murmura-t-elle.

Ce fut alors qu'il se rendit compte qu'il serrait l'épaule de son bras cassé.

— Oh, excuse-moi.

Autre faible sourire.

— Un des policiers était sympa… Breck, je crois. Oui, je m'en souviens à cause de ce livre qu'on a lu, pendant des vacances, quand on était gamins.

— *Enlevé !*[1], lui souffla Fox. Le héros s'appelle Alan Breck. Tu me demandais de te faire la lecture.

— Je sais.

---

1. Roman de Robert Louis Stevenson.

Elle sécha ses larmes avec la chemise qu'elle tenait.

— Sans lui, je ne vais pas m'en sortir, murmura-t-elle.

— Mais si… crois-moi. Tu veux que j'aille te chercher quelque chose ?

— Que dirais-tu d'une machine à remonter le temps ?

— Peut-être un peu long à mettre au point. Sandra me disait que tu n'avais plus de thé ni de café, je pourrais aller t'en acheter ?

Elle fit non de la tête.

— Elle va m'en rapporter de chez Asda, c'est moins cher pour le personnel.

— Elle me racontait que vous sortiez au casino à quatre. Je ne savais pas que tu aimais jouer.

Jude prit une profonde inspiration, puis expira longuement.

— C'était surtout les trois autres. Moi, ce qui me plaisait, c'était le repas et boire quelques verres… C'étaient toujours de bonnes soirées.

Elle sombra dans le silence.

— Des collègues à toi sont venus ici, tu sais, reprit-elle. Ils ont tout retourné. J'ai dû signer des papiers les autorisant à emporter ce qu'ils voulaient. C'est pour ça que…

Elle montra les vêtements autour d'elle.

— Les tiroirs étaient déjà ouverts, murmura-t-elle, alors je me suis dit, autant…

Fox hocha la tête.

— Je te laisse t'occuper de ça, si tu es sûre qu'il n'y a rien que je…

— Mitch est au courant ?

— Oui. J'ai repoussé plus tard sa visite ici…

— J'irai le voir moi. Ce sera plus facile, tu ne crois pas ?

— Je peux t'y conduire. Pourquoi pas un peu plus tard… à trois, quatre heures ?

— Tu ne dois pas être à ton travail ?

Pour toute réponse, Fox haussa les épaules.

— Bon, d'accord, alors, dit Jude.

Son frère se leva. Comme il atteignait la porte, elle repensa à quelque chose.

— Lundi soir, quelqu'un est passé.

Fox, la main sur la poignée, suspendit son geste.

— Il m'a indiqué qu'il cherchait Vince, poursuivit Jude. Je lui ai dit que j'ignorais où il était. J'ai refermé la porte, et voilà.

— Tu ne le connaissais pas ?

Jude fit non de la tête.

— Grand, brun. Je suis allée à la fenêtre pour le regarder partir, mais je ne l'ai vu que de dos.

— Il est monté dans une voiture ?

— Peut-être bien…

— Tu en as parlé à Giles ?

Elle refit non de la tête.

— C'est bête, je sais, mais je n'étais pas d'humeur. Tu pourrais peut-être lui en parler, toi ?

— Oui, bien sûr. Une chose quand même, Jude…

— Quoi ?

— Vince avait des ennuis ? S'emportait-il plus facilement que d'habitude ?

Elle y réfléchit, tenant la chemise contre son nez.

— Il était lui-même, murmura-t-elle à Fox, et il le sera toujours. Mais… Malcolm ?

— Oui ?

— Tu étais au courant de ses condamnations ?

Elle l'observa tandis qu'il faisait lentement oui de la tête.

— Tu ne m'en as jamais parlé.

— Quand je l'ai appris, il était déjà mort.

— Tu aurais quand même pu me le dire. J'aurais préféré l'apprendre par toi que par ce sale type.

— Oui, approuva Fox. Excuse, sœurette. Mais toi ? Tu ne le savais réellement pas ?

Ce fut au tour de Jude de secouer la tête.

— Ça n'a plus d'importance, soupira-t-elle, reportant son attention sur la chemise de son amant mort. Plus rien n'a d'importance dorénavant…

Au poste de Fettes Avenue, Fox trouva un message lui indiquant que le sergent Inglis voulait le voir.

— Elle l'a apporté elle-même, le taquina Tony Kaye pendant qu'il le lisait. Bien foutue…

— Où est le patron ? demanda Fox.

— Il est parti de bonne heure, il devait écrire un discours.

Réagissant au regard que lui lança Fox, Kaye haussa les épaules.

— Je ne sais quelle conférence à Glasgow, ajouta-t-il.

— Du maintien de l'ordre en cas d'amplification probable de l'agitation civile, ânonna Joe Naysmith. Rapport à la crise du crédit, apparemment.

— Tss-tss, fit Kaye. La prochaine étape, ce sera le lynchage des banquiers.

— Quel rapport avec les Affaires internes ? s'étonna Fox.

— Si les collègues se montrent un peu trop virulents envers les manifestants, expliqua Kaye, il se peut qu'on ait ça sur les bras.

Il s'était levé de son bureau et se dirigeait vers Fox.

— Ravi de voir que tu t'en es sorti indemne ; ils t'ont gardé un bon bout de temps.

— Bad Billy Giles faisait son imitation de Torquemada.

— Il fallait s'y attendre. Ta sœur tient le coup ?

— Plutôt bien, jusqu'à présent. Je suis passé la voir en sortant de Torphichen.

— Tu as appris quelque chose ?

— Faulkner a eu une prise de bec avec des supporteurs de rugby samedi soir.

— Ah bon ?

— Apparemment, ça n'aurait pas dégénéré.

— N'empêche… C'est la dernière fois qu'on l'a vu ?

Kaye regarda son collègue le lui confirmer d'un signe de tête.

— Jude a été interrogée ? demanda-t-il.

— Par Giles et par Jamie Breck.

— Avait-elle des choses à leur dire ?

— Je ne crois pas.

Fox se pinçait l'arête du nez. Il espérait que son rhume de cerveau allait soit passer à la vitesse supérieure soit caler une fois pour toutes. Pour le moment, il ne faisait que le suivre partout comme une ombre assassine.

— Tu comptes aller voir la beauté du coin ?

— Hein ? s'écria Fox, levant les yeux sur Kaye.

— La nana glamour de la Boîte à Pervers, répondit

Kaye, pointant le doigt vers le mot. Je peux toujours y faire un saut de ta part, lui transmettre un message.

— Ça ira, répondit Fox en se levant.

Kaye haussa les épaules et se détourna.

— Hé, Starbuck ! cria-t-il à Joe Naysmith. Fais marcher le café…

Fox parcourut la courte distance jusqu'au bureau du CEOP et pressa le bouton de l'interphone. Annie Inglis en personne lui ouvrit. Elle lui adressa un sourire rayonnant et le pria d'entrer. Le constable Gilchrist le salua d'un signe de tête. Les stores étaient baissés contre le soleil de milieu d'après-midi.

— Je n'ai pas beaucoup de temps, indiqua Fox à Inglis en guise d'entrée en matière.

— Je voulais seulement savoir comment ça se présentait, fit-elle, tendant la main vers la même chaise qu'il avait prise lors de sa première visite.

Il s'assit en face d'elle, leurs genoux s'effleurant dans le mouvement. Elle portait une jupe, des collants noirs, un chemisier blanc col ouvert et un rang de perles autour du cou. Les perles avaient l'air anciennes ; un bijou de famille, sans doute.

— Très bien, répondit-il.

Gilchrist, qui leur tournait le dos, soulevait le boîtier d'un disque dur pour regarder à l'intérieur s'il y avait quelque chose d'intéressant.

— Nos homologues, à Melbourne, se préparent à partir avant le signal.

— Que voulez-vous dire ?

— Le flic, là-bas, celui que je vous ai montré…, dit-elle en indiquant l'écran de son ordinateur. Ils craignent qu'il n'ait des potes dans la police, et de ce fait apprenne qu'on enquête sur lui.

— Ils se préparent à l'interroger ?

Inglis opina de la tête.

— Il se pourrait qu'on perde un certain nombre de ses clients au Royaume-Uni.

— Ceux qui ont payé cash, ajouta Gilchrist sans lever les yeux, pas ceux qui ont « versé » leur cotisation. Ils écoperont d'un avertissement et d'un rappel à la loi.

— Breck n'a toujours pas envoyé de photos ?

Inglis fit non de la tête.

— Il n'a rien posté non plus sur le tableau de messages du site. C'est déjà arrivé, reprit-elle après un instant de silence : des fuites qui laissent beaucoup de temps pour faire disparaître ou falsifier des preuves.

— Mais vous les avez, les preuves !

C'était au tour de Fox de faire un geste en direction de l'écran.

— Seulement de petits remous de surface, Malcolm.

— La partie visible de l'iceberg, renchérit Gilchrist en commençant à démonter le lecteur de disques. Ce qui nous serait vraiment utile…, murmura-t-il, semblant parler pour lui-même, ce serait l'accès à l'ordinateur personnel du suspect.

Fox regarda Inglis. Elle soutint son regard.

— Le problème, observa-t-elle, c'est qu'on serait obligé d'obtenir une autorisation de perquisition et de confiscation des biens. Il y a fort à parier que Breck connaisse dans l'organigramme quelqu'un qui soit tenté de le prévenir.

— Vous, d'un autre côté, reprit Gilchrist, apparemment toujours très concentré sur sa tâche, vous pouvez nous faire une petite effraction en toute légalité. Les

Affaires internes ont des pouvoirs qui dépassent ceux des simples mortels que nous sommes.

— Je croyais que vous ne vouliez qu'une vérification des antécédents ?

— Quelques preuves ne seraient pas pour nous déplaire, hasarda Inglis.

— Londres nous décernerait la Gold Star, renchérit son collègue.

— C'est ça l'idée ? demanda Fox. Impressionner les grands manitous ?

— Vous préférez qu'ils pensent que nous ne sommes qu'une bande d'amateurs au nord de la frontière ?

Inglis attendit une réponse, laquelle ne vint pas.

— Il doit avoir un stock d'images chez lui, soit dans son disque dur soit sur une clé USB, reprit-elle d'un ton calme mais déterminé. Même s'il les a transférées, elles auront laissé des traces.

— Des traces ? répéta Fox.

Elle opina de la tête.

— C'est comme pour la criminalistique, Malcolm : on laisse certaines empreintes.

— Ou des empreintes certaines, ajouta Gilchrist, en ce que Fox prit pour une plaisanterie usée jusqu'à la corde.

Néanmoins, Inglis sourit à son collègue. Fox s'enfonça dans son siège, pensant aux « empreintes » que Tony Kaye avait laissées dans le fichier national.

— Du bon boniment, je vous félicite. Vous l'avez mis au point rien que pour moi, ou c'est un numéro bien rodé ?

— Il faut ce qu'il faut, biaisa Inglis.

— Le problème, lui opposa Fox, c'est qu'on ne

s'introduit pas chez quelqu'un sans avoir eu le feu vert de la hiérarchie.

— Il peut toujours y avoir des autorisations rétroactives.

— Que doit justifier l'officier responsable des opérations de surveillance, l'avertit Fox.

— Après coup, insista Inglis. D'après ce que j'ai compris, dans les cas d'urgence, vous avez le droit d'agir d'abord et de faire valider ensuite.

— Mais cette affaire ne me concerne pas, objecta Fox d'une voix posée. Ce n'est pas moi qui enquête sur Jamie Breck. En fait, c'est lui qui pourrait arguer qu'il enquête sur moi. De quoi ça aurait l'air ?

Le silence retomba entre eux.

— Ça ferait un peu désordre, finit par admettre Inglis.

La lueur d'espoir s'était éteinte dans ses yeux. Elle regarda Gilchrist, et eut droit, pour toute réponse, à un haussement d'épaules.

— Ça ne coûtait rien d'essayer, lança-t-elle à Fox.

— On n'aime pas qu'il y en ait un qui nous échappe, ajouta Gilchrist, jetant un petit tournevis sur le bureau.

— Il y a peut-être un autre moyen, proposa Fox. Pour entrer chez Breck par effraction, il nous faudrait l'accord des Opérations de surveillance… mais s'il utilise son ordi personnel, on pourrait poster une camionnette devant chez lui, se connecter à son clavier et voir ce qu'il traficote.

— Vous n'avez pas besoin d'une approbation judiciaire pour la camionnette ? demanda Inglis, qui retrouvait le moral.

Fox secoua la tête.

— Le directeur-adjoint peut nous donner le feu vert, même rétrospectivement.

— Il roule pour nous, commenta Inglis.

Elle effleura la souris sur le bureau à côté d'elle. L'écran de l'ordinateur reprit vie, montrant la même photographie : le flic de Melbourne en compagnie du gosse asiatique.

— Vous connaissez leur ligne de défense ? demanda-t-elle. Ils disent que c'est un crime sans victime. Ils échangent des photos. Le plus souvent, ils jurent qu'ils n'en font pas plus. Que ce n'est pas eux qui commettent des abus sur mineurs.

— Ça n'en sont pas moins des abus, déclara Gilchrist.

— Écoutez, soupira Fox, je mesure l'ampleur du travail que vous vous efforcez de faire…

— En ayant un bras ligoté dans le dos, l'interrompit Inglis.

— Je vais voir ce que je peux mettre en place, poursuivit Fox. La camionnette de surveillance est une possibilité concrète, et s'il est ce que vous dites…

— Si ?

Gilchrist avait haussé le ton. Il foudroyait Fox du regard. Inglis le calma en agitant la main.

— Merci, Malcolm, dit-elle à Fox. Quelle qu'elle soit, toute aide de votre part sera appréciée.

— Bon, d'accord, déclara Fox, se levant. Laissez-moi faire.

Elle toucha l'avant-bras de Fox. Leurs regards se croisèrent, et il fit oui de la tête. Elle articula sans les dire trois mots alors qu'il s'apprêtait à partir.

Quelle qu'elle soit.

De retour aux Affaires internes, Fox, ployant son index, fit signe à Tony Kaye d'approcher. Kaye vint se planter devant le bureau de Fox, bras croisés.

— Que dirais-tu de planquer une petite nuit ? lui proposa Fox.

Kaye ricana.

— Qu'est-ce qu'elle te fera en échange ? le vanna-t-il.

Fox secoua la tête.

— Qu'en dirais-tu ? insista-t-il.

— J'en dirais que ça me mettrait de mauvais poil et sur les rotules. Ne me sors pas que ce serait dans l'espoir de coincer Breck pendant qu'il se lâche sur Internet ?

— Si.

— Ce n'est pas notre client, Foxy.

— Il pourrait le devenir, si la Boîte à Pervers a raison sur son compte.

— Une opération conjointe ?

— Je crois qu'il faudra que le sergent Inglis ou son second soit dans la camionnette…

— Son second est aussi sexy qu'elle ?

— Pas tout à fait.

Fox porta le regard vers la machine à café.

— Tu auras aussi besoin de Naysmith, bien entendu, ajouta-t-il.

Kaye parut déçu.

— Malheureusement exact, admit-il.

D'eux tous, Naysmith était celui qui savait tirer le meilleur parti de la technologie.

— Mais pendant qu'il suera sang et eau, reprit Fox, tu auras tout le temps que tu voudras pour exercer tes charmes sur le sergent Inglis.

— Tout aussi exact, approuva Kaye, reprenant du poil de la bête. Mais, toi, où seras-tu ?

— Je ne peux pas m'impliquer personnellement, Tony.

Kaye marqua son approbation d'un hochement de tête.

— Ce soir ? demanda-t-il.

— Le plus tôt sera le mieux. La camionnette n'est pas en service ?

Kaye fit non de la tête.

— Il fera froid cette nuit. On devra peut-être se serrer pour se tenir chaud.

— Je suis sûr que le sergent Inglis ne demandera pas mieux. Va prévenir Naysmith, j'informe la Boîte à Pervers.

Fox suivit des yeux Kaye qui s'éloignait, puis décrocha son téléphone et composa le numéro du CEOP. Inglis répondit. Fox mit sa main en conque devant sa bouche pour que Kaye n'entende pas.

— On peut monter une surveillance ce soir. Il y aura deux de mes hommes : Kaye et Naysmith.

— Pour moi, la nuit, c'est…

Fox devina ce qu'elle allait dire.

— Compliqué ? Oui, avec votre fils, c'est sûr. Mais ça tombe bien : le sergent Kaye se sentira beaucoup plus à l'aise avec un collègue homme.

— Gilchrist sera partant, décréta Annie Inglis, avant d'ajouter, d'un ton crispé : On peut savoir pourquoi Kaye se sentirait moins à l'aise avec une collègue femme ?

— C'est avec les femmes en général, Annie, expliqua Fox à mi-voix.

— Oh, fit-elle.

Voyant Kaye et Naysmith venir vers son bureau, Fox mit un terme à l'appel.

— C'est réglé, leur annonça-t-il.

Tony Kaye se frotta les mains, tout sourire.

8

Ce soir-là, en rentrant chez lui, Fox s'arrêta dans un restaurant chinois. Il envisagea de s'attabler, mais le lieu était désert, il aurait été le seul client ; il préféra acheter des portions à emporter. Un quart d'heure plus tard, il se rasseyait dans sa voiture, et posait le sachet en plastique sur le siège passager : poulet au gingembre, nouilles et légumes chinois. La patronne avait voulu lui offrir un sachet de chips aux crevettes, mais il avait décliné la proposition. Arrivé chez lui, il vida le contenu des barquettes dans une assiette, puis considéra que ce serait trop et remit la moitié des nouilles dans le plastique. Il mangea à la table de la salle à manger, un torchon coincé dans son col de chemise. Il n'avait trouvé ni message téléphonique ni mail à son intention. Plusieurs chiens se chamaillaient à un ou deux pâtés de maisons de là. Une moto passa dans la rue, roulant trop vite. Fox régla la radio sur la station Birdsong, se servit un Appletiser et repensa à sa visite à Lauder Lodge.

Il était passé chercher Jude à quatre heures comme convenu, et tous deux n'avaient pratiquement pas desserré les dents pendant le trajet. Le personnel de la maison de retraite avait mis un point d'honneur à donner l'illusion de ne pas s'intéresser à Jude. Il n'y avait pas que son bras plâtré : ils avaient lu les journaux et regardé le journal télévisé local. Ils savaient qui elle était et ce qui était arrivé.

— Si j'avais su, j'aurais mis mon voile de deuil, chuchota-t-elle à l'oreille de son frère pendant qu'ils avançaient dans le couloir jusqu'à la chambre de leur père.

Mitch les attendait. Il insista pour se lever afin de pouvoir étreindre Jude et la réconforter. Alors qu'ils s'asseyaient, deux membres du personnel firent irruption dans la pièce pour leur demander s'ils désiraient du thé. Mitch déclara que ce ne serait pas une mauvaise idée. Mais à peine le leur avait-on apporté qu'une autre employée passait la tête par l'entrebâillement de la porte pour savoir si un biscuit leur ferait plaisir. Malcolm Fox décida d'arrêter les frais, et ferma la porte. Mais presque aussitôt, on frappa. Cette fois, pour rappeler à M. Fox que la soirée whist commençait tout de suite après le dîner.

— Oui, je sais, dit-il. Maintenant, du vent et fichez-nous la paix !

Il se tourna vers sa fille.

— Comment vas-tu, Jude ?

— Ça va.

— On dirait pas. C'est de la démence, ton homme.

— Il s'appelle Vince, p'pa.

— De la démence, répéta Mitch Fox, le regard fixé sur le bras de sa fille.

— Désolé, p'pa, s'excusa Fox. J'aurais dû t'en parler…

— Que s'est-il passé ?

— Je suis tombée dans la cuisine.

— Ouais, bien sûr, marmonna son père.

La visite n'avait pas été un désastre complet. Mitch avait réussi à ne pas balancer de choses du genre « Je t'avais prévenue », ou « Tu aurais mieux fait de ne jamais le rencontrer », et Jude à ne pas prononcer de paroles blessantes pour son père.

— Tu es bien silencieux, lui avait reproché son père à un moment.

Fox s'était contenté de hausser les épaules, faisant semblant de s'intéresser à sa tasse de thé.

Ensuite, il avait raccompagné Jude, lui avait demandé si elle voulait qu'il lui tienne compagnie. Elle avait refusé d'un signe de tête, précisé qu'Alison devait passer la voir. Puis elle l'avait embrassé sur la joue avant de descendre de voiture.

Assis dans sa salle à manger, repensant à cet instant, Fox n'aurait su dire pourquoi il avait été tellement surpris par le geste de Jude. Probablement parce que, comme dans tant d'autres familles, ils se montraient rarement leur affection. Il y avait le baiser ou l'étreinte à Noël. Ou aux funérailles, bien entendu. Mais il n'avait pas passé le dernier Noël avec Jude, et le dernier enterrement familial avait été celui d'une de leurs tantes, l'été précédent.

— Merci, avait murmuré Jude en fermant la portière.

Il l'avait suivie des yeux jusqu'à ce qu'elle fût rentrée chez elle. Elle ne s'était pas arrêtée pour se retourner et agiter la main. Après avoir refermé sa porte et allumé la lumière du salon, elle n'était pas venue à la fenêtre pour lui adresser un au revoir.

À Lauder Lodge, Mitch avait lancé l'idée de proposer à Audrey Sanderson de se joindre à eux.

— Je suis sûr que ça lui ferait plaisir de te voir, avait-il assuré à Jude.

Mais celle-ci, d'un mouvement de tête, lui avait signifié de s'en abstenir, et Fox avait eu l'impression que Mme Sanderson elle-même restait volontairement de son côté, ne souhaitant pas les déranger.

Du revers de la main, Fox fit glisser les restes dans la poubelle, tout en s'interrogeant sur l'opinion que son père avait de lui. Il aurait pu l'installer ici, chez lui : il y avait largement la place, mais l'escalier pourrait se révéler dangereux – argument même auquel Fox avait eu recours lorsqu'il avait fallu décider de l'avenir de son père. De plus, à Lauder Lodge, il s'était fait des amis. Bien sûr, il aurait pu en aller de même à Oxgangs – les seniors se retrouvaient tous les jours à l'église du coin. Mais non… la maison de retraite restait la meilleure solution. La décision la plus sage.

Il commença à se préparer un thé, mais s'interrompit : le goût de celui qu'il avait bu à Lauder Lodge lui restait dans la gorge, le dissuadant de réitérer l'opération. Il y avait d'autres Appletiser dans le frigo, mais ça ne lui disait rien. Il ne savait pas de quoi il avait envie. Au salon, il essaya toutes les chaînes de télévision sans rien trouver qui justifie à ses yeux de perdre du temps à le regarder. Il envisagea de se coucher de bonne heure, de rattraper son retard de lecture, mais il n'était même pas neuf heures. Deux heures encore avant que la surveillance de Breck ne commence. Joe Naysmith avait posé la question qui s'imposait : tout est en ordre ?

Autrement dit, la paperasse. Et le feu vert de la hiérarchie. Naysmith : prudent et scrupuleux. Fox lui avait répondu que c'était « dans les tuyaux ». En langage clair : on verrait ça plus tard. Kaye, ébouriffant les cheveux de Naysmith au passage, avait assuré au jeune homme qu'il ne devait pas s'inquiéter. Leur excuse : McEwan était absent. Et l'indication par la Boîte à Pervers qu'il s'agissait d'un cas d'urgence.

— Ça se passera bien, avait assuré Fox.

Tout se passerait bien.

Un DVD… et s'il regardait un film ? Mais aucun ne s'imposa à lui. Il pensa à ceux qu'il avait vus chez Jude, dont aucun n'était un choix de Vince Faulkner : des comédies romantiques, des rêves d'une vie moins imparfaite. Il essaya de se rappeler quelles avaient été les ambitions de Jude, quand ils étaient mômes, mais rien ne lui vint à l'esprit. Lui, avait-il toujours voulu entrer dans la police ? Oui, plus ou moins. Les Hearts ne l'avaient jamais engagé dans leur équipe de première division, et les annonces d'offres d'emplois n'avaient jamais signalé qu'on cherchait des stars de cinéma. De plus, il aimait bien dire à ses potes : *Je veux devenir policier*, se délectant de ces mots et de l'effet qu'ils produisaient sur certains.

Policier, flic.

La flicaille, les cognes.

Il avait entendu pire au cours des années, parfois, dans ses propres rangs, de la part de collègues qui avaient franchi la ligne blanche, qui avaient mal tourné et qui avaient été confondus. Il imaginait Jamie Breck, tout beau tout propre, rentrant chez lui. Refermant sa porte. Tirant les rideaux. Seul, à l'abri des regards indiscrets. Permettant à son moi secret de se lâcher.

Sans savoir qu'une camionnette garée devant chez lui enregistrait chaque touche qu'il enfonçait, chaque site qu'il visitait. Que tout ce qu'il regardait, les gars en planque le voyaient aussi. Ça lui faisait toujours froid dans le dos quand des histoires d'amour étaient étalées au grand jour, des liens criminels confirmés, des fraudes et des fragilités exposées sur la place publique.

C'est comme ça que tu prends ton pied ? Sale voyeur !

Oui, il avait entendu pire. *Faux frère... Tu trahis les tiens... Vermine de la pire espèce...*

De la pire espèce. Mais toujours plus digne que vous – la seule réaction possible.

Toujours plus digne que vous.

Il était sur le point d'essayer la formule à voix haute quand la sonnette de chez lui retentit. Il vérifia l'heure à sa montre. Attendit un petit moment dans l'entrée, dans l'expectative. Quand on sonna pour la deuxième fois, il entrouvrit la porte.

— Salut, lança Jamie Breck.

Fox ouvrit complètement sa porte. Il regarda à droite et à gauche dans la rue.

— Pour une surprise, c'est une surprise.

Ce fut là tout ce qu'il trouva à dire.

— Je mentirais si je vous disais que je passais par hasard, répondit Breck avec un petit rire, mais, en un sens, c'est vrai. Je sors souvent me promener le soir pour me changer les idées. En voyant la plaque de votre rue, j'ai fait le rapprochement avec vous. À moins que, sans le savoir, j'aie eu l'intention de venir. L'inconscient fait des merveilles, conclut-il avec un haussement d'épaules.

— Ah bon ? rétorqua Fox, pesant les choix qui s'offraient à lui. Eh bien, entrez, puisque vous êtes là.

— Seulement si je ne vous dérange pas…

Fox précéda Breck jusqu'au salon.

— Un verre ?

— Et vous ?

— Je ne bois pas.

— Je l'ignorais.

— Maintenant, vous pourrez l'ajouter à mon profil, hein ?

Ça fit sourire Breck.

— Pas d'alcool à la maison, pas même pour les visiteurs ?

Il vit que Fox hochait la tête.

— Vous voulez dire que vous ne vous faites pas assez confiance pour ça… j'ai raison ?

— Que me vaut l'honneur, sergent Breck ?

— Ce n'est pas une visite officielle, Malcolm. Vous pouvez m'appeler Jamie.

— Que me vaut l'honneur, Jamie ?

Breck s'était assis sur le canapé, Fox dans le fauteuil à sa droite. Breck tordait le buste pour lui faire face. Il s'était changé après sa journée de travail : veste en jean, pantalon en velours noir, col roulé mauve.

— Joli salon, commenta-t-il en l'englobant du regard. Plus grand que le mien, mais mon appart' est plus récent – on construit plus petit de nos jours…

— Oui, approuva Fox, attendant de savoir où Breck voulait en venir exactement.

— On a tiré ce qu'on a pu de la vidéosurveillance du pub, l'éclaira obligeamment Breck. Je ne pense pas qu'on obtienne des infos utiles pour une identification. On laissera tout de même les collègues gallois les visionner, au cas où… Le fait est que tout de suite après cet accrochage, les amateurs de rugby étaient de nouveau à l'intérieur du Marooned et prenaient ça à la rigolade en commandant une autre tournée.

— Selon qui ?

— Deux habitués, les Gallois leur ont offert un pot. Ils se sont même excusés de s'être pris le chou avec Faulkner. De plus, une caméra à l'intérieur du pub confirme les faits. Alors, à moins qu'ils ne soient tombés sur lui par hasard plus tard dans la soirée…

— Vous excluez que ça puisse être eux ?

— On n'exclut rien, Malcolm.

— Pourquoi venir me le dire ?

— J'ai pensé que ça vous intéresserait de le savoir… que ça resterait entre nous, vous comprenez.

— Qu'est-ce que je vous donne en échange ?

— Ben… vu qu'il n'y a pas une goutte d'alcool dans cette maison, je ne vois pas trop.

Fox se força à sourire et s'enfonça dans son fauteuil.

— Il y a une chose, finit-il par dire. Jude n'a rien lâché à Billy Giles parce qu'elle n'a pas apprécié son attitude…

— Ah oui ? réagit Breck, se penchant en avant.

— Lundi soir, quelqu'un s'est présenté à son domicile et a demandé à voir Faulkner.

— Si le médecin légiste a raison, Faulkner était déjà refroidi, à ce moment-là.

— Oui, approuva Fox. C'est sans doute sans importance. Tout ce que j'ai obtenu d'elle comme signalement, c'est que c'était un homme.

Ce fut au tour de Breck de sourire.

— Bon, eh bien, merci du tuyau, Malcolm. Un homme ? Voilà qui va restreindre les recherches…

Le silence retomba entre eux, puis Breck hocha lentement la tête.

— Je ne comprends pas pourquoi ils prennent la peine de mettre en place une vidéosurveillance, déclara-t-il.

— Effet dissuasif ? suggéra Fox.

— Ou l'équivalent du doudou ? De plus en plus de particuliers en équipent leur maison, vous le saviez ? Ça les rassure. Il y a quelques mois, un vol avec effraction s'est produit dans Merchiston Avenue. Glen Heaton m'y a emmené pour visionner les images. Elles avaient tellement de grain que les cambrioleurs ressemblaient tout juste à des êtres humains. Ils sont repartis avec un demi-million de livres en antiquités et bijoux. Vous savez ce que Heaton a dit aux propriétaires ? Revendez la caméra et payez-vous un chien.

Fox approuva d'un signe de tête.

— De préférence un gros, poursuivit Breck, et ne le nourrissez pas trop.

— Vous travailliez souvent avec lui ?

— Très rarement, je suppose que c'est pour ça que vous autres, vous n'avez jamais pris la peine de m'interroger.

— Nous avions tout ce qu'il nous fallait.

— Mais vous avez quand même cuisiné Billy Giles ?

— Juste pour le fun.

— J'ignorais que le mot « fun » était dans le vocabulaire des Affaires internes, ironisa Breck qui, après un moment de réflexion, ajouta : J'imagine que, maintenant, vous en savez plus que moi sur Glen Heaton… Combien de temps l'avez-vous eu dans le collimateur ?

— Plusieurs mois.

Fox changea de position dans son fauteuil, un peu moins à l'aise tout à coup.

— On ne devrait peut-être pas en discuter, suggéra Breck, semblant avoir saisi.

— Probablement pas. Mais maintenant que vous savez qu'il enfreignait allègrement le règlement, que pensez-vous de lui ?

— D'après Billy Giles, Heaton n'égratignait nos règles que pour obtenir des résultats. Il échangeait des tuyaux avec certains truands, mais ceux qu'il obtenait en retour nous ont permis de mettre pas mal de criminels derrière les barreaux.

— La fin justifie les moyens ?

Voyant que Breck haussait les épaules, Fox soupira.

— Changeons de sujet, reprit-il. Du nouveau sur Vince Faulkner ?

— Toujours personne qui l'aurait aperçu entre dimanche et lundi.

— Aucune trace de sang relevée aux alentours de ce chantier ?

Breck fit signe que non.

— Billy Giles pense qu'il a pu être tué samedi soir et laissé quelque part… Que lundi, les nerfs du tueur ont commencé à lâcher, que c'est à ce moment-là qu'il s'est débarrassé du corps…

Fox hochait la tête, les yeux fixés sur la moquette.

— Une dernière chose, ajouta Breck. Deux jeunes ont été vus s'engueulant avec un type à un arrêt de bus de Dalry Road – pas très loin du Marooned, et trente, quarante minutes après que Faulkner en fut parti.

— C'est-à-dire, à quelle heure ?

— Vers neuf heures et demie.

— Le signalement correspond ?

— On n'a pas vraiment de signalement. Le témoin, une femme, a regardé la scène de sa fenêtre. Son appartement est situé au deuxième étage, à une cinquantaine de mètres de l'autre côté de la rue. Mais elle est du genre *pasionaria* du respect de l'ordre public, alors elle nous a appelés.

— Que s'est-il passé, selon ses dires ?

— Une altercation entre deux jeunes mecs et un type plus âgé. Apparemment, l'homme attendait le bus quand ils sont passés. Ils ont eu des mots. Un taxi est arrivé, l'homme l'a hélé. Il est monté, et un des jeunes a donné un coup de pied dans l'arrière de la voiture au moment où elle repartait.

— Dans quelle direction ?

— Haymarket.

Fox réfléchit.

— Quels bus font ce trajet ?

Breck secoua la tête.

— Une aiguille dans une botte de foin, Malcolm ; ils y passent tous : à l'ouest vers Corstorphine[1] et le Gyle, au nord jusqu'à Barnton, à l'est jusqu'à Ocean Terminal…

— Vince fréquentait un casino près d'Ocean Terminal, hasarda Fox. Lui, son boss, plus la femme du boss et ma sœur…

— Ce ne serait pas l'Oliver ? demanda Breck, soudain intéressé.

Fox le lui confirma d'un signe de tête.

— Pourquoi ? voulut-il savoir.

---

1. Quartier ouest d'Édimbourg où se trouve le Gyle, important centre commercial.

— Pas de raison particulière. Vous y êtes déjà allé ?

— Non.

— Moi non plus.

Breck avait une idée derrière la tête. Il se frottait la mâchoire du revers de la main.

— Vous essayez de remonter jusqu'au chauffeur de taxi ? relança Fox, brisant le silence.

— Oui.

— Ça ne devrait pas être trop compliqué ; il se souviendra au moins du coup de pied dans sa carrosserie.

— Mmm.

Breck abattit ses mains sur ses genoux, comme s'il venait de prendre une décision.

— J'ai très envie de boire un verre, Malcolm… vous avez le droit de vous joindre à moi ?

— Je ne bois pas.

— Je voulais dire, vous pouvez sortir au pub ?

— Oui, bien sûr, répondit Fox après un instant d'hésitation.

Il consulta sa montre. Ils avaient pris possession de la camionnette… vérifié le matériel… devaient débattre des tactiques avant de partir…

— Mais il est un peu tard, ajouta-t-il.

Breck vérifia l'heure lui aussi, et prit un air étonné.

— Il n'est même pas dix heures.

— Vite fait, alors.

— Vite fait, acquiesça Breck. On peut prendre votre voiture ?

— À quel endroit pensez-vous ?

— L'Oliver. Je suppose qu'il y a un bar.

Fox plissa les paupières. Il ne pesait plus ses choix, mais leurs conséquences.

— Pourquoi là-bas ?

— On pourra peut-être apprendre si Faulkner y est passé le samedi soir.

— Ce n'est pas vraiment conforme aux règles de procédure, Jamie. Votre chef le prendra très mal s'il l'apprend.

— Les règles sont faites pour qu'on les détourne, Malcolm.

Fox agita le doigt.

— Attention à qui vous le dites.

Breck se contenta de sourire et se leva.

— Alors, partant ? demanda-t-il.

— Ça fait loin pour un verre…

Breck ne bougeait pas et ne disait rien. Avec un soupir, Fox posa les mains sur les accoudoirs de son fauteuil, y prenant appui pour se lever.

Le quartier autour d'Ocean Terminal formait un curieux amalgame de terrains vagues en bordure de quais, d'entrepôts reconvertis et de nouveaux bâtiments. Ocean Terminal en lui-même abritait un centre commercial et un cinéma multiplex, avec le yacht royal *Le Britannia* à quai en permanence en guise d'attraction touristique, dans une marina tout au bout du site. À côté, une vaste construction flambant neuve abritait l'armée des fonctionnaires de la ville – ou du moins quelques-uns de ses bataillons. Une poignée de restaurants branchés avaient ouvert, peut-être en lorgnant du côté des bateaux de croisière qui, de temps à autre, mouillaient à Leith. L'Oliver était un édifice en rotonde et on aimait à penser qu'il avait été, à une époque, la résidence du capitaine du port. Fox n'était même pas certain qu'on leur permettrait d'entrer – son compagnon portait des baskets –, mais Breck avait balayé son objection d'un geste de la main et sorti sa carte de police.

— Passe-partout national, avait-il dit en l'agitant sous le nez de Fox.

Ils s'étaient donc garés au parking entre une Mercedes et un coupé Toyota. Des portiers en livrée montaient la garde à l'entrée. Breck montra du doigt la caméra de vidéosurveillance, que Fox, du reste, avait déjà repérée. Il se demandait s'il ne devrait pas envoyer un texto à Kaye pour le prévenir que la planque de ce soir serait inutile. D'un autre côté, s'ils ne restaient que le temps de boire un verre…

— Bonsoir, dit l'un des portiers.

Ça ressemblait plus à une mise en garde qu'à un accueil.

— Comment ça se présente ce soir ? s'enquit Breck. Du monde ?

— Ça commence à peine à arriver.

L'homme jaugea Breck de la tête aux pieds, son regard s'attardant sur sa veste en jean.

— On vient en touriste ? demanda-t-il.

— J'ai des espèces qui vont finir par me trouer les poches, répondit Breck avec un sourire.

L'autre portier ne quittait pas Fox des yeux.

— Celui-là, c'est un flic, laissa-t-il tomber à l'intention de son collègue. Je te parie tout ce que tu veux.

— Les flics n'ont pas le droit d'avoir une soirée libre ? rétorqua Fox, s'avançant d'un pas de façon à se retrouver face à lui.

— Du moment que vous ne venez pas vous rincer le gosier aux frais de la princesse, persifla le premier portier.

— On pourra payer nos consos, lui assura Breck.

— Y a intérêt, l'avertit l'homme.

Ils entrèrent. Breck déposa sa veste au vestiaire, ce qui l'aida à se fondre un peu plus dans la masse. Au premier coup d'œil, l'endroit était clinquant mais, en fait, l'ambiance était plutôt bon enfant : des hommes d'affaires jouant à des tables, leurs femmes et leurs petites amies à d'autres. Quelques curieux restaient debout tout autour, en observateurs. Fox crut reconnaître en l'un d'eux le serveur qui avait pris sa commande au restaurant chinois ; impression confirmée quand celui-ci lui sourit, agita la main et inclina légèrement le buste.

— Un ami à vous ? voulut savoir Breck.

Des machines à sous complétaient la panoplie des tables de jeux de hasard – cartes, dés et roulette –, de même qu'un bar puissamment éclairé. Chaque croupier était surveillé par un membre du personnel, juste par sécurité. Fox avait entendu dire que certains croupiers étaient trop réguliers dans leurs gestes ; du coup, les joueurs pouvaient deviner sur quel quart la bille de la roulette avait le plus de chances de s'immobiliser, ce qui faussait les paris. Au fil des années, quelques policiers s'étaient attiré des ennuis suite à des dettes de jeu, entrant dans l'orbite des Affaires internes par la même occasion – tout le monde n'était pas doué pour percer les secrets des cartes et des roulettes.

Un escalier en colimaçon, dont chaque marche était savamment illuminée, menait à la mezzanine. Breck s'y engagea et Fox lui emboîta le pas. En haut, il y avait un autre bar et, sur le côté, le restaurant du casino qui ne comptait que cinq ou six box et trois ou quatre autres tables, inoccupées ce soir-là. Tous les tabourets de bar étaient pris, et d'autres clients observaient l'action qui se déroulait en contrebas, depuis la sécurité relative de la balustrade.

— Qu'est-ce que je vous offre ? demanda Breck.

— Un jus de tomate, répondit Fox.

Breck hocha la tête et se glissa entre deux tabourets de bar. Le barman servait un cocktail dans une flûte à champagne vieillotte. Fox rejoignit les autres clients et regarda en bas. Si l'attraction supplémentaire semblait consister dans le fait de pouvoir, par moments, se rincer l'œil en plongeant le regard dans le décolleté des femmes, les tables étaient placées de telle sorte qu'il était impossible de voir les cartes d'un joueur. L'homme à côté de Fox le salua vaguement de la tête. Il avait la soixantaine, le visage strié de rides profondes, les yeux chassieux.

— C'est la table trois qui porte chance ce soir, murmura-t-il entre ses dents.

Fox fit la moue, comme si ce tuyau lui ouvrait de nouveaux horizons.

— Merci, dit-il.

Il avait trois billets de vingt livres dans sa poche, et savait qu'il devrait en casser un pour payer à son tour un pot à Breck. Avec de la chance, Breck refuserait, et ils rentreraient chacun chez soi. Fox n'avait nullement l'intention de jeter l'un de ses billets sur une table, pas même sur celle qui portait chance.

— Un Virgin Mary, annonça Breck, lui présentant un verre.

Fox le remercia et but une gorgée. C'était très épicé : sauce Worcestershire, Tabasco, poivre noir. Fox sentit ses lèvres s'engourdir.

— J'ai pensé que c'était comme ça que vous l'aimiez. À la vôtre.

Breck tenait un grand verre rempli de glaçons et d'une sombre mixture.

— Rhum Coca ? supposa Fox, ce que Breck confirma d'un signe de tête.

— C'était la boisson préférée de mon père, précisa-t-il.

— C'était ?

— Il est comme vous, il a arrêté l'alcool. En tant que médecin, il a eu plus que son content de foies bousillés.

L'homme à côté d'eux les avait écoutés.

— Qu'est-ce qui ne finit pas par vous tuer ? demanda-t-il, levant son whisky pour trinquer, les vestiges des glaçons faisant cliqueter son verre quand il le porta à sa bouche.

— Ce monsieur, signala Fox à Breck, pense que la table trois porte chance ce soir.

— Ah bon ?

Breck jeta un coup d'œil par-dessus la balustrade. À la table trois, on jouait au black-jack, et Breck se tourna vers Fox.

— Qu'en pensez-vous ?

— Je savoure mon cocktail, répondit Fox, buvant une nouvelle gorgée qui lui emporta la bouche. Mais ne vous gênez pas pour moi…

Ce fut après que Fox eut offert leur deuxième – et dernière – tournée que Breck se décida à « tenter sa chance ». Dans le quart d'heure qui suivit, il perdit presque trente livres sous le regard de Fox qui l'observait depuis les coulisses.

— Aïe, lâcha Breck pour tout commentaire, à la fin de l'expérience.

— Je ne vous le fais pas dire, approuva Fox.

Ils se replièrent près des machines à sous.

— Pourquoi sommes-nous venus ici, Jamie ? s'énerva Fox.

Mais celui-ci secoua la tête.

— Rentrons, dit-il.

Il en resta là.

Pendant le trajet de retour, Breck se mit à gloser sur la chance, le hasard, et le fait qu'il n'y croyait pas.

— C'est nous qui décidons de ce qui va survenir et le faisons se produire.

— Vous croyez ?

— Vous n'êtes pas d'accord ?

Fox haussa les épaules.

— Pour moi, il arrive ce qui doit arriver et on n'y peut pas grand-chose, affirma-t-il.

Breck le dévisagea.

— Vous connaissez le groupe Elbow ? Une de leurs chansons dit que lorsqu'on est ivre ou simplement heureux, on commence à croire qu'on a créé le monde qui nous entoure.

— Mais c'est une illusion.

— Pas forcément, Malcolm. On façonne le moindre instant de notre vie. On choisit ce que sera notre existence. C'est pour ça que je m'éclate en jouant.

— Vous jouez ?

— À des jeux en ligne par forum. Des jeux de rôles. Il y en a un, Quidnunc, auquel je me consacre souvent. J'ai un avatar qui parcourt la galaxie et vit des tas d'aventures.

— Quel âge avez-vous ?

Breck éclata de rire.

— Je ne suis pas convaincu qu'on exerce le moindre contrôle sur le monde, poursuivit Fox. Mon père est en maison de retraite, il n'a, pour ainsi dire, aucune prise sur sa vie quotidienne. Les gens vont et viennent, s'agitent autour de lui, prennent des décisions à sa place – comme nos hommes politiques et nos patrons le font pour nous. Ce sont eux qui dirigent nos vies. La publicité nous dit quoi acheter, le gouvernement comment vivre, la technologie ce qu'on ne doit pas oublier de faire.

Pour preuve, il défit sa ceinture de sécurité. Un signal lumineux clignota sur le tableau de bord, accompagné du bip-bip d'une alarme. Il glissa la boucle dans le fermoir, et lança un coup d'œil à Breck.

— Vous avez déjà réussi à utiliser un ordinateur sans qu'il vous demande si vous avez besoin de son aide ?

Breck le regardait en affichant un large sourire.

— Le libre arbitre contre le déterminisme, énonça-t-il.

— Je veux bien vous croire sur parole.

— Je parie que vous n'avez pas de page Facebook ni rien de ce genre ?

— Grands dieux, non !

— « Friends Reunited[1] » ?

Fox fit non de la tête.

— C'est déjà assez dur comme ça d'avoir un minimum de vie privée, soupira-t-il.

---

1. L'équivalent outre-Manche de « Copains d'avant » ou « Trombi.com ».

— Ma compagne aime bien Twitter. Vous connaissez le principe ?

— J'en ai entendu parler, et ça me paraît infernal.

— Vous regardez la vie en spectateur, Malcolm.

— Ça ne me déplaît pas… Au fait, vous n'avez pas interrogé le personnel au sujet de Vince Faulkner ?

— Une autre fois, répondit Breck avec un haussement d'épaules.

Fox devait prendre une décision. Dans l'idéal, il déposerait Breck dans la rue principale et le laisserait parcourir à pied les dernières centaines de mètres jusque chez lui. De la sorte, les trois occupants de la camionnette de surveillance ne le verraient pas. Mais s'il n'emmenait pas Breck à sa porte, celui-ci ne s'interrogerait-il pas sur ses motivations ? Et s'il devenait soupçonneux, risquait-il de repérer la camionnette ? Finalement, ce fut Breck qui décida pour lui. Ils venaient de tourner dans Oxgangs Road quand il dit à Fox qu'il descendrait là.

— Vous ne voulez pas que je vous dépose plus près de chez vous ?

Breck fit non de la tête. Fox avait déjà mis son clignotant pour s'arrêter contre le trottoir.

— Je veux terminer ma promenade à pied, expliqua Breck.

Quand la voiture fut à l'arrêt, il lui tendit la main.

— Merci, dit-il.

— Non, Jamie, c'est moi qui vous remercie.

Breck sourit et ouvrit la portière, mais une fois dehors, il passa la tête dans l'habitacle.

— Ça reste entre nous, hein ? Ce serait mauvais pour nous deux dans le cas contraire…

Fox fit oui de la tête et regarda Breck se redresser. Mais il glissa de nouveau la tête dans la voiture.

— Une chose qu'il faut que vous sachiez, ajouta-t-il. On n'est pas tous comme Glen Heaton, ou Bad Billy Giles, soit dit en passant. Beaucoup d'entre nous, à Torphichen, ont applaudi des deux mains quand vous l'avez épinglé. Alors, merci pour ça, Malcolm.

La portière passager se ferma. Une main donna deux petits coups sur le toit de la voiture. Fox mit son clignotant pour déboîter et débloqua le frein à main. Il rentra chez lui avec des bribes de pensées qui tournoyaient dans sa tête, refusant de se connecter.

Jeudi 12 février 2009

9

Trois heures que Fox était au bureau quand Tony Kaye arriva, la tête dans le sac.

— Eh bien, s'exclama celui-ci, voilà du temps que je ne rattraperai jamais !

— Que s'est-il passé ? demanda Fox, cessant de taper au clavier.

Il rédigeait le compte rendu de la réunion qu'il venait d'avoir avec deux membres du bureau du procureur général. Ils l'avaient prévenu que le dossier Glen Heaton ne prendrait « pas qu'un peu de temps à monter ». C'étaient deux jeunes – un homme, une femme. À en juger à leur façon de s'habiller, de bouger et de s'exprimer, on aurait pu les prendre pour frère et sœur. C'était à croire qu'ils avaient passé toute leur vie ensemble, au point que Fox avait demandé s'ils vivaient à la colle.

— À la colle ?

La femme n'avait pas semblé comprendre.

— Non, avait répondu son confrère, le sang lui colorant le cou.

— Ce qui s'est passé ? s'écriait Tony Kaye à présent, reprenant à son compte la question de Fox tout en ôtant son pardessus. Il ne s'est RIEN passé, Malcolm. L'autre con n'est rentré qu'à minuit. Il avait laissé une lampe allumée chez lui, alors on supposait qu'il était là. Quand il finit par se pointer, il allume tout de suite son ordi. Là, on se dit qu'on va le coincer. Et tu sais ce qu'il fait ?

Kaye avait suspendu son pardessus et posé son cartable en cuir au pied de son bureau.

— Quoi ?

— Il se connecte à un JRF. Tu sais ce que c'est ?

— Un jeu de rôles par forum.

Kaye le regarda bouche bée, surpris par l'étendue des connaissances de son collègue.

— Joe Naysmith a dû m'expliquer, avoua-t-il. Il a joué pendant près d'une heure, après quoi il a répondu à ses mails – des trucs vraiment passionnants comme un à son frère aux États-Unis et un autre à ses neveu et nièce.

— Je croyais que son frère était gay.

Kaye lui décocha un autre regard.

— Qu'est-ce qui te fait penser ça ?

C'est lui qui me l'a dit, songea Fox. Mais il ne voulait pas que Kaye sache que certaines de ses conversations avec Breck étaient devenues assez intimes, alors il changea de position sur sa chaise et expliqua qu'il avait trouvé cette info dans le dossier personnel de Breck.

— Voilà ce qui s'appelle donner des renseignements exhaustifs… Le gars de la Boîte à Pervers pense qu'il en appâte sur le Net, mais c'est de la parano professionnelle… Ah, reprit Kaye après un bref silence, tout en hochant la tête à l'intention de Fox pour renforcer son propos, il y a autre chose dont il va falloir qu'on cause toi et moi, mon pote. Aucun signe du sergent Inglis. Elle devait border son fiston, alors elle s'est fait remplacer par le mec le plus ennuyeux du monde. Et, surprise, surprise : lui et Naysmith s'entendent comme larrons en foire ! Tu devines pourquoi ?

— Ils aiment les jeux vidéo ?

— Ils adorent les jeux vidéo ! Les gadgets et les nouvelles technologies, je t'en passe et des meilleures… Ils n'étaient pas ensemble depuis dix minutes qu'ils se montraient déjà leurs mobiles. Dix minutes plus tard, on en était aux modems, au streaming et je ne sais quoi encore. J'y ai eu droit pendant quatre heures.

Kaye soupira et regarda en direction de la machine à café laissée à elle-même.

— Ne me dis pas que Naysmith est encore au pieu ?

Fox se moucha.

— Je ne l'ai pas vu, admit-il.

— McEwan est toujours à sa conférence, ajouta Kaye. Je devrais peut-être m'enrouler dans un duvet à mon bureau.

— Ne te gêne pas pour moi.

— Breck s'est couché vers deux heures. On a attendu, au cas où il aurait pris son ordinateur portable avec lui, mais il ne s'est rien passé, du coup, on en est resté là.

— La Boîte à Pervers veut qu'on remette ça ?

Kaye haussa les épaules.

— Je n'en serais pas surpris, ne serait-ce que pour que Gilchrist et Naysmith comparent les mérites de leurs Freeviewbox.

Il soupira de nouveau. Il était toujours debout, et avait fait deux ou trois pas en direction du bureau de Fox qu'il regardait.

— Quoi ? relança ce dernier.

— Autre chose, *compadre*... Il a fait une recherche sur Google à ton nom.

Les sourcils de Fox se rejoignirent.

— Il a quoi ?

— Recherche qui l'a mené sur quelques sites médias, continua Kaye. Il ne s'y est pas attardé, ce qui nous fait penser qu'il imprimait des pages plutôt que de les consulter en ligne.

— Il n'aura pas trouvé grand-chose.

— Sauf qu'il a recherché « Affaires et Plaintes internes ». Tout ce qu'on a fait ou presque dont les médias ont parlé depuis deux ans.

Kaye ménagea une pause, avant d'ajouter :

— Dont Heaton, je suppose.

— Pourquoi ferait-il ça ?

Kaye haussa de nouveau les épaules.

— Peut-être que tu es son genre...

Fox faillit informer son collègue de la visite inopinée de Breck à son domicile et de leur petite escapade à l'Oliver. Mais Kaye reprenait la parole.

— D'un autre côté... le mec qui tabassait ta sœur est retrouvé mort. Billy Giles traque les suspects.

— Avec Breck en fin limier ?

Fox y réfléchit un moment.

— J'ai eu l'impression qu'ils ne s'appréciaient pas trop, ces deux-là.

— Ça pouvait n'être qu'une façade. Breck voulait que tu penses ça...

Fox hocha lentement la tête.

— Tu l'as vu récemment ? questionna Kaye.

— Qui ça ? Breck ?

Fox sortit un mouchoir de sa poche et se moucha de nouveau, pour gagner du temps. La porte s'ouvrit et Joe Naysmith entra. Il tenait son calepin dans une main et un journal dans l'autre.

— Il est écrit ici, signala-t-il en posant le journal sur le bureau de Fox, que l'enquête progresse.

L'article occupait une large part de la page trois de *The Scotsman.* Pas très surprenant : Édimbourg était loin d'être une capitale du crime – peut-être un par mois en moyenne, élucidé rapidement le plus souvent. Quand il s'en produisait un, les médias locaux s'en emparaient au quart de tour et, en général, dans les moindres détails. En l'occurrence, s'étalait une grande photo de la scène de crime, avec, en médaillon, le visage souriant de Vince Faulkner, et, en plus petit, celui de Billy Giles qui n'avait pas l'air moins féroce que dans la vie.

— Des yeux comme des lasers, commenta Naysmith.

— D'où sors-tu ce journal ? demanda Kaye. Je croyais que tu lisais le *Guardian.*

— Helen m'a dit que je pouvais le prendre.

— Helen ?

— Aux RH… le bureau à côté de la porte…

Kaye leva les yeux au ciel.

— C'est tout juste si elles nous disent bonjour, et lui, il est à tu et à toi avec elles.

Il agita l'index à l'intention de Naysmith.

— Bientôt, tu vas m'annoncer que Mme Stephens te cire les pompes pendant que tu as les pieds sous son bureau.

— Elle est sympa, protesta Naysmith, mettant le cap sur la machine à café. Elles sont toutes…

— Trois sucres ! lui cria Kaye.

— Il le sait maintenant, observa Fox.

— Il le fait toujours trop amer, gémit Kaye, reportant son attention sur Fox. Qu'est-ce que ça raconte ?

— Pas grand-chose. Ils parlent du Marooned. Ils lancent un appel à témoin au cas où quelqu'un aurait aperçu la victime ailleurs pendant le week-end.

— Les mémoires sont courtes. C'est quoi, le Marooned ?

— Un pub de Gorgie Road. Vince s'est pris la tête avec des Taffs[1], répondit Fox en parcourant de nouveau l'article. Ils ne parlent pas de l'arrêt de bus…

Il l'avait dit pour lui-même, mais assez fort pour que Kaye entende.

— Quel arrêt de bus ?

— Après les fans de rugby, Vince a été vu dans Darly Road. Apparemment, il attendait le bus, il a eu une altercation avec un groupe de jeunes.

Kaye fronça les sourcils.

— Finalement, il a pris un taxi, acheva Fox.

— On peut savoir comment vous savez ça, inspecteur Fox ?

Fox s'humecta les lèvres.

— J'ai mes sources, sergent Kaye.

— Breck ?

Comme Fox ne pouvait le nier, il préféra garder le silence. Kaye leva les yeux au ciel pour la deuxième fois.

— C'est ce qu'on disait ! s'exclama-t-il. Il agite des appâts sous ton nez pour que tu ne voies pas Giles tapi derrière lui avec l'hameçon !

---

1. Surnom donné aux habitants de Cardiff, située sur la rivière Taff, et plus généralement aux Gallois.

— Joliment tourné, cria Naysmith.

— Ta gueule, Joe, éructa Kaye du tac au tac.

Penché vers lui, il appuyait les paumes de ses mains sur le bureau de Fox.

— Dis-moi que tu l'as compris. Que tu vois clair dans son jeu.

— Évidemment, déclara Fox, plus très sûr de rien.

Il mordilla son stylo, sentit craquer le capuchon en plastique.

Une salle de sport se trouvait dans l'Asda de Chesser Avenue. Fox le savait parce que, lors de l'ouverture, il s'était vu offrir une période d'essai gratuite. Mais il ne s'était jamais aventuré dans le supermarché et fut surpris par son gigantisme. Il prit un panier, y déposa deux articles puis se dirigea vers les caisses. La femme devant lui dans la file d'attente lui signala celle d'à côté où il passerait tout de suite. Elle n'en finissait pas de vider le contenu conséquent de son caddie pendant que son petit garçon suçait un bonbon. Assis dans le caddie, il battait des jambes en des tentatives répétées de toucher des pieds le panier de Fox.

— Je ne suis pas pressé, répondit Fox à la dame.

Elle le regarda d'un air bizarre, puis recommença de charger le tapis roulant. La transaction achevée, elle ne paya pas avec une carte de crédit, mais avec des poignées de billets qu'elle prit dans son porte-monnaie. La caissière les compta en les mettant dans son tiroir-caisse, puis tendit à la cliente une facturette longue comme un serpentin. Elle lança un sourire dans la direction de Fox et dit bonjour.

— Bonjour, Sandra, répondit-il.

Sandra Hendry avait déjà fini de scanner ses articles. En entendant son prénom, elle le regarda pour la première fois.

— Oh, c'est vous, constata-t-elle, avant d'ajouter aussitôt : Cuisine indienne, ce soir ?

Fox s'avisa des produits qu'il achetait : riz basmati, sauce Madras.

— Oui, dit-il.

— Comment va Jude ?

Personne n'attendait derrière Fox, alors Sandra glissa le bras sous sa caisse et, histoire de s'occuper, essuya le tapis roulant avec le tissu qu'elle venait de prendre.

— Elle va bien, répondit Fox.

— J'irai passer un moment avec elle tout à l'heure.

— Ça lui fera plaisir… Je repensais à une chose, reprit Fox après un bref silence, vous me disiez que vous alliez à l'Oliver de temps en temps ? Je me demandais si vous et votre mari y étiez allés samedi ?

— Samedi ? répéta-t-elle, réfléchissant. Samedi, j'étais chez ma sœur. On était toute une bande, on est sortis en ville.

— Mais pas à l'Oliver ?

Sandra Hendry fit non de la tête.

— Trop loin du centre pour Maggie. George Street, c'est sa limite.

— Votre mari était avec vous ?

— Ronnie ? À une soirée entre filles ? fit-elle en ricanant. Vous voulez rire ?

— Il était chez vous, alors ?

Ayant fini d'essuyer, elle le fixa du regard.

— De quoi s'agit-il, au juste ?

Fox avait sa réponse toute prête.

— Nous pensons que Vince a pu aller à l'Oliver. J'essaie seulement de savoir s'il était seul.

Elle y réfléchit, puis hocha lentement la tête, trouvant l'explication logique.

— Connaissait-il d'autres personnes qui fréquentaient ce casino ? ajouta Fox.

— Aucune idée.

Au ton sur lequel elle lui répondit, il comprit qu'il l'avait perdue : trop de questions. À ses yeux, il avait cessé d'être le frère de Jude pour redevenir un flic.

— Les fois où vous étiez là-bas ensemble, il ne lui est pas arrivé de croiser des gens qu'il connaissait ?

Elle haussa les épaules, se redressa comme un autre client approchait et commençait de vider son caddie. L'homme, à l'apparence négligée, mal rasé, avait les yeux injectés de sang. Il achetait assez d'alcool pour passer les fêtes du Hogmanay. Sandra Hendry pinça les narines en croisant le regard de Fox. Son message était clair : un client habitué, mais pas un de ses préférés.

— Ronnie est à son travail en ce moment ? demanda vivement Fox.

— À moins qu'il ne se soit fait virer… Personne n'est à l'abri de rien, de nos jours.

Fox approuva d'un signe de tête, prit ses courses et la remercia pour tout.

Quand Fox s'était engagé dans le parking de l'Asda, une Vauxhall Astra noire roulait à une trentaine de mètres derrière lui. À présent qu'il repartait, il repéra la même voiture dans son rétro. Elle n'était pas assez près pour qu'il puisse lire l'immatriculation. Il roulait au pas en direction de la route, pourtant l'Astra ne réduisit jamais l'écart. Son portable sonna. Il prit l'appel.

— T'es où ? voulut savoir Tony Kaye.

— Je m'occupe.

— Tu veux des nouvelles ?

— Bonnes ou mauvaises ?

— Vince Faulkner a bel et bien pris un taxi. Le chauffeur se rappelle avoir interrompu la bagarre, et que sa caisse a reçu un pet.

— Comment l'as-tu retrouvé ?

— Tu n'es pas le seul à avoir des sources, et il y a peu de compagnies de taxis à Édimbourg. Les gars de Giles ont obtenu l'info une heure avant moi.

— Le chauffeur se rappelle de l'endroit où il a déposé Vince ?

— Au casino d'Ocean Terminal. Le chauffeur est descendu de voiture pour inspecter les dégâts.

— Il a vu Vince entrer dans l'Oliver ?

— À t'entendre, on croirait que tu savais déjà tout ça…

— Je m'en doutais un peu, mais je suis très sensible au fait que tu le confirmes…

Fox prit congé et coupa la communication, souriant, pas mécontent de lui. Il ne savait pas pourquoi il avait songé que c'était à l'Oliver que Vince s'était rendu ce soir-là, mais les faits lui donnaient raison. Il n'avait jamais été du genre à se fier à son instinct, à chaque étape, il partait des éléments en sa possession. Il aimait à penser que c'était une des raisons pour lesquelles les Affaires internes affichaient d'aussi bons résultats. Mais peut-être l'instinct y avait-il sa place…

En arrivant dans le centre-ville, il perdit de vue l'Astra. Elle avait sûrement tourné. Dans le quartier de

Haymarket, c'était toujours autant la pagaille. Devant une agence immobilière, un panneau publicitaire proclamait que le *Evening News* du jour faisait sa une sur un désaccord entre la municipalité et la société allemande chargée de la construction du réseau des tramways. Les Allemands exigeaient une rallonge budgétaire, à cause de la dévalorisation de la livre.

— On peut toujours rêver, marmonna Fox, attendant son tour au tronçon en circulation alternée.

Il se demandait s'il n'aurait pas mieux fait d'emprunter un autre itinéraire, en coupant par les quartiers sud. Cela étant, là-bas aussi, ça bouchonnait. On avait l'impression que toute la ville – avec la bénédiction de ceux qui la géraient – se retrouvait complètement paralysée. Faute de mieux, il attrapa son portable posé sur le siège passager et composa le numéro de Jamie Breck. En l'écoutant sonner, il jeta machinalement un coup d'œil dans son rétro. Une Astra noire qui ne lui était pas inconnue était la troisième voiture derrière lui.

— Allô ?

— Jamie, c'est Malcolm Fox.

— B'jour, Malcolm. Merci encore de m'avoir servi de chauffeur hier soir.

— Sans problème. Je voulais seulement savoir si vous aviez du nouveau.

— Le chauffeur de taxi s'est souvenu de Vince Faulkner. Il l'a déposé à l'Oliver.

— Donc, vous allez interroger les employés ?

— Un collègue va s'en charger. Moi, je suis un peu occupé par ailleurs en ce moment.

— Je vous dérange, peut-être ?

— Non, mais je ne pourrai pas parler longtemps. Autre chose ?

Fox se rendit compte que non. Tout ce qu'il avait voulu, c'était tester Breck pour savoir s'il le mettrait au parfum pour le taxi, et il avait réussi l'épreuve. De plus, le trafic redevenait fluide et Fox arriverait bientôt à destination. L'Astra devait avoir tourné, mais à présent Fox s'interrogeait sur la Ford Ka verte qui était la deuxième voiture derrière lui : depuis combien de temps était-elle là ?

— Non, répondit-il, rien.

Il coupa la communication, tourna à droite au feu suivant, puis s'arrêta un peu plus loin contre le trottoir. Il surveilla dans son rétro et vit la Ka continuer tout droit à l'intersection au lieu de le suivre.

— Un parano averti…, murmura-t-il pour lui-même, sans prendre la peine de finir la phrase.

Plusieurs panneaux indiquaient aux acheteurs potentiels la direction de Salamander Point. Quelques immeubles étaient déjà terminés – rideaux et stores à lamelles à certaines fenêtres, plantes en pot aux balcons d'angle. Mais c'était un site immense, et les fondations de quatre autres tours étaient en cours de réalisation. De grands panneaux publicitaires fixés à la clôture présentaient une vision de « la ville dans la ville en bord de mer » telle qu'elle serait une fois terminée. Des mots chocs en lettres capitales, tels que CONFORT, QUALITÉ et ESPACE, flottaient dans le ciel peint en bleu, sous lequel l'artiste avait représenté des gens souriants devant un café à la terrasse duquel d'autres gens rayonnants étaient attablés autour d'express et de cappuccinos. C'était leur MODE DE VIE, mais la réalité du moment était tout autre. Les résidents de Salamander Point vivaient au milieu d'un chantier de construction qui, aux yeux de Fox, évoquait un champ de bataille de la Première Guerre mondiale : boue, tranchées, bruits et odeur de gazole. Un coin du terrain était aménagé en campement pour les ouvriers. Dix à douze abris de chantier préfabriqués étaient empilés sur deux niveaux, et flanqués d'échafaudages et d'échelles. Des hommes en veste haute visibilité et casque jaune examinaient des plans en pointant le doigt çà et là. Les excavateurs creusaient, les grues posaient des tuyaux et mettaient des dalles en place. La seule allée goudronnée achevée menait à la porte d'un bureau de vente provisoire. Derrière ses fenêtres, Fox distinguait une jeune femme assise attendant le client et que son téléphone sonne. La fixité de son regard lui indiqua que c'était sans doute devenu, pour elle, la routine.

Personne n'achetait.

Dans un instant, il s'avancerait dans cette allée et elle le verrait, mais l'espoir qu'il aurait fait naître en elle serait bientôt réduit à néant une fois qu'il aurait décliné son identité et demandé à voir le chef d'équipe. Mais tout d'abord, il verrouilla sa voiture qu'il laissa garée le long du trottoir. Un camion passa, soulevant une mini-tempête de poussière. Fox mit ses mains devant ses yeux et sa bouche jusqu'à ce que ça se calme, puis s'engagea dans l'allée. Dès que son portable se mit à sonner, il prit l'appel.

— Fox, s'annonça-t-il.

— Vous avez des choses à me dire, Malcolm ?

C'était Breck.

— Comment ça, Jamie ?

— Jetez un coup d'œil sur votre gauche, après les modules Portakabin.

Le téléphone toujours collé à l'oreille, Fox tourna la tête, sachant ce qu'il verrait. Breck se tenait sur un échafaudage. Il portait un casque sur la tête, tout comme l'homme à côté de lui. Breck agita la main et parla dans son téléphone. Quelques instants plus tard, ses paroles parvenaient à Fox.

— Rejoignez-nous, tant qu'à faire…

En s'éloignant, Fox aperçut la vendeuse. Elle s'était levée de son bureau pour l'accueillir. Il lui adressa un haussement d'épaules et un sourire navré, puis s'aventura sur le terrain glissant vers le bureau du constructeur. En haut de l'échelle, Breck le présenta à Howard Bailey.

— La création de M. Bailey, indiqua Breck, tendant le bras vers l'étendue du site, avant de se tourner vers lui et d'ajouter : Vous pouvez me laisser seul une minute avec mon collègue ?

— Il vaudrait quand même mieux que j'aille lui chercher un casque.

— Il ne fait que passer.

Bailey hocha la tête et se dirigea vers la porte à l'autre bout de la plate-forme. Breck mit les mains dans ses poches et regarda Fox.

— Ça vous a permis de gagner assez de temps pour inventer une histoire plausible ? supposa-t-il.

— Vous savez très bien pourquoi je suis là : pour la même raison que vous.

— Pas tout à fait, Malcolm. Moi, c'est parce que je fais partie de l'équipe d'enquête. Vous, en revanche, vous venez ici pour vous mêler de mon enquête.

— J'espérais seulement pouvoir bavarder tranquillement avec l'ami de Vince, Ronnie.

— Ronnie Hendry, le contremaître ? M. Bailey me disait que ces deux-là étaient amis, qu'ils se voyaient aussi bien sur le chantier qu'à l'extérieur.

— Vous allez l'interroger ?

Breck fit oui de la tête.

— Et lui poser les questions que vous lui auriez sans doute posées, dit-il.

Après un bref silence, il soupira et abaissa le regard sur ses chaussures maculées de boue.

— Si jamais ç'avait été Billy Giles ici, au lieu de moi ? Il se serait fendu d'un rapport sur vous ; le genre de chose qui, j'imagine, n'aurait pas enchanté votre chef.

— Ma sœur a perdu son compagnon. Je veux seulement dire un mot à son meilleur ami. Et peut-être lui parler de l'organisation des obsèques… lui proposer d'être un des porteurs.

— Vous pensez vraiment que Giles goberait cette histoire ?

Fox haussa les épaules.

— Je me fiche pas mal des états d'âme de Billy Giles.

— Vous avez tort… et vous le savez.

Fox se retourna et appuya les mains contre un montant d'échafaudage. Les entrepôts de l'autre côté de la rue allaient sans doute être réaménagés eux aussi. Leurs fenêtres étaient condamnées par des planches, et un arbuste faisait de son mieux pour pousser au bord du toit moussu. Une voiture passait devant : une Astra noire.

— Vous ne me faites pas suivre, par hasard ? demanda Fox à Breck.

— Non.

— Billy Giles le pourrait-il sans que vous en soyez informé ?

— Je doute qu'on ait des hommes en trop. Et pourquoi Billy Giles s'amuserait-il à ça ?

— Une Vauxhall Astra noire ? Une Ford Ka verte ?

Breck secoua la tête.

— Mais c'est tout de même curieux…

— Quoi ?

— Quand je suis rentré à pied chez moi hier soir, il y avait une camionnette garée dans la rue. Quand je suis allé me coucher, je l'ai entendue partir.

Breck avait ôté son casque pour se gratter le crâne.

— On devient tous un peu nerveux, observa-t-il.

En contrebas, un homme venait d'arriver. Il était en tenue de travail, son jean éclaboussé de boue rentré dans de grosses chaussettes grises qui dépassaient de bottes à embout d'acier. Il portait son casque incliné en arrière sur la tête, et sous sa veste de chantier haute visibilité, une autre en jean identique à celle que Breck avait mise la veille au soir. Fox devina qu'il s'agissait de Ronnie Hendry. Il se tourna vers Breck.

— Permettez-moi de rester, dit-il.

Breck lui rendit son regard. Hendry avait atteint le bas de l'échelle et commençait de la gravir.

— S'il vous plaît, insista Fox.

— Vous ne dites rien, l'avertit Breck. Pas un mot. Il vous a déjà rencontré ?

Fox fit non de la tête.

— Il vous verra à l'enterrement, de toute façon, reprit Breck. Il saura alors qu'il vous a déjà vu quelque part…

Il se frotta l'arête du nez, visiblement confronté à un dilemme. Puis, au moment où la tête de Hendry surgissait par l'ouverture de la plate-forme, il prononça le seul mot que Fox avait envie d'entendre.

— D'accord.

Fox s'écarta tandis que Breck se présentait à Ronnie Hendry et lui serrait la main. Hendry, qui avait ôté ses gants d'ouvrier en cuir, les fourra dans sa poche.

— M. Bailey nous autorise à utiliser son bureau, indiqua Breck à Hendry, ouvrant la porte la plus proche d'eux. Mon collègue va assister à notre conversation.

Breck les invita à entrer, sans laisser le temps à Hendry de trop regarder Malcolm Fox. C'était un espace fonctionnel : tout juste un bureau sur lequel était étalé un plan, lesté aux quatre coins de piles de matériaux de construction, trois chaises pliantes et un chauffage d'appoint électrique. Hendry approcha ses mains du chauffage et les frotta pour se réchauffer.

— Pas génial votre boulot, par ce temps, compatit Breck.

Hendry approuva de la tête et ôta son casque de chantier. Son prénom y était tracé au feutre sur l'arrière, et la partie visible des gants permit à Fox de constater qu'eux aussi portaient le nom de leur propriétaire. C'était un chantier de construction, après tout. Les objets devaient avoir tendance à se volatiliser. Les cheveux de Hendry, coupés en brosse, grisonnaient sur les tempes. Fox lui donnait la quarantaine. Il était petit et sec – un physique pas très éloigné de celui de Vince Faulkner. Son visage était ridé et grêlé, ses sourcils noirs et broussailleux. Il s'était assis en face de Breck, de l'autre côté du bureau. Fox décida de rester debout à l'autre extrémité de la pièce, et de se faire le plus discret possible.

— Je voulais qu'on parle de Vince Faulkner, annonça Breck à Hendry.

— C'est horrible, cette histoire.

La voix était bourrue, l'accent du coin.

— Vous étiez amis tous les deux.

— C'est vrai.

— Vous l'avez vu samedi dernier ?

Hendry fit non de la tête.

— J'ai reçu un texto de lui dans l'après-midi.

— Ah bon ?

— Rien qu'un commentaire sur les mi-temps des matchs de foot.

— Vous ne lui avez pas parlé ?

— Non.

— Vous avez eu de ses nouvelles ensuite ?

Hendry fit de nouveau non de la tête.

— La seule que j'ai eue, c'est celle de sa mort.

— Ça a dû vous faire un choc.

— C'est rien de le dire, mec, répondit Hendry, changeant de position sur sa chaise.

— Vous travailliez ensemble, tous les deux ?

— Des fois. Selon la formation des équipes. Vince était bon ouvrier, alors je le demandais toujours.

— Il avait une spécialité ?

— Poser les briques, faire du ciment. C'était un maçon de formation, mais il donnait un coup de main pour tout.

— Il était anglais, remarqua Breck en passant. Ça a posé des problèmes ?

— Comment ça ?

— Ses collègues ne l'ont jamais charrié là-dessus ?

— S'ils l'avaient fait, ils auraient compris leur douleur.

— Il pouvait être violent, alors ?

— Je veux seulement dire qu'il ne se laissait pas marcher sur les pieds.

— Vous étiez au courant qu'il frappait sa compagne ?

— Jude ?

Hendry réfléchit un petit moment avant de répondre :

— Sandra m'a dit qu'elle avait le bras cassé.

— Ça ne vous a pas vraiment étonné ?

— Ces deux-là ne détestaient pas les bonnes scènes de ménage. Plus d'une fois, c'était Jude qui commençait. Elle lui cherchait des poux dans la tête jusqu'à ce qu'il craque.

— J'ai connu ce genre de femmes, observa Breck, faisant mine de marquer son approbation par un signe de tête. C'est à croire que ça les excite…

Fox fit passer son poids d'un pied sur l'autre et se mordit la lèvre inférieure. *Il ne fait que son boulot,* se dit-il, *pour gagner la confiance de cet homme.*

— Donc, vous pouvez imaginer qu'il se soit retrouvé mêlé à une bagarre samedi soir ? demandait Breck.

— C'est possible.

— Quand il ne s'est pas présenté au travail lundi matin, qu'avez-vous pensé ?

Autre haussement d'épaules.

— J'étais débordé. J'avais pas vraiment le temps de penser. J'ai essayé de lui téléphoner… ou peut-être pas, je ne sais plus trop. Je lui ai envoyé un texto, ça c'est sûr.

— On a vérifié, acquiesça Breck. On a trouvé votre texto, mais il n'a pas été lu. On a regardé ses messages en mémoire. Il y en a eu pas mal d'échangés entre vous deux.

— Ah ouais ?

— Dont certains parlaient de l'Oliver…

— C'est un casino. À deux pas d'ici, en fait. Des fois, on y emmenait nos bourgeoises, pour les sortir.

— Il aimait jouer ?

— En tout cas, il aimait pas perdre, rétorqua Hendry avec un petit sourire.

— On pense qu'il s'y est peut-être rendu samedi soir. Ça lui ressemblerait, d'y aller sans vous ?

— S'il s'est réellement pris le chou avec Jude… s'il est sorti boire un verre… ouais, peut-être.

— Et vous, M. Hendry, qu'est-ce que vous avez fabriqué samedi ?

Hendry souffla, ses joues se dégonflant comme un ballon.

— Grasse mat' le matin, comme d'hab'… des courses au Gyle avec Sandra, toujours comme d'hab'… résultats du foot, puis coup d'envoi du match du soir sur Sky. Je suis allé acheter des plats à emporter au restau indien…

Il s'interrompit, un souvenir lui revenant.

— Attendez, reprit-il, oui, c'est ça : Sandra était sortie avec sa sœur et des copines. J'ai mangé assez de curry pour deux et je me suis endormi devant la télé.

— Et dimanche ?

— Plus ou moins la même chose.

— Donc, en ce moment, vous ne faites pas d'heures sup' le week-end ?

— Pendant la Phase 1, ça pouvait arriver, mais plus personne n'est preneur depuis qu'on est entré dans la

Phase 2. Je dirais qu'on est à une quinzaine de jours d'une mise en chômage technique. Puis encore quinze jours de plus à ce rythme, et le site pourrait bien être mis au rancart.

— Pas très sympa pour les gens qui y habitent déjà.

— On estime que s'ils vendaient, ils récupéreraient entre la moitié et les deux tiers de leur investissement.

— Donc, il y a de bonnes affaires en perspective ?

— Si vous êtes intéressé, faites une offre à Helena au bureau des ventes. Vous aurez peut-être droit à une « danse-contact ».

— On y pensera, répondit Breck avec un sourire.

— Je vais vous dire ce qui inquiète vraiment les patrons, reprit Hendry. Ils n'en voient pas le bout. Ce projet immobilier, la mairie a vendu les terrains près de six millions de livres. Ils auront de la chance si ça en rapporte le tiers.

— Aïe, compatit Breck.

— Ouais, on peut le voir comme ça. Avec les collègues, on se dit que la seule raison qu'on a de terminer la construction de la prochaine tour, c'est pour que le promoteur puisse se jeter dans le vide.

— Comment il s'appelle, ce promoteur ?

— Charlie Brogan. Vous allez le placer sous surveillance antisuicide ?

— Vous croyez qu'on devrait ?

Ronnie Hendry aboya un rire.

— Au moins jusqu'à ce qu'il nous ait tous payés.

Breck lui adressa un autre sourire, et décida de changer d'angle d'attaque.

— Vous saviez que Vince Faulkner avait un casier judiciaire ?

— Pas mal de gars du bâtiment pourraient en dire autant.

— Donc, vous le saviez ?

— Ça n'a jamais été un secret, il l'avait signalé dans sa demande d'emploi.

— Sa compagne l'ignorait, apparemment.

— Jude ?

Hendry haussa les épaules, puis croisa les bras.

— Ça, c'est entre elle et lui, déclara-t-il.

— Vous avait-il demandé de ne pas en parler devant elle ?

— Quelle importance, de toute façon ? C'était de l'histoire ancienne.

Ce fut au tour de Breck de hausser les épaules d'un air dubitatif.

— Bon, résuma-t-il, disons qu'il s'est disputé avec sa compagne. Elle écope d'un bras cassé, et se retrouve aux urgences. Vince choisit de ne pas l'accompagner, et décide de sortir s'en jeter un derrière la cravate pour se donner un coup de fouet. Il finit à l'Oliver où il perd de l'argent… Qu'aurait-il pu faire ensuite, à votre avis, monsieur Hendry ?

— Aucune idée, répondit Hendry, sans décroiser les bras.

Il était visiblement sur la défensive. Fox décida que le moment était bien choisi pour intervenir.

— Sa compagne affirme qu'il pouvait découcher, dormir chez des amis…

— Ouais, c'est arrivé une ou deux fois…

— Donc, ça a pu être le cas cette nuit-là ? renchérit Breck.

— Il n'était pas chez moi, précisa Hendry en secouant la tête.

— Où était-il, alors ?

— À vous de me le dire, c'est vous autres les cerveaux…

La voiture de Jamie Breck était garée sur le site, non loin des abris de chantier. C'était une Mazda RX8, capot surbaissé, ligne sport. Breck s'accouda au toit, suivant des yeux Ronnie Hendry qui regagnait son poste de travail.

— Des choses que j'aurais oublié de demander ?

— Je ne crois pas, répondit Fox, secouant la tête.

— Qu'est-ce qu'il vous inspire ?

— Je comprends pourquoi Faulkner l'aimait bien. C'est le genre de gars à vous prêter main forte dans une bagarre, tout en étant assez malin pour la désamorcer.

— Il ne semblait pas particulièrement sous le choc, hein ?

— N'est-ce pas dans la culture écossaise ?

— De remettre ses sentiments au lendemain ? hasarda Breck.

Après quoi, il opina lentement de la tête.

— Désolé de m'en être mêlé, s'excusa Fox.

— Mais c'était une question pertinente. J'ignorais qu'il était enclin à coucher à droite à gauche.

— Jude ne m'a pas dit qu'il avait d'autres femmes dans sa vie, spécifia Fox. Au fait, du nouveau sur le visiteur mystère de Jude ?

— C'est consigné dans le dossier.

— Bon, quelle est la prochaine étape ? voulut savoir Fox. L'Oliver ?

Breck croisa son regard.

— Auquel cas vous voudriez m'accompagner, je présume ?

— Ce ne serait pas plus mal. Le dernier arrivé est une poule mouillée ?

Le temps que Fox ait déverrouillé sa Volvo et exécuté un demi-tour, la Mazda avait pris une centaine de mètres d'avance. Au moment où il pénétrait dans le parking du casino, Breck l'attendait déjà à l'entrée, affectant l'air de quelqu'un qui poireautait là depuis des heures.

— Salut, la Tortue ! lui lança-t-il en guise d'accueil. Une Astra suspecte à signaler ?

— Non, admit Fox, poussant la porte. Après vous…

Si le casino était ouvert à la clientèle, celle-ci se faisait désirer. Personne ne tenait le vestiaire, et seule une croupière, plantée devant une table de black-jack, exerçait ses talents devant trois tabourets inoccupés. Deux petites dames à l'air étranger se tournaient les pouces, les pans de leurs vestes, au gré de leurs mouvements, astiquant les baguettes et les barres en laiton. Le barman du rez-de-chaussée semblait faire l'inventaire de son stock, cochant une liste sur un bloc à pinces. À l'étage, un aspirateur rendait ses services.

— La patronne est dans le coin ? s'enquit Breck auprès de la croupière.

La fille avait les cheveux blonds noués en queue-de-cheval et portait la tenue réglementaire : gilet de costume noir, corsage blanc, nœud pap bleu ciel.

— Adressez-vous à Simon, répondit-elle avec un geste en direction du barman.

— Merci, dit Breck.

Il s'éloigna dans la direction indiquée, sortant sa carte de police de sa poche.

— Faut qu'on cause, Simon !

— Ah ouais ?

Le barman n'avait même pas daigné détourner les yeux de sa tâche, mais Fox savait qu'il avait remarqué… et reconnu la carte de police.

— C'est toi le responsable, ici ? demanda Breck.

— La patronne revient dans un quart d'heure.

— Ça t'ennuierait de me regarder quand tu me parles ?

Breck s'efforçait de rester poli, mais le tranchant de sa voix n'échappa à personne. Simon mit quelques secondes avant d'y consentir.

— Merci, dit Breck. C'est bon, je peux la ranger ? Tu as compris que tu t'adressais à un enquêteur, pas à un touriste ?

Le barman ricana, mais il accordait maintenant toute son attention à Breck. Fox remarqua que son collègue durcissait sa manière naturelle de s'exprimer, n'hésitant pas à insister sur les gutturales.

— Si ça concerne les licences, déclarait Simon, faut voir ça avec la patronne.

— Seulement elle n'est pas là, alors c'est à toi de répondre à quelques questions.

Breck avait rempoché sa carte, mais sortait de la même poche une photo. De Vince Faulkner. Fox se dit qu'elle devait provenir de chez Jude.

— Ce type est un habitué, disait Breck, j'en conclus que tu le connais ?

Le barman regarda la photo et haussa les épaules.

— En fait, reprit Breck, pour être précis, j'aurais dû dire que « c'était » un habitué. Ce pauvre bougre s'est fait tuer ce week-end, après être venu ici.

— Quel soir ?

— Samedi.

Le barman ne dit rien. Au bout d'un moment, Breck décida de le relancer.

— Tu pèses le pour et le contre, c'est ça ? Mentir ou dire la vérité, qu'est-ce qui vaut mieux ? On ne peut en déduire qu'une chose, Simon : que tu étais là, samedi soir.

— Il y avait du monde, admit le barman avec un autre haussement d'épaules.

— Mais il est venu, hein, affirma Breck en agitant la photo. Et ce qui ne lui ressemblait pas, c'est qu'il était seul, alors que, d'habitude, il était toujours avec d'autres personnes.

— Et alors ?

Fox, qui depuis un moment scrutait les coins du plafond, déclara :

— On va devoir visionner les enregistrements des caméras de vidéosurveillance…

Breck se raidit : il suivait une stratégie, et Fox la court-circuitait.

— Mon collègue a raison, finit-il par confirmer.

— Faut voir ça avec la patronne.

— On n'y manquera pas, lui assura Breck. Mais tu te souviens de Vince Faulkner, hein ?

— Je ne connaissais pas son nom.

— Tu as appris sa mort par la presse ?

— Ouais, je crois bien.

Cet aveu lui écorchait la bouche. Simon faisait courir son doigt vers le bas de la page sur son bloc à pinces, comme s'il espérait qu'ils recevraient le message et l'abandonneraient à sa tâche. On peut toujours rêver, songea Fox.

— Tu as vu cet homme ici, samedi soir ?

— Je ne m'en souviens pas.

— Il est arrivé vers dix heures.

— C'était bondé à c'te heure-là.

— Mais M. Faulkner était seul, et je parie qu'il a dû s'asseoir sur un de ces tabourets, asséna Breck en frappant sur celui qui se trouvait à côté de lui.

— Il y a un autre bar à l'étage.

— Ça n'empêche…

Breck décida de laisser le silence se prolonger.

— Il était déjà à moitié pété à son arrivée, finit par raconter Simon. Les portiers n'auraient jamais dû le laisser entrer.

— Il a créé des ennuis ?

Le barman secoua la tête.

— Non, mais il avait une gueule de perdant.

— Et ça plombe l'ambiance ? supposa Breck en hochant la tête d'un air compréhensif.

— Il est resté avachi au coin du bar.

— Combien de verres ?

— Des alcools forts… c'est tout ce dont je me souviens. On était trois à servir ce soir-là.

— Il a rencontré quelqu'un ? Parlé à quelqu'un ?

— J'en sais rien.

Ses doigts tambourinaient à présent sur le bloc à pinces, au rythme d'un cheval lancé au grand galop.

— Tu l'as vu partir ?

Simon fit signe que non.

— Et dimanche ou lundi ?

Autre dénégation de la tête.

— J'étais en repos ces deux soirs-là.

Breck consulta sa montre.

— Ta patronne a du retard.

— C'est courant chez les femmes.

Breck sourit et se tourna vers Fox pour la première fois.

— C'est un petit malin, ce Simon.

Toute trace d'amusement avait disparu du visage de Breck quand il le tourna de nouveau vers le barman.

— Alors, sois malin jusqu'au bout, Simon : réfléchis bien à tout ce que tu pourrais nous dire d'autre sur la soirée de samedi ou sur Vince Faulkner en général.

La photo avait été remplacée par une carte de visite.

— Prends-la, lui intima Breck.

Le barman obtempéra.

— Quel âge as-tu, Simon ?

— Vingt-trois ans.

— Ça fait longtemps que tu fais ce boulot ?

— J'ai commencé à servir dans les bars quand j'étais en fac.

— Tu étudiais quoi ?

— Pas grand-chose, justement.

Breck hocha la tête d'un air compréhensif.

— Il y a déjà eu de la bagarre ici ?

— Non.

— Pas même dehors ? Une bonne soirée qui tourne mal ?

— Le temps que je ferme, nettoie et fasse ma caisse, les gens sont partis depuis longtemps.

— La direction te paie le taxi pour rentrer chez toi ? C'est déjà ça, remarqua Breck, voyant le barman acquiescer de la tête.

Puis, se détournant pour partir, il ajouta :

— À mesure que des choses te reviendront, note-les et appelle-moi. Et donne mon numéro à ta patronne. Si je n'ai pas de nouvelles d'ici la fin de la journée, je repasserai demain avec quelques voitures et collègues en uniforme. Compris ?

— Oui, monsieur… Breck, prononça Simon en déchiffrant le nom sur la carte.

Ça faisait bizarre d'émerger de l'obscurité – aucune lumière naturelle ne pénétrait dans le casino – pour découvrir qu'il faisait encore jour à Édimbourg. Le ciel était couvert, mais la luminosité assez forte pour que Jamie Breck mette ses Ray-Ban. Il avait repris la même position qu'après leur rencontre avec Ronnie Hendry : coudes appuyés sur le toit de sa Mazda. Fox se pinça l'arête du nez ; ébloui, il plissa les paupières. Ç'avait été un bon numéro : Breck avait ça dans le sang. Tout juste le bon mélange d'autorité et d'empathie. Trop d'agressivité, et le barman se serait rebiffé ou fermé comme une huître…

Tu es bien sympa, songea Fox. *Mais tu t'es renseigné sur moi dans mon dos. Mais tu n'es peut-être pas celui que tu parais être…*

— Bravo, vous vous êtes vraiment créé un personnage tout à l'heure, le complimenta Fox. J'ai été bluffé par votre manière de vous exprimer.

— C'est ça le secret des jeux de rôles et des avatars : il faut passer pour quelqu'un qu'on n'est pas.

— Bon entraînement pour la Criminelle.

Et autre, acheva Fox intérieurement.

— Bon, reprit-il, on fait quoi maintenant ?

— Moi, je vais regagner ma base et rédiger mon rapport, en omettant peut-être quelques « détails » superflus…

— Désolé de m'en être encore mêlé, s'excusa Fox. Je n'ai pas tenu parole.

— J'aurais parlé de la vidéosurveillance quand je l'aurais jugé bon, Malcolm.

— Je sais bien.

Les deux hommes se retournèrent au son d'une voiture qui approchait. C'était une « Baby Bentley », la GT. Rutilante carrosserie noire, vitres teintées. Le moteur fut coupé et la portière côté chauffeur s'ouvrit. Fox entrevit un capitonnage cuir bordeaux. La femme qui en descendit portait des talons hauts, des collants noirs, une jupe noire au-dessus du genou – très ajustée. Corsage blanc au col ouvert pour révéler un pendentif. Veste crème aux épaules légèrement rembourrées. Ses cheveux auburn, épais, retombaient en cascades. Elle dut repousser une mèche de son visage quand le vent les chahuta. Rouge à lèvres carmin et, quand elle ôta ses lunettes surdimensionnées, fard à paupières foncé et une touche de mascara. Elle les jaugea d'un air interrogateur au passage, en se dirigeant vers l'entrée du casino.

— Simon va tout vous expliquer ! lui cria Breck.

Elle fit la sourde oreille et disparut à l'intérieur. Fox se tourna vers Breck.

— On ne devrait pas aller lui parler ?

— Elle va m'appeler, de toute façon.

— C'est elle qui dirige la boîte, non ?

— Ça peut attendre.

— Vous ne voulez pas savoir qui c'est ?

— Je le sais, Malcolm, répondit Breck avec un petit sourire.

Il pointa le doigt vers le dessus de la porte principale du casino. La plaque qui s'y trouvait spécifiait que l'établissement avait obtenu la licence autorisant la vente d'alcool. Elle était établie au nom de J. Broughton.

— Qui est J. Broughton ? se renseigna Fox.

— Contentez-vous d'enquêter sur vos collègues, répondit Breck, ouvrant la portière pour monter dans sa Mazda, et laissez les flics comme nous faire le « vrai » boulot…

10

— Ça te dit quelque chose, à toi ?

Fox, de retour aux Affaires internes, s'était planté devant le bureau de Tony Kaye. Ce dernier articula silencieusement le nom plusieurs fois de suite. Comme d'habitude, il avait incliné sa chaise et se balançait d'avant en arrière.

— Un ancien escroc, non ? finit-il par dire. Par « escroc », j'entends un homme d'affaires local bien sous tous rapports dont la police du Lothian and Borders n'a jamais réussi à démêler les écheveaux de transactions plus ou moins louches… Il doit avoir à peu près soixante-dix ans maintenant… Je n'avais plus entendu parler de lui depuis des années.

— Tu crois qu'on l'a dans un de nos fichiers ? demanda Fox, avec un signe de tête en direction de l'ordinateur de Kaye.

— Je peux toujours vérifier, dès que tu m'en auras donné la raison.

— Vince a passé une partie de la soirée à l'Oliver samedi. La licence de cet établissement est au nom de J. Broughton.

— Jack Broughton, c'est ton homme, précisa Kaye, sans quitter son collègue des yeux. Mais Vince, ce n'est pas vraiment ton domaine, Foxy. Pour t'occuper, tu ferais mieux de contacter le bureau du procureur au sujet de Glen Heaton. Ou de préparer un rapport sur Jamie Breck à l'intention de la Boîte à Pervers.

— Contente-toi de faire ce que je te demande, d'accord ?

Sur ce, Fox tourna les talons et gagna la machine à café. Les paroles de Breck résonnaient toujours à ses oreilles : *les flics comme nous... le vrai boulot...* Il savait que beaucoup, à la Criminelle, partageaient ce point de vue. Les Affaires internes, c'était fait pour les pisse-froid, les barjos, les incapables, les voyeurs, les revanchards. Joe Naysmith ouvrait un nouveau paquet de café et Fox le regarda faire. Il ne rentrait dans aucune de ces catégories ; pas plus que Tony Kaye, d'ailleurs…

— J'adore cette odeur, observa Naysmith, portant le paquet à ses narines.

— Dis-moi une chose, Joe : pourquoi les Affaires internes ?

Naysmith arqua le sourcil.

— Tu t'en inquiètes au bout de six mois ?

— Je m'en inquiète quand bon me semble.

Naysmith réfléchit un moment.

— Parce que ça me plaît, trouva-t-il à répondre. Ce n'est pas pour cette raison qu'on est tous là ?

— Va savoir, murmura Fox, puis il demanda à Naysmith s'il projetait de passer une autre soirée dans la camionnette de surveillance.

— Le constable Gilchrist pense qu'on devrait.

— Moi pas, rétorqua Fox. À mon avis, ce serait une perte de temps. Et si tu trottais jusqu'au bout du couloir pour le lui dire ?

— Je prépare le café…

Fox lui arracha le paquet des mains.

— Plus maintenant. Allez, ouste !

Il appuya son propos d'un signe de tête incitatif et regarda Naysmith quitter la pièce. Il versa du café dans le filtre, remit le compartiment à sa place et emplit le réservoir d'eau avant de positionner la verseuse en verre sur la plaque chauffante.

— Il est meilleur quand c'est Naysmith qui le fait, le charria Kaye.

Il s'était levé de sa chaise et marchait jusqu'à l'imprimante qui crachait une dernière feuille de papier.

— Tu liras la note en bas de page, signala-t-il. Il y est dit qu'il y a de plus amples informations au DFW[1].

DFW : l'entrepôt des affaires classées. De temps à autre, les postes de police de la ville et des alentours faisaient un grand ménage. Les dossiers étaient dépoussiérés, leur existence répertoriée pour la postérité, puis on les condamnait à la réclusion perpétuelle sur une étagère d'un vaste entrepôt de Dumbryden Industrial Estate[2]. Fox avait déjà eu des raisons de s'y rendre par le passé. En théorie, toutes les archives auraient dû être numérisées – le feu vert avait été donné par un directeur de la police précédent –, mais le financement posait problème. Quand Kaye tendit les quatre feuillets à Fox, ce dernier commença par lire la

1. Dead Files Warehouse.
2. Zone industrielle au sud-ouest d'Édimbourg.

note au bas de la dernière page. Plusieurs références au DFW y figuraient, pour différentes dates : 1968, 1973, 1978. Le document listait d'autres démêlés avec la justice : l'un pour soutien logistique à un fugitif – l'affaire n'était pas allée jusqu'au procès – ; l'autre pour recel – là encore, les charges avaient été abandonnées. Jack Broughton était né en 1937, ce qui faisait de lui un homme de bientôt soixante-douze ans.

— Plus de vingt ans qu'il n'a plus eu de démêlés avec la justice, observa Fox. Il a l'âge de mon père.

— Un vieux collègue m'a parlé de lui quand j'étais en formation, se remémora Kaye qui lisait le rapport par-dessus l'épaule de Fox. Ce gars avait une sacrée réputation à l'époque.

— Au casino, il y avait une femme d'une trentaine d'années ; elle doit être là pour la galerie.

— Tu y es allé ?

Fox lui décocha un regard noir.

— Me pose pas de questions.

Il reprit la lecture du document. Jack Broughton avait deux fils et une fille, mais ses deux fils étaient morts avant lui, l'un dans un accident de voiture, l'autre dans une bagarre de bar qui avait mal tourné.

— Je me demande si c'est sa fille…

— La commission d'attribution des licences devrait le savoir, l'informa Kaye. Tu veux que je les contacte ?

— Tu connais quelqu'un là-bas ?

— Possible, répondit Kaye, regagnant son bureau. Apporte-moi un mug de café quand il sera passé, tu veux ?

— Trois sucres ? s'enquit Fox, un brin sarcastique.

— Pas un de moins !

Mais Joe Naysmith revint avant que la cafetière ait terminé de remplir son office. Il semblait très inquiet à l'idée qu'il ait pu lui arriver malheur en son absence.

— Comment ça s'est passé avec Gilchrist ? s'enquit Fox.

— Le sergent Inglis veut te parler, répondit Naysmith en évitant de croiser son regard.

— Pourquoi ? Qu'est-ce que j'ai fait ?

— Elle m'a seulement dit qu'elle voulait te parler.

— Cours-y vite, Foxy, lui lança Kaye, une main posée sur le combiné du téléphone. Un petit pschitt de « Lynx » avant, peut-être ?

Quand Fox leva la tête, Inglis se tenait dans l'embrasure de la porte, bras croisés. Elle lui adressa un signe de tête, lui signifiant de la rejoindre dans le couloir. Fox tendit à Naysmith le mug vide qu'il tenait à la main. Puis il sortit, refermant la porte derrière lui.

— Pourquoi ? lui lança-t-elle sans préambule.

— Pourquoi quoi ?

— Pourquoi arrêter la surveillance de Breck ?

— Ça n'a rien donné hier soir.

Elle se rembrunit.

— Vous l'avez rencontré à plusieurs reprises, n'est-ce pas ?

— Vous me faites suivre, sergent Inglis ?

— Contentez-vous de répondre à ma question.

— D'abord vous à la mienne.

— Non, je ne vous fais pas suivre.

— Il enquête sur un meurtre qui me touche de près, au cas où vous l'auriez oublié. Je veux savoir où ça en est, alors oui, je lui ai parlé.

— À ce qu'on m'a dit, il présente bien : consciencieux, sympathique, généreux…

— Et alors ?

— Ils sont tous comme ça, Malcolm. Comment croyez-vous qu'ils gagnent la confiance des gosses et, parfois, de leurs parents ? C'est la raison pour laquelle on ne les coince que trop rarement – ils sont doués à ce petit jeu. Ils sont très forts pour faire croire qu'ils sont comme vous et moi…

— Il n'est pas comme moi, déclara Fox.

— C'est ça qui vous contrarie ?

— Rien ne me contrarie.

Une légère irritation avait transparu dans sa voix. Inglis regarda par terre et soupira.

— Hier soir, il a passé une heure connecté sur Quidnunc, un jeu de rôles en ligne, reprit Inglis. Il a un avatar. Vous savez ce que c'est ?

— Oui.

— C'est un personnage qu'on se crée derrière lequel on se cache. Ça permet de devenir quelqu'un d'autre.

— À lui et à des millions d'autres joueurs.

Elle releva les yeux vers Fox.

— C'est lui qui vous en a parlé ?

— Oui.

Inglis réfléchit pendant quelques instants. Elle repoussa ses cheveux en arrière, prenant son temps.

— Y a-t-il une possibilité qu'il sache qu'on est sur lui ?

Fox repensa à ce que Breck lui avait dit : une camionnette garée dans sa rue qui était partie peu après qu'il fut allé se coucher.

— Je ne crois pas, répondit-il.

— Parce que, sinon, il commencerait à détruire les preuves.

— À mon avis, il n'est pas au courant, répéta Fox.

Inglis cogita encore un moment.

— Ça colle avec le profil de ces délinquants, finit-elle par dire, d'un ton plus posé. Ces hommes-là, ils s'inscrivent sur des sites web « communautaires », prétendent avoir quatorze ou quinze ans, demandent aux autres membres du groupe de leur envoyer des photos…

— J'ai compris, l'interrompit Fox.

— Ils savent se faire passer pour qui ils ne sont pas. Ils s'entraînent en jouant à des jeux en ligne. Parfois, ils vont même jusqu'à rencontrer d'autres joueurs…

— Vous voulez que Gilchrist et Naysmith planquent de nouveau cette nuit ?

— Ils ne demandent pas mieux.

Fox hocha la tête.

— Ils pourront se garer plus loin ? Même emplacement deux soirs de suite, ils risqueraient de se faire remarquer.

Inglis posa la main sur son bras.

— Merci, dit-elle.

Elle se détourna pour partir, mais se ravisa.

— Pour le petit copain de votre sœur… il y a du nouveau ?

Fox secoua la tête et la regarda s'éloigner. Puis il sortit son portable et appela Jude, culpabilisant de ne pas l'avoir fait plus tôt. Mais il n'obtint pas de réponse, alors il laissa un message et regagna son bureau.

— Tu ressors le carrosse ce soir, apprit-il à Naysmith.

— Dis-moi que je ne suis pas concerné, implora Kaye qui venait de raccrocher et tendait un bout de papier.

— C'est pour moi ? demanda Fox.

— Le nom que tu voulais, répondit Kaye en agitant le papier.

— Très bien, lui dit Fox, tu es exempté de devoir tenir la main de Joe ce soir.

— Pour ça, tu as déjà Gilchrist, hein, Joe ? railla Kaye, pliant le papier en planeur et l'envoyant dans la direction du bureau de Fox, qui le ramassa par terre.

Un nom était écrit dessus. Le J de J Broughton ne désignait pas Jack, mais Joanna. Sa fille.

Fox repensa à la femme qu'il avait vue à l'Oliver. Arrivée en Bentley, et entrée aussitôt dans le casino. Elle ne leur avait même pas demandé ce qu'ils fichaient là, parce qu'elle avait été à bonne école : son père lui avait appris à flairer les flics à un kilomètre à la ronde.

Joanna Broughton. Fox appela Breck de son portable.

— Le J est pour Joanna, c'est ça ? demanda-t-il aussi sec.

— Vous êtes un rapide, rétorqua Breck avec un sourire dans la voix.

— Dois-je en conclure que vous savez qui c'est ?

— La fille de Jack Broughton ? fit semblant de supposer Breck.

— C'est donc elle qui lui sert de couverture au casino ?

— Vous supposez que la femme que nous avons vue tout à l'heure est Mlle Broughton ?

— Je ne suppose rien, rectifia Fox : vous saviez qui c'était. Quel est le lien entre l'Oliver et elle ? Il y a quelque chose que vous ne me dites pas, Jamie ?

— Je suis sur une enquête criminelle, Malcolm. Il y a des moments où je ne pourrai pas tout vous dire.

— C'en est un ?

— Je vous expliquerai peut-être plus tard. Là, faut que je retourne bosser.

Breck coupa la communication. Fox posa son portable sur son bureau et s'assit. Ses bretelles lui cisaillaient les épaules. Il en régla la hauteur. Les paroles d'Inglis tournaient dans sa tête : *consciencieux... sympathique... généreux... C'est ça qui vous contrarie ?* Quand son portable sonna, il s'en empara et lut le numéro sur l'écran : celui de Jude.

— Salut, sœurette, merci de me rappeler…

Le silence lui répondit à l'autre bout de la ligne, à part un son étouffé, celui de quelqu'un qui sanglote.

— Jude ?

— Malcolm…

Sa voix se brisa avant qu'elle ait pu prononcer son prénom.

— Que se passe-t-il ?

— Ils creusent dans le jardin.

— Quoi ?

— La police… tes « collègues » ! Ils…

Elle étouffa un autre sanglot.

— J'arrive, lui dit Fox.

Kaye, le voyant remettre sa veste, voulut savoir de quoi il retournait.

— Faut que j'y aille, répondit Fox sans en dire plus.

Au parking extérieur, sa voiture avait gardé un soupçon de chaleur.

Des voisins de Jude étaient de nouveau à leurs fenêtres.

Trois véhicules de patrouille, deux camionnettes blanches. La porte de chez Jude était ouverte. Aucune trace d'excavations dans le jardin de devant. L'arrière de la maison n'était accessible que par la porte de service de la cuisine. Ce n'était pas un jardin à proprement parler, tout juste un terrain rectangulaire d'une centaine de mètres carrés tout en dalles de pavage et mauvaises herbes. Un policier était en faction à l'entrée, mais il laissa passer Fox après avoir vu sa carte de police. À l'intérieur, il faisait un froid glacial, les portes de devant et de derrière, toutes les deux ouvertes, tenant en échec tous les efforts des radiateurs.

— Qui vous a permis d'entrer ? rugit l'inspecteur Billy Giles.

Il était planté dans la cuisine, un mug de thé dans une main et un Mars entamé dans l'autre.

— Où est ma sœur ?

— Chez la voisine d'à côté, répondit Giles, mordant dans la barre chocolatée.

Fox s'était suffisamment avancé dans la pièce pour pouvoir regarder par la fenêtre du fond. Une équipe travaillait d'arrache-pied à coups de pelle et de pioche. Des traces de pas boueuses maculaient le sol de la maison, lavé tout récemment par Alison Pettifer. Un gars de la Scientifique faisait courir un scanner manuel le long des murs du salon, à la recherche de traces de sang microscopiques.

— Vous êtes encore là ? cria Giles, jetant par terre l'emballage de sa barre chocolatée.

— À quoi jouez-vous, Giles ?

— Moi, je ne joue à rien, je fais mon boulot de flic, riposta ce dernier en gratifiant Fox d'un regard noir.

Ce qui ne vous plaît pas, à vous autres, apparemment. Je commence à croire que c'est de la jalousie.

— Je n'arrive pas à me décider, il s'agit de quoi au juste : d'intimidation ou de désespoir ?

— On a reçu un appel d'un voisin qui s'inquiétait, éructa Giles, en s'avançant lourdement vers Fox. Il a entendu creuser dans le jardin dimanche soir. Horticulture à minuit, c'est une habitude familiale ?

— Ce voisin vous a donné son nom ?

Voyant que Giles ne répondait pas, Fox aboya un rire bref.

— Parce que vous ajoutez foi aux dires de tous les barjos qui vous appellent ? Vous avez pris la peine de le localiser, au moins ? Je suppose que vous avez noté son numéro ?

— Un pub de Corstorphine Road, déclara Giles.

Puis, tournant vivement la tête vers un de ses hommes qui revenait du jardin, il lui demanda :

— Quelque chose ?

— Des os… qui sont là depuis des années. D'après Phil, un chat, ou un chiot.

— Qu'espérez-vous trouver ? le questionna Fox, brisant le silence. Vous savez très bien que ce n'est pas les animaux de compagnie, le problème… le problème, c'est qu'on vous a mis sur une fausse piste.

Giles pointa sur lui son index boudiné.

— Cet individu contamine ma scène de crime, je ne veux plus le voir ici !

Une main chopa le bras de Fox par-derrière. Il voulut se dégager, mais, se retournant, vit que c'était Jamie Breck.

— Suivez-moi, lui intima Breck d'un ton sec en le guidant vers la porte d'entrée.

Une fois dans l'allée, les deux hommes s'entretinrent à voix basse.

— Quelle connerie ! cracha Fox, les dents serrées.

— Peut-être, mais c'est notre devoir de suivre toutes les pistes sans exception. Vous le savez, Malcolm.

— Giles m'en veut, et s'en prend à moi et à ma famille, Jamie ; voilà le fond de l'affaire. Il faut que vous calmiez ses ardeurs.

— Moi ? s'étonna Breck.

— Qui d'autre peut lui tenir tête ?

— Vous semblez vous en sortir plutôt bien de ce point de vue…

On tapota contre un carreau. Celui de la fenêtre de la maison d'à côté.

— On vous demande, se contenta de lui signaler Breck.

Fox se retourna et vit Alison Pettifer lui faire signe de venir.

Fox, d'un geste de la main, lui indiqua qu'il arrivait, puis il regarda de nouveau Jamie Breck.

— Calmez ses ardeurs, répéta-t-il, avant de s'éloigner vers chez la voisine.

Il y était resté près d'une heure, s'enfilant deux tasses de thé devant les deux femmes assises sur le canapé, Pettifer tapotant ou caressant la main de Jude par moments. Il avait demandé à la voisine l'autorisation de sortir par-derrière pour jeter un coup d'œil par-dessus la clôture en entendant qu'on soulevait une autre dalle. Giles l'avait foudroyé du regard, mais n'avait rien pu faire.

— Tu peux les empêcher de continuer ? avait plus d'une fois demandé Jude à son frère.

— Je n'en suis pas sûr, avait-il répondu, sur la défensive, conscient de passer pour un faible.

Il aurait pu ajouter que c'était justement à cause de lui que cela arrivait. Giles ne pouvant l'atteindre, il s'attaquait à ceux qu'il aimait. Fox savait qu'il pouvait déposer plainte auprès de McEwan, mais aussi que, ce faisant, il se ridiculiserait. C'était simple comme bonjour pour Giles de défendre sa stratégie : *il y a eu meurtre... nous devons suivre toutes les pistes... je n'en reviens pas qu'un collègue ne m'en sache pas gré...*

Non, il valait mieux qu'il n'en réfère pas à McEwan. Il avait pensé conseiller à Jude de prendre un avocat, mais devinait les conclusions qu'on en tirerait – sans compter que tous les flics, y compris ceux des Affaires internes, se méfiaient des avocats comme de la peste. En réalité, il était pieds et poings liés, et Giles ne le savait que trop bien. Finalement, Fox était parti, en embrassant Jude sur la joue, et en serrant la main de Mme Pettifer. Ensuite, il était resté assis dans sa voiture pendant quelques minutes, se demandant s'il devait ou non retourner au poste de Fettes Avenue. Une fois sa décision prise, il s'était rendu au supermarché d'Oxgangs, puis avait charrié les sacs chez lui et passé une demi-heure à ranger les aliments en fonction de leurs dates de péremption – les plus éloignées au fond, les plus proches devant. Pour son dîner, pâtes fraîches sauce pesto. Au rayon des boissons, il avait hésité à acheter deux bouteilles de bière sans alcool, puis, en passant devant les vins et spiritueux, remarqué que certains whiskies étaient meilleur marché que la dernière fois qu'il en avait acheté. Le goulot des bouteilles les plus chères étaient pourvus de badges antivols pour éviter le chapardage. Au rayon frais, il avait opté pour une brique de jus de fruits, mangue et poire. *Meilleur pour ta santé, et de loin, mon gars,* s'était-il dit.

Après le repas, il voulut regarder la télévision, mais rien n'éveilla son intérêt. Il ne cessait de remonter le courant des événements de la journée. Quand deux bips lui signalèrent la réception d'un texto, il sauta sur son portable. Tony Kaye l'invitait à le rejoindre au Minter's. Il fallut tout de même cinq longues secondes à Fox pour se décider.

— C'est à croire qu'on n'a rien de mieux à faire, soupira Fox en arrivant à leur table habituelle.

Un autre barman était de service, beaucoup plus jeune que l'autre, mais tout de même scotché devant un jeu télévisé. Deux clients consommaient au bar, que Fox ne connaissait pas. Margaret Sime, l'amie de Kaye, était à une autre table. Elle le salua de la tête. En revenant en ville, Fox avait fait un petit détour pour passer devant chez Jamie Breck. Aucun signe de vie, et pas de camionnette garée à proximité.

— À la tienne, dit Kaye, s'emparant de la nouvelle bière et la plaçant à côté de celle qu'il avait bue à moitié.

Fox posa son jus de tomate sur un sous-bock et ôta son blouson. Il avait laissé sa cravate chez lui, mais portait toujours les mêmes chemise, bretelles et pantalon.

— Alors, que se passait-il chez Jude ? voulut savoir Kaye.

— Bad Billy fait retourner son jardin. Un appel anonyme lui a signalé des activités nocturnes dimanche soir.

— Billy a sauté sur l'occasion, observa Kaye avec un hochement de tête compatissant. J'espère que tu n'as laissé aucune empreinte sur les lieux, Foxy. S'il en a la possibilité, il se jettera sur toi pour te déchiqueter à coups de dents et de griffes.

— Je sais.

— Ce salaud accordait toute sa confiance à Glen Heaton... il l'a défendu contre vents et marées.

Fox leva les yeux sur son collègue.

— Tu ne penses quand même pas qu'il était au courant de ses agissements ?

— On ne peut pas savoir, répondit Kaye en haussant les épaules. Tout ce que je peux te dire, c'est que je me rends compte que le bonhomme fait son méchant.

— S'il continue de tourmenter ma sœur, il va comprendre sa douleur.

Kaye pouffa dans son verre. Fox devina ce qu'il pensait. *Joue pas à ça, Foxy. T'as pas de munitions.* Peut-être que non. Mais peut-être que oui. Il but une gorgée de jus de tomate.

— Ça te tuerait de mettre une goutte de vodka là-dedans ? plaisanta Kaye. J'ai l'impression d'être le poivrot du coin, quand je suis avec toi.

— C'est toi qui m'as demandé de venir, je te signale.

— Je sais, ce n'est pas ce que je veux dire...

— Non, la première goutte ne me tuerait pas, déclara Fox après un moment de réflexion. Mais ce serait une fois de trop. Les gens comme moi, Tony, une fois leur suffit.

Kaye fit la moue.

— T'es pas alcoolo, Malcolm. Les alcoolos, j'en ai vu, je nettoyais leurs cellules au jet quand j'étais en formation.

— L'alcool ne me réussit pas, Tony. En outre…

Il reprit son jus de tomate.

—… ça, ça me donne de la hauteur de vue.

Les deux hommes burent en silence. Un trio de nouvelles têtes arriva. Fox, assis dos à la porte, vit Kaye les jauger rapidement. Réflexe de flic : surveiller les entrées pour évaluer le danger. Le danger, c'était le type qu'on avait déjà arrêté, le neveu ou le cousin du gars contre qui on avait accumulé des preuves, le mec qu'on avait persuadé au moins une fois de devenir indic pour sauver sa peau. Dans une ville de la taille d'Édimbourg, ce n'était pas évident d'échapper à son passé, aux décisions qu'on avait prises, aux gens dont on s'était servi. Mais Kaye se concentrait de nouveau sur son verre : pas de raison de s'inquiéter. Fox jeta quand même un coup d'œil aux nouveaux venus. Costumes-cravates, des hommes d'affaires qui avaient fini leur journée de travail, avec, à la clef, un rendez-vous dans un restau indien.

Quand la porte se rouvrit, Fox observa Kaye et, le voyant prendre un air étonné, se retourna. C'était Joe Naysmith. Il était habillé en prévision d'une nuit longue et froide de planque en camionnette. Chemise de bûcheron sous un pull shetland, lui-même sous un gilet molletonné sans manches, lui-même sous un duffel-coat. Couches qu'il ôtait l'une après l'autre tout en venant vers leur table.

— Il fait une chaleur infernale ici ! gémit-il.

Il déboutonna sa chemise, révélant un tee-shirt noir.

— Tu t'es disputé avec ton amoureux ? lui lança Kaye, narquois.

Naysmith fit la sourde oreille et leur demanda ce qu'ils voulaient boire.

— Comme d'hab' pour moi, s'empressa de répondre Kaye.

Fox fit non de la tête et son regard croisa celui du jeune homme.

— Que s'est-il passé, au juste ? voulut-il savoir.

— On faisait les dernières vérifs de la camionnette. Gilchrist a reçu un appel et m'a annoncé qu'on ne sortait plus, répondit Naysmith, haussant les épaules et commençant à s'éloigner vers le bar.

— De qui, cet appel ? insista Fox.

Autre haussement d'épaules de Naysmith qui alla chercher les boissons.

— Tu crois qu'il s'est passé quelque chose ? demanda Kaye à Fox.

— Je ne suis pas devin, Tony.

— Bonne excuse pour appeler le sergent Inglis chez elle, l'inviter à une réu tardive, boissons comprises…

— Elle a un môme.

— Alors, invite-toi chez elle, apporte-lui une bonne bouteille. Oh, rectifia Kaye, levant les yeux au ciel, j'avais oublié que tu ne bois pas.

— Tout juste.

— Alors, boissons non alcoolisées pour monsieur, et quelques bacardi bien tassés pour madame.

Naysmith revenait, une bière dans chaque main.

— J'avais préparé des sandwichs et tout et tout,

continua-t-il de se plaindre. Téléchargé des vidéos sur mon portable pour les lui montrer…

— Donc, il ne t'a pas dit de qui émanait cet appel ? l'interrompit Fox, qui reçut pour toute réponse une dénégation de la tête. Tu n'as rien entendu, pas même ce qu'il disait lui ?

— J'étais au fond de la camionnette, il était à l'extérieur.

— Ça se passait dans le garage du poste de Fettes ?

Naysmith acquiesça, puis but une goulée de bière, poussa un soupir de satisfaction et s'essuya la bouche avec le pouce et l'index.

— Inglis semblait y tenir, pourtant, observa Fox.

— Elle s'est peut-être rangée à ton point de vue, suggéra Naysmith.

— Peut-être, concéda Fox. Où est Gilchrist en ce moment ?

— Il m'a dit qu'il n'avait pas envie de boire un pot.

Les trois hommes restèrent silencieux un moment, et quand ils reprirent la conversation, ce fut pour parler d'autres affaires – passées et présentes – puis évoquer l'actuel « voyage aux frais de la princesse » de McEwan.

— Ce sera une heure de discussion autour de thé et de biscuits, puis quatre heures sur le parcours de golf, présagea Tony Kaye.

— Parce que McEwan joue au golf ? s'étonna Fox, se levant pour aller chercher une nouvelle tournée.

Il se posait la question de savoir s'il allait rester. Il commanderait peut-être une bière pour Kaye et Naysmith, puis leur dirait qu'il devait partir. Mais alors qu'il attendait d'être servi, il leva les yeux vers le téléviseur.

L'émission de jeu avait cédé le terrain aux infos locales. Un homme ayant une apparence très soignée faisait une déclaration dans une pièce qui semblait être son bureau. Des journalistes lui tendaient des micros devant le visage. Puis une photographie apparut sur l'écran : celle d'un homme et d'une femme sur le pont d'un yacht et sur leur trente et un, souriant à l'objectif, se tenant par la taille. Fox crut reconnaître la femme.

— Montez le son, ordonna-t-il au barman.

Mais le temps de localiser la télécommande, le journaliste était passé à un autre sujet. Fox fit signe au serveur de lui donner la télécommande. Il sélectionna l'option « texte », puis fit défiler les choix jusqu'à « Informations régionales ». Il cliqua sur Écosse et attendit que les sujets de reportage apparaissent sur l'écran. Le troisième de la liste était celui qu'il cherchait.

Un magnat de l'immobilier disparaît en mer.

Fox accéda au texte. Charles Brogan, 43 ans, richissime promoteur immobilier… parti en bateau de son mouillage à Édimbourg… yacht retrouvé vide dérivant à l'entrée du Firth of Forth[1]…

— De quoi s'agit-il ? demanda Kaye qui, debout à côté de Fox, scrutait l'écran.

— C'est le type qui est derrière le projet de Salamander Point. Sa société avait des ennuis, maintenant c'est lui qui a disparu.

— Hara-kiri ? suggéra Kaye.

Fox posa la télécommande sur le comptoir et paya sa tournée. De son propre chef, le barman avait servi

1. L'estuaire du fleuve Forth sur la rive duquel se trouve Édimbourg.

un autre jus de tomate. Ils portèrent les boissons à la table.

— Du nouveau aux infos ? voulut savoir Naysmith.

— Pas de quoi te prendre ta jolie petite tête, répliqua Kaye, lui ébouriffant les cheveux. Tu ne crois pas que tu devrais te faire ratiboiser avant le retour de notre Jack Nicklaus ?

— Je les ai fait couper le mois dernier.

— Je dois passer un coup de fil, annonça Fox, se relevant. Je reviens tout de suite.

Il sortit et le froid le saisit. Il envisagea de retourner à l'intérieur chercher son blouson, mais résista à cette impulsion. Son autre envie était la plus forte. Il composa le numéro de Jamie Breck sur son mobile.

— Je me demandais combien de temps vous mettriez, répondit Breck.

— Je viens de l'apprendre par le journal télévisé.

— Moi aussi.

— Vous ne le saviez pas ?

— Il faut croire que sa femme a réservé son premier coup de fil à son conseiller en communication.

— C'est le mec interviewé par le journaliste ?

— Il s'appelle Gordon Lovatt. De Lovatt, Meikle & Meldrum.

— Jamais entendu parler.

— Grosse boîte de relations publiques. Ils donnent aussi dans le lobbying.

— Vous êtes bien renseigné.

— Je les ai eus deux ou trois fois dans le collimateur…

La voix de Breck s'éloignait. Fox entendit une sirène. Il écarta le portable de son oreille pour confirmer que ce son provenait bien de l'écouteur.

— Vous êtes à l'extérieur, dit-il.

— Je vais à Torphichen Place.

— Pourquoi ?

— Sans raison particulière.

— C'est à cause de Joanna Broughton ? Elle vous a contacté au sujet de la vidéosurveillance ?

Fox se poussa pour laisser passer deux consommateurs qui sortaient du bar pour fumer une cigarette. Ils toussèrent à plusieurs reprises, puis reprirent leur conversation.

— Quel pub ? demanda Breck. Le Minter's ?

— Je vous parlais de Joanna Broughton. Comment se fait-il que je vienne de la voir à la télé ?

— Elle est mariée avec Charlie Brogan. Elle a gardé son nom de jeune fille, mais ils vivent ensemble depuis trois ou quatre ans.

— Le corps a été ramené sur la plage par la marée ?

— Il fait nuit, au cas où vous ne l'auriez pas remarqué. Les gardes-côtes ont interrompu les recherches jusqu'à l'aube.

— Mais vous allez tout de même au poste, constata Fox.

— Oui.

— Vous me préviendrez si vous apprenez quelque chose ?

— Si ça concerne l'affaire, on en rediscutera demain dans la journée… que ça me plaise ou non. En attendant, inspecteur, amusez-vous bien ce soir, vous avez quartier libre.

— Merci, je n'y manquerai pas.

— Ou du moins, essayez, ajouta Breck, terminant l'appel.

Fox regagna l'intérieur du pub, se frottant les bras pour se réchauffer le corps.

— La bonne nouvelle, dit-il à Naysmith, c'est que vous auriez perdu votre temps, de toute façon.

— Breck n'est pas chez lui ? devina Kaye.

— Au poste, confirma Fox.

— C'est pour ça que Gilchrist a laissé tomber ? interrogea Naysmith. Il était au courant ?

— J'en doute, répondit Fox après un instant de réflexion.

Vendredi 13 février 2009

11

Le lendemain, Fox arriva tôt au travail, mais ne trouva personne dans la salle 224. Il descendit à la cantine et tomba sur Annie Inglis, affalée devant un café et un sandwich aux œufs brouillés entamé.

— Vous n'avez pas l'air d'être au top de la forme, trouva à dire Fox, tirant une chaise et s'asseyant en face d'elle.

— Duncan, murmura-t-elle pour toute réponse.

— Qu'est-ce qu'il a fait ?

Elle se frotta les joues.

— Rien de particulier. C'est seulement son âge…

— Il se rebelle contre maman ?

Elle eut un sourire découragé.

— Il rentre tard, trop tard à mon goût. Remarquez, il finit toujours par rentrer…

— Mais vous n'allez pas vous coucher tant qu'il n'est pas là, c'est ça ?

Elle opina de la tête.

— Quand il a cours le lendemain, le matin, c'est comme essayer de réveiller un mort.

— Il a de mauvaises fréquentations ?

Elle sourit encore, cette fois de la formulation.

— Pour une mère, toutes les fréquentations de son fils sont mauvaises.

— Bien vu.

— Je crois qu'ils boivent un peu… se droguent un peu…

— Pas du « *skunk*[1] » ?

— Non, c'est juste que Duncan me semble un peu…

Elle chercha le mot juste.

— … « ailleurs », par moments, reprit-elle. En plus, son école me dit qu'il prend du retard sur le reste de la classe.

— Il passe ses O Grades l'année prochaine ?

— Son Standard Grades[2], comme on dit aujourd'hui.

Elle se secoua et but son café.

— C'est mon troisième, remarqua-t-elle.

— Je vous en offre un quatrième ?

Mais, ayant vidé sa tasse, elle refusa.

— Il voit son père ? questionna Fox.

Une question à laquelle elle n'était pas disposée à répondre.

— Vous vouliez quelque chose, inspecteur ?

— Oui, mais ça peut attendre.

— Dites-moi. Ça aidera sûrement ce qui me sert de cerveau à reprendre son activité.

— Vous savez que la surveillance n'a pas eu lieu hier soir ?

1. Variété de cannabis nommée ainsi à cause de sa forte odeur, *skunk*, signifiant « moufette » en anglais.

2. Diplôme sanctionnant la fin du premier cycle d'enseignement secondaire.

Elle le regarda.

— Non.

— C'est juste que… vous teniez tant à la mettre en place. Je m'interrogeais sur ce qui avait fait changer la donne.

— Je n'ai pas vu Gilchrist ce matin.

— Ils préparaient la camionnette. Gilchrist a reçu un appel et a informé mon adjoint que l'opération était annulée.

— Je me renseignerai quand je le verrai. Il y a sans doute eu du nouveau.

— Peut-être.

— Je me renseignerai, répéta Inglis.

— D'accord, soupira Fox en se levant. Pas de regret pour le café ? On en fait un meilleur là-haut, c'est du super.

— On sent son arôme chaque fois qu'on passe devant votre bureau.

— Arrêtez-vous quand vous voulez.

Elle le remercia.

— Malcolm… ce que je vous ai dit au sujet de Duncan…

— Mes lèvres sont scellées, lui assura Fox, se détournant pour partir.

Aux Affaires internes, McEwan était de retour.

— Tu nous as rapporté un souvenir ? lui lança Fox.

McEwan ricana, puis demanda si ç'avait été calme pendant son absence.

— Un vrai tombeau, répondit Fox, mettant le cap sur la machine à café.

Sauf qu'il n'y avait plus de café dans la boîte en fer-blanc. Fox envisagea de redescendre à la cantine, mais se ravisa. Il restait des sachets de thé, il pourrait faire bouillir de l'eau. Pas de lait, zut. Il consulta sa montre. Naysmith n'aurait aucune excuse ce matin : pas de surveillance pour expliquer une panne d'oreiller. Il arriverait d'ici un quart d'heure.

— Le siège de la RBS[1] a son propre Starbucks, observa McEwan, comme s'il lisait dans les pensées de Fox.

— La RBS et nous, ça fait deux.

— Dieu merci !

— Comment c'était, la conférence ?

— Rasoir.

— Des risques d'émeutes cet été ?

— Deux ou trois experts semblent le penser. Chômage en hausse… malaise social… peur de l'avenir… tensions de plus en plus fortes… beaucoup d'extrémistes prêts à en découdre.

— Des émeutes à Édimbourg, je veux voir ça ! s'exclama Fox qui avait regagné son bureau.

— Il y en a eu beaucoup par le passé ; la foule était crainte.

— Plus de nos jours, protesta Fox, avec force dénégations de la tête. Même quand les gens manifestent devant la maison du directeur de la RBS, ils graffitent des pancartes pour ne rien endommager. Voilà ta foule d'Édimbourg, Bob.

— Que Dieu t'entende.

McEwan éternua trois fois, puis décrocha son téléphone.

— Pour couronner le tout, tu m'as refilé ta fichue crève.

---

1. Royal Bank of Scotland.

— Avec tout mon respect, chef, plaisanta Fox. La mienne est en train de passer.

Il regarda Joe Naysmith entrer dans la pièce. Brandir le sachet en plastique qu'il tenait à la main : café et lait. Fox leva ses pouces et obtint un autre geste en retour : la paume de Naysmith tendue vers lui pour recevoir de l'argent. On était vendredi, le jour des comptes en ce qui concernait le café. Fox fit mine de ne pas comprendre et s'attaqua à sa première tâche de la journée. Les copies des dépositions dans l'affaire Heaton commençaient à leur être adressées par le bureau du procureur, avec des demandes et des commentaires agrafés à toutes les pages ou presque. Fox les répartirait entre Naysmith et Kaye, en gardant les plus croustillants pour lui. Une demi-heure plus tard, Kaye arriva comme une fleur, levant les yeux au ciel en s'avisant du retour de McEwan.

— Vous appelez ça arriver à l'heure ? râla ce dernier.

— 'S'cusez-moi, chef, répondit Kaye, prenant le café que Naysmith lui avait servi.

Puis il tira un journal de la poche de son manteau et le jeta sur le bureau de Fox.

— Page trois, indiqua-t-il. Mais c'est pas du topless…

Fox déplia le *Scotsman* du jour. L'article occupait toute la page, illustré de photos de Charles Brogan, de son bateau, de Joanna Broughton et de Jack, son père. Aucune ne paraissait très récente, sauf celle de Gordon Lovatt à la conférence de presse. Le contenu en lui-même s'attardait longuement sur le contexte et peu sur le fond. La société de Brogan possédait plusieurs terrains industriels et biens immobiliers en ville. L'endettement commençait à poser problème. Brogan était un « marin amateur passionné » qui amarrait son yacht d'un million de livres à South Queensferry. Sa femme était la propriétaire du casino à succès l'Oliver, et son beau-père, un richissime homme d'affaires du coin à la retraite, connu pour ses méthodes cavalières. Fox ne put s'empêcher de sourire en lisant cela. Quand il leva les yeux, il s'aperçut que Kaye l'observait.

— Ça n'ajoute rien, commenta Fox.

— Peut-être parce qu'il n'y a rien à ajouter. Tu as écouté les infos à la télé ce matin ?

Fox acquiesça.

— Le corps est toujours quelque part au large.

— Une bouteille de bon vin vide laissée sur le pont, plus quelques somnifères prescrits à madame. Elle est canon, observa Kaye, lorgnant vers le journal. On se demande ce qu'elle a bien pu trouver à ce magnat de l'immobilier chauve et ventripotent…

— Il est dit ici qu'ils habitent dans le penthouse d'une de leurs résidences.

— Troisième et dernier étage d'un nouvel immeuble près d'Inverleith Park, confirma Kaye. C'était paru dans la presse : l'appart le plus cher d'Écosse.

— Mais c'était avant la crise.

— Je doute qu'elle ait besoin de vendre : papa est là pour la renflouer.

— La question est : pourquoi ne l'a-t-il pas fait pour son gendre ?

— On croirait entendre deux caissières autour d'un exemplaire de *Heat*[1], intervint Naysmith.

1. Magazine de mode sexy.

Le téléphone sur le bureau de Fox sonna, il décrocha.

— Couloir dans deux minutes, énonça Inglis qui coupa aussitôt la communication.

Fox raccrocha et tapota les piles de papiers devant lui.

— Laquelle est la mienne ? demanda Kaye.

Fox planta son index sur la pile concernée.

— Et la mienne ? ajouta Naysmith.

Fox réitéra la manœuvre.

— Autrement dit, la tienne est la plus petite, Malcolm, remarqua Kaye avec sa moue habituelle.

— Comme d'hab', renchérit Naysmith.

— Dur, dur, ironisa Fox, se levant.

Il trouva Inglis qui l'attendait dans le couloir. Elle était adossée au mur, pieds croisés, mains derrière elle.

— Ç'a été annulé, lâcha-t-elle.

— Ça, je le savais.

— On ne mènera pas d'enquête sur le sergent Breck.

Son air était aussi glacial que sa voix.

— Pourquoi ?

— Les ordres.

— De qui ?

— Malcolm..., soupira-t-elle, le regardant dans les yeux. Tout ce qu'il vous faut savoir, c'est que nous n'avons plus besoin de la coopération des Affaires et Plaintes internes.

— C'est comme ça qu'on vous a imposé de le présenter ?

— Malcolm...

Il fit un pas vers elle, mais elle repartait déjà vers son bureau. Il la suivit des yeux, et la vit baisser la tête. Elle savait qu'il la regardait. Qu'il recevrait le message.

Une femme venant de faire quelque chose qui lui déplaisait, et tenait à le lui faire savoir.

Au moment de la pause déjeuner, Fox annonça qu'il le prendrait à l'extérieur. Il fit un détour par la cantine, espérant rencontrer Inglis, mais elle n'y était pas. En sortant de l'enceinte du poste de police, il adressa une prière au saint patron des parkings – qui que ce soit – pour que sa place soit toujours disponible à son retour, tout en sachant d'expérience qu'il n'y avait pas la moindre chance que son vœu se réalise. Fidèle à son habitude récente, il surveillait régulièrement le trafic derrière lui, mais il ne vit ni Astra noire ni Ford Ka verte. Dix minutes plus tard, il se garait devant l'Oliver. C'était encore Simon qui servait au bar. Il baratinait une des croupières, pendant qu'une autre s'employait à faire durer la partie de black-jack que jouaient les deux types avachis sur la table qui faisaient office de seuls clients du casino.

— Je vous ai déjà dit que c'est à la patronne que vous devez vous adresser, balança Simon, reconnaissant Fox.

— En fait, c'est à mon collègue que vous l'avez dit, et nous nous sommes entretenus avec Mlle Broughton.

Il y eut un moment de flottement.

— Je pensais que vous seriez fermé aujourd'hui, en signe de respect.

— Une guerre nucléaire, c'est la seule raison pour laquelle on fermerait, et encore.

— Une chance pour moi.

Fox appuya les paumes de ses mains sur le comptoir. Simon le regarda.

— Elle a précisé que vous pouviez regarder les cassettes ? supposa-t-il.

— Celles de samedi soir, confirma Fox, s'empressant d'ajouter : appelez-la, elle vous le dira elle-même.

Mais l'un comme l'autre savaient que Simon ne risquait pas de passer ce coup de fil à Joanna Broughton. D'une, elle avait d'autres chats à fouetter. De deux, Simon n'avait pas le bras assez long, ce qu'il ne voulait surtout pas que sache la croupière blonde assise en face de lui au bar, raison pour laquelle il répondit à Fox qu'il n'y avait pas de problème, qu'il pouvait s'installer dans le bureau. Fox le remercia d'un signe de tête, se félicitant d'avoir bien jugé l'énergumène, et assura qu'il ne les dérangerait pas longtemps.

Il suivit Simon qui prit place au bureau pour lancer le visionnage de la cassette sur l'écran de l'ordinateur.

— Enregistrement sur disque dur, expliqua-t-il.

Fox hocha la tête en examinant la pièce : espace exigu, deux chaises, trois classeurs à tiroirs et une rangée d'écrans de vidéosurveillance alternant les images d'une dizaine de caméras.

— C'est avec ça que vous repérez les tricheurs ?

— Il y a aussi des surveillants dans la salle. Des fois, y en a un qui s'installe à une table en se faisant passer pour un client. On est tous formés pour ouvrir l'œil.

— Il est déjà arrivé que le casino se fasse arnaquer ?

— Une ou deux fois, admit Simon, jouant de la souris pour naviguer sur l'écran.

Finalement, satisfait, il céda sa place à Fox. Il lui demanda tout à coup s'il y avait du nouveau au sujet de « M. Brogan ».

— Vous le connaissiez ? rétorqua Fox.

— On le voyait assez régulièrement. Il jouait peu, mais aimait venir voir Joanna.

Simon donnait l'impression de vouloir s'incruster, alors Fox lui signifia qu'il pouvait retourner à son travail. Le barman hésita, puis parut se souvenir de la croupière blonde. Il hocha la tête et partit. Fox se pencha vers l'écran et cliqua sur la touche « PLAY ». Dans l'angle supérieur droit de l'image, l'incrustation indiquait vingt et une heures, samedi soir. Il procéda au défilement rapide jusqu'à vingt-deux heures. Par moments, la caméra zoomait sur un joueur en particulier, ou même sur les mouvements de ses mains quand il regardait son jeu. Il y avait du monde, mais les images n'étant pas sonorisées, il s'en dégageait une impression surréaliste, accentuée par les couleurs délavées. Les caméras se concentraient presque exclusivement sur les tables de jeu. Elles s'intéressaient peu aux portiers ou à l'entrée, et à aucun des deux bars. Fox ne voyait Vince Faulkner nulle part. Simon avait déclaré à Breck qu'il était ivre, assis sur un tabouret au coin du bar du bas, mais Fox avait toutes les peines du monde à le trouver. Quand on frappa à la porte, il poussa un soupir exaspéré.

— Je n'ai pas encore terminé ! cria-t-il. Je n'en suis même pas à la moitié !

La porte s'ouvrit lentement.

— Tant pis, susurra une voix.

La silhouette de l'inspecteur Giles emplissait l'embrasure de la porte.

— Dehors, ordonna-t-il.

Poste de police de Torphichen.

Pas la même pièce que l'autre jour : une « vraie » salle d'audition, cette fois. Préparée pour un « vrai » interrogatoire : caméra vidéo braquée sur la table depuis l'angle du plafond ; voyant rouge qui s'allumerait pour signaler qu'elle filmait ; magnétophone branché dans la prise murale, avec deux cassettes, une pour chaque partie ; micro sur son socle au centre de la table ; murs chaulés avec, en guise de déco, un rappel que fumer était passible d'une amende, comme si les usagers de cette salle s'en souciaient ; odeur fétide – on venait de quitter les lieux.

Ils y avaient laissé Malcolm Fox mariner dans son jus. Sans lui proposer de thé, pas même de l'eau. Giles l'avait prié de lui remettre son mobile ; Fox l'avait envoyé balader.

— Qui me dit que vous n'appellerez pas des numéros surtaxés à mes frais ? lui opposa-t-il.

Un policier en uniforme restait dans la pièce avec lui, planté d'un côté de la porte. Nul doute qu'il avait été choisi pour ses capacités de mémorisation – tous les postes de police avaient la même tactique. Du coup, Fox s'employa à envoyer des textos au lieu de passer des coups de fil. Son problème était… qui prévenir ? Qui pouvait l'aider à se sortir du guêpier dans lequel il s'était fourré ? Alors, il pressait des touches au hasard dans l'espoir de taper sur les nerfs de son cerbère. Dix autres minutes s'écoulèrent avant que la porte s'ouvre. Giles entra, suivi de deux enquêteurs, dont une femme d'une trentaine d'années que Fox avait l'impression d'avoir déjà vue quand il travaillait sur l'affaire Heaton, mais dont le nom lui échappait.

L'enquêteur homme n'était autre que Jamie Breck.

Il revint à la femme de vérifier que les cassettes tournaient, que le magnétophone captait leurs voix. Elle contrôla aussi que le petit voyant rouge de la caméra clignotait bien, puis, de la tête, donna le signal du départ à Giles. Il s'était assis en face de Fox. Il posa sur la table une chemise cartonnée et une grosse enveloppe. Fox fit de son mieux pour ne s'intéresser ni à l'une ni à l'autre.

— Sergent Breck, dit Giles avec un mouvement de tête.

Mouvement qu'il fit en direction de la chaise vacante à côté de Fox. Breck s'y laissa tomber, évitant de croiser le regard de Fox qui comprit alors qu'ils étaient tous les deux dans le même pétrin. Ils se retrouvaient assis côte à côte, avec Giles de l'autre côté de la table comme un proviseur face à deux élèves qui auraient séché les cours. La fliquette avait remplacé le policier à la porte.

— Je commence par quoi ? murmura Giles presque pour lui-même.

Il faisait courir ses doigts sur la chemise et l'enveloppe. Puis il leva les yeux, comme s'il venait d'avoir une idée.

— Les photos ? suggéra-t-il. L'objectif ne ment pas, on le sait tous…

Il fit tomber le contenu de l'enveloppe sur la table : une dizaine de photos, des tirages d'imprimantes, pas d'une qualité extraordinaire.

Mais tout de même suffisante.

— Vous lirez les heures et dates sur chacune d'elles, indiqua Giles en les tournant vers Fox et Breck. Celle-ci, c'est vous, sergent Breck. Au moment où vous rendez visite à l'inspecteur Fox chez lui. De là, vous avez fait un petit saut tous les deux dans un casino.

Giles ménagea un silence pour marquer son effet.

— Il se trouve que c'est celui-là même où Vince Faulkner s'est rendu le soir de sa disparition.

Il brandit la photo correspondante. Elle avait du grain, avait été prise de loin au téléobjectif au moment où Breck et Fox disaient deux mots aux portiers avant d'entrer dans l'Oliver.

— Qu'avons-nous d'autre ? fit semblant de s'interroger Giles en feuilletant ostensiblement les photos. Vous deux à Salamander Point. Le sergent Breck y était allé pour recueillir des informations sur notre victime de meurtre.

Autre silence.

— En revanche, je ne comprends pas trop ce que vous-même y faisiez, inspecteur Fox. Ça n'entre pas du tout dans le cadre de vos attributions aux Affaires et Plaintes internes, crut bon de s'étonner Giles en reniflant.

L'homme s'éclatait, en rajoutant aussi bien pour la caméra que le micro. Fox repensa à la voiture – aux deux voitures. Il avait la réponse à sa question. *Les paranos n'ont pas toujours tort*, songea-t-il.

— Vous essayez de faire pression sur notre enquête, inspecteur Fox ? demandait Giles. En déboulant au domicile de votre sœur ?

— Sa maison n'est pas une scène de crime, riposta Fox.

— Jusqu'à nouvel ordre de ma part, c'est exactement ce que c'est.

Cet homme énorme s'exprimait d'une voix si calme qu'on pouvait se demander s'il n'inhalait pas du Prozac plutôt que de l'oxygène.

— C'est ce qui s'appelle vouloir péter plus haut que son cul, lui balança Fox, se disant qu'il était temps d'arrêter les frais. Soit dit en passant…

Giles s'accorda le temps de parquer ses émotions dans son for intérieur.

— Que faisiez-vous quand on vous a interpellé, inspecteur ?

— Mon travail de policier.

— Vous vous trouviez dans le bureau du casino l'Oliver, en train de visionner les images de vidéosurveillance prises sur les lieux le soir où Vince Faulkner a disparu.

Fox sentit Jamie Breck s'agiter à côté de lui à cette information.

— Sur les ordres de qui y êtes-vous allé ?

— De personne.

— Le sergent Breck vous y avait encouragé ? Vous vous étiez rendus tous les deux dans cet établissement non pas une fois, mais deux.

Giles piocha une autre photo : Breck et Fox en extérieur, à côté de la voiture de Breck tout juste avant l'arrivée de Joanna Broughton.

— Tout ça n'a rien à voir avec le sergent Breck, avança Fox. Je me suis rendu à Salamander Point de mon propre chef. La coïncidence a voulu qu'il y soit au même moment.

Giles s'était tourné vers Breck.

— Mais vous avez autorisé l'inspecteur Fox à rester pendant que vous interrogiez M. Ronald Hendry ?

— Oui, admit Breck.

— Je suis son supérieur, commença à expliquer Fox. C'est moi qui lui ai donné l'ordre de…

— La question n'est pas là, l'interrompit Giles, ouvrant la chemise dont il sortit une feuille de papier. La question est que le sergent Breck a jugé bon de ne pas mentionner ce « détail » dans son rapport, reprit Giles, laissant tomber la feuille sur la table. Et le soir où il est venu chez vous, c'était aussi sur votre ordre ?

Giles laissa le silence jouer les prolongations.

— J'ai comme l'impression que vous êtes devenus un peu trop potes, vous deux. C'est un suspect ! s'écria-t-il tout à coup, foudroyant Breck du regard et pointant le doigt sur Fox. Tu le savais, non ? Depuis quand on fait copain-copain avec les suspects ?

— Glen Heaton ne s'en privait, remarqua Fox à mi-voix.

— Non mais, écoutez donc l'hypocrisie de ce monsieur, fulmina Giles d'une voix qu'il avait toutes les peines du monde à maîtriser.

Il s'enfonça dans sa chaise, contorsionnant ses épaules et son cou.

— Tout ça sent mauvais. Fut un temps, on aurait peut-être réglé ça en interne à notre façon…, soupira-t-il en affectant un soupir attristé. Mais de nos jours, avec ces histoires d'équilibre des pouvoirs, cette obsession d'être plus blanc que blanc…

Il regarda Fox dans les yeux.

— Bah… vous, inspecteur, vous êtes bien placé pour savoir de quoi je parle.

Là, il se contenta de hausser les épaules. Comme

en réponse à ce signal, on frappa à la porte. La policière ouvrit, et deux hommes entrèrent dans la pièce. L'un était l'inspecteur-chef Bob McEwan. L'autre, en uniforme, portait sa casquette sous le bras.

— Parfaitement inadmissible ! pesta-t-il sans préambule.

Giles s'était levé, ainsi que Breck et Fox. C'était l'usage quand le directeur adjoint de la police annonçait sa présence – et il n'en manquait pas, de présence. Il avait préféré rester à son poste au Lothian and Borders malgré les propositions d'autres forces de police, et le fait que plusieurs de ses collègues, venant parfois de l'extérieur, étaient promus directeurs au-dessus de lui. Il s'appelait Adam Traynor, avait un teint rougeaud, un regard d'acier, une taille plus grande que la moyenne et un torse de briseur de chaînes. Le « flic puissance flic », pensait-on de lui de façon générale ; admiré autant par ses subalternes que par ses supérieurs. Fox l'avait déjà rencontré plusieurs fois. Les fautes professionnelles mineures étaient de son ressort. Seules les affaires les plus graves relevaient du bureau du procureur général.

— Inadmissible ! répéta Traynor pour lui-même, alors que McEwan n'avait d'yeux que pour son collaborateur fautif.

Fox se souvint de la conversation qu'ils avaient eue le matin même. *Tout a été calme en mon absence ?* avait demandé McEwan. *Comme une tombe*, avait répondu Fox.

— Vos hommes, déclara Traynor, s'adressant à McEwan et à Giles, devront être suspendus de leurs fonctions jusqu'aux conclusions de l'enquête.

— Oui, chef, marmonna McEwan.

— Pas de panique, poursuivit Traynor, se tournant vers Fox et Breck, votre salaire continuera de vous être versé dans son intégralité.

Giles aussi regardait Fox qui devinait ce que son ennemi juré pensait : *Exactement comme Glen Heaton…*

— Excusez-moi, intervint la policière. L'enregistrement est toujours en cours…

— Eh bien, coupez-le ! rugit Traynor.

Elle obtempéra, après avoir signalé dans le micro que l'interrogatoire prenait fin à 14 h 57.

— Enquête interne, chef ? se renseignait McEwan.

— Un peu tard pour ça, Bob ; les collègues des Grampians surveillent votre homme depuis quatre jours, observa Traynor en parcourant les photos étalées sur la table. C'est eux qui tireront tout ça au clair, comme nous l'aurions fait si les rôles étaient inversés.

— Un de mes enquêteurs était sous surveillance ? se récria McEwan.

— Votre homme a commis une faute professionnelle, inspecteur ! lui rappela sèchement le directeur adjoint de la police.

— Ce dont personne n'a jugé bon de m'informer, rétorqua McEwan.

— Ça, nous en reparlerons plus tard, asséna Traynor, le foudroyant du regard.

Mais McEwan concentrait toute son attention sur Fox, lui adressant, semblait-il, une question muette : *Bon dieu, mais qu'est-ce qui se passe ici ?*

— Bien ! reprit Traynor, se redressant et passant son pouce sur le bord de sa casquette. Tout est clair pour tout le monde ?

— J'ai un rapport à terminer, indiqua Breck.

— Pas question, lui aboya Traynor au visage. Je ne voudrais pas que vous vous amusiez à falsifier des documents.

Le rouge monta au cou de Breck.

— Sauf votre respect, chef…

Mais le directeur adjoint de la police s'apprêtait déjà à quitter les lieux.

— Vos cartes de police et tous vos passes et badges, messieurs, déclara Billy Giles, main tendue à cet effet. Vous êtes priés de quitter nos locaux, et de ne pas y remettre les pieds, pas même pour prendre une veste ou un sac. Vous rentrez chez vous, et vous y restez. La police des Grampians ne devrait pas manquer de vous contacter ; mais vous connaissez le protocole par cœur, inspecteur Fox…

McEwan avait suivi Traynor hors de la pièce comme pour le coincer dans le couloir, jetant à peine un regard derrière lui. Mais Fox avait confiance en son supérieur. Il défendrait son cas.

— Cartes de police, répéta Giles, agitant les doigts. Après quoi, vous serez escortés hors d'ici.

— Notre syndicat a des avocats, leur rappela la policière d'une petite voix.

Giles lui décocha un regard noir.

— Merci, Annabel, dit Jamie Breck, jetant sa carte de police qui tomba juste à coté de la main de Billy Giles.

12

Une salle de billard se trouvait à deux pas du poste de police, et ce fut là qu'ils s'arrêtèrent d'abord, ne serait-ce que parce qu'ils avaient besoin de s'installer quelque part pour réfléchir. Une table près de la vitre fut essuyée à leur intention, et des cafés leur furent servis, offerts par « la maison ».

— Non, on va payer, insista Breck, sortant une poignée de pièces de sa poche. Le cadeau de l'un peut devenir le pot-de-vin de l'autre.

Son regard croisa celui de Fox, et les deux hommes échangèrent un sourire las.

— Pas vraiment le plus gros de nos soucis, observa Fox. Cela étant dit, Annabel avait raison, on devrait consulter des avocats.

— En tout cas, tu avais raison : tu étais suivi, observa Breck. Ça pourrait expliquer la camionnette en bas de chez moi…

— Oui, dit Fox, soudain gêné aux entournures.

— Bon, que fait-on ? C'est toi l'expert en la matière.

Fox ne répondit pas immédiatement. Il écouta les bruits autour d'eux : les boules de billard qui s'entrechoquaient, les joueurs qui râlaient, le vrombissement du trafic dans la rue. *Nous voilà dans la même galère,* songea-t-il.

— Quelles sont les dernières nouvelles que tu aies eues du yacht de Brogan ? demanda-t-il.

Breck le considéra, étonné.

— Pas notre problème, Malcolm. On est suspendus de nos fonctions.

— Ouais, murmura Fox, haussant les épaules. Mais tu as des amis, hein ? Annabel fait partie du nombre, non ? Autrement dit, tu peux te rancarder sur ce qui se passe.

— Et si ça vient aux oreilles de Giles ?

— Que pourrait-il faire, au pire ? On est entre les mains de ceux des Grampians, à partir de maintenant.

Fox leva sa tasse et souffla sur son contenu. La marque de café instantané la moins chère – il s'en serait douté – ; la propreté de la tasse laissait à désirer – ça aussi, il s'en serait douté. Il se souviendrait pourtant de l'odeur, et du goût, et du motif de la soucoupe pendant le restant de ses jours.

— Nous sommes redevenus des civils, Jamie, reprit-il. Ce qui nous donne plus de marge de manœuvre, pas moins.

— Je ne suis pas sûr de bien comprendre.

Fox haussa exagérément les épaules.

— Je croyais que tu aimais prendre des risques, Jamie, que tu pensais qu'on faisait soi-même sa chance, qu'on influait sur le cours de son existence ?

— Et moi, que tu pensais le contraire.

Fox sourit et s'en tint là. Deux joueurs venaient d'arriver. Ils transportaient leurs queues de billard dévissables dans des porte-queues. Roulé dans la poche de sa veste, l'un d'eux avait un exemplaire de l'*Evening News* du jour. Quand il voulut le rattraper au moment où il glissait par terre, Fox s'avança nonchalamment vers lui.

— Vous permettez ?

L'homme fit oui de la tête et Fox regagna sa table avec le journal. Charles Brogan avait les honneurs de la une – encore qu'il n'y ait guère de nouveaux éléments à rapporter.

— Tu te rappelles, Jamie, que Joanna Broughton a réservé son premier coup de fil à son attaché de presse ? Pour le bateau, les médias étaient au courant avant nous. Qu'est-ce que tu en conclus ?

— Que la dame a un sens des priorités un peu tordu… Et toi ? relança Breck, après un bref silence.

— Je ne sais pas trop… pour l'instant.

— Tu ne vas pas te contenter de rentrer chez toi et d'y rester les doigts de pied en éventail, hein ?

— J'en doute.

— Qui te dit qu'ils ne vont pas continuer leur filoche ?

— Justement : je veux savoir précisément depuis combien de temps ça dure.

— Pourquoi ?

— Parce que le timing, ça fait toute la différence, Jamie, répondit Fox, regardant Breck dans les yeux. Tu ne savais vraiment pas qu'on m'avait mis sous surveillance ?

Breck secoua énergiquement la tête.

— Traynor a parlé de quatre jours… autrement dit, lundi dernier.

— Le corps de Vince n'a été retrouvé que mardi.

Fox acquiesça sans un mot.

— J'aimerais bien savoir ce qu'il y a sur les images de la vidéosurveillance de l'Oliver, soupira-t-il.

— À mon avis, rien.

Fox se carra dans sa chaise.

— Il serait peut-être temps que tu me dises pourquoi tu sembles en savoir si long sur cet endroit.

Breck s'accorda un instant de réflexion, évaluant jusqu'où il pouvait aller.

— Ça remonte à plusieurs mois, commença-t-il. On essayait de coincer quelqu'un…

— Qui ?

— Un conseiller municipal qu'on soupçonnait d'être impliqué dans des agissements frauduleux. Le bruit courait qu'une réunion s'était tenue à l'Oliver, alors on a demandé à Joanna Broughton à voir les enregistrements vidéo.

— Et ?

— Il n'y en avait aucun, au moment où on s'est présentés.

— Effacés ?

— La version qu'on nous a servie, c'est qu'il y avait eu je ne sais quelle panne.

— Mais j'ai visionné une partie des cassettes de samedi soir, je sais qu'elles existent.

— Ça ne veut pas dire qu'il n'y aura pas eu une autre panne. L'Oliver est la grande fierté de Joanna Broughton, sa manière de dire qu'elle peut s'en sortir sans l'aide de personne.

— Sans Papa Jack, tu veux dire ?

Breck approuva de la tête.

— Elle ne veut pas que l'endroit ait mauvaise réputation – réunions louches, dernier lieu où une victime de meurtre a été vue vivante…

— Raison pour laquelle elle fait appel à une agence de relations publiques ?

— Lovatt, Meikle & Meldrum, récita Breck.

— Le soir où on est allés à l'Oliver, reprit Fox, tu m'as dit que tu n'y avais jamais mis les pieds.

— J'ai menti.

— Pourquoi ?

— Par empathie ? suggéra Breck.

Il avait pris le journal des mains de Fox, parcourant la première page, puis le feuilletant jusqu'à l'éditorial.

— Tu as vu ça ? continua-t-il. « La valeur des chantiers de construction sur le front de mer d'Édimbourg a chuté de 220 millions de livres depuis un an…, lut-il. En ville, le prix des terrains est tombé de 2 millions de livres l'acre à moins d'un quart de cette somme…. » Le projet Fountain Brewery a du plomb dans l'aile… Idem pour Caltongate et la future ville nouvelle à Shawfair. À Édimbourg, quatre-vingt pour cent du foncier ne vaut plus rien.

Il posa le journal sur la table.

— Plus rien en terme de développement immobilier, répéta-t-il. J'ai dans l'idée que Charlie Brogan avait toutes les raisons de… sauter de la passerelle, non ?

— Difficile de te contredire, admit Fox, parcourant l'article à son tour. Fountain Brewery…, murmura-t-il, l'air songeur. C'est là qu'on a retrouvé le corps de Vince.

Breck acquiesça.

— Brogan pouvait-il être un des promoteurs ?

— C'est possible, concéda Breck.

— Des centaines de millions de livres qui viennent de se volatiliser, commenta Fox.

— Le terrain est encore là, lui opposa Breck. La seule chose qui a disparu, c'est la confiance. Les banques ne prêtent plus, et c'est la panique générale.

Il réfléchit un petit moment.

— Que comptes-tu faire, Malcolm ?

— Passer voir Jude, voir comment elle va. Et toi ?

— Ça fait un bail que je n'ai pas consacré toute une journée à Quidnunc...

Breck se tut, les yeux baissés sur la table.

— Désolé d'avoir agi comme je l'ai fait, dit-il.

— Ne t'en fais pas, tout est de ma faute, pas de la tienne. Tu raconteras exactement comment ça s'est passé : je t'ai forcé la main, j'ai fait valoir ma supériorité hiérarchique, je t'ai peut-être menti...

Il faillit ajouter : *Au fait, je ne suis pas le seul à avoir été placé sous surveillance.* Mais il se retint à temps, et ne fit que soupirer.

— Tu aurais pu me mettre au courant pour l'histoire du conseiller municipal...

Breck haussa les épaules.

— Giles avait raison, concéda-t-il. J'aurais dû te tenir à distance de l'affaire. Il m'en veut sûrement plus qu'à toi : toi, tu es l'ennemi connu, mais moi... je suis devenu Judas.

— Je suis sûr que Judas n'avait pas que des défauts.

Ils rirent à l'unisson mais sans enthousiasme, se levant sans finir leurs cafés. Se firent face et se serrèrent la main. Fox remit le journal dans la poche de la veste du joueur de billard qu'il remercia d'un signe de tête. Quand il se retourna vers la porte, Jamie Breck était déjà parti.

Tony Kaye quitta le poste de police central, tenant un vieil attaché-case. Il balayait le parking du regard en sifflotant entre ses dents. Quand un coup de klaxon retentit, il se dirigea dans cette direction. La portière passager de la Volvo s'ouvrit, alors il monta à bord et remit l'attaché-case à son propriétaire.

— Que s'est-il passé ? demanda-t-il.

— On ne m'a pas laissé aller plus loin que l'accueil, expliqua Malcolm Fox. Il doit déjà courir le bruit que je suis radioactif.

— McEwan a sa tête des mauvais jours.

— Qu'est-ce qu'il a dit ?

— Que dalle. Il avait une réu dans le bureau du directeur adjoint, et une autre est prévue plus tard. J'entends raconter de drôles de trucs…

— La police des Grampians, expliqua Fox. Affaires internes, je suppose. Ils diligentent une enquête sur moi.

Kaye plissa la bouche pour siffler de plus belle.

— Les Affaires internes des Grampians ? Que se passe-t-il, Foxy ?

— Je me suis laissé piéger tout seul, Tony. Je ne peux m'en prendre qu'à moi-même.

— C'est Breck qui t'a balancé ?

Fox réfléchit un moment, puis fit non de la tête.

— Ils me surveillaient avant même que je le voie.

— Te surveiller, c'est une chose, mais avaient-ils des munitions contre toi avant qu'il entre dans la danse ? D'ailleurs, pourquoi te surveillaient-ils ? Il y a quelque chose que tu ne me dis pas ?

Fox n'avait pas le commencement d'un début de réponse à ces questions. Il ouvrit l'attaché-case et regarda à l'intérieur.

— Où sont les demandes du Bureau du procureur ?

Ce fut au tour de Kaye de faire non de la tête.

— McEwan les a déjà transmises.

— Il me fait remplacer ?

— Provisoirement, jusqu'à ce que tu aies repris tes esprits.

— Qui a dit que je les avais perdus ? aboya Fox, avant d'ajouter : Qui est-ce ?

— Gilchrist.

Fox le regarda, ébahi.

— Gilchrist de la Boîte à Pervers ?

Kaye acquiesça lentement de la tête.

— Du coup, j'ai Naysmith et lui en stéréo, et c'est à qui en rajoute le plus dans le genre allumé de l'informatique. Alors, tu sais ce que ça veut dire ?

— Quoi ?

— Qu'il ne te reste plus qu'à mettre les choses au point et fissa, avant que je pète un câble.

Fox s'arracha un sourire.

— Merci pour le vote de confiance.

— C'est à moi que je pense, Foxy.

Ils se turent un moment, regardant par le pare-brise. Puis Kaye laissa échapper un très long soupir.

— Ça va aller ? demanda-t-il.

— J'en sais rien.

— Je peux faire quelque chose pour t'aider ?

— Tends l'oreille et ouvre l'œil. Appelle-moi une fois par jour pour me tenir au courant de ce qui se passe.

Il ménagea un bref silence.

— Qui a eu l'idée de faire venir Gilchrist ?

— Sans doute que Naysmith en a dit du bien.

— Mais d'après ce que j'ai vu, la Boîte à Pervers est déjà en sous-effectifs. Sans Gilchrist, il ne reste plus qu'Inglis.

— Pas ton problème, Foxy, rétorqua Kaye, haussant les épaules et ouvrant la portière. Au Minter's, tout à l'heure ? On est vendredi soir, n'oublie pas…

— Je doute d'être d'humeur.

Kaye était à moitié descendu de voiture quand il s'immobilisa et repassa la tête à l'intérieur.

— Au fait, Joe m'a demandé de te rappeler que tu dois trois semaines de café à la cagnotte.

— Dis-lui que ma dette est transférée à mon remplaçant.

— J'ai toujours aimé votre style, inspecteur Fox…, murmura Kaye avec un petit sourire ironique.

Au lieu de rentrer directement chez lui, Fox se rendit chez sa sœur. En arrivant, il ne décela aucun signe d'activité : ni camionnette ni policiers. Il sonna à la porte.

— Qui est-ce ? cria-t-on de l'intérieur.

— Ton frère.

Jude lui ouvrit et le fit entrer.

— Tu as reçu la visite de journalistes ? supposa-t-il.

— Ils voulaient savoir pourquoi vous creusez mon jardin, vous autres.

Elle le laissa l'embrasser sur la joue, puis le conduisit au salon. Elle avait fumé : un mégot se consumait encore dans le cendrier. Mais rien ne donnait à penser qu'elle avait bu. Seul un pot de café soluble était posé sur le comptoir de la cuisine, à côté de la bouilloire, d'un mug et d'une cuillère.

— Tu en veux un ? proposa-t-elle, mais il fit non de la tête.

— Ce n'est pas le même plâtre, remarqua-t-il.

Elle leva légèrement le bras.

— Flambant neuf depuis midi. Un peu moins volumineux, et en prime, j'ai pu me gratter tout mon soûl quand ils m'ont retiré l'autre.

Ça le fit sourire.

— Tu ne t'étais pas déjà cassé l'autre bras, une fois ?

— Le poignet, rectifia-t-elle. Je suis étonnée que tu t'en souviennes.

— M'man m'avait emmené quand il avait fallu te conduire à l'hôpital pour qu'on te l'enlève.

Jude hochait la tête. Elle était retournée s'asseoir dans son fauteuil favori et allumait une autre cigarette.

— Tu viens d'en finir une, la sermonna Fox.

— Raison pour laquelle j'en prends une autre. Tu ne fumais pas, toi ?

— Plus depuis que j'ai arrêté l'école, répondit Fox, prenant place sur le canapé face à elle.

Le téléviseur était allumé, son coupé – un documentaire animalier.

— Ça semble une autre vie, soupira Jude.

— C'était une autre vie.

Elle approuva d'un signe de tête, l'air grave tout à coup, et Fox devina qu'elle pensait à Vince.

— On n'est toujours pas en mesure de me dire quand je vais pouvoir disposer du corps, murmura-t-elle.

— Je me demandais une chose, commença Fox en inclinant légèrement le buste vers l'avant. Je crois bien que tu ne m'as jamais dit comment vous vous étiez connus, tous les deux.

Elle le considéra d'un air étonné.

— Je ne pensais pas que ça t'intéresserait.

— Maintenant, ça m'intéresse.

Jude inspira une bouffée de sa cigarette, fermant les yeux très fort à cause de la fumée. Elle s'était laissée glisser sur le côté dans le fauteuil si bien que ses jambes pendaient par-dessus un des accoudoirs. Fox constata que sa sœur était toujours aussi bien foutue. Son jean moulant mettait en valeur la finesse de ses cuisses et de ses hanches. Tout juste l'ombre d'un petit bourrelet autour de la taille. Pas de soutien-gorge visible sous le tee-shirt dont les manches larges laissaient apercevoir le galbe de ses seins. Elle avait été une élève brillante, plutôt bûcheuse. Son côté rebelle n'était apparu que plus tard, avec son premier tatouage – une rose rouge sur son épaule gauche au bout d'une tige garnie d'épines. Fox songea que Sandra Hendry aussi en arborait un – un scorpion sur sa cheville. Et que les bras de Vince Faulkner portaient les scarifications laissées par les aiguilles et les colorants des méthodes amateur de sa jeunesse.

— Vince, disait Jude, laissant le prénom s'étirer à l'infini. Vince buvait un pot avec des amis à lui dans le West End. C'était un dimanche soir, et j'étais avec une copine, Melissa, une collègue de bureau. C'était son anniversaire et, pour tout te dire, on la surnommait Sac à patates dans son dos. Elle avait proposé à cinq ou six d'entre nous de sortir avec elle ce soir-là, et j'avais accepté avant de m'apercevoir que toutes les autres avaient trouvé une bonne excuse pour se défiler. Alors, on n'était que toutes les deux, soupira Jude, mais ça avait ses avantages.

— C'est-à-dire ?

— À côté de Sac à patates, on était sûres de plaire.

— La Belle et la Bête ?

— Quand même pas, Malcolm, affirma-t-elle sans beaucoup de conviction. Bref, on a fini la soirée dans un pub de St. Martin's Lane, dans ce coin-là… Tu ne connais pas Londres, toi ?

Elle regarda Fox faire non de la tête.

— Tu détesterais – trop grand, trop imbu de sa propre importance…

Elle parut sur le point de diverger du sujet, mais se reprit.

— Vince faisait partie d'un groupe de cinq ou six. Un match de foot s'était joué à la mi-journée, et apparemment, ils l'arrosaient depuis. Ils ont insisté pour nous offrir un verre…

Elle s'interrompit de nouveau, plongée dans ses souvenirs.

— Vince était comme les autres, mais différent. Il semblait avoir moins picolé que ses potes. Il était plus calme, presque timide. Il a écrit son numéro de portable sur le dos de ma main en me disant que la suite dépendait de moi.

— Que c'était à toi de prendre l'initiative ?

— Je suppose…

— Et c'est ce qui s'est passé ?

Mais Jude fit non de la tête.

— Je me suis douchée le lendemain matin, et ça a effacé le numéro. En ce qui me concernait, ce n'était qu'un type que j'avais croisé dans un pub, un dimanche soir. Mais Melissa était sortie avec un de ses potes. La semaine suivante, il venait la chercher au bureau…

— Vince était avec lui ?

Jude sourit.

— Il voulait savoir pourquoi je ne l'avais pas appelé.

— Vous avez fait des sorties tous les quatre ?

— On a fait des sorties tous les quatre, confirma-t-elle. Puis Melissa a rompu avec Gareth au bout d'une quinzaine de jours.

Les larmes lui montèrent aux yeux, rendant son regard vitreux, mais elle les refoula en battant des paupières.

— Je ne m'attendais pas à ce que ça dure entre nous.

Fox regarda sa sœur s'essuyer les yeux avec les épaules de son tee-shirt vantant une tournée rock. Il lui revint que Vince Faulkner avait souvent emmené Jude à des concerts. Ils avaient voyagé aussi loin que Paris et Amsterdam pour aller écouter certains groupes.

— Tu n'as jamais cherché à le connaître, disait Jude. Tu n'as jamais fait cet effort.

Fox ne put que hocher la tête en signe d'assentiment.

— Ce n'était pas la vie en rose avec lui, Jude.

— Parce qu'il avait eu des ennuis avec la justice ? riposta-t-elle, le regardant dans les yeux. Tu vois, tout est là : les gens comme toi sont incapables de voir plus loin que ça. C'était de l'histoire ancienne, n'empêche que ce Giles revient sans cesse là-dessus et que les journaux n'arrêtent pas d'en parler.

— Mais il te l'avait caché, Jude. Il ne voulait pas que tu le saches.

— Parce que ça n'avait plus rien à voir avec lui ! s'écria-t-elle d'une voix plus forte. Et ne va pas me dire qu'il me battait, je ne veux pas entendre ça ! Les journaux se sont emparés de cette histoire aussi, et qui leur raconte toutes ces conneries, sinon ta « bande » ?

— Ce n'est pas ma bande, murmura Fox. Ça ne l'est plus.

Il passa le plus clair de la soirée à prendre les livres sur les étagères de son salon et à les empiler sur la table basse. Son intention était de les classer par ordre alphabétique, en les répartissant en deux catégories : ceux qu'il avait lus, et ceux qu'il n'avait pas lus. Suite à quoi, il se demanda s'il n'allait pas en donner à une association caritative. Et parmi ceux qu'il conserverait, devait-il créer une subdivision entre fiction et non-fiction ? Il avait mangé du poulet au curry au dîner, utilisant tous les ingrédients qu'il avait achetés chez Asda quand il s'y était rendu pour parler à Sandra Hendry. Le poulet provenait d'une Co-op où il s'était arrêté en rentrant de chez Jude. À présent, il se sentait lourd d'avoir trop mangé.

— Et si je n'en gardais aucun ? se dit-il à voix haute, en contemplant les piles de livres.

Ainsi, il pourrait se débarrasser des étagères et gagner de l'espace. Mais de l'espace pour quoi, exactement ? Une plus grande télé, un de ces home cinéma ? Il n'en serait quitte que pour regarder encore plus de bêtises. Quand son portable bipa, il se fit une joie de le prendre. C'était un texto d'Annie Inglis : elle l'invitait à déjeuner dimanche. Elle lui donnait son adresse et terminait son message par la question toute simple : OK ?

Fox se passa la main dans les cheveux et s'aperçut qu'il transpirait à la suite de l'effort fourni pour les livres. N'ayant jamais été le meilleur expert ès textos du monde, il dut s'y reprendre à trois fois avant d'être satisfait de sa réponse. Alors seulement, il pressa le bouton « envoi ». Son message était un lapidaire OK, qui se passait de point d'interrogation.

Samedi 14 février 2009

13

Le samedi, Fox fit la grasse matinée, mais à sa décharge, il ne s'était pas endormi avant deux heures du matin. À onze heures, il était assis dans sa cuisine devant trois journaux : le *Scotsman*, le *Herald*, ainsi que la toute première édition du *Evening News*. Il espérait en apprendre davantage sur le parcours de Charlie Brogan, et le journalisme à l'écossaise se fit une joie de le satisfaire. Milieu ouvrier, élevé et scolarisé à Falkirk. Son père était menuisier, Charlie ayant commencé à apprendre le métier avant même que l'école le mette dehors. Son CV était détaillé et ratissait large, englobant de multiples petits boulots allant de la pose de moquette à la vente à domicile qu'il avait fini par coupler en créant une société qui vendait des revêtements de sol aux usines et aux entreprises. À vingt-trois ans, il avait mis suffisamment d'argent de côté pour tenter un pari en achetant des appartements qu'il louait ou rénovait pour revendre. L'économie était florissante, et Brogan avait fait encore plus de profits qui lui avaient permis de devenir promoteur à grande échelle et d'être à tu et à toi avec les riches et les décideurs. Il bénéficiait désormais de l'hospitalité des banquiers et autres hommes d'affaires, sortait avec des jeunes femmes parmi les plus beaux partis d'Écosse et, finalement, avait rencontré et épousé Joanna Broughton.

Les journaux publiaient plusieurs photos de Joanna prises sur le vif. Elle avait toujours été d'une grande beauté, mais il y avait une certaine dureté dans ses traits et dans son regard. Même en souriant, elle faisait comprendre au photographe que le patron, c'était elle. L'intérieur du penthouse d'Inverleith, aux murs décorés d'œuvres d'art, s'étalait sur une photo. Un encadré écrit par un psychologue professionnel soulignait que la plupart des drames impliquant d'anciens jeunes loups ambitieux étaient peut-être la conséquence de la crise.

Le seul revers de la longue carrière de Brogan était survenu quand sa tentative d'intégrer le comité de direction du Celtic Football Club s'était soldée par un échec. Un de ses amis évoquait l'incident pour le *Herald* : « Charlie n'a jamais eu l'habitude qu'on lui dise non. Ça s'est envenimé au point qu'il a même envisagé de transférer son soutien au stade d'Ibrox[1] – voilà le genre de gars que c'était. »

Le genre sanguin, songea Fox. Pas celui à relativiser une contrariété quand il pouvait la monter en épingle. Un type qui devait considérer que le marasme économique était une insulte faite à sa personne. Cette anecdote au sujet d'Ibrox… cette volonté de ne pas céder mais de se venger… voilà qui incitait à penser que Brogan n'était pas de ceux qui jettent l'éponge. Il rendait coup pour coup. Le psychologue de service se

1. Stade de Glasgow, du club des Glasgow Rangers.

concentrait sur l'économie sans analyser la question la plus importante : pouvait-on classer Charlie Brogan parmi les personnes présentant un risque suicidaire ? L'article ne précisait pas s'il avait laissé un mot, ni bien rangé ses affaires avant de faire le grand saut. Mais peut-être n'y avait-il là rien que de très banal : il était parti en bateau, se laissant dériver de plus en plus loin de ses ennuis, se rassérénant à grand renfort de comprimés et d'alcool. Il avait aussi pu sortir sur le pont, trébucher et tomber par-dessus bord. Ou alors son exaltation naturelle l'avait peut-être poussé tout à coup à vouloir en finir proprement. Un suicide non pas planifié, mais sous le coup de l'impulsion.

La famille n'avait fait aucune déclaration, hormis celle rapportée par Gordon Lovatt. Fox examina la photographie de Joanna Broughton.

— Tu gères ta stratégie de communication en solo avant que quiconque soit au courant, lui dit-il.

Agissait-elle par froideur ? Par calcul ? Ou seulement en femme intelligente se servant de son intelligence ? Fox fixait la photo sans parvenir à trancher. Il fit une pause, étirant sa colonne vertébrale et détendant ses épaules. Il vit que la table basse du salon croulait sous les livres. Il y en avait encore plus par terre, au pied des étagères dénudées. Des particules de poussière flottaient dans l'air. Jusqu'à présent, il n'avait trouvé que cinq ou six titres dont il estimait n'avoir plus l'utilité, largement devancés par ceux qu'il souhaitait relire. Quand son téléphone sonna, il chercha le combiné partout. Et finit par le trouver caché entre deux piles.

— Malcolm Fox, s'annonça-t-il.

C'était Lauder Lodge. Mitch voulait savoir s'il passerait dans la journée ou le lendemain. Il souhaitait le voir. Fox faillit proposer le dimanche, puis se souvint de son déjeuner avec Annie Inglis. Il consulta sa montre, et pria son interlocutrice de dire à son père qu'il arrivait.

Il prit le contournement au sud de la ville jusqu'au rond-point Sheriffhall, puis la direction du quartier de Wisp pour couper par Niddrie Mains Road et atteindre la maison de retraite en moins de vingt minutes. Il trouva Mitch assis dans le hall, vêtu d'un manteau, d'une écharpe et d'un chapeau.

— Je veux sortir, dit-il à son fils.

— D'accord. Je vais chercher la voiture.

— Mes jambes ne sont pas encore totalement paralysées.

Ils marchèrent donc jusqu'au coin de la rue où Fox avait trouvé une place. Il dut aider son père à boucler sa ceinture de sécurité, et ils empruntèrent l'itinéraire le plus court jusqu'à Portobello Beach où ils se garèrent dans une ruelle transversale proche de la promenade.

— On aurait dû inviter Mme Sanderson à se joindre à nous.

— Audrey garde le lit aujourd'hui, expliqua son père. Elle a pris froid.

Puis, tandis que Malcolm défaisait pour lui sa ceinture de sécurité, il ajouta :

— Je leur ai demandé d'appeler Jude, mais elle n'a pas répondu.

— Elle est harcelée par les journalistes. Ou bien elle était chez sa voisine.

— Comment va-t-elle ?

— Elle tient le choc.

— Ça avance ? Vous pensez arrêter bientôt celui qui a fait ça ?

— Ce n'est pas mon enquête, p'pa.

— Je me disais que tu suivrais ça de près, quand même !

Fox dodelina de la tête.

— Je ne pense pas qu'il y ait eu du nouveau…

Le soleil brillait, le front de mer grouillait de monde. Des chiens et des enfants couraient sur la plage. Des gamins en rollers étaient guidés par leurs parents sur l'allée en béton. Un vent furieux soufflait sur le Firth of Forth. Fox se demanda si le yacht de Charlie Brogan serait visible de là. D'après les journaux, il avait été remorqué jusqu'à North Queensferry, ce qui provoquait une guéguerre de compétence territoriale entre les services de police du comté de Fife et ceux de Lothian and Borders. Leurs chefs respectifs règleraient la question, très probablement à l'avantage d'Édimbourg, au grand dam des policiers de Fife qui auraient sans doute été ravis de passer quelques jours, voire quelques semaines, dans la capitale.

— À quoi penses-tu ? voulut savoir son père.

Ils se trouvaient au bord de la digue et admiraient la vue.

— Le week-end, ce n'est pas fait pour penser, rétorqua Fox.

— Autrement dit, tu cogitais à ton travail ?

Fox ne pouvait le nier.

— C'est un peu dur en ce moment, admit-il.

— Tu as besoin de vacances.

— Je me suis ménagé une bonne coupure à Noël.

— Pour faire quoi, au juste ? Je te parle de vraies vacances : soleil, hôtel avec piscine et repas servis sur la terrasse.

Mitch Fox ménagea un bref silence.

— Ce serait largement dans tes moyens si mes factures ne planaient pas au-dessus de ta tête.

Fox regarda son père.

— Lauder Lodge est une aubaine, p'pa. Je ne regrette pas un seul penny que j'y consacre.

— Je parie que ta sœur ne crache pas au bassinet.

— Ce n'est pas nécessaire, je peux assurer.

— Mais du coup, tu es quand même un peu juste, non ? Je sais très bien combien coûte ma chambre, et je me doute de ce que tu touches…

Fox eut un rire bref, mais ne dit rien.

— Et si tu rencontrais une gentille fille et que tu veuilles lui offrir un petit voyage, hein ? insista son père.

— Quel rapport ? s'étonna Fox avec un sourire.

— Je n'en ai plus pour très longtemps, Malcolm, tu le sais aussi bien que moi. Je veux seulement avoir l'esprit tranquille en ayant la certitude que mes enfants s'en sortent.

— Tout va très bien pour nous, le rassura Fox en touchant la manche du manteau de son père. Tu ne devrais pas dire des choses pareilles.

— Je pense que je mérite bien ce privilège.

— Peut-être, mais n'empêche…

Fox se moucha et regarda des deux côtés de la promenade.

— Allons manger un morceau, proposa-t-il.

Ils s'achetèrent un cornet de *fish and chips* et s'assirent à côté de la digue.

— Tu n'as pas trop froid, c'est sûr ? demanda Fox à son père.

Le vieil homme fit non de la tête.

— L'odeur de vinaigre me rappelle toujours les vacances et les grandes occasions, reprit Fox.

— Le petit plaisir du samedi soir, renchérit son père. Sauf que ta mère n'aimait pas le poisson ; pour elle, ça devait être du poulet ou de la tourte au bœuf.

— Comment s'appelait la friterie à côté de chez nous, déjà ? s'enquit Fox, les sourcils froncés par l'effort de concentration.

Son père réfléchit un moment, puis secoua la tête.

— Je ne peux pas t'aider, soupira-t-il.

— Je devrais peut-être me renseigner auprès de Lauder Lodge, leur demander s'ils n'auraient pas une chambre pour moi…

— Ne t'en fais pas : ça viendra.

— La chambre ou le nom de la friterie ?

Mitch Fox sourit. Il n'avait plus faim, alors il proposa la fin de sa portion à Malcolm, qui refusa d'un signe de tête. Ils se levèrent et reprirent leur marche. Mitch était un peu raide au début, mais il essayait de ne pas le montrer. Les gens qu'ils croisaient les saluaient de la tête ou d'un bonjour. Il y avait beaucoup de mouettes autour d'eux, mais Fox préféra jeter le restant de nourriture à la poubelle.

— Les Hearts jouent à domicile ? interrogea Mitch.

— Je ne pourrais même pas te dire contre qui.

— Tu adorais aller voir les matchs quand tu étais môme.

— Je crois que c'était d'entendre les jurons qui me plaisait. Je n'ai pas assisté à un seul match de la saison.

Le père de Fox, qui s'était de nouveau arrêté, s'appuyait contre le mur de la digue.

— Tout va bien pour toi, c'est sûr, fiston ?

— Non, pas vraiment.

— Tu veux en parler à ton vieux ?

Mais Malcolm ne put que secouer la tête.

Ils trouvèrent un pub et y entrèrent, Mitch choisissant leur table pendant que Malcolm allait commander au bar – une eau minérale gazeuse et une IPA[1]. Son père lui demanda depuis combien de temps il n'avait pas bu de « vraie boisson », et lui confia qu'Audrey Sanderson cachait une bouteille de cognac dans sa table de chevet. Fox resta silencieux quelques instants, puis inspira à fond.

— Tu veux vraiment savoir pourquoi j'ai arrêté de boire ?

— Parce que tu t'es rendu compte que l'alcool finirait par avoir ta peau ? suggéra son père.

Mais Fox fit non de la tête.

— Après le départ d'Elaine, j'y avais salement pris goût. Je l'importunais sans arrêt, limite harcèlement. Un soir, je suis passé la voir. J'étais plein comme une barrique, j'ai fini par la frapper.

Il se tut, mais son père se garda de tout commentaire.

— Elle aurait pu porter plainte. Ça aurait ruiné ma carrière. Quand je lui ai téléphoné pour m'excuser… bah, ça n'a pas été simple de la convaincre de me reparler, et alors tout ce qu'elle m'a dit, ç'a été : « arrête de boire ». J'ai su qu'elle avait raison.

— Pourquoi me racontes-tu ça ? demanda son père d'une voix douce. Pourquoi maintenant ?

— À cause de ce qui est arrivé à Vince. Je l'ai

1. India Pale Ale : bière blonde destinée à l'origine à approvisionner les troupes coloniales britanniques en Inde – d'où son nom.

toujours haï, je détestais la manière dont il traitait Jude, mais maintenant qu'il est mort…

Mitch attendit que le regard de son fils croise le sien.

— Tu n'es pas comme lui, déclara-t-il. Ne va pas t'imaginer le contraire.

Ils s'enfoncèrent dans leurs sièges pour regarder le match de foot à la télé, attendant la fin pour connaître le résultat. Il était cinq heures et la nuit tombait déjà quand ils ressortirent du pub. Fox ramena son père à Lauder Lodge, tous deux demeurant silencieux pendant le trajet. Ils furent accueillis par le regard furibard d'une des employées. Il se trouvait que M. Fox était en retard pour le dîner.

— Vous avez de la chance qu'on ait mis le vôtre de côté, souligna la dame.

— Ça reste à prouver…, marmonna Mitch, se tournant vers son fils.

Les deux hommes se serrèrent la main.

En rentrant chez lui, Fox envisagea de faire un détour pour acheter des fleurs pour Annie Inglis. Elle lui avait envoyé son adresse par texto, ignorant qu'il la connaissait déjà. Il se demandait aussi s'il devait apporter un cadeau pour son fils. Mais quoi ? Les fleurs n'allaient-elles pas commencer à se faner en une nuit ? Directement à la maison alors, songea-t-il, pour dîner de ce qu'il y avait dans le frigo et continuer de classer les livres. *Tu n'es pas comme lui... ne va pas t'imaginer le contraire.* Quand il ouvrit sa porte, il trouva un mot dans sa boîte aux lettres. Il était de Jamie Breck.

APPELLE-MOI À TON RETOUR.

Fox sortit son mobile de sa poche, mais hésita, le tapotant contre ses dents. Il ferma la porte à clef derrière lui, puis remonta en voiture. Cinq minutes plus tard, il se garait devant chez Breck. Les maisons possédaient une allée et un garage privatifs, raison pour laquelle on trouvait beaucoup de places disponibles le long du trottoir. Fox comprit mieux pourquoi la camionnette de surveillance n'était pas passée inaperçue. Au moment où il verrouillait ses portières avec sa télécommande, il remarqua une jeune femme qui sortait de chez Breck, finissant d'enfiler son manteau avant de nouer une écharpe autour de son cou. En se dirigeant vers la Mazda de Breck, elle s'avisa de sa présence et le reconnut. Elle lui adressa un signe de la main et un sourire.

— Je file acheter des pizzas. Vous vous joindrez à nous ?

Fox, à mi-chemin dans l'allée à présent, fit non de la tête.

— Vous êtes Annabel, c'est ça ?

Elle acquiesça et s'assit au volant.

— On a débouché une bouteille de vin, l'informa-t-elle, lui faisant un autre signe de la main avant de démarrer.

Fox sonna et attendit.

— Tu as oublié quelque chose ? s'étonna Breck en ouvrant la porte.

Il fit les yeux ronds.

— Ah, c'est toi !

Il était en tee-shirt et en jean, pieds nus. De la musique jouait – un morceau qui parut vaguement brésilien aux oreilles de Fox.

— Je ne veux pas te déranger, commença Fox.

— Annabel est allée acheter des pizzas… Comment sais-tu où j'habite ?

Bonne question, Jamie.

— Je connaissais ta rue… puis j'ai vu Annabel sortir d'ici et je l'ai reconnue pour l'avoir vue à Torphichen.

— Alors, maintenant, mon coupable petit secret est percé à jour…

— C'est ta petite amie ?

— Oui.

— Giles est au courant ?

— Je crois qu'il s'en doute. Remarque, c'est loin d'être un secret d'État. C'est juste qu'on va tous les deux se faire chambrer quand ça s'ébruitera.

— Quel est son grade ?

— Elle est constable. Son nom, c'est Cartwright, au cas où tu voudrais rester dans les formes.

Breck s'écarta.

— Mais entre, je t'en prie.

Fox obtempéra. L'endroit faisait très moderne : tant la déco que l'agencement. La musique provenait d'un lecteur MP3, et un téléviseur à écran plat était fixé à un mur. L'éclairage avait été tamisé, mais Breck l'intensifia de nouveau. Par terre, au pied du canapé, étaient posés une bouteille de vin, deux verres et les chaussures et chaussettes de Breck.

— Écoute, reprit Fox, je ne veux surtout pas vous déranger.

— Ce n'est pas un problème, Malcolm. Je crois que je suis toujours sous le choc d'hier ; et toi ?

Fox fit oui de la tête et mit les mains dans les poches de son manteau.

— Tu avais quelque chose à me dire ? relança-t-il.

Breck s'était laissé tomber sur le canapé. Il tendit la main vers son verre de vin qu'il porta à ses lèvres.

— Ton ami Kaye, dit-il.

— Quoi ?

— Annabel m'en a parlé cet après-midi. J'ai failli t'appeler, mais j'ai pensé qu'il valait mieux qu'on se voie. On était sortis en voiture, alors on a fait un crochet par chez toi et, comme tu n'étais pas là, je t'ai laissé ce mot dans ta boîte.

— Qu'as-tu à me dire au sujet de Tony Kaye ?...

Breck fit tournoyer le vin dans son verre.

— Tu m'as parlé d'un mystérieux visiteur qui est passé chez ta sœur lundi soir, lui rappela-t-il, le regardant par-dessus le bord de son verre.

— Kaye ? supposa Fox.

— Un « citoyen concerné » a appelé le poste pour signaler la présence d'une voiture mal garée dans la rue de Jude – une roue avant et une roue arrière sur le trottoir, expliqua Breck avec un petit sourire. On finit par l'aimer, le bataillon de fouille-merdes d'Édimbourg.

Il prit la télécommande posée sur le canapé et s'en servit pour baisser le volume de la musique.

— Bref, on a noté le motif de son appel, lequel a fini par être traité. Il se trouve que notre citoyen concerné avait noté la marque et le modèle de la voiture en question, plus une partie de son immatriculation. Un Nissan X-Trail.

— Tony Kaye en a un, effectivement.

— Et l'immatriculation correspond.

— Une immatriculation partielle, souligna Fox.

— Partielle, concéda Breck. Mais suffisante pour Billy Giles.

Fox s'accorda un moment de réflexion.

— Ça ne veut rien dire, conclut-il.

— Peut-être, admit Breck qui but une autre gorgée de vin. En tout cas, j'ai pensé qu'il valait mieux que tu le saches, d'autant que, apparemment, Kaye n'a pas cru bon de devoir t'en parler.

Fox ne sut que répondre, alors il hocha lentement la tête.

— Il sait qu'il a été repéré ?

— Il a été convoqué à Torphichen demain à la première heure.

— Giles fait bosser son équipe un dimanche ?

— Il pense que le budget le permet. Tu restes manger avec nous ?

— Je ne peux pas. Écoute… merci du tuyau. Je ne voudrais pas qu'Annabel ait des ennuis.

— Annabel est plus intelligente que toi et moi réunis, et plus maligne, dit Breck en se levant.

— Désolé d'être passé à l'improviste…

Breck balaya l'excuse de la main. Il raccompagna Fox à la porte et le regarda s'éloigner dans l'allée vers le trottoir.

— Malcolm ! cria-t-il, le faisant s'arrêter et se retourner vers lui. Comment savais-tu dans quelle rue j'habitais ? Le soir où tu m'as déposé, je ne me rappelle pas te l'avoir dit.

Mais au lieu d'attendre la réponse, Breck referma sa porte. Quelques instants plus tard, la musique se faisait plus forte. Malcolm Fox était toujours cloué sur place.

— Et merde, marmonna-t-il, plongeant la main dans sa poche pour prendre son portable.

Tony Kaye dînait au restaurant avec sa femme. Il devait s'être excusé et avoir quitté la table, car il se faufilait entre les serveurs et les autres clients tout en parlant. Fox, qui entre-temps avait regagné sa voiture, était assis derrière le volant mais n'avait pas encore glissé la clef dans le contact.

— Mais à quoi tu jouais ? s'écria-t-il. Quand comptais-tu me le dire ?

— J'ai une question plus intéressante pour toi, Foxy : de qui le tiens-tu ?

— Aucune importance. C'est vrai ?

— Quoi ?

— Que tu es allé chez Jude lundi soir ?

— Quand bien même ?

— Bon dieu, mais pourquoi as-tu fait ça ?

Fox se massait l'arête du nez.

— Hé oh, Foxy, tu venais de me dire qu'il avait cassé le bras de ta sœur !

— Mon problème, pas le tien.

— Mais on le savait l'un comme l'autre, non ? On savait que tu ne comptais rien faire à ce sujet !

— Parce que toi, tu comptais faire quoi, Tony ? Lui filer une mandale ?

— Pourquoi pas ? Ça lui aurait peut-être ôté l'envie de recommencer.

— Et tous les deux auraient pensé que c'est moi qui t'avais envoyé.

— Quelle importance ? rétorqua Kaye, haussant le ton. Il n'était pas chez lui.

Fox exhala un soupir qui n'en finit pas.

— Pourquoi ne pas me l'avoir dit ?

— Ta sœur était beurrée comme une tartine. Je me disais qu'elle aurait oublié le lendemain matin.

— Moralité : tu es bon pour que Billy Giles te serre les couilles dans un étau !

— Ça me changera de ma femme.

— Si tu crois que c'est drôle ! Giles va vouloir savoir tout ce que tu as fait lundi soir. S'il y a des manques, d'un coup, tu es suspect. McEwan a déjà perdu un homme, Tony…

— Ouais, ouais.

— Giles adorerait nous briser tous en mille morceaux.

— Reçu, compris.

Fox resta un instant silencieux.

— Quel restau ?

— Cento Tre, dans George Street.

— Une occasion spéciale ?

— Fêter de ne pas nous être encore entretués ce week-end. Remarque, c'est comme tous les week-ends. Tu as regardé le match des Hearts ?

— Sois prudent demain.

— À Torphichen, tu veux dire ? On est à un dimanche de là… en ce qui me concerne, c'est un jour de congé et un billet de loterie du même coup.

Les bruits de fond avaient changé ; Kaye devait être sorti du restaurant. Les gloussements hystériques d'une femme soûle retentirent, suivis d'un coup de klaxon.

— On pourrait penser que les gens auraient la décence de s'arrêter de s'amuser, commenta Kaye. Est-ce que personne ne se rend compte qu'on est au Ground Zero de l'étranglement du crédit ?

— Sois prudent, demain, répéta Malcolm Fox, suivant des yeux la constable prénommée Annabel qui revenait avec les pizzas au volant de la Mazda de Jamie Breck. Et tiens-moi au courant.

Dimanche 15 février 2009

14

Annie Inglis habitait dans Merchiston[1], au dernier étage d'un immeuble de style victorien. Quand Fox pressa le bouton de l'interphone à son nom, ce fut une voix masculine qui lui répondit.

— Qui est-ce ?

— Tu es Duncan ? Moi, je suis Malcolm Fox.

— OK.

Fox poussa la porte et pénétra dans un hall d'entrée carrelé où deux bicyclettes étaient calées contre un mur. Il gravit l'escalier lentement, le regard levé vers la coupole en verre par laquelle le soleil de midi entrait à flots. Sa matinée avait consisté en café, courses et lecture de la presse. Il portait un sac qui contenait une bouteille de vin et un bouquet de jonquilles précoces pour la maîtresse de maison, ainsi qu'une carte iTunes pour son fils. Duncan l'attendait sur le palier. Fox s'efforça de prendre cette ascension à la légère.

— Ça doit maintenir en forme ! assura-t-il.

Duncan grommela et en resta là. Ses cheveux châtains

1. Quartier résidentiel au sud-ouest d'Édimbourg.

et raides retombaient sur ses yeux. C'était un garçon un peu dégingandé. Sa tenue du jour – jean et tee-shirt – était deux fois trop grande pour lui. Il rentra dans l'appartement, repliant son index pour inviter Fox à le suivre. Un couloir long et étroit desservait cinq ou six portes. Le parquet d'origine avait été poncé et verni. Un casque de moto trônait à côté du téléphone sur la seule table, au-dessus de laquelle était fixée une rangée de crochets auxquels pendaient des clefs.

— M'man est..., marmonna Duncan en pointant vaguement le doigt dans une direction, avant de disparaître dans sa chambre.

Un autocollant « Légaliser le cannabis » en ornait la porte, Fox entendait le léger vrombissement du ventilateur d'un ordinateur. Au bout du couloir, une porte ouverte donnait sur le salon. Il était spacieux, pourvu d'une bay-window qui offrait une vue sur les chapeaux de cheminée au nord du centre-ville et au-delà. Mais juste avant que Fox ne l'atteigne, des bruits lui parvinrent de la pièce située directement sur sa droite. Par la porte entrebâillée, il distingua l'intérieur d'une cuisine. Annie Inglis remuait le contenu d'un faitout. Elle avait les joues en feu et semblait énervée. Il décida de la laisser à ses fourneaux et se rendit au salon. La table, devant la fenêtre, était dressée pour trois. Fox y posa son sac en plastique et regarda autour de lui. Canapé, fauteuils, télé, chaîne stéréo, étagères emplies de livres, de DVD et de CD. Il y avait aussi des photos dans des sous-verres : Annie et Duncan, un couple âgé (sans doute ses parents), mais aucun signe que le père de Duncan jouait un rôle quelconque dans la vie de famille.

— Ah, vous êtes là.

Elle se tenait sur le seuil de la pièce, portant trois verres à vin.

— Duncan m'a fait entrer.

— Je n'avais pas entendu.

Elle plaça les verres sur la table, puis avisa le sac en plastique.

— Pour vous, dit-il. Et aussi quelque chose pour Duncan.

Elle regarda à l'intérieur, sourit.

— Il ne fallait pas…, murmura-t-elle.

— Si vous êtes occupée à la cuisine, ne vous inquiétez pas pour moi : je saurai m'occuper. Ou je peux venir vous aider…

Elle fit non de la tête.

— J'en ai bientôt terminé, précisa-t-elle, prenant le sac en plastique. Accordez-moi deux petites minutes…

— Bien sûr.

— Je vous sers un verre ?

— Je ne bois pas beaucoup.

— Jus de canneberge ? C'est à peu près la seule source de vitamines de Duncan.

— Jus de canneberge, ça me va.

— Deux petites minutes, répéta-t-elle en s'éclipsant.

Fox reprit son examen de la pièce. Le journal qu'elle lisait le dimanche, c'était *The Observer*. Elle aimait les romans de Ian McEwan et les films sous-titrés. Ses goûts musicaux allaient de Alan Stivell à Eric Bibb. Fox n'en était pas plus avancé. Il retourna à la fenêtre, enviant cette vue sur la ville et l'estuaire au nord.

— M'man m'a demandé de vous dire merci.

C'était Duncan qui se tenait sur le seuil de la pièce, cette fois. Il agitait la carte iTunes à bout de bras.

— J'ai hésité, je ne savais pas si tu téléchargeais de la musique, expliqua Fox.

Duncan le lui confirma d'un signe de tête. Puis il brandit la carte une dernière fois et repartit. Quinze ans. Fox essaya de se rappeler comment lui-même était à cet âge-là. Il y avait les disputes avec Jude, et elles ne manquaient pas. Il s'arrangeait toujours pour l'asticoter jusqu'à ce qu'elle crie. Voire lui lancer des objets à la figure. Quinze ans… il avait déjà commencé à boire à cette époque. Des bouteilles de cidre dans le parc, avec les potes. Vin bon marché et quarts de whisky.

— Voilà…, annonça Annie Inglis, lui apportant un grand verre de jus de canneberge. J'avais demandé à Duncan…, dit-elle, regardant autour d'elle.

— Il l'a fait. C'est un gentil garçon, apparemment.

— Asseyez-vous, je vous en prie, reprit-elle, lui tendant le verre. Je vais me chercher à boire.

Elle revint avec un fond de vin blanc dans un verre qu'elle transvasa dans l'un de ceux posés sur la table. Elle le prit, puis vint s'asseoir à côté de lui sur le canapé.

— Santé, dit-elle, choquant son verre contre le sien.

— Santé. Et merci pour cette invitation.

— Habituellement, on ne fait pas de déjeuner dominical. Oh ! fit-elle en écarquillant les yeux. Vous n'êtes pas végétarien, au moins ?

— Dieu m'en préserve !

— J'ai préparé du porc sauce aux pommes. Et un burger pour Duncan.

— Il ne mange pas de porc ?

— Il chipoterait, soupira-t-elle, buvant une gorgée de vin. Ah, ça fait du bien ! Mais n'allez pas croire que j'en ai besoin…

— Votre secret est bien gardé avec moi.

Elle lui sourit.

— Vous avez appris l'affectation de Gilchrist ? s'enquit-elle.

— Oui. J'allais justement vous demander si vous étiez au courant.

— Je ne vois pas ce que les Affaires internes ont de plus que le CEOP.

— Ce n'est que temporaire, de toute façon.

— Il ne s'est pas fait prier.

— Vous pensez que c'est à vous qu'on aurait dû le proposer ?

— J'aurais refusé, rétorqua-t-elle du tac au tac. Et pas seulement parce que c'est votre boulot dont il s'agit.

Elle laissa son regard s'attarder sur lui.

— Comment ça va ? murmura-t-elle.

— Bien. Vous savez, ce panneau qu'il y a sur la porte du CEOP, celui qui stipule que la présence de deux personnes est requise pour accéder aux données archivées…

— Travailler en solo poserait problème, approuva-t-elle.

— Je ne sais pas comment vous pouvez faire un tel boulot, déclara-t-il en hochant lentement la tête.

— Le secret, c'est de ne jamais se concentrer sur ce qui se passe sur la photo. Il faut chercher les indices à l'arrière-plan, n'importe quoi qui pourrait nous permettre d'identifier l'endroit où l'abus sexuel a eu lieu…

— Mais ça doit vous remuer ; vous-même avec un gosse.

— Nous limitons notre temps à l'ordinateur à deux heures par jour, et trois fois par an, nous bénéficions d'un soutien psychologique – obligatoire. Quand je rentre à la maison, je laisse mon travail au vestiaire.

— Quand même, ça ne doit pas être évident…

— À chacun son job, laissa-t-elle tomber, avant de boire une autre gorgée de vin. Et pour vous, Malcolm ? Que va-t-il se passer ?

Il haussa les épaules et porta son verre à ses lèvres.

— Que comptez-vous faire concernant Breck ? demanda-t-il.

— Moi ? Que voulez-vous que je fasse ?

— Pouvons-nous au moins en parler ?

Elle fit non de la tête.

— Pourquoi ? insista-t-il.

Voyant qu'elle ne répondait pas, il leva les mains en signe de capitulation.

— Je vais vérifier la cuisson de la viande, annonça-t-elle, se levant.

Elle portait un pantalon en velours noir très ajusté, et un pull en laine crème. Fox ne put s'empêcher d'admirer la vision qu'elle offrit en quittant la pièce.

Le déjeuner fut très agréable. Duncan ne décrocha pour ainsi dire pas un mot, caché derrière son rideau de cheveux. Le porc était tendre, et accompagné d'une montagne de légumes, Duncan prenant deux pommes de terre à l'eau et une tranche de rôti pour compléter son burger. En dessert, il y avait un diplomate, et l'ado demanda d'aller manger sa part dans sa chambre. Avec un soupir théâtral, sa mère céda. Une fois le dessert terminé, Fox aida Annie à débarrasser. La cuisine était en désordre, mais elle insista pour la ranger plus tard – « Duncan m'aidera ». Du coup, ils reprirent place sur le canapé avec du café et des carrés d'une Scottish

Tablet[1] faite maison. Elle avait mis les fleurs dans un vase.

— Tu as déjà été marié, n'est-ce pas ? questionna-t-elle.

— Exact.

— Mais pas d'enfants ?

— Nous ne sommes pas restés ensemble assez longtemps.

— Que s'est-il passé ?

— On s'aimait pour toutes les mauvaises raisons.

— Oh ?

— Je t'épargnerai les détails, dit-il, croisant les jambes. Et Duncan, comment réagit-il vis-à-vis de ton travail ?

— Il sait qu'il ne doit pas poser de questions.

— Bien sûr, mais il est au courant de ce que tu fais, et il faut bien qu'il réponde quelque chose à ses potes…

— On n'en a jamais trop parlé.

Elle replia ses jambes sous elle après s'être déchaussée. Fox entendait l'écho de notes d'un instrument à vent sur lequel on s'exerçait.

— C'est Duncan ?

Elle fit non de la tête.

— Un des gamins du dessous. Du tuba, m'a expliqué sa mère. Il y a aussi un batteur de l'autre côté de ce mur, ajouta-t-elle avec un mouvement de tête en direction des étagères.

— Et Duncan ?

1. Barre de caramel au beurre, le plus souvent parfumée à la vanille, spécialité écossaise.

— Une guitare électrique l'année dernière pour son anniversaire, mais il ne veut pas prendre de cours.

— Moi, c'était pareil quand mes parents m'ont acheté un jeu de clubs de golf ; je crois bien avoir appris à jouer tout seul.

— Ados, les garçons peuvent être très têtus. Tu as toujours tes parents ?

— Mon père.

— Et ta sœur, comment va-t-elle ? Elle doit être en train d'organiser les obsèques, je suppose.

— Elle ne sait pas encore quand le corps lui sera restitué.

— Toujours rien de neuf ?

Ce fut au tour de Fox de faire non de la tête.

— Du coup, tu as commencé à mener ton enquête…

— Résultat : me voilà en congés forcés, plaisanta Fox.

— Tu envisages de partir quelque part ?

— Je pense rester dans les environs.

Il ménagea un bref silence.

— Tu crois que ça vaut la peine que je pose quelques questions à Gilchrist ? demanda-t-il.

Elle le regarda.

— À ta place, je ne m'y risquerais pas, Malcolm. Rassure-moi : tu sais ce que « suspension » veut dire ?

— Bien sûr.

Un sourire s'épanouit sur le visage d'Inglis.

— Je ne t'aurais jamais pris pour un rebelle.

— C'est parce que je porte des bretelles avec un costume.

Cette fois, elle rit.

— Peut-être, fit-elle.

Duncan passa la tête dans la pièce.

— Je sors ! lança-t-il.

— Où ? voulut savoir sa mère.

— Princes Street.

— Tu as un rendez-vous ?

Il haussa les épaules.

— Bon, d'accord, soupira sa mère. Dis au revoir à Malcolm.

— Salut, lâcha Duncan. Et merci encore pour la…

— Peut-être à une prochaine, répliqua Fox.

Inglis et lui restèrent silencieux jusqu'à ce que la porte de l'appartement se referme.

— Je croyais qu'il devait t'aider à la cuisine, remarqua Fox.

— Il le fera à son retour.

— Ça ne doit pas être évident, murmura Fox. Que son père ne soit pas présent, je veux dire. Tes parents te donnent un coup de main ?

— On les voit certains week-ends.

— Ils vivent toujours à Fife ?

Elle le considéra, accusant le coup.

— Je ne t'ai jamais dit que j'étais originaire de Fife.

— Si, forcément.

Mais elle secouait gravement la tête sans le quitter des yeux.

— Tu as consulté mon dossier, c'est ça ?

— Tu ne m'es pas indifférente, Annie…

— Du coup, tu es allé à la pêche aux infos dans mon dossier personnel. Des découvertes intéressantes, inspecteur ?

— Uniquement qu'à aucun moment, il n'y est fait mention de Duncan.

— Je ne voulais pas qu'on voie en moi d'abord la

mère célibataire, et seulement ensuite la policière, expliqua-t-elle d'une voix tranchante.

— Je comprends.

— Je n'arrive pas à croire que tu as enquêté sur moi !

— C'est mon travail, biaisa-t-il. Ça l'était.

— C'est surtout totalement déplacé, Malcolm, asséna-t-elle.

Il essayait de trouver une justification, mais Annie Inglis s'était déjà levée.

— Il est temps que tu partes, je crois.

— Annie, je voulais seulement en savoir un peu plus sur toi…

— Merci encore pour le vin, les fleurs et…

Elle regardait autour d'elle, évitant de croiser son regard, puis elle se tourna vers la cuisine.

— Je dois commencer à ranger, dit-elle.

Il la regarda s'éloigner. Il était debout à présent, sa tasse de café à la main. Il la posa sur la table et remit sa veste. Elle avait fermé la porte de la cuisine. Il l'entendait déplacer des ustensiles. Il effleura la poignée de la porte du bout des doigts, mais sans les refermer dessus pour ouvrir. Il resta sur place une minute encore dans l'espoir qu'elle revienne. Mais elle alluma la radio. Classic FM : une station qu'il écoutait lui aussi parfois.

Totalement déplacé, Malcolm…

Il pouvait ouvrir la porte et s'excuser, au lieu de quoi, il s'éloigna à pas de loup dans le couloir et sortit. Une fois sur le trottoir, il leva la tête vers l'appartement. Personne à la bay-window ni à l'autre fenêtre. Le propriétaire de la voiture à côté de la sienne était en train de la laver.

— Belle journée, lança l'homme. Ça nous change.

Fox démarra sans répondre. Il était à mi-trajet de chez lui quand son portable sonna. Il prit l'appel, espérant entendre la voix d'Annie. Mais c'était Tony Kaye.

— Qu'est-ce que tu veux ? bougonna Fox.

— C'est toi qui as insisté pour que je t'appelle, geignit Kaye. À part ça, tout s'est bien passé, je te remercie.

Alors, Fox se souvint : Torphichen.

— Excuse-moi, Tony. J'avais la tête ailleurs.

— Bad Billy voudrait me coller sur le dos la disparition de Faulkner – il ne vise que ça –, mais il sait que ce n'est pas près d'arriver, et ça le rend dingue.

— Parfait.

— Son autre scénario, c'est que ce soit toi qui aies rossé Faulkner, avec mon aide. Il dit que ce n'était pas mon idée, ni même la tienne, que c'est peut-être Jude qui t'a convaincu de le faire.

Kaye marqua une pause.

— Ce n'est pas le cas, hein ?

— Écoute, Tony, je viens de déjeuner chez Annie Inglis.

— Joli coup.

— Ça s'est mal terminé. Elle a compris que j'avais consulté son dossier.

— Bon dieu, quand as-tu fait ça ?

— J'étais allé aux RH pour vérifier les antécédents de Jamie Breck…

— Et tant que tu y étais, tu en as profité pour jeter un coup d'œil au dossier d'Annie ? Ça me paraît de bonne guerre.

— Elle ne le voit pas sous cet angle.

— Elle a réagi sous le coup de l'émotion.

Fox le pensait aussi, mais il avait tout de même un service à demander.

— J'ai besoin que tu ailles lui parler.

— Quoi ?

— Que tu lui dises que je n'ai rien d'un harceleur.

— Bah, c'est toi qui le dis…

— Au moins, ça te donnera quelque chose à faire demain pendant que Naysmith et mon remplaçant apprendront à mieux se connaître.

Kaye souffla bruyamment.

— J'avais oublié qu'on allait se coltiner Gilchrist.

— Pendant que nos génies de l'informatique discutent le bout de gras, tu auras tout le loisir d'aller à la Boîte à Pervers.

— Pour intercéder en ta faveur ? Je croyais qu'Annie Inglis était le cadet de tes soucis.

— Je n'ai pas les moyens d'avoir d'autres ennemis en ce moment, Tony.

— C'est juste. Considère que c'est fait. Mais si elle tombe sous mon charme à ton détriment…

— Je ferai en sorte que celle qui est ta femme depuis douze ans l'apprenne.

— L'enfoiré ! s'exclama Kaye en riant. C'est qu'il en serait capable, en plus.

— T'en as fini avec Torphichen ?

— Je dirai que Giles me convoquera de nouveau. Sans compter que les collègues des Grampians veulent me dire un mot, apparemment.

— Leurs Affaires internes ?

— Giles s'est empressé de les informer que je m'étais rendu chez ta sœur. Aucune chance qu'ils enquêtent sur tes écarts de conduite sans que je fasse partie du tableau.

— De mieux en mieux, dis-moi…

— Regardons les choses du bon côté : hier soir, le restau a oublié de me facturer la deuxième bouteille de vin.

Fox esquissa un sourire, avant de rappeler à Kaye d'aller parler à Annie Inglis.

— Détends-toi, le rasséréna Kaye. À part ça, quels sont tes projets aujourd'hui ? Tu veux qu'on se retrouve au Minter's ?

— J'ai des trucs à faire.

— Tels que ?

— Classer mes livres par ordre alphabétique.

Sur ce, Fox mit fin à l'appel et rentra chez lui.

Le restant de la journée, il ne réussit à se concentrer sur rien. Il ne toucha pas aux piles de livres. Il ne pacourut pas non plus certains articles de journaux. La télé ne le réconforta guère, et sa fenêtre n'offrait pas d'autre vue que la maison d'en face, identique à la sienne. Puis, à huit heures, on sonna à sa porte. Il envisagea des visiteurs possibles – Jamie Breck, Tony Kaye, Annie Inglis…

C'était Jude. Le taxi qui venait de la déposer s'éloignait. Elle avait toujours le bras en écharpe, aussi n'était-elle parvenue qu'à draper son manteau trois-quarts autour de ses épaules.

— Ça me fait plaisir de te voir, dit-il, l'embrassant sur la joue et la faisant entrer.

— Tu déménages ? demanda-t-elle en s'avisant de l'état du salon.

Fox fit non de la tête.

— Ça fait un bail que tu n'étais pas venue, commenta-t-il.

— Je n'ai pas le souvenir que tu nous aies invités.

Elle avait ôté son manteau. Fox passa dans la cuisine et remplit la bouilloire.

— L'inspecteur Giles m'a téléphoné, expliqua-t-elle du seuil de la pièce. Il m'a appris que le type qui est venu me voir lundi soir était un de tes amis.

— Un collègue de travail.

— Giles pense que c'est toi qui l'as envoyé.

— Il se trompe.

— Que tu l'as envoyé pour faire le sale boulot à ta place, persista-t-elle. Il s'appelle Kaye… je crois bien que tu m'as déjà parlé de lui. Comment savait-il où j'habite, Malcolm ?

Fox se tourna vers elle.

— Jude… ce Giles tente tous les tours qu'il connaît pour me foutre dans la merde.

— Tu as dit à ce Kaye où j'habite ?

— À un moment ou à un autre, sans doute. Mais j'étais loin de penser qu'il se pointerait chez toi.

— Il voulait voir Vince. Je ne vois qu'une raison à cela : que tu lui aies raconté ce qui s'était passé… que tu lui aies dit pour mon bras.

— Et alors ?

Elle clignait des paupières pour refouler ses larmes.

— L'inspecteur Giles pense que c'est peut-être toi qui as fait tuer Vince.

— Ce n'est pas moi.

— Alors, pourquoi m'envoyer ton pote ?

— Je ne t'ai envoyé personne. Il voulait voir Vince, tu ne l'as pas oublié ? Mais Vince était déjà mort, Jude, autrement dit, Kaye l'ignorait.

Une douleur battait à ses tempes. Il ouvrit un tiroir, en sortit une boîte de paracétamol et en goba deux qu'il fit descendre en buvant de l'eau au robinet. Jude attendit qu'il lui accorde de nouveau toute son attention avant de reprendre la parole.

— Giles affirme qu'il est possible que Vince ait été tué lundi soir. Que les analyses laissent toujours la place à une marge d'erreur.

— Il ment. L'anapath situe la mort de Vince samedi ou dimanche.

Une larme roulait sur la joue gauche de Jude.

— Je veux qu'on en finisse, murmura-t-elle d'une voix brisée.

Fox s'avança vers elle et la prit gentiment par les épaules.

— Je comprends, dit-il, tandis qu'elle enfouissait son visage contre sa poitrine.

Ils passèrent plus d'une heure au salon où ils bavardèrent tranquillement. Elle but le thé qu'il lui avait préparé, mais n'eut pas envie de manger. Elle lui jura qu'elle avait déjeuné. Qu'elle prendrait un petit déjeuner. Il alla chercher un paquet de céréales Weetabix à la cuisine et la convainquit de repartir avec. Quand il lui proposa du lait, elle laissa échapper un petit rire et le pria d'arrêter d'en faire des tonnes. Il avait quand même l'impression que ça ne lui déplaisait pas.

Il lui appela un taxi et pressa un billet de dix livres dans sa paume. Puis il déposa de nouveau une bise sur sa joue et ferma la portière derrière elle, lui faisant au revoir de la main tandis que le taxi l'emportait. Elle lui avait demandé s'il avait vu leur père, et il avait menti, parce qu'il n'avait pas voulu qu'elle se sente exclue. La prochaine fois qu'il rendrait visite à Mitch, il lui proposerait de l'accompagner. Elle était à sa place autant que lui, là-bas. Elle faisait partie de la famille.

Malcolm Fox se prépara un dernier mug de thé et alla se coucher. Il n'était même pas dix heures, mais il ne voyait vraiment pas quoi faire d'autre.

Lundi 16 février 2009

15

Le réveil tira Malcolm Fox du sommeil à sept heures comme d'habitude. Il était déjà sous la douche quand il lui revint que rien ne l'obligeait à se lever si tôt. Ni à porter une chemise propre et à changer de cravate, de costume et de bretelles, ce qui ne l'empêcha pas de se plier à ce rituel. Pendant qu'il prenait son petit déjeuner, il reçut un appel téléphonique. D'une certaine Stoddart, de la PSU du poste des Grampians. Elle « l'invitait » à une réunion au Q.G. de Fettes Avenue.

— Trois heures cet après-midi, ça vous va ?

— Trois heures, c'est parfait.

La journée était froide, le temps couvert. Les perce-neige commençaient à poindre dans son jardin, et il songea que de courageux crocus devaient certainement déjà dresser la tête dans les Meadows et les autres parcs de la ville. Il réfléchit à un itinéraire qui lui permettrait de traverser le parc des Meadows en se rendant dans le quartier de Leith. Cela lui ferait faire un détour, mais lui offrirait l'avantage supplémentaire d'une petite virée par Holyrood Park. En outre, il n'était pas spécialement pressé.

Quelques années plus tôt, l'équipe de Fox avait enquêté sur un policier basé à Leith. Il acceptait des pots-de-vin pour fermer les yeux. Un de ses hommes était venu trouver Fox et lui avait tout raconté, mais sous réserve que son anonymat soit préservé. Ils se rencontraient dans un boui-boui proche des docks, lequel était la première halte de Fox aujourd'hui. Le café s'appelait La Marina, ses peintures s'écaillaient, ses murs luisaient de graisse. Une demi-douzaine de tables en Formica meublaient la salle, et un comptoir trônait à côté de la fenêtre où on pouvait manger debout si on préférait. La propriétaire des lieux, une grosse dame aux joues rouges, cuisinait presque tout elle-même, tandis qu'une jeune femme d'Europe de l'Est tenait la caisse et faisait le service. Fox était assis à l'une des tables depuis un petit quart d'heure, s'envoyant un mug de thé tord-boyaux, quand Max Dearborn entra dans la salle. Quand il aperçut Fox, son corps sembla s'affaisser. Il avait pris quelques kilos depuis la dernière fois qu'ils s'étaient vus, et son visage s'était un peu empâté. Il avait toujours de l'acné autour de la bouche, ses cheveux bruns et huileux avaient été raidis par le peigne. Il ressemblait plus que jamais à la version écossaise d'un Oliver Hardy.

— Salut, Max ! lança Fox.

Dearborn, un peu essoufflé, se laissa choir sur la chaise en face de Fox.

— Ne serait-ce qu'une horrible coïncidence ? ironisa le jeune homme.

Fox fit signe que non. À la serveuse qui s'était approchée, il commanda un petit pain au bacon.

— Et pour toi, comme d'habitude ? lança-t-elle à Dearborn, qui le lui confirma d'un signe de tête.

— J'ai appris que tu avais été promu sergent, reprit Fox à mi-voix pendant que la fille s'éloignait. Félicitations.

Dearborn lui répondit par un petit rictus. Fox se souvenait de lui tel qu'il était à l'époque : un constable avec des idéaux et des principes encore intacts, craignant de s'attirer les foudres de ses collègues.

— Qu'est-ce que tu veux ? demanda Dearborn, après avoir balayé la salle du regard pour s'assurer qu'il n'y avait ni yeux ennemis ni oreilles indiscrètes.

— Est-ce que tu travailles sur la noyade de Charlie Brogan ?

Fox sentait la transpiration se former dans son dos. Son cœur battait beaucoup trop fort. Le thé contenait assez de tanin pour assommer un bœuf. Il déplaça le mug sur le côté.

— On ne sait pas encore si c'est une noyade, rectifia Dearborn. Quel rapport avec toi, de toute façon ?

— Je m'y intéresse, c'est tout. Je crois bien que tu me dois un service.

— Un service ?

— Pour avoir gardé ton nom sous le boisseau.

— C'est une menace ?

Fox secoua la tête. Le café de Dearborn avait été servi. Il y versa deux cuillérées de sucre et le remua bruyamment.

— Comme je te le disais, je la suis de près, c'est tout, reprit Fox. J'espère que quelqu'un pourra me tenir au courant.

— Et ce quelqu'un, c'est moi, c'est ça ? suggéra Dearborn en le fixant du regard. Pourquoi t'y intéresses-tu ?

Fox haussa les épaules.

— Il se peut que Brogan soit mêlé à une autre affaire, répondit-il.

— Qui concerne les Affaires internes ? s'enquit Dearborn, soudain moins hostile et plus attentif.

— Possible. C'est top secret, mais si on découvrait quelque chose, je voudrais avoir une part du mérite.

Fox ménagea un bref silence.

— Tu sais que mon chef a eu son mot à dire pour ton avancement ? fit-il.

— Je m'en doutais un peu.

— Ça peut se reproduire, Max…

Fox laissa sa phrase en suspens. Dearborn aspira une gorgée de café, puis une autre, et commença à réfléchir. Fox le regardait, mains sur les genoux, prenant garde de ne pas appuyer un coin de son costume sur le plateau de la table. La serveuse revenait avec leurs plats : le petit pain au bacon de Fox et le *fry-up*[1] de Dearborn. L'assiette du jeune homme débordait. Il se tourna vers la cuisinière et la remercia d'un signe de tête et d'un sourire, qu'elle lui rendit. Fox avait ouvert son pain : à l'intérieur, le bacon était pâle et filandreux. Il referma le sandwich et le laissa dans l'assiette. Dearborn étalait de la Brown Sauce sur son assortiment de bacon, œuf à la poêle, saucisse, haricots blancs et champignons.

— Ça a l'air bon, commenta Fox.

Dearborn se contenta de faire oui de la tête et prit sa première bouchée, les yeux fixés sur Fox tandis qu'il mâchait.

---

1. Assiette du petit déjeuner classique composé de bacon, saucisses, œuf, tomates et autres légumes cuits à la poêle.

— Le corps n'a toujours pas refait surface, déclara-t-il.

— C'est inhabituel ?

— Pas pour les spécialistes. Les courants sont irréguliers dans l'estuaire. Il a très bien pu être emporté dans la mer du Nord. Se faire hacher menu par l'hélice d'un porte-conteneurs. Les garde-côtes sont ressortis ce matin dès la première heure. Des équipes patrouillent le long des deux côtes, nord et sud.

— J'ai entendu dire que la police de Fife soutenait que cette affaire relevait de sa compétence.

Dearborn fit non de la tête. On distinguait déjà des traces de jaune d'œuf à chaque coin de sa bouche.

— Ça ne passera jamais. On a sollicité leur coopération, mais ça relève de la division D, y a pas à tortiller.

— Alors, où est le bateau ?

— Dalgety Bay.

— Aux dernières nouvelles, il était dans le Fife.

— Il devrait être remorqué à Leith dans la journée.

— Je suppose que vous l'avez déjà examiné ?

— La Scientifique s'en est chargée, confirma Dearborn.

— Des traces d'alcool et de comprimés, énuméra Fox.

— T'es bien informé. Pas de mot qui expliquerait un suicide, mais il paraît que ce n'est pas si rare. Il avait contacté son notaire quelques jours plus tôt, pour vérifier certains points de son testament.

Fox plissa les paupières.

— Quand, exactement ?

— Mardi après-midi.

— Il voulait modifier des dispositions ?

Dearborn secoua la tête.

— Je suppose que tout revient à la veuve ?

— Tout dépend si on trouve le corps. Si ce n'est pas le cas, elle va devoir patienter un bon bout de temps ; c'est la loi.

Dearborn se concentra sur sa nourriture, puis décida de partager une information avec Fox.

— On a retrouvé ses chaussures. Des bateaux, comme on dit. Elles flottaient dans l'eau au large d'Inchcolm Island… En supposant que ce soit lié à l'affaire sur laquelle tu travailles… comment est-ce que j'y trouve mon compte sans que, de mon côté, personne n'apprenne que je t'ai tuyauté ?

— Il y a des moyens pour ça, affirma Malcolm Fox. Fais-moi confiance.

À la fin du repas, la serveuse s'inquiéta du petit pain au bacon.

— C'est seulement que je n'ai pas très faim, la rassura Fox, avant d'ajouter à l'intention de Dearborn : C'est pour moi.

— Ici, c'est inutile.

— Comment ça ?

Dearborn haussa les épaules.

— Elles se sont fait cambrioler il y a quelques mois. Je me suis arrangé pour qu'on redouble d'efforts…

— Tu es sûr que tu as raison de confier ça à un membre des Affaires internes ?

Max Dearborn lui fit un clin d'œil et, non sans effort, se leva. Il insista pour partir le premier. Fox le regarda s'éloigner, spéculant sur ses risques futurs de forte tension artérielle et de diabète, voire de petit infarctus. L'année précédente, son propre médecin lui avait prédit plus ou moins la même chose. Depuis, il avait perdu cinq ou six kilos, sans se sentir beaucoup mieux pour autant. Il s'arrêta à l'extérieur du café, écoutant crier les mouettes sur les toits environnants. Puis, il se mit en route. Le Q.G. de la division D se trouvait dans Queen Charlotte Street. Comme à Torphichen, sa façade victorienne imposait son austère grisaille, mais l'intérieur, lui, avait conservé des traces de sa grandeur passée : sols en marbre, balustrades en bois sculpté, colonnes ornementées. Dearborn devait avoir regagné son bureau, à présent. Ses dernières paroles à Fox avaient consisté en une promesse de le tenir au courant. Fox lui avait donné sa carte sur laquelle figurait son numéro de portable. « Ta meilleure chance de m'avoir », lui avait-il assuré. Ce qu'il voulait surtout éviter, c'était que Dearborn appelle le poste de Fettes et apprenne que l'inspecteur Malcolm Fox était hors-jeu. Ça se saurait bien assez tôt – Billy Giles y veillerait – mais, entre-temps, Dearbon pouvait se révéler utile. Il avait déjà donné à Fox matière à réfléchir.

Mardi matin : découverte du corps de Vince Faulkner.

Mardi après-midi : Charlie Brogan contacte son notaire.

Jeudi : son bateau est retrouvé dérivant, et son propriétaire a disparu.

Disparition jugée inquiétante, laissant supposer la mort.

Fox se rendit compte que, sans le vouloir, il avait parcouru les cinq cents mètres qui le séparaient du poste de police de Leith. Il marcha jusqu'à l'angle de Constitution Street, tourna dans la rue. Au moment où il passait devant l'entrée principale du bâtiment, une femme en sortait, remettant ses énormes lunettes de soleil. Elle n'était pas vêtue de noir, mais de coordonnés marron. Elle plongea la main dans son sac imprimé léopard pour prendre ses cigarettes et son briquet, mais la brise s'obstinait à contrecarrer ses tentatives.

— Permettez, se proposa Fox, ouvrant son veston en guise de coupe-vent.

Elle parvint à allumer sa cigarette et le remercia d'un signe de tête. Fox lui répondit de la même façon et s'éloigna. De retour à sa voiture, il démarra, exécuta un demi-tour et prit la direction du poste de police. Elle était encore là, regardant des deux côtés de la rue. Fox s'arrêta à sa hauteur et baissa la vitre côté passager.

— Vous êtes mademoiselle Broughton, non ?

Il lui fallut quelques instants pour reconnaître en lui son sauveur question nicotine, puis elle se pencha vers la vitre ouverte.

— Je suppose que vous venez de parler à mes collègues ? reprit-il.

— Oui, répondit-elle d'une voix moins rauque qu'il ne l'aurait cru.

— Vous cherchez un taxi ? Je vais dans votre direction, si ça vous intéresse.

— Comment le savez-vous ?

Fox haussa les épaules.

— Le casino ou Inverleith : les deux sont sur mon parcours.

Elle le scruta un petit moment.

— On peut fumer dans votre voiture ?

— Bien sûr, lui assura-t-il avec le sourire. Montez.

Ils roulèrent en silence jusqu'au deuxième feu tricolore. Au moment où ils s'arrêtaient au troisième, elle remarqua qu'il avait à moitié baissé la vitre.

— Vous n'étiez pas sérieux pour la cigarette, dit-elle, jetant le restant de la sienne par la vitre.

— Où voulez-vous que je vous dépose ?

— Je rentre chez moi.

— Près du parc Inverleith ?

Elle fit oui de la tête.

— SeeBee House, précisa-t-elle.

Fox fit le rapprochement.

— Les initiales de votre mari[1] ?

Elle refit oui de la tête.

— Je pense à une chose, fit-elle tout à coup, pivotant vers lui sur son siège. Vous m'avez dit que vous étiez policier, mais je n'ai que votre parole. Je devrais exiger de voir votre carte.

— Je suis inspecteur. Que vous voulaient mes collègues ?

— Me poser d'autres questions, soupira-t-elle. Pourquoi ne pas faire ça par téléphone…

— Parce qu'un visage en dit long, parfois plus long que les paroles. Je suppose que ce n'est pas le sergent Dearborn que vous avez vu ?

— Non.

— Je dis ça parce que j'étais en réunion avec lui à ce moment-là.

Elle hocha la tête, comme si elle admettait qu'il venait de lui prouver son identité. Son portable bipa,

1. Soit C.B., lettres dont la transcription phonétique anglaise correspond à « See Bee ».

elle le sortit de son sac. C'était un texto auquel elle répondit avec de rapides et sûres pressions des pouces.

— Les ongles longs, ça aide, remarqua Fox. Mes doigts sont trop épais pour taper des textos.

Elle ne dit rien avant d'avoir envoyé son message. Puis, au moment où elle ouvrait la bouche, son téléphone émit de nouveau son petit jingle. Fox se rendit compte que celui-ci imitait le timbre d'une sonnette d'hôtel à l'ancienne. Joanna Broughton pressa sur ses touches de plus belle.

— Des messages d'amis ?

— Et de créanciers, marmonna-t-elle. C'est eux que Charlie a en plus grand nombre.

— Vous savez que ses chaussures ont refait surface ?

Le regard glacial qu'elle lui lança ne lui échappa pas.

— Désolé, pas très heureux, comme tournure de phrase…

— Ils me l'ont dit, au poste.

Elle s'était remise à envoyer un texto. Là-dessus, un autre téléphone sonna dans son sac. Elle fouilla à l'intérieur jusqu'à ce qu'elle le trouve. Fox reconnut la sonnerie : la bande originale d'un vieux western.

— Excusez-moi, dit Joanna Broughton tout en prenant l'appel, avant de poursuivre, au téléphone : Je ne peux pas parler maintenant, Simon. Dis-moi seulement que tout va bien.

Elle écouta quelques instants.

— Je devrais arriver entre six et sept heures, reprit-elle. Si tu ne peux pas assurer jusque-là, commence à rédiger ta lettre de démission.

Elle mit fin à l'appel et jeta le téléphone dans son sac.

— Des problèmes avec le personnel ? s'enquit Fox.

— Ma faute de ne pas avoir un bon assistant.

— Vous n'aimez pas déléguer ?

Elle le regarda de nouveau.

— On s'est déjà vus ? demanda-t-elle.

— Non.

— Votre tête me dit quelque chose.

Elle avait fait glisser ses lunettes de soleil sur le bout de son nez, et le fixait. Quand elle s'était maquillée le contour de l'œil, ce matin-là, le geste n'avait pas été trop assuré. De près, ses cheveux trahissaient la coloration, et son hâle devait être artificiel. La peau de son cou se distendait çà et là.

— On me le dit souvent, rétorqua Fox, avant d'ajouter : Je suis désolé de ce qui est arrivé à votre mari. Ce n'est pas simplement une formule. J'ai connu un gars qui travaillait pour lui… il ne m'en disait que du bien.

— Comment s'appelait votre ami ?

— Vince Faulkner. Je dis qu'il bossait pour votre mari, mais pour être précis, c'était sur le projet de Salamander Point.

Joanna Broughton demeura silencieuse.

— Beaucoup de gens aimaient Charlie, affirma-t-elle au bout d'un moment. Ce n'était pas difficile de l'apprécier.

— Cela étant, c'est quand on a des ennuis qu'on découvre qui sont ses vrais amis.

— Paraît-il…

Elle s'était de nouveau tournée vers lui.

— Je n'ai pas saisi votre nom, murmura-t-elle.

Dans la seconde, Fox décida de ne pas mentir.

— Inspecteur Malcolm Fox.

— Dites-moi, inspecteur Malcolm Fox, seriez-vous en train d'essayer de me faire parler ?

— Comment ça ? fit mine de se récrier Fox.

— Je ne savais pas que Charlie allait se suicider. Je ne l'y ai ni aidé ni encouragé. En dépit des apparences, je suis complètement démolie à l'intérieur… Autant de choses que j'ai répétées encore et encore à votre clique…

Elle regarda par la vitre.

— Déposez-moi donc par ici.

— Ce n'est qu'à cinq minutes, protesta Fox.

— Je peux marcher.

— Avec ces talons ?

Fox soupira bruyamment.

— Excusez-moi, reprit-il, je pense que vous avez raison. Quand on est flic, c'est dur d'arrêter la mécanique. Plus de questions, d'accord ? Mais au moins, permettez-moi de vous conduire à destination.

Elle réfléchit à la question.

— D'accord, finit-elle par dire. En fait, ça tombe bien. Vos collègues veulent voir l'agenda de Charlie, vous pourrez le leur rapporter, ça m'évitera le dérangement.

— Bien sûr, assura Fox. Avec plaisir.

SeeBee House, appartement situé au cinquième étage, était composé essentiellement d'acier et de verre. Il trônait au cœur d'une enceinte de murs de brique et de portails haute sécurité. Joanna Broughton disposait de sa télécommande personnelle, sur laquelle elle exerça une pression, déclenchant l'ouverture des portes. Il y avait un parking souterrain, mais elle pria

Fox de s'arrêter devant l'entrée de l'immeuble. Il coupa le contact et la suivit à l'intérieur. Le hall était presque aussi grand que le rez-de-chaussée de chez lui. Deux ascenseurs se cachaient contre un mur, mais Broughton avançait d'un pas décidé vers le mur opposé où se trouvait un seul autre ascenseur, plus petit.

— Celui du penthouse, expliqua-t-elle tandis qu'ils y montaient.

De fait, quand les portes se rouvrirent, ils pénétrèrent directement dans un petit vestibule moquetté pourvu d'une unique porte. Elle la déverrouilla et Fox la franchit à sa suite.

— Ça s'appelle un triplex, précisa-t-elle, ôtant son manteau et repoussant ses lunettes de soleil sur le haut de son crâne. Mais c'est du pipeau : au deuxième étage, il n'y a rien, à part deux terrasses.

— N'empêche, c'est impressionnant, commenta Fox.

Sur trois côtés, des baies vitrées allant du sol au toit cathédrale offraient des vues sur le Jardin botanique et le château. Se tournant vers la gauche, il distinguait Leith et le littoral. À sa droite, il voyait aussi loin que la colline de Corstorphine.

— Ça distrait, commenta Joanna Broughton.

— L'endroit paraît flambant neuf.

— Ne pas avoir d'enfant a des avantages.

— Comme vous dites, et c'est aussi une chance, je suppose.

— Comment ça ?

— On n'a rien à leur expliquer…

Fox la regardait approuver de la tête.

— L'ouvrier qui est mort n'avait pas d'enfant, lui non plus, dit-il.

— Quel ouvrier ?

— Mon ami, celui dont je vous parlais. Votre mari ne vous en a rien dit ?

Elle ignora la question, le pria d'attendre pendant qu'elle allait chercher l'agenda. Fox la suivit des yeux pendant qu'elle gravissait l'escalier de verre qui conduisait à l'étage supérieur, puis reporta son attention sur la pièce dans laquelle il se tenait. Elle correspondait bien au souvenir qu'il gardait de la photo parue dans le journal. Un espace décloisonné en L, carrelage sable au sol et mobilier moderne. La cuisine américaine se trouvait dans l'angle. Levant les yeux, il distingua un palier qui distribuait sans doute des chambres et un bureau. Le mur du coin salon – le seul plus solide que du verre – avait été dépouillé de ses œuvres d'art. Il restait quelques crochets, et des trous là où d'autres avaient été retirés. Fox repensa à l'article du journal. Brogan y était décrit comme un « grand collectionneur ». Il recula d'un pas et observa Joanna Broughton qui redescendait l'escalier en prenant son temps, se tenant à la rampe. Elle gardait ses chaussures à talons hauts, même chez elle. Elles la grandissaient de quatre ou cinq centimètres, et il se demanda si c'était pour cette raison.

— Voilà, dit-elle, lui tendant le gros agenda relié de cuir.

— Une idée des raisons pour lesquelles ils vous l'ont demandé ?

— C'est vous l'enquêteur, rétorqua-t-elle. À vous de me le dire.

Il ne trouva qu'à hausser les épaules.

— Pour ne rien laisser au hasard, supposa-t-il. Au cas où votre mari aurait fait quelque chose d'inhabituel avant sa…

Il ravala la fin de sa phrase.

— Vous vous interrogez sur son état d'esprit ? Cela ne m'ennuie aucunement de le répéter : il allait parfaitement bien quand il est parti d'ici. Je ne me doutais de rien.

— Écoutez, je vous ai promis de ne pas vous poser de question…

— Mais ?

— Mais je me demande si ça vous fait mal qu'il n'ait pas laissé de mot.

Elle s'accorda quelques instants de réflexion.

— J'aimerais savoir pourquoi, bien sûr que oui, finit-elle par soupirer. Des ennuis d'argent, oui, mais tout de même… on aurait pu trouver une solution. S'il m'en avait parlé, je suis certaine qu'on aurait pu unir nos matières grises.

— Il était peut-être trop fier pour solliciter de l'aide ?

Elle hocha lentement la tête, bras ballants.

— A-t-il vendu certains de ses tableaux ? demanda Fox, brisant le silence.

Elle fit de nouveau oui de la tête, puis sursauta quand l'interphone sonna. Elle alla répondre.

— Oui ?

— Joanna, c'est Gordon. Je suis avec Jack.

Ses traits se détendirent un peu.

— Montez, dit-elle.

Puis, se tournant vers Fox, elle ajouta :

— Merci encore de m'avoir déposée, sinon, je serais sans doute encore en train d'attendre là-bas.

— De rien.

Elle lui tendit la main, qu'il serra. L'agenda était trop grand pour ses poches, alors il le coinça sous le bras pour regagner le vestibule. Quand les portes de l'ascenseur s'ouvrirent, Gordon Lovatt en sortit, surpris, sur le coup, de se trouver face à quelqu'un. Il s'était mis sur son trente et un, portant un costume trois pièces à rayures qui ressemblait fort à du sur mesure. Une chaîne de montre en or pendait d'une poche de son gilet. Sa cravate en soie exhibait un nœud extravagant, et ses cheveux étaient coupés depuis peu. Il salua Fox d'un signe de tête, puis décida que c'était un peu court.

— Gordon Lovatt, dit-il.

Les deux hommes échangèrent une poignée de main.

— Je sais qui vous êtes, l'informa Fox, sans se donner la peine de se présenter à son tour.

L'homme à côté de Lovatt était beaucoup plus âgé et portait un costume qui semblait encore plus onéreux. Lui aussi tendit la main à Fox.

— Jack Broughton, annonça-t-il.

Fox se contenta d'incliner la tête, puis se faufila entre les deux hommes, se retournant vers eux une fois qu'il fut dans l'ascenseur. Il pressa le bouton du rez-de-chaussée, et attendit que les portes se referment. Jack Broughton, qui ne faisait déjà plus cas de sa présence, pénétrait dans le penthouse, saluant son seul enfant encore en vie d'un baiser. Lovatt, de son côté, s'attardait dans le vestibule et regardait Fox sans se départir de son air interrogateur.

« Descente », annonça la voix féminine automatique de l'ascenseur.

Les portes se fermèrent sur Fox en coulissant, et il put alors laisser échapper le soupir qu'il retenait.

Dehors, il ne vit pas trace de la voiture du conseiller en communication, donc soit il l'avait garée au parking, soit il était venu en taxi. Le premier cas de figure signifierait qu'il détenait le moyen d'accès à la résidence ; cela étant, cela valait aussi pour le second : s'il s'était fait déposer en taxi, il lui avait bien fallu franchir le portail. Ou peut-être que Joanna Broughton avait fait don à son père d'une des petites télécommandes noires…

Fox monta dans sa voiture et posa l'agenda de Charlie Brogan sur le siège passager. Puis, il le regarda, se demandant quelles conclusions les Affaires internes des Grampians tireraient de ses activités récentes. Il avait fait très attention toute la matinée – à l'affût de voitures qui le fileraient, de passants qui l'observeraient ou le suivraient. Ç'avait été facile pour eux de le pister la semaine précédente, car il ne se méfiait pas. Maintenant qu'il se savait surveillé, ça compliquait grandement la tâche de n'importe quelle équipe. Mais s'il continuait à monter des coups comme celui-là, le jeu en valait la chandelle… Il lui fallut encore trois ou quatre minutes avant de se décider, mais il finit par prendre l'agenda et l'ouvrit.

Il commença sa lecture au lundi de la semaine précédente, mais ne trouva rien d'intéressant pour lui dans l'immédiat. Ce n'était pas que Brogan utilisait un code, mais comme la plupart des gens, il recourait à des initiales et des abréviations. Fox supposa que le « J » de « 20 h 00 – J – Kitchin » correspondait à Joanna Broughton. Le Kitchin était un restaurant chic de Leith, tenu par un chef cuisinier du nom de Kitchin. À part cela, il était fait mention de réunions, mais on ne pouvait pas dire que ç'avait été une semaine chargée.

Feuilletant à rebours jusqu'en janvier, Fox découvrit que Brogan était alors bien plus occupé. En février, il en était réduit à noter les émissions télé qu'il comptait regarder.

Un quart d'heure plus tard, Fox refermait l'agenda et mettait le contact. En retournant au poste de police de Leith, il s'arrêta deux fois : la première, chez un papetier pour acheter une enveloppe rembourrée pouvant contenir l'agenda ; la seconde, dans une boutique de téléphonie où il se procura un portable rechargeable avec sa carte de crédit. S'il était encore sous surveillance, ce nouveau téléphone ne le maintiendrait en dehors des écrans radars que peu de temps… mais ce serait déjà ça de gagné.

Et c'est sûr que n'importe quelle équipe des Affaires internes l'aurait mauvaise quand elle finirait par comprendre ce qu'il avait fait.

Il se gara devant le poste de police tout juste le temps de déposer l'enveloppe à l'accueil, qu'il laissa à l'intention de Max Dearborn. Ça le laisserait perplexe, mais Fox s'en moquait éperdument. De retour dans sa voiture, son vieux mobile sonna. Fox vérifia l'identité de l'appelant, mais ne prit pas l'appel. Quand la sonnerie cessa, ce fut avec son nouveau téléphone qu'il rappela Tony Kaye.

— Qui êtes-vous ? demanda Kaye, ne reconnaissant pas le numéro.

— C'est Malcolm. Tu sais comment me joindre à partir de maintenant.

— Tu as changé de téléphone ?

— Au cas où on me pisterait.

— Tu deviens parano.

Kaye observa un silence.

— Pas une mauvaise idée, remarque, reprit-il. Tu crois que je devrais faire pareil ?

— Ils t'ont rappelé ?

« Ils » : les Affaires internes des Grampians.

— Non. Et toi ?

— C'est pour plus tard dans la journée. Bref, tu voulais me parler ?

— Juste pour me plaindre. Attends une seconde…

Fox patienta le temps que Kaye se lève de son bureau aux Affaires internes et sorte dans le couloir.

— Les deux autres me rendent dingue, pesta-t-il. On dirait qu'ils se connaissent depuis la maternelle.

— À part ça, comment s'adapte Gilchrist ?

— Je n'aime pas le voir assis à ton bureau.

— Dans ce cas, propose-lui de prendre le tien.

— Certainement pas !

— Alors, on fait avec. McEwan est là en ce moment ?

— Il ne m'adresse pas la parole.

— Il faut dire qu'on a chargé son assiette d'une belle pile de merdes, concéda Fox.

— Sans même lui avoir mis de bavoir, ajouta Kaye. Ton interrogatoire serré de cet aprèm te sera-t-il gracieusement offert par une dame du nom de Stoddart ?

— Tu peux me dire comment la prendre ?

— Pas avec des pincettes, Malcolm.

— Ah, super.

Fox cogita un moment.

— Tu peux me passer Naysmith ?

— Quoi ?

— Je veux lui dire un mot… mais pas à portée d'oreille de Gilchrist.

— Je vais le chercher.

Kaye reprit après un instant :

— Tu te la joues cool ou tu n'y penses déjà plus ?

Fox comprit tout de suite à quoi il faisait allusion.

— Tu as pu lui parler ? s'enquit-il.

— Elle n'est pas venue bosser ce matin. Gilchrist a dû aller chercher un truc dans son bureau de la Boîte à Pervers, je l'ai accompagné. Je lui ai demandé si elle était en réunion, mais il n'en savait rien.

— Bah, merci d'avoir essayé.

— Je n'ai pas encore dit mon dernier mot. Joe !

Fox comprit que Kaye avait crié depuis le seuil de la pièce.

— Il arrive, annonça Kaye dans l'appareil, avant de le tendre à Naysmith, en lui disant, en guise d'explication : C'est Foxy.

— Malcolm, le salua Naysmith.

— Salut, Joe. On me dit que Gilchrist et toi vous entendez à merveille.

— Ouais…

— Tu as donc toutes les raisons de l'inviter à boire un pot après le travail.

— Ouaiiiis…, répéta Naysmith, étirant la syllabe plus que de raison, dans l'attente de la suite.

— Je parie que tu lui proposerais le Minter's, et que vous y seriez vers cinq heures et demie.

— D'accord.

Là encore, le mot prit une élasticité particulière dans la bouche de Naysmith.

— Inutile de lui dire que c'est une idée de moi, ajouta Fox.

— Que se passe-t-il, Malcolm ?

— Rien, Joe. Invite-le à aller boire ce verre, voilà tout.

Fox termina l'appel. Il avait pas mal de temps à tuer avant sa réunion à Fettes. Dans un libre-service, il acheta le *Evening News*, un sandwich crudités et une bouteille d'eau, puis il prit la direction générale d'Inverleith, se garant près de l'entrée nord du Jardin botanique. Il régla la radio sur Classic FM et mangea son sandwich en parcourant le journal. Charlie Brogan ne faisait plus partie de l'actualité, à l'instar de Vince Faulkner. On écumait de rage devant la retraite et les avantages en nature de l'ancien patron de la RBS. Le débat autour du tram entrait dans les négociations « de la dernière chance », la municipalité ayant déclaré aux entrepreneurs qu'elle ne mettrait plus une livre sur la table. Et maintenant, c'était au tour de la société de placement immobilier « Dunfermline Building Society » d'être sur le point de s'effondrer. Fox croyait se rappeler que le Premier ministre écossais était originaire de la ville de Dunfermline… Non, de Kirkcaldy, mais Dunfermline faisait partie de sa circonscription. Les parents de Fox avaient investi de l'argent dans la Dunfermline – il se demanda si Mitch avait toujours ses parts. Fox déposait son argent à la Co-op. C'était la seule banque dont on n'entendait pas parler. Il n'aurait su dire si c'était rassurant ou pas.

Le morceau musical s'acheva et l'animateur dévoila que c'était du Bach. Comme pour beaucoup de ceux diffusés par Classic FM, Fox le connaissait mais n'aurait pu l'identifier ni nommer son compositeur. Il consulta sa montre, vérifia qu'elle n'était pas arrêtée.

— Oh, et puis merde, soupira-t-il, pliant le journal et mettant le contact.

Autant arriver en avance pour sa crucifixion.

16

À l'accueil, le policier de permanence – que Fox connaissait depuis deux ou trois ans – eut l'élégance de s'excuser de devoir le faire attendre. Compréhensif, Fox hocha la tête.

— Les ordres sont les ordres, Frank, lui lança-t-il.

Il s'assit sur une des chaises et fit mine de s'intéresser au contenu de son journal, tandis que des policiers allaient et venaient autour de lui. La plupart le regardaient du coin de l'œil, quand ils ne le dévisageaient pas – la nouvelle s'était répandue –, et un ou deux s'arrêtèrent pour lui exprimer leur soutien.

Quand Stoddart fit son entrée, ce fut flanquée de deux armoires à glace. Elle-même était grande et élégante, portait les cheveux longs. Fox n'aurait pas été étonné d'apprendre qu'elle siégeait au conseil d'administration d'une banque ou d'une grande entreprise. Un passe « visiteur » pendait à son cou. Elle donna l'ordre à Frank d'en procurer un à Fox. Ce dernier se leva en prenant son temps. Il plia son journal et le glissa dans sa poche. Stoddart ne lui tendit pas la main ; ne prit même pas la peine de se faire connaître ou de présenter ses hommes de main. Elle tendit le passe à Fox et pivota sur ses talons.

— Par ici, lança-t-elle.

Ils n'allèrent pas loin. Fox ignorait qui, d'habitude, occupait la pièce qu'ils avaient réquisitionnée. Le tableau blanc et le bureau livraient peu d'indices. Elle était assez spacieuse pour contenir une table basse circulaire et plusieurs chaises peut-être empruntées à la cantine. Sur le bureau trônait un ordinateur portable ainsi qu'une pile de chemises cartonnées. Un autre portable était posé sur la petite table. Une caméra vidéo fixée sur trépied était braquée vers le bureau.

— Asseyez-vous, intima Stoddart à Fox, en y prenant place.

Un de ses gorilles s'assit à la table basse. L'autre vérifiait les réglages de la caméra. Il s'approcha de Fox et lui tendit un tout petit micro.

— Vous pouvez le fixer au revers de votre veste ?

Fox s'exécuta. Un fil reliait le micro à la caméra. Le policier, qui avait mis un casque sur ses oreilles, vérifiait de nouveau l'installation.

— Test, test, marmonna Fox dans le micro.

Levant les pouces, l'homme lui fit signe que c'était bon.

— Avant de commencer, déclara Stoddart, je vous laisserai juge de cette situation délicate. Nous n'aimons pas apprendre qu'une plainte a été déposée contre l'un des nôtres…

— Par qui ? l'interrompit Fox.

Elle fit la sourde oreille et reprit la parole, le regard fixé sur l'écran.

— Néanmoins, il faut faire les choses dans les règles.

Alors, n'espérez pas bénéficier de petites faveurs, inspecteur Fox.

Elle adressa un signe de tête au caméraman, lequel pressa un bouton et annonça que ça tournait. Stoddart demeura silencieuse un moment, comme si elle rassemblait ses idées, puis annonça la date et l'heure.

— Interrogatoire préliminaire, poursuivit-elle. Inspecteur Caroline Stoddart, accompagnée par le sergent Mark Wilson et le constable Andrew Mason.

— Lequel est lequel ? la coupa de nouveau Fox.

Stoddart lui décocha un regard noir.

— Le constable Mason manie la caméra, l'informa-t-elle. Maintenant, si vous voulez bien vous identifier…

— Inspecteur Malcolm Fox.

— Vous travaillez au service des Affaires internes de la police du Lothian and Borders ?

— C'est exact.

— Qui dépend de la Section des normes professionnelles, pour être précis ?

— Oui.

— Depuis quand y êtes-vous affecté ?

— Quatre ans et demi.

— Et avant cela ?

— Je suis resté trois ans au poste de St. Leonards Street, et encore avant, j'étais à Livingson.

— C'était l'époque où vous buviez ?

— Je n'ai plus touché à une goutte d'alcool depuis cinq ans. J'ignorais que mon ancienne addiction figurait dans mon dossier.

— Vous n'avez jamais eu la curiosité de le consulter ? s'étonna Stoddart d'un air sceptique.

— Non, lui répondit-il en croisant les jambes.

Ce faisant, il délogea le journal qui glissa de sa poche et tomba par terre. Il se pencha pour le ramasser, tirant sur le fil du micro qui se décrocha de la caméra.

— Attendez, dit Mason, ôtant son casque.

Fox s'excusa et se redressa, les yeux fixés sur Caroline Stoddart.

— Vous jouez à quoi ? s'enquit-elle.

— Vous le demandez à titre officiel ou officieux ?

Elle fit la moue et reporta son attention sur l'écran de son ordinateur.

— Votre sœur boit, elle aussi, non ?

— Laissez ma sœur en dehors de ça.

— Prêt, annonça Mason.

Stoddart s'accorda de nouveau le temps de rassembler ses idées.

— Parlons de Vincent Faulkner, reprit-elle.

— Oui, parlons de lui. On l'a retrouvé mort mardi matin, la semaine dernière ; quand avez-vous reçu l'ordre de me placer sous surveillance ?

— Il vivait avec votre sœur ? demanda Stoddart, ignorant sa question.

— C'est exact.

— Et vous avez récemment découvert qu'au cours d'une de leurs disputes, il lui avait cassé un bras ?

— Il y a une semaine, oui.

— Sur quoi travailliez-vous à ce moment-là ?

— Pas grand-chose. Mon équipe venait de mettre les bouchées doubles et de finir d'enquêter sur l'inspecteur Glen Heaton, de la division C.

Stoddart faisait défiler une page.

— Autres affaires courantes ?

— On m'avait demandé d'avoir quelqu'un à l'œil…

— Le sergent Jamie Breck, si je ne m'abuse ?
— C'est exact.
— Également en poste à la division C.
— Oui.
— Dans quelles circonstances vous l'a-t-on demandé ?
— Mon patron, l'inspecteur-chef McEwan, avait été contacté par les collègues de la Lutte contre l'exploitation des enfants et les sites pédophiles. Le sergent Breck était entré dans leur ligne de mire, et ils voulaient qu'on vérifie ses antécédents.
Stoddart prit la chemise du haut de la pile et l'ouvrit. Elle contenait des photos prises lors de sa filature, celles-là même que Giles avait à Torphichen.
— Il y a comme un conflit d'intérêt, murmura-t-elle d'un air songeur. Vous vous renseignez sur Breck pendant que lui-même enquête sur le meurtre du compagnon de votre sœur…
— J'en avais conscience.
— Vous n'avez pas envisagé de prendre vos distances par rapport à cette affaire ?
— Laquelle ?
— Les deux, je dirais.
Fox haussa les épaules.
— Comment ça se passe à Aberdeen ? voulut-il savoir.
Ce brusque changement de sujet n'eut apparemment aucun effet sur Stoddart.
— Nous ne sommes pas là pour parler de moi, murmura-t-elle, coinçant ses cheveux derrière ses oreilles. Il semblerait que vous ayez très vite sympathisé avec le sergent Breck.
— Notre relation est strictement professionnelle.

— C'est sans doute la raison pour laquelle il est venu vous voir chez vous mercredi soir ? Avant que vous vous rendiez au casino ensemble ?

— C'était lié au travail. Par ailleurs, le CEOP m'a demandé d'évaluer le sergent Breck.

— Oui, une équipe des Affaires internes planquait devant chez lui. L'avez-vous prévenue qu'elle perdait son temps ?

— Il a fini par rentrer.

— L'avez-vous informée de votre virée au casino ?

— Non, admit Fox.

— Si j'ai bien compris, deux de vos collègues patientaient dans une camionnette de surveillance par une nuit froide de février…

— Ce sont des choses qui arrivent.

Elle le regarda, puis tourna les yeux vers l'écran. Un bref instant, Fox se complut dans le fantasme de le pulvériser d'un coup de poing. Il jeta un coup d'œil derrière lui, s'aperçut que Wilson scrutait lui aussi l'écran de son portable.

— Vous faites une réussite, ou une partie de Démineur ? lui décocha Fox.

Wilson ne répondit pas.

— Le sergent Breck, reprit Stoddart, s'est rendu au casino parce que Vince Faulkner y est peut-être allé le soir de sa mort ?

— Il y est allé, c'est sûr, précisa Fox.

— Et ce, le samedi, après avoir cassé le bras de votre sœur.

Fox opina de la tête.

— Pour son bras, je ne l'ai appris que le lundi, précisa-t-il.

— Le corps de M. Faulkner a été découvert mardi matin ?

— C'est exact.

— Le lundi soir, votre sœur a reçu la visite d'un de vos collègues.

— Le sergent Kaye.

— Étiez-vous au courant ?

— Non.

— Lui aviez-vous dit ce qui était arrivé à votre sœur ?

— Oui.

Un téléphone portable se mit à sonner. Stoddart se rendit compte que c'était le sien. Elle fit signe à Mason d'arrêter l'enregistrement, puis glissa la main dans la poche de sa veste.

— Un moment, lança-t-elle à la cantonade, se levant pour se diriger vers la porte.

Après son départ, Fox s'étira, sentit craquer ses vertèbres.

— C'est intéressant, commenta-t-il, que les rôles soient inversés, pour changer. À part ça, comment ça se passe à Aberdeen ? Quelque chose sur le feu ?

Les deux enquêteurs des Grampians échangèrent un regard. Ce fut Wilson qui prit la parole.

— Aux Grampians, tout le monde est *clean* en ce moment, choisit-il de répondre.

— Ça doit vous changer agréablement, de visiter Gomorrhe. On vous a trouvé un bon hôtel ?

— Pas mal.

— Dans ce cas, vous aurez envie de faire durer le plaisir.

Mason daigna sourire, mais juste une fraction de seconde. Stoddart revenait dans la pièce. Elle remit son téléphone dans sa poche et alla se rasseoir au bureau.

— Prêt, annonça Mason.

Stoddart porta le regard sur Fox en commençant à formuler sa question suivante.

— Que faisiez-vous, au juste, tout à l'heure, au domicile d'une certaine Joanna Broughton ?

Fox accusa le coup.

— Je l'ai accompagnée chez elle, finit-il par répondre. Je l'ai croisée devant le poste de police de Leith au moment où je passais en voiture, et je l'ai reconnue. Elle vient de perdre son mari, elle semblait désemparée, alors je lui ai proposé de la déposer.

Le silence retomba dans la pièce jusqu'à ce que Stoddart demande :

— Vous espérez que je vais avaler ça ?

Fox se contenta de hausser les épaules, tout en se maudissant intérieurement.

— Elle fait appel aux services d'une agence de relations publiques, poursuivit Stoddart, laquelle s'est empressée de nous téléphoner pour se plaindre de harcèlement.

— Je peux vous assurer que je ne l'ai absolument pas harcelée. Demandez-le-lui, si vous voulez. De toute façon, ça n'a aucun rapport avec ce qui nous amène ici.

Il se doutait de ce que Stoddart allait rétorquer – ce que lui-même dirait à sa place –, et elle ne manqua pas de lui donner satisfaction.

— Vous me permettrez d'en juger, inspecteur. Vous disiez que vous ne faisiez que passer devant le poste de police de Leith ? enchaîna-t-elle. N'est-ce pas un peu loin de tout ?

— Pas particulièrement.

— Donc si je le leur demande, aucun des policiers sur place n'aura parlé avec vous ce matin ?

Elle regarda Fox faire non de la tête, puis reporta le regard sur son écran d'ordinateur.

Ce ne fut que trois quarts d'heure plus tard qu'elle se décida à lever la séance pour la journée.

— Vous n'envisagez pas de partir quelque part ? demanda-t-elle en refermant son ordinateur. En vacances ou autre ?

— Je ne vais pas quitter le pays, lui assura-t-il, tandis que Mason détachait le micro. Même heure demain ?

— Nous vous le ferons savoir.

Fox inclina la tête, les remercia et gagna la porte. Là, il s'immobilisa, main sur la poignée de la porte.

— Une dernière chose, dit-il. Le sergent Breck ne se doute absolument pas qu'on enquête sur lui. Si jamais ça fuite, vous serez soupçonnés tous les trois…

Il sortit de la pièce et referma la porte derrière lui. Tant qu'à être là, il monta à l'étage supérieur, ôtant son passe « visiteur » qu'il fourra dans sa poche. Il passa devant le bureau des Affaires internes et continua jusqu'au 224. Comme il n'y avait toujours personne, il regagna son ancienne tanière, passa la tête dans la pièce pour s'assurer que Bob McEwan n'était pas dans les lieux. Alors, il cogna avec ses phalanges contre le chambranle de la porte pour signaler sa présence. Gilchrist était assis à côté de Naysmith au bureau de ce dernier, et regardait ce qu'il lui montrait sur son ordinateur. Kaye inclinait sa chaise en arrière, mains derrière la nuque. Fox prit sur lui pour ne pas trop regarder vers son propre bureau, sans toutefois pouvoir s'empêcher de remarquer des affaires de Gilchrist éparpillées dessus.

Kaye bondit sur ses pieds.

— T'étais convoqué chez le dirlo ? lança-t-il.

— Ouais.

— Tu as les fesses endolories ?

— Non.

Kaye se marra, remettant sa veste.

— Allons à la cantine, proposa-t-il.

Dans le couloir, il attrapa Fox par la manche.

— Gilchrist me pompe l'air ! lâcha-t-il, levant les yeux au ciel, exaspéré. Alors, toi, comment ça s'est passé ?

— Ils disposaient de moins d'éléments que je le craignais. Ils sont au courant du rapport que j'entretenais avec le démon de l'alcool.

— Ça doit être noté dans ton dossier.

— Autrement dit, un de mes anciens chefs avait dû le remarquer…

— Mais sans jamais rien dire ? remarqua Kaye en claquant la langue. Espérant que le problème finirait par se résoudre.

— Bah, ç'a été le cas.

— Ils ont essayé de te faire dire que tu étais alcoolo ?

— En tout cas, ils devaient avoir reçu la consigne de me le demander.

— Que penses-tu de Stoddart ?

— C'est la Reine de Glace.

— J'essaierais bien de la faire fondre.

Ils arrivaient à la cantine. Une demi-douzaine de personnes, éparpillées parmi les tables, regardaient dans le vide en mâchant leur casse-croûte.

— Ça ne te gêne pas d'être vu en ma compagnie, tu es sûr ? demanda Fox.

— Il faut croire que ton côté rebelle finit par déteindre sur moi, plaisanta Kaye en posant deux mugs sur un plateau. Toujours aucune nouvelle d'Inglis. Qu'est-ce que tu lui as donc fait ?

Fox ignora la vanne. Son vieux portable sonnait. Il leva le doigt pour signifier à Kaye qu'il allait prendre la communication. Se détournant vers la fenêtre, il pressa le bouton pour accepter l'appel.

— Malcolm Fox, s'annonça-t-il.

— C'est Dearborn.

— Max… dois-je en conclure que tu as du nouveau pour moi ?

— Mon chef s'étrangle de rage. Il a reçu un appel de Gordon Lovatt, qui se plaint d'un flic de la division D nommé Fox. Le seul Fox qu'on connaisse, c'est toi, et quand on te décrit à Lovatt, il nous dit que c'est tout à fait ça.

— Après notre petite conversation, expliqua Fox, je suis tombé sur Joanna Broughton qui cherchait des yeux un taxi inexistant. Elle semblait un peu angoissée, alors je lui ai proposé de la déposer. Elle a dû supposer que j'étais basé à Leith.

— Donc, c'est à toi qu'elle a confié l'agenda de son mari ?

— Ravi d'avoir pu vous être utile, Max.

Fox écouta Dearborn soupirer. Kaye avait porté le plateau à l'une des tables, l'ayant complété par deux barres chocolatées de son choix. Il en défaisait déjà une.

— Autre chose ? insista Fox auprès de son interlocuteur. Des nouvelles de Charlie Brogan ?

— Lâche-moi, bougonna Dearborn, qui raccrocha.

Fox le rappela aussitôt.

— Un dernier point, dit-il en guise d'avertissement. Il se pourrait que les Affaires internes des Grampians viennent fouiner par chez vous. Autant que tu ne leur parles pas du petit déj' qu'on a partagé.

— Tu portes la poisse, Fox.

— À qui le dis-tu.

Fox réussit à couper la communication avant Dearborn, puis rejoignit Kaye et s'assit en face de lui. Il essaya de deviner s'il avait acheté du thé ou du café. Ni l'aspect ni l'arôme ne le mettaient sur la piste.

Kaye s'était arrêté de mastiquer. Il regardait fixement par-dessus l'épaule de Fox. Quand celui-ci tourna la tête, Mason et Wilson pénétraient dans la cantine.

— Merde, marmonna Kaye, la bouche pleine.

Ce qui n'empêcha pas Fox de faire signe aux deux hommes de venir s'attabler avec eux. Ils hésitèrent, discutèrent un petit moment, puis secouèrent la tête et prirent une des tables les plus éloignées de Fox. Chacun d'eux avait choisi une bouteille d'eau minérale et un fruit frais.

— Ils vont forcément le dire à Stoddart, prophétisa Kaye.

— Personne ne nous a interdit de nous voir, Tony. On ne fait pas l'objet d'un ASBO[1], que je sache. Tu pourras toujours dire que tu étais déjà là… qu'on s'est rencontrés par hasard.

— Elle n'y croira pas.

---

1. Antisocial Behaviour Order : injonction judiciaire pour incivilité, valant au contrevenant telle ou telle interdiction, selon les cas.

— Elle sera bien obligée, comme on le ferait si on était à sa place.

— Il s'en faut d'un poil de couille que je ne te rejoigne sur le banc des remplaçants.

— Tu n'as rien fait de répréhensible, Tony.

— Mais je suis comme toi, Foxy : coupable jusqu'à preuve du contraire. Et tout ça parce qu'on est détesté de tous.

— Tu la veux ?

Fox lui tendait la deuxième barre chocolatée. Kaye la prit et la glissa dans sa poche.

— Dis-moi, reprit Fox, c'est quoi, ce truc qu'on boit ?

Kaye abaissa le regard sur son mug.

— Je crois que c'est du thé.

— Mais tu n'en es pas sûr ?

— Je me demande si je n'ai pas commandé des cafés...

Ayant rendu son passe à Frank à l'accueil, Fox regagna le parking. Il passa devant sa Volvo et poursuivit son chemin. Une aire de stationnement se trouvait au bout du périmètre, à côté des terrains de sport. Elle était réservée aux visiteurs, et ce fut là qu'il trouva l'Astra noire et la Ford Ka verte, garées côte à côte. Les autocollants sur leur pare-brise arrière signalaient qu'elles avaient été achetées dans des garages d'Aberdeen. Il avisa des éraflures récentes sur la peinture métallisée de la Ka, et Fox espéra les devoir au trafic local.

Il retourna à sa voiture, sortit du parking et gravit, roulant au pas, la côte longue et raide jusqu'en ville, où il finit par atteindre Queen Street. Une salle des ventes s'y trouvait, et Fox croyait se souvenir qu'elle s'était spécialisée dans les œuvres d'art. Il n'eut aucun mal à se garer. Soit les automobilistes étaient près de leurs sous, soit ils avaient renoncé à s'aventurer aux alentours des travaux du tram. Fox glissa sa pièce dans le parcmètre, plaqua le reçu contre l'intérieur de son pare-brise et entra dans la salle des ventes. Dans le hall, au bout d'un long comptoir, se trouvaient deux hygiaphones. À l'un d'eux, un client libellait un chèque pour régler un achat.

— Je peux vous aider ? se proposa la femme derrière le comptoir.

— J'y compte bien, répondit Fox. Police.

En guise de pièce justificative, il lui tendit une de ses cartes de visite. Elles dataient de trois ans, mais avaient l'air récentes et officielles.

— J'ai un petit problème, et j'espérais qu'un de vos experts pourrait m'aider.

La femme, après avoir examiné sa carte, le pria d'attendre pendant qu'elle allait se renseigner. L'homme qui apparut peu après était plus jeune que Fox ne s'y attendait. Il portait une chemise à fines rayures et une cravate jaune pâle. Sa poignée de main était énergique et il se présenta comme étant Alfie Rennison. Son élocution raffinée parlait en faveur de son niveau d'instruction. Lui aussi eut le plaisir de recevoir la carte de Fox.

— Que puis-je pour vous ? s'enquit-il.

— C'est au sujet de tableaux.

— Modernes ou classiques ?

— Modernes, je crois.

Rennison baissa d'un ton.

— Des faux ? souffla-t-il à l'oreille de Fox.

— Rien de tel !

Le jeune homme parut soulagé.

— Ça arrive, vous savez, dit-il, toujours à voix basse. Les gens essaient de placer chez nous toutes sortes de choses. Si vous voulez bien me suivre…

Il précéda Fox jusqu'à une cage d'escalier. Un cordon rouge constituait le seul obstacle qui empêchait les visiteurs d'accéder à l'étage inférieur. Rennison le détacha le temps que les deux hommes le franchissent. Fox descendit à sa suite dans les entrailles du bâtiment, qui se révélèrent être nettement plus modestes que les salles publiques. Ils passèrent devant des toiles calées contre les murs, et se faufilèrent entre des bustes, des statues et des horloges de parquet.

— Une vente va bientôt avoir lieu, expliqua Rennison. Les objets doivent être visibles la semaine prochaine.

Ils atteignirent son bureau, lequel consistait en deux pièces réunies en une. Fox aurait cru qu'elles se trouvaient en sous-sol, mais il avisa des fenêtres aux vitres couvertes de givre et garnies de barreaux extérieurs.

— Ici, c'était une maison particulière autrefois, expliqua Rennison. Nous nous trouvons certainement dans les anciens communs : la cuisine et la laverie. Quatre étages d'élégance toute géorgienne, avec la salle des machines cachée dessous.

Il sourit et, d'un geste, invita Fox à s'asseoir. Le bureau de Rennison était d'une banalité décevante. Fox crut identifier un montage Ikéa. Était posé dessus un ordinateur portable relié à une imprimante laser. Il n'y avait qu'un tableau dans la pièce. Il mesurait à peu près quinze centimètres sur dix et était accroché au mur derrière la chaise de Rennison.

— Exquis, n'est-ce pas ? Une *plage** française de Peploe. Je vis mal de devoir m'en séparer.

Fox n'y connaissait pas grand-chose en art, mais ces épais tourbillons de peinture ne lui déplaisaient pas. Ils lui faisaient penser à une glace en train de fondre.

— Il fera partie de la vente ?

Rennison le lui confirma d'un signe de tête.

— Il devrait atteindre cinquante ou soixante.

— Mille ?

Fox réexamina le tableau avec un respect renouvelé, teinté d'un léger désarroi face à ce monde qui lui semblait inaccessible.

Rennison joignit les mains, coudes sur le bureau.

— Alors, fit-il, parlez-moi de ces peintures.

— Avez-vous entendu parler d'un certain Charles Brogan ?

— Hélas, oui : la toute dernière victime de notre dure époque.

— Vous l'aviez rencontré ?

Rennison acquiesça.

— Il y a plusieurs salles des ventes en ville, inspecteur. Nous travaillons dur pour conserver notre clientèle.

— Vous voulez dire qu'il était un de vos acheteurs ?

— Et aussi de certaines galeries d'art, crut bon de préciser Rennison.

— Vous avez vu sa collection ?

— Une grande partie.

---

* En français dans le texte.

— Avait-il commencé à la vendre ?

Rennison le scruta, le menton appuyé sur le bout de ses doigts.

— Puis-je me permettre de vous demander en quoi cela vous concerne ?

— Nous cherchons à déterminer les raisons pour lesquelles il aurait mis fin à ses jours. Vous parliez de l'aspect financier, et il se trouve que la décision de M. Brogan de vendre ses tableaux pourrait concorder avec cette théorie.

Rennison hocha la tête, satisfait de cette explication.

— Il a expédié certaines pièces à Londres, en a vendu d'autres par notre intermédiaire. Trois ou quatre ont été mises en dépôt pour notre prochaine vente. Naturellement, nous les réservons en attendant de connaître la décision de ses légataires.

— De combien de tableaux parlons-nous ?

Rennison se livra à un rapide calcul mental.

— Une quinzaine.

— Pour une valeur de… ? insista Fox.

Rennison gonfla les joues.

— Un demi-million, disons. Avant la crise, on aurait été plus proche de sept cent cinquante mille.

— J'espère qu'il ne les avait pas achetés au plus fort des cours.

— Malheureusement, si, pour la majorité d'entre eux. Il revendait à perte.

— Parce qu'il était aux abois ?

— Je pencherais pour cette explication.

Fox réfléchit un moment.

— Avez-vous eu l'occasion de rencontrer l'épouse de M. Brogan ?

— Elle l'a accompagné à une vente, une fois. Je crois que c'est une expérience qu'elle ne souhaite pas renouveler.

— Pas amatrice d'art, alors ?

— C'est peu de le dire.

Fox se leva en souriant.

— Merci de m'avoir reçu, monsieur Rennison.

— Tout le plaisir était pour moi, inspecteur.

Pendant qu'ils se serraient la main, Fox jeta un dernier coup d'œil au Peploe.

— Ça évoque pour vous une glace en train de fondre ? présuma Rennison, qui, s'avisant de la tête que faisait Fox, s'empressa d'ajouter : Rassurez-vous, vous n'êtes pas le premier.

— Cinquante mille livres, il y a de quoi s'acheter pas mal de Cornetto.

— Certes, mais quelle serait leur valeur à la revente, inspecteur ?

Sur ce, Rennison le raccompagna.

17

Fox, qui s'était garé à une cinquantaine de mètres du Minter's, vit arriver Naysmith et Gilchrist. Ils étaient venus en taxi, probablement dans l'intention de ne pas boire qu'un seul verre ; aucun d'eux n'assurerait le covoiturage. Fox patienta encore vingt minutes, au bout desquelles Kaye arriva lui aussi, se garant en stationnement interdit et plaquant son macaron POLICE contre le pare-brise. Il entra dans le pub en vérifiant s'il avait reçu des textos. Fox écoutait Radio 2, tambourinant du bout des doigts sur le volant au rythme de la musique. Quand on annonça un quiz, deux auditeurs allant rivaliser pour remporter « le premier prix », il changea de station. Tomba sur des infos locales qu'il n'écouta que d'une oreille : autres soucis économiques, autres soucis côté tram, approche d'une période de beau temps. Le point route fit état de gros bouchons au Forth Road Bridge et sur le périphérique est.

« Le centre-ville connaît sa pagaille habituelle de l'heure de pointe », conclut l'animateur.

Fox se faisait l'effet d'être un privilégié, garé loin du chaos. Mais vint le moment d'éteindre la radio et descendre de voiture. Il avait fini par trouver le courage d'envoyer un texto à Annie Inglis :

« Espèr ke tu me pardon'. Èmrè kon reste ami. »

Il n'était pas certain des termes de la seconde proposition. En réalité, elle l'attirait, mais il n'avait jamais eu beaucoup de chance auprès des femmes, à l'exception d'Elaine – et même avec elle, ça s'était soldé par un échec. Ce n'était peut-être pas tant Annie qui éveillait son intérêt, mais plutôt l'association de la femme et de la carrière qu'elle avait choisie. Depuis une demi-heure, il espérait recevoir une réponse ou un appel d'elle, et comme il poussait la porte du pub, son vieux portable sonna. Il le tira de son poche et le plaqua contre son oreille.

— Allô ?

— C'est moi, dit la voix.

— Annie… merci de me rappeler.

Il avait reculé sur le trottoir, évitant de peu un passant.

— Écoute, reprit-il, je voulais juste te dire combien je suis désolé de ce qui s'est passé hier. J'ai agi bêtement, je le sais…

— C'est moi qui ai été bête de m'emporter. Je ne devais pas avoir les idées claires. Duncan m'avait porté sur les nerfs, comme d'habitude.

Fox attendit la suite, qui ne vint pas.

— Ça ne me dédouane pas pour autant, insista-t-il, brisant le silence. J'ai vraiment apprécié le repas, de te voir et le reste. Je pourrais peut-être te rendre la pareille un de ces quatre ?

— Cuisiner pour moi, tu veux dire ?

— Cuisiner, c'est un grand mot…

Quand il l'entendit rire, il eut le cœur plus léger.

— Ma spécialité, c'est les plats à emporter, s'empressa-t-il d'ajouter.

— D'accord. On verra.

— N'importe quel soir de la semaine m'ira.

— Je te tiendrai au courant, Malcolm.

Elle se tut un instant.

— C'est Duncan qui rentre, précisa-t-elle.

— J'ai cherché à te voir pour m'excuser de vive voix…

— À Fettes ? Je te croyais suspendu de tes fonctions.

— Les Affaires internes des Grampians m'ont convoqué pour bavarder.

— Tu as beaucoup de soucis, Malcolm. On devrait peut-être remettre ça à la semaine prochaine.

— Tu me ferais plaisir en venant, Annie, sincèrement.

— Bon d'accord, je vais y réfléchir. Je vais devoir te laisser, maintenant.

— Donne le bonjour à Duncan de ma part. Dis-lui que je suis curieux de savoir quelle musique il a achetée avec cette carte.

— Crois-moi : il vaut mieux que tu ne l'entendes pas.

La communication fut coupée, et Fox sourit en regardant le petit écran rétro-éclairé. Lequel s'assombrit, alors Fox inspira à fond et se composa une contenance avant de pénétrer dans le pub.

Tony Kaye le vit le premier. Il n'occupait pas sa table habituelle, mais celle d'à côté, afin que Naysmith et Gilchrist puissent prendre leurs aises. Il feuilletait le journal du soir, mais sans s'y intéresser vraiment. Ses sourcils s'arquèrent quand il s'avisa de l'arrivée de Fox, puis il bondit sur ses pieds et atteignit le bar avant lui.

— Celui-là est pour moi, décréta-t-il, fouillant dans la poche de son pantalon pour y trouver de l'argent.

— Content de me voir ?

— Et comment ! J'ai l'impression de tenir la chandelle dans une partouze, lâcha-t-il avec un mouvement de tête vers la table dans l'angle. Je ne pige rien à la moitié de ce qu'ils se racontent, et l'autre moitié me les brise.

Il se tut, observa Fox.

— Tu passais par hasard, c'est ça ?

— Pour tout te dire, je voulais parler à Gilchrist.

Kaye y réfléchit.

— C'est pour ça que tu voulais que je te passe Naysmith ? Il t'a servi d'appât ?

Fox se contenta de hausser les épaules et commanda un jus de tomate au patron. L'homme inclina la tête, sortit une bouteille du frigo vitré et la secoua vigoureusement.

— Tu as regardé *Deal or No deal* [1] ? Il a accepté à dix-sept mille, poursuivit-il sans attendre de réponse, alors qu'il avait les cent mille.

Il hocha la tête en songeant à la bêtise de certains.

— J'adore les regarder perdre, renchérit Kaye en payant et en se commandant un demi.

— N'oublie pas que tu conduis, le taquina Fox.

— Un demi, c'est tout ce que je prendrai.

— Tu imagines, au bureau, si tu étais contrôlé

1. Le jeu télévisé « À prendre ou à laisser », version outre-Manche.

positif à l'Alcootest ? McEwan ferait une attaque. À ce propos, tu es sûr que Gilchrist ne caftera pas ?

Kaye maugréa, mais changea d'avis et se rabattit sur une limonade. Naysmith et Gilchrist les regardèrent s'approcher de leur table avec leurs verres. Kaye poussa le journal et s'assit. Fox prit la chaise la plus près de Gilchrist.

— Ça va, les gars ? lança-t-il, remarquant que Gilchrist s'apprêtait à finir son premier gin tonic de la soirée. Tu prends tes marques, à ce que je vois ?

— Écoute, je sais que c'est un peu embarrassant…

Fox interrompit Gilchrist d'un geste de la main.

— Ça ne me pose aucun problème, assura-t-il. Tu n'y es pour rien, hein ?

La question paraissait être de pure forme, mais dans le regard de Fox, c'était une autre histoire. Gilchrist ne baissa pas les yeux et secoua lentement la tête.

— Non, finit-il par dire.

— Non, répéta Fox. Alors, tout baigne. Ça ne facilite pas la tâche du sergent Inglis, remarque…

Il but une gorgée de jus de tomate.

— Non, c'est sûr…, confirma Gilchrist.

— Un peu brusque, il faut dire, la façon dont on t'a arraché de la Boîte à Pervers.

— On savait que j'avais très envie de faire autre chose… Et puis, ce n'est que provisoire, après tout.

— Absolument, souligna Kaye, tandis que Naysmith approuvait de la tête.

Fox sourit devant cet étalage de soutien, mais sans quitter Gilchrist des yeux.

— Que se passe-t-il du côté de Jamie Breck ? demanda-t-il.

Gilchrist haussa les épaules.

— L'enquête a commencé en Australie ? insista Fox.

— Pour autant que je sache, c'est bétonné, ils pensent avoir assez d'éléments.

— Donc, le principal suspect passera en justice ? murmura Fox, hochant la tête d'un air compréhensif. Et qu'en est-il de ses clients ?

Gilchrist haussa de nouveau les épaules.

— Je peux creuser de ce côté-là, si tu veux.

— Ne t'en préoccupe pas, répondit Fox en tapotant la cuisse de Gilchrist. Tu es aux Affaires internes maintenant, tu as d'autres chats à fouetter. Même chose ? proposa-t-il, indiquant du doigt les verres sur la table.

— Merci, Malcolm, approuva Naysmith, tandis que Gilchrist refusait d'un mouvement de tête.

— Je ne comptais en boire qu'un, expliqua-t-il.

Naysmith parut surpris de l'apprendre, mais Gilchrist vidait son verre.

— J'ai un rencard en ville, ajouta-t-il, se levant déjà. Alors, à demain, les gars, hein ?

— Sauf moi, lui rappela Fox.

— Non… mais bonne chance.

— Tu crois que j'en aurai besoin ?

Gilchrist ne répondit pas. Il enfilait son blouson molletonné. Fox le saisit par le bras.

— Qui a donné l'ordre de laisser tomber la surveillance de Breck ? C'est toi qui as reçu le coup de fil, qui avais-tu à l'autre bout de la ligne ?

Gilchrist se dégagea, les mâchoires serrées. Sur un signe de la main à l'adresse de Naysmith, il partit.

— Tu as obtenu ce que tu voulais ? demanda Kaye à Fox.

— Je n'en suis pas sûr.

— Kronenberg, s'il te plaît, dit Naysmith à Fox, en lui tendant sa chope vide.

— Tu te la paies toi-même, espèce de petit collabo, répliqua Malcolm Fox.

— Je peux entrer ? demanda Fox.

Il était neuf heures du soir et il se tenait sur le seuil de chez Jamie Breck. Celui-ci, qui venait de lui ouvrir, portait un polo, un chino vert et il était en chaussettes.

— Si je ne te dérange pas…, ajouta Fox, sa voix traînant sur la fin de sa phrase.

— Pas du tout, finit par lui assurer Breck. Annabel est chez elle ce soir.

Sur ce, il s'éloigna dans le petit couloir vers le salon. Le temps que Fox l'y rejoigne, il avait allumé plusieurs lampes. La télé était éteinte, de même que la chaîne hi-fi.

— J'étais sur le Net, crut bon de devoir expliquer Breck. Je m'ennuyais, pour tout te dire.

— Quidnunc ?

— Comment as-tu deviné ? Quatre ou cinq heures aujourd'hui… peut-être même plus, en fait…

Fox hocha la tête et s'assit dans le canapé. Chez lui, il avait voulu dîner tôt, mais avait renoncé à mi-repas.

— J'ai parlé aux Affaires internes des Grampians, dit-il.

— Comment ça s'est passé ?

— Ça s'est passé.

— Ils m'ont convoqué demain matin… une femme, une certaine Stoddart.

— Tout ira bien.

— Puisses-tu avoir raison, soupira Breck, se laissant tomber dans un des fauteuils.

— Annabel a du nouveau ?

— À propos de Vince Faulkner, tu veux dire ?

Breck fit la moue.

— Ça piétine, reprit-il. Au lieu de creuser de nouveaux sillons, Giles retourne la vieille terre pour voir si son équipe ne serait pas passée à côté de quelque chose.

— Méthode de paresseux.

— Ils ont visionné les cassettes de vidéosurveillance du casino…

— Et ?

Breck haussa les épaules.

— Aucun signe de Faulkner sur aucune d'elles. Mais tu sais quoi ? Il y avait des manques dans les enregistrements.

— Trafiqués ?

— Il y aurait eu une « panne », selon la direction.

— Tout juste ce que tu avais prédit. Joanna Broughton était-elle là pour donner des explications ?

Breck fit non de la tête.

— On ne l'a vue nulle part. C'est le barman qui nous a parlé ; apparemment il a eu de l'avancement. Avec un représentant de Lovatt, Meikle & Meldrum.

— Quel rapport avec eux ?

— Leur cliente leur a demandé d'être présents. Je te l'ai dit, Malcolm : elle tient à ce que rien ne vienne ternir la réputation de l'Oliver. Oh, s'exclama soudain Breck, désolé, je manque à tous mes devoirs : tu veux boire quelque chose ?

— Non, merci.

Les deux hommes restèrent silencieux un moment.

— Autant cracher le morceau, finit par suggérer Breck avec l'ombre d'un sourire.

— Quoi ?

— Quelque chose te travaille.

Fox le jaugea d'un coup d'œil.

— Comment être sûr que je peux te faire confiance ?

Breck haussa les épaules.

— Tu me fais l'effet d'avoir besoin de faire confiance à quelqu'un.

Fox se frotta le front du bout du doigt. Ça faisait plus d'une heure qu'il pensait plus ou moins la même chose.

— Je vais peut-être le boire, ce verre, finalement, déclara-t-il pour gagner du temps. De l'eau fera l'affaire.

Breck s'était déjà levé et quittait la pièce. Fox regardait autour de lui sans prêter attention à ce qu'il voyait. Ç'avait été une journée chargée. Dearborn et Broughton, Stoddart et Gilchrist… Breck revenait, lui apportant son verre. Fox le remercia d'un signe de tête. Il avait des aigreurs d'estomac. Ses yeux le piquaient, et il éprouvait de douloureuses pulsations au niveau des tempes.

— Tu veux une aspirine ? proposa Breck.

Fox refusa d'un geste.

— Tu as l'air vanné. J'imagine que tout le mérite ne revient tout de même pas à l'inspecteur Stoddart.

— Il faut que je te dise quelque chose, bredouilla Fox. Je ne sais pas trop comment tu vas le prendre.

Breck, au lieu de se rasseoir, s'appuya contre le bras de son fauteuil.

— Quand tu voudras, minauda-t-il.

Fox but une autre gorgée. L'eau avait un arrière-goût un peu douceâtre qui lui rappelait celui de l'eau de son enfance qu'il buvait au robinet par les chaudes journées d'été, après avoir couru dehors.

— On enquête sur toi, déclara-t-il, évitant de croiser le regard de Breck. Surveillance comprise.

Breck accusa le coup, réfléchit quelques instants, puis hocha la tête.

— La camionnette ? demanda-t-il, pour la forme. Oui, je m'en doutais un peu. Je me posais aussi des questions à ton sujet, d'ailleurs.

Les deux hommes se regardèrent.

— Tu en savais un peu trop sur moi, Malcolm. Rappelle-toi quand je t'ai dit que mon frère était gay : tu m'as répondu que tu l'ignorais, mais ça signifiait que tu étais déjà au courant que j'avais un frère. Puis quand tu t'es pointé ici, tu as eu toutes les peines du monde à justifier comment tu savais dans quelle rue j'habitais.

Il ménagea un bref silence.

— J'espérais que tu finirais par m'en parler.

— Ben voilà, c'est fait.

— Je me disais bien que vous essayiez de me relier à Glen Heaton.

— Non.

— À quoi, alors ? voulut savoir Breck, qui paraissait sincèrement perplexe.

— Ton nom est apparu sur une liste, Jamie. D'abonnés à un site web.

— Quel genre de site web ?

Fox inclina la tête, histoire de fixer le plafond.

— Je ne devrais pas faire ça, murmura-t-il.

— Un peu tard pour les états d'âme, asséna Breck, avant d'ajouter : Alors, quel genre de site web… ?

— De celui que tu préférerais qu'Annabel ne soit pas au courant.

— Porno ? insista Breck, haussant d'un ton. SM ? Snuff… ?

— Mineurs.

Breck garda le silence quelques instants, jusqu'à ce qu'un rire incrédule explose entre ses lèvres.

— Tu as payé par carte de crédit, poursuivit Fox. Alors, le CEOP nous a demandé de mener une petite enquête.

— Depuis quand, au juste ?

— Début de la semaine dernière. J'ai commencé à me désinvestir quand on a fait connaissance…

Breck s'était laissé glisser de l'accoudoir dans l'assise du fauteuil.

— Ma carte de crédit ? répéta-t-il.

Il bondit sur ses pieds et quitta la pièce, revenant quelques minutes plus tard avec une chemise cartonnée. Il en renversa le contenu sur la table basse et s'accroupit pour le passer en revue. Il y avait des relevés de compte, des factures, des échéanciers de crédits et des reçus de carte bancaire. Fox ne put s'empêcher de remarquer que les comptes d'épargne de Breck présentaient des soldes à cinq chiffres. Breck rassemblait ses relevés de carte de crédit.

— En dollars australiens, très probablement, précisa Fox.

— Je ne vois rien…, dit Breck, faisant glisser son index sur les colonnes de chiffres.

Il se servait souvent de sa carte – supermarchés, stations-service, restaurants, habillement. Plus son forfait Internet et télévision.

— Une seconde, fit-il, suivant une ligne du doigt.

Dollars US, pas australiens. Dix dollars convertis en huit livres.

— SEIL Ents, lut Fox.

— Je n'y avais pas fait attention..., murmura Breck presque pour lui-même. Il m'arrive de faire des téléchargements payants sur des sites américains... Tu crois que c'est ça ?

— As-tu acheté autre chose en dollars récemment ? Ça remonte à cinq semaines.

— Je te jure devant Dieu, Malcolm..., s'écria Breck, les yeux ronds.

Il lâcha la feuille de papier et se releva.

— Viens, je veux te montrer quelque chose, lança-t-il.

Fox le suivit jusque dans la chambre d'amis où il avait installé son bureau. L'ordinateur était allumé, en mode veille. Breck fit glisser la souris. Son fond d'écran était une photo en gros plan d'Annabel.

— Assieds-toi, intima-t-il à Fox, indiquant la chaise pivotante. Regarde par toi-même. Je n'ai pas dû me connecter à un site porno plus de cinq ou six fois dans ma vie, et jamais rien de... je veux dire, que le truc normal.

— Écoute, Jamie...

Breck fit volte-face.

— Je n'ai rien à voir avec ça ! cria-t-il.

— Je te crois, répondit Fox d'une voix posée.

Breck le regarda dans les yeux.

— Ouais, c'est pour ça que vous avez planqué devant chez moi..., fit-il en passant la main dans ses cheveux. Tu avais infiltré mon ordi... enfin, pas toi personnellement... toi, tu étais avec moi à l'Oliver ce soir-là. Un de tes hommes, c'est ça ? Et quelqu'un du CEOP aussi.

— Il s'appelle Gilchrist. Il squatte mon bureau aux Affaires internes.

Breck plissa les paupières, digérant ces infos.

— Il faut aller lui parler, découvrir comment ça a pu se produire.

Fox hocha lentement la tête.

— Je lui en ai touché un mot tout à l'heure, mais il n'était pas coopératif.

— Il faut que j'en parle à quelqu'un, l'interrompit Breck.

Soudain, il transperça Fox du regard.

— Parce que depuis qu'on se… que je t'ai… tu pensais que j'étais pédophile ?

Fox ne trouva rien à lui répondre. Breck avait gagné la fenêtre et écarté le store pour regarder dehors.

— C'était juste ce soir-là, expliqua Fox. On prévoyait une autre planque, mais ç'a été annulé ; décision du CEOP.

— Pourquoi ? s'écria Breck, se tournant vers lui.

— Je l'ignore.

— Ils se sont rendu compte de leur erreur ?

Fox, pour toute réponse, haussa les épaules. Breck passa de nouveau la main dans ses cheveux.

— Putain, c'est un cauchemar ! s'écria-t-il. Tu as vu Annabel… j'ai une petite amie !

— Ça leur arrive aussi.

— Aux pédophiles, tu veux dire ?

Fox voyait que les idées se bousculaient dans la tête de Breck.

— Tu m'as fait surveiller ! C'est la Gestapo !

— Eh bien, merci quand même ! reprit-il. Ou cela veut-il dire que je suis ton dernier espoir ?

— Jamie, il se passe beaucoup de choses que je ne pige pas. Je pense que tu es en mesure de m'aider.

— Si je comprends bien, le fait que je sois soupçonné de pédophilie est le cadet de tes soucis ? En revanche, ma petite amie pourrait se révéler utile pour toi ?

Fox s'arracha un sourire.

— C'est un peu ça, ouais, concéda-t-il.

Breck ricana et s'envoya une autre rasade de whisky.

— Au moins, ça a le mérite de la franchise. Est-il utile que je contacte ma banque ? Elle devrait pouvoir retracer cette transaction.

— Tu peux toujours essayer.

— Entre-temps, je pourrai me renseigner sur SEIL Ents.

— Fais attention : le type qui se cache derrière ce site, c'est un flic en Australie. Ils sont sur lui, et ils ne veulent surtout pas qu'il s'en aperçoive. S'il a le moindre doute et plie boutique…

— On va penser que je l'ai prévenu ? articula lentement Breck. Il y en a encore pour longtemps avant qu'ils le coincent ?

— Ça, je n'en sais rien.

— Tu peux te rancarder ?

Fox lui adressa un signe de tête affirmatif.

— De mon côté, je demanderai à Annabel de se tenir informée sur Billy Giles et ses agissements… ça te va ?

Fox refit signe que oui, mais soudain, Breck leva le doigt pour le mettre en garde.

— Je ne veux pas qu'Annabel apprenne ça, dit-il.

— Elle ne l'apprendra pas par moi, promit Fox.

— Stoddart est au courant ?

— Oui.

— Mais je ne peux pas lui dire que je le suis aussi.

— À toi de voir, Jamie.

— Ils comprendraient que c'est toi qui me l'as dit. Ce qui n'aurait pour effet que de nous compliquer la vie.

— Exact.

Breck s'était retourné, appuyant le creux de ses reins contre le rebord du plan de travail en marbre noir. Il tenait toujours son verre presque vide à la main.

— Non mais regarde-nous, on fait la paire, tous les deux, soupira-t-il avec un sourire las.

Il leva son verre, portant un toast.

— Merci de m'accorder ta confiance, Malcolm ; mieux vaut tard que jamais.

Il porta le verre à sa bouche, finit le whisky et jeta les glaçons dans l'évier.

— Alors, s'écria-t-il en faisant claquer ses lèvres, as-tu un plan d'action particulier en tête ?

— Moi, je suis de ceux qui pensent qu'il arrive ce qui doit arriver, tu te rappelles ? C'est toi qui crois qu'on est maître de son destin.

— J'ai comme l'impression que tu es en train de changer.

— En parlant de ça…

Fox sortit une carte de sa poche et la tendit à Breck.

— J'ai acheté un nouveau téléphone portable, expliqua-t-il.

— Tu crois que je devrais en faire autant ?

Breck examina la carte. L'ancien numéro de mobile de Fox était biffé, et le nouveau écrit au stylo. Il leva le regard sur Fox.

— Les Affaires internes peuvent mettre ma ligne sur écoute ? s'inquiéta-t-il.

— Pas si simple. En revanche, ils peuvent obtenir le relevé de tes appels entrants et sortants.

— Tu as dit « ils », pas « nous »…

Fox ne releva pas, et Breck demeura songeur quelques instants encore.

— Pourquoi me tendre ce piège, Malcolm ? s'interrogea-t-il d'une voix plus posée. Qui a intérêt à faire un truc pareil ? Un site porno australien ? murmura-t-il, hochant la tête. Ça n'a aucun sens.

— Ça en aura un, rétorqua Fox, redressant les épaules. Il faut juste qu'on y travaille.

Mardi 17 février 2009

18

Le mardi matin, Fox attendait Annie Inglis en bas de chez elle. Duncan sortit le premier, traînant les pieds en direction de son école sous le poids de son sac à dos. Dix minutes plus tard, ce fut au tour d'Inglis. Fox, assis dans sa voiture de l'autre côté de la rue, donna un coup de klaxon et lui fit signe de le rejoindre. La circulation était dense, les gens se rendaient au travail ou déposaient leurs mômes à la porte de l'école. Un contractuel avait arrêté son scooter à hauteur de la voiture de Fox, mais il avait redémarré aussi sec en se rendant compte que les warnings clignotaient et qu'il y avait quelqu'un au volant. Annie Inglis hésita un instant, puis se décida à traverser mais, au lieu de monter dans la voiture, elle se pencha, le visage à hauteur de la vitre passager. Fox la baissa.

— Qu'est-ce que tu fiches ici ? demanda-t-elle.

Il lui tendit sa carte, au verso de laquelle il avait noté le numéro de son nouveau portable.

— Au cas où tu aurais envie de me joindre, mais garde-le pour toi, expliqua-t-il, avant d'ajouter : J'aurais besoin d'un service, Annie.

— Écoute, Malcolm…

— Ce serait plus facile de parler si tu montais. Je peux même te déposer.

— Ce n'est pas la peine.

Voyant qu'il ne répondait pas, elle soupira et ouvrit la portière. Il avait retiré les emballages de bonbons du siège passager. Un plan de la ville traînait par terre ; elle le ramassa et le lui tendit. Il le jeta à l'arrière.

— Ça concerne Jamie Breck ? questionna-t-elle.

— Gilchrist fait de l'obstruction.

— Tu es suspendu de tes fonctions, Malcolm ! Il n'est pas censé te venir en aide.

— D'accord, mais tout de même…

Elle poussa de nouveau un gros soupir.

— Que veux-tu, au juste ?

— Entrer en contact avec l'équipe australienne. Un nom, un numéro de téléphone, une adresse mail… n'importe quoi.

— Puis-je te demander pourquoi ?

— Pas encore.

Elle le regarda. Elle n'avait pas le même visage au travail que dans la vie privée : un peu plus maquillée. Ça lui durcissait les traits.

— On saura que c'est moi, observa-t-elle.

Elle ne parlait pas des collègues australiens, mais de ceux de Fettes.

— Je dirai que non.

— Oh, alors tout baigne : après tout, il n'y a aucune raison pour qu'ils ne te croient pas sur parole, hein ?

— Absolument aucune, renchérit-il avec un petit sourire.

Annie Inglis descendit de voiture, tenant toujours la carte de Fox à la main.

— Quel était le problème avec ton ancien portable ? demanda-t-elle. Non ! s'écria-t-elle aussitôt. Tout bien réfléchi, je préfère ne pas le savoir.

Elle claqua la portière et regagna l'autre côté de la rue où elle monta dans sa voiture.

Il fallut cinq minutes à Fox pour atteindre Morningside Road, et cinq autres pour trouver une place. Il alimenta le parcmètre en pièces pour une heure de temps et parcourut la courte distance qui le séparait du pub. Jamie Breck s'y trouvait déjà. Il branchait son ordinateur portable sur la multiprise à côté de la table d'angle qu'il s'était appropriée.

— Je viens d'arriver, indiqua-t-il à Fox en lui serrant la main.

— Comment te sens-tu ?

— Je n'ai pas beaucoup dormi après tes aveux.

Le mot fit grimacer Fox. Il ôta son manteau et demanda à Breck ce qu'il désirait boire.

— Un café allongé avec une goutte de lait.

Fox alla commander, ajoutant un cappuccino pour lui-même.

— Tu veux manger quelque chose ? cria-t-il à Breck.

— Un croissant, peut-être ?

— Deux, alors, indiqua Fox à la serveuse.

Quand il regagna leur table, Breck avait incliné l'écran du portable pour éviter les reflets du soleil encore bas à cette heure. Fox approcha sa chaise. C'était lui qui avait choisi ce lieu et, regardant autour de lui, il se donna raison. Même si quelqu'un était posté à l'extérieur dans une camionnette de surveillance – il avait bien regardé mais n'avait remarqué aucun véhicule suspect –, il y avait sept ou huit clients dans la salle, tous connectés à Internet grâce au service wi-fi gratuit. Ils avaient presque tous un look d'étudiant, à part un ou deux hommes d'affaires. Naysmith lui avait expliqué qu'il était extrêmement difficile de localiser un utilisateur parmi un tel groupe.

— Alors, qu'est-ce qu'on cherche ? lança Breck.

Il paraissait calme et sérieux, ayant intégré et relégué dans un coin de sa tête le choc de la veille.

— Tu disais que tu avais déjà croisé la route de l'agence conseil en communication, se lança Fox, inclinant le buste vers l'avant.

— Lovatt, Meikle & Meldrum, acquiesça Breck. Ils ont un bras militant.

Il chercha le nom de la société sur le web et se connecta à la page d'accueil de son site. Quelques clics plus tard, il montrait à Fox un portrait photographique. Celui d'un homme chauve, joufflu et souriant.

— Paul Meldrum : le Monsieur Résoutou de L, M & M. Je t'ai parlé du conseiller municipal sur qui on avait des soupçons. Paul, là, m'en rebattait les oreilles.

— Qui était-ce ?

— Ernie Wishaw.

— Jamais entendu parler.

— Il dirige une entreprise de transport près du Gyle.

— Qu'aurait-il fait ?

— Un de ses chauffeurs délivrait quelques paquets de trop…

— De la dope ?

Breck confirma d'un mouvement de tête.

— La brigade des stups l'a arrêté et il a écopé de cinq ans. Mais elle s'est demandé jusqu'où grimpaient les barreaux de l'échelle. Wishaw et le beau-frère du chauffeur se sont vus à l'Oliver. Les Stups ont pensé que le but était probablement de faire passer du fric à la femme. Si on prenait soin d'elle, le chauffeur ne parlerait pas.

— Comment se fait-il que tu t'y sois impliqué ?

— Les Stups avaient besoin de gars qui connaissaient le terrain. Leur patron était pote avec Billy Giles, alors ils nous ont contactés.

Fox réfléchit quelques instants.

— Glen Heaton faisait partie de l'équipe ?

Breck fit signe que oui.

— Jusque-là, je n'avais jamais douté de lui.

— Quelque chose t'a fait changer d'avis ?

Breck eut un haussement d'épaules.

— Je suis sûr qu'ils étaient après nous depuis le début – ne me demande pas pourquoi. Un sentiment que j'avais.

— Donc, ça ne t'a pas étonné de ne rien trouver sur les images de vidéosurveillance de l'Oliver ?

— Non, confirma Breck.

Fox but une gorgée de café.

— Ça remonte à quand, tout ça ?

— Un peu moins de six mois.

— Première nouvelle.

Breck le regarda, intrigué.

— On a enquêté sur Glen Heaton pendant près d'un an, et je n'en ai jamais entendu parler, l'éclaira Fox.

Breck haussa de nouveau les épaules.

— Il n'avait rien fait de mal, dit-il.

— Tu aurais pu exprimer tes soupçons.

— Il me semblait que vous vous débrouilliez très bien tout seuls. Et je te répète : je n'avais rien pour les étayer.

Breck esquissa un geste de la main vers sa boisson, mais se ravisa et préféra mordre dans son croissant, époussetant les miettes qui tombaient sur son pantalon. Fox examinait la photo de Paul Meldrum.

— Le trafic de drogue n'avait rien à voir avec le conseil municipal, reprit Fox. Comment se fait-il que L, M & M s'en soit mêlé ?

— Bonne question.

— Tu la leur as posée, à l'époque ?

— Quelques années plus tôt, Ernie Wishaw avait acheté une entreprise concurrente. Ça a mal tourné, et il a fait appel à L, M & M pour se concilier les médias.

Les deux hommes tournèrent la tête vers la porte du café qui venait de s'ouvrir. Une femme entra, manœuvrant une poussette. Ils s'en désintéressèrent. Quand leurs regards se croisèrent, ils échangèrent un sourire : on n'était jamais trop prudent…

— Donc, ils travaillaient peut-être pour lui et non pas pour la ville ? reprit Fox.

Jamie Breck ne put que hausser les épaules une nouvelle fois.

— Bref, dit-il, tout ça n'a mené nulle part. Les Stups ont laissé tomber et nous ont remercié pour notre aide.

Fox se concentra sur son petit déjeuner, jusqu'à ce qu'une autre pensée lui vienne.

— Tu n'es pas le seul à avoir été placé sous surveillance, Jamie. Le chef adjoint de la police a laissé échapper que j'avais été pisté toute la semaine dernière, mais le corps de Vince n'a été découvert que mardi matin… Il faut quand même un peu de temps avant d'envisager qu'un flic n'a peut-être pas respecté les règles et qu'on doit l'avoir à l'œil.

— Il t'a fallu longtemps pour décider que je méritais la camionnette ?

— Non, concéda Fox. Mais ce n'est pas pareil. Moi, on me surveillait avant que je commence à mal me conduire.

— Dans ce cas, c'est que tu as quelque chose à cacher.

— Mon honnêteté n'a d'égale que la longueur des jours, sergent Breck, se flatta Fox.

— C'est l'hiver, inspecteur Fox, les jours sont plutôt courts.

Fox fit la sourde oreille.

— À Torphichen, pendant l'interrogatoire, quand Adam Traynor a craché le morceau et que c'était tout juste si on ne devait pas retenir Billy Giles pour qu'il ne se mette pas à danser autour de la table, mon chef m'a regardé d'un drôle d'air…

— McEwan ?

Fox acquiesça.

— J'en conclus qu'il ne savait rien de tout cela. Ou alors, il était dans la confidence depuis peu. Il se demandait ce qui se jouait.

— Il pourrait peut-être en découvrir plus pour toi.

— Peut-être.

— Tu n'as pas confiance en lui ?

— Difficile à dire. Mais voilà : on a commencé à me prendre en filature à partir du moment où on m'a confié ma nouvelle mission.

— Par « mission », tu entends… moi ?

— Oui.

La caféine agissait sur Fox ; il la sentait cogner en lui. Quand un portable sonna, il lui fallut un certain temps avant de faire le rapprochement avec le sien :

c'était la première fois qu'on l'appelait sur son nouveau téléphone.

— Allô ? répondit-il.

— J'ai quelque chose pour toi, annonça Annie Inglis.

Elle parlait si bas qu'il avait du mal à l'entendre. Il plaqua plus fermement l'appareil contre son oreille, et se boucha l'autre avec le doigt.

— Il y a quelqu'un près de toi ? demanda-t-il.

— Non.

— Alors, pourquoi tu chuchotes ?

— Tu veux l'info ou pas ?

Elle paraissait agacée. Puis sans crier gare, elle débita un numéro de téléphone.

— Attends, s'écria Fox, s'emparant d'un stylo et chassant du revers de la main les miettes de croissant éparpillées sur sa serviette en papier. Elle répéta le numéro qu'il nota à mesure.

— Elle s'appelle Dawlish. Cecilia Dawlish, précisa Inglis, qui coupa la communication sans laisser à Fox le temps de trouver les mots pour la remercier.

— Quel est l'indicatif téléphonique de l'Australie ? demanda-t-il à Breck.

Il en coûta à Breck trente secondes et la pression de quelques touches pour lui fournir la réponse.

— 00 61. Il est huit à dix heures plus tard là-bas.

Fox consulta sa montre.

— Autrement dit, c'est le soir, et ça va me coûter un max ! Carte prépayée, expliqua-t-il, brandissant son nouveau téléphone.

— Je t'en prie, répondit Breck, lui tendant son Motorola.

— Il se pourrait qu'ils localisent l'appel, l'avertit Fox, mais Breck haussa les épaules.

— Ce n'est pas moi qui le passe, que je sache ? rétorqua-t-il.

Il se trouva que le numéro donné par Inglis était celui d'un portable. Dawlish était en voiture quand elle prit l'appel.

— Constable Gilchrist à l'appareil, expliqua Fox, concentrant son attention sur le monde de l'autre côté de la fenêtre du café.

— Ouais ?

— CEOP d'Édimbourg. Vous nous avez demandé d'enquêter sur un de nos officiers de police nommé Breck ?

— Ouais.

— Je choisis mal mon moment pour vous appeler ?

— Je rentre chez moi. Que voulez-vous ?

— On m'a chargé de m'occuper de la paperasse.

— Gardez à l'esprit ce qu'on a dit dès le début : moins il y aura de personnes au courant, moins ça risquera de s'ébruiter.

— Compris.

Fox marqua une pause, puis demanda :

— Donc, vous n'avez toujours pas arrêté votre homme ?

— Vous en serez informé le moment venu.

— D'accord, répondit Fox, arrêtant son regard sur Breck qui écoutait. Alors, que voulez-vous qu'on fasse avec Breck ?

— Communiquez-nous tous les éléments dont vous disposerez. Bon, qu'en est-il de ces foutus documents que vous devez remplir ?

— Je voulais savoir si c'est OK que je vous indique comme notre contact principal.

— Oui, bien sûr.

— À ce numéro de téléphone ?

— Il faut croire puisque c'est celui qu'on vous a donné.

— Hmm hmm. On a réussi à s'introduire au domicile de Breck, ajouta Fox pour relancer la conversation.

— Ah oui ?

— R.A.S. du côté de son ordinateur, mais on a vérifié ses derniers prélèvements de carte de crédit : SEIL Ents.

— C'est bien ça.

— Que signifie ce sigle ?

— Les initiales de cette enflure : Simeon Edward Ian Latham. Sim pour les intimes.

— Le paiement a été effectué en dollars américains…

— Il détient un compte dans les Caraïbes. Latham gère cette affaire à notre insu depuis des années – il connaît toutes les ficelles et en a inventé de nouvelles.

Dawlish marqua un temps d'arrêt.

— La ligne est sûre, hein, Gilchrist ? voulut-elle savoir.

— Absolument, la rassura Fox. Et merci de votre aide.

— La paperasse, c'est tuant, commenta Dawlish, avant de couper la communication.

Fox se tourna vers Jamie Breck.

— Côté australien, tu es toujours dans le collimateur, lui annonça-t-il.

— Merci de ne pas avoir tout dit.

— Résumons, Jamie : on a monté une surveillance d'une nuit à ton appart et le lendemain soir, c'était annulé. On en a conclu que tu n'intéressais plus les Australiens, qu'ils avaient, en gros, barré ton nom de leur liste. Hier soir, quand j'ai parlé à Gilchrist, il m'a laissé entendre que Sim Latham allait passer en jugement.

— Et ce n'est pas le cas ?

— L'enquête est toujours en cours, d'après Dawlish.

— Alors, pourquoi Gilchrist t'a-t-il dit le contraire ?

— On devrait peut-être aller lui poser la question.

— Je peux le faire seul, si tu préfères rester hors du coup.

Mais Fox fit non de la tête avant d'attaquer la fin de son croissant.

— On en a terminé pour cette fois ? demanda Breck, tapotant le bord de l'écran de son ordinateur portable.

Fox vérifia l'heure à sa montre : encore un quart d'heure au parcmètre.

— Un dernier service que ton ordi pourrait nous rendre, réagit-il en faisant tomber les miettes de croissant de sa bouche. Ce que je t'ai demandé à la salle de billard.

— Quoi ?

— Si Charlie Brogan pouvait être un des constructeurs.

— On peut toujours regarder, dit Breck, s'affairant au clavier.

Quelques minutes tard, il avait trouvé suffisamment d'informations pour confirmer que CBBJ faisait, en effet, partie du consortium.

— CB pour Charles Brogan, commenta Fox, mais qu'en est-il de BJ ?

— Broughton Joanna ? suggéra Breck.

— Ce serait logique, murmura Fox, scrutant l'écran. J'ai pu consulter son agenda, tu sais...

— Quel agenda ?

— Celui de Brogan. Joanna Broughton m'avait proposé de le déposer au poste de police de Leith... C'est une longue histoire, ajouta Fox devant le regard intrigué de Breck.

— J'ai tout mon temps, partenaire, rétorqua Breck, en croisant les bras.

— Je l'ai reconnue au moment où je passais en voiture devant le poste. Je lui ai proposé de la déposer.

— À son penthouse ?

— Un triplex, pour être précis.

— Tu es monté ? Elle savait que tu étais flic ?

Fox fit oui de la tête.

— Les collègues de Leith voulaient connaître les rendez-vous pris par Brogan. Elle m'a demandé de leur transmettre l'agenda.

Breck pouffa de rire.

— Décidément, il faut se méfier de l'eau qui dort. Je ne t'aurais jamais cru capable de réussir un coup pareil.

— Oh, je n'ai réussi qu'à tomber sur Gordon Lovatt en partant. Elle lui a dit qui j'étais, il a contacté les collègues de Leith, et ils ont fait appel à l'inspecteur Stoddart et à ses joyeux compagnons.

Breck siffla tout bas et longuement.

— L'agenda en valait la peine ? relança-t-il.

— Pas vraiment. Les contrats se faisaient rares pour Charlie Brogan. Il passait plus de temps à choisir ce qu'il voulait regarder à la télé qu'à planifier des réunions de travail.

Fox fit une pause pour rassembler ses idées.

— Récapitulons, reprit-il. Vince Faulkner bosse sur un des projets de Brogan. Il a été vu pour la dernière fois dans un casino appartenant à la nana de Brogan. On le retrouve mort, son cadavre jeté dans un chantier qui, lui aussi, appartient à la société de Brogan. Là-dessus, cerise sur le gâteau, Brogan part nager dans le Forth, et ne daigne pas remonter à la surface pour reprendre de l'air.

Breck frottait la barbe de deux jours qui hérissait son menton.

— Tu devrais en référer à Billy Giles, suggéra-t-il.

— Ouais, c'est ça, rétorqua Fox, parce que tu t'imagines qu'il me prendrait au sérieux ?

Breck s'apprêtait à lui répondre, mais Fox lui intima silence d'un geste de la main.

— Tu peux difficilement aller le trouver parce que tu es son petit Judas. Alors, quelle alternative nous reste-t-il ?

Voyant que Breck se taisait, Fox consulta sa montre.

— Je vais devoir aller alimenter le parcmètre, annonça-t-il.

— On remballe. Je te suis, répondit Breck.

Il avait déjà éteint l'ordinateur. Fox remarqua qu'il n'avait presque pas touché à son café.

— Où va-t-on ? demanda-t-il.

— Retour à Salamander Point.

Ils utilisèrent le même préfabriqué que la fois précédente. Breck avait demandé au chef de chantier ce qui allait se passer maintenant que le promoteur était mort.

— On continue de travailler jusqu'à nouvel ordre, ou jusqu'à ce que nos salaires ne nous soient plus versés, avait répondu l'homme.

Mais Malcolm Fox avait remarqué certains changements. Le bureau de vente avait fermé boutique – aucun signe de vie à l'intérieur. Après qu'ils eurent grimpé l'échelle jusqu'au niveau supérieur des bureaux provisoires, il vit que d'un côté du site se disputait un match de football improvisé, des piles de briques servant de poteaux de buts. Quand Ronnie Hendry les rejoignit, il était en nage et à bout de souffle.

— On attend une livraison de béton pré-mélangé, expliqua-t-il, ôtant son casque et s'essuyant le visage d'un revers de manche.

Breck lui fit signe de s'asseoir à la table. Les trois hommes se retrouvèrent alors dans le même cas de figure que l'autre fois, Fox se murant dans son silence.

— Juste deux ou trois questions complémentaires, disait Breck à Hendry. Comment les choses se présentent-elles depuis que Charlie Brogan a quitté le navire ?

Hendry le regarda, se demandant si c'était du lard ou du cochon, mais Breck restait de marbre.

— Les hommes s'inquiètent pour leur salaire.

— Votre contremaître vient de nous dire la même chose.

— Il a plus de soucis à se faire que nous : il gagne sa croûte en glandant toute la journée.

— Vous semblez furieux.

Hendry changea de position sur sa chaise.

— Pas vraiment, assura-t-il, croisant les bras sur la poitrine – un geste qui, aux yeux de Fox, trahissait qu'il se tenait sur la défensive. Alors, vous allez bientôt arrêter l'assassin de Vince ?

— On pense que le « pourquoi » pourrait nous y aider. En attendant, je voulais vous poser des questions sur M. Brogan.

— Quel rapport il a avec tout ça ?

— Bah, comme il a disparu de la même façon que Vince Faulkner…

Breck laissa sa phrase en suspens.

— Mais les deux morts ne sont pas liées, affirma Hendry, son regard passant d'un enquêteur à l'autre. Si ?

— On n'en sait encore rien. Je suppose que M. Brogan venait à Salamander Point ?

— Il s'investissait beaucoup, ouais.

— Vous le voyiez souvent ?

— Une ou deux fois par semaine. Le chef d'équipe vous le dira mieux que moi.

— Mais c'est à vous que je le demande. Il se contentait de rester assis ici devant une tasse de thé et les plans étalés devant lui ?

Hendry fit non de la tête.

— Il aimait jeter un coup d'œil à l'ensemble du site.

— Donc, vous l'avez rencontré ?

— Je lui ai parlé quelques fois. Il avait toujours deux ou trois questions à poser. Je trouvais que c'était un mec bien. Tous les promoteurs ne le sont pas.

— Qu'entendez-vous par là ?

Hendry changea de nouveau de position sur sa chaise.

— J'ai travaillé sur des chantiers où ils se pointaient en costume à rayures et mocassins bien cirés

– un ou deux de CBBJ étaient de ceux-là. Mais M. Brogan… lui, c'était bottes de chantier et jean. Il ne s'essuyait jamais les doigts après vous avoir serré la main, observa Hendry, hochant la tête à ce souvenir. Comme je vous disais : un mec bien.

— Vince Faulkner pensait pareil ?

— Il n'a jamais soutenu le contraire, pas à moi, en tout cas.

— Il connaissait Brogan, lui aussi ?

Hendry fit oui de la tête.

— M. Brogan connaissait la plupart des gars par leur nom. Et il se souvenait de vous. Il y avait toujours un détail ou un autre sur vous qu'il plaçait dans la conversation.

— Glané dans les dossiers personnels ? intervint Fox.

Hendry tourna la tête vers lui.

— Peut-être, dit-il.

— Combien de fois vous êtes-vous vus, tous les deux ? relança Breck, captant de nouveau l'attention de Hendry..

L'homme mit quelques secondes à répondre.

— J'sais pas, finit-il par dire.

— Vous voyez où on veut en venir ? insista Breck.

— Pas vraiment.

— Si ces deux hommes se connaissaient… eh bien, on ajoute la mort de Vince Faulkner à tout ce qui se passe d'autre dans la vie de M. Brogan…

— Et du coup, il se fout en l'air ?

Hendry parut réfléchir à cette possibilité. Puis il haussa les épaules, bras toujours croisés.

— La dernière fois qu'on s'est parlé, reprit Breck,

vous m'avez dit qu'il vous arrivait de sortir ensemble le soir, d'aller dîner à l'Oliver.

— Ouais.

— Vous saviez que ce casino appartenait à la femme de M. Brogan ?

— Bien sûr.

— Lui, vous l'avez parfois vu là-bas ?

— Sans doute.

— Vous n'en êtes pas certain ?

Hendry, qui avait décroisé les bras, appuyait ses paumes sur ses cuisses, disposé à se lever.

— Faut que j'y retourne, dit-il.

— Qu'est-ce qui presse ?

— Je n'ai rien à vous dire sur Charlie Brogan, je ne sais pas pourquoi il a décidé d'en finir.

Il était debout à présent, s'apprêtant à remettre son casque jaune. Breck se leva de son siège, lui aussi.

— Qui vous dit qu'on en a terminé ? lança-t-il.

— Vous cafouillez, avança Hendry, vous êtes dans l'impasse avec Vince, alors à la place, vous vous concentrez sur Brogan. Mais il n'y a pas de lien entre les deux.

— Vous en êtes sûr ?

— Sûr et certain.

— On peut savoir pourquoi, monsieur Hendry ?

Hendry leur décocha un regard noir. Il parut hésiter entre une demi-douzaine de réponses possibles, les rejetant à mesure une à une. Avec un sourire froid, il ouvrit la porte de l'abri de chantier et sortit. Fox la referma et s'y adossa, les yeux fixés sur Breck.

— Alors ? lui demanda ce dernier.

— Aux trois quarts de la discussion…

Breck approuva du chef.

— Il était sur ses gardes bien avant, observa-t-il.

— Certes, mais à partir d'un moment, il ne nous a pas tout dit. Je voudrais bien savoir pourquoi.

— Ce serait autre chose si on l'interrogeait à Torphichen. Peut-être qu'après cet avertissement… Mais on ne peut pas le faire, hein ?

Fox haussa les épaules pour lui confirmer son doute. Ils sortirent sur la passerelle. Hendry enjambait des fondations et des longueurs de tuyaux et canalisations, s'en retournant vers son match de foot. Le soleil s'était levé, et quelques hommes s'étaient mis torse nu.

— C'est à vous rendre chauvin, commenta Fox. Il fait à peine dix degrés, mais au premier rayon de soleil…

— L'Écossais dans toute sa splendeur, approuva Breck, en commençant à descendre par l'échelle.

Au moment où ils quittaient le chantier, une voiture arriva et deux hommes en descendirent.

— Dickson et Hall, pesta Breck à mi-voix.

— Je les connais de vue, confirma Fox.

Ces deux-là faisaient partie de la crim' de Torphichen ; des hommes de Bad Billy Giles. Le duo affichait un grand sourire dénué d'humour.

— Tiens, tiens, fit Dickson.

C'était le plus âgé et le plus costaud des deux. Son coéquipier était, aurait dit le père de Fox, « épais comme un porte-manteau », mais avec le crâne rasé et des Ray-Ban.

— Quel bon vent vous amène ? rétorqua Breck pour faire comprendre à Fox la tactique à employer : leur tenir la dragée haute.

Dickson mit les mains dans les poches de son pantalon en se forçant à rire.

— Là, tu y vas un peu fort, Jamie. Mais puisque tu poses la question…

Hall prit la relève.

— Billy Giles nous a ordonné de retracer ton parcours. Il s'inquiète que tu aies pu laisser des zones d'ombre, voire des contrevérités, dans tes rapports.

Il inclina légèrement la tête pour prendre en compte la présence de Fox.

— Avec le soutien de l'inspecteur Fox ici présent…

— Vous perdez votre temps, affirma Breck.

— Pourtant, vous êtes là, Jamie, tous les deux, observa Dickson, inclinant légèrement le buste en avant à la manière d'un Culbuto, songea Fox.

— Ce que vous allez vous empresser de rapporter à votre supérieur ? subodora Breck.

— On ne devrait pas ? demanda Hall d'un air faussement déconcerté. Aux dernières nouvelles, vous étiez tous les deux suspendus de vos fonctions.

— Et alors ?

— Alors, on est en droit de se demander ce que vous foutez ici.

— Je cherche à accéder à la propriété, intervint Fox. Si vous avez déjà regardé les émissions sur l'immobilier à la télé, vous devez savoir qu'il est conseillé de venir visiter avec un ami – qui ne remarquera pas les mêmes choses que vous.

— Billy Giles nous avait prévenus que vous joueriez au plus malin.

Dickson se pencha encore un peu plus en avant sans changer de position.

— Vous vous souvenez de moi, Fox ? Vous m'aviez posé quelques questions sur Glen Heaton…

— Oui, vous pensiez lui rendre service en n'y répondant pas.

Un sourire s'étala sur le visage de Dickson.

— Tout juste, lâcha-t-il.

— Le problème, confia Fox, c'est que, dès qu'on a su qu'il avait des amis dans votre genre, on a vite compris qu'il avait les mains sales.

Il se tourna vers Breck.

— On en a terminé ici, lui dit-il.

Au moment où, s'avançant, il passa à hauteur de Dickson, celui-ci l'arrêta en plaquant sa main contre sa poitrine. Fox s'en saisit et la repoussa violemment vers le bas, entraînant le poids du corps. Il regarda Dickson tomber par terre, dans la boue qui n'était sèche qu'en surface. Hall aida son collègue à se relever. Dickson jurait comme un beau diable et s'essuyait le visage.

— On en a terminé, répéta Fox.

Sans même regarder Breck, sachant qu'il le suivrait, il regagna la voiture.

19

Ils parcoururent en silence sept ou huit cents mètres. Fox était au volant, Breck sur le siège passager. Finalement, Breck trouva les mots pour exprimer sa pensée.

— On peut savoir ?

— Quoi ?

— Tout à l'heure, Dickson et toi, pourquoi ?

— Je voulais juste vérifier son centre de gravité, Jamie. Je ne pensais pas qu'il s'écroulerait si facilement.

Fox croisa le regard de Breck, lui fit un clin d'œil.

Breck sourit, mais il secouait la tête.

— Ce n'est pas la meilleure méthode avec Dickson et Hall, dit-il. Tu t'en es fait deux ennemis à vie, aussi sûr que deux et deux font quatre.

— Ça en valait la peine, décréta Fox.

— D'un seul coup, voilà que tu te prends pour Action Man…

— Tout le monde n'a pas un avatar sur qui se reposer.

Breck regarda par la vitre passager.

— On va où ? voulut-il savoir.

— Chez ma sœur.

— Elle vit dans un bunker souterrain ?

— Elle habite à Saughtonhall.

— Pas assez sécurisé, j'en ai peur. Billy Giles va vouloir nous parler.

— Nous parler du pays ?

— Si tu veux, et il va tout faire pour nous coincer, si on ne va pas le trouver de nous-mêmes.

— C'est toi le mec qui aime prendre des risques et des initiatives, non ?

— Parce que c'est ce que tu viens de faire, là-bas ?

— Tu as trouvé que je restais passif ?

— Pas vraiment, admit Breck avec un rire bref. À part ça, pourquoi allons-nous chez ta sœur ?

— Tu vas voir.

Mais à leur arrivée, Jude n'était pas là. Fox sonna chez les voisins, et Alison Pettifer lui ouvrit. Elle avait noué un tablier autour de sa taille et s'essuyait les mains avec un torchon.

— Excusez-moi, murmura Fox. Jude est avec vous ?

— Elle est partie faire des courses, répondit Pettifer, jetant un coup d'œil des deux côtés de la rue. Tenez, la voilà !

Jude les avait vus, mais ne pouvait leur faire signe de la main, ayant toujours un bras dans le plâtre et tenant, de l'autre, un sac de provisions. Fox remercia Mme Pettifer, marcha au-devant de sa sœur et lui prit le sac des mains.

— Qu'est-ce qu'il y a là-dedans, du charbon ?

— Que de la nourriture, répondit Jude en lui souriant. J'ai pensé qu'il était temps que je réapprenne à faire mes courses toute seule.

Une idée vint à Fox.

— Comment t'en sors-tu financièrement ?

Elle le regarda du coin de l'œil.

— Tu payes déjà la maison de retraite de p'pa…

— Je peux te dépanner si tu en as besoin.

— Tout va bien pour le moment, t'inquiète.

Elle appuya brièvement son front contre l'épaule de Fox, sa façon à elle de le remercier.

— Je le connais, lui…, murmura-t-elle un peu plus tard tandis qu'ils s'engageaient dans l'allée de chez elle, où Jamie Breck attendait.

— C'est le sergent Breck, expliqua Fox. Il faisait partie de l'équipe d'enquête.

— « Faisait » ?

— C'est une longue histoire.

Breck salua Jude d'un signe de tête tandis qu'elle ouvrait la porte.

— Une chance pour vous que j'aie du café, leur dit-elle. Allez, entrez !

Fox lui proposa de l'aider, mais elle le rembarra.

— Je vais me débrouiller.

De fait, elle remplit la bouilloire et la mit en marche, répartit ses provisions entre le frigo et un placard. Puis elle servit du café soluble dans trois mugs, versa l'eau bouillante et y ajouta du lait.

Quand tous trois se furent installés dans le salon remis en ordre, Fox demanda à Jude comme elle se sentait.

— Je tiens le coup, Malcolm, comme tu le vois.

Fox hocha la tête. Il savait que chacun gérait à sa manière le chagrin et la perte, mais s'occuper à toute force pouvait se solder par des problèmes, si ce n'était qu'un moyen d'entretenir son déni. Néanmoins, l'absence de désordre et de bouteilles vides était de bon augure.

— Tu veux bien qu'on parle un peu de Vince ? proposa-t-il.

— Ça dépend, répondit sa sœur en allumant une cigarette. Vous avez du nouveau ?

— Très peu, admit Breck.

Elle tourna la tête vers lui.

— On s'est déjà vus, dit-elle en soufflant la fumée par le nez. Vous étiez là le jour où ils ont retourné le jardin.

Breck hocha la tête affirmativement. Fox s'éclaircit la gorge, captant à nouveau l'attention de sa sœur.

— Tu es au courant pour Charlie Brogan ? demanda-t-il.

— Je l'ai lu dans le journal. Il est tombé de son yacht.

— Tu sais qu'il était marié à Joanna Broughton ?

— C'est ce qui est marqué dans le journal.

— Tu savais qu'elle possède l'Oliver ?

Jude hocha la tête, avant d'ôter un brin de tabac sur sa langue.

— Ils ont publié sa photo, je l'ai reconnue.

— Pour l'avoir vue les soirs où vous êtes allés au casino ?

— Parfois. Toujours très glamour.

— Et son mari ? Il t'est arrivé de le voir ?

— Une ou deux fois, acquiesça Jude. Un soir, il nous a offert une bouteille de champagne.

— Charles Brogan vous a payé le champagne ? s'étonna Breck, quêtant une confirmation.

— Ce n'est pas ce que je viens de dire ? lança Jude, buvant une gorgée de café. On me retire le plâtre la semaine prochaine, annonça-t-elle à son frère.

— Pourquoi ? demanda-t-il.

— Grosse erreur de la Santé publique, comme d'hab'. Il se trouve que c'est une fracture ; moins grave que s'il était cassé.

— Je voulais dire : pourquoi Charles Brogan vous a-t-il offert une bouteille de champagne ?

Elle le regarda.

— Bah, Vince et Ronnie travaillaient pour lui, non ?

— Pas exactement.

Elle y réfléchit.

— D'accord, approuva-t-elle, pas exactement. Mais il les avait rencontrés sur le chantier, il les connaissait.

— C'était du bon champagne ?

La question venait de Breck, Jude tourna la tête vers lui.

— Du Moët… ou un truc comme ça. Dans les trente livres au Asda, d'après Sandra.

— Et dans les cent dans un casino.

— On était chez sa femme, non ? Je suppose qu'il le payait pas plein pot.

Fox décida d'intervenir.

— Quoi qu'il en soit, c'était un beau geste. Il est venu vous parler ?

Jude secoua la tête.

— Pas cette fois-là.

— Une autre, alors ?

Elle fit oui de la tête. *Et Ronnie, l'ami de Vince, ne voulait pas qu'on le sache,* songea Fox.

— Il nous a offert pour vingt livres de chips, à Sarah et moi – à chacune de nous, attention !

Elle marqua un temps d'arrêt.

— Je crois qu'il voulait frimer, conclut-elle.

— C'est aussi ce que pensait Vince ?

— Vince trouvait qu'il avait « de la classe ». Quand on nous a apporté le champagne, Vince s'est levé et il est allé lui serrer la main. Brogan lui a juste tapoté l'épaule comme si c'était rien.

Elle fit la moue.

— Et c'était peut-être vrai.

Un portable sonna. C'était celui de Breck. Il le sortit de sa poche en s'excusant, puis regarda l'écran. Le coup d'œil qu'il lança à Fox ne fit que confirmer à ce dernier ce qu'il pensait : Billy Giles.

— Ne réponds pas, dit Fox, mais Breck avait déjà porté l'appareil à son oreille.

— Bonjour, chef, dit-il.

Puis après avoir écouté un moment :

— Oui, il est avec moi.

Et au bout de quelques secondes :

— D'accord… oui… compris… oui, j'étais là quand c'est arrivé, mais c'était plutôt un malenten…

Breck fut interrompu par Giles, l'écouta encore. Fox ne parvenait pas à entendre ce que Giles disait, mais il aboyait. Breck éloigna le téléphone de son oreille tandis que la diatribe continuait.

— Il est en rogne, celui-là, murmura Jude à l'intention de son frère.

Fox approuva de la tête. Quand la communication prit fin, le rouge était monté au cou et aux joues de Breck.

— Alors ? s'enquit Fox.

— Notre présence est requise. À Torphichen, dans une demi-heure au plus tard. Sinon, on est bons pour se faire ramasser par une patrouille.

Jude regardait fixement son frère.

— Qu'est-ce que tu as fait ? Ça a un rapport avec Vince ?

— Ce n'est rien, la rassura Fox tout en croisant le regard de Jamie Breck.

— Tu n'as jamais su mentir, Malcolm, observa sa sœur.

Torphichen : pas une salle d'audition, cette fois, mais le sanctuaire de Bad Billy Giles. La pièce ne présentait aucune touche personnelle : ni sous-verres sur le bureau, ni citations ou diplômes aux murs. Certaines personnes aimaient embellir leur environnement ; pas Billy Giles. On ne pouvait rien deviner concernant l'occupant des lieux, sinon qu'il avait du classement en retard. Le contenu de nombreux cartons attendait d'être trié et une pile de documents haute d'un mètre tenait en équilibre précaire sur l'unique classeur à tiroirs.

— Sympa ici, dit Fox, en se frayant un chemin dans la pièce encombrée.

Giles, assis derrière son bureau, faisait légèrement pivoter sa chaise, tenant son stylo comme un poignard. Bob McEwan, assis à côté du classeur à tiroirs, mains jointes sur les genoux, se trouvait près de Caroline Stoddart, qui, debout, croisait les bras. Hall et Dickson étaient présents eux aussi. Dickson s'était douché et portait des vêtements de rechange qui donnaient l'impression d'avoir été collectés au petit bonheur auprès des collègues du poste. Le pantalon de velours marron mal ajusté n'était pas vraiment assorti au polo rose, lequel jurait avec le blouson vert. Il portait des tennis, et son regard furibard ne se détournait pas une seule seconde de Fox.

Breck avait réussi à se faufiler dans la pièce derrière Fox, mais renonça à essayer de fermer la porte. Giles jeta son stylo sur le bureau et se tourna vers McEwan.

— Avec ta permission, Bob…

Laquelle fut donnée par un signe de tête un peu sec, et Giles reporta son attention sur Fox et Breck.

— Un de mes hommes veut déposer plainte, leur dit-il. Il aurait été jeté à terre.

— C'est un malentendu, chef, expliqua Breck. On est désolés. On paiera la note du pressing et tout autre frais s'il y a lieu.

— Silence, Breck ! aboya Giles. Ce n'est pas à toi de ramper.

Fox redressa les épaules.

— Dickson m'a provoqué, déclara-t-il. Je lui présente mes excuses pour ce que j'ai fait. Mais… il faut dire que je ne m'attendais pas à ce qu'il tombe comme un sac de patates.

— Enculé, rugit Dickson, faisant un pas en avant.

— Dickson ! l'avertit Giles. Mon bureau, mes règles !

Puis, s'adressant à Fox :

— Ce que je veux savoir, c'est ce que vous et notre jeune prodige faisiez là-bas pour commencer ?

— Je l'ai tout de suite expliqué à Dickson et à Hall, répondit Fox calmement. J'étais déjà venu une fois à Salamander Point et j'avais bien aimé l'endroit. Il y a un bureau de vente, et comme je n'ai pas grand-chose à faire en ce moment, j'ai décidé d'aller voir si je pouvais décrocher une affaire en cette période de crise.

— En emmenant le sergent Breck ?

— Sauf, interrompit Hall, que ce n'est pas du tout ce qui s'est passé. Vous êtes allés interroger M. Ronald

Hendry. Il n'était pas ravi d'être arraché à son match de foot, et encore moins content quand je l'ai sollicité de nouveau dix minutes plus tard.

Il adressa à Fox un sourire glacial. Giles laissa le silence s'éterniser, puis s'empara de son stylo et le pointa en direction de Stoddart.

— Je pense qu'il serait peut-être sage, dit-elle aussitôt, que j'avance mon interrogatoire du sergent Breck.

— À quand ? demanda ce dernier.

— Tout de suite après cette réunion.

Il haussa les épaules.

— Ça me va, dit-il.

— Et si ça ne te convient pas, c'est pareil, riposta Giles. Par ailleurs, je vous donne l'ordre à tous les deux de cesser toute communication.

— Comment comptez-vous le faire appliquer ? En nous faisant suivre, peut-être ? Ou mettre sous surveillance ? s'enquit Fox, jetant un coup d'œil à McEwan.

— J'emploierai toute méthode que je jugerai nécessaire, grommela Giles qui, se tournant vers Breck, ajouta : Tu ne rends pas service à tes perspectives d'avenir, fiston ! Il est temps pour toi de revenir à la raison !

— Oui, chef, répondit Jamie Breck. Merci, chef.

Fox lui lança un coup d'œil, mais Breck se garda bien de croiser son regard. Il se tenait debout, mains derrière le dos, bien campé sur ses jambes, la tête basse.

— Je tiens à redire, chef, que je suis prêt à payer au sergent Dickson toute compensation pour sa mésaventure.

Il se pencha alors devant Fox, tendant la main à Dickson. Ce dernier la regarda comme si elle pouvait être piégée.

— C'est bien, mon garçon, approuva Giles afin d'encourager Dickson à accepter la main tendue, mais non sans décocher un regard noir à Fox. Bon, eh bien…, conclut-il, se levant à moitié, à moins que l'inspecteur-chef McEwan ait quelque chose à ajouter ?

McEwan, pas plus que Stoddart ne le souhaitaient. Cette dernière indiqua à Breck qu'une voiture les attendait. Leur petite conversation se tiendrait à Fettes. Giles avait déjà donné l'ordre à Hall et à Dickson de reprendre leur travail.

— On a une affaire en cours, leur rappela-t-il.

Fox attendit de voir s'il aurait droit à d'autres remontrances, mais Giles sortait des documents du tiroir de son bureau. *Tu n'es pas assez important pour ça,* semblait-il vouloir signifier à Fox. Ce fut tout juste si Jamie Breck lui adressa un signe de tête en sortant.

Fox traversa rapidement le poste de police, se demandant si Dickson et Hall lui tomberaient dessus. Quand il sortit sur le trottoir, il retrouva Bob McEwan qui nouait son écharpe couleur café autour de son cou.

— Quelle andouille tu fais ! lui dit McEwan.

— Je peux difficilement te contredire, admit Fox, glissant les mains dans les poches de son manteau. Mais tout ça cache quelque chose, ce n'est pas ton impression ?

McEwan le regarda, puis, lentement, fit un signe de tête affirmatif.

— L'autre jour, dans la salle d'audition, poursuivit Fox avec un geste vers le poste de police, il y a eu un moment où on l'a senti. Le chef-adjoint a indiqué que j'étais sous surveillance depuis le début de la semaine. Mais alors, ça veut dire qu'elle a été montée avant que tout le reste se produise. Alors, je te pose la question…à toi, asséna Fox, se plantant devant son supérieur : que sais-tu, au juste ?

McEwan soutenait son regard.

— Pas grand-chose de plus, finit-il par concéder, ajustant le nœud de son écharpe.

— Pas trop serré, Bob, lui conseilla Fox. Tu vas finir par t'étrangler, et ils trouveront encore le moyen de me mettre ça sur le dos.

— Tu ne t'es pas rendu service, Malcolm. Regarde les choses de leur point de vue : tu t'ingères dans une enquête, et quand tu reçois l'ordre de ne plus t'en mêler, toi, au contraire, tu appuies à fond sur l'accélérateur.

— Les Affaires internes des Grampians m'ont déjà dans le collimateur, souligna Fox. Tu as un moyen d'aller regarder ça de plus près ? Je sais que je t'en demande beaucoup, étant donné les circonstances…

— C'est déjà sur les rails.

Fox accusa le coup.

— J'avais oublié que tu avais des amis à la crim' des Grampians, dit-il.

— Je t'ai déjà dit que je n'avais des amis nulle part.

Fox réfléchit un moment, puis reprit :

— Supposons qu'il y ait réellement quelque chose de pourri à Aberdeen. Se pourrait-il qu'ils tentent de porter un coup préventif ?

— J'en doute. L'enquête sur eux dont je te parlais a été confiée au comté du Strathclyde, pas à nous. Par ailleurs… pourquoi te viser toi ? À leur place, j'aurais plutôt choisi Tony Kaye. C'est lui qui a un passé.

McEwan fit une pause.

— Vas-tu prendre en compte cet avertissement et garder tes distances avec Breck ? relança-t-il.

— Joker, chef.

Fox vit McEwan se rembrunir.

— Je crois qu'on monte un coup contre lui, Bob, reprit-il. Il n'y a pas l'ombre d'une preuve qu'il ait ces tendances.

— Dans ce cas, comment se fait-il que son nom figure sur cette liste ?

— Quelqu'un a détourné sa carte de crédit. Demande au sergent Inglis si c'est possible. Quelqu'un aurait-il pu s'inscrire au nom de Breck à son insu ? Mais, ajouta Fox en levant la main pour appeler à la prudence, le mieux serait que Gilchrist n'en sache rien.

— Pourquoi ? s'étonna McEwan, plissant les paupières.

— Le mieux est l'ennemi du bien, ne trouva qu'à répondre Fox.

McEwan déplaça le poids de son corps d'un pied sur l'autre.

— Donne-moi une seule bonne raison pour laquelle je devrais me mouiller pour toi.

Fox y réfléchit, puis haussa de nouveau les épaules.

— En toute franchise, je n'en vois aucune.

— Voilà le mot que je voulais entendre, soupira McEwan.

— Quel mot, chef ?

— « Franchise », répondit McEwan en s'éloignant vers sa voiture.

De retour chez lui, Fox tourna comme un lion en cage. Il démonta tout à part sa ligne téléphonique pour s'assurer de l'absence de micros. Le problème, c'est qu'il se la jouait genre *Danger immédiat*[1], alors que de nos jours, on espionnait par d'autres moyens. Deux mois plus tôt, les membres des Affaires internes avaient assisté à des séminaires organisés à l'Académie de police de Tulliallan Castle. On leur avait présenté plusieurs technologies nouvelles. Un suspect passait un appel téléphonique, mais l'écoute était réalisée par un logiciel informatique qui n'enregistrait la conversation que si certains mots clés préprogrammés étaient prononcés. Il en allait de même pour les ordinateurs : le matériel qui se trouvait dans la camionnette permettait de se connecter à un portable ou à un ordinateur de bureau privé et de télécharger des informations. Fox n'arrêtait pas de regarder dehors. Dès qu'il entendait un bruit de moteur, il se précipitait à la fenêtre. Il gardait son nouveau téléphone mobile à la main, se demandant qui il pourrait appeler. Il s'était fait des toasts, mais les tranches de pain étaient toujours dans l'assiette. Quel était le dernier repas qu'il avait pris ? Le petit déjeuner ? Il avait beau faire, l'appétit ne venait pas. Il avait entrepris de remettre les livres sur les étagères du salon, mais y avait renoncé très vite. Même la station Birdsong l'avait ennuyé, si bien qu'il avait fini par éteindre la radio. À la tombée de la nuit, ses lampes aussi restèrent éteintes. Une voiture se gara le long du trottoir d'en face, mais c'était seulement une mère qui venait chercher son fils chez des amis. C'était déjà arrivé, alors ça ne l'inquiéta pas. Néanmoins… il tenta de se rappeler si des maisons

1. Film d'espionnage de Sidney J. Furie datant de 1965.

voisines avaient été mises sur le marché ces derniers temps. Des panneaux « À louer » avaient-ils récemment fleuri aux fenêtres ? Se pouvait-il qu'une équipe de surveillance soit en planque dans tel ou tel salon obscur entourée par tout cet équipement qu'on lui avait montré au Tulliallan Castle ?

— Ne soit pas si bête, s'admonesta-t-il.

À la cuisine, se préparant un mug de thé dans le noir, il y versa trop de lait et en fut quitte pour jeter la boisson dans l'évier. Boisson… ah, bonne idée. Le supermarché restait ouvert tard. Il pouvait quasiment réciter par cœur les marques des bouteilles qu'il revoyait alignées au rayon whisky : Bowmore, Talisker, Highland Park… Macallan, Glenmorangie, Glenlivet… Laphroaig, Lagavulin, Glenfiddich…

À huit heures et demie, son portable bipa. Il baissa le regard sur l'écran. Pas un appel, un texto. Il déchiffra le message.

Hunters Tryst. 10 mn.

Le Hunters Tryst était un pub situé à deux pas de chez lui. Fox relut l'identité de l'expéditeur : anonyme. Seule une dizaine de personnes connaissaient son nouveau numéro. Le pub se trouvait à dix minutes de marche, mais disposait d'un parking, et il serait peut-être préférable d'y arriver tôt – repérage des lieux et compagnie. Pourquoi y aller, cela dit ?

Bah, que faire sinon ? songea-t-il.

Une fois dehors, en se dirigeant vers sa Volvo, il regarda encore des deux côtés de la rue, puis, une fois dans sa voiture, il fit le tour de la résidence, ralentissant à chaque coin de rue et à chaque carrefour, jusqu'à ce qu'il soit sûr que personne ne le suivait.

Un soir de semaine en février, le Tryst était presque désert. Fox entra et engloba la salle d'un regard. Trois consommateurs en tout et pour tout : un couple d'une cinquantaine d'années qui semblait se faire la tête depuis dix ans, chacun attendant de l'autre qu'il fasse le premier pas, et un vieil homme que Fox connaissait de vue. Il était propriétaire d'un chien qu'il sortait trois fois par jour. Ne le voyant plus, Fox avait supposé qu'il était mort, mais apparemment, le trépassé était le chien et non le maître. Une jeune femme tenait le bar. Elle trouva la force de sourire à Fox et lui demanda ce qu'il désirait boire.

— Un jus de tomate.

Il arrêta son regard sur l'alignement de bouchons-doseurs tandis qu'elle secouait la bouteille et la décapsulait.

— Glaçons ?

— Non, merci.

— Il n'est pas très frais, l'avertit-elle.

— Ça ira.

Comme il prenait de la monnaie dans sa poche, la porte du pub s'ouvrit. Deux jeunes tourtereaux entraient, se tenant par la taille. Le couple de quinquas leur darda un regard désapprobateur.

— Regarde qui est là ! s'exclama l'élément masculin du nouveau couple.

Breck tendit la main à Fox.

— Quelle coïncidence, ajouta Annabel Cartwright.

Soit elle jouait très mal la comédie, soit elle pensait que ça n'en valait pas la peine.

— Qu'est-ce que vous prenez ? demanda Fox.

— Du vin, rouge pour moi et blanc pour Annabel, répondit Breck.

La serveuse s'était animée à l'arrivée de ces clients plus débordants de vie que les autres. Elle leur servit ce qui, aux yeux de Fox, passa pour des doses généreuses.

— Prenons une table, proposa vivement Breck, comme si les places étaient chères.

Ils gagnèrent le fond de la salle, et s'installèrent, ôtant manteaux et vestes.

— Santé ! fit Breck, levant son verre.

— Alors ? l'interrogea Fox sans préambule.

Breck comprit de quoi il voulait parler, et fit mine d'y réfléchir.

— Alors, l'inspecteur Stoddart n'est pas mal du tout, dit-il à voix basse, mais je n'en dirais pas autant de ses deux acolytes ; d'ailleurs, je ne pense pas qu'elle-même les prenne pour des… poulets de grain, tu me passeras la métaphore.

Fox hocha la tête et but une gorgée. La barmaid avait raison : on aurait dit de la soupe qui avait refroidi.

— C'était quoi, ce texto ? demanda-t-il. Tu as changé de numéro ?

— Nouveau téléphone, expliqua Breck, lui agitant l'appareil sous le nez. Loué. Nos touristes étasuniens et autres optent le plus souvent pour cette formule. J'ai appris ça il y a peu…

— Ce qu'il veut dire, c'est que JE lui ai appris ça quand IL me l'a demandé, il y a peu, rectifia Annabel en faisant mine de donner un coup de poing dans le bras de Breck.

— Pourquoi cette réunion secrète ? demanda Fox.

— Là encore, une idée d'Annabel.

Celle-ci regarda Breck du coin de l'œil.

— Je n'irai pas jusque-là…

— Bon d'accord, admit-il, se tournant vers elle. Mais c'est toi qui as du nouveau.

— Quel nouveau ? voulut savoir Fox.

Le regard d'Annabel passa de l'un à l'autre.

— Ça pourrait me valoir de gros ennuis.

— C'est vrai, reconnut Fox, qui, s'adressant alors à Breck, ajouta : Si tu me le disais toi, Jamie ? De cette façon, on pourra jurer la main sur le cœur que la seule personne à qui Annabel en a parlé, c'est son petit ami.

Breck réfléchit quelques instants, puis approuva de la tête. Il demanda à Annabel si elle préférait les laisser seuls, mais elle rétorqua qu'elle tenait à déguster son vin. Breck se pencha un peu plus par-dessus la table, coudes posés de part et d'autre de son verre.

— Pour commencer, dit-il, on a de nouvelles informations sur Vince Faulkner. Un autre chauffeur de taxi a témoigné. Celui-là attendait le client devant l'Oliver. Il affirme avoir chargé Faulkner vers une heure du matin.

— Il est sûr qu'il s'agissait de Vince ?

Breck acquiesça.

— Les collègues lui ont montré des photos. En plus, il a reconnu les vêtements.

— Où l'a-t-il déposé ?

— Au Cowgate. Où aller quand on veut continuer de boire à cette heure de la nuit ?

— C'est un peu…

— Étudiants ? suggéra Breck. Branché ?

Mais Fox pensait à autre chose.

— Le Cowgate n'est pas fermé à la circulation la nuit ?

— Le chauffeur connaissait tous les raccourcis. Il l'a déposé devant un club, le Rondo, tu connais ?

— J'en ai l'air ?

Breck sourit.

— Annabel m'y a entraîné de force un soir.

Elle lui flanqua un coup de coude dans les côtes qui le fit sursauter.

— Musique *live* dans l'arrière-salle, moquettes poisseuses et gobelets en plastique au bar.

— C'est là qu'il est allé ?

— Le chauffeur de taxi n'en est pas sûr. Mais c'est là qu'il est descendu.

— Autrement dit, il était toujours vivant au petit matin dimanche.

Breck approuva de la tête.

— Maintenant, l'équipe chargée de l'enquête va ratisser le Cowgate, ça doit faire une douzaine de pubs et de clubs, voire plus si elle étend ses recherches à Grassmarket. Elle imprime des avis de recherche pour les distribuer aux night-clubbers.

— Les videurs devraient se rappeler l'avoir vu, indiqua Fox. Il ne correspondait pas à leur clientèle habituelle. Le chauffeur de taxi a décrit l'état dans lequel il était ?

— Il avait du mal à articuler et était un peu agité. Et il ne lui a pas laissé de pourboire.

— Agité ? Pourquoi ?

— Il s'inquiétait peut être de l'accueil qu'on allait lui réserver à la maison ? supputa Breck. Ou alors, c'était le genre de gars à qui l'alcool ne réussit pas.

— J'aimerais bien écouter l'interrogatoire de ce chauffeur de taxi…

— Je devrais pouvoir vous en procurer une transcription, proposa Annabel.

Fox la remercia d'un signe de tête.

— Le premier taxi l'aurait déposé à l'Oliver vers vingt-deux heures, reprit-il. Ce qui signifierait qu'il y est resté trois heures.

— Ça fait pas mal de temps, observa Breck.

— Bah, on progresse, soupira Fox. Santé, Annabel !

— Dis-lui le reste, enjoignit celle-ci à Breck.

— C'est juste un détail qu'Annabel a appris en parlant par un collègue de la division D…

— C'est-à-dire à Leith et avec Charlie Brogan ? devina Fox.

— L'équipe d'enquête trouve surprenant que le corps n'ait pas été ramené par la marée. Elle creuse un peu plus du côté des pourquoi et des comment.

— Et ?

— Récemment, Brogan a vendu une grande partie de sa collection d'art.

Fox hocha la tête.

— Pour près d'un demi-million de livres.

Annabel Cartwright prit le relais.

— Et personne ne sait où est passé cet argent. Joanna Broughton se montre très peu coopérative. Elle a chargé ses avocats de dresser leurs barricades. Elle a également prié Gordon Lovatt de rappeler à tous ceux qui sont impliqués dans cette enquête que ça la ficherait mal de harceler une « veuve photogénique » – ce sont ses propres termes.

— À Leith, ils pensent que c'est un meurtre maquillé en suicide ?

— Comme le disait Jamie, ils commencent sérieusement à se poser la question.

— D'autres fonds sont portés disparus ?

— Difficile à dire tant que les avocats nous refusent l'accès aux mouvements financiers de ses comptes. Il faudrait qu'un juge les demande, mais pour ça, on doit d'abord le convaincre que c'est utile et justifié.

— Il n'y a aucun moyen de savoir si un des comptes de Brogan ou une de ses cartes de crédit sont encore utilisés ?

Fox avait posé la question pour la forme. Il porta son verre à sa bouche, mais suspendit son geste.

— Quand j'étais chez Joanna Broughton, reprit-il, j'ai vu, sur les murs, les marques laissées par des tableaux qui ne s'y trouvaient plus.

— Vous êtes allé chez elle ? s'étonna Annabel.

— Il n'y avait aucun document qui traînait, et elle a quitté la pièce pour aller chercher l'agenda de Brogan. Ce qui signifie qu'il doit y avoir un bureau.

— Il a toujours pu détourner des espèces de la CBJJ, ajouta Breck. Certains comptables se spécialisent dans ce genre d'opérations.

— Encore vous faudrait-il obtenir une décision judiciaire, leur rappela Annabel.

— Joanna Broughton fait de l'obstruction, remarqua Fox, j'aurais pensé que c'était une raison amplement suffisante pour convaincre un juge, non ?

— Je suis sûr qu'elle et ses avocats trouveraient la parade, supposa Breck, faisant glisser son doigt le long de son verre.

— D'autres révélations ? demanda Fox à Annabel.

— Non.

— Je vous suis extrêmement reconnaissant de votre aide, déclara Fox en se levant. Au point que je vais de ce pas vous offrir un autre verre.

— Cette fois, c'est nous qui t'invitons, protesta Breck.

Fox ne voulut rien savoir. Quand il commanda, la serveuse lui sourit avec un signe de tête vers la table.

— Sympa que vous soyez tombés sur vos amis, hein ?

— Oui, répondit Malcolm Fox. Oui, absolument.

20

À minuit, il se trouvait à l'angle de Blair Street, le regard braqué sur l'entrée éclairée du Rondo, devant laquelle ne se tenait qu'un seul videur. Ils travaillaient toujours à deux, ce qui signifiait que son collègue était soit à l'intérieur soit en pause. La rue était presque déserte, ce qui n'aurait pas été le cas, à la même heure, un dimanche. De plus, les supporteurs de rugby gallois étaient en ville la nuit de la mort de Vince Faulkner, se préparant pour la rencontre du lendemain, et certains d'entre eux savaient forcément que le Cowgate était un quartier de noctambules.

Fox attendait, mains dans les poches. À l'endroit où Vince Faulkner s'était fait déposer. La rue principale était fermée à la circulation entre vingt-deux heures et cinq heures du matin. C'était dû, Fox ne l'ignorait pas, à l'étroitesse des trottoirs. Les ivrognes trébuchaient sans arrêt sur la chaussée. Les voitures y étaient proscrites à cause de la bêtise humaine. Cela étant, aucune personne sobre ne traînait par là au beau milieu de la nuit. C'était une artère obscure et moite. Des foyers d'accueil de sans-abris se succédaient dans des ruelles jonchées de détritus qui puaient la pisse de rats et le vomi. On y trouvait également beaucoup de petites oasis comme le Rondo. Leur éclairage au néon et leur chaleur enveloppante (grâce aux bons soins des systèmes de chauffage au-dessus de l'entrée) attiraient le chaland. Comme Fox traversait la rue, le videur le jaugea, faisant rouler ses épaules sous son trois-quarts de laine noir.

— Bonsoir, monsieur Fox, dit l'homme.

Fox le considéra, surpris. Un sourire faisait frémir les coins de sa bouche. Barbe de deux jours à son menton barré d'une cicatrice. Crâne rasé et yeux d'un bleu perçant.

— Pete Scott, finit-il par préciser, voyant que Fox ne le reconnaissait pas.

— Radicale, ta coupe de cheveux, répliqua Fox.

Scott se passa la main sur le crâne.

— Je commençais à les perdre, de toute façon. Ça fait un bail, observa-t-il, tendant la main à Fox.

— Tu es sorti depuis quand, Pete ? questionna Fox, qui, à présent, le remettait.

Six ans plus tôt, avant qu'il soit muté aux Affaires internes, lui et ses collègues l'avaient envoyé derrière les barreaux. Cambriolages, une ribambelle de condamnations remontant à l'adolescence.

— Bientôt deux ans.

— Tu en as tiré quatre ?

— C'est le temps qu'il m'a fallu pour m'amender.

— Tu as agressé quelqu'un ?

— Un codétenu.

— Et maintenant, ça roule ?

Scott sautilla d'un pied sur l'autre et s'évertua à montrer qu'il surveillait les deux côtés de la rue. Une oreillette Bluetooth était connectée à son oreille gauche.

— Je me suis rangé, finit-il par expliquer.

— Tu as bonne mémoire et tu es physionomiste ?

Scott acquiesça.

— Vous êtes de sortie ? relança-t-il.

— Travail, rectifia Fox. Un meurtre a été commis dans la nuit de samedi à dimanche, il y a deux semaines.

— On est déjà passé pour ça, rétorqua Scott.

Il plongea la main dans la poche de son manteau et sortit une feuille de papier. Fox la déplia : il s'agissait d'un portrait photographique de Vince Faulkner, avec au dos quelques éléments d'identification et un numéro de téléphone.

— Ils en ont laissé sur les tables à l'intérieur, et une pile sur le comptoir. Ça ne servira à rien.

— Pourquoi ? demanda Fox en lui rendant la feuille.

— Ce gars n'est pas venu ici. J'étais de service ce samedi-là. Je le saurais.

— Tu l'as vu descendre de taxi ?

Scott haussa les épaules. Le gamin maigrichon de dix-neuf ans que Fox avait interrogé avait pris de la carrure, mais son regard s'était indéniablement adouci.

— J'ai vu un type s'éloigner dans cette direction, indiqua Scott avec un signe de tête vers l'est. Il ne tenait pas sur ses jambes, alors j'ai été ravi qu'il ne se dirige pas par ici.

— Tu lui aurais refusé l'entrée ?

Scott acquiesça.

— Mais quelque chose me disait... ne me demandez pas quoi... que ça lui aurait fait plaisir.

— Fait plaisir de se voir refouler à l'entrée ?

— Ouais.

— Pourquoi ?

— Parce que ça lui aurait servi d'excuse.

— Pour une bagarre, tu veux dire ?

— Ce gars-là était très nerveux, monsieur Fox. Je crois que c'est ce qui m'a frappé.

— Tu l'as dit aux autres policiers, Pete ?

Fox regarda Scott faire non de la tête.

— Pourquoi ? voulut-il savoir.

— Ils me l'ont pas demandé.

Scott fut distrait par l'arrivée de deux adolescentes. Elles chancelaient sur leurs talons hauts, portaient des minijupes et beaucoup de parfum. L'une était grande et maigre, l'autre petite et forte. Fox voyait qu'elles étaient frigorifiées, mais qu'elles essayaient de ne pas le montrer.

— Salut, Pete, lança la plus petite. Du beau monde, ce soir ?

— Plein.

— Tu dis toujours ça, protesta-t-elle en lui caressant la joue quand il leur ouvrit la porte.

— Ce boulot n'a pas que des inconvénients, monsieur Fox, remarqua Scott.

En s'éloignant vers l'est dans le Cowgate, Fox s'interrogea sur la notion d'invisibilité. Aucune des deux filles ne lui avait accordé la moindre attention. D'un autre côté, il se félicita que Scott ne lui en veuille pas, et qu'il ait trouvé du travail. Avant que Fox ne le quitte, le jeune homme lui avait confié qu'il était à présent père d'une petite fille de dix-huit mois prénommée Chloé. Il voyait toujours la mère de sa fille, mais la vie à deux ne leur avait pas réussi. Fox avait hoché la tête d'un air compréhensif, et les deux hommes s'étaient serré la main. Cette rencontre lui avait remonté le moral, même s'il n'aurait su dire pourquoi.

Il savait que, s'il continuait à marcher dans cette direction, il attendrait le croisement avec St. Mary's Street. Ensuite, il tomberait sur le musée Our Dynamic Earth[1] et sur le parlement écossais. Il atteignit la fin de la succession de bars et de clubs, passa devant des boutiques aux vitrines vides ou aux rideaux de fer baissés. La morgue municipale se trouvait dans le quartier, mais il n'avait nullement envie d'y faire un saut. Il supposait que la dépouille mortelle de Vince Faulkner y était toujours au frais. De l'autre côté de la rue, une église avait décidé que le meilleur moyen de drainer des fonds était de construire un hôtel sur son terrain. Visiblement, l'établissement attirait du monde ; Fox doutait qu'on puisse en dire autant de l'église. Il décida de rebrousser chemin. Beaucoup trop de trajets que Vince avait eu la possibilité de faire : petites rues et volées de marches. Il avait aussi bien pu aller vers Chambers Street ou le Royal Mile. Pour autant que Fox en savait, il avait pu prendre une chambre dans cet hôtel pour y cuver sa cuite. Il essayait de deviner ce qui avait pu conduire Vince dans cette partie de la ville. Certes, c'était plein de bars, mais on pouvait en dire autant de Lothian Road. Vince avait dû payer cher la course de taxi, de Leith jusqu'ici. En chemin, il était forcément passé devant des dizaines d'endroits encore ouverts à cette heure. Il devait avoir une destination en tête. Fox songea qu'il ferait bien d'interroger le chauffeur de taxi ; Annabel pourrait peut-être trouver ses coordonnées.

---

1. Musée de la science consacré à notre planète.

— Peut-être, murmura-t-il pour lui-même.

La température continuait de baisser. Il avait relevé le col de son manteau contre ses oreilles. Soudain, la friterie de Grassmarket lui parut être le bout du monde. D'ailleurs, serait-elle encore ouverte ? Le couvre-feu nocturne avait commencé, à savoir que plus aucune voiture ne passait. La sienne était garée vers le haut de Blair Street. Encore cinq minutes et il serait bien au chaud – il n'y avait rien pour lui par là.

Il aperçut alors une autre enseigne au néon. Elle clignotait dans une ruelle – une impasse. C'était la première fois qu'il la remarquait, et en la regardant plus attentivement, il vit que sa flèche pointait vers le bas en direction d'une entrée éclairée. Au-dessus, un seul mot se détachait : SAUNA. Il se demanda si ses collègues avaient procédé à leur distribution d'affichettes dans cet établissement. Il s'avança de quelques pas dans la ruelle afin de mieux voir la porte. Elle était en bois dur, peinte en noir laqué, pourvue d'une poignée en laiton ternie et parsemée d'un assortiment de tags. Un interphone-vidéo se trouvait sur le côté. À Édimbourg, dans l'industrie du sexe, on aimait rester entre habitués, ce qui convenait parfaitement à la police.

Au moment où Fox allait se détourner pour regagner sa voiture, un coup violent déflagra entre ses épaules et le projeta sur le trottoir, face contre terre. Il eut le temps de tourner un peu la tête pour éviter que son nez reçoive tout le choc. Un poids l'écrasait : quelqu'un s'était agenouillé sur son dos, lui coupant le souffle. Hébété, Fox tenta de se dégager, mais un pied appuyait sur son menton. Une chaussure noire qui n'avait rien d'original ou de marquant. Elle lui compressait la tête, et il se sentit tomber en vrille dans le néant…

Quand il battit des paupières, la chaussure revint. Elle lui donnait de petits coups dans les côtes. Il tendit brusquement la main pour l'attraper.

— Réveille-toi, disait une voix. Tu ne peux pas dormir ici.

Fox se mit péniblement à genoux, puis debout. Il avait mal au dos. Au cou. À la mâchoire. L'homme qui lui faisait face était âgé, et, l'espace d'un instant, Fox crut le reconnaître.

— Trop bu, commenta l'homme.

Il s'était écarté de Fox, qui vérifiait s'il n'était pas blessé. Il ne vit pas de sang sur lui, et avait l'impression qu'il lui restait encore toutes ses dents.

— Que s'est-il passé ? gémit-il.

— Tu aurais mieux fait de regagner tes pénates et ton lit.

— Je ne suis pas soûl ; je ne bois pas.

— Tu es malade, alors ?

Fox cligna des yeux sous l'effet de la douleur. La tête lui tournait, et il se rendit compte que du sang affluait dans ses oreilles. Sa vision se brouilla.

— Vous l'avez vu ? reprit-il.

— Qui ?

— On m'a poussé par terre et flanqué un coup de pied…

Il se frotta de nouveau la joue.

— On t'a volé quelque chose ?

Fox vérifia le contenu de ses poches. Quand il fit non de la tête, il crut qu'il allait vomir.

— C'est un quartier malfamé, dit l'homme.

Fox essaya de se concentrer. Il donnait à cet homme dans les soixante-dix ans – cheveux poivre et sel coupés en brosse, peau tavelée…

— Vous êtes Jack Broughton.

L'homme accusa le coup.

— Je vous connais ?

— Non.

Broughton enfonça les mains dans ses poches et s'approcha jusqu'à ce que son visage soit à quelques centimètres de celui de Fox.

— Autant s'en tenir à ça, murmura-t-il, et, se détournant pour partir, il ajouta, en guise de conseil d'adieu : Vous auriez peut-être intérêt à ne pas trop traîner dans les parages.

Fox s'accorda quelques instants de récupération, puis repartit à pas lents vers la rue principale. Il inclina sa montre à la clarté d'un réverbère. Minuit quarante. Il n'avait dû être inconscient que quelques minutes. Il marchait en s'appuyant contre les façades. À chaque inspiration, il avait l'impression que son dos prenait feu. Pete Scott l'aperçut et se raidit, croyant voir venir des ennuis. Fox leva la main pour le saluer et Scott le rejoignit.

— Vous avez trébuché ? demanda-t-il.

— Tu as vu quelqu'un, Pete ? Ça devait être un mec costaud…

— Il en est passé quelques-uns.

— Depuis qu'on s'est vus.

Scott fit oui de la tête.

— Certains sont entrés, indiqua-t-il.

— Je vais jeter un coup d'œil, déclara Fox, avec un geste vers la porte.

— Mais je vous en prie…

Le bar était bondé, et pourvu d'une sono à faire sauter les plombages. Au comptoir, les clients attendaient leur tour sur trois rangs. Jeunes hommes en chemisette ; femmes buvant des cocktails à petites gorgées avec des pailles fluo. La tête de Fox en prit à nouveau pour son grade avec les basses qui pulsaient par les haut-parleurs à mesure qu'il fendait la foule. Dans l'arrière-salle, la piste était éclairée, mais aucun groupe ne jouait. Encore plus de noctambules, encore plus de bruits et de lumières stroboscopiques. Fox ne reconnut personne. Il trouva les toilettes pour hommes et y entra, échappant pour un temps au vacarme. Des serviettes en papier jonchaient le sol, et le distributeur était vide. Fox s'aspergea le visage d'eau et le tapota, regardant son reflet dans la glace. Son menton était éraflé, et sa joue enflée. L'hématome apparaîtrait bientôt. Ses paumes le picotaient là où elles avaient heurté le trottoir, et l'ourlet de son manteau était déchiré. Il le retira et l'examina à la recherche de traces laissées par son agresseur, mais il n'en trouva aucune.

On ne lui avait rien volé – cartes de crédit, espèces, ses deux téléphones portables, tout était là. Quand il avait perdu connaissance, on avait dû cesser de le tabasser. Il inspecta sa dentition, puis manipula ses mâchoires.

— Tu n'as rien, annonça-t-il à son reflet.

Alors, il remarqua qu'il lui manquait un bouton à la taille. Il faudrait le remplacer, sinon ses bretelles seraient de travers. Il inspira à fond plusieurs fois, fit de nouveau couler de l'eau sur ses mains et les essuya avec son mouchoir. Un des clients du bar entra en titubant, ne lui accorda même pas un regard et fonça vers les urinoirs. Fox remit son manteau et partit.

Dehors, il adressa un signe de tête au videur. Pete Scott bavardait avec les deux mêmes filles que tout à l'heure. Elles étaient sorties fumer une cigarette et se plaignaient qu'il n'y avait pas assez de « beaux mecs ». Si Fox était déjà invisible à leurs yeux un peu plus tôt, il l'était encore plus à présent. Scott lui demanda s'il allait bien, et il fit de nouveau oui de la tête, retraversant la rue en direction de sa voiture. Quelqu'un avait laissé les restes d'un kebab sur le capot. Fox l'envoya valser d'un revers de manche, déverrouilla les portières et monta.

Le trajet jusque chez lui lui parut long, les feux jouant contre lui à chaque intersection. Des taxis traquaient le client, mais la plupart des passants semblaient ravis de marcher. Fox régla sa radio sur Classic FM, et finit par conclure que Jack Broughton ne l'avait pas reconnu. Quoi d'étonnant, après tout. Ils ne s'étaient croisés que quelques brèves secondes dans le triplex. Ce n'était que quelques minutes plus tard que Broughton avait appris que l'homme qui attendait l'ascenseur était un flic. Se pouvait-il que Broughton ait été son agresseur ? Peu probable – et en ce cas, pourquoi se serait-il attardé sur les lieux ? En outre, il portait des chaussures marron à bout fleuri ; rien à voir avec celle que Fox avait vue s'abattre sur son menton.

Pete Scott, d'un autre côté… Il portait des Doc Martens noires et était assez costaud… Mais Fox rejeta cette idée. Pete aurait déserté son poste le temps de s'offrir une vengeance mesquine ? C'était toujours possible, mais peu probable.

En arrivant chez lui, il se déshabilla et se planta sous la douche, laissant l'eau couler sur son dos une bonne dizaine de minutes. Quand il voulut se sécher, il ressentit la douleur, et il put regarder son dos dans le miroir de la salle de bains : aucun bobo visible. Peut-être en irait-il autrement au matin. Lentement, il enfila son pyjama, puis descendit à la cuisine où il dénicha un sachet de petits pois dans le compartiment congélateur, l'enveloppa dans un torchon et le plaqua contre sa joue pendant que l'eau chauffait pour le thé. Il trouva une boîte d'aspirine dans un tiroir. Il en avala trois comprimés avec de l'eau du robinet.

Il était près de deux heures du matin. Assis à la table de la cuisine, il regarda le mur pendant quelques minutes, puis se leva et gagna la salle à manger. Son ordinateur trônait sur un bureau dans un angle de la pièce. Il l'alluma et lança une recherche sur trois noms : Joanna Broughton, Charlie Brogan et Jack Broughton. Il n'apprit pas grand-chose sur ce dernier – son âge d'or datait d'avant l'apparition d'Internet et de l'ère de l'info en renouvellement perpétuel. Fox n'avait même pas pensé à lui demander ce qu'il fabriquait dans le Cowgate si tard le soir. Mais Broughton était un septuagénaire ordinaire. Il croyait sans doute toujours en ses chances face à la plupart des ivrognes et des filous.

Fox ne parvenait pas à trouver de position confortable. S'il se courbait en avant, il avait mal ; s'il se penchait en arrière, c'était encore pire. Il se félicitait de ne pas avoir d'alcool chez lui – ça l'empêchait de recourir à cette solution de facilité. Au lieu de quoi, il tenait le sachet de petits pois contre son visage et se concentrait sur Charlie Brogan, trouvant plusieurs interviews extraites de magazines et de pages affaires de journaux. Un journaliste avait voulu connaître les raisons pour lesquelles il était devenu promoteur immobilier.

« — On crée des monuments, avait répondu Brogan. On laisse une trace qui nous survivra.

— C'est important pour vous ?

— On espère tous changer le monde, non ? Pourtant, la plupart d'entre nous, la seule chose que nous laissons, c'est une nécrologie et, peut-être, quelques gosses.

— Vous voulez que les gens se souviennent de vous ?

— Je préférerais qu'ils me remarquent pendant que je suis encore là ! Je m'efforce d'impressionner. »

Fox s'interrogea : impressionner qui ? Joanna Broughton ? Ou son père à qui tout réussissait ? Les hommes ne voulaient-ils pas toujours en imposer à leur belle-famille ? Fox se souvenait encore de sa nervosité le jour où Elaine l'avait présenté à ses parents, alors qu'il les connaissait déjà quand il était écolier. Il avait été invité à des goûters d'anniversaire chez eux. Mais une vingtaine d'années plus tard, il était devenu le petit copain de leur fille.

— Alors comme ça, vous êtes dans la police, nous a dit Elaine, avait murmuré sa mère. Je n'aurais jamais imaginé que vous en arriveriez là…

Son intonation disait tout : notre adorable et si brillante fille aurait pu trouver beaucoup mieux. Enfin, c'est ainsi…

Fox imaginait tout à fait la première rencontre entre Brogan et P'pa Broughton. Les deux fils étaient morts, autrement dit Joanna se devait de ne pas le décevoir. Elle se mariait sur le tard. Fox ne doutait pas que son père affectionné et protecteur avait dû repousser plus d'un prétendant. Mais Charlie Brogan savait ce qu'il voulait : Joanna. Elle était séduisante et sa famille était riche. Mieux : son père exsudait le pouvoir. En se casant avec la fille, on gardait le numéro de téléphone de son père dans sa poche comme celui d'un service d'urgence. Dès que quelqu'un essayait de vous entuber, on lâchait ce nom dans la conversation.

Ce qui, supposait Fox, ne devait pas être du goût de Jack Broughton.

Par conséquent, lorsque CBBJ avait commencé de battre de l'aile, ç'avait été sans police d'assurances. Peut-être Brogan avait-il approché le vieux en douce – il n'aurait surtout pas voulu que Joanna le sache –, auquel cas, il aurait offert à Jack une belle occasion d'écraser son gendre de tout le mépris qu'il éprouvait pour ce bon à rien. *Tu viens me dire que la crise t'a ruiné ? Ah, Charlie, je n'aurais jamais imaginé que tu en arriverais là.*

Et, soit dit entre nous, mon adorable et si brillante fille aurait pu trouver beaucoup mieux…

— Pauvre type, lâcha Fox entre ses dents.

Une demi-heure plus tard, il avait terminé ses recherches sur le trio. Il trouva un lien vers Quidnunc, mais ne put se connecter au jeu faute du logiciel adéquat. Il se contenta donc d'examiner la page d'accueil et son graphisme aux couleurs pétantes. Une espèce de monstre était massacré par une demi-douzaine de Monsieur Muscles.

« Le Guerrier Qui Est En Vous », proclamait l'accroche. Fox pensa à Jamie Breck. Dans le genre guerrier, il n'avait pas trop assuré face à Billy Giles. Breck : s'échappant dans cet univers fictif pendant qu'une vie réelle avec Annabel restait bloquée sur

« Pause ». Fox se demanda quel genre de rôle lui-même avait joué sa vie durant. S'était-il servi de l'alcool comme Breck se servait de ce jeu en ligne, pour s'enfoncer dans un monde virtuel comme échappatoire à la réalité ? Il se posa aussi la question de savoir s'il faisait réellement confiance à Jamie Breck. Il pensait que oui, mais cela restait encore à prouver. Breck l'avait dit lui-même : *Cela veut-il dire que je suis ton dernier espoir ?* Incapable de répondre à cette question, Fox mit l'ordinateur en veille et alla se coucher. Il s'allongea sur le flanc, seule position qui lui permettrait de se reposer sans avoir mal. Les rideaux étaient éclairés par l'éclat orangé d'un réverbère. Les petits pois se décongelaient dans leur sachet. La radio était réglée sur Birdsong…

Mercredi 18 février 2009

21

Le lendemain matin, à sept heures, l'ancien portable de Fox bipa, lui signalant la réception d'un texto. Il était envoyé par Caroline Stoddart. Elle réclamait sa présence à Fettes à neuf heures pour un nouvel interrogatoire. Fox lui répondit par le même moyen : souffrant, désolé – on peut reporter ?

Le terme « souffrant » était-il approprié ? Il avait déjà eu la crève, la grippe, mal aux oreilles et des migraines, mais n'avait jamais rien connu de tel. Il avait l'impression de s'être battu trois rounds contre un grizzly. Il lui fallut plus d'une minute pour aller de son lit à la salle de bains. Visage joliment tuméfié et croûtes au menton sensibles au toucher. Et, d'après ce qu'il pouvait en voir, des bleus des deux côtés de la colonne vertébrale ayant la forme parfaitement reconnaissable de deux poings humains. Après vingt minutes passées sous la douche, il trouva un autre texto qui l'attendait dans sa chambre. De Stoddart.

« Demain en ce K. »

Fox décida de ne pas sortir de la journée. Il avait du lait, du pain et de quoi manger. À neuf heures, allongé sur le canapé, il buvait son deuxième mug de café en regardant BBC News à la télé. Quand on sonna à la porte, il envisagea sérieusement de ne pas aller ouvrir. C'était peut-être Stoddart, venue vérifier son excuse. Mais la curiosité l'emporta, et il alla regarder par la fenêtre. Jamie Breck, qui avait reculé de quelques pas devant la porte, le regardait en brandissant, tout sourire, un sachet. Fox alla lui ouvrir.

— Je nous ai pris des croissants au supermarché, claironna Breck, s'arrêtant net en avisant le visage contusionné de Fox. Merde ! Qu'est-ce qui t'est arrivé ?

Fox le précéda à l'intérieur de la maison. Il était toujours en pyjama et robe de chambre.

— On m'a agressé, répondit-il.

— Hier soir ? Entre le Hunters Tryst et ici ?

Breck n'en revenait pas.

— Dans le Cowgate, rectifia Fox, branchant la bouilloire et sortant un mug propre pour son visiteur. Café ou thé ?

— Parce que Faulkner s'y est rendu en taxi ? devina Breck, dodelinant de la tête. Après le Hunters Tryst, tu y es allé en reconnaissance ? Et alors ? Qui t'a flanqué une volée ?

— On m'a sauté dessus par-derrière. Je n'ai rien vu venir. Mais quand j'ai repris conscience, Jack Broughton était penché sur moi.

— Répète-moi ça.

— Tu m'as très bien entendu. Thé ou café ?

— Thé, ça me va. Qu'est-ce que Broughton faisait là-bas ?

— Il ne me l'a pas dit.

— C'est lui qui… ?

— Je ne crois pas.

Les deux hommes restèrent silencieux une petite minute, le temps que l'eau bouille. Quand le thé fut prêt, ils se rendirent au salon. Fox apporta deux petites assiettes, et ils se partagèrent les croissants. Breck était assis sur le bord de son fauteuil, le buste incliné en avant.

— Moi qui pensais qu'on prendrait un petit déjeuner bien tranquille.

— Qu'est-ce qui nous en empêche ?

— Tu commences ton grand nettoyage de printemps ? plaisanta Breck, montrant les piles de livres.

— Ce qui te plaît est à toi.

Fox souleva son assiette de la table, retenant un cri de douleur quand il se redressa.

— Une question que je voulais te poser…, reprit-il, mordant dans son croissant.

— Je t'écoute.

— Pourquoi ne veux-tu pas qu'Annabel le sache ?

Breck mâchait, l'air songeur, puis déglutit.

— Tu parles de SEIL Ents et du détournement de ma carte de crédit ? J'en suis toujours à peser le pour et le contre.

— Si elle l'apprend par ailleurs, elle risque de mal le prendre. Et on a vraiment besoin d'elle dans notre équipe…

— Ah ! tu ne parles pas seulement dans mon intérêt ?

— Et puis quoi encore ?

Breck ramassa les miettes tombées sur son pantalon.

— Elle me tanne pour que je m'adresse au syndicat pour obtenir un avocat, observa-t-il.

— Elle a raison. Pourquoi tu ne l'as pas encore fait ?

Breck choisit de lui répondre par une autre question.

— Que diable espérais-tu découvrir en te rendant dans le Cowgate ?

— Nos collègues de Torphichen y sont passés distribuer des avis de recherche.

— Donc, tu as au moins appris qu'ils font leur boulot. Où te trouvais-tu au moment où on t'a agressé ?

— Dans une ruelle devant un sauna…

Fox remarqua le changement d'expression de Jamie Breck.

— Tu connais ?

— Une enseigne toute simple indiquant « Sauna » ? Ruelle très étroite ?

— Accouche !

Mais avant, Breck éprouva le besoin de boire du thé. Il posa son assiette sur les livres empilés sur la table basse – il n'avait mangé que la moitié de son croissant.

— J'y suis allé une fois avec Glen Heaton, admit-il.

— Quoi ?

— Pas à l'intérieur, s'empressa-t-il de préciser. On s'est rendu à Jock's Lodge… interroger un témoin. Au retour, Heaton a voulu qu'on passe par le Cowgate. Là-dessus, il a envoyé un texto, et m'a fait garer à l'entrée de cette ruelle. Il est descendu de bagnole, et une femme est sortie de cet établissement. Elle portait un imper, mais j'ai eu le sentiment qu'il n'y avait pas grand-chose dessous. Ils se sont parlé. À la fin, elle l'a embrassé sur la joue. Je crois bien qu'il lui a donné de l'argent, ajouta Breck, le front plissé par sa concentration. Elle était très petite : elle a dû se dresser sur la pointe des pieds pour atteindre son visage. Plus jeune que lui ; la trentaine, je dirais. Bref, elle est retournée dans le sauna, et il est remonté en voiture, conclut Breck avec un haussement d'épaules.

— Il t'a dit son nom ?

— Non. Je lui ai demandé à quoi ça rimait, mais il s'est contenté de me faire un clin d'œil en sous-entendant que c'était plus ou moins un de ses contacts.

— Une indic ?

Breck haussa de nouveau les épaules.

— Il y avait des questions qu'il valait mieux ne pas poser. Glen avait une façon bien à lui de vous le faire comprendre…

— Ça remonte à quand ?

— À l'automne dernier.

Fox réfléchit quelques instants.

— Elle était très petite, dis-tu ?

— Un mètre cinquante, maxi.

— Cheveux blonds bouclés ?

Breck le questionna du regard, et Fox décida d'éclairer sa lanterne.

— On a surveillé Heaton pendant des mois – piratage de ses mails, écoute téléphonique, filoche. Il fréquentait une nana à l'insu de sa femme. Elle était gogo-danseuse dans un club de Lothian Road. Une minette qui s'appelait…

Mais son nom ne revint pas à Fox.

— Apparemment, elle cumule deux jobs, commenta Breck, avant d'ajouter, fixant Fox du regard : Tu ne crois quand même pas… ?

Ce fut au tour de Fox de hausser les épaules.

— Qui que ce soit, on a simplement voulu me donner une petite correction, un avertissement…

— Glen Heaton aurait un mobile, approuva Breck.

Fox composait déjà le numéro de Tony Kaye sur son portable.

— J'attendais que tu te décides à donner de tes nouvelles, balança Kaye en prenant l'appel. Une seconde, tu veux ?

Fox l'entendit se lever de son bureau et sortir dans le couloir.

— Dois-je en conclure que Gilchrist travaille comme une bête ?

— McEwan lui confie les rogatons pour l'occuper, expliqua Kaye. Je suppose que c'est un appel à titre purement amical ?

— J'aurais besoin que tu te rancardes pour moi, Tony, quitte à ce que tu fasses peut-être un saut au bureau du proc', si les documents sont là-bas.

— Je pourrais peut-être les appeler… ?

— Moins de gens seront au courant, mieux ce sera.

— Entendu. Alors, qu'est-ce que tu veux ?

— Des infos sur la nana de Glen Heaton.

— La gogo-danseuse ?

— Tu te rappelles son nom ?

— On n'a pas pris la peine de l'interroger. On aurait dû lui mettre la pression. Pour que Heaton passe aux aveux.

— Trouve le maximum d'éléments sur elle, Tony.

— Tu peux m'expliquer pourquoi ?

— Plus tard.

Fox coupa la communication, et s'apprêta à tapoter son téléphone contre son menton mais se rappela juste à temps que ça lui ferait mal.

— Qu'allait donc faire Jack Broughton là-bas ? s'interrogeait Breck à haute voix.

— En tant que client, peut-être ? Sa femme est morte, et si ça se trouve, ce vieux salaud est encore vert… Ou se pourrait-il qu'il soit propriétaire ?

— Proxénète, tu veux dire ?

Fox fit non de la tête.

— Mais l'immeuble pourrait lui appartenir, suggéra-t-il. Les murs… ou le fonds.

Il leva les yeux sur Breck.

— Tu crois qu'Annabel pourrait se renseigner ?

— Sous quel prétexte ?

— L'enquête en lien avec le Cowgate n'est pas terminée ; elle pourrait devoir rechercher des antécédents.

Breck gonfla les joues et souffla fort.

— Ouais, je suppose, dit-il. Tu veux que je l'appelle ?

Il avait déjà sorti son portable.

— Pourquoi pas ?

Breck commença de composer le numéro.

— Je me demande juste…, murmura-t-il.

— Quoi ?

— Maintenant que j'y repense, pourquoi Heaton a-t-il agi de la sorte ? Pourquoi s'arranger pour que je l'accompagne quand il va voir sa maîtresse ?

— Pour se faire mousser, décida Fox. Tout bonnement.

Breck y réfléchit, puis hocha la tête. On venait de prendre l'appel.

— Salut, Annabel ! dit-il, tout sourire. Tu ne devineras jamais pourquoi je t'appelle…

En milieu d'après-midi, Fox en savait un peu plus long.

Grâce aux bons soins de Tony Kaye, il connaissait à présent le nom de la gogo-danseuse – Sonya Michie – et son adresse dans Sighthill. Elle était mère célibataire, avait deux enfants inscrits à l'école primaire de ce quartier populaire à l'ouest de la ville. Son dossier ne mentionnait ni emploi dans un sauna ni arrestation.

Les renseignements glanés par Annabel Cartwright étaient encore plus curieux. L'immeuble qui abritait le sauna appartenait à une société basée à Dundee : Wauchope Leisure Holdings Limited. Celle-ci possédait en ville toutes sortes de fonds de commerce des plus intéressants, surtout des saunas et des boîtes de strip-tease. Il se trouvait que la liste incluait le bar de gogo-danseuses où travaillait Sonya Michie. Annabel s'était procuré les noms des membres de la direction, parmi lesquels figurait J. Broughton. Par acquit de conscience, Breck lui avait demandé de vérifier le prénom. Une heure plus tard, leur parvenait la confirmation de ce qu'ils avaient supposé : John Edward Alan Broughton.

— Plus connu sous le nom de Jack, avait commenté Fox.

— Eh bien, il avait au moins une bonne raison d'être là-bas, avait ajouté Breck. Pour affaires sinon pour le plaisir…

— À cette heure de la nuit ?

Mais Annabel n'en avait pas terminé : Wauchope Leisure tenait son nom d'un certain Bruce Wauchope qui, pour le moment, était hébergé aux frais de la princesse derrière les barreaux des prisons de Sa Majesté pour sa participation à un trafic de drogue dans le nord-est du pays.

— Des bateaux de pêche sillonnant les côtes au large de villes comme Aberdeen, avait-elle expliqué.

Elle était arrivée chez Fox avec une liasse de photocopies. Surtout des articles de journaux sur Wauchope Leisure, mais aussi la transcription de l'interrogatoire du chauffeur de taxi qui avait déposé Vince Faulkner dans le Cowgate. Ça n'ajoutait pas grand-chose.

Il lui a fallu une bonne minute pour décider où il voulait descendre, déclarait le chauffeur. *Je pensais qu'il allait changer d'avis...*

Annabel, à qui Fox avait proposé à boire, avait demandé un verre d'eau. Breck l'avait embrassée. Elle avait les joues en feu. Accomplir ces tâches semblait lui avoir donné un regain d'énergie. Elle avait remarqué les blessures de Fox, mais n'avait posé aucune question : elle savait qu'on lui donnerait des explications si on le jugeait bon. De même qu'elle n'avait fait aucune allusion aux piles de livres qu'on avait déplacées de la table basse et qui, à présent, trônaient par terre, menaçant de s'effondrer à tout instant.

— Personne n'a remarqué que vous faisiez ces recherches ? avait cherché à se rassurer Fox, qui, en réponse, avait obtenu une dénégation de la tête.

— Les chalutiers croisaient les autres bateaux en mer du Nord, avait-elle expliqué en buvant l'eau à petites gorgées. La drogue était débarquée, et écoulée sur le marché de proximité des pêcheurs et des ouvriers des compagnies pétrolières.

Fox examinait à présent une photo à gros grain qui présentait la mine patibulaire de Bruce Wauchope. Il devait avoir la cinquantaine.

— La gueule du bon vieux voyou, observa Jamie Breck.

— Attends de voir celle de son fils, rétorqua Annabel, feuilletant les documents.

Elle trouva une petite photo accompagnée d'un article de journal sur le procès de Bruce Wauchope.

— Lui aussi s'appelle Bruce – Bruce Junior, j'imagine –, mais on le connaît sous son surnom : Bull[1].

Fox et Breck parcoururent l'article tandis qu'Annabel leur fournissait d'autres détails.

— Il s'est taillé une sale réputation à Dundee. À quinze ans, il avait été viré d'une demi-douzaine d'écoles. Avait pris la tête d'un gang local. Devait sûrement faire la fierté de son papa. Avec Wauchope Senior hors d'état de nuire, Bull a pris le relais.

— Le relais de quoi, au juste ?

— Pour le savoir, il faudrait que j'en parle aux collègues de la crim' de la région du Tayside ; à moins que vous-mêmes n'ayez un contact là-bas ?

— Je connais peut-être quelqu'un, avança Breck.

— Wauchope possède-t-il d'autres biens à Édimbourg ? voulut savoir Fox, toujours concentré sur sa lecture.

— Là encore, ça nécessiterait d'autres investigations, répondit Annabel qui, après avoir ménagé un silence, ajouta : Pourquoi est-ce si important ?

La question s'adressait à Breck, mais celui-ci se tourna vers Fox qui haussa les épaules. Le silence se prolongea pendant que Fox s'absorbait toujours dans

1. Le Taureau.

la lecture des photocopies. Breck, dans l'intervalle, s'était levé et regardait par la fenêtre.

— Je ne vois pas ta voiture, déclara-t-il à Annabel.

— Je l'ai garée dans la rue d'à côté. Je voulais éviter de me faire repérer, au cas où.

— Sage précaution, observa Fox, levant les yeux vers elle

Annabel consulta sa montre.

— Bon, j'y retourne, se décida-t-elle. Il ne me faut jamais autant de temps pour aller m'acheter un sandwich.

— Merci pour tout, dit Fox.

— J'espère au moins que ça vous sera utile.

Elle mit son sac en bandoulière. Jamie Breck avait déjà quitté la pièce pour aller lui ouvrir la porte d'entrée. Fox ne saisit pas ce qu'ils se dirent, mais entendit nettement le baiser mouillé par lequel ils terminèrent leur conversation avant que la porte ne se referme. Breck revint dans la pièce et se posta à la fenêtre pour suivre Annabel des yeux.

— Elle est trop bien pour toi, lui balança Fox.

— Comme si je ne le savais pas ! rétorqua-t-il, retournant s'asseoir.

— Elle te soutiendra, j'en suis sûr. Si tu lui disais, j'entends. Elle n'en croirait pas un mot.

— Je choisirai mon moment, si vous n'y voyez pas d'inconvénient, inspecteur.

Fox capitula en levant les mains en l'air.

— Alors, reprit Breck, se frottant les siennes et se perchant sur le bras du fauteuil, qu'avons-nous exactement ?

— Tu en sais autant que moi. T'es-tu renseigné auprès de ta banque au sujet de ta carte de crédit ?

Breck le regarda.

— Pourquoi me poses-tu cette question, brusquement ?

— Parce que ça vient de me traverser l'esprit.

— J'ai appelé. Le paiement à SEIL correspond à une transaction en ligne, ils ne peuvent rien me dire de plus.

— N'importe qui ayant noté ton numéro de carte aurait pu le faire ?

— À condition de connaître mon code secret, plus, peut-être, mon adresse et mon code postal.

— Donc, on n'est guère plus avancé ?

— Je ne peux pas prouver que ce n'est pas moi, si c'est ce à quoi tu penses, rétorqua Breck, bondissant de nouveau sur ses pieds. Toujours un petit doute qui te tenaille, Malcolm ?

— Non.

— Tâche d'être un peu plus convaincant, s'il te plaît.

Avant que Fox ait eu le temps de réagir, son téléphone sonna. C'était Annie Inglis.

— Salut, Annie, répondit Fox, que puis-je faire pour toi ?

— Pas grand-chose.

Breck fit signe qu'il allait s'éclipser, et s'exécuta aussitôt. Fox s'enfonça dans son fauteuil, téléphone contre son oreille, puis se plia de douleur. Son dos le rappelait à l'ordre.

— Comment ça se passe à la Boîte à Pervers ? demanda-t-il, serrant les dents. On t'a envoyé quelqu'un en remplacement de Gilchrist ?

— Je bosse toujours en solo.

— Pas bon, ça.

— Non, en effet.

— Comment va Duncan ?

— Très bien. Et toi, Malcolm ?

— Je tiens le coup.

— Vraiment ?

— Ouais, plus ou moins.

Il l'écouta rire.

— Quand vas-tu reprendre le travail ? reprit-elle.

— Ça dépend des Grampians.

— J'ai rencontré l'inspecteur Stoddart. Elle m'a paru très… efficace.

— Elle t'a posé des questions sur moi ?

— En passant.

— Je devais aller la voir aujourd'hui pour une autre séance de torture.

— Elle m'en a parlé.

— Je lui ai dit que j'étais malade.

— Mais en réalité, tu vas bien ?

— En fait, j'ai des élancements, des points douloureux.

— En cette saison, qui n'en a pas ?

— Un peu plus de compassion, en revanche, ça ne me ferait pas de mal.

Elle repartit à rire.

— Tu veux que je passe te voir ce soir ? Je t'apporterai des raisins et du Lucozade[1], ça te va ?

Fox, du bout des doigts, touchait son visage tuméfié.

— Tentant, mais non, merci, répondit-il.

— Tu ne viendras pas dire que je ne te l'ai pas proposé.

1. Boisson énergétique à base de caféine et de glucose.

— Ça ira mieux d'ici quelques jours, Annie. Écoute, il y a une chose dont je voulais te parler. Tu m'as dit que la police australienne s'apprêtait à tomber sur le râble de Simeon Latham. Quand j'en ai parlé à Gilchrist, il m'a dit, en gros, la même chose.

— Oui ?

— Eh bien, la collègue de Melbourne que j'ai contactée grâce à toi ne semble pas de cet avis.

— Tu sais que je ne peux pas en discuter, Malcolm, dit Inglis durcissant le ton.

— Je me demande seulement qui me ment, Annie.

Breck, qui avait passé la tête par l'embrasure de la porte, indiquait qu'il était sur le point de partir. Fox fit non de la tête et écouta la tonalité continue qui, résonnant dans son oreille, lui indiqua qu'Inglis avait raccroché. Il ferma son portable et fit signe à Breck de revenir dans la pièce.

— L'inspecteur Stoddart a soutiré des informations à Annie Inglis, lui dit-il.

— Elle est pro, on ne va pas le lui reprocher.

Fox, songeur, faisait courir ses doigts sur sa joue enflée.

— Tu ne devrais plus te mêler de ça, Jamie. Tu ferais mieux de consacrer ton énergie à te blanchir.

— Tu peux m'expliquer comment m'y prendre si je veux éviter que la hiérarchie se rende compte que c'est forcément toi qui m'as rancardé ? demanda Breck, hochant la tête. Il faut te blanchir pour me blanchir. Alors, quelle est la prochaine étape, aujourd'hui ?

Fox fixait l'écran de son téléphone – trois heures avaient filé comme l'éclair.

— Déjeuner ? proposa-t-il.

— Un autre raid au supermarché ? supposa Breck.

Fox acquiesça, mettant la main à la poche.

— C'est ma tournée, dit-il. Tu as déjà offert le petit-déj'…

Breck prit le billet de dix livres, mais ne lâcha pas le morceau.

— Et après ? voulut-il savoir.

— Dundee, c'est une possibilité… mais je te le répète, je peux m'en charger seul.

— Quand on voit le résultat de tes efforts en solo, observa Breck en pointant le doigt sur le visage de Fox, on se dit que je ferais mieux de t'accompagner, non ?

Après le départ de Breck, Fox alla à la fenêtre et regarda la rue, l'esprit embrumé. Puis il gagna la cuisine et prit d'autres antidouleur. Il avisa le verre d'Annabel qui portait une légère marque de rouge à lèvres. Pouvait-il juger son petit ami sur sa mine ? Et elle ? Serait-elle capable de transmettre des infos à l'équipe chargée d'enquêter sur lui ? Donner Malcolm Fox à Billy Giles, en échange de quoi Giles ficherait la paix à son amant ? La liste des personnes à qui Fox pouvait faire confiance n'était pas longue, et ses marges pleines de si, de mais et de points d'interrogation.

Retournant s'asseoir à la table basse, il prit une liasse de photocopies : la transcription de l'interrogatoire du chauffeur de taxi. Il s'imposa à lui que Vince avait probablement eu de bonnes raisons d'hésiter à descendre. Il était nerveux. Il avait une destination en tête, mais y réfléchissait à deux fois. Au Marooned, il avait cherché la bagarre, puis à l'arrêt de bus, avait répondu à d'autres provocations. Les videurs de l'Oliver auraient dû lui refuser l'entrée, mais s'en étaient abstenus. Pourquoi donc ? Jamie Breck affirmait que Joanna Broughton tenait à préserver la bonne réputation de son établissement, néanmoins on avait laissé Faulkner boire jusqu'à l'hébétude. Pendant deux ou trois heures... Lorsque son corps avait été découvert, il n'avait que quelques billets et quelques pièces dans ses poches. S'était-il rendu dans le Cowgate dans le but d'emprunter de l'argent, ou parce qu'il venait d'en toucher ?

En feuilletant ces documents, Fox mesurait à quel point Annabel Cartwright lui avait rendu un fier service alors qu'elle le connaissait à peine. Elle l'aidait parce qu'il était un ami de Jamie...

— Toi, Annabel, je te fais confiance, dit-il pour lui-même, avant d'ajouter, dans la foulée : Disons à quatre-vingts pour cent...

Il était retourné à la cuisine se servir un verre d'eau, quand son vieux portable sonna. Il regagna aussitôt le salon et se mit à sa recherche, mais ne le trouva pas à temps. Une fois qu'il eut mis la main dessus, il lut le numéro sur l'écran, celui d'un portable, qu'il rappela.

— Je n'ai pas été assez rapide, expliqua-t-il quand on prit l'appel.

— Ici Max Dearborn.

— Comment va, Max ?

— Comme quelqu'un qui a le nez dans le guidon.

— Des nouvelles du promoteur errant ?

— Non.

— Mais c'est ce qu'il est au jour d'aujourd'hui, non ? Errant plutôt que défunt ?

— C'est une possibilité parmi d'autres.

— Je n'en vois que cinq, Max. Il est mort, et c'était un accident ; il s'est jeté par-dessus bord ; ou quelqu'un s'en est chargé.

— Ça en fait trois.

— Et s'il est vivant, soit il a mis en scène un faux suicide, soit c'est quelqu'un d'autre, auquel cas, il est entre les mains d'un ou plusieurs ravisseurs.

— Sa femme n'aurait-elle pas déjà reçu une demande de rançon ?

— Elle ne te l'a peut-être pas indiqué, Max. D'après ce que je sais de Joanna Broughton, je ne serais pas étonné qu'elle veuille régler ce genre de chose à sa façon.

— Un point pour toi, concéda Dearborn. En parlant de ça, son conseiller en communication est de nouveau sur le sentier de la guerre.

— Je ne l'ai plus revu de près ou de loin…

— Il a une journaliste dans sa ligne de mire, précisa vivement Dearborn d'une voix lasse.

Fox comprit la raison de son appel : pas d'agenda secret, seulement le besoin de parler, de décompresser, de bavarder avec un collègue qui ne soit pas planqué derrière les chariots disposés en cercle. Fox imaginait Dearborn dans une salle de la crim' à moitié désertée par ses collègues démotivés après les premiers jours de travail acharné. Attendant une percée dans l'affaire, rendu léthargique par une consommation effrénée de sandwichs et de barres chocolatées. Peut-être même avait-il repoussé sa chaise, dénoué sa cravate, posé les pieds sur le bureau…

— Qu'a-t-elle fait, cette journaliste ?

— Pas grand-chose. Elle a eu vent d'une rumeur

selon laquelle Brogan serait mêlé à quelque chose de louche.

— À savoir ?

— Tentative de chantage d'un conseiller municipal. Ça aurait rapport avec tous ces apparts que Brogan construit. Du jour au lendemain, plus d'acquéreurs. Il espérait que la municipalité serait preneuse.

— Dans quel but ?

— En faire des logements sociaux, il en manque quelques milliers en ville, au cas où tu ne l'aurais pas remarqué.

— Eh bien, Brogan avait une solution toute trouvée.

— Si le prix lui convenait…

— Comment un conseiller municipal était-il censé, à lui seul, emporter le morceau ?

— Ça aide si ledit conseiller siège à l'Office du logement.

— Ah, fit Fox, qui ajouta, après un bref silence : Je ne vois toujours pas ce qu'il y a de mal à ça.

— Pour être franc, moi non plus.

— Qui t'en a informé ? Pas Gordon Lovatt ?

— La journaliste.

— Et pourquoi m'en parles-tu ?

— Asticoter les gens, ça te connaît. La prochaine fois que tu verras Joanna Broughton ou Gordon Lovatt, tu pourrais leur en toucher un mot.

— Dans l'espoir qu'ils fassent quoi, au juste ?

— Peut-être rien… peut-être quelque chose.

— Si je comprends bien, tu es redevable d'un service à cette journaliste, mais tu ne peux pas te permettre de passer la tête par-dessus le parapet. La mienne, en revanche…

— C'était juste une suggestion. Au fait, la journaliste en question s'appelle Linda Dearborn.

— Ça, c'est ce qui s'appelle une coïncidence, Max.

— Ça le serait si ce n'était pas ma petite sœur. Je te donne son numéro…

Fox le nota. Il entendait un téléphone sonner tout près de Max Dearborn.

— Faut que je te laisse, dit ce dernier.

— Si tu apprends du nouveau sur Brogan, tu me tiendras au courant ? lui rappela Fox.

Mais Dearborn avait déjà coupé la communication. Fox se gratta le crâne, essaya de mettre de l'ordre dans ses pensées. Il y avait une chose qu'il aurait dû aborder avec Dearborn, alors il lui envoya un texto.

Nom du conseiller ?

Il patienta cinq minutes avant de recevoir une réponse :

Ernie Wishaw.

Fox fixait toujours ce nom quand Breck revint avec la nourriture. Il ne sembla pas déceler de changement en lui. Il disposa les sandwichs et les chips sur la table basse, ainsi que deux petites bouteilles de limonade. Au moment où il s'inquiétait de savoir si Fox préférait le crevettes-salade ou le jambon-moutarde, il s'arrêta net.

— Quelqu'un est mort ? demanda-t-il.

Fox fit lentement non de la tête.

— Ton conseiller municipal…

— Lequel ?

— Celui de l'entreprise de transport routier : Ernie Wishaw.

— Oui, et alors ? marmonna Breck, perplexe.

— Il se peut qu'il ait un lien avec Charlie Brogan.

Breck s'accorda quelques instants de réflexion.

— À cause du casino ?

— Une journaliste essaie de prouver que Brogan lui graissait la patte.

Breck défit lentement l'emballage de son sandwich qu'il fit glisser sur l'assiette dont il s'était servi pour son croissant.

— Selon elle, Brogan cherchait à fourguer certains de ses « éléphants blancs » à la ville, continua d'expliquer Fox. Wishaw devait s'assurer que le conseil municipal ne fasse pas une trop bonne affaire.

— Ça se tient, murmura Breck. Qui est cette journaliste ?

— La sœur de Max Dearborn.

— Et qui est Max Dearborn ?

— Un sergent basé à Leith. Il fait partie de l'équipe qui enquête sur le petit tour de disparition de Brogan.

Breck leva les yeux vers Fox.

— Pas un suicide ?

Fox fit une moue dubitative.

— Si la journaliste a raison, tu pourrais enfin épingler Ernie Wishaw. Imagine que tu sois à la place de Brogan, reprit Fox après un bref silence, et que tu veuilles le mettre dans ta poche, tu commencerais peut-être par lui offrir du bon temps.

— Au casino de ta femme ?

— En lui offrant une pile de jetons pour faire mumuse…

— Je ne suis pas sûr que Wishaw soit naïf à ce point-là.

— Tout dépend du deal que Brogan lui proposait.

Breck ne quittait pas Fox des yeux. Il avait oublié

le sandwich qu'il tenait. Les crevettes retombaient gentiment dans l'assiette.

— Ce n'est qu'une rumeur, hein ? demanda-t-il. Pour l'instant, rien de plus ?

Fox haussa les épaules, lorgna la garniture de son sandwich au jambon, mais il n'avait plus faim. Il prit sa limonade. Quand il en dévissa le bouchon, elle déborda par le goulot en pétillant et forma une flaque miniature sur la table. Il alla chercher un torchon à la cuisine. Breck n'avait toujours pas touché à son assiette.

— Il n'y aura bientôt plus de crevettes là-dedans, l'avertit Fox.

Breck, avisant ce qui s'était passé, entreprit de replacer les crevettes entre les deux triangles de pain de mie aux céréales.

— Linda Dearborn, souffla-t-il au bout d'un moment. C'est son nom ?

— Tu la connais ? demanda Fox, en essuyant la table.

— Oui, ça me revient maintenant. Quand on a arrêté le routier convoyeur de drogue qui bossait pour Wishaw, elle est venue rôder dans les parages. Je crois que, vu de son côté, la question était : Wishaw ne pouvait pas ne pas savoir.

— C'était aussi ton point de vue, si ma mémoire est bonne.

Breck eut un petit sourire.

— Je ne lui ai adressé la parole qu'à cette occasion…

— Il semblerait qu'elle ait gardé le conseiller dans le collimateur…

— Oui, en effet. Tu crois que ça vaut le coup qu'on aille lui parler ?

— À condition que nos noms n'apparaissent jamais dans la presse. Le hic, c'est que, si elle devait citer nos propos, nous deviendrions ses « sources policières anonymes ».

— Quel serait le problème ?

— L'implication de son frère dans l'enquête sur Brogan.

— C'est sûr, approuva Breck, tout le monde supposerait que ça vient de lui.

— Raison pour laquelle je doute qu'elle nous cataloguerait parmi les « anonymes ».

— Dans ce cas, pourquoi Dearborn t'en a informé, alors ?

— Je crois qu'il veut que j'en parle à Joanna Broughton.

— Pourquoi ?

— Dans l'espoir qu'elle s'énerve et se trahisse.

— Ça n'arrivera pas.

— Et Ernie Wishaw ?

— Il ne risque pas de s'incriminer lui-même, si ?

— Vous l'aviez surveillé un moment… quel est son talon d'Achille ?

— Il faudrait que j'y réfléchisse.

— Entre-temps, que dirais-tu de ça : on lui dit qu'on oublie qu'il a tenté de soudoyer la femme du chauffeur routier, à condition qu'il nous rancarde sur le deal que lui proposait Charlie Brogan.

— Tu es sérieux ? On n'a pas le moindre mandat.

— Tu as raison.

Le silence retomba entre eux… jusqu'à ce que Jamie Breck le brise.

— Tu vas le faire, de toute façon, affirma-t-il.
— Sans doute, admit Fox.
— Pourquoi ?
— Parce que Brogan est la clé de tout.
— Tu en es sûr ?
Fox réfléchit un court instant.
— Non, concéda-t-il. Je n'en suis pas convaincu du tout.

Ce soir-là, Fox retourna dans le Cowgate. Il resta dans sa voiture, et observa les passants, au cas où il verrait un visage connu. En l'occurrence, il en repéra deux : Annabel Cartwright et Billy Giles. Fox s'enfonça chaque fois dans son siège, malgré les élancements que ce mouvement lui envoyait dans la colonne vertébrale. Cartwright fut la première. Elle parlait avec un autre membre de l'équipe d'enquête qui semblait être sous ses ordres. Il portait une nouvelle liasse d'avis de recherche. Ils s'éloignèrent dans la rue, et Fox les perdit de vue. Dix minutes plus tard, ce fut au tour de Billy Giles d'arriver d'un pas tranquille, marchant comme s'il était chez lui. Il mâchonnait un gros cigare, les deux mains profondément enfoncées dans ses poches. Le ciel était couvert, mais il faisait bon, il n'y avait pas un souffle de brise. Quand Giles eut disparu dans la même direction que Cartwright et son collègue, Fox se redressa. Trois quarts d'heure plus tard, une voiture passa à sa hauteur. Le chauffeur transportait les trois enquêteurs. Giles parlait avec animation, avec force gestes des bras ; les deux autres l'écoutaient, résignés. Fox attendit encore une petite demi-heure, puis descendit de voiture et verrouilla les portières. Pete Scott n'était pas en service à l'entrée du Rondo. Cette fois, deux videurs remplissaient leur office, un Noir, un Blanc. Ils ne lui accordèrent pas la moindre attention. L'un d'eux montrait à l'autre quelque chose d'amusant sur l'écran de son téléphone.

— C'est terrible ! entendit Fox dans la bouche de l'un, mais d'un ton qui suggérait le contraire.

Il poursuivit son chemin. Il n'était pas encore dix heures et il n'aurait su dire pourquoi il prenait cette peine. Quitte à faire les choses bien – cette sorte de reconstitution –, il aurait dû venir après minuit. La ruelle était déserte. L'enseigne au néon proclamait toujours SAUNA. Fox examina les alentours et en conclut qu'il ne risquait rien. Néanmoins, il ne cessa de jeter des coups d'œil derrière lui en s'enfonçant dans le passage, avant de s'arrêter devant l'entrée de l'établissement. Il pressa le bouton de l'interphone, et regarda l'objectif de la caméra. Comme rien ne se produisait, il réitéra l'opération. Aucun bruit ne lui parvenait de l'intérieur. La façade ne présentait aucune partie vitrée ; rien que l'œil luisant de la caméra. Il agita les doigts à son intention, se pencha vers l'objectif, se hasarda à tapoter dessus. Puis il essaya d'ouvrir la porte, mais elle ne céda pas. Il ferma le poing, frappa trois fois, puis recommença. Toujours rien.

Finalement, il se détourna pour partir, s'arrêtant à l'endroit où il avait perdu conscience à peine vingt-quatre heures plus tôt. Il s'accroupit et ramassa un petit objet rond : le bouton manquant à la taille de son pantalon. Il le mit dans sa poche, se redressa et rentra chez lui.

Mais avant, il devait faire un détour, et non des moindres. La journée, la A198, la route côtière vers l'extérieur de la ville, offrait des vues magnifiques. Fox n'avait pas oublié que c'était une des balades de week-end préférées de son ex-femme. Souvent, ils s'arrêtaient déjeuner dans le village d'Aberlady ou celui de Gullane, où ils se promenaient en bordure du parcours de golf. Plusieurs parkings donnaient sur la plage, et les promeneurs les plus aventureux se lançaient à l'assaut de la colline de North Berwick Law. Eux-mêmes n'étaient jamais allés plus loin que le château de Tantallon, situé à quelques kilomètres du village de North Berwick, avant de reprendre la route à travers le pays. Parfois, ils s'accordaient un petit pain au bacon au Musée national de l'aéronautique[1], ou un poisson frit dans Haddington. Mais North Berwick restait la destination de prédilection d'Elaine. Elle regardait par l'un des télescopes du Centre écossais des oiseaux de mer ou se promenait sur la plage, l'incitant à marcher plus vite – des deux, c'était toujours lui le lambin. North Berwick était une fois encore la destination de Fox. Il connaissait la route, mais roula prudemment car elle était sinueuse et traître. Les voitures le doublaient à grande vitesse, dans les rugissements de leurs pots d'échappement trafiqués, les conducteurs se déportant dans des virages sans visibilité à grand renfort d'appels de phares. Ils étaient jeunes, et sur les autres sièges s'entassaient leurs copains qui poussaient des cris de surexcitation. Ils venaient peut-être d'Édimbourg, mais Fox pensait plutôt qu'ils étaient du coin. À cette heure de la nuit, quelles distractions les attireraient dans l'East Lothian ?

1. National Museum of Flight.

En arrivant à North Berwick, Fox prit la direction d'une ruelle située non loin de la plage. Il s'y trouvait une maison non loin de laquelle il s'était déjà garé, mais jamais dans sa propre voiture. Elle était de plain-pied, et une extension avait été réalisée au niveau du toit sous la forme d'un balcon qui offrait des vues vers plusieurs îles – Fidra, Craigleith, Bass Rock, lesquelles n'étaient pas visibles ce soir-là. Le vent s'était levé, mais la température se maintenait un peu au-dessus de zéro. Elaine avait toujours eu envie d'habiter en bord de mer. Les objections de Fox avaient été purement égoïstes : il ne se voyait pas faire le trajet tous les jours. Trajet qui, à l'inverse, ne semblait pas ennuyer Glen Heaton qui vivait dans cette ville depuis huit ans. Les Affaires internes avaient examiné les conditions d'achat de sa maison. Aujourd'hui, elle devait valoir plus de cinq cent mille livres. Impossible qu'elle ait été dans ses moyens, c'était un point soulevé plus d'une fois lors de ses nombreux interrogatoires. Heaton les avait renvoyés au titre de propriété.

— Tout est réglo, avait-il affirmé.

Et :

— Vous n'êtes rien que des jaloux.

Ou encore :

— Ça vous fout les boules qu'un autre ait mieux réussi que vous.

C'était en face de cette maison que Fox se garait à présent, coupant le contact, craignant que le bruit d'un moteur tournant au ralenti ferait se soulever le coin de quelques rideaux. La maison suivante était un Bed & Breakfast, le jardin de devant ayant été converti en petit parking. À cette époque de l'année, Fox doutait que les voitures qui y étaient garées appartiennent à des touristes. Celle de Heaton – une Alfa Romeo – devait être à l'abri dans son box, à l'arrière de sa propriété. Il l'avait achetée neuve deux ans plus tôt, et avait dû débourser tout juste un peu moins de vingt mille livres. Il avait dépensé à peu près la même somme en vacances au cours des douze mois qui avaient précédé la fin de l'enquête dont il faisait l'objet – voyages à la Barbade, à Miami et aux Seychelles. Pour l'un d'eux, sa femme et lui avaient choisi la classe Affaires, alors que, pour les autres, ils s'en étaient tenus à la Économique Premium. Des hôtels quatre ou cinq étoiles les attendaient. Malheureusement, les possibilités budgétaires des Affaires internes ne permettaient pas d'assurer la surveillance de ces petits breaks. Pendant le trajet de ce soir, Fox avait écouté les titres des infos à la radio. Des questions se posaient au sujet de la rémunération des parlementaires. Non pas qu'ils seraient tous corrompus, mais plutôt qu'ils profitaient du système en long en large et en travers. Fox songea que cela s'inscrivait sans doute dans la continuité du scandale des bonus des banquiers et des réformes des retraites. On avait envie de crier à l'injustice, mais comme on n'y pouvait pas grand-chose, l'attention se tournait vers les hommes politiques qui, eux, avaient encore le groin dans leur auge pleine.

Rien que des jaloux...

L'accusation de Heaton lui restait en travers de la gorge, car elle n'était pas sans fondement. Tony Kaye, notamment, fulminait et enrageait en citant la liste de ses dépenses.

— Comment peut-il se payer tout ça avec son seul salaire ? soulignait-il à qui voulait l'entendre.

La réponse était : ce n'était pas avec son seul salaire.

De nombreuses transactions étaient réglées en espèces, et Heaton avait été incapable de le justifier. Fox, le regard braqué sur la maison, imaginait Heaton au lit avec sa femme. Puis il pensa au fils dont elle ignorait l'existence, à moins que Heaton la lui ait révélée. Ce garçon, âgé de dix-huit ans, vivait à Glasgow avec sa mère. Ce à quoi il fallait ajouter Sonya Michie, autre secret caché à sa femme. Cela étant, d'expérience, Fox n'ignorait pas que, le plus souvent, les épouses préféraient ne rien savoir. Elles nourrissaient des soupçons… elles avaient compris, d'une certaine façon… mais se faisaient une joie de feindre l'ignorance et de continuer de vivre comme si de rien n'était.

— Qu'est-ce que tu fiches ici, Malcolm ? marmonna Fox pour lui-même.

Il espérait à moitié voir Heaton sortir sur le perron en robe de chambre. Il marcherait jusqu'à la voiture et monterait. Alors, ils pourraient discuter. Fox avait affirmé à Breck que Charlie Brogan était au centre de tout, mais, tout en le disant, il avait senti que quelque chose clochait. Glen Heaton n'était pas uniquement un problème non résolu. On sentait, chez cet homme, un poison qui, Fox en avait la certitude, avait infecté plus de gens qu'on ne le croyait. Ils sévissaient toujours, vaguement conscients, pour certains d'entre eux, de leur intoxication. Sonya Michie faisait partie du lot. Mais à présent, Fox se posait des questions sur Jack Broughton et Bull Wauchope. Il avait baissé sa vitre. Il humait et entendait la mer. Dehors, il n'y avait pas un chat. Il s'interrogeait : cela l'ennuyait-il que le monde ne soit pas parfaitement équitable ? Que la justice suffise rarement ? Il y aurait toujours des gens prêts à empocher une liasse de billets en échange d'un service. On trouverait toujours des gens prêts à tordre les règles du système pour en tirer le maximum de profit. Certains – beaucoup – n'étaient jamais inquiétés.

— Mais tu n'es pas l'un d'entre eux, se dit-il à voix haute.

Au même instant, il perçut du mouvement à la porte de chez Heaton. Elle s'ouvrait, la silhouette d'un homme se découpa dans l'entrée éclairée. Il portait un pyjama et – oui – nouait la ceinture de son peignoir en éponge blanc. Glen Heaton scrutait l'obscurité, la tête tournée vers la Volvo. Fox pesta dans sa barbe et mit le contact. L'emplacement où il s'était garé n'était pas immense, et il dut pas mal manœuvrer pour, en le quittant, éviter de toucher les véhicules devant et derrière le sien. Aucune importance de toute façon : Heaton ne bougea pas d'un pouce, mains dans les poches. Fox regarda droit devant lui en passant dans la rue en pleins phares, dans l'espoir d'éblouir l'homme en peignoir. À droite, puis encore à droite, et il repartait vers Édimbourg, sans que la vision le quitte un seul instant.

Celle de Glen Heaton immobile, là, comme si on le lui livrait sur un plateau.

Et lui, Malcolm Fox, qui s'était dégonflé.

Jeudi 19 février 2009

22

Le jeudi matin, Fox fut tiré du lit par la réception d'un texto de Caroline Stoddart.

« Ça va mieux ? »

C'était le cas. Sa joue avait désenflé et ses paumes n'étaient sensibles que lorsqu'il les frottait l'une contre l'autre. Son menton ne lui faisait plus mal tant qu'il ne le touchait pas. Il jugea préférable d'attendre encore un jour ou deux avant de se raser à cet endroit. Quant à son dos, il l'élançait quand il se retournait ou se penchait trop dans une direction ou une autre, mais c'était supportable. Aussi répondit-il par le même procédé :

Oui.

Le texto suivant, le dernier qu'elle lui adressa, lui signifiait de se présenter à Fettes à dix heures. Fox envoya un message à Breck pour l'en informer et préciser qu'il était pris jusqu'à l'heure du déjeuner. Breck le rappela aussitôt.

— C'est Stoddart ?

— La seule et unique.

— Tu sais ce que tu vas lui dire ?

— Je vais lui répéter que je n'ai rien à voir avec la mort de Vince, et que tu n'es pour rien dans tout le reste.

— Ce plan en vaut bien un autre. Et ensuite ?

— Je pensais aller parler à Ernie Wishaw.

— Pourquoi ?

— Il est conseiller municipal, non ? J'ai peut-être un problème qu'il pourrait m'aider à résoudre… Pas la peine que tu viennes, Jamie.

Breck ricana.

— Essaie un peu de m'en empêcher.

— Tu n'as pas une partie de Quidnunc en cours ?

— C'est moi qui t'ai rancardé sur Wishaw, au cas où tu l'aurais oublié.

— Mais tu ne l'as jamais rencontré ?

— Non.

— C'est risqué, Jamie… si jamais ça revient aux oreilles de Stoddart ou de Giles…

— Si tu y vas, j'y vais aussi, décréta Breck. Point barre.

Avant toute chose, Fox devait passer par la case Fettes et Affaires internes de la région des Grampians. Les trois enquêteurs – Stoddart, Wilson et Mason – avaient repris position. Quand Stoddart avisa l'état du visage de Fox, elle se figea.

— Que vous est-il arrivé ?

— Je suis tombé dans l'escalier.

Elle arqua les sourcils.

— Ce n'est pas plutôt l'excuse de votre sœur, en général ?

— Au moins, ça prouve que je ne vous racontais pas de bobards hier, observa Fox, acceptant le micro-cravate des mains de Mason et le fixant lui-même à sa chemise avant de s'asseoir.

— Peut-être bien, rétorqua Stoddart. Et moi qui m'apprêtais à vous féliciter…

— De quoi ?

— De ne pas vous être attiré d'autres ennuis depuis l'autre jour. Je n'en suis plus aussi sûre.

Fox se pencha en avant sur sa chaise, au prix d'une douleur aiguë.

— Vous me traitez de menteur, inspecteur ? lança-t-il d'un ton accusateur.

— Non, répondit-elle en feuilletant ses documents.

Fox fit courir ses doigts sur le passe visiteur plastifié qui pendait à son cou.

— Du nouveau dans l'enquête sur Faulkner ? demanda-t-il, l'air de rien.

— Comment le saurais-je ? rétorqua Stoddart, levant les yeux vers lui. Pourquoi avez-vous agressé le sergent Dickson ?

— J'étais fragilisé émotionnellement.

— Comment dites-vous ?

— Ma sœur venait de perdre son compagnon, se fit-il un malin plaisir d'expliquer. Ça m'avait perturbé, je m'en rends compte maintenant. Ce n'est qu'après coup que j'ai pris conscience que ma hiérarchie avait commis une erreur.

— Votre hiérarchie ?

— En ne m'accordant pas quelques jours de repos, étant donné les circonstances.

Stoddart se plaqua contre le dossier de son siège.

— Vous rejetez la responsabilité sur votre hiérarchie ?

Fox haussa les épaules.

— Je ne dis pas ça. Mais comment se fait-il que vous me surveilliez, inspecteur ? Qui vous en a donné l'ordre, et pour quel motif ?

Stoddart lui servit un sourire glacial.

— Informations confidentielles, articula-t-elle.

— Ravi de vous l'entendre dire : je trouve qu'il y a eu trop de fuites à mon goût ces derniers temps…

Il se carra dans son siège, imitant la pose de Stoddart.

— On commence ? proposa-t-elle.

— C'est quand vous voulez !

Une heure et demie plus tard, Fox rendait son passe à Frank à l'accueil, ravi de n'avoir croisé aucun visage connu – ça l'aurait obligé à mentir sur l'origine de ses contusions et de ses bleus. D'un autre côté, Tony Kaye, Annie Inglis et les autres ne tarderaient pas à l'apprendre. À Fettes, c'était couru. Alors que Fox regagnait sa voiture, il reçut un appel sur son vieux mobile. C'était Jude. Elle avait envie de papoter.

— Comment ça va, frangine ?

— Bien.

— Tes copines te soutiennent toujours ?

— Elles sont toutes formidables.

— Tant mieux.

— Comment va p'pa, tu l'as vu ?

— Je dois être sur sa liste noire à lui aussi…

— Je n'ai jamais dit que tu étais sur ma liste noire, se récria-t-elle.

— J'essaierai de passer ce week-end. On pourrait aller le voir et lui proposer une sortie ? suggéra Fox, en s'asseyant au volant. Tu en sais un peu plus sur la date à laquelle on te rendra le corps ?

— On ne me dit rien… tu pourrais peut-être en toucher un mot ?

— Pourquoi pas : tous les membres de l'équipe ne jurent que par moi.

— Serais-tu sarcastique, Malcolm ?

— Rien qu'un peu, fit-il, mettant le contact. Tout baigne, c'est sûr ?

— J'ai l'impression que j'ai meilleur moral que toi, pour tout te dire.

— Tu as sans doute raison. Je t'appelle demain si je peux.

Il termina l'appel et enclencha la première. Au moment où il embrayait, son nouveau portable sonna. Il poussa un soupir exaspéré et prit la communication.

— T'es où ? lui cria-t-on d'une voix essoufflée.

— Tony, c'est toi ?

— Putain, mais t'es où ? grommela Tony Kaye.

— Dans Lothian Road, répondit Fox, quittant le parking.

— T'es nul à ce petit jeu, Foxy. Moi, je mens à ma femme depuis le matin du lendemain de notre nuit de noces…

— Je ne vois pas le rapport…

Fox faillit lâcher le téléphone à l'instant où un passant se jeta sur l'avant de la Volvo. Il pila.

— Connard !

Tony Kaye se redressa et s'immobilisa, les mains en conque contre sa poitrine, haletant, serrant son mobile dans sa main droite. Fox descendit de voiture sans couper le moteur.

— Je ne pourrais pas te dire à quand remonte la dernière fois où j'ai couru aussi vite, bafouilla son ami.

Course à la cuillère, sans doute… dernière année de primaire.

Kaye voulut cracher, mais le long filet de salive resta accroché à sa bouche jusqu'au moment où il l'essuya avec son mouchoir. Il inspira à plusieurs reprises.

— J'avais triché, remarque…, reprit-il. En utilisant un chewing-gum pour coller l'œuf à la cuillère…

— Ne me dis pas qu'on te l'a déjà dit ? râla Fox.

— Traînée de poudre…, souffla Kaye. Alors, qui t'a fait ça et pourquoi tu ne m'en as pas parlé ?

— Avant, explique-moi comment tu l'as su.

— Je suis tombé sur les boys de Stoddart aux toilettes.

Kaye se tut, et Fox comprit ce qu'il attendait.

— Une agression, expliqua obligeamment Fox.

— Quand ?

— Avant-hier soir.

— Merci de m'avoir prévenu, lâcha Kaye, l'air vexé. Où cela t'est-il arrivé ?

— Devant un sauna dans le Cowgate. L'équipe a démontré qu'un taxi avait déposé Vince Faulkner à proximité. Je tentais de reconstituer son trajet.

— On ne t'a pas trop esquinté, murmura Kaye en examinant les blessures de Fox.

Celui-ci hocha la tête.

— Ta sollicitude me touche…

— Je m'attendais à plus gore, poursuivit Kaye, affichant un air déçu. Un bon visuel à poster sur YouTube…

— Quel bon cœur que le vôtre, sergent Kaye. À part ça, du nouveau ?

Kaye haussa les épaules.

— McEwan semblait penser qu'il pourrait y avoir du boulot pour nous dans le Nord-Est…

— Il m'en a parlé il y a quelques jours. Il a été confié au centre régional de police de Strathclyde[1], c'est ça ?

— Comment le sais-tu ? s'étonna Kaye.

— McEwan me l'a dit. C'est dommage, d'ailleurs… j'aurais aimé avoir des munitions pour titiller Stoddart et ses boys.

Fox se tut. Kaye vit qu'il pensait à quelque chose.

— Qu'y a-t-il ? voulut-il savoir.

— Rien, lui assura Fox.

— À d'autres !

— Pourquoi ça te chiffonne que Strathclyde s'en occupe ?

— Parce qu'ils sont nuls, Foxy ! On le sait tous ! Aux dernières nouvelles, notre taux de réussite était deux fois plus élevé que le leur.

— C'est sûr, admit Fox, hochant la tête.

Les deux hommes restèrent silencieux un moment. Kaye s'adossa à l'aile avant de la Volvo.

— C'était seulement une coïncidence ? demanda-t-il.

— Ce passage à tabac ? Ce n'était pas une agression crapuleuse : on ne m'a rien volé.

— Il a peut-être été interrompu…

Fox repensa à Jack Broughton. Ce dernier ne lui avait pas dit avoir vu quoi que ce soit ou qui que ce soit.

---

1. Centre de police régional situé à Motherwell, au sud-ouest de Glasgow.

— Ce sont des choses qui arrivent…, finit-il par dire.

— Rappelle-toi un soir, on était dans un bar, et un connard nous a aspergés de gaz lacrymo, se remémora Kaye en pouffant.

— Tu l'as retrouvé, celui-là ?

Le visage de Kaye se crispa.

— Autant que tu ne le saches pas, soupira-t-il.

— Le traitement que tu aurais réservé à Vince Faulkner : une bonne dérouillée ?

— Le monde n'y aurait rien perdu, si ?

Fox savait ce qu'il avait envie de répondre – il souhaitait répondre oui. Mais alors, Kaye lui aurait demandé « Quoi, au juste ? », et il n'avait pas la réponse à cette question… Au lieu de quoi, il dit :

— Il faut que j'y aille.

— Il y a d'autres trucs que je devrais savoir ?

Fox fit non de la tête, puis repensa à une chose.

— Tu as menti à ta femme au matin de ta nuit de noces ?

— Ouais.

— En lui disant quoi ?

— Que c'était une affaire au lit…

Le centre commercial de Gyle n'existait pas à l'époque où Malcolm Fox grandissait à Édimbourg. Nulle route ne menait à cet endroit. Il se rappelait avoir marché jusqu'à l'aéroport, un jour, avec des amis, pour regarder les avions décoller et atterrir. Sinon, il partait en bicyclette le long du canal, plus loin que Wester Hailes. À la place du Gyle, il y avait des champs ou un terrain vague qui ne méritaient pas de figurer parmi ses souvenirs. Aujourd'hui, c'était carrément une ville dans une ville, avec sa gare, ses multiples immeubles de bureaux et sa galerie marchande. Le siège de la société de transport routier d'Ernie Wishaw se trouvait dans une zone industrielle, à côté d'une entreprise de livraison de colis. Des cabines de poids-lourds étaient alignées sur l'aire de stationnement au bitume pâle. Des remorques vides et détachées étaient garées de la même façon. On apercevait aussi des piles de palettes, deux pompes à gazole et des ballots d'ordures à débarrasser. La clôture, contrairement à celles des firmes environnantes, n'était pas hérissée de morceaux de plastique amenés par le vent. Dans le garage bien équipé, deux mécaniciens bataillaient avec, d'après ce que comprenait Fox, un problème de freins à air. Ils écoutaient la radio et l'un deux chantonnait en musique.

Jamie Breck, qui était arrivé le premier, patientait dans sa voiture garée dans la rue. Fox et lui franchirent le portail ouvert en un convoi de deux véhicules, et s'arrêtèrent devant le garage. Sur la droite, se trouvait une porte dont la plaque signalait BUREAU. Les deux hommes échangèrent un signe de tête.

— Comment veux-tu procéder ? questionna Breck, tout en étirant les muscles de son cou.

— Que dirais-tu que je joue le méchant flic ? suggéra Fox. Et que tu fasses pareil ?

Là-dessus, il lui adressa un sourire et un clin d'œil.

— Voyons déjà ce qu'il a à dire, ajouta-t-il, poussant la porte.

Il s'était attendu à trouver une pièce exiguë, mais celle-ci, tout en longueur, était claire et spacieuse. Quatre femmes et deux hommes, chacun à son bureau, étaient au téléphone ou à l'ordinateur. Une photocopieuse vrombissait, une imprimante laser imprimait et un fax envoyait un document. Sur le côté, se trouvaient deux autres pièces, plus petites. L'une était vide ; dans l'autre, était assise une femme qui ôta ses lunettes à l'entrée de Fox et de Breck pour mieux scruter ces nouveaux venus. Elle se leva, lissa sa jupe avant de sortir de son bureau pour les accueillir.

— Je suis l'inspecteur Fox, se présenta ce dernier, lui tendant sa carte. Pouvons-nous dire un mot à M. Wishaw ?

Les lunettes de la dame pendaient au bout d'un cordon autour de son cou. Elle les remit afin de déchiffrer ce qui était écrit sur la carte.

— C'est à quel sujet ? s'enquit-elle.

— D'un point dont nous aimerions discuter avec M. Wishaw.

— Je suis Mme Wishaw. Je devrais pouvoir vous aider.

— Malheureusement non, rétorqua Fox, regardant autour de lui dans la pièce. Mon collègue a appelé il y a à peine un quart d'heure, et on lui a dit que M. Wishaw était là.

La femme se tourna vers Breck.

— N'est-ce pas sa Maserati garée, là, dehors ? demanda ce dernier.

Le regard de Mme Wishaw passait d'un enquêteur à l'autre.

— Il est très occupé, objecta-t-elle. Vous devez savoir qu'il n'est pas seulement directeur d'une entreprise prospère, mais aussi conseiller municipal.

— C'est l'affaire de cinq minutes, la rassura Fox.

Il n'avait pas échappé à Mme Wishaw que le silence régnait dans la pièce. Les employés tenaient toujours leur combiné téléphonique contre leur oreille, mais ne pipaient mot. Les doigts n'enfonçaient plus aucune touche.

— Il est à côté, dit-elle.

— Au garage, vous voulez dire ?

Mme Wishaw acquiesça : elle voulait bien dire au garage.

Pendant qu'ils quittaient les bureaux, Breck glissa à l'oreille de Fox :

— C'est sa deuxième épouse, une de ses ex-secrétaires…

— Ah, fit Fox.

Les deux mécaniciens en avaient terminé. L'un était grand, baraqué et jeune. Il replaçait les outils dont ils s'étaient servis. L'autre était beaucoup plus âgé, avec des cheveux argentés et des tempes dégarnies. Il mesurait moins d'un mètre soixante-dix, et son bleu de travail se renflait à la taille. Il essuyait minutieusement ses mains pleines de cambouis avec un chiffon encore plus sale.

— Monsieur Wishaw, dit Breck, le reconnaissant enfin.

— Vous deux, vous avez des têtes de flics, déclara ce dernier.

— C'est parce que nous le sommes, lui répondit Fox.

Wishaw lui décocha un regard noir de dessous des sourcils sombres et broussailleux, puis se tourna vers le mécanicien.

— Aly, va donc boire un café ou autre.

Les trois hommes attendirent qu'Aly se fût exécuté. Wishaw mit le chiffon dans la poche de son bleu et s'éloigna lentement jusqu'à un établi. Il prit la boîte à outils qui s'y trouvait et en déplia les compartiments.

— Vous ne remarquez rien ? demanda-t-il.

— Chaque chose est à sa place, répondit Fox au bout de quelques secondes.

— Exactement. Et vous savez pourquoi ?

— Parce que vous êtes un grand maniaque ? hasarda Breck.

Wishaw essaya sur lui son regard furibard, mais il avait décidé que Fox était l'homme à qui parler.

— En affaires, tout est dans la confiance – si les banques vacillent, c'est parce que les gens ne leur font plus confiance. Quand quelqu'un veut travailler avec moi, me proposer un contrat, je l'amène ici. Il voit deux choses : un patron qui n'a pas peur de mettre la main à la pâte, et un chef d'entreprise qui s'assure que tout marche comme sur des roulettes.

— C'est pour ça que tous les camions sont alignés dehors ?

— Et aussi pour cette raison qu'ils sont bien lavés. Idem pour mes chauffeurs…

— C'est vous-même qui leur tendez la savonnette ? ne put s'empêcher de plaisanter Breck.

Wishaw fit la sourde oreille.

— S'ils voient qu'ils auront du retard pour un chargement ou une livraison, ils appellent avant et expliquent pourquoi. Il y a intérêt à ce que leur explication tienne debout, parce que, le deuxième appel qu'ils doivent passer, c'est à moi. Vous savez ce que je fais alors ?

— Vous appelez le client pour vous excuser ? devina Fox.

Wishaw le lui confirma d'un brusque mouvement de tête.

— C'est comme ça que ça marche ici.

— On ne peut pas en dire autant du conseil municipal, lui opposa Fox.

Wishaw rejeta la tête en arrière et ricana.

— Ça, je le sais ! s'écria-t-il. Je ne vous dis pas la tonne de paperasses que je dois me coltiner… Les nuits que j'ai passées dans cette salle à me tuer à défendre mes arguments…

— Vous siégez aux commissions d'attribution des logements ? demanda Fox. C'est exact ?

Wishaw demeura silencieux un petit moment.

— Que voulez-vous, au juste ?

— Vous poser des questions sur Charles Brogan.

— Charlie ? s'étonna Wishaw en baissant et en secouant la tête. Un sacré lascar.

— Vous le connaissez bien ?

— Je l'ai rencontré à plusieurs reprises – pour tout ce qui touche au conseil municipal. On est invités aux mêmes soirées et autres cérémonies.

— Vous le connaissez bien, dans ce cas.

— Je le connais pour lui avoir parlé.

— Quand lui avez-vous parlé pour la dernière fois ?

Wishaw croisa le regard de Fox.

— Vous avez sûrement épluché son relevé d'appels téléphoniques, à vous de me le dire, rétorqua-t-il.

Fox déglutit et fit de son mieux pour paraître nonchalant.

— Je préférerais que ça vienne de vous, monsieur.

Wishaw y réfléchit.

— L'avant-veille de sa mort, finit-il par admettre. Juste cinq minutes.

— Je voulais vous demander… est-ce que votre entreprise a déjà travaillé pour le compte de la CBBJ ?

Comme Wishaw faisait non de la tête, Fox ajouta :

— Donc, il ne vous devait pas d'argent ?

— Dieu merci ! s'écria Wishaw, sortant le chiffon de sa poche et se remettant à s'essuyer méticuleusement les doigts, sans grand résultat.

— Mais vous lui téléphoniez pour raison professionnelle ? insista gentiment Fox.

— Certainement.

— Il vous offrait un autre pot-de-vin ? intervint brutalement Breck. Il vous suppliait de l'accepter, sans doute…

— Qu'est-ce que vous racontez ? s'offusqua Wishaw, dont le visage s'était congestionné à une rapidité impressionnante. Vous seriez prêt à répéter ces propos devant un juge ?

— Tout ce que mon collègue a voulu dire…, commença de justifier Fox, levant les mains en signe d'apaisement.

— J'ai parfaitement compris ce qu'il a voulu dire ! explosa Wishaw, les joues rouges comme de la betterave cuite.

— Dites-nous tout sur Brogan, reprit Breck, et on passera l'éponge sur le pot-de-vin que vous avez payé à la famille de votre chauffeur. Vous vous souvenez de lui ? La came planquée sous le réservoir de carburant ?

Fox se détourna de Wishaw qui écumait de rage et poussa violemment Breck vers la porte du garage. Quand ils furent hors de portée de voix, Breck fit un petit clin d'œil à Fox.

— Bien mené, non ? chuchota-t-il.

— Petit changement de plan, rétorqua Fox sur le même ton. Tu restes ici ; moi, je vais faire le gentil flic…

Il lâcha Breck et repartit vers Wishaw qu'il rejoignit en quelques enjambées.

— Navré, s'excusa-t-il. Les jeunes collègues n'ont pas toujours le… l'art et la manière.

Wishaw s'essuyait énergiquement les mains avec le chiffon.

— Scandaleux ! Une accusation pareille… parfaitement injustifiée…

— Ah, pas tout à fait, protesta Fox d'une voix doucereuse. Vous avez bel et bien donné de l'argent à la famille de cet homme, c'est un fait – la seule question en suspens, c'est l'interprétation qu'on peut en faire. Et c'est là que mon collègue a commis une petite erreur, hein ?

Par son silence, Wishaw parut lui concéder ce point.

— Scandaleux, répéta-t-il, mais d'un ton moins véhément.

— Nous parlions de Charlie Brogan, lui rappela Fox.

Wishaw soupira.

— Le truc avec des types comme Charlie, dit-il. De sa génération…

Mais il laissa sa phrase en suspens, et Fox comprit que ce n'était pas gagné. Il fit semblant d'examiner le garage.

— Vous êtes un homme chanceux, monsieur Wishaw. Sauf que nous savons vous et moi que la chance n'a rien ou très peu à voir dans tout ça – ce parc de camions, cette Maserati… C'est le résultat de beaucoup de travail, pas de la chance. Vous nous l'expliquiez vous-même.

— Oui, approuva Wishaw, ravi de retrouver son sujet de prédilection. Beaucoup de dur labeur… je parlerais volontiers de « bons plans » aussi, mais vous le prendriez au mauvais sens du terme.

Fox se dit qu'un petit rire convenu serait le bienvenu. Il le fit entendre.

— C'est ce dont la plupart des gens ne se rendent pas compte, poursuivit Wishaw, porté par l'effet de ses paroles sur l'enquêteur. J'ai travaillé dur, pareil pour la municipalité, pour essayer de faire la différence. Mais de nos jours, les gens restent assis sur leur cul, attendent que l'argent et tout ce qui va avec leur tombe tout rôti dans le bec. Ce n'est pas comme ça que ça marche ! J'en connais des hommes d'affaires çà et là..., ajouta-t-il, fendant l'air de son doigt, qui s'imaginent que l'argent va venir facilement.

— De rien ?

— Pour ainsi dire, renchérit Wishaw. Ils achètent un bout de terrain, puis le revendent au bout d'un an en réalisant une plus-value. Quand ce n'est pas un terrain, c'est un appart, un immeuble, ou autre. Si vous avez de l'argent à placer, vous visez un taux d'intérêt à deux chiffres – peu vous importe de savoir comment la banque finance. De l'argent tombé du ciel, c'est l'impression que ça fait. Personne ne pose de questions, ça pourrait rompre le charme.

— Votre société arrive à survivre, elle ?

— Pas facilement, c'est moi qui vous le dis.

— Mais vous tiendrez le choc ?

Wishaw opina vigoureusement de la tête.

— Raison pour laquelle je le prends mal qu'on se permette de... de...

Il agitait le doigt en direction de Jamie Breck.

— Il ne pensait pas à mal, monsieur. Nous essayons

seulement de déterminer pourquoi Charles Brogan a fait ce qu'il a fait.

— Charlie…

Wishaw se tut, son regard se perdant dans le vague tandis qu'il se souvenait de l'homme qu'il avait connu.

— Charlie était extrêmement sympathique, reprit-il. Jovial, chaleureux. Mais c'était un pur produit de son époque. En un mot, il était ambitieux et cupide. Il croyait en l'argent facile, et les premières années, c'est bien ce qui s'est produit. Ce qui peut vous rendre trop mou, trop confiant, trop crédule… et surtout idiot, idiot comme pas deux. Ce qui n'empêche que, pendant un certain temps encore, vous continuez de gagner de l'argent… Attention, je ne dis pas que Charles Brogan était le pire, loin de là ! Lui, au moins, c'était un créateur : il faisait surgir des immeubles du sol.

Fox crut se rappeler que Brogan avait dit à peu près la même chose dans une des interviews qu'il avait accordées à la presse.

— Cela étant, c'est un problème quand personne ne veut de ces immeubles, remarqua-t-il.

Wishaw fit la moue.

— Surtout quand vos investisseurs veulent reprendre leurs billes. Des immeubles vides, ça peut être un bon placement quand on attend assez longtemps – idem pour les terres. Ce qui ne vaut rien une année peut valoir de l'or la suivante. Mais rien de tout cela ne vaut si on a promis un retour rapide à ses investisseurs.

Fox accordait toute son attention à Wishaw.

— Qui étaient les investisseurs de M. Brogan ?

Wishaw mit bien quinze secondes à répondre qu'il n'en savait rien.

— Je peux juste me réjouir de ne pas faire partie de ceux qui attendent que Salamander Point génère des profits.

Il s'était employé à parler d'un ton léger, ce qui en dit long à Malcolm Fox.

À savoir qu'il venait de lui mentir.

— La dernière fois que vous lui avez parlé… c'est lui qui vous a appelé, ou l'inverse ?

Wishaw battit des paupières et regarda fixement Fox.

— Vous devez le savoir d'après le relevé des appels.

— Je veux juste une confirmation.

Le regard de Wishaw changea.

— Ne vaudrait-il pas mieux que mon avocat soit présent ? s'inquiéta-t-il.

— Je ne pense pas que cela soit nécessaire.

— Je commence à me le demander. Cet homme avait des ennuis financiers et il s'est suicidé : fin de l'histoire.

— Pas pour la police, monsieur Wishaw. En ce qui nous concerne, lorsque quelqu'un disparaît ou meurt… l'histoire ne fait que commencer.

— C'est sûr, murmura-t-il. Mais je vous ai dit tout ce que je savais.

— Sauf les détails de cette dernière conversation téléphonique.

Wishaw réfléchit à sa réponse pendant encore une dizaine de secondes.

— Ce n'était rien, se décida-t-il à dire. Absolument rien…, ajouta-t-il, baissant les yeux sur son bleu de travail. Il faut que je me change. Il y a une réunion du conseil cet après-midi – encore un litige avec le constructeur du tram.

Il salua Fox d'un mouvement de tête un peu sec, et voulut passer à côté de lui.

— Vous êtes sûr que vous n'aviez pas de tractations commerciales en cours avec M. Brogan ? insista Fox. Pas même un petit appel d'offres ?

— Oui, j'en suis sûr.

— Il n'essayait pas de vous convaincre de l'aider à fourguer certains de ses immeubles à la municipalité ?

Wishaw le foudroya du regard, ce qui fit sourire Fox.

— Vous connaissez un certain Paul Meldrum, monsieur Wishaw ?

Le changement de tactique prit Wishaw par surprise.

— Oui, admit-il.

— Il travaille pour la société Lovatt, Meikle & Meldrum. Ils sont conseillers en communication, mais le champ de compétence de Meldrum, c'est le lobbying.

— Je ne vois pas où vous voulez en venir…

— Je me demandais juste si ce n'était pas Charles Brogan qui vous avait mis en contact avec cette société.

— C'est possible, concéda Wishaw. C'est important ?

— Pas vraiment, monsieur. Merci encore de m'avoir reçu.

Fox ménagea quelques instants de silence, puis se pencha vers Wishaw.

— Qui sait, peut-être que la prochaine fois, votre avocat devra être présent, ajouta-t-il à mi-voix.

— La diffamation, ça coûte bonbon, monsieur…

Excusez-moi, mais je ne crois pas me souvenir que vous m'ayez dit votre nom…

— J'ai donné ma carte à votre fille, répondit Fox.

— Ma… ? commença Wishaw, qui comprit aussitôt le malentendu. C'est ma femme.

— Dans ce cas, vous devriez avoir honte, lui balança Fox, se disant que ce mot de la fin en valait bien un autre.

23

— J'aurais peut-être dû te le dire, déclara Jamie Breck.

Ils avaient laissé la voiture de Fox chez lui, et roulaient à présent au nord d'Édimbourg. Fox était un passager anxieux, et n'aimait pas la RX8. Il se trouvait assis trop près du sol et le siège baquet restreignait ses mouvements. Breck – qui avait la chance de mesurer quatre ou cinq centimètres de moins que lui et d'être deux fois moins corpulent – avait assez de place, mais pas Fox. Des voitures comme celle-là n'étaient pas faites pour des gens de son gabarit, d'autant moins quand ils avaient mal au dos.

— Quoi ? demanda Fox.

Autre chose : par moments, la Mazda donnait l'impression de grimper sur le trottoir, parfois celle de se déporter dans la voie opposée. Breck semblait toujours attendre le dernier moment pour redresser le véhicule.

— Au sujet d'Ernie Wishaw, dit-il. Je n'ai pas vraiment bouclé mon enquête sur lui.

Fox était partagé entre poursuivre cette conversation

ou suggérer à Breck de se taire et de se concentrer sur la route.

— Comment ça ?

— J'ai creusé de ce côté-là, en solo. Je suis à cent pour cent convaincu qu'il touchait sa part sur le trafic. Ses camions traversent l'Europe une fois par semaine. Toujours tentant d'augmenter les bénéfices en ramenant de la marchandise de contrebande.

— En général, ça veut dire alcools et cigarettes.

Breck acquiesça d'un signe de tête. Une vibration secoua la voiture comme les pneus côté passager chevauchaient une fois encore les catadioptres au milieu de la chaussée.

— Oui, alcools et cigarettes, c'est sûr, répondit Breck en braquant. Plus films de cul et tout ce qui peut rapporter gros. Quand on est sûr de ne pas se faire choper, on peut décider d'augmenter les enjeux. Ou alors… quelqu'un arrive et vous fait la bonne proposition.

Fox réfléchit.

— Bruce Wauchope est en taule pour trafic de drogue, reprit-il.

— Effectivement.

— Tu crois que son fils… ?

— Je ne peux rien prouver pour le moment.

— Mais si c'est le cas, il aurait pu se tourner vers Ernie Wishaw pour lui demander conseil ?

— Wishaw a vécu l'équivalent d'une expérience de mort imminente : un de ses hommes purge une peine de prison, et il s'en est fallu d'un cheveu qu'il ne le rejoigne.

— Donc, Wishaw ne se risquerait pas à dealer de la drogue pour le compte de Bull Wauchope ?

— En fait, je pense que si, répondit Breck posément. Dès lors qu'on lui aurait fait suffisamment peur.

Fox hocha la tête. Oui… une menace de représailles contre sa précieuse femme ou son encore plus précieux parc de camions.

— Tu crois qu'on trouverait une réponse à Dundee ?

— Quelle chance qu'on roule dans cette direction !

En effet, ils y allaient tout droit : ils avaient déjà dépassé Barnton et traversaient la campagne sur une route élargie à quatre voies, laissant Dalmeney et South Queensferry sur leur droite. D'ici peu, le pont du Forth serait visible.

— Pourquoi ne me l'as-tu pas dit plus tôt ?

— J'ai peut-être du mal à faire confiance, Malcolm. Aurais-tu oublié le temps qu'il t'a fallu, à toi, pour me dire qu'on me soupçonnait de pédophilie ?

— C'est différent ; on enquêtait sur toi.

— Et toi, l'ami, tu étais suspecté du meurtre de Vince Faulkner. Il ne m'a pas fallu longtemps pour comprendre que Billy Giles faisait fausse route…

Fox accusa le coup.

— Alors, reprit-il après un moment, comment as-tu mené ta petite enquête sur Ernie Wishaw ?

— J'ai parlé à la femme du chauffeur et au frère de la dame. J'ai cherché à savoir s'il n'y avait pas eu de récentes acquisitions : nouvelle télé ou voiture, ce genre de choses.

— Et ?

Breck haussa les épaules.

— Je suis même allé au parloir de la prison de Saughton.

— Voir le chauffeur routier ?

— Il n'a rien lâché.

— Mais il savait qui tu étais ?

Breck acquiesça d'un signe de tête.

— Donc, ça a pu revenir aux oreilles de Wishaw, reprit Fox. Ou de n'importe qui d'autre, d'ailleurs.

— Je suppose.

— Le chauffeur de Wishaw aurait-il pu travailler pour Bull Wauchope ? demanda Fox d'un air songeur. Wauchope père étant à l'ombre pour trafic maritime de stupéfiants, un trafic terrestre grâce à des camions qui sillonnent l'Europe aura peut-être davantage attiré son fils ?

— Possible, concéda Breck. Tu as dû entendre ces histoires aussi souvent que moi : les responsables portuaires qui, parfois, « huilent les rouages ».

— Ils acceptent un pot-de-vin pour ne pas contrôler toute la cargaison ?

Breck le confirma de la tête. Fox sortit de sa poche son téléphone et un bout de papier où figurait le numéro de la sœur de Max Dearborn.

— Tu appelles qui ? voulut savoir Breck.

— Une copine.

Ça sonnait à l'autre bout de la ligne et, très vite, une voix féminine lui répondit.

— Linda Dearborn ? s'enquit Fox.

— Elle-même.

— Je m'appelle Malcolm Fox. Je suis un collègue de Max.

— Oui, il m'a parlé de vous. Vous êtes suspendu de vos fonctions, c'est ça ?

— C'est drôle, j'ignorais que la presse en avait parlé…

— Il n'est jamais trop tard, Malcolm.

Linda Dearborn s'exprimait sur un ton taquin. C'était sans doute sa méthode, songea Fox : bavarder, cancaner, être à tu et à toi… puis répéter à un public payant toutes les confidences qu'on lui avait faites.

— Max m'a informé que vous enquêtiez sur la disparition de Charles Brogan.

— Pas exactement, rectifia-t-elle. Je m'intéresse plutôt à sa manière de gérer ses affaires.

— Entre autres, s'il essayait de soudoyer un conseiller municipal ?

— Oui.

— En conséquence de quoi, Joanna Broughton a lâché Gordon Lovatt sur vous ?

— Mmm. Ils forment un couple étrange, Brogan et Broughton.

— Vous parlez de Joanna ?

Un bref silence se fit à l'autre bout de la ligne.

— Vous avez raison d'ajouter Papa Jack pour compléter le tableau, finit-elle par dire.

— Vous diriez que Brogan nous a joué les Reggie Perrin[1] ?

— Ou bien il a doublé beau-papa…

— Comment s'y serait-il pris ?

— Malcolm…, prononça-t-elle d'une voix chantante. C'est vous l'enquêteur, pas moi. Mon boulot, c'est d'aspirer les miettes. Considérez que je suis une femme de ménage…

— Pas facile alors que je connais votre véritable identité, Linda.

---

1. Sitcom britannique dont le héros éponyme est un cadre moyen qui s'ennuie dans une vie qu'il juge trop conventionnelle, et qui se met souvent dans le pétrin en essayant d'en sortir les autres.

— C'est-à-dire ?

— Une journaliste d'investigation curieuse comme une fouine – exactement ce dont j'ai besoin en l'occurrence.

— Vous avez réussi à piquer ma curiosité, mon grand.

— Il me serait utile de savoir comment fonctionne la société de Brogan ; c'est peut-être un cas de holding… nous ignorons l'étendue de son empire. Il doit avoir des actionnaires, des créanciers. Qui sont-ils exactement ?

— Le registre du commerce et des sociétés, c'est par là qu'il faut commencer… J'ai déjà pas mal d'infos, dont les coordonnées de ses comptables. Je pourrais toujours aller leur parler, mais je ne suis pas persuadée qu'ils se montreraient très coopératifs… envers une journaliste, j'entends. D'un autre côté, ils seraient bien obligés de parler à la police.

— Malheureusement, comme vous l'avez fort justement fait remarquer, j'ai été suspendu de mes fonctions.

— D'où la question : à quel titre vous aiderais-je ?

— Celui qu'il vous plaira, rétorqua Fox.

Ils arrivaient au pont autoroutier. Il était toujours aussi impressionnant. À sa droite, se dressaient les entrelacs géométriques du pont ferroviaire du Forth. On étudiait la possibilité d'en construire un autre afin d'alléger la pression sur le pont actuel. Certains câbles accusaient leur âge. Mais d'où viendrait le financement ? Linda Dearborn assura qu'elle verrait ce qu'elle pouvait faire pour lui.

— Autre chose qui pourrait être amusant pour nous deux…, ajouta Fox.

— Dites-moi ça.

— Vous pourriez en profiter pour vous renseigner sur la société de Lovatt, évaluer jusqu'où s'étendent ses tentacules.

Fox termina l'appel et Breck remit la radio plus fort.

— Tu crois qu'on peut lui faire confiance ? chuchota-t-il.

— Je ne suis pas bête à ce point-là, Jamie.

— Ravi de l'apprendre.

Quarante minutes plus tard, ils atteignaient la périphérie de Dundee. Ce déplacement était une idée de Breck. Un de ses anciens camarades de l'école de police avait été affecté à la crim' de la région du Tayside. Un coup de fil plus tard, l'ami en question avait accepté de les rencontrer « incognito ».

— Jusqu'à combien de ronds-points peut avoir une ville ? gémit Breck, tout en suivant la direction du front de mer.

On lui avait dit de se garer près de la gare ferroviaire et de traverser la rue jusqu'au quai où se trouvait le *Discovery*. Fox voulut savoir pourquoi ce navire était amarré à cet endroit.

— Je crois qu'il a été construit à Dundee.

Fox hocha la tête.

— C'est à son bord que Shackleton est parti dans l'Arctique, c'est ça ?

— Arctique… Antarctique… qui sait ?

En tout cas, pas Mark Kelly. Il était sergent, le même grade que Breck, il les attendait appuyé au portillon métallique qui barrait l'accès au bateau. Fox fit mine de s'intéresser au mât et aux gréements pendant que les deux amis se donnaient une brève accolade et échangeaient des remarques sur le début de la calvitie et la tendance à l'embonpoint. Quand Breck lui posa la question au sujet du *Discovery*, Kelly lui répondit qu'il n'en savait fichtre rien.

— On monte à bord ? proposa Breck.

— C'était juste un point de repère, Jamie. Je crois me souvenir que la navigation n'est pas ton point fort, et Dundee, ce n'est pas du gâteau pour les débutants. Venez…

Il les entraîna de l'autre côté de la rue et au-delà d'un autre rond-point. Leur destination était un pub dont la clientèle semblait se trouver là faute de mieux. Une fois installés avec leurs cafés, la vraie conversation commença.

— J'ai jeté un coup d'œil au dossier de Bull Wauchope, murmura Kelly.

— Tu ne l'as pas apporté, observa Breck.

— Impossible, Jamie. Les sonnettes d'alarme se seraient déclenchées.

— Alors, espérons que ta mémoire s'est améliorée.

Kelly reçut la pique avec le sourire.

— Bull a une veine de cocu : les balles rebondissent sur lui… métaphoriquement parlant.

— Quelqu'un n'a jamais essayé avec des vraies ? lança Fox.

— Des bruits courent… mais il faut croire que Bull a reçu de judicieux conseils de son vieux. Il était très physique, si vous voyez ce que je veux dire.

— Et maintenant ?

— Maintenant, il construit des ponts au lieu de démolir des portraits.

— J'ai l'impression d'entendre un langage codé, se plaignit Jamie Breck. On peut aller ailleurs, que tu puisses cracher le morceau ?

Kelly se pencha vers lui par-dessus la table.

— Bull sillonne l'Écosse du nord au sud avec son plus fidèle lieutenant et rencontre certains partenaires – ceux qui comptent. Aberdeen un jour, le Lanarkshire le lendemain.

— Depuis longtemps ? voulut savoir Fox.

— Plusieurs mois… voire plus. Il nous a fallu du temps pour repérer ce qui se passe.

— Vous pensiez peut-être qu'il écrivait un guide touristique ? ironisa Breck.

Kelly le foudroya du regard.

— Ce qu'il fait, on n'en a pas la moindre idée.

— Mais vous pouvez risquer une opinion ? insista Fox.

Kelly inspira à fond.

— Il joue probablement le pacificateur au nom de son père. Ou craint qu'avec son père à l'ombre, un concurrent tente de s'imposer.

— Dans ce cas, il pourrait essayer d'étendre son emprise, ajouta Fox. On en revient aux tentacules…

Kelly approuva d'un signe de tête.

— En apparence, bien sûr, c'est un homme d'affaires respectable.

— Bien sûr.

— Mais il y en a peu qui s'adjoignent les services d'un Monsieur Muscles comme Terry Vass.

— Son fidèle lieutenant ? supposa Fox.

— Avec un casier judiciaire presque aussi volumineux que *Guerre et Paix*.

— Je suppose que la drogue a son rôle à jouer dans tout ça ? intervint Breck.

— Et comment ! rétorqua Kelly en ricanant.

— Mais vous ne disposez d'aucune preuve ?

Kelly haussa les épaules.

— Si vous en avez dans vos tiroirs, je suis preneur…, dit-il. À ce propos, tu as été très vague au téléphone, Jamie. Il serait temps que tu m'expliques de quoi il retourne.

— C'est compliqué, répliqua Breck.

— C'est peut-être lié à un meurtre et à une disparition de personne, précisa Fox.

— La personne disparue étant Charles Brogan, ajouta Breck.

— Jamais entendu parler de lui, affirma Kelly, faisant tourner sa cuiller dans sa tasse.

— C'est un promoteur immobilier d'Édimbourg… Tu ne regardes donc pas le journal télévisé, Mark ?

Kelly haussa de nouveau les épaules.

— Sale période pour les promoteurs… on en a un qui s'est jeté dans le vide il y a deux mois. Attendez…, reprit-il après un bref silence, vous voulez parler du gars parti en bateau ?

— Que dites-vous ? s'écria Fox.

— Je vous demandais si vous vouliez parler du gars qui avait disparu de son bateau ?

Mais Fox secouait la tête.

— Non, reprit-il, avant cela. Un autre promoteur est mort dans votre secteur ?

Kelly fit oui de la tête. Il remuait toujours son café, ce qui agaçait Fox au plus haut degré. S'il continuait encore une ou deux minutes, il lui arracherait la cuiller et la jetterait à travers la salle.

— Son nom m'échappe, expliquait Kelly. Il y a des tours qui sont en train d'être démolies. Il a sauté d'un des derniers étages.

Kelly remarqua alors que Fox et Breck se regardaient.

— Vous ne pensez pas qu'il y ait un lien… ?

À présent, c'était lui que les deux hommes regardaient.

Dans le bureau de Jamie Breck.

Le soir était tombé. Des plats à emporter avaient été ramenés du traiteur chinois, mais la moitié se figeait dans leurs barquettes sur le plan de travail de la cuisine. Breck avait ouvert une bière blonde, alors que Fox s'était laissé fourguer deux canettes de Irn-Bru. Breck s'était poussé pour lui faire de la place devant l'écran de son ordinateur.

— Dire que nous accusions les collègues de Dundee d'être bornés, soupira Fox tandis que Breck se connectait à un site qui traitait de ce fait divers.

On y voyait une photographie de l'homme ayant commis ce « tragique suicide ». Il souriait lors d'un mariage. Un gros œillet rouge vif ornait le revers de sa veste. L'article précisait qu'il avait soixante ans, mais la photo était celle d'un homme d'une petite quarantaine d'années.

Il s'appelait Philip Norquay et avait vécu à Dundee toute sa vie – lycée local, université locale, homme d'affaires local. Il s'était lancé dans la promotion immobilière « presque par hasard » – ses parents étaient propriétaires d'un magasin et habitaient dans l'appartement au-dessus. À leur mort, ce bien attisa beaucoup de convoitise, ce qui incita le fils à mener une petite enquête. Il découvrit alors l'existence d'un projet de construction de nouveaux logements. Norquay s'accrocha au patrimoine de ses parents jusqu'au jour où il put contacter un groupe de supermarchés qui se fit une joie de tout démolir pour construire du neuf, en le payant grassement au passage.

Norquay y prit goût, et à quarante ans, il s'était constitué un honorable portefeuille immobilier locatif, avant de devenir promoteur à grande échelle quand l'occasion s'était présentée. Il s'était fait un nom en montant au créneau pour racheter les stades appartenant aux deux clubs de football de la ville. Ce projet incluait la construction d'un nouveau stade commun à l'extérieur de Dundee, mais les négociations avaient échoué.

— Charlie Brogan voulait investir dans le Celtic à une époque, indiqua Fox à Breck.

— Il projetait de paver le Paradis[1] ?

En tout cas, Norquay fit entendre sa voix pour promouvoir la rénovation de la ville, crachant au bassinet lorsque le conseil municipal avança la proposition de réhabiliter le front de mer.

— Exactement comme Brogan, commenta Breck.

— Ils devaient supprimer ce rond-point qu'on a traversé à pied, déclara Fox, tapant du doigt sur l'écran de l'ordinateur.

— Et refaire la chaussée – logique. Lisons la suite.

Les autres paragraphes relataient la chute et la disgrâce de Norquay. Il avait fait un pari financier en rachetant d'hideuses tours des années 1960 situées à la périphérie de la ville. Son idée était de les démolir et de construire du neuf, mais les difficultés avaient surgi presque aussitôt. Elles étaient bourrées d'amiante, ce

1. Surnom du Celtic Park, stade du Celtic Football Club de Glasgow.

qui augmentait le coût de leur destruction. Là-dessus, on découvrit d'anciennes mines, ce qui eut comme conséquence de rendre inconstructible la moitié des terrains, à moins de dépenser des fortunes en travaux de soutènement. Dans son enthousiasme pour le projet, Norquay avait acheté au prix fort. Quand le marché s'effondra, la confiance suivit le mouvement. Néanmoins, son suicide fut un choc pour tous ceux qui le connaissaient. Il avait assisté à un dîner, ce soir-là, au cours duquel il s'était montré détendu et enjoué. Son épouse n'avait décelé chez lui aucun signe dépressif. « Philip était un battant », déclara-t-elle à un journaliste.

— Ça ne te rappelle pas quelqu'un ? demanda Fox à Breck.

— Peut-être bien, mais Norquay est bel et bien mort, pas porté disparu.

— Il n'a pas laissé de mot… n'a pas consulté son notaire pour s'assurer des termes de son testament…

Breck continua de faire défiler la page, puis cliqua sur un lien, qui ne leur apprit rien de plus. Le moteur de recherche proposait plus de 13 000 entrées au nom de Norquay, mais Fox s'était levé. Il n'y avait rien à voir par la fenêtre, mais il regarda quand même dehors.

— Tu crois qu'on nous surveille ? demanda Breck.

— Non… pas vraiment.

Fox porta sa canette à ses lèvres et but une gorgée. Il tremblait légèrement, et il n'aurait su dire s'il devait le mettre sur le compte du sucre, de la caféine ou de la conduite de Breck au retour de Dundee.

— Tu ne crois pas à son suicide ? supposa Breck.

— Et toi ?

Breck y réfléchit un moment.

— Ce gars-là ne parvenait pas à arrêter son hémorragie financière… il était à deux doigts de tout perdre… et voilà cet éléphant blanc qui le nargue. Il monte au sommet et décide d'en finir.

— Sauf que tout le monde s'accorde à dire que ce n'est pas son style.

— Peut-être qu'ils le connaissaient mal, observa Breck, se penchant en arrière et joignant les mains sur sa nuque. Bon, d'accord… quelle est l'autre possibilité ?

— Quelqu'un a pu le pousser. Un peu plus tôt au dîner, il annonce qu'il rentre chez lui… au lieu de quoi, il saute dans sa BMW et se rend dans la jungle d'amiante qu'il vient d'acquérir. Il y a de meilleurs moyens d'en finir, Jamie.

— Certes… Tu penses qu'il a pu y retrouver quelqu'un ?

— Ou qu'il a été suivi… tu pourrais appeler ton pote ?

— Mark ? demanda Breck en prenant son mobile. De quoi veux-tu que je l'entretienne ?

— Ça t'ennuie que je lui parle moi-même ?

— Non.

Breck composa le numéro et tendit le téléphone à Fox qui le porta à son oreille.

— Jamie ? répondit Mark Kelly.

— Mark, ici Malcolm Fox. Jamie est à côté de moi.

— Quel bon vent vous amène, Malcolm ?

— On vient de lire sur le Net des infos concernant Philip Norquay.

— J'espère qu'on vous paie vos heures sup'.

— Oh, c'est pour passer le temps, Mark. Écoutez, il y a un point sur lequel vous pourriez nous aider…

— J'écoute.

— A-t-on pensé à vérifier les relevés téléphoniques de Norquay ?

Kelly réfléchit un bref instant.

— Ça ne me rappelle rien, finit-il par admettre. Ce type s'est tué. Il n'y a pas eu d'enquête à proprement parler. Vous pensez à quoi, Malcolm ?

— Je me demandais la raison pour laquelle il s'était rendu dans cette tour… quelle goutte d'eau avait fait déborder le vase…

— Je peux toujours me renseigner auprès de sa veuve.

— Ou nous donner ses coordonnées pour qu'on s'en charge nous-mêmes, suggéra Fox.

Le silence se fit sur la ligne.

— Mark ? Vous êtes toujours là ?

— Selon vous, il n'a pas sauté, déclara Kelly.

— Il est toujours possible qu'il l'ait fait, mais avec l'affaire d'Édimbourg…

— Quel serait le lien entre les deux ?

— Je répète que je ne suis pas certain qu'il y en ait un…

— Mais c'est possible.

C'était plus une affirmation qu'une question. Kelly souffla bruyamment, provoquant de l'électricité statique sur la ligne.

— Vous croyez qu'on est passé à côté de quelque chose ?

— Je ne suis pas en train de faire une évaluation…

— D'accord. Bon, si je vous transmets l'info et que vous trouviez effectivement de nouveaux éléments…

— On vous le fait savoir en premier lieu. Aucun

problème, Mark. Vous me rappelez dans combien de temps ?

— Tout dépend à quel point la veuve sera joyeuse. À plus !

La communication fut coupée, et Fox tendit le téléphone à Breck.

— Il craint qu'on ne tourne en ridicule les collègues du Tayside.

— Ça peut se finir comme ça, remarqua Breck.

Fox hocha la tête.

— Auquel cas, il veut être celui qui leur annonce la nouvelle.

— Ça ne nuirait pas à sa carrière. Il t'a dit combien de temps il nous ferait attendre ?

Fox fit non de la tête.

— Alors, que fait-on maintenant ?

— Je crois que je vais rentrer.

— Je peux te déposer.

Fox fit de nouveau non de la tête.

— Marcher me fera le plus grand bien. Je suis sûr que tu as envie de consacrer une heure ou deux à ton jeu favori, dit-il, agitant la main au-dessus de l'ordinateur.

— C'est drôle, murmura Breck, ça m'amuse moins depuis que le monde réel est devenu plus intéressant…

Vendredi 20 février 2009

24

Le lendemain matin à onze heures, Fox retrouvait Linda Dearborn. Elle ne ressemblait pas du tout à son frère. Elle était menue, débordante d'énergie, et son allure avait de quoi faire se cogner les pasteurs aux réverbères : minijupe plissée, longues jambes nues et dorées plantées dans des santiags beiges. Sous son blouson en daim, elle portait un corsage dont le col ouvert sur les quatre boutons du haut révélait la naissance de sa poitrine généreuse et bronzée. Juste un soupçon de maquillage, et des cheveux blond paille mi-longs.

C'était elle qui avait choisi le lieu du rendez-vous : le Tea-Tree Tea, un café de Bread Street. L'homme barbu derrière le comptoir ne s'abstint pas de marquer sa désapprobation par un tss-tss sonore lorsque Fox commanda un café. Celui-ci était arrivé avec vingt minutes d'avance, ce qui lui avait laissé le loisir de parcourir le journal. Il avait complété sa commande par un scone au fromage, et choisi une table près de la vitre. Dehors, le soleil diffusait une légère chaleur, ce qui donnait à penser que le printemps se décidait enfin à pointer le bout de son nez. La jeune femme lui sourit, comme si elle le reconnaissait.

— Linda ? demanda-t-il tout de même.

— Je ne devrais pas vous le dire, répondit-elle, mais vous avez tout du flic. Ce doit être votre attitude, ou votre façon de regarder continuellement à droite et à gauche. Max est pareil.

Elle avait posé sa serviette, qui paraissait très lourde, sur la chaise à côté de Fox.

— Eh bien moi, je ne suis pas sûr que vous ayez tout de la journaliste d'investigation.

— C'est mon jour de repos.

— Vous êtes courageuse.

Comme elle parut ne pas comprendre, il expliqua :

— Jambes nues en hiver.

Elle abaissa le regard dans leur direction.

— Vu le prix de ce bronzage, répondit-elle, je ne peux pas me permettre de le cacher. Certains souffrent au nom de leur art, et mes jambes, c'en est, de l'art, vous ne trouvez pas ?

— Qu'est-ce que je vous offre ?

Mais elle se précipitait déjà vers le bar. Le serveur, retrouvant son entrain, sut ce qu'elle allait commander sans qu'elle ait à le lui dire. Lapsang Souchong avec une rondelle de citron. Fox fit semblant de lire le journal pendant que ces deux-là bavardaient. Dearborn se dressait sur la pointe des pieds, accoudée au comptoir. Elle entortillait une mèche de cheveux autour d'un doigt tout en parlant. Fox s'évertuait à ne pas penser au fait qu'il la trouvait très attirante. C'était la sœur de Max Dearborn. C'était une journaliste.

Le serveur insista pour porter lui-même le thé en salle. Elle le remercia en fronçant le bout du nez, puis retourna auprès de Fox, préférant s'asseoir à côté de lui plutôt que de l'autre côté de la table, après avoir déplacé sa serviette au pied de la chaise. Elle croisa les jambes, tandis qu'il feignait de s'intéresser aux décorations murales.

— Sympa, ici, fit-il.

— C'est pratique : j'habite dans Gardner's Crescent.

Fox fit un vague mouvement de tête et regarda par la vitre. Il y avait deux boutiques de l'autre côté de la rue : un coiffeur et un vétérinaire. Linda Dearborn s'était penchée pour chercher quelque chose dans sa serviette. Quand elle posa l'ordinateur portable devant eux, elle jeta un coup d'œil à son corsage.

— Il doit y avoir un défaut de fabrication, souligna-t-elle en guise d'excuse.

— Ce petit numéro marche à tous les coups ? demanda Fox, la regardant dans les yeux.

— Pratiquement, finit-elle par admettre.

— Heu… n'allez pas croire que j'y sois insensible… mais peut-être pourrions nous…, balbutia-t-il, tapotant sur le portable.

Dearborn, non sans faire une petite moue, souleva l'écran et alluma l'appareil. Fox la regarda taper son mot de passe. Quelques secondes et clics plus tard, elle orientait l'écran vers lui.

— Le registre du commerce et des sociétés, c'est bien joli, déclara-t-elle, mais c'est une chance que mon journal n'ait pas encore dégraissé le service des affaires financières. Les comptables n'ont pas encore réglé la moitié de tout ce que Brogan a laissé derrière lui, mais ce qui semble clair, c'est que CBBJ a été renflouée par de grosses injections d'espèces, souvent sans justificatifs…

— C'est-à-dire ?

— On ne sait pas d'où provient l'argent. Mais les nouveaux actionnaires sont nombreux.

— Parmi lesquels on trouve Wauchope Leisure ?

Dearborn fit glisser un doigt à l'ongle long sur la molette de la souris, les noms et numéros sur l'écran défilant en rythme.

— Pas tout à fait, répondit-elle, positionnant le curseur sur un nom et le surlignant : Scot Future (Wauchope).

— Cette société est-elle basée à Dundee, par hasard ? interrogea Fox.

Dearborn fit oui de la tête.

— Vous m'aviez demandé de faire une recherche dans la clientèle de Lovatt, Meikle & Meldrum, vous vous rappelez ? Il se trouve qu'ils représentent la société Wauchope Leisure. D'après ce que j'ai pu établir, le rôle de LM&M consistait à dissimuler le caractère immoral dans une série de publicités pour des clubs de danse-contact aux quatre coins du pays. Entretemps, le directeur de Wauchope avait été incarcéré…

— Pas possible ! ironisa Fox.

Quand la journaliste comprit qu'il n'en dirait pas plus, elle reporta son attention sur l'écran.

— Beaucoup de petites entreprises figurent sur cette liste, reprit-elle. Des sociétés privées, lesquelles ne sont pas tenues de communiquer beaucoup d'informations sur elles. Ce qui a intrigué mes confrères des affaires financières. Il semble que Charles Brogan avait des amis aux quatre coins du pays : Inverness,

Aberdeen, Glasgow, Kilmarnock, Motherwell, Paisley… et au-delà : Newcastle, Liverpool, Dublin…

— Je suppose que ces amitiés n'ont pas survécu à la crise financière ?

— Sans doute que non. Ceux qui ont acheté à Salamander Point, par exemple, semblent penser qu'ils ne récupéreront pas plus de cinq pence pour une livre.

— Aïe.

— Et nos banques planquées dans l'ombre se sucrent au passage : Brogan avait souscrit plusieurs prêts, au total plus de dix-huit millions de livres, et il était en retard sur ses remboursements.

— Ces créances retombent-elles sur sa veuve ?

— Probablement pas : c'est ce qui fait la beauté des SARL.

— Le nom de Joanna Broughton apparaît-il dans tel ou tel organigramme ? Comme secrétaire ou autre ?

Dearborn fit non de la tête.

— Elle ne possédait pas l'ombre d'une action.

— Pourtant, ses initiales composent le sigle de la société.

— Raison pour laquelle j'ai fouillé un peu plus avant. Elle a fait partie des associés, à une époque, c'est vrai, mais son mari lui a racheté ses parts, à peu près au moment où elle a lancé le casino.

— CBBJ possède des parts de l'Oliver ?

— Je ne crois pas, répondit Dearborn, calant son menton dans sa main. Pas plus que Wauchope Leisure. Donc, que doit-on en conclure, Malcolm ?

— À vous de me le dire.

— Vous pensez qu'une partie du financement de CBBJ serait de l'argent sale ?

— Serait-ce une intuition féminine ?

Elle sourit.

— C'est l'opinion de mon chef de rubrique. Le problème, c'est que la piste administrative est pratiquement impossible à suivre.

— Peut-être que si vous persévériez…

Elle le regarda. Elle avait des yeux presque violets. Fox se demanda si elle portait des lentilles de couleur.

— Peut-être, dit-elle, avant d'ajouter : Au fait, comment vivez-vous le fait d'être suspendu de vos fonctions ?

— Je ne m'en plains pas.

— Très drôle…

— Parce que je suis aux Affaires et Plaintes internes, vous voulez dire ?

Elle confirma d'un signe de tête.

— On raconte que vous empiétiez allègrement sur l'enquête sur le meurtre de votre beau-frère.

— Ce n'était pas mon beau-frère… et ce qu'on raconte est vrai.

— Oh, il y a là matière à faire un papier ! s'écria-t-elle, le bout de sa langue pointant entre ses lèvres.

— Policier suspendu : excès de chagrin, excès de zèle – rien de très passionnant.

— Sauf que maintenant, tout ce zèle vise Charles Brogan…

— Et le vôtre, de zèle, pensez-vous qu'il portera ses fruits ?

— Mon chef me décrit comme « tenace ».

— Mais aujourd'hui, vous n'êtes toujours pas en mesure de prouver qu'il existe un lien entre Brogan et Ernie Wishaw ?

— Je sais qu'ils se sont rencontrés plusieurs fois.

— Mais personne n'a vu de l'argent changer de main ? supposa Fox.

Dearborn inclina la tête sur le côté.

— Bizarre, quand même, remarqua-t-elle, songeuse, que Brogan ait disparu juste après la mort de votre ami Vince ? Il ne m'a fallu qu'un quart d'heure pour faire le rapprochement : Faulkner travaillait à Salamander Point.

Elle faisait penser à une écolière qui aurait reçu une Gold Star pour sa dernière dissert.

— J'ai raison, n'est-ce pas ? reprit-elle.

Comme il ne réagissait pas, elle poursuivit :

— Vous voyez Malcolm, je ne suis pas seulement une jolie fille.

— Je ne l'ai jamais pensé.

— De l'eau chaude ? proposa une voix dans leur dos.

C'était le serveur, avec une autre théière à la main.

Fox s'était garé en stationnement interdit. Un contractuel tournait autour de sa voiture au moment où il sortait du café. L'homme hésitait à fleurir d'une contredanse le macaron POLICE de Fox plaqué contre l'intérieur du pare-brise. Avisant le regard noir que lui lançait Fox, il décida qu'il trouverait de l'argent plus facile ailleurs. Fox avait proposé à Linda Dearborn de la déposer, mais elle lui avait répondu qu'elle préférait marcher. Sa destination était George Street, « pour faire un peu de lèche-vitrine ». Fox était prêt à parier qu'elle aimait se promener dans les rues, consciente que les hommes se retournaient sur son passage, ou bien qu'ils la suivaient des yeux depuis leurs voitures, leurs camionnettes ou les fenêtres de leurs bureaux.

Au moment où il mettait le contact, son nouveau portable sonna. Le numéro affiché sur l'écran était celui de Jamie Breck.

— B'jour, dit Fox, prenant l'appel.

— Mark Kelly vient de m'appeler.

— Qu'est-ce qu'il a pour nous ?

— Il a rendu visite à la veuve de Norquay. Elle n'a pas paru éberluée par sa demande.

— Elle lui a montré les relevés téléphoniques de son petit mari ?

— Mark m'a dit que toute la maison était un mausolée. Elle a acheté une flopée de sous-verres. Des centaines de photos de famille sont éparpillées par terre dans tout le salon parce qu'elle est en train de faire son choix. Elle a conduit Mark dans le bureau de son mari : tous ses papiers étaient classés par ordre chronologique dans des cartons – relevés bancaires, factures et reçus de cartes de crédit…

— Et facturations téléphoniques détaillées ?

— Tout à fait.

Fox entendit que Breck prenait une feuille de papier.

— Heureusement, il avait pris l'habitude de tout noter : les gens qui l'appelaient, et ceux qu'il appelait. Vers la fin de ce dîner auquel il assistait, il a reçu un coup de fil d'un numéro local. D'une cabine publique dans un pub : le Lowther's. Mark me disait que l'endroit était assez glauque, mais pile-poil en centre-ville.

— D'accord.

— Cet appel a duré deux minutes et quarante secondes.

— Savons-nous quel était son état d'esprit tout de suite après ?

— Mark n'a pas pensé à le demander.

— Mais l'as-tu prié de rectifier le tir ?

— Il va aller voir les amis de Norquay qui étaient avec lui à ce dîner.

— Je suppose que ça ne nous apportera pas grand-chose de plus.

— Noooon..., fit Breck qui, par sa manière de laisser traîner ce mot, éveilla la curiosité de Fox.

— C'est quand tu voudras, Jamie, le relança-t-il.

— Mark connaît le Lowther's de réputation... il y a souvent du grabuge le samedi soir, mais ça semble toujours se produire à une centaine de mètres du pub lui-même.

— Dans la rue, tu veux dire ?

— Quand une dispute commence, elle se termine toujours dehors.

— Tiens donc, et pourquoi ? insista Fox qui se doutait déjà de la réponse.

— Personne ne veut se mettre les proprios à dos.

— Wauchope Leisure Holdings ?

— Qui d'autre ?

— En un sens, c'est un peu dommage : aucun des clients ne voudra nous raconter qui a passé ce coup de fil.

— Sans doute. Mais ça a éveillé la curiosité de Mark.

— Il devra la jouer fine.

— Ne t'inquiète pas pour lui. Comment s'est déroulé ton rendez-vous avec Linda Dearborn ? Elle t'a demandé de mes nouvelles ?

— Ton nom n'a même pas été cité.

— Elle est canon, cette minette, hein ?

— Et en plus, elle fait bien son boulot. Il y a un lien entre Wauchope et la société de Brogan. Tu crois qu'on pourrait aussi en établir un entre Wauchope et la boîte de Norquay ?

— On peut toujours fouiller de ce côté-là… ou plutôt Mark… ça relève des collègues du Tayside.

— La société de Wauchope fait, elle aussi, appel à une agence de conseil en communication…

— Laisse-moi deviner : LMM ?

— Ils se sont occupés d'une campagne de pub pour des bars « danse-contact ».

— Des affiches sur les flancs des bus, je m'en souviens. Tu veux qu'on aille leur en parler ? Leur siège est juste à côté du Parlement…

— On verra plus tard. Rappelle ton pote du Tayside et vois s'il peut trouver autre chose qui relierait Wauchope à notre promoteur de Dundee.

— D'accodac. Quelle est ta prochaine étape sur ta liste, Malcolm ?

— La famille, répondit Fox en mettant son clignotant.

*

Jude ouvrit la porte. Quand elle vit que c'était lui, elle pivota sur ses talons et regagna le salon, se doutant qu'il lui emboîterait le pas. Ses cheveux tout comme ses vêtements avaient besoin d'un bon rafraîchissement, et son visage s'était creusé. Une cigarette l'attendait dans le cendrier posé sur le bras du fauteuil.

— Je croyais que tu ne repasserais pas avant le week-end, dit-elle. Je ne suis pas dans un bon jour pour voir p'pa.

Fox remarqua les deux bouteilles de vin vides sur le comptoir de la cuisine, ainsi que le reste de la bouteille de vodka bon marché sur la table basse. Jude était assise et faisait semblant de s'intéresser à la télévision, mais elle avait du mal à garder les yeux ouverts.

— Ça va, sœurette ?

— Pourquoi ça irait pas ?

Elle leva la tête vers lui et ses yeux s'arrondirent de stupéfaction.

— Han ! Qu'est-ce qui t'est arrivé ?

Fox se frotta les joues.

— Je suis tombé dans un escalier.

Le regard de sa sœur se durcit, mais elle détourna la tête, prit la cigarette et tira une bouffée. Fox alla à la cuisine et remplit la bouilloire. Il ne vit ni thé ni café, et ne trouva pas de lait dans le frigo. Beaucoup de nourriture, en revanche : à première vue, elle n'avait pas mangé grand-chose depuis sa virée courses.

— Ta copine Sandra n'est pas venue ? cria Fox.

— Pas ces jours-ci. Elle m'a appelée deux trois fois pour prendre des nouvelles.

— Et Mme Pettifer, ta voisine d'à côté ?

— Elle est partie voir son frère à Hull. Il a fait un infarc, ou un truc dans le genre.

— Donc, tu dois te débrouiller toute seule ?

— Je suis pas infirme !

— Mais tu ne prends pas soin de toi non plus.

— Fais pas chier, Malcolm.

Elle bascula ses jambes par-dessus le bras du fauteuil, et il s'en fallut de peu qu'elle ne fasse tomber le cendrier.

Fox lui accorda quelques instants de répit pour qu'elle se calme.

— Quand je suis passé l'autre jour, tu semblais t'en sortir…

Ouvrant les placards, il trouva un nouveau pot de café soluble. Il rinça deux mugs et décida d'ajouter deux cuillerées de plus dans celui de Jude.

— Noir, ça te va ?

Elle ne répondit pas.

— Comment fais-tu pour l'argent ? demanda-t-il.

— Il y en a sur le compte.

— Mais sans doute pas beaucoup…

— Quand j'en serai réduite à mendier dans la rue, je te ferai signe.

Il prit le courrier posé sur le comptoir de la cuisine. Parcourut une lettre expliquant que les mensualités du remboursement du prêt immobilier étaient diminuées du fait de la baisse récente des taux d'intérêt.

— Vince avait une assurance-vie ? voulut-il savoir.

— Oui.

— Tu t'en es occupée ?

— Sandra a… leur a téléphoné… elle m'a fait signer un document.

— Bon, c'est déjà ça.

Fox feuilletait les autres lettres, dont certaines n'étaient toujours pas décachetées. Il s'arrêta sur une enveloppe à l'en-tête d'une compagnie de téléphonie mobile adressée à M. Vince Faulkner. Une facture. Fox l'ouvrit, les yeux fixés sur le dos de sa sœur. Il grimaça en constatant que le détail des appels n'y figurait pas. Son montant s'élevait à cent douze livres. La bouilloire siffla. Fox apporta le café à Jude.

— Tu devrais acheter du lait, lui dit-il en lui tendant le mug. Et aussi moins de vin et d'alcools.

— Tu n'es pas mon père.

— Non, mais j'arrive juste après.

Il prit son portefeuille dans la poche intérieure de sa veste. Quand elle vit ce qu'il s'apprêtait à faire, elle bondit de son fauteuil, se précipita à la cuisine, ouvrit un tiroir et revint dans le salon en brandissant une grosse liasse de billets de banque, qu'elle jeta en l'air devant lui.

— Tu vois ? s'écria-t-elle. J'en ai pas besoin, de ta fichue charité !

Fox considéra les billets éparpillés sur la moquette. Jude, qui s'était rassise dans son fauteuil, regardait la télé, sachant qu'il attendait une explication.

— Je l'ai trouvé, dit-elle, lui donnant satisfaction. Deux mille livres au total.

— Trouvé où ?

— En haut, caché dans le bureau de Vince. Une chance que je sois tombée dessus avant que vous autres ne mettiez tout sens dessus dessous ; vous auriez été capables de le garder pour vous.

— D'où vient-il ?

Jude haussa les épaules.

— Ses gains au casino ? suggéra-t-elle. C'était peut-être là qu'il allait les soirs où il ne rentrait pas.

— Il y était le samedi, déclara Fox d'une voix posée, tout en ramassant les billets. Quand il est parti, il a pris un taxi pour le Cowgate…

Elle ne l'écoutait pas vraiment.

— Ce salaud m'avait rien dit, Malcolm ! Il le planquait dans son burlingue avec ses magazines et ses DVD porno. Je voulais pas qu'on sache qu'il était comme ça… c'est pour ça que j'ai rien dit.

Elle le dévisagea une nouvelle fois.

— Qu'est-ce qui t'est arrivé au visage ?

— Une bagarre, répondit-il, posant l'argent sur la table.

— T'as gagné ?

— Pas encore.

Une réponse qui arracha un faible sourire à sa sœur. Elle prit son mug et souffla sur la surface du café.

— Ça ne devrait pas être trop chaud, lui dit-il. J'ai ajouté un peu d'eau froide du robinet.

Elle but une gorgée et se tortilla dans son fauteuil.

— Un peu fort ? supposa-t-il.

Elle fit oui de la tête, mais en but encore.

— Il y a de la soupe en conserve dans le placard…

— Non, ça me suffit, répondit-elle, mais il alla quand même dans la cuisine et sortit une casserole.

La table de cuisson était immaculée, preuve que Jude n'avait pas cuisiné depuis plusieurs jours. Pas d'assiettes dans l'évier, rien que des mugs et des verres. Fox versa la soupe dans la casserole. C'était un velouté de poulet – ce que leur mère leur donnait quand ils étaient malades.

— Jude ! cria-t-il. La police t'a rendu les effets personnels de Vince, hein ?

— Oui.

— Je peux y jeter un coup d'œil ?

— L'enveloppe est dans le tiroir, indiqua-t-elle, pointant le doigt vers un meuble de rangement surmonté d'étagères.

Fox trouva la grosse enveloppe dans le tiroir du haut, posée sur des feuilles de papier à lettres de Noël. Fox en sortit la seule chose qui l'intéressait : le téléphone portable de Faulkner. On y voyait des traces de poudre magnétique de recherche d'empreintes, et d'autres de boue séchée. Il avait dû tomber par terre à un moment donné. Quand Fox voulut l'allumer, rien ne se produisit.

— Tu as le chargeur ? demanda-t-il à sa sœur.

— Palier de l'étage !

Il tourna la soupe, puis gravit l'escalier et redescendit avec le chargeur qu'il brancha dans la prise disponible à côté de la bouilloire. Quand il le relia au téléphone, un petit voyant vert se mit à clignoter. Fox versa la soupe dans un bol et finit par trouver une cuiller propre. Il y avait un vieux pain dans un sac. Fox coupa la partie qui commençait à moisir, et posa ce qui restait à côté du bol.

— Mieux vaut t'asseoir correctement pour manger, suggéra-t-il à sa sœur, faisant glisser la table basse devant son fauteuil.

Jude fit basculer ses jambes vers l'avant, posa les pieds par terre, puis son mug sur la table.

— Je n'ai pas très faim, protesta-t-elle.

— Mais tu mangeras quand même.

— Sinon quoi ?

— Sinon, je te prive de sortie, ma petite.

C'était une piètre imitation de leur père, mais Jude eut un autre sourire en prenant sa cuiller.

— Qu'est-ce qu'il a de si important, le téléphone de Vince ? s'enquit-elle.

— Je me demandais seulement s'il n'y aurait pas quelqu'un qu'on n'a pas encore interrogé.

— Les autres... Giles et compagnie... ils ont fouillé tout ça.

— Je pense qu'ils sont moins bons que moi.

Elle prit sa première bouchée de soupe, savourant son agréable arrière-goût.

— Tu sais ce que ça me rappelle ? s'écria-t-elle.

Il fit oui de la tête.

— J'ai pensé à la même chose, dit-il, regagnant la cuisine et allumant le téléphone.

— Son code Pin, c'est quatre zéros ! lui cria Jude.

Quelle surprise : Vince trop paresseux pour modifier le code par défaut. D'un autre côté, c'était bien la preuve qu'il n'avait pas grand-chose – voire rien – à cacher à Jude. Fox pressa les touches. Le fond d'écran de Vince était une photo datant de 1966. Celle de Bobby Moore brandissant la Coupe du monde. Fox finit par comprendre comment naviguer dans les fonctionnalités du téléphone, et accéda au journal d'appels. Il y avait près de deux cents entrées. Fox se douta que l'équipe de Giles n'avait dû s'intéresser qu'aux appels les plus récents, et remonta plus loin dans le temps. Il dénicha un bloc-notes et y consigna les numéros récurrents, ainsi que la date, l'heure et la durée des appels. Certains étaient classés par noms – Jude, Ronnie, garage, Marooned, Oliver –, mais beaucoup n'étaient liés à aucune identité.

— Comment trouves-tu la soupe ? demanda-t-il à Jude.

— J'ai tout mangé comme une gentille fille.

Elle s'était levée de son fauteuil, et rapportait le bol qu'elle déposa dans l'évier. Puis elle se pencha vers Fox et l'embrassa sur la joue.

— Que me vaut ce plaisir ?

— Une envie, c'est tout.

Elle lut les numéros sur le bloc.

— Tu en reconnais ?

— Non, répondit-elle. Tu crois que la personne qui…

Elle se tut, incapable de terminer sa phrase. Elle s'éclaircit la voix, opta pour une autre formulation.

— Tu crois que c'est quelqu'un qu'il connaissait ?

Fox haussa les épaules. Certains numéros n'apparaissaient qu'une fois. Il décida d'en essayer un au hasard, et prit son propre portable. Une femme lui répondit.

— Wedgwood, annonça-t-elle d'une voix chantante.

— Pardon ?

— Restaurant Wedgwood.

Fox coupa la communication et se tourna vers Jude.

— Wedgwood ? l'interrogea-t-il.

Elle fit un signe de tête affirmatif.

— On y a dîné en décembre, ajouta-t-elle, souriant à ce souvenir.

— Rien que vous deux ou encore avec les Hendry ?

— Rien que nous deux... on avait aussi une vie sociale sans Sandra et Ronnie, tu sais.

Fox en prit acte en grommelant. On retrouvait un autre numéro onze fois entre octobre et janvier. Il redemanda à Jude si ça lui disait quelque chose, mais elle secoua la tête. Il le composa.

— Allô ?

La voix était douce, hésitante. Encore une femme, mais pas une inconnue.

— Mme Broughton ?

Fox n'obtint pas de réponse.

— Ici l'inspecteur Fox. Je vous ai ramenée en voiture du poste de police de Leith...

Il s'écoula encore quelques instants avant qu'elle ne prenne la parole.

— Gordon Lovatt était furieux, inspecteur. L'agenda de Charlie est-il arrivé à destination ?

— Oui.

— Y avez-vous jeté un coup d'œil ?

Fox inspira à fond.

— Mme Broughton, je vous appelle depuis le téléphone de Vince Faulkner.

— Ah oui ?

— Ce nom vous dit quelque chose ?

— Je l'ai entendu de votre bouche. Avant que vous alliez au casino visionner les images captées par la vidéosurveillance.

— Celles du samedi soir, oui. Mais la question que je me pose à présent, c'est : comment se fait-il que Vince Faulkner ait eu votre numéro, et pour quelle raison vous êtes-vous parlé à onze reprises entre octobre et janvier ?

À l'autre bout de la ligne, le silence se prolongea une bonne vingtaine de secondes. Fox lança un coup d'œil à Jude pour jauger sa réaction. Elle posa la main sur son bras, comme pour le rassurer.

— Mme Broughton ? relança Fox.

— Ce n'est pas mon téléphone, déclara-t-elle. C'est celui de Charlie. Je suppose qu'ils se sont appelés pour le travail.

Fox lança de nouveau un coup d'œil à sa sœur.

— M. Faulkner était tout en bas de l'échelle…

— C'est la seule explication, rétorqua Joanna Broughton.

— Vous laissez le portable de votre mari allumé ? demanda Fox, après un instant de réflexion.

À nouveau, le silence se prolongea à l'autre bout de la ligne.

— Oui, au cas où on l'appellerait. Il avait beaucoup de contacts professionnels, inspecteur. Il est possible que certains ne soient pas au courant de ce qui est arrivé.

— Logique, je suppose.

— Vous « supposez » ?

— Mais une chose ne l'est pas, poursuivit Fox.

Le silence, encore.

— Laquelle ? finit par demander Joanna Broughton.

— Pourquoi ce téléphone n'était-il pas sur le yacht ?

— Il l'était ! lui opposa-t-elle avec un soupir exaspéré. On me l'a rendu. Vous vous rendez bien compte que j'informerai Gordon Lovatt de cette conversation ? Je crains qu'il n'y voie un harcèlement de plus.

— Qu'il y voie ce qu'il voudra. Merci d'avoir bien voulu me parler, madame Broughton.

Fox coupa la communication et posa le téléphone sur le plan de travail.

— Voilà donc comment tu es dans le boulot, commenta Jude, qui reçut un haussement d'épaules en guise de réponse. Broughton, comme Joanna Broughton ? poursuivit-elle. La propriétaire de l'Oliver ?

— Elle-même. Apparemment, Vince connaissait bien son mari.

— Il nous a offert le champagne, un soir…

— Tu l'as déjà vu parler avec Vince ?

Jude fit oui de la tête.

— Ils se sont parlé ce soir-là. Et je crois bien qu'on était déjà tombés sur lui une autre fois, là-bas… À ton avis, d'où vient cet argent, Malcolm ? insista-t-elle, croisant le regard de son frère. Vince était mêlé à quelque chose ?

Fox serra fort le bras valide sa sœur, lui répondant par un sourire et gardant le silence. Elle s'attarda un moment auprès de lui, puis regagna le salon et la télévision. Fox repensait à sa rencontre avec Joanna Broughton… au penthouse et à ses murs nus… à Jack Broughton et Gordon Lovatt sortant de l'ascenseur… à l'agenda de Charlie Brogan…

Y avez-vous jeté un coup d'œil ?

Il ne l'avait peut-être pas regardé d'assez près. Tout ce dont il se souvenait, c'étaient les émissions de télé que Brogan avait inscrites… Jude regardait une émission sur des maisons sous des climats plus cléments… La télé… la TV…

TV.

— Oh, c'est pas vrai ! s'écria soudain Fox.

Jude se tourna vers lui.

— Qu'est-ce qui se passe ?

Il avait porté la main à son front, il avait l'impression que le sol se dérobait sous lui. De son autre main, il se retint au rebord du plan de travail.

— Quel idiot ! pesta-t-il.

— Malcolm ?

— Comme idiot, je me pose là, Jude ! Il n'y a pas à tortiller.

— Pas meilleur que Giles et sa bande ?

Fox fit non de la tête, mais le regretta aussitôt. La pièce tangua, et il crut qu'il allait tomber.

— Tu as une sale tête, lui disait Jude. Je peux faire quelque chose pour toi ? Ça fait longtemps que tu n'as pas mangé ?

Mais Fox sortait déjà du salon.

— Je repasserai ! lui cria-t-il.

— C'est au sujet de Vince ? Dis-moi, Malcolm… c'est ça ?

— Peut-être bien.

Ce fut là tout ce que Fox fut en mesure de répondre.

25

— Moins vite, tempéra Jamie Breck.

Il était vêtu comme pour faire un jogging et ses cheveux étaient mouillés après la douche.

— Tu as bouffé du lion ! ajouta-t-il.

Ils avaient gagné le salon de l'appartement de Breck. Une musique d'ambiance se déversait des baffles de la chaîne hi-fi. Breck s'assit et, s'emparant d'une télécommande, baissa le volume. Malcolm Fox faisait les cent pas devant lui.

— Comment peux-tu être aussi relax ? lui demanda Fox sur un ton de reproche.

— Que veux-tu que je fasse d'autre ?

— Quelqu'un cherche à te faire passer pour un pédophile.

— Exact… et si je me défends, tout le monde en déduira que c'est toi qui me l'as dit.

— Fais-le quand même.

Breck secoua la tête.

— Trouvons le pourquoi – ensuite, tout se mettra en place.

Fox s'immobilisa.

— Tu crois le savoir ?

— C'est deux pour le prix d'un, répondit Breck, croisant les bras. Ils se sont arrangés pour que nous nous rencontrions en pariant sur le fait qu'on sympathiserait… qu'on se ferait mutuellement confiance. Que tu comprendrais que c'était un coup monté et que tu m'en informerais sûrement. De mon côté, je te laisserais empiéter sur l'affaire Faulkner. Une fois cela établi, on serait tous les deux mis sur la touche.

— Des collègues à nous, alors ? Forcément…, avança Fox, se remettant à marcher en long et en large dans la pièce.

— À quoi penses-tu, Malcolm ?

— Vince et Brogan n'arrêtaient pas de se téléphoner, ce qui veut dire qu'ils n'étaient pas seulement patron et employé. Le jour où j'ai raccompagné Joanna Broughton chez elle, elle m'a confié l'agenda de son mari pour que je le dépose à Leith. Il y était mentionné beaucoup d'émissions qu'il voulait regarder. TV – 7 h 45… TV – 10 h 00… ce genre de choses.

Fox se planta devant Breck et le regarda.

— Tu te souviens de ce que Mark Kelly nous a dit ? Le nom de l'acolyte de Bull Wauchope ?

— Terry Vass, murmura Breck en hochant la tête. Mêmes initiales.

— Aucun rapport avec des émissions de télé, Jamie. Brogan devait avoir rendez-vous avec Terry Vass. Mais pourquoi ? Pourquoi Wauchope enverrait-il son homme de main à Édimbourg ?

— Brogan lui devait du fric.

— Brogan lui devait du fric, répéta Fox. Et n'oublions pas que Joanna Broughton garde le téléphone portable de son petit mari à portée de main. J'ai appelé et elle a répondu dans les cinq secondes.

— Et alors ?

— Elle prétend que des gens pourraient appeler parce qu'ils ne sont pas au courant de ce qui est arrivé.

— Ça se tient, observa Breck, haussant les épaules.

Après une brève hésitation, Fox sortit son portable et appela Max Dearborn.

— Max, ici Malcolm Fox.

— Linda m'a dit que vous vous étiez vus.

— Ce matin. Je vais faire mon possible pour l'aider, mais écoute… j'ai une question rapide : le téléphone portable de Charlie Brogan se trouvait-il sur le bateau ?

— On l'a examiné, puis rendu à sa femme.

Les épaules de Fox s'affaissèrent. Il plaqua la main contre le micro.

— Il était sur le bateau, déclara-t-il à Breck.

— Pourquoi tu veux savoir ça ? demanda Dearborn.

— C'est sans doute sans importance, Max. Ce n'est rien, en fait.

Mais Breck claquait des doigts pour attirer son attention.

— Attends une seconde, relança Fox dans l'appareil, recouvrant de nouveau le micro de sa paume.

— Un type comme Brogan n'aurait pas qu'un seul portable, chuchota Breck.

— Max…, reprit Fox dans l'appareil, tu connais le numéro de ce portable ?

— Attends une minute.

Dearborn devait se trouver dans la salle des enquêteurs. Un bruissement signala à Fox qu'il coinçait le téléphone dans le creux de son cou, puis des crépitements qu'il tapait au clavier d'un ordinateur.

— Au fait, ça avance ? se décida à demander Fox.

— Toujours aucune trace de cet enfoiré.
— Vous surveillez la veuve ?
— On l'envisage.
— Elle aurait tôt fait de le savoir.
— Peut-être… Voilà, j'ai le numéro.
Dearbon le lui donna.
— Merci, Max, dit Fox, coupant la communication, puis se tournant vers Breck : Bien vu.
— Les numéros ne correspondent pas ?
— Non.
— Donc, le portable qu'elle conserve à portée de main n'est pas celui retrouvé sur le bateau.
— Non.
— Mais elle t'a affirmé le contraire.
— Oui.
— C'est le genre de choses dont il vaut mieux parler face à face.
— Si on parvient à la rencontrer.
Breck se redressa d'un bond.
— Quelle heure est-il ? demanda-t-il.
— Un peu plus d'une heure.
Breck pesta dans sa barbe.
— Je dois être à Fettes à la demie.
— Ça va faire un peu juste… à moins que tu décides de ne pas te changer.
Breck, qui s'était levé, s'examina de la tête aux pieds.
— Ça, c'est une idée, lança-t-il.
— En voilà une autre : je t'accompagne.
Breck le considéra avec étonnement.
— Pourquoi ?
— Parce qu'on ne peut pas savoir à qui faire confiance dans nos propres rangs.

Breck plissa les yeux.

— Stoddart ? souligna-t-il.

Malcolm Fox enfonça les mains dans ses poches et haussa les épaules.

— Elle est aux Affaires internes ! protesta Breck.

— Moi aussi, je te rappelle. On en discutera en route. Si je n'arrive pas à te convaincre, j'attendrai dans la voiture…

Fox attendit dans la voiture. Ils avaient pris la sienne et il resta assis au volant, radio allumée, suivant des yeux Breck qui entrait d'un air décidé dans le poste de police central. Il laissait ses doigts tambouriner sur le volant, regardait devant lui, mais dans le vide. Cinq minutes plus tard, entendant du bruit, il tourna la tête. Breck revenait, mais il était accompagné. L'inspecteur Caroline Stoddart n'avait pas l'air enthousiaste, loin de là. Ses deux collègues, Wilson et Mason, observaient la scène depuis la porte. Fox descendit de voiture, ne sachant quoi dire. Breck accéléra le pas et ouvrit la portière passager à l'intention de Stoddart. Cette dernière foudroya Fox du regard.

— Vous aviez la consigne de cesser toute communication, vous deux, dit-elle.

— On n'a pas été sages, fit mine de renchérir Breck.

Stoddart rongea son frein, puis se décida à s'asseoir sur le siège passager. Breck lança un clin d'œil à Fox avant de s'installer à l'arrière. Fox demeura encore un moment immobile, le regard fixé sur Wilson et Mason. Lesquels se résolurent à se détourner et retourner à l'intérieur du poste de police.

— Finissons-en avec cette petite mascarade, grommela Stoddart, tandis que Fox reprenait place au volant et fermait la portière. Je vous écoute. Vous avez cinq minutes.

— Ça risque de prendre plus de temps, l'avertit Breck, avant d'ajouter, à l'intention de Fox : Autant aller ailleurs… je ne sais pas si les murs ont des oreilles, mais ce qui est sûr, c'est que les fenêtres ont des yeux.

Fox tourna la tête vers le bâtiment, donna raison à Breck et démarra.

— Vous m'enlevez ? geignit Stoddart.

— Vous êtes libre de partir quand vous voulez, la rassura Breck. Mais pour ce que nous devons vous dire… croyez-moi, ici, ce n'est pas le lieu idéal.

— Je fais le tour du quartier ? proposa Fox, les yeux braqués sur le rétroviseur, conscient de l'agacement de Stoddart qui se donnait une contenance en lissant sa jupe.

— Dès lors que tu peux parler en conduisant…, répondit Breck.

Alors, Malcolm Fox roula.

L'itinéraire leur fit contourner le Jardin botanique, puis monter vers le centre-ville. Les voitures avançaient au ralenti, et Fox parla moins, concentrant son attention sur la route. Breck comblait les blancs, et bientôt ils traversaient le haut de Leith Walk. Royal Terrace, puis Abbeyhill, le parlement, le palais de Holyrood. Ils entrèrent dans le parc de cette résidence royale, passant devant le St. Margaret Loch et s'engageant dans la voie à sens unique qui serpentait autour de l'imposante colline du siège d'Arthur. Ils avaient l'impression de se trouver au milieu de nulle part. Sur certains tronçons, on n'apercevait aucune habitation ; que de la lande, et la colline. Ils circulaient depuis près d'une demi-heure quand Stoddart intima à Fox de se garer sur le côté.

— Mauvais endroit pour vous déposer, l'avertit Breck. Aucun taxi ne passe par ici.

— C'est où, « ici » ? demanda-t-elle, regardant autour d'elle.

Fox avait arrêté la voiture à côté du Dunsapie Loch. Deux joggeurs passèrent à côté d'eux. Une jeune mère s'était arrêtée avec sa poussette. Il y avait un nid au milieu du lac. D'ici quelques semaines, un couple de cygnes y élirait domicile.

— Un autre visage d'Édimbourg, expliqua Breck à Stoddart. Je me ferais un plaisir de vous servir de guide un de ces jours…

Elle ne rebondit pas sur cette proposition, mais ouvrit la portière et s'apprêta à descendre. Elle tressaillit, s'imaginant peut-être que c'étaient eux qui la retenaient, alors que ce n'était que sa ceinture de sécurité. Elle la défit, sortit et claqua la portière.

— Et maintenant, on fait quoi ? bougonna Breck.

Fox croisa son regard dans le rétroviseur. Breck se donnait l'air optimiste et confiant, mais ce n'était qu'une façade. Intérieurement, il balisait.

— Laisse-lui une minute, le rasséréna Fox.

Stoddart, bras croisés, bien campée sur ses jambes, laissait errer son regard sur le lac et le paysage par-delà.

— Mais imagine qu'elle.. qu'elle aille voir directement ton supérieur et le mien ?

— *Que sera, sera.*

Breck porta le regard sur Stoddart.

— Elle pense peut-être qu'on essaie de lui monter un bateau.

— Possible.

— Qu'on est de connivence depuis qu'on a été suspendus… et qu'on monte cette théorie de toutes pièces pour sauver notre tête. C'est ça qu'elle est en train de se dire !

— Jamie, ce qu'elle est en train de se dire, tu l'ignores, rétorqua Fox, qui pétrissait le volant entre ses mains.

— Elle a l'esprit maison, Malcolm… exactement comme toi, avant. Elle n'est pas du genre à se désolidariser d'avec ses collègues.

— Elle vient de le faire, je te signale.

Fox attendit que Breck lui accorde toute son attention, puis ajouta :

— Elle est montée dans la voiture, non ? A laissé ses lads à l'écurie. Ce n'est pas vraiment la politique de l'entreprise.

— Un point pour toi, admit Breck. Où va-t-elle ?

Réponse : elle se dirigeait vers un talus à l'écart de la route. Elle le gravit, dérapant à deux ou trois reprises malgré ses chaussures de marche. Fox pensait que, de l'autre côté, il n'y avait rien jusqu'à Duddingston. Elle s'immobilisa au sommet du monticule, puis tourna la tête vers la voiture.

— Allons la voir, proposa Fox, retirant la clé de contact.

Stoddart s'était assise sur un rocher sec frangé de mousse. Elle s'était recroquevillée sur elle-même, bras sur les genoux, cheveux malmenés par le vent. Cette pose la rajeunissait. On aurait dit une ado ruminant une injustice.

— Vous avez soulevé une bonne question, dit-elle à Fox.

Il s'était accroupi à côté d'elle, tandis que Breck restait debout, un peu à l'écart, les mains enfoncées dans les poches ventrales de son blouson polaire.

— Le timing, reprit-elle. C'est la chose qui me chiffonne.

— La seule ? s'étonna Breck, avec un sifflement incrédule.

— Pour le reste, vous ne disposez d'aucune preuve pour rien de ce que vous m'avez dit, mais l'inspecteur Fox est apparu sur notre radar quelques jours avant le meurtre de Vince Faulkner. Ça m'a interpellée moi aussi.

— Bravo ! s'écria Breck, y gagnant un regard réprobateur de Fox.

— Quelqu'un a bien dû vous donner une raison, déclara Fox calmement.

Stoddart fit non de la tête.

— Ce n'est pas comme ça que ça marche, soupira-t-elle, ajoutant, après une courte pause : Vous êtes bien placé pour le savoir…

Certes. En haut lieu, on se contentait de leur donner le feu vert. Ensuite, à eux de se charger de la paperasse. À eux d'engager leur responsabilité. Tout ce qu'on leur demandait, c'était d'observer et de rapporter ce qu'ils voyaient. Fox se souvenait d'une affaire remontant à quelques années : en Angleterre, un chef de police qui soupçonnait un subalterne d'avoir une liaison avec sa femme avait tout bonnement monté une surveillance rapprochée de cet homme vingt-quatre heures sur vingt-quatre, sept jours sur sept. Pour l'équipe, la demande était un ordre et leur chef n'outrepassait pas ses pouvoirs.

— Cet ordre, qui vous l'a donné ? demanda Fox d'une voix posée.

— Mon chef, finit-elle par répondre. Mais lui-même l'a reçu du sien.

Autrement dit, le chef-adjoint de la police des Grampians.

— C'est donc que quelqu'un était allé le trouver, intervint Breck.

Les rôles étaient inversés : Breck faisait les cent pas, tandis que Fox était d'un calme olympien.

— Il y a autre chose…

Stoddart s'interrompit, leva les yeux au ciel.

— Je risque de m'attirer de gros ennuis dans tout ça ! soupira-t-elle.

— Ce qui veut dire que vous nous croyez ? lui demanda Fox.

— Peut-être, répondit-elle. Ce qu'il y a, c'est que…

Elle cherchait ses mots.

— Le bruit court que quelque chose a très mal tourné dans une affaire criminelle voilà plusieurs mois, reprit-elle d'un ton plus assuré. La victime était un gamin, et la crim' s'est obnubilée sur sa famille ; il se trouve que l'assassin était un repris de justice et habitait à quelques rues de là. On a étouffé l'affaire, et tout fait pour colmater les brèches.

— D'après vous, c'est là-dessus que les Affaires internes d'Édimbourg devaient enquêter ? demanda Fox.

— En tout cas, l'affaire a été confiée au centre de police de Strathclyde, se contenta de répondre Stoddart en haussant les épaules.

— Mais tout le monde sait que là-bas, les équipes, ce n'est pas le top.

— C'est sûr, admit Stoddart.

Fox réfléchissait.

— Pour vous, il y a un deal, là-dessous ? Les hauts gradés, à Édimbourg, se disent que si Aberdeen met un de nos hommes sous surveillance, on trouvera une excuse pour ne pas s'en prendre à vous ?

— Peut-être, répéta-t-elle.

Elle avait joint les mains entre ses genoux, et battait du pied dans l'air.

— Vous avez froid ? Vous voulez qu'on retourne à la voiture ?

— Qu'est-ce que je dis à Wilson et Mason ?

— Tout dépend à quel point vous avez confiance en eux, répondit Breck, qui donnait de grands coups de pied dans les touffes d'herbe. Si on s'est adressé à vous, c'est justement parce que nous, on ne sait pas à qui on peut faire confiance.

— Je vois ça…, murmura-t-elle, son regard passant de l'un à l'autre. Alors, qu'allez-vous faire ?

— Essayer de parler à Terry Vass, suggéra Fox.

— Si on nous retrouve flottant sur le ventre dans le Tay, reprit Breck, au moins, vous saurez par où commencer.

Cette remarqua arracha un faible sourire à Stoddart.

— C'est vrai qu'il fait un peu frais ici, dit-elle, se levant.

— Plus froid qu'à Aberdeen ? la taquina Fox.

Mais elle prit la question au premier degré.

— D'une drôle de façon, oui, répondit-elle, tandis que le trio repartait en direction de la voiture. Je sais bien que je suis ici depuis peu, mais cette ville a quelque chose… quelque chose qui lui manque.

— La faute aux trams ! plaisanta Breck. Il y en a partout ailleurs.

Fox gardait le silence. Il pensait comprendre ce qu'elle voulait dire. À Édimbourg, les gens prenaient vite la mouche, mais, à part bouillir intérieurement, ils étaient très lents à réagir. En même temps, de l'extérieur, ils semblaient réservés, impassibles. C'était comme s'il se jouait une vaste partie de poker, et que personne ne voulait se trahir. Il croisa le regard de Stoddart et inclina la tête, mais elle rentrait dans sa coquille et ne réagit pas. Que dirait-elle, une fois de retour au poste de Fettes Avenue ? Comment présenterait-elle les choses dans son rapport ? Se pouvait-il qu'elle leur en veuille de l'avoir entraînée dans leur histoire, une histoire dont elle ne voulait pas se mêler ? Comme ils atteignaient la voiture, elle se figea, main posée sur la poignée de la portière.

— Je préfère marcher, annonça-t-elle.

— Vous êtes sûre ? s'étonna Breck.

Fox n'insista pas : il voyait qu'elle y était décidée.

— Descendez par ici, expliqua-t-il en montrant la direction. Vous arriverez à Holyrood Park Road, qui donne sur Dalkeith Road. Vous devriez trouver des taxis par là-bas…

— Parfait, répondit-elle, enfonçant les mains dans ses poches. Vous m'avez donné matière à réflexion.

Elle ménagea une pause et arrêta son regard sur Breck.

— Il n'en reste pas moins que je dois vous interroger, sergent, reprit-elle. Disons demain, neuf heures ?

Breck se rembrunit.

— On est samedi, demain, protesta-t-il.

— Pour nous, pas de repos le week-end, sergent, pas de congés de fin de semaine aux frais du contribuable.

Elle leur fit au revoir de la main, et s'éloigna dans le sentier en pente. Breck s'assit sur le siège passager et ferma la portière.

— À quoi ça rime de me convoquer pour une autre séance de questions-réponses ? bougonna-t-il. On vient de lui raconter ce qui se passe, bordel !

— C'est pour ses collègues. Pour qu'ils n'aient pas plus de soupçons qu'ils n'en ont déjà.

Fox démarra et débloqua le frein à main. Quelques instants plus tard, ils dépassaient Stoddart. Elle regardait par terre et ne leva pas la tête, comme si la voiture et ses occupants lui étaient étrangers.

— Venons-nous de commettre une grosse bourde ? s'interrogea Breck.

— Auquel cas, le rassura Fox, on pourra toujours le mettre sur le dos des trams…

26

Ce soir-là, Breck dînait en ville avec Annabel Cartwright. Fox avait voulu savoir dans quel restaurant.

— Celui de Tom Kitchin ; j'avais réservé avant que tout ça n'éclate.

Là, Breck avait ménagé une pause, puis ajouté :

— Je suis sûr qu'on pourrait glisser une chaise de plus…

Mais Fox avait refusé d'un mouvement de tête.

— Brogan y allait avec Joanna, avait-il fait remarquer.

— Comment le sais-tu ?

— C'était dans son agenda.

Après coup, en repensant à cette conversation, Fox était heureux que Breck lui ait proposé de se joindre à eux. C'était le geste d'un ami, ou à tout le moins d'un homme qui n'avait pas grand-chose à cacher. Fox avait demandé à Breck s'il comptait bientôt informer Annabel au sujet du site web.

— Plus tard, avait répondu Breck, s'en tenant là.

Fox l'avait quitté, avait repris sa voiture et s'était rendu au Minter's, envoyant un texto à Tony Kaye pour l'en informer. Cinq minutes avant d'arriver à destination, il reçut une réponse de Kaye : « Pe pas navré TK. » Une minute plus tard, arrivait un PS : « Joe & Gilchrist risk d'y alé. »

Fox n'était pas sûr d'avoir envie de voir Joe Naysmith et son nouveau pote. D'un autre côté, il ne comptait pas faire demi-tour, et le sort en fut scellé quand une voiture quitta une place de stationnement juste au moment où il arrivait. Il fit un créneau, puis vérifia qu'il ne devait pas payer le parcmètre à cette heure-là. C'était bon, à cinq minutes près. Il verrouilla les portières et traversa la rue jusqu'au Minter's. Il n'y avait personne au comptoir, et pas d'émission de jeu à la télé. La serveuse était jeune, avait les bras tatoués et les cheveux méchés de rose. Fox regarda autour de lui. La femme que Kaye connaissait bavardait avec une amie à une table d'angle. Reconnaissant Fox, elle lui adressa un petit signe de la main. Fox déterra son nom d'un coin de sa mémoire : Margaret Sime. La boisson posée devant elle ressemblait à un cognac à l'eau. Ses cigarettes et son briquet étaient à portée de main. Fox la salua de la tête et commanda un jus de tomate.

— Épicé ? s'enquit la serveuse avec un accent d'Europe de l'Est.

— Oui, merci, répondit Fox. Et même chose à la table, là-bas.

Puis, tandis qu'elle préparait la commande, il lui parla.

— Vous êtes polonaise ?

— Lettone.

— Excusez-moi.

Elle haussa les épaules.

— On se trompe souvent. Vous, les Écossais, vous avez dans l'idée que les Polonais vous « envahissent ».

— Il paraît que beaucoup d'entre eux repartent au pays.

Elle le confirma d'un mouvement de tête.

— La livre est trop forte, et les gens sont en colère.

— À cause du taux de change ?

Elle secoua la bouteille de jus de tomate avant de l'ouvrir.

— Ce que je veux dire, c'est que le travail, il devient plus difficile à trouver. Ça vous est égal qu'il y ait des immigrés du moment qu'ils ne vous volent pas votre pain.

— C'est ce que vous faites, vous ?

— Personne ne me l'a jamais reproché, répondit-elle, ajoutant du Tabasco à la boisson. Pas en face, en tout cas.

— Que feriez-vous sinon ?

Elle plia les doigts en forme de serres. Ses ongles longs paraissaient tranchants.

— Je mords aussi, précisa-t-elle.

Sur ce, elle encaissa les consommations.

Fox n'avait toujours pas décidé où il allait s'asseoir quand la porte s'ouvrit, et Naysmith entra, suivi de Gilchrist. Fox remarqua que l'attitude de Joe avait changé. Il roulait des épaules, comme investi d'une assurance nouvelle. Le sourire qu'il adressa à Fox était plus celui d'un égal que d'un adjoint. Derrière lui, Gilchrist, mains dans les poches, semblait satisfait de cette transformation et prêt à s'en attribuer le mérite.

— Salut, Foxy ! s'écria Naysmith d'une voix plus forte que d'habitude.

— Joe, dit Fox. Qu'est-ce que tu bois ?

— Une pinte, bière blonde, merci.

Gilchrist ajouta que lui-même prendrait un demi de cidre. La serveuse revenait de servir Mme Sime et son amie. Pendant qu'elle actionnait la tireuse, Fox chercha de nouveau de la monnaie dans sa poche.

— Comment ça va ? lui demanda Naysmith, allant jusqu'à lui poser la main sur l'épaule, comme pour le consoler.

Main que Fox fixa d'un œil noir jusqu'à ce que Naysmith la retire. Gilchrist pinça les lèvres, réprimant un sourire.

— Toujours suspendu, répondit Fox. Qu'est-ce qui empêche Kaye de venir prendre sa cuite habituelle ?

— Orage domestique, expliqua Naysmith. Mme Kaye a prévenu que s'il ne se décidait pas à passer un minimum de temps à la maison, elle ferait ses valises.

— Au moins, maintenant, on sait qui porte la culotte, ajouta Gilchrist par-dessus l'épaule de Naysmith, lequel s'esclaffa en hochant la tête.

Fox n'aurait su dire s'il devait s'en réjouir ou s'en offusquer. Il n'avait fallu que quelques jours au nouveau venu dans le service pour mettre Naysmith dans sa poche. L'idée que Joe balance des vannes sur Tony Kaye… rie de ses ennuis conjugaux… étale sa vie devant une serveuse… Fox étant hors-circuit, c'était Kaye qui dirigeait l'équipe, et voilà que son autorité était grignotée de l'intérieur. Malcolm Fox n'appréciait pas cela. Il n'aimait pas la façon dont Joe avait changé et s'était laissé remodeler.

— Que t'est-il arrivé au visage ? demanda Gilchrist.

— Pas tes affaires, riposta Fox.

— Allons nous asseoir, proposa Naysmith, sans remarquer l'air réprobateur de Fox.

En revanche, il n'avait pas échappé à Gilchrist, qui en comprenait parfaitement la raison. Il affichait un petit sourire narquois. Diviser pour mieux régner, Fox y avait souvent été confronté au cours de sa carrière. Une équipe faisait rarement « équipe ». Il y avait toujours le contradicteur, l'indiscipliné, le fouteur de merde. Soit on le matait, soit on le mutait. Un flic de sa connaissance s'était vu proposer une promotion en de nouveaux pâturages, mais avait exigé d'y être affecté avec un rival. Pour quelle raison ? Pour déplacer ce fumier, et pour que ses hommes puissent enfin respirer. Fox ne savait pas s'il aurait fait pareil. Maintenant, oui, sans doute ; mais c'était tout récent. Avant, il aurait accepté la promotion et serait allé de l'avant, laissant son ancienne équipe à ses ennuis.

— C'est le calme plat, au bureau, se lamentait Naysmith. Bob en est à envisager de nous refiler les chiens écrasés.

— Je ne vous manque pas, alors ? plaisanta Fox.

— Bien sûr que si.

— Mais si j'étais encore là, tu n'y serais pas, remarqua Fox, avec un geste vers Gilchrist.

— Je m'attendais à davantage d'opérations incognito, se plaignit Gilchrist. Joe m'a raconté certaines de vos enquêtes précédentes. Ça m'aurait bien plu.

— Ne te repose pas sur tes lauriers, l'avertit Fox. Je pourrais bien récupérer mon bureau d'un jour à l'autre.

— Ça se fera, Malcolm, lui assura Naysmith.

Fox ne quittait pas des yeux Gilchrist, qui ne semblait pas en être persuadé. Fox se leva, les pieds de sa chaise raclant le sol.

— Joe, dit-il, j'ai deux mots à dire à ton *compadre*.

Puis il ajouta, à l'intention de Gilchrist :

— Dehors.

Ça avait sonné comme un ordre, et c'en était un. Pour autant, Gilchrist ne se pressa pas. Il but une autre gorgée de cidre et reposa lentement le verre sur le sous-bock.

— Pas d'objection ? demanda-t-il à Naysmith.

Ce dernier, un peu perplexe, fit non de la tête. Fox, qui avait patienté aussi longtemps qu'il l'avait pu, se dirigeait à grands pas vers la porte.

— À tout à l'heure ! lui cria la serveuse.

— J'y compte bien, lui répondit-il.

Dehors, il inspira à plusieurs reprises. Son cœur battait fort, et ses oreilles sifflaient. Gilchrist ne faisait pas que l'agacer – ça allait bien au-delà. Derrière lui, la porte du pub s'ouvrit à la volée. Fox tira Gilchrist par le revers de sa veste et le plaqua contre le mur en pierre. Gilchrist regardait les poings serrés de Fox. S'il pouvait se vanter de peser presque deux fois plus lourd que son adversaire, il n'était nullement animé de la même indignation. Ils ne se battraient pas.

— Fais ce que tu dois faire.

Ce fut là tout ce qu'il dit, tournant la tête pour éviter de croiser le regard de Fox.

— T'es une ordure, siffla Fox, entre ses dents. Qui plus est, l'ordure qui m'a fait plonger avec cette affaire. Alors, je te repose la question : qui a porté Jamie Breck à votre attention ?

— Pourquoi est-ce si important ?

— C'est comme ça.

— Tu vas me tabasser ? Ensuite, on pourrait comparer nos bleus.

Fox tira Gilchrist vers lui, puis le repoussa brutalement contre le mur.

— McEwan va être ravi quand je lui…

— Raconte-lui ce que tu veux, l'interrompit Fox. Tout ce que je veux savoir, c'est de qui ça vient ?

— Tu le sais déjà.

— Non.

— Je suis sûr que si… c'est seulement que tu ne veux pas y croire. Elle voulait se débarrasser de moi, Fox. Ne m'a jamais, au grand jamais, apprécié. C'est évident que j'avais envie de changer de poste, mais je n'ai rien eu à négocier. C'est elle qui s'en est chargée.

Fox avait desserré son étau.

— Tu veux parler d'Annie Inglis ?

Cette fois, Gilchrist tourna les yeux vers lui.

— Qui d'autre ?

— Tu mens.

— Très bien… aucune importance. Tu me poses la question, et je te donne la seule réponse dont je dispose. C'est Inglis qui a décidé de recourir à l'aide des Affaires internes, et c'est ton nom qu'elle avait.

— C'est Inglis qui t'a appelé l'autre soir pour annuler la surveillance ?

Gilchrist hésita, et Fox sut que, quoi qu'il dise, ce ne serait pas la vérité.

— T'es une belle ordure, déclara-t-il, brisant le silence. Je veux que tu foutes la paix à Joe.

— Que je lui foute la paix ? Je n'arrive pas à me débarrasser de lui ! Kaye et toi, vous deviez le traiter comme de la merde !

Fox lâcha Gilchrist, laissant retomber ses mains contre ses flancs.

— Mon retour, c'est pour bientôt, annonça-t-il posément.

— Alors, on me mutera ailleurs… n'importe où du moment qu'Annie Inglis n'y est pas, répondit Gilchrist, lissant sa veste. Bon, on en a terminé ?

Fox fit non de la tête.

— Que ce soit Annie Inglis ou toi, les ordres devaient venir de plus haut.

— Va interroger Inglis.

— Je n'y manquerai pas.

Fox ménagea un silence, se souvenant d'une chose, puis reprit :

— Tu te rappelles que j'ai demandé où c'en était du côté de Simeon Latham ? Tu disais que son procès était pour bientôt. Mais quand j'ai parlé à notre contact australien, elle m'a affirmé le contraire.

— Et alors ?

— Alors, tu m'as menti.

Gilchrist secoua la tête.

— C'est ce qu'on m'avait assuré, affirma-t-il. Combien de fois faut-il que je te le répète ? Va demander à ta petite amie ! Sauf que…, ajouta-t-il, ricanant et jaugeant Fox de la tête aux pieds, elle ne l'est pas, hein ? J'ai bien vu ton air désespéré la première fois que tu t'es pointé au bureau, avec tes bretelles et ta cravate rouge, espérant te faire remarquer. Annie Inglis est douée dans son travail. Elle est douée pour se faire passer pour ce qu'elle n'est pas… et elle y réussit chaque jour…

La porte s'ouvrait. Fox s'attendait à voir Naysmith, mais c'était Margaret Sime, cigarette en main. Au premier coup d'œil, elle évalua la situation.

— Pas de bêtises, les garçons, déclara-t-elle.

— On en a terminé ? redemanda Gilchrist à Fox.

Fox se contenta de faire signe que oui, et Gilchrist retourna à l'intérieur du pub.

— Depuis le premier jour où j'ai vu ce jeune homme, commenta Margaret Sime, allumant sa cigarette, moi aussi, cette envie me démange.

— Laquelle ? se crut obligé de demander Fox.

— Il a une tête à claques.

— Désolé de vous avoir déçu, madame Sime, s'excusa Fox.

Il passa une heure étendu sur son canapé, devant la télé allumée, son coupé. Il réfléchissait à la manière dont il allait aborder la question avec le sergent Annie Inglis. Elle l'avait invité chez elle… puis elle s'était réconciliée avec lui. Allait-il d'emblée l'accuser d'avoir cherché à le piéger ? Devait-il prendre la version de Gilchrist pour argent comptant ? Auquel cas, c'était aussi Inglis qui aurait monté le coup contre Breck…

Fox pensa au chef-adjoint de la police, Adam Traynor, le revit en face de lui, avec Bad Billy Giles, dans la salle d'audition de Torphichen. Puis il remonta plus en arrière, dans le bureau des Affaires internes, McEwan le vannant : *En haut-lieu, on trouve qu'il y a comme des relents de fosse septique en provenance d'Aberdeen*... Après son interrogatoire par Stoddart, Fox s'était dit qu'il y avait eu un deal. Mais si tout cela était une idée du chef de la police, pourquoi aurait-il laissé entendre à McEwan que l'équipe ferait bien d'enquêter sur les collègues des Grampians ? Non, ça devait venir de Traynor… Ce fut alors que Fox sut quelle question poser. Il fit basculer ses jambes du canapé, prit son téléphone sur la table basse et composa le numéro d'Annie Inglis. Quand elle prit l'appel, il hésita.

— Allô ? répéta-t-elle d'un ton légèrement agacé. Allô ?

— C'est moi, finit par répondre Fox, pétrissant du bout du pouce l'espace entre ses deux sourcils, les yeux fermés très fort.

— Malcolm ? Il y a un problème ? Tu as une voix…

— Juste un oui ou un non, Annie. C'est tout ce dont j'ai besoin, et je ne t'embêterai plus.

Le silence retomba entre eux. Quand elle reprit la parole, ce fut d'une voix inquiète.

— Malcolm, que se passe-t-il ? Tu veux que je vienne ?

— Une question, Annie, insista-t-il.

— Je ne suis pas sûre d'avoir envie de l'entendre. Je te sens un peu à cran, Malcolm. Attends peut-être demain…

— Annie…

Il déglutit avec peine.

— Annie, que t'a promis Adam Traynor ?

Il écouta le silence.

— Si tu me mettais sur Jamie Breck, il déplaçait Gilchrist… c'était ça le deal ? Ça a suffi ?

— Malcolm…

— Réponds-moi !

— Je vais raccrocher.

— J'ai le droit de savoir, Annie ! Tout ça est un coup monté qui n'aurait pas marché sans toi.

Mais il s'adressait à la tonalité. Elle lui avait raccroché au nez. Fox lâcha un juron, envisagea de la rappeler, mais doutait qu'elle réponde. Il pourrait passer chez elle d'un coup de voiture, laisser son doigt enfoncé sur la touche de l'interphone, mais elle ne lui ouvrirait pas. Elle n'était pas folle…

Pas folle et trop calculatrice…

Douée pour se faire passer pour ce qu'elle n'est pas…

Fox arpentait la pièce. Il avait très envie d'appeler Breck, mais il était de sortie avec Annabel. Pourquoi ne faisait-il pas les cent pas dans son salon, lui aussi, en rageant contre toute cette injustice ? Fox attrapa son téléphone.

— Une seconde, dit Breck quand il prit l'appel. Je te reprends dehors.

Puis, à l'intention d'Annabel :

— C'est Malcolm, ma puce.

— Dis-lui que je suis navré de vous interrompre, affirma Fox.

— Je n'y manquerai pas, à mon retour à la table.

— Sympa, ce dîner ?

— Qu'y a-t-il qui ne pouvait attendre demain matin, Malcolm ?

Fox entendit une porte s'ouvrir et se refermer. Le fond sonore changea : Breck était sorti du restaurant. Fox entendait des voitures passer, les bruits de la ville la nuit.

— Si ça n'avait pas été urgent, Jamie, je ne…

— Mais apparemment ça l'est, alors je t'écoute.

Fox arpenta la pièce en diagonale, et expliqua le mieux possible. Breck ne l'interrompit qu'une seule fois pour avancer la théorie que si Gilchrist s'était porté volontaire pour recevoir une raclée, c'était peut-être qu'il était masochiste. Une fois que Fox en eut terminé, il y eut un long silence.

— Oui, finit par dire Breck. C'est sûr…

— Tu veux dire que tu y avais déjà pensé ? s'écria Fox, se laissant tomber sur le canapé.

— Je suis fan de jeux vidéo, Malcolm. De jeux de rôles – et c'est exactement ça. Quelqu'un se doutait que ce sont des rôles que nous finirions par jouer, que je sympathiserais avec toi, que tu me ferais confiance… et que, du coup, nos carrières voleraient en éclats. C'est dans notre nature, Malcolm.

Breck se tut un instant, avant d'ajouter :

— On nous a manipulés.

— Un des nôtres ? Notre chef-adjoint ?

— Je crois que ça n'a pas beaucoup d'importance. Ce qui prime, c'est le « pourquoi ».

— As-tu abouti à d'autres conclusions ? Que tu aurais jugé bon de me cacher ?

— Nous voilà revenus dans le jeu, Malcolm. On a été explosés une fois, mais ils nous ont sous-estimés : on a une deuxième vie, ça aussi, c'est dans notre nature.

— Je ne suis pas sûr de te suivre…

— Pas la peine. Tout le boulot qu'on a fait… que tu as fait, se reprit Breck, il mène à une chose, une seule.

— À savoir ?

— Le but du jeu.

Breck observa un nouveau silence.

— Ils vont devoir nous détruire encore une fois, et c'est là que nous saurons le qui et le pourquoi.

— Comment peux-tu rester aussi calme, bordel ?

— Parce que je le suis.

Breck rit – un rire fatigué, mais tout de même un rire.

— Tu te rappelles la conversation qu'on a eue en voiture en revenant du casino ? reprit-il.

— Je m'en souviens, oui.

— Tu n'es plus seulement un spectateur.

— Est-ce forcément une bonne chose ?

— Je n'en sais rien… qu'en penses-tu ?

— J'ai seulement envie d'en finir avec ça, d'une manière ou d'une autre.

— Voilà qui ne ressemble pas à la prudence du bon vieux Malcolm Fox…

— Excuse-moi d'avoir interrompu votre dîner, Jamie.

— On se reparle demain, Malcolm. Je t'appelle après mon entretien avec Stoddart. En attendant, je retourne à mes poissons rasoirs et à mon carpaccio de Saint-Jacques…

— À toi l'honneur !

Fox coupa la communication et alla à la cuisine. Appletiser… thés diversement parfumés… rooiboos… décaféiné… autant de breuvages qui ne le tentaient pas. Il aurait aimé quelque chose de plus relevé et de plus énergisant. Il repensa au jus de tomate épicé du Minter's, et imagina ce que ça donnerait en y ajoutant trente-cinq centilitres de Smirnoff.

— Pas même en rêve, Foxy, se sermonna-t-il.

Mais il en sentit tout de même le goût, la caresse dans le fond de la gorge, puis la coulure brûlante jusque dans le ventre. La vodka, c'était la boisson de son enfance, les petites gorgées volées dans le placard à bouteilles. À l'adolescence, il s'était mis au rhum, au Southern Comfort, à la Glayva et au whisky, revenant ensuite à la vodka pour une nouvelle et brève lune de miel avant d'entamer une liaison dangereuse avec le gin. Puis, retrouvailles avec le whisky – du bon, cette fois. Et toujours avec de la bière et du vin, ou du vin et de la bière. Aux déjeuners, aux dîners, et entre les deux. Se racontant qu'un petit déjeuner au champagne avec Elaine, ça ne comptait pas…

Le Kahlúa – il n'avait jamais bu de Kahlúa[1]. Ni jamais abusé des « premix ». S'il voulait de la citronnade dans sa vodka, il l'ajoutait lui-même – avec une larme d'Angostura. À cinq ans, pour essayer, il avait mélangé deux cuillérées de sirop de fruits dans un verre de vodka. Son père lui avait fait passer l'envie de recommencer et avait rangé la bouteille de vodka sur une étagère du haut dans le cellier.

Fox retourna au salon et décida de fermer les rideaux. Une voiture était garée de l'autre côté de la rue. Ses phares étaient éteints, mais le moteur tournait au ralenti. Une silhouette était assise au volant. Fox termina ce qu'il avait à faire, puis monta à l'étage dans le noir. Dans la chambre principale, il se plaqua contre le mur en s'approchant de la fenêtre. La voiture, une berline d'une ligne très élégante, était de couleur foncée. Son angle de vision ne lui permettait pas de lire l'immatriculation. Fox crut entendre de la musique. Oui… elle provenait de la voiture. Il ne reconnut pas le morceau en dépit du volume de plus en plus fort. Un voisin d'en face écarta ses rideaux, mais les laissa retomber aussitôt et n'alla pas ouvrir sa porte. Un taxi noir s'arrêta pour déposer un couple. Ces deux-là avaient dû profiter des nocturnes des magasins. La femme portait deux sacs de grandes

1. Liqueur mexicaine à base de café.

marques. Elle était avec son mari, Joe Sillars – Fox avait déjà eu l'occasion d'échanger quelques mots avec lui. Ils habitaient dans la rue depuis deux mois. Tous deux se retournèrent vers la voiture et la musique bruyante tandis que leur taxi s'éloignait. Ils échangèrent quelques mots, puis décidèrent de ne pas s'en mêler. Le chauffeur en prit acte en baissant les deux vitres avant. Alors, Fox identifia la chanson. C'était *The Saints Are Coming*, de l'ancien groupe punk rock The Skids. Fox avait dansé dessus à plus d'une boum dans sa jeunesse. Et l'avait réécoutée plus récemment aussi…

Après que Glen Heaton l'eut mentionnée lors de l'un de ses interrogatoires.

Super génial, ce titre... un vrai cri de ralliement...

Fox lui avait demandé s'il se considérait comme étant l'un des saints, mais Heaton avait frappé l'air de son poing et entonné le début du premier couplet.

Dehors, le morceau se termina… puis reprit de plus belle. Ce connard allait le passer en boucle. Un poing sortit dans la nuit par la vitre côté chauffeur.

Glen Heaton chantait à pleine voix.

Fox descendit d'une démarche mal assurée. Il s'immobilisa dans l'entrée. Il pourrait prendre certaines dispositions, passer certains coups de fil. Il entendait la basse et la batterie se joindre à la guitare, Heaton augmentant encore le volume d'un cran. Fox attrapa sa veste et sortit de chez lui, s'arrêtant un instant sur le perron…

Puis, il parcourut l'allée du jardin en inspirant l'air de la nuit…

Ouvrit le portail…

Traversa la rue…

Constamment suivi des yeux par Heaton, dont le poing n'était plus visible, mais qui continuait de chanter en rythme. Quand Fox ne fut plus qu'à un mètre de lui, la musique cessa. Seul le murmure régulier du moteur de l'Alfa Romeo trouait le silence.

— Je savais bien que tu finirais par faire le rapprochement, dit Heaton.

— Qu'est-ce que tu viens foutre ici ?

— T'es pas le seul à pouvoir rester garé devant chez quelqu'un.

— C'est ça l'idée ?

— Tu t'imaginais que je t'avais pas repéré ? Tapi dans le noir, te sauvant à toute blinde dès que tu me voyais venir… Mais je suis plus balèze que toi, Fox. C'est moi qui t'ai vu venir, et qui suis toujours là.

— Qu'est-ce que tu veux, Heaton ?

— Ça ira jamais jusqu'au procès… tu sais ça, hein ?

— Tu seras jugé par un tribunal et tu finiras en taule.

Heaton gonfla les joues et soupira bruyamment.

— J'en connais qui n'en sont pas aussi sûrs.

— C'est ton pote Giles qui t'a donné mon adresse ? Tu voulais peut-être vérifier l'étendue de mes bleus ?

— Puisque tu me le proposes si gentiment…, renchérit Heaton, inclinant la tête. Remarque, t'as jamais été beau mec, ça se saurait. Cela étant dit, j'offrirais volontiers un pot à celui qui t'a fait ça.

— Parce que ce ne serait pas toi ?

Heaton ricana.

— Crois-moi, je ne me ferais pas prier pour m'en vanter.

— Donc, tu n'es pas allé au sauna de ta petite amie mardi soir ? demanda Fox, retrouvant meilleur moral en voyant l'effet que produisaient ses paroles. Sonya Michie, Heaton… on est au courant pour elle, contrairement à ta femme. Sans compter ton fils…

La portière conducteur s'ouvrit à la volée. Fox recula d'un bond, mettant une distance entre Heaton et lui. Il remarqua qu'ils faisaient la même taille et sans doute à peu près le même poids. Heaton était plus musclé – les Affaires internes l'avaient filé plusieurs fois jusque dans sa salle de sport – et sûrement plus agressif. Mais ils n'étaient pas si dissemblables. Heaton, s'il avait eu envie d'en découdre, parut se raviser. Il alluma une cigarette, jetant l'allumette usagée par terre de sorte qu'elle tombe juste aux pieds de Fox.

— Quel genre de flic faut-il être, murmura-t-il d'une voix rocailleuse, pour s'éclater en jouant les voyeurs ? En fouillant dans les poubelles… en fouinant dans le dos des collègues…

Fox faillit croiser les bras, mais se ravisa : il devait se tenir prêt, au cas où.

— Comment se fait-il, riposta-t-il, qu'on n'ait jamais fait le lien entre toi et Jack Broughton ?

Heaton le foudroya du regard.

— Peut-être parce qu'il n'y en a pas.

— Et Sonya Michie, c'en est pas un ?

Fox vit les traits de Heaton se crisper.

— Dis pas n'importe quoi, l'avertit ce dernier. En plus, cette nana, c'est de l'histoire ancienne.

— Pas tant que ça. Il y a quelques mois, tu la voyais encore. Tu as bavardé avec elle devant le sauna dans le Cowgate.

Heaton mit quelques secondes pour faire le rapprochement.

— C'est Breck qui a bavé ?

— Jack Broughton est un des commanditaires du sauna, poursuivit Fox. Un élément de plus à ajouter à ton dossier. Tu pourrais devoir en répondre au procès.

Lentement, Heaton croisa les bras, indiquant qu'il n'avait pas l'intention de cogner. Fox s'autorisa à relâcher ses épaules.

— Je te l'ai déjà dit : ça n'ira pas jusque-là.

— Tu es déjà rentré dans le sauna, Heaton ? C'est là que tu as connu Sonya ? Tu y as peut-être croisé Jack Broughton ? Ou alors, c'était au bar de danse-contact, dans Lothian Road, celui qui appartient à Bull Wauchope…

— Connais pas, marmonna Heaton, sa cigarette coincée au coin de la bouche.

— Tu connais l'Oliver, quand même ?

— Le casino ?

Heaton plissa les paupières. Ça pouvait être à cause de la fumée, mais Fox ne le pensait pas.

— Donc, tu connais sûrement la fille de Broughton… c'est la patronne.

— Elle est classe, commenta Heaton avec un hochement de tête.

— Elle t'a présenté son mari ?

— Charlie Brogan ? Jamais eu ce plaisir.

— Et Bull Wauchope ?

Heaton fit signe que non.

— Soit dit en passant, la société qui est propriétaire du sauna appartient au père de Bull, et non à lui, fit-il.

— Mais c'est Bull qui est aux commandes aujourd'hui.

— Sans doute pas pour longtemps. On m'a dit que son paternel claquait une petite fortune en avocats. Ils épluchent le premier procès en quête du moindre vice de procédure.

— Mais Bull n'a pas perdu de temps pour laisser sa marque…, observa Fox, plongé dans ses réflexions.

— Quel rapport avec toi, tout ça, Fox ?

— C'est mon affaire.

— Voyons voir si je vais deviner.

Heaton décroisa les bras, ôta la cigarette de sa bouche et fit tomber la cendre par terre.

— Le mec de ta sœur se fait buter. Il bossait sur un chantier de construction. Lequel allait mettre Charlie Brogan en faillite.

Heaton ménagea un bref silence.

—Tu essaies d'établir un lien entre Brogan et Bull Wauchope ? reprit-il.

— Le lien est déjà prouvé.

— Bull n'est pas un imbécile… Certains le pensent, et ça lui convient – autrement dit, ils le sous-estiment jusqu'au moment où il les pulvérise.

— Charlie Brogan l'a sous-estimé ?

Heaton eut un sourire finaud.

— Pourquoi est-ce que je te dirais ce que je sais ?

— Il paraît que se confesser, c'est bon pour son âme. Et puis… je pourrais peut-être m'arranger pour que les éléments de ton dossier qui concernent Sonya Michie disparaissent en cours de route.

— Parce que tu penses que ça m'ennuie à ce point-là ?

Fox haussa les épaules.

— Tu es allé trop loin, Fox… difficile de réintégrer les Affaires internes après ça.

— Je doute d'y retourner, de toute façon.

Heaton le regarda longuement.

— Quand viendra le moment où le procureur général demandera à t'entendre…

— Je pourrais toujours dire que des erreurs ont été commises. Me souvenir que telle ou telle procédure n'a pas été suivie…

— Dans ce cas, ils devraient abandonner l'affaire, remarqua Heaton posément. Il n'y a pas dix minutes, tu m'affirmais que ça irait jusqu'au procès.

Fox le lui confirma d'un signe de tête.

— Qu'est-ce qui a changé ?

— Moi, répondit Fox. J'ai changé. Tu vois, je viens de me rendre compte à l'instant que tu n'as aucune importance. Tu te planteras de nouveau à l'avenir, et tu te feras épingler par un autre que moi. En ce moment, tu es basse priorité. Je veux des réponses à d'autres questions.

Heaton eut un sourire désabusé.

— Qu'est-ce qui m'assure que tu tiendras parole ? demanda-t-il.

— Rien.

— Dans une affaire comme la mienne, ça peut prendre des mois, voire des années, avant que le proc' ait bouclé son dossier en vue du procès. Et pendant ce temps-là, je suis chez moi, peinard, pendant que mon salaire est viré chaque mois sur mon compte.

— Sauf que ce n'est pas toi, Glen. Tu n'es pas fait pour ça. Tu deviendrais dingue de rester enfermé.

Heaton réfléchit.

— Donc, la situation est la suivante : rien ne me garantit que je puisse te faire confiance, j'ai des infos qui t'intéressent, et on ne peut toujours pas se blairer ?

— On ne saurait mieux dire, rétorqua Fox.

— Tu m'invites à entrer ? lança Heaton, avec un signe de tête vers la maison de Fox.

— Non.

— Dans ce cas, monte en voiture : je me les gèle ici.

Heaton n'attendit pas de recevoir l'assentiment de Fox. Il reprit place au volant, ferma la portière et remonta la vitre. Fox hésita quelques secondes, remarquant que Heaton évitait de croiser son regard. Puis il contourna le véhicule, ouvrit la portière passager et monta. L'intérieur de l'Alfa sentait le neuf : cuir, verni, tapis de sol.

— Tu ne fumes pas en voiture, remarqua-t-il. C'est parce que ta femme est contre ?

Heaton grommela dans sa barbe.

— Dis-moi ce que tu sais, le pressa Fox.

— Tu as raison : Bull Wauchope n'a pas mis longtemps à laisser sa marque. Son idée, c'était de passer pour un courtier aux yeux des autres patrons. Il leur a dit qu'il pouvait blanchir leur argent sale en l'investissant dans la construction immobilière.

— C'est Jack Broughton qui te l'a expliqué ?

— Charlie Brogan, répondit Heaton, en se tournant vers Fox.

— Tu prétendais ne l'avoir jamais rencontré.

— Je mentais. Mais je vais te dire un truc : maintenant que tu le sais, il y a de fortes chances que tu finisses comme lui.

— Un promoteur de Dundee…, murmura Fox, réfléchissant à voix haute. Il a fait perdre de l'argent à Wauchope, et on l'a retrouvé mort. C'est Terry Vass qui l'a tué ?

Heaton arqua imperceptiblement les sourcils.

— On dirait que tu en sais plus long que tu ne veux bien le dire.

— Je fais de mon mieux. Donc, Brogan et le promoteur de Dundee se retrouvent avec des pertes, alors Wauchope veut récupérer son argent – d'autant que ce n'est pas le sien. Qu'est-ce que vient faire Vince Faulkner dans tout ça ?

— Tu as déjà rencontré Charlie Brogan ? Il n'a jamais… fait le poids.

— Vince lui servait de garde du corps ?

— Le mot est un peu fort. Mais quand on va à une réunion, on veut assurer ses arrières.

Le silence retomba entre eux.

— Tu te rappelles, il y a quelques mois de ça ? demanda Fox, après un moment de réflexion. Un chauffeur d'Ernie Wishaw a été arrêté avec un chargement de came…

— Je m'en souviens.

— D'après la rumeur, tu tuyautais Wishaw.

— Encore Breck, cracha Heaton.

— Tu loues souvent tes services dans le privé, non ? Ce qui veut dire que tu en sais long… C'est pour ça qu'ils te protègent ?

— De quoi parles-tu ?

— Depuis que j'ai transmis ton dossier au bureau du procureur, on me file, on cherche à m'intimider.

— Je ne sais rien là-dessus.

— Ton grand ami Billy Giles n'y a jamais fait allusion ?

— On va en rester là, Fox. Rappelle-toi ce que je t'ai dit : au train où vont les choses, il se pourrait bien que tu ne sois plus là pour assister à mon procès.

— Qui n'aura pas lieu, de toute façon.

— Exactement.

Ils se regardèrent un instant en silence.

— Maintenant, tu descends de ma caisse.

Fox ne bougea pas d'un pouce.

— Tous ceux qui parlent en ta faveur disent que tu obtenais toujours des résultats. Que si tu faisais une fleur à un voyou, ce voyou te renvoyait l'ascenseur en te refilant un tuyau sur un de ses concurrents. C'est ce qui est en train de se passer, Heaton ? Quelqu'un t'a suggéré de me donner Wauchope ?

Heaton le regarda sans broncher.

— Descends, répéta-t-il.

Fox obtempéra. La musique recommença plein pot tandis que Heaton faisait ronfler le moteur avant de démarrer. Une voisine regarda de derrière les rideaux de la fenêtre de son salon. Fox ne prit pas la peine de s'excuser. À quoi bon ? Il enfonça les mains dans ses poches et rentra chez lui.

Samedi 21 février 2009

27

— Pourquoi penses-tu pouvoir lui faire confiance ? voulut savoir Jamie Breck.

— Tu crois qu'il m'a menti ?

Fox et Breck, assis dans la Volvo de Fox, parlaient de Glen Heaton. Il était huit heures du matin. Le jour se levait plus tôt – le printemps sortait de sa cachette. Breck ne répondit pas à Fox ; sûrement parce qu'il n'avait pas la réponse à sa question. Il tenait à deux mains un gobelet de café acheté chez un boulanger. Il était tiède et trop léger. Fox avait déjà vidé le sien par la vitre. Ils étaient garés tout près d'un portail à deux vantaux en fer forgé, attendant qu'il s'ouvre.

— Vingt minutes, murmura Breck, consultant sa montre.

— Les jeunes ne portent plus de montre, tu n'as pas remarqué ?

— Hein ? fit Breck, tournant la tête vers lui.

— Ils se servent de leur téléphone portable, pour savoir l'heure.

— De quoi parles-tu ?

— De rien, c'est juste histoire de faire la conversation. Comment était ton carpaccio, hier soir ?

— Excellent. Tom est un grand chef.

— Tu as présenté mes excuses à Annabel pour mon appel ?

— Elle te pardonne, et je pense toujours que tu ne dois pas faire confiance à Glen Heaton.

— Qui te dit que c'est le cas ? Quelqu'un l'utilise pour nous faire passer un message. Ce qu'on en fait, ça nous regarde.

— Tu y as réfléchi ?

Breck regardait Fox, mais soudain, autre chose retint son attention.

— Attends..., dit-il. C'est quoi, ce bruit ?

C'était le vrombissement d'un moteur, accompagné d'un bruit métallique. Fox démarra la Volvo et attendit. SeeBee House bénéficiait d'un parking souterrain, et l'un des résidents s'apprêtait à sortir. De sa position, Fox ne voyait que la partie supérieure de la porte roulante qui en protégeait l'accès, mais elle montait bel et bien. À présent, il percevait un ronronnement de moteur de voiture.

— Une Porsche, murmura Breck. Je te parie tout ce que tu veux.

En effet, une Porsche gris métallisé apparut, conduite par un homme qui n'avait pas réellement besoin des lunettes noires qu'il portait. Il faisait grand jour dehors, mais pas encore soleil. Les vantaux du portail frémirent, puis s'ouvrirent lentement vers l'intérieur. La Porsche, qui était bien obligée d'attendre, semblait s'impatienter. Dès que l'ouverture le permit, elle sortit en trombe de la résidence et passa à hauteur de la voiture de Fox, lequel franchit le portail et se gara au bas de l'immeuble, comme lors de sa première visite. Il était descendu de voiture avant que les vantaux ne commencent à se refermer.

— Tu l'as reconnu ? lança Breck.

— Le chauffeur ? Gordon Lovatt.

— Un peu tôt pour une réunion avec un conseiller en com', non ?

Fox n'en disconvint pas. Il s'arrêta devant l'interphone et pressa le bouton correspondant au penthouse. Une mini-caméra était braquée sur lui ; il regarda droit dans l'objectif.

— Que voulez-vous ? demanda une voix dans le haut-parleur.

— Vous dire deux mots, madame Broughton.

— À quel sujet ?

— M. Brogan. Il y a du nouveau.

— Je ne suis pas encore visible.

— J'aurais cru que vous n'hésitiez pas à organiser des réunions en nuisette.

— Pardon ?

— Je jurerais avoir vu à l'instant la Porsche de Gordon Lovatt…

Tandis que le silence s'éternisait, Fox croisa le regard de Jamie Breck qui mima un sifflement admiratif.

— Ça ne peut vraiment pas attendre ?

La voix de Joanna Broughton crépitait dans le haut-parleur.

— Vraiment pas, lui confirma Fox.

La porte bourdonna, comme de colère. Fox la poussa. Elle s'ouvrit.

Le hall était désert. Fox précéda Breck jusqu'à l'ascenseur privé du triplex, qu'il appela. Il arriva, ils s'y engouffrèrent. Fox pressa le bouton, et le « P » s'alluma pendant que les portes se refermaient. Il se rappela le moment où il avait croisé Jack Broughton et Gordon Lovatt la dernière fois qu'il était venu. Ils avaient pénétré dans la résidence sans que personne leur ouvre le portail. Sur l'instant, Fox en avait conclu que Jack Broughton devait posséder une télécommande – que lui aurait donnée sa fifille à papa –, mais il commençait à en douter.

Quand ils arrivèrent à l'étage, la porte de l'appartement de Joanna Broughton était déjà ouverte. Elle-même était vêtue de pied en cap, sa coiffure et son maquillage impeccables.

— Du travail rapide, commenta Fox.

— Qu'avez-vous à me dire ?

Elle semblait pressée, mais Fox n'en avait cure.

— Vous connaissez le sergent Breck ? avança-t-il en guise d'entrée en matière, pendant que ce dernier fermait la porte, avant de saluer Joanna Broughton d'un geste de la main sans croiser son regard, occupé qu'il était à admirer la vue.

— Jolie, commenta-t-il. Très jolie.

— Elle est à vous pour trois millions de livres, rétorqua-t-elle du tac au tac, croisant les bras et posant un pied devant l'autre, prête pour l'affrontement.

— Je suppose que M. Brogan serait tout disposé à vendre, lui aussi, fit observer Fox, Mais le marché joue contre lui et ce ne serait, de toute manière, qu'une goutte dans l'océan.

Il ménagea un silence, ne quittant pas Joanna Broughton des yeux.

— À quelle hauteur y a-t-il investi ? demanda-t-il.

— Je ne sais pas de quoi vous parlez.

— Bull Wauchope et son consortium, balança Fox.

Nous avons tenté de faire une évaluation, le sergent Breck et moi. Ça se situe n'importe où entre dix et cent millions de livres. CBJJ possède davantage de foncier que nous le soupçonnions. Une journaliste a fait un travail d'investigation. Pavillons de chasse dans les Highlands et les milliers d'acres de terres qui vont avec… deux ou trois îles… des terrains à Dubaï… des dizaines d'appartements super bien situés à Londres, Bristol et Cardiff… Le tout acheté au plus fort du boom économique, boom dont personne n'aurait pu imaginer qu'il était sur le point de se dégonfler comme un ballon de baudruche. M. Brogan s'apprêtait à monter une société dans les Bermudes, c'est ça ? C'est un autre élément glané par la journaliste. Très vite, tout aurait été off-shore et beaucoup plus secret. Mais alors, tout le monde est devenu un peu nerveux et a voulu récupérer sa mise. Sous la forme des mêmes espèces sonnantes et trébuchantes qu'on lui avait données à blanchir.

Tout le temps qu'avait duré cet exposé, Joanna Broughton était demeurée parfaitement impassible. Elle n'avait pas cillé. Quand Fox se tut, elle se détourna et alla s'asseoir sur l'un des sofas crème, s'assurant que sa jupe qui descendait jusqu'aux genoux ne révélait rien contre son gré.

— Vous me disiez avoir du nouveau, déclara-t-elle avec froideur. J'attends.

— Qu'est-ce que Gordon Lovatt faisait ici ? riposta Fox.

Elle le foudroya du regard.

— Les services de police fuient comme des passoires, répondit-elle, notamment auprès de cette journaliste à laquelle vous faites allusion. Gordon prépare une contre-attaque. Je serais prête à parier, ajouta-t-elle après un très bref silence, que vous-même avez parlé à cette fille… versant du poison dans ses oreilles…

— Ça vient de *Hamlet*, ça, non ? crut deviner Breck qui, mains jointes derrière le dos, admirait toujours le panorama.

— Le jour où je vous ai déposée ici, reprit Fox, regagnant l'attention de Joanna Broughton, je vous ai parlé de Vince Faulkner, mais, apparemment, ce nom ne vous disait rien.

— Il devrait me dire quelque chose ?

— Votre mari faisait parfois appel à lui, plus précisément lorsqu'il pensait risquer de prendre une raclée.

— Je ne sais pas de quoi vous parlez.

— Et le nom de Terry Vass ?

Elle secoua la tête, s'ingéniant à ne pas croiser son regard.

— Je parie qu'il était déjà trop tard lorsque M. Brogan s'est décidé à vous raconter ce qui se passait. Et aussi que vous lui en voulez énormément pour tout ça. Pas génial si votre père apprenait que c'est avec un tel crétin que vous avez convolé en justes noces. Seulement…, poursuivit Fox d'une voix plus douce, Charlie avait besoin de votre aide, Joanna et, que vous lui en vouliez ou pas, vous la lui apportez. Ce téléphone que vous gardez à portée de main… vous nous avez menti à son sujet. Votre bateau prend l'eau, et je crains que vous deux ne soyez en train de sombrer…

Les yeux de Joanna Broughton étaient rendus vitreux par les larmes, mais elle renversa la tête en arrière comme pour les retenir.

— Nous devons absolument lui parler, reprit Fox, pesant ses mots. Les enquêteurs ne s'y sont pas trompés, et je doute qu'il ait plus de succès avec Bull Wauchope. Aux quatre coins du pays, des criminels le guetteront. Il y a de fortes chances qu'ils le coincent avant nous… Je pense que vous savez ce que cela signifie. Je suppose qu'il a manqué de temps pour bien planifier les choses. Il a vu le sort réservé à Vince Faulkner et compris qu'il devait agir, et vite.

Fox fit un geste vers les murs nus.

— D'un autre côté, continua-t-il, il a bazardé les bijoux de famille. J'imagine qu'une partie de l'argent obtenu a servi à faire patienter Wauchope. Le reste lui permet de gagner du temps dans l'immédiat.

Il se tut, mais n'obtint aucune réaction de la femme sur le sofa, aussi figée que si elle posait pour un portrait.

— Est-il encore dans le pays ? insista-t-il. Je dirais que oui : difficile d'en partir ni vu ni connu. Il se pourrait même qu'il soit ici, dans un des appartements du dessous… montant ici discrètement à la nuit tombée…. vivant en ermite pendant la journée…

— Je vous prie de me laisser.

— Si vous voulez l'aider, rapportez-lui mes propos. Nous ne sommes pas ses amis, Joanna, mais nous sommes, de loin, son meilleur atout. Qu'avez-vous raconté à votre père ? Avez-vous songé à lui demander son aide, au moins ?

Elle le transperça du regard.

— Sans doute pas, poursuivit Fox. Parce que vous n'avez besoin de personne et que Jack n'a jamais trop cru en votre époux, de toute façon… Il en va toujours ainsi entre les pères et les filles, conclut Fox, haussant les épaules.

— Sortez, répéta-t-elle, avec plus de hargne.

Fox tenait une de ses cartes entre le pouce et l'index.

— Mon nouveau numéro figure au verso, indiqua-t-il, la posant sur l'accoudoir du sofa. On a compris, lui rappela-t-il. Wauchope comprendra également – et lui aussi viendra vous demander des comptes, Joanna.

— Mon père ne le laissera pas faire. Tout comme il ne vous laissera pas faire, vous non plus !

Fox hocha lentement la tête.

— Jack est fatigué, dit-il. Ça se voit dans son regard, dans sa démarche. Je sais que vous le respectez toujours, mais c'est parce que vous le voyez encore tel qu'il était par le passé. Vous le craigniez sûrement, et pas qu'un peu. Mais tout a changé. Réfléchissez-y : si Charlie avait eu un tant soit peu peur de lui, il ne se serait pas associé à Wauchope et compagnie. Il aurait pris ses jambes à son cou, de crainte d'offenser le tristement célèbre Jack Broughton.

Fox s'accroupit devant Joanna Broughton, pour mieux croiser son regard.

— Certains des biens que possède Wauchope à Édimbourg… j'ai cru comprendre qu'ils faisaient, autrefois, partie de l'empire de votre père. Il les lui a cédés parce qu'il sait de quoi l'avenir sera fait. Désormais, il n'est plus qu'un actionnaire minoritaire. Et Wauchope sait repérer la faiblesse. Il veut votre mari, Joanna, et je suis loin d'être sûr que vous puissiez, à vous seule, le protéger.

Cette fois, Joanna Broughton ne put retenir ses larmes, qu'elle essuya sur la manche de son corsage, étalant du mascara sur ses joues.

— Partez, implora-t-elle d'une voix à peine audible.

— Vous parlerez à Charlie ?

— Partez, voulez-vous ?

Elle redressa les épaules, emplit ses poumons d'oxygène.

— Dehors ! cria-t-elle. Je ne veux plus vous voir ici !

— Conservez ma carte pour le moment où vous en aurez besoin, lui rappela Fox.

— De-hors !

— Nous partons.

Dans l'ascenseur qui les ramenait au rez-de-chaussée, Breck hocha la tête en signe d'admiration de la performance de son coéquipier.

— Un sans faute, commenta-t-il.

Fox haussa les épaules.

— On verra bien si ça nous mène quelque part, remarqua-t-il, prudent.

Dehors, une grosse BMW aux vitres teintées se garait à côté de la Volvo. Le conducteur en descendit, et Fox le reconnut.

— Vous êtes monsieur Broughton, n'est-ce pas ?

Jack Broughton considéra la main qu'on lui tendait, mais décida de ne pas la serrer.

— Vous ne me reconnaissez sans doute pas, reprit Fox. J'étais dans un sale état la dernière fois que nous nous sommes vus.

— Vous êtes flic… vous êtes déjà venu ici.

Fox le lui confirma d'un signe de tête.

— On m'a aussi agressé un soir dans le Cowgate…

Broughton plissa les paupières pour mieux dévisager Fox.

— J'espère que vous ne harcelez pas Joanna ?

— Loin de moi cette idée. Ce sauna dans le Cowgate… il vous appartenait, non ?

— J'étais propriétaire des murs ; ce qui passe entre ces murs ne regarde personne, dès l'instant que c'est légal.

— Avec les Wauchope aux commandes, il y a peu d'espoir que ça le soit.

Jack Broughton accusa le coup, et mit quelques instants à décider de ne pas répondre.

— J'emmène ma fille prendre un petit déjeuner en ville, dit-il.

Il s'avança et, s'arrêtant à hauteur de Fox, ajouta :

— Mais je vais quand même vous faire une confidence… Oui, effectivement, j'ai vu quelque chose ce soir-là. Ils étaient deux. Deux hommes. Je les ai seulement vus de dos, mais… on finit par acquérir une sorte de sixième sens pour ça, avec le temps.

— Une sorte de sixième sens pour quoi ?

— C'étaient des flics – et grand bien leur fasse !

Il utilisa sa clé pour accéder à l'immeuble. Fox garda les yeux fixés sur la porte. *Deux*... Logique : un qui s'agenouillait sur son dos pendant que l'autre lui décochait un coup de pied dans la mâchoire. Deux flics.

— Il cherche à te déstabiliser, affirma Breck.

Fox se tourna vers lui.

— Tu crois ?

Il n'en était pas convaincu. Breck consultait sa montre.

— Je dois aller à Fettes pour mon entretien avec Stoddart…

— Je t'y emmène.

Fox déverrouilla les portières de la Volvo, monta en voiture et attacha sa ceinture de sécurité, puis, soudain, se figea, mains sur le volant.

— C'est quand tu voudras ! le motiva Breck.

— Excuse.

Fox démarra et roula en direction du portail qui avait déjà commencé de s'ouvrir.

— Tu ne prends pas ce vieux filou au sérieux ? s'inquiéta Breck.

— Bien sûr que non, mais rends-moi un service, veux-tu ?

— Lequel ?

— Appelle Annabel et pose-lui une question.

Breck enfonça la main dans sa poche pour prendre son portable.

— Que veux-tu savoir ?

— Le binôme qui distribuait les avis de recherche de Vince Faulkner mardi soir…

— Tu le prends vraiment au sérieux !

— Deux flics, Jamie… dont l'un mourait d'envie de me rendre la monnaie de ma pièce…

Breck finit par piger.

— Dickson et Hall, conjectura-t-il.

— Dickson et Hall, confirma Fox.

C'est dans l'après-midi que Fox reçut le texto. Breck avait rejoint Annabel pour boire un café, et se confondre en excuses. Ils avaient prévu d'aller passer la soirée du samedi à Amsterdam et de revenir le dimanche soir, et voilà que Breck annulait. Fox avait tenté de l'en dissuader, mais il n'avait rien voulu entendre.

— Je ne veux pas rater ça, s'était-il justifié.

— Et s'il n'y a pas de « ça » ?

Mais le texto ne lui laissait pas le choix : « Waverley 19 h acheter billet Dundee & attendre WH Smith. » Ce n'était pas signé, et quand Fox rappela le numéro, il n'obtint pas de réponse. Mais c'était clair. Il fit les cent pas dans son salon, puis se décida à appeler Jamie Breck.

— Tu es toujours avec Annabel ?

— Elle est partie aux toilettes. Je crois qu'elle commence à me haïr, Malcolm.

— Tu rattraperas le coup plus tard. Comment ça s'est passé avec Stoddart ?

— Comme tu le supposais : je crois que c'était avant tout pour donner le change à ses collègues.

— L'un d'eux a-t-il pensé à te questionner sur la petite balade qu'on a fait faire à leur patronne ?

— Elle ne leur en a pas laissé l'occasion : elle m'a escorté à l'intérieur, puis à l'extérieur des locaux, et n'a pas quitté la pièce un seul instant.

— C'est bien…

Breck, au ton de sa voix, devina qu'il s'était passé quelque chose.

— Raconte, l'encouragea-t-il.

— On a rendez-vous. Sept heures ce soir gare Waverley. Il veut qu'on achète des billets pour Dundee.

— Dundee ? J'ai raté un épisode, ou c'est le dernier endroit où il irait se cacher ?

— Il y a beaucoup d'arrêts sur le parcours.

Fox prit le silence de Breck pour un assentiment.

— Une fois qu'on aura les billets, il veut qu'on attende devant le marchand de journaux.

— Pourquoi ?

— Je ne sais pas.
— Tu ne le lui as pas demandé ?
— C'était un texto.
— Tu as essayé de rappeler ?
— Personne n'a répondu.
— On devrait donner le numéro à quelqu'un… localiser son portable… Est-on même certain que ce texto vient de lui ? Il était signé ?
— Non.
— Donc, ce n'est peut-être pas lui.
— Je ne sais pas.
— Annabel revient, annonça Breck.
— Tu devrais sortir avec elle ce soir…
— Tu ne te débarrasseras pas de moi aussi facilement. Je te retrouve là-bas à sept heures.

La communication fut coupée. Fox remit son téléphone dans sa poche et se massa les tempes. Il prit un livre sur une des piles et le posa sur une étagère à moitié pleine.

— C'est un début, se dit-il à lui-même.

Il se rendit à la gare en taxi. La conversation du chauffeur tournait autour des travaux du tram et des déviations.

— Faut dire qu'avec la municipalité qu'on a… , soupirait-il à un moment. Faut dire qu'avec le gouvernement qu'on a…, lançait-il l'instant d'après. Et les banques, je vous dis pas…

Fox n'avait nullement l'intention de le brancher là-dessus, ni sur quoi que ce soit d'autre. Il essayait de se mettre dans la peau d'un personnage : un banlieusard qui rentrait chez lui après une rude journée. Peut-être travaillait-il le samedi ; ou était-il allé faire les boutiques. Il descendrait de son taxi, ferait la queue aux guichets et achèterait son billet. Le chauffeur lui avait même demandé : « Vous rentrez chez vous ? », en donnant l'impression de se désintéresser de la réponse.

— Je comprendrais que vous quittiez le pays, mon gars… C'est un tel désastre !

Le taxi s'engagea dans la rampe d'accès à la gare et s'immobilisa devant la dépose-minute. Fox paya le chauffeur et lui donna un pourboire. L'homme lui souhaitait de passer une bonne fin de week-end au moment où il fermait la portière. L'horloge de la gare affichait 18 h 40. Encore beaucoup de temps devant lui. L'affluence post-shopping s'était un peu calmée, pourtant beaucoup de monde se pressait encore dans la salle des pas perdus. Un train venait d'arriver de Londres. Une longue file d'attente piétinait à la station de taxis. Fox eut une pensée compatissante pour le touriste ou le voyageur qui tomberait sur le chauffeur qu'il venait de quitter. Il y avait foule aux guichets. Il se rabattit sur les machines automatiques, acheta deux allers-retours « période creuse ».

Tu laisses des traces, songea-t-il. Mais si les choses tournaient mal, ce serait peut-être un atout : ça donnerait aux collègues une piste à suivre. Il passa devant la buvette, le café et le Burger King, puis poursuivit son chemin en direction des quais. Quelques personnes étaient adossées à la vitrine de WH Smith. La boutique ne désemplissait pas, Fox passa quelques minutes à regarder les alignements de livres et de magazines. Malgré cela, il restait encore sept minutes avant l'heure du rendez-vous.

— Salut, le flic, aboya-t-on dans son dos.

Fox fit volte-face. Jamie Breck le regardait, hilare.

— Tu as besoin d'aiguiser tes antennes, Malcolm. Je suis là depuis un bon moment.

Breck brandit un billet.

— Pour toi, dit-il.

En guise de réponse, Fox brandit les siens.

— Bataille ! lança-t-il. Tu es là depuis combien de temps ?

— Une demi-heure. J'ai voulu repérer les lieux, j'ai vu que tu faisais pareil.

— Je me demande s'il veut qu'on se rencontre ici.

— C'est un peu trop public, objecta Breck, d'un air dubitatif. Un brin trop exposé.

Il parut se souvenir d'une chose.

— Comme tu le disais, continua-t-il, il se cache peut-être dans un appart sous le penthouse ?

Fox fit non de la tête.

— Ça mettrait Joanna dans la ligne de mire.

— Elle y est déjà, il me semble. Quand il s'est barré, pourquoi est-elle restée dans les parages ?

— Elle doit faire tourner le casino, Jamie. En outre, s'ils avaient tous les deux disparu de la circulation, Wauchope leur serait tombé dessus d'autant plus vite.

Breck approuva d'un signe de tête.

— Comment se fait-il que ce soit à moi qu'on propose une promotion rapide alors que, de nous deux, c'est toi le meilleur flic ?

— Aurais-tu payé un dessous-de-table… ?

Breck ricana et consulta l'heure à sa montre, puis celle de l'horloge digitale au-dessus des tableaux des départs et des arrivées.

— Le prochain train pour Dundee part à sept heures pile. Le suivant une demi-heure plus tard. Que fait-on ?

— On devrait peut-être monter dans celui qu'on nous a indiqué, il le prendra peut-être à une autre gare sur le trajet.

Breck hocha la tête.

— Ou bien ? demanda-t-il.

— Ou bien, il nous retrouve ici. Mais tu le disais toi-même : c'est risqué.

— Ou bien, on nous fait marcher.

Fox fit une petite moue.

— Annabel ne t'en veut plus, au final ? reprit-il.

— Dîner en milieu de semaine à Prestonfield House, et Amsterdam à la première occasion.

— Elle est dure en affaires, dis-moi.

— J'ai pensé qu'il valait mieux que je cède sur toute la ligne. Tu avais raison, au fait.

— Dickson et Hall ?

Breck acquiesça.

— C'étaient eux qui distribuaient les avis de recherche le soir où tu t'es fait agresser. Un plan de vengeance ?

Breck regarda Fox lui faire signe que non, puis l'heure à l'horloge.

— Il est sept heures passées, constata-t-il.

— Oui.

— Et nous sommes là, plantés devant WH Smith.

— Je te le confirme.

— Et rien ne se passe.

Breck dansait d'un pied sur l'autre. Fox observait le défilé des voyageurs. Certains, à l'évidence, avaient bu un verre ; un ou deux étaient allés assister au match de foot. Ils parlaient avec volubilité. On était un samedi soir, et des banlieusards arrivaient avec une seule idée en tête. Fox avait même entendu le Rondo Theatre comme destination probable pour la deuxième partie de la soirée.

Breck n'arrêtait pas de consulter sa montre.

— Détends-toi, lui dit Fox.

— Tu es sous calmants ? Ne me dis pas que tu n'es pas énervé.

— J'ai les boyaux qui se tordent, admit Fox.

D'autres gens passèrent devant eux, certains au pas de course pour choper tel ou tel train au départ à dix-neuf heures qui, était-il annoncé dans les haut-parleurs, partirait avec du retard.

— Notre homme n'est pas ponctuel, déclara Fox.

Breck se contenta de hocher la tête. Le portable que Fox tenait dans sa main sonna. Il regarda l'écran : même numéro que celui d'où avait été envoyé le texto, mais cette fois, c'était un appel. Il le prit.

— Oui ?

La voix était plus grave que nature. Contrefaite, sans doute.

— Sortez par-derrière. Attendez au feu de Market Street.

La communication fut coupée.

— Message reçu et compris, murmura Fox, avant d'ajouter à l'intention de Breck : Viens !

— Où ça ?

— Il veut qu'on aille dans Market Street, répondit Fox, prenant la direction de l'escalier.

— Pourquoi ?

— Parce qu'il regarde trop la télé.

— Tu as reconnu la voix ?

— Première fois que je l'entends.

— Alors, ce n'est peut-être pas lui.

— Si on était dans Quidnunc et non dans la vraie vie, comment jouerais-tu ?

— Je forgerais des alliances.

Fox le regarda du coin de l'œil.

— Le temps nous manque.

— De toute façon, qui accepterait de se rallier à nous ? ajouta Breck.

— Bonne question…

Quand ils atteignirent la passerelle, Fox dut s'arrêter pour reprendre son souffle.

— Tu imagines comment je serais si je fumais, parvint-il à articuler.

— Tu ferais trois kilos de moins ? supposa Breck qui, après un bref silence, ajouta : On est censés faire quoi une fois arrivés là-bas ?

— Attendre d'autres instructions.

Breck regarda Fox à deux fois.

— Ne me dis pas qu'il t'a sorti ça !

Fox fit non de la tête et se remit en route. Une volée de marches plus haut, ils émergèrent sur le trottoir. Le feu de signalisation se trouvait sur leur droite. Fox regarda autour de lui, en quête de leur persécuteur. Le City Art Centre était plongé dans l'obscurité. Les passants se pressaient sur le trottoir, tête baissée. North Bridge les dominait, sur la gauche, les bus, pare-chocs contre pare-chocs, à l'arrêt au feu à l'angle de Princes Street.

— J'espère qu'il va nous les rembourser, fit observer Breck, les yeux rivés sur les billets.

— Je crois qu'on peut toujours se brosser, Jamie.

— Tu as sans doute raison.

Le téléphone de Fox sonna de nouveau. Il le plaqua

contre son oreille. La voix avait changé, incapable de tenir la distance.

— Traversez la rue et continuez vers Jeffrey Street. Après le pont, cherchez une église.

La communication fut coupée. Fox se tourna vers Breck.

— On va peut-être pouvoir se repentir de nos péchés, lui dit-il, comme ils s'apprêtaient à traverser au feu.

Fox ne s'attendait pas à trouver une église ouverte à cette heure un samedi soir, aussi lorsqu'ils arrivèrent devant les portes de Old St. Paul, ils restèrent là, et il regarda à gauche et à droite. Il vérifia sur son portable qu'il y avait toujours du réseau – les zones non couvertes ne manquaient pas à Édimbourg.

— Et maintenant ? voulut savoir Breck. On attend encore ?

— On attend encore, confirma Fox.

— Quoi qu'il arrive, je vais le baffer, ce mec, affirma Breck. À ton avis, il nous observe ?

— Possible.

Breck regarda des deux côtés de la rue.

— Pas beaucoup de candidats, remarqua-t-il.

C'était plus désert que dans Market Street. Un autobus sans impériale stationnait devant l'hôtel Jurys Inn, mais aucun signe de ses passagers.

— Il crécherait ici ?

— Possible.

Breck pesta dans sa barbe pendant que Fox examinait la façade de l'église. Il vit deux pancartes, dont l'une indiquait que Old St. Paul dépendait de l'Église épiscopale écossaise, et l'autre donnait un aperçu de son histoire. L'église, construite en 1689, avait, au XVIIIe siècle, servi de refuge aux jacobites.

— Amen, marmonna Fox au terme de sa lecture.

Son téléphone sonna. Il le porta aussitôt à son oreille, sur un « allô ? » un peu sec, pour se rendre compte qu'il n'avait pas reçu un appel, mais un texto. Un seul mot, en lettres capitales : « DEDANS. »

Il montra l'écran à Breck, qui posa la main sur la poignée de la porte et la tourna. Sous une pression très légère, le battant pivota vers l'intérieur. Plusieurs marches de pierre se trouvaient face à eux. Fox les gravit en prenant appui sur la rampe. Quand, arrivé en haut, il tourna à l'angle du mur, il se retrouva dans une église beaucoup plus grande que l'extérieur ne le laissait supposer. D'un côté, il vit des tableaux de facture moderne, de l'autre, une chaire et un autel, ainsi qu'une chapelle latérale. Un jeune homme balayait entre les bancs. Il ne faisait pas attention à eux, mais Breck ne le quittait pas des yeux. Fox, lui, s'intéressait à la chapelle éclairée. Un tableau recouvrait presque tout un mur. Quelques chaises pliantes étaient disposées devant. Il s'assit sur l'une d'elles et vit que le tableau se composait de quatre toiles carrées rassemblées pour former d'amples tourbillons de tissu blanc. Était-ce censé représenter un manteau ou un linceul ? Il n'aurait su le dire, mais il était subjugué.

— C'est lui ? chuchota Breck.

Il parlait du balayeur.

— Trop jeune.

— Tout cela est ridicule, pesta Breck, se passant la main dans les cheveux.

— Assieds-toi. Ça te détendra.

Breck n'en paraissait pas convaincu, mais obtempéra.

— Une des toiles vendues par Brogan, reprit Fox à mi-voix, ressemblait un peu à celle-là, mais en plus petit.

Il revoyait la photo de l'intérieur du penthouse parue dans le journal.

— C'est pour ça qu'il nous a fait venir ici ?

Fox fit une moue dubitative, laissant son regard glisser sur la toile. Quelqu'un gravissait les marches. Les bruits de pas évoquaient un frottement de papier de verre. Breck s'était retourné dans leur direction. Ils se firent plus légers en s'approchant de la chapelle. Breck s'était levé, donnant un coup de coude à Fox, mais ce dernier continuait de contempler le tableau. Le nouveau venu passa devant lui et s'assit sur la chaise à côté de la sienne.

— C'est une œuvre d'Alison Watt, déclara Charles Brogan. Je suis amateur d'art, inspecteur.

— Ça a dû vous fendre le cœur de vous en séparer…

Fox tourna la tête vers l'homme qui s'était noyé. Brogan avait ôté une sorte de casquette de bûcheron, révélant que son crâne qui se dégarnissait avait été rasé.

— C'est votre petite dame qui vous a fait ça ? demanda Fox.

Brogan passa la main sur son crâne. Il portait des mitaines noires. Il avait maigri, son teint était hâve. Il se frotta la tête un moment, puis plaqua ses doigts contre sa joue. Il arborait une barbe de plusieurs jours. Son blouson en toile noir pouvait provenir d'un de ses chantiers. Son jean avait connu des jours meilleurs, tout comme ses bottes. Dans le genre déguisement, ce n'était pas mal.

Mais pas extraordinaire.

— Vous n'avez pas été suivis, reprit Brogan. Et vous n'êtes pas venus avec la cavalerie.

— Comment se fait-il qu'on ne vous ait pas vu à Waverley ?

— J'étais sur la passerelle au-dessus de vous. Quand j'ai appelé et que je vous ai vu répondre, j'ai su que vous étiez mes deux gars.

— Sauf que nous ne sommes pas « vos » deux gars, rectifia Breck.

Brogan haussa les épaules, et s'en tint là. Fox ne le quittait pas des yeux.

— Qu'est-il arrivé à Vince Faulkner ?

Brogan ne répondit pas. Il reporta son attention sur le tableau.

— Je regrette ce qui est arrivé, finit-il par dire.

— Vous l'avez chargé de rencontrer Terry Vass, c'est ça ?

Brogan le confirma d'un lent mouvement de tête.

— Et Vass a décidé de vous adresser un message, avança Fox.

— Si c'était moi qui étais allé au sauna…

Brogan laissa sa phrase en suspens.

— C'était le deal, hein ? reprit Fox. Vass s'attendait à vous voir, mais c'est Vince qui s'est présenté à votre place ?

Pour la première fois, Fox eut le cœur serré en pensant au destin de Vince Faulkner. Brogan avait appris son passé violent et pensé qu'il ferait un « soldat » utile. Vince avait sûrement adoré jouer ce rôle. Peut-être avait-il provoqué Terry Vass ? Mais peut-être pas. En tout cas, il avait connu une mort atroce.

— Vous saviez, par son dossier personnel, que Vince avait des antécédents judiciaires, continua Fox. Vous auriez pu vous adresser à Jack Broughton pour vous procurer des hommes de main, mais vous teniez à votre indépendance, raison pour laquelle vous avez opté pour Vince. Il est venu vous voir le samedi soir. Il venait de mettre une raclée à sa petite amie, il était furieux et il avait honte de lui, il s'était soûlé pour oublier. Aux dires du barman du casino, il n'aurait jamais dû franchir la porte… ce qui me fait penser que vous aviez dû prévenir les videurs de son arrivée.

Fox fit une pause, mais Brogan garda le regard fixé sur le tableau.

— Vous aviez besoin qu'il aille voir Vass, qu'il lui casse la gueule en votre nom. Ça vous convenait parfaitement qu'il ait été trop soûl pour refuser.

Fox avait un goût amer dans la bouche. Il déglutit dans l'espoir de le faire passer.

— J'étais aux abois, murmura Brogan.

— Le chauffeur de taxi qui l'a déposé à proximité du sauna dit qu'il a hésité avant d'y aller : il dessoûlait vite, alors il avait peur.

— Dans ce cas, il n'avait qu'à pas jouer au dur, rétorqua Brogan, regardant du coin de l'œil son interrogateur.

Fox repensait à Vince Faulkner. À son pactole en espèces caché chez lui, des paiements pour services rendus…

— A-t-il été tué au sauna ? intervint Breck. La Forensique pourrait peut-être aller y faire un tour…

Mais Brogan secoua la tête.

— Ils l'ont emmené ailleurs… l'ont séquestré.

— Comment le savez-vous ? ajouta Fox, qui vit Brogan inspirer à fond avant de répondre.

— Ils m'ont téléphoné, expliqua-t-il. Ils m'ont passé Vince…

Brogan ferma les yeux très fort, pour chasser ce souvenir.

— J'espère ne plus jamais rien entendre de tel !

— Je ne vous le garantis pas. S'ils viennent s'occuper de Joanna…

Brogan rouvrit les yeux et lança un regard noir à Fox.

— Je les tuerai, cracha-t-il entre ses dents. Ils le savent.

— Peut-être.

— Et si ce n'est pas moi, Jack s'en chargera.

— Jack, tout est là, hein ? asséna Fox. Vous espériez impressionner beau-papa en jouant le financier des caïds ? Je ne dis pas que Jack Broughton était au courant, mais vous pensiez que ça finirait bien par lui revenir aux oreilles un jour et qu'il commencerait à vous respecter un peu plus.

Le visage de Brogan se crispa, et Fox sut qu'il avait touché juste.

— Seulement voilà, Charlie, poursuivit-il, quand ils s'en prendront à Joanna – et ils ne manqueront pas de s'en prendre à elle –, ce ne sera pas avec eux que Jack réglera ses comptes, mais avec vous. C'est vous qu'il tiendra pour responsable.

Brogan parut envisager la chose sous cet angle pour la première fois.

— Je suis en enfer, lâcha-t-il d'une voix faible, reportant le regard sur le tableau.

— Raison pour laquelle vous êtes venu, trancha Fox. Vous savez que nous sommes votre seule porte de sortie.

— Que pouvez-vous faire ? chuchota Brogan, inclinant la tête, comme en prière.

— Je ne sais pas.

Brogan, sans se redresser, tourna les yeux vers Fox.

— Vraiment pas, confirma ce dernier, haussant les épaules, avant d'ajouter à l'intention de Breck : Et toi, des idées ?

— Une ou deux, répondit Breck après réflexion.

— Tout va bien, alors, dit Fox. Mais… Charlie, il va falloir que vous vous mettiez à table. Et sans rien omettre.

Brogan pesa le pour et le contre.

— J'étais pourtant certain que ça marcherait, murmura-t-il enfin comme pour lui-même.

Fox ricana.

— Le corps de Vince a été découvert mardi après-midi, lui rappela-t-il. Quelques heures plus tard, vous revoyez votre testament chez votre notaire, et le jeudi ne voilà-t-il pas qu'on annonce votre mort.

Il dodelina de la tête.

— Non, Charlie, soupira-t-il, ça ne pouvait PAS marcher.

— Cela étant dit, les chaussures bateau, c'était un bon truc, fit remarquer Breck. Les laisser flotter sur l'eau comme ça…

— C'était une idée de Joanna.

— C'est elle qui vous a permis de regagner le rivage, hein ? supposa Fox. En dinghy ?

— J'ai nagé, rétorqua Brogan en bombant un peu

le torse. Il fut un temps où j'aurais pu traverser tout l'estuaire à la nage…

— Félicitations, laissa tomber Breck.

Une autre idée vint à Fox.

— L'argent de la vente des tableaux…, dit-il, c'était pour vous renflouer, c'est ça ? Wauchope a-t-il découvert que vous ne le lui lâcheriez pas ? C'est pour ça qu'il a fini par péter les plombs ?

— Les types comme Bull Wauchope, ça fait longtemps que leurs plombs ont pété.

— Vous connaissez Glen Heaton, hein ? Quand vous avez vu que je me mêlais de tout ça, avez-vous pressé Joanna d'aller le voir ? Lui a-t-elle suggéré de me rancarder sur Bill Wauchope ?

Brogan eut un sourire las.

— Vous le disiez vous-même, inspecteur… vous êtes la dernière carte qu'il me reste à jouer dans ce foutu jeu qu'on m'a distribué…

Quelqu'un s'éclaircit la gorge tout près d'eux. Les trois hommes se retournèrent, s'attendant à des ennuis. Mais ce n'était que l'homme de ménage.

— Excusez-moi, dit ce dernier, mais je dois fermer, à cette heure-là. Oh, je comprendrais que vous ayez envie de rester plus longtemps, ajouta-t-il avec un mouvement du menton vers le tableau. C'est si beau, hein ? Ça fait si vrai…

— Si vrai, oui, approuva Fox.

Mais c'était un linceul, qui lui fit penser au cadavre glacé de Vince Faulkner étendu dans l'obscurité d'un tiroir de la morgue. Tout cela à cause du gros homme au crâne rasé qui regardait le tableau une dernière fois.

Tout cela parce que Charlie Brogan avait des choses à prouver.

Ce fut Annabel Cartwright qui les accueillit à Torphichen. Elle s'était assurée au préalable que Billy Giles et son équipe étaient partis jusqu'au lendemain. Une constable assurait la permanence à l'accueil, mais elle était en ligne à leur arrivée. Cartwright les fit entrer et les précéda le long du couloir jusqu'à la salle d'audition. Elle avait apporté une cassette vidéo pour la caméra et une autre, audio, pour le magnétophone. Une fois que tout fut prêt, Fox fit observer qu'il valait mieux pour tout le monde qu'elle les laisse seuls. Elle approuva d'un signe de tête un peu brusque et quitta la pièce. Elle avait à peine fait cas de la présence de Jamie Breck.

— Mes dettes s'accumulent, commenta ce dernier à l'intention de Fox.

— Finissons-en, rétorqua Fox.

Une heure plus tard, c'était plié. Fox mit les deux cassettes dans ses poches, et ils repartirent du poste sans voir personne. Une voiture de patrouille aux portières verrouillées était garée devant. Fox regarda des deux côtés de la rue, repensant au jour où il était passé par là pour la première fois avec Jamie Breck.

— Et maintenant ? s'enquit Brogan, vissant son chapeau sur sa tête.

— C'est un endroit sûr, là où vous créchez ? demanda Fox.

— Oui.

— Joanna connaît-elle l'adresse ?

Brogan le regarda comme si la question allait de soi, et Fox leva les yeux au ciel.

— Si elle la connaît, alors ce n'est pas un endroit sûr, dit-il.

— Elle ne la révélera jamais.

— Peut-être..., soupira Fox, qui préféra ne pas insister. On reste en contact par téléphone, d'accord ?

Il attendit que Brogan lui ait donné son accord, d'un signe de tête.

— Très bien, reprit-il. Faites-vous oublier encore un jour ou deux, pendant que j'envisage les possibilités avec le sergent Breck.

Brogan acquiesça de nouveau sans dire un mot. Un taxi tournait à l'angle de la rue. Il était libre. Brogan le héla, et le chauffeur mit son clignotant pour s'arrêter. Brogan monta et ferma la portière. La destination qu'il donna au chauffeur, ni Fox ni Breck ne l'entendirent. Ils regardèrent la voiture s'éloigner vers l'intersection avec Morrison Street.

— Et maintenant ? voulut savoir Breck.

— Je croyais que c'était ton fort, les idées.

— Elles pourraient ne pas te plaire.

— C'est toujours mieux que rien, autant que je les entende.

Ils remontèrent la rue vers le feu de signalisation. Il y avait un pub sur le trottoir d'en face.

— Qu'as-tu pensé de Brogan ? demanda Breck.

— J'avais envie de lui foutre mon poing sur la gueule.

— Ç'aurait été parfait pour la vidéo, remarqua Breck avec l'ombre d'un sourire.

— N'est-ce pas ? J'aurais dû le faire dans la chapelle.

— Sous le regard de Dieu ? s'écria Breck, feignant de s'en indigner.

Fox lui posa la main sur l'épaule.

— Alors, tes idées, Jamie… ?

— Pour être honnête, je n'en ai qu'une. Et tu ne vas pas aimer du tout.

— Parce que c'est risqué ?

— Non : parce que c'est stupide.

Dimanche 22 février 2009

28

À Dundee, le lendemain soir, les gens étaient de sortie histoire de s'éclater une dernière fois avant le début d'une nouvelle semaine de travail.

Fox et Breck étaient assis dans la voiture de Fox. De retour à Édimbourg, Breck avait suggéré de prendre sa Mazda, « pour changer », mais Fox avait décliné l'offre, expliquant qu'il ne pouvait tout simplement pas prendre ses aises.

— Je ne suis pas taillé pour une voiture de sport, Jamie.

Ils s'étaient donc rendus à Dundee en Volvo, et ils étaient à présent garés devant le pub Lowther's. Dans l'après-midi, Breck avait interrompu le week-end de Mark Kelly en lui demandant des photos récentes de Bull Wauchope et de Terry Vass. Les tirages obtenus par ordinateur à la crim' de Dundee se trouvaient dans la boîte à gants, gravés dans leur mémoire. Jusqu'à maintenant, personne entrant dans le pub ou en sortant ne leur correspondait – encore que, pour certains clients, c'était à s'y méprendre.

— Pas vraiment chic, la clientèle, hein ? fit remarquer Breck, tandis qu'ils observaient trois hommes sortis pour griller une cigarette, vérifier s'ils avaient reçu des textos et mollarder à qui mieux-mieux sur le trottoir.

L'un d'eux ne cessait de rajuster son entrejambe ; un autre, d'une voix éraillée, draguait toute jeune femme qui osait s'aventurer dans son champ de vision. Tous trois portaient des tee-shirts tendus sur leur grosse bedaine. Arboraient des tatouages sur les avant-bras et des chaînes en or autour du cou et des poignets. Ce qui leur faisait office de cheveux était hérissé par le gel, leurs visages étaient luisants, épais et grêlés de cicatrices d'acné. Il manquait presque toutes les dents de devant à l'un d'entre eux.

— Bon, on entre ou pas ? s'impatienta Breck.

— C'est ton plan, Jamie, à toi de me le dire.

— Sinon, on est bon pour poireauter ici toute la nuit.

Ils s'étaient déjà déplacés à l'adresse qu'ils avaient obtenue pour Wauchope Leisure Holdings, une boutique d'un quartier commerçant au nord du centre-ville. La porte était solidement cadenassée, les stores vénitiens de la vitrine sale descendus et fermés. Personne ne leur avait ouvert quand ils avaient frappé. Il ne leur restait plus qu'à se rabattre sur le Lowther's : le pub que possédait Wauchope, celui ayant un téléphone public. De là, quelqu'un avait attiré un promoteur immobilier pour le tuer, et poussé un autre à simuler son suicide.

Le Lowther's, c'était leur dernière carte…

Breck, qui paraissait le mesurer pleinement, descendit de voiture. Fox, retirant la clé de contact, en fit autant. Les trois hommes devant le pub ne les avaient pas encore remarqués. Ils se marraient autour d'un message ou d'une photo sur l'un de leurs téléphones. Breck se plaça derrière eux.

— On peut participer ? lança-t-il.

Le trio se retourna comme un seul homme. Fox avait rejoint son coéquipier, mais se disait qu'ils ne feraient pas le poids. La bonne humeur avait déserté les trois visages qui leur faisaient face.

— Vous sentez la flicaille à plein nez, vous deux, jeta l'un d'eux, tandis qu'un autre crachait sur le trottoir, ratant de peu les chaussures de Breck.

— On aimerait dire un mot à Bull, reprit Breck, croisant les bras. Il est à l'intérieur, hein ?

— Pourquoi il voudrait gaspiller sa salive avec un connard de ton espèce ? reprit le premier homme. Alors, tu te casses et tu emmènes ton Gene Hunt[1] à la noix, ajouta-t-il avec un signe de tête en direction de Fox.

— On ne vient pas chercher des ennuis, poursuivit Breck, imperturbable. Mais on se fait toujours un plaisir d'en causer si nécessaire. Ensemble dans la même cellule de détention provisoire – ça se bouscule aux portillons les week-ends.

— J'en tremble dans mes putains de bottes.

— Il est là ou pas ? C'est tout ce qu'on veut savoir.

Fox s'était dressé sur la pointe des pieds afin de jeter un coup d'œil par la vitre du pub. La moitié inférieure était en verre dépoli, l'autre moitié en verre transparent. Deux buveurs le foudroyèrent du regard, mais il en avait déjà assez vu.

---

1. Nom d'un commissaire des années 1970 de la série britannique de 2006 *Life on Mars*, dans laquelle Sam Tyler, commissaire contemporain, se retrouve, suite à un accident de voiture, catapulté dans le passé.

— Il est là, confirma-t-il à Breck.

Il s'avança, mais les trois hommes, épaule contre épaule, contrôlaient l'accès à la porte.

— Bull risque de vous en vouloir, lança-t-il au meneur. Réfléchis une seule seconde : pour l'instant, il n'a affaire qu'à nous deux. Mais si on doit revenir en force, sois sûr qu'on le sortira de là menottes aux poignets. Ce sera le panier à salade et la nuit au poste. Si tu crois que c'est ce qu'il souhaite, il ne tient qu'à toi. Mais je crois pouvoir affirmer que tu te trompes, et il saura à qui s'en prendre quand il entendra crisser les pneus des voitures de police…

Fox recula, levant les mains en un geste de capitulation.

— Réfléchis-y, c'est tout ce que j'ai à dire, continua-t-il.

Il pointa le doigt vers l'autre côté de la rue.

— On va attendre à la voiture, acheva-t-il en s'éloignant dans cette direction, Breck sur les talons.

— Bien joué, le félicita ce dernier à mi-voix.

— Ça reste à voir.

Quand ils atteignirent la Volvo, le meneur du groupe avait déjà disparu à l'intérieur du pub, dont la porte se refermait sur lui. Fox et Breck prirent leur mal en patience. Le visage d'un homme que ni l'un ni l'autre ne connaissait apparut à la vitre de la salle.

— Tu l'as vu tout à l'heure ? demanda Breck.

— Il tenait conseil au bar. Avec le poids de bijoux qu'il porte, je suis étonné qu'il puisse encore lever un verre.

Il s'écoula deux ou trois minutes avant que la porte ne s'ouvre. Personne ne sortit, mais une chose fut dite ou un signe fait. Les deux fumeurs jetèrent leurs cigarettes et retournèrent dans le pub.

— Et maintenant ? déclara Breck, posant la question qui s'imposait. On reste ici pendant qu'ils se foutent de notre poire ?

D'autres visages étaient apparus à la vitre. Un homme leur fit un doigt d'honneur.

— Revenir en force, comme tu disais, ce ne serait peut-être pas une mauvaise idée, remarqua Breck.

— Non, ce serait une très mauvaise idée, rectifia Fox.

— Ne me dis pas que tu veux qu'on y aille rien que nous deux ?

— C'est ce que tu ferais dans Quidnunc, Jamie : attendre les renforts avant de tenter une action ?

— À ce stade de la partie, je serais avec mon gang, comme mon adversaire.

— Dans ce cas, on sera un gang de deux. En attendant… on aura plus chaud dans la voiture.

— On ferait meilleure impression en ne bougeant pas d'un pouce.

— Encore une règle de Quidnunc ? L'endroit ne fermera que dans deux ou trois heures…

— On ne devrait pas patienter aussi longtemps.

De fait, à peine quelques minutes plus tard, ils entendirent un bruit de moteur. Il gémissait, approchant à grande vitesse, et un véhicule tourna sur les chapeaux de roues à l'angle de la rue. Le chauffeur ne chercha même pas à se garer contre le trottoir. Il pila au beau milieu de la rue. Il conduisait une Ford Sierra au moteur trafiqué et au pot d'échappement géant. Il le fit ronfler une dernière fois avant de le laisser tourner au ralenti. Les pneus avaient laissé des traces sur la chaussée et diffusaient une odeur de caoutchouc brûlé.

— *Top Gear* aura fait beaucoup de dégâts..., soupira Fox.

L'homme qui finit par émerger de la banquette arrière était bien bâti et mal luné. Il avait la même tronche que sur la photo qui se trouvait dans la boîte à gants. La Sierra, débarrassée de son passager, se suréleva de deux ou trois centimètres. Il marchait en roulant des mécaniques. Il portait une chemisette large comme une tente deux places, un jean ample et des tennis blanches. Ses cheveux étaient noirs, lissés en arrière et bien au-dessus des oreilles, retombant jusque sous son cou. Il arborait une dent en or sur le devant de la mâchoire, mais ni verroterie ni tatouages visibles. Ses yeux étaient très petits, son regard perçant.

— Qu'est-ce que vous voulez ? beugla-t-il. Tout bien réfléchi, ne me répondez pas. Montez dans ma bagnole, et *vamos* !

— Ça, ce n'est pas possible, Terry, répondit Fox d'un air faussement désolé. Nous devons d'abord parler à Bull.

— Toi, plus un mot ! aboya Terry Vass, pointant le doigt en direction de Fox. Toi et ta tarlouze, en route, je vous dis !

Le silence retomba et un moment s'écoula avant que Jamie Breck articule un seul mot.

— Intéressant...

Il s'attira les foudres de Vass.

— Qu'est-ce tu racontes, toi ?

— C'est juste que, répondit Breck en haussant les épaules, lorsque quelqu'un profère des insultes homophobes, c'est souvent un signe.

Le visage de Vass s'assombrit encore plus.

— Un signe de quoi ?

Breck haussa de nouveau les épaules, donnant l'impression de chercher le mot juste.

— De… penchants inconscients, suggéra-t-il.

Vass s'élança sur lui, mais Breck fut plus rapide. Il esquiva le coup et sauta sur le côté, sautillant sur place, prêt pour une autre attaque.

— Terry, dit Fox d'une voix plus forte que précédemment, on n'a pas besoin d'en arriver là. Bull t'a envoyé ici pour que tu apprennes ce que nous voulons. On aurait préféré le lui dire en privé, mais voilà l'affaire : on a Charlie Brogan.

Vass ne lâchait pas Breck de son regard noir, prêt à cogner une fois encore, mais les paroles de Fox firent mouche. Sa respiration se calma et ses épaules se détendirent un brin.

— Je précise qu'il n'est pas en garde à vue, poursuivit Fox. Que c'est nous qui l'avons, et je veux passer un marché.

Vass se tourna vers lui.

— Tu veux quoi ? s'exclama-t-il, stupéfait.

— Passer un marché, répéta Fox. Va le dire à ton boss. On attend dans la voiture.

Il ouvrait déjà la portière côté chauffeur. Vass le regarda s'asseoir sur le siège et la refermer. Puis il se tourna vers Breck qui se tenait toujours en garde, à mi-chemin entre la Volvo et la Sierra. De l'intérieur de la voiture, Fox n'avait qu'une vision partielle. Il espérait que Breck ne continuerait pas à chercher des poux au colosse. Mais Vass le congédia d'un geste méprisant de la main et se dirigea à pas pesants vers l'entrée du Lowther's. Breck attendit encore quelques instants, puis regagna la Volvo.

— Flippant, le mec, commenta-t-il, prenant place à côté de Fox.

— Ça ne t'a pas empêché de l'asticoter.

— C'est habituel dans les jeux en ligne. En outre, j'ai toujours eu des réflexes rapides, c'est pas mal de les tester de temps à autre.

— Un chewing-gum ?

Breck fit oui de la tête et en prit un dans le paquet que Fox lui tendait. Sa main ne tremblait presque pas. Ils restèrent silencieux, mâchant en regardant le monde s'agiter autour d'eux. Quelques filles étaient de sortie entre elles. Elles portaient des tee-shirts roses identiques, portant la même inscription : « Les 24 Vierges, C'est Nous[1] ». Un groupe d'hommes du coin ne les lâchaient pas d'une semelle, tentant diverses phrases d'accroche. Cinq ou six ados passèrent de leur démarche mollassonne, en sweats noirs à capuche et casquettes de base-ball. La Sierra écopa de plusieurs regards appuyés. Elle n'avait pas bougé et les autres voitures devaient l'éviter. Un ou deux automobilistes klaxonnèrent. Le chauffeur de la Sierra gardait ses mains scotchées au volant, et laissait le moteur tourner à bas régime.

— Tu crois que c'est un boulot à plein temps ? plaisanta Breck.

---

1. Allusion à une vieille chanson paillarde *The Ball of Kerry-muir*, qui commence ainsi : « Four and twenty virgins came down from Inverness, and when the ball was over there were four and twenty less ». (« Vingt-quatre vierges vinrent d'Inverness, et quand le bal prit fin, ça en faisait vingt-quatre de moins. »)

Fox continuait de mâcher son chewing-gum et de regarder autour de lui. Quand la porte du pub s'ouvrit, ce fut seulement sur deux clients qui fumaient. Ils semblèrent s'intéresser à Fox et à Breck, mais restèrent de leur côté de la rue. La porte s'ouvrit encore, cette fois sur l'un des trois hommes auxquels ils avaient eu affaire précédemment. Il vint vers la Volvo au petit trot, se pencha vers la vitre conducteur. Fox l'ignora. L'homme tapota sur la vitre. Fox attendit encore quelques secondes, puis la baissa.

— Bull dit que vous pouvez venir, annonça l'homme.

— Dis-lui d'aller se faire foutre, rétorqua Fox, remontant sa vitre.

L'homme le regarda à travers le verre comme s'il n'en croyait pas ses oreilles. Il tapa de nouveau, mais Fox fit non de la tête. Le messager se redressa et repartit d'où il était venu.

— Tu crois qu'il va trouver une autre formulation ? fit Breck.

— Sans doute.

— Tu n'avais pas envie d'aller à l'intérieur, hein ?

— Je préfère ici.

— Moi aussi.

Breck se plaqua contre le dossier de son siège. Il s'écoula plusieurs minutes, puis Vass réapparut, tenant la porte pour Wauchope. Ce dernier correspondait tout à fait à ce à quoi Fox s'attendait. Il se dégageait de lui un air barbare. Il n'arriverait jamais à la hauteur de son père, et il le savait. Il était corpulent, mais peu musclé. Ses bras étaient flasques, et la ceinture qui retenait son jean fermée au premier cran. Ses cheveux courts étaient gras, tout comme sa peau. De l'acné sur le cou, sans doute avivée par les chaînes en or de pacotille. À voir les tatouages qui ornaient le dos de ses mains, on se disait qu'il avait dû se les faire lui-même, sans doute à l'adolescence. Des bagouses à tous les doigts ou presque – le chic « joueur de fléchettes ». Le jeune homme suintait l'assurance et la suffisance, conséquence d'avoir grandi en étant intouchable, par la grâce d'un père craint de tous. Vass restait à trois pas derrière son patron. Fox baissa de nouveau sa vitre.

— Vous, dit-il à Wauchope, vous pouvez monter derrière, mais je ne veux pas que votre gorille empuantisse ma caisse.

Wauchope n'hésita pas une seconde.

— Reste ici, ordonna-t-il à Vass.

Puis il ouvrit la portière arrière, monta, et la claqua derrière lui.

— Tout le monde s'accorde à penser que vous êtes flics, lança-t-il. Je dois dire que si vous ne l'êtes pas, je veux bien bouffer la bite de Terry.

— On serait tenté de mentir, rétorqua Fox.

— Votre bagnole est truffée de micros ?

— Non.

— Je suis censé vous croire ?

— Voilà ce que je veux que vous sachiez, commença Fox. On connaît la planque de Charlie Brogan. Vous avez sûrement deviné que son petit numéro de disparition n'était que ça : un numéro. Les enquêteurs le pensent aussi, ce qui veut dire qu'ils le coinceront d'ici un jour ou deux.

Il ménagea un bref silence.

— Ce qui ne vous laisse que très peu de temps, Bull, ajouta-t-il.

— J'écoute.

— C'est bien, parce que ce que je suis en train de faire, c'est me compromettre – raison pour laquelle vous pouvez être sûr qu'on n'enregistre rien.

— Continuez.

— On sait où il est et aussi que vous voulez lui mettre le grappin dessus. On est venus vous proposer un marché.

— Vous voulez de l'argent ?

Fox fit non de la tête.

— Vous n'avez pas affaire à Glen Heaton, cette fois.

Il se tut un instant, puis ajouta :

— On veut retrouver notre honneur.

Il regardait Wauchope dans le rétroviseur.

— Vous savez qui nous sommes, hein ?

— Pas la moindre idée.

— Moi, je suis Malcolm Fox. Lui, c'est Jamie Breck.

Fox surveillait la réaction de Wauchope. L'homme regardait Breck.

— On nous a piégés et on est convaincus que vous en êtes à l'origine. Dites-nous qu'on se trompe.

Wauchope reporta le regard sur le rétro.

— Continuez, j'écoute, dit-il au reflet de Fox.

— On veut que tout soit clarifié, l'ardoise effacée, la totale. Mais on veut aussi Glen Heaton. Pas question qu'il s'en tire.

— J'ai l'impression que vous surestimez mon pouvoir.

— Ce pouvoir, si ce n'est pas vous qui l'avez, c'est votre père, mais j'ai la certitude qu'il est de votre côté.

— Votre pote ne parle pas beaucoup.

— Seulement pour combler les vides, déclara Breck, sortant de son silence.

— Je crois que c'est l'incitation au délit la plus nulle que des jean-foutre de votre espèce aient jamais essayé de monter contre moi.

— Vous décidez de l'heure et du lieu, reprit Fox, et on y sera. Mais on aura quelques petites questions pour vous, et vous ne verrez Brogan qu'après y avoir répondu.

— Quel genre de questions ?

— Celles qui exigent des réponses.

Fox tendit le bras par-dessus le dossier de son siège. Il tenait un bout de papier sur lequel figurait son numéro de portable.

— Souvenez-vous, vous avez un jour ou deux, pas plus. Quand ils arrêteront Brogan, ils lui proposeront un marché. Ce sera vous qu'il voudront. Et tant qu'il est en vie, qu'allez-vous raconter à vos investisseurs ?

Fox se tut, ménageant son effet. Wauchope lui prit le papier des mains, leurs doigts s'effleurant dans le mouvement.

— On en a terminé ? voulut savoir Wauchope.

— Une dernière chose…

Fox vit Wauchope suspendre son geste alors qu'il s'apprêtait à ouvrir sa portière.

— Vous devez nous donner Vass aussi, acheva Fox.

— Pourquoi ? demanda Wauchope, d'un ton de curiosité qui se voulait réelle.

— Il a tué Vince Faulkner. Vince était le mec de ma sœur.

Fox continuait d'observer Wauchope dans le rétroviseur, le voyant commencer à comprendre la situation :

c'était la famille. Ça expliquait beaucoup de choses. Quand la famille était en jeu, les règles normales ne s'appliquaient pas. Il garda le silence – il croyait toujours que la voiture était truffée de micros –, mais il soutint le regard de Fox et opina lentement de la tête. Puis il entreprit de s'extirper de son siège, mais s'immobilisa et rentra de nouveau la tête dans la voiture.

— Vous, jamais entendu parler, dit-il s'adressant à Fox.

Sur ce, il descendit de voiture, claqua la portière et regagna le Lowther's. Vass marchait à côté de lui. Wauchope passa un bras autour de ses épaules.

— Tu sais interpréter les signes ? demanda Fox à Jamie Breck.

— Il nous fait savoir que Vass est purement et simplement jetable, répondit Breck d'un ton posé.

Fox se tourna vers lui.

— J'ai droit à un autre « bien joué » ? demanda-t-il.

— Qu'a-t-il voulu insinuer, en partant ?

Fox aussi se posait la question.

— Je suppose qu'il ne voulait pas dire autre chose que ce qu'il a dit : qu'il n'avait jamais entendu parler de moi, répondit Fox, changeant de position sur son siège.

— Pourquoi un morceau de papier, et pas une carte de visite ?

— Moins il aura d'infos sur moi, mieux ça vaudra.

Fox s'accorda un instant de réflexion.

— *Vous, jamais entendu parler*..., murmura-t-il.

Il cracha son chewing-gum par sa vitre.

— J'ai la dalle tout d'un coup. Pas toi ?

— Je serais partant pour un indien, répondit Breck qui ajouta, regardant autour de lui : C'est juste que je ne suis pas certain que ce serait prudent de notre part de rester à Dundee.

— Tu as raison, quand Wauchope appellera, mieux vaut qu'on soit le plus loin possible.

— Pour qu'on ait le temps de tout organiser, approuva Breck. Tu as prévenu tout le monde de se tenir prêt ?

— Je les ai prévenus.

— Comment mon plan complètement fou se présente-t-il jusqu'à maintenant ?

— On respire encore, constata Fox, mettant le moteur en route. C'est bon signe, je suppose.

Il démarra, jetant un coup d'œil dans le rétroviseur. La Sierra était toujours garée au beau milieu de la rue, comme si c'était sa place.

Ce qui, d'une drôle de façon, conjectura Fox, était le cas.

Lundi 23 février 2009

29

Le lundi après-midi, Breck et Fox jouaient aux cartes chez Breck quand le portable sonna. Ils avaient bu du thé et du café toute la journée. Lu trois journaux de la première à la dernière page. Regardé les infos à la télévision. Écouté de la musique. Téléphoné à Annabel et Jude. Déjeuné de sandwichs et d'éclairs au chocolat achetés au supermarché. Le soleil avait brillé un peu plus tôt, amenant un peu de chaleur, mais à présent le ciel formait un drap de nuages en continu, couleur eau de vaisselle.

— C'est lui, signala Fox, jetant un coup d'œil au petit écran de son portable.

— Comment le sais-tu ?

— Je ne reconnais pas le numéro.

Fox agitait le téléphone sous le nez de Breck, mais ne répondait toujours pas.

— N'énerve pas le bonhomme, le charria Breck.

Il affichait un air insouciant, mais Fox percevait son anxiété. Il prit l'appel et porta l'appareil à son oreille.

— Malcolm Fox, j'écoute.

Il se rendit compte qu'il parlait plus fort que d'habitude – Breck n'était pas le seul à être à cran.

— C'est moi.

La voix de Bull Wauchope. Il trouvait sans doute très futé de ne pas prononcer son nom. Comme si les toutes dernières technologies ne permettaient pas une identification grâce à une voix aussi sûrement que des empreintes digitales.

— Oui ?

— Je ne suis toujours pas sûr d'avoir compris.

— Il n'y a rien à comprendre : on se rencontre, on vous pose quelques questions. Si vos réponses nous satisfont, vous recevez votre petite récompense.

— C'est tout ?

— C'est tout.

— Dans ce cas, pourquoi ne pas le faire par téléphone ?

— Parce qu'une ligne peut être sur écoute, non ? Comme ma voiture, hier. J'essaie seulement d'apaiser vos craintes…

— C'est moi qui choisis où nous nous rencontrons ?

— Un endroit sûr pour vous.

— J'aime bien le Lowther's.

— Parfait, mais je ne veux pas qu'il y ait foule. Ça peut se faire après la fermeture ?

Fox regardait Breck qui lui rendit son clin d'œil : il avait parié vingt livres que Wauchope choisirait le pub.

— Je ferai en sorte que tout le monde soit parti à onze heures.

— Dans ce cas, nous y serons à onze heures et quart.

— Pas sans Brogan ?

— Avant, nous devrons avoir eu notre petite conversation.

— J'aurai besoin d'avoir la preuve que vous savez où il se trouve.

— Aucun problème.

— Je vous jure que si vous essayez de m'entuber, je vous fais clouer au mur avant que vos collègues aient eu le temps de défoncer la porte.

— Compris. Mais qu'on soit clairs sur un point : Heaton et Vass ne sont pas négociables.

— Donnez-moi Brogan, et ils sont à vous.

La communication fut coupée. Fox ne posa pas le téléphone.

— Alors ? demanda Breck.

— On a d'autres personnes à joindre.

Fox chercha un numéro dans le répertoire de son portable.

— Encore cinq heures avant d'y aller, calcula Breck. Ça nous laisse assez de temps ?

— Y a intérêt, rétorqua Fox, tandis qu'on répondait au premier des appels qu'il comptait passer.

Ils se garèrent devant le Lowther's à onze heures moins une minute très précisément. Les clients partaient, mécontents pour certains de se voir imposer d'écourter leur soirée. Mais ils ne s'en plaignaient qu'à voix basse, et encore seulement après s'être un peu éloignés. À onze heures cinq, Terry Vass sortit du pub. Il vit la Volvo, mais l'ignora. Apparemment, il venait en reconnaissance. Il arpenta la rue, cherchant des signes qui trahiraient Fox et Breck s'ils n'étaient pas venus seuls. Satisfait, il retourna à l'intérieur. À la demie, Fox demanda à Breck s'il était prêt.

— Encore quelques minutes, répondit celui-ci, consultant sa montre.

Ils attendirent en silence, puis virent le personnel du pub quitter les lieux, enfilant leurs vestes, allumant des cigarettes en partant vers chez eux. Vass ressortit, pour, cette fois, leur faire signe que c'était bon. Fox regarda Breck et fit un signe de tête. Breck attrapa l'ordinateur portable posé sur la banquette arrière, et ils traversèrent la rue. Au pub, on avait tout juste eu le temps de remettre un minimum d'ordre : quelques chaises avaient été posées à l'envers sur les tables et les verres sales alignés sur le comptoir. Les lumières de la machine à sous clignotaient, tentant d'attirer des clients inexistants.

À une table en encoignure, était assis Bull Wauchope, les bras drapés autour du dossier de la banquette.

— Fouille-les, ordonna-t-il.

Vass se planta devant les deux enquêteurs.

— Retirez vos vestes et déboutonnez vos chemises.

— Du moment que vous ne comptez pas sur nous pour vous faire un numéro dans le genre *The Full Monty*, plaisanta Breck, posant l'ordinateur sur la table la plus proche.

Ils ôtèrent leur veste et ouvrirent leur chemise, en écartant les pans pour que Vass puisse constater de visu qu'ils ne portaient pas de micros. Il tapota les vestes l'une après l'autre, froissant les poches et glissant la main à l'intérieur pour vérifier qu'elles ne contenaient que leur portefeuille et leur téléphone.

— Les futes, Terry ! aboya Wauchope.

Vass palpa leurs jambes, retournant le haut de leurs chaussettes sur leurs chevilles.

— Rien, dit-il en se redressant tant bien que mal.

— Confisque-leur leurs téléphones – on ne voudrait surtout pas tenter des oreilles indiscrètes…

Vass récolta trois portables.

— Lui, il en avait deux, indiqua-t-il à son patron, avec un signe de tête vers Fox.

Wauchope regarda longuement Fox et Breck, puis désigna les chaises en face de lui. Breck posa l'ordinateur entre eux.

— Je peux le brancher ? insista-t-il, cherchant une prise des yeux.

— À quoi ça sert ? maugréa Wauchope.

— De preuve, répondit Fox. Et puisque je n'ai plus de téléphone, je vais devoir emprunter le vôtre, ajouta-t-il, tendant la main.

— Rends-le-lui ! ordonna Wauchope à Terry Vass, avant d'ajouter à l'intention de Fox : Mais je vous ai prévenus…

— La crucifixion, ça n'a jamais été mon truc, le rassura Fox.

Breck avait déniché une prise sous la banquette. Fox composa un numéro sur son téléphone, qu'il porta à son oreille. Wauchope plissait les yeux, son regard allait de l'un à l'autre.

— On est prêts, Tony, annonça Fox quand on prit l'appel.

Sur ce, il ferma son téléphone et le jeta à Vass. Breck, qui avait allumé l'ordinateur, le tournait face à Wauchope.

— Encore une petite minute, indiqua-t-il, se penchant pour effectuer quelques réglages.

— Vous permettez… ? demanda Fox, avec un signe de tête vers la banquette.

La tête de Wauchope eut comme un soubresaut que Fox interpréta comme un acquiescement. Il s'assit à côté de lui de manière à voir l'écran. L'odeur corporelle de Wauchope était suffocante.

— Ça, expliqua Fox en s'efforçant de ne pas inspirer à fond, c'est une webcam.

Sur l'écran, une fenêtre s'était ouverte sur un visage. Celui de Charles Brogan.

— Qui est Tony ?

— Seulement quelqu'un qui me rend service.

— Il manie la caméra ?

— J'ai pensé que Brogan risquait de ne pas savoir se débrouiller tout seul.

Wauchope inclina le buste vers l'avant. Brogan remuait la tête d'un côté et de l'autre, s'étirant les muscles du cou. Il n'y avait pas de son.

— Pourquoi l'image est si petite ?

— La faute au portable, justifia Fox. Vu son salaire, Breck ne peut pas s'offrir la qualité.

— Je pourrais l'agrandir, précisa Breck, mais on perdrait en définition.

Wauchope grommela entre ses dents, puis quelques secondes plus tard, s'écria :

— Vous voulez dire que ça, c'est du *live* ?

Au lieu de répondre, Fox fit un geste vers son téléphone.

— Un moyen de le prouver, proposa-t-il.

Vass quêta du regard l'autorisation de son patron, lequel la lui donna. Alors, il tendit le téléphone à Fox qui, une fois qu'on eut décroché à l'autre bout de la ligne, déclara :

— Tony, dis-lui de nous faire coucou.

Sur l'écran, le visage se tourna d'un côté, comme

pour écouter une instruction. Puis, sans conviction, Charlie Brogan agita la main. Fox referma son téléphone, et le garda, cette fois. Wauchope ne quittait pas l'écran des yeux.

— Maintenant, vous savez qu'on l'a, murmura Fox.

— Je sais qu'il est entre les mains de la police, rectifia Wauchope.

Mais Fox secoua la tête.

— Vous avez des relations dans les services de police du Lothian and Borders, Bull, vous savez pertinemment qu'il ne s'est pas rendu.

Wauchope se tourna vers lui.

— Qu'est-ce que vous voulez, au juste ?

— Savoir pourquoi mon collègue ici présent a été ciblé.

Wauchope s'accorda un moment de réflexion, puis reporta son attention sur l'écran.

— Il ne m'entend pas ? demanda-t-il.

— Non.

Wauchope avança le visage jusqu'à presque le coller contre l'écran.

— Je te ferai la peau, s'pèce d'enculé ! beugla-t-il, criblant de postillons la tête et les épaules de Brogan.

— Ça suffira à calmer les gangs du Lanarkshire et d'Aberdeen ? voulut savoir Fox.

Wauchope se tourna de nouveau vers lui.

— Ce sera un début, confirma-t-il. Je leur ai promis qu'il mourrait.

— Quand il a disparu en mer… vous auriez pu vous en attribuer le mérite.

Fox vit que Wauchope changeait de couleur.

— C'est ce que vous avez fait, hein ? Vous leur avez dit que vous l'aviez fait exécuter ? C'est pour ça qu'il ne faut surtout pas qu'il réapparaisse bien vivant…

Wauchope le regardait. Breck s'éclaircit la gorge.

— Malcolm…, dit-il, on est peut-être en train de se faire avoir.

— Comment ça ? questionna Fox.

— On l'échange contre des petites infos de rien du tout. En fait, il me semble qu'il vaut beaucoup plus.

— Ne devenez pas trop gourmands, maugréa Wauchope, l'air menaçant.

— Alors, parlez, lui intima Fox qui s'était levé pour aller s'asseoir à côté de Breck.

Wauchope fixait l'écran. Un voile de transpiration perlait à son front. Il restait un fond de bière dans son verre. Il le but, s'essuya la bouche du revers de la main. Fit claquer sa langue, leva les yeux vers les deux hommes.

— Je n'ai pas confiance en vous, déclara-t-il.

— C'est réciproque, rétorqua Fox. Si ça doit dégénérer, ce sera nous deux contre vous et votre gorille – je ne suis pas certain de parier sur nous.

Wauchope réprima un sourire. Il jeta un coup d'œil dans la direction de Vass. Le colosse, appuyé de tout son poids sur le comptoir, bras croisés, respirait bruyamment par la bouche. Fox devina à quoi Wauchope pensait : s'il respectait sa parole, il perdrait son lieutenant. Quand il reporta son attention sur Fox, ce dernier comprit que sa décision était prise.

Terry Vass était remplaçable.

Mais ce n'était pas tout : Vass ne pouvait être livré à la police. Il risquait de se mettre à table. Fox inclina imperceptiblement la tête, signifiant à Wauchope que c'était son problème, pas le leur.

— Où est-il ? voulut savoir Wauchope, pointant le doigt vers l'écran.

— On veut d'abord entendre toute l'histoire.

— Que voulez-vous que je vous dise ? soupira-t-il avec un haussement d'épaules. Vous savez comment ça s'est passé. Votre pote ici présent s'intéressait de trop près à un conseiller municipal, Wishaw, mais Brogan avait besoin de lui.

— Pourquoi ?

— C'était la dernière bouée du Titanic. Le plan de Brogan, c'était de convaincre la ville d'acheter ses apparts inachevés et tous les terrains constructibles qui lui restaient sur les bras. Du coup, elle saurait où loger tous les pouilleux qui sont sur ses listes d'attente. Il était prévu que Wishaw soit chargé du logement, sauf que ça n'a pas été le cas. Mais il siégeait toujours au conseil municipal, il pouvait encore emporter le morceau. Mais alors, il a paniqué, dit que la police le harcelait pour une vieille histoire de came. Bref, acheva-t-il, avec un regard appuyé à l'intention de Breck : tout ça, c'est de votre faute.

— Il fallait donc me discréditer ? supposa Breck.

Wauchope opina de la tête, et se carra contre le dossier de la banquette qui crissa sous son poids.

— Vous connaissiez déjà Ernie Wishaw, n'est-ce pas ? demanda Fox à Wauchope. Glen Heaton vous avait rendu un petit service en s'assurant que Wishaw ne serait pas cité dans l'affaire contre son chauffeur. Autrement dit, Wishaw vous devait un renvoi d'ascenseur, mais en même temps, vous en deviez un à Heaton, lequel n'a pas tardé à vous le réclamer : s'il passait en jugement, certaines choses s'ébruiteraient.

Ce n'était pas possible. Votre boulot, c'était de me faire tomber pour le meurtre de Vince Faulkner.

— Je ne sais absolument pas de quoi vous parlez, affirma Wauchope en hochant la tête. Comme je vous le disais, je n'avais entendu parler que de lui, assénat-il, pointant le doigt sur Jamie Breck, qui contreattaqua aussitôt.

— Vous avez forcément un complice chez nous. Quelqu'un qui était au courant de ce qui se passait en Australie. Qui avait accès à ma carte de crédit…

— Vous vous imaginez que je vais vous le servir sur un plateau ?

— Si vous voulez Brogan, il le faudra bien, intervint Fox. Le seul problème, c'est que « papa » risque de ne pas apprécier, hein ?

Wauchope le foudroya du regard.

— Vous êtes déjà au courant, lâcha-t-il.

— Je suis aux Affaires internes, Bull. Les collègues, moi, je les lis comme des livres ouverts. Il m'a juste fallu remonter assez loin en arrière dans les dossiers.

Fox observa un moment de silence.

— Bien avant d'être promu chef-adjoint de la police, reprit-il, Adam Traynor travaillait ici même, dans le Tayside. Il a eu deux ou trois accrochages avec votre père, mais rien qui ait débouché sur un procès. C'est drôle, tout de même… comme ces enquêtes tournaient court… Avez-vous demandé à votre père de vous mettre en contact avec lui ?

Wauchope le regardait toujours d'un œil noir. Le silence perdura. Quand il finit par se décider à remuer la tête, le signal était ambigu.

— C'est un oui ? insista Fox.

— C'est un oui, confirma le truand.

— C'est Traynor qui a organisé tous les détails ?

— Oui.

— Au nom du bon vieux temps ?

— Il était redevable de plusieurs services à p'pa ; beaucoup de flics sont redevables à mon père, Fox.

— Ce qui explique sans doute pourquoi il a fallu tant de temps à la police du Tayside pour le mettre sous les verrous.

Fox vit Wauchope se rembrunir.

— Donc, reprit-il, Brogan a besoin que le sergent Breck soit mis sur la touche, et vous vous en chargez. Mais ensuite, que se passe-t-il ? Il vous met Vince Faulkner dans les pattes ?

— Faulkner était un amateur. Terry le considérait comme une insulte vivante.

— Vous n'avez pas donné d'ordre ?

Wauchope fit non de la tête.

— Je l'ai appris quand Terry m'a téléphoné.

Fox pivota à moitié sur sa chaise vers l'homme au bar.

— La discussion a mal tourné ? Tu l'as cogné un peu trop fort ? Brogan a une tout autre version, vois-tu… il m'a dit que Faulkner avait été torturé et qu'on lui avait fait entendre ses cris par téléphone, pour lui faire passer un message.

Comme Vass demeurait silencieux, Fox se tourna vers Wauchope.

— Brogan m'a menti ?

— Qu'en penses-tu, Terry ? cria le truand à son homme de main, ajoutant aussitôt à l'adresse de Fox : Comme je disais, Terry s'est senti insulté. Ce coup de téléphone, c'était peut-être pour en informer Brogan.

Il reporta le regard sur l'écran.

— Il est toujours assis. Vous pourriez suggérer à votre pote de lui en coller une ?

— Où Vince Faulkner a-t-il été tué ? Dans votre sauna du Cowgate ?

Le regard de Wauchope obliqua vers Vass.

— Terry ?

— À l'arrière de la camionnette, marmonna ce dernier.

— Je n'ai pas entendu, se plaignit Fox.

— Terry est allé à Édimbourg en camionnette, expliqua Wauchope. Tu ne voulais pas qu'il y reste, hein, Terry ? Tu pensais juste lui offrir un petit séjour à l'hosto.

Fox ne prit pas la peine de vérifier la réaction de Vass.

— Qu'est-ce que je viens faire dans le tableau ? demanda-t-il à la place.

— Rien, répondit Wauchope, haussant les épaules. En ce qui me concerne…

— J'étais sous surveillance… puis on m'a mis sur l'affaire Breck. Ce n'est pas une coïncidence.

— Rien à voir avec moi.

— Il m'en faut plus, Bull.

— Il n'y a rien de plus ! cria Wauchope, tapant sur la table du plat de la main.

— Dans ce cas, vous aller devoir demander un petit service à Traynor, parce que si vous ne le savez vraiment pas, lui le saura peut-être.

— Plus de petits services tant que je n'ai pas mis la main sur Charlie Brogan, avertit Wauchope en agitant le doigt.

Les deux hommes se mesurèrent du regard.

— Je vous le livre pour que vous le mettiez en pièces devant un public choisi ? supposa Fox.

— C'est le marché qu'on a passé.

Fox se tourna vers Breck.

— Tu avais raison, déclara-t-il. On s'est couchés quand on aurait dû se lever.

— Il en est encore temps, fit remarquer Breck.

— Je vous le déconseille, à moins que vous ne vouliez vous faire raccompagner par des urgentistes, gronda Wauchope. La plaisanterie est terminée ! Tout ce que je veux, c'est l'adresse.

Fox tira un sous-bock vers lui et sortit un stylo.

— Il est minuit moins le quart, dit-il. Il va vous falloir un peu plus d'une heure pour aller à Édimbourg. À une heure et demie, mon pote partira de la maison. À ce moment-là, vous pourrez rentrer quand vous voudrez.

Il avait noté une adresse. Il fit glisser le sous-bock vers Wauchope.

— Et si tout ça, c'était un piège ? s'interrogea le truand.

— Vous sauriez où nous retrouver, répondit Fox avec un haussement d'épaules.

Wauchope glissa un ongle sous le sous-bock qu'il souleva pour déchiffrer l'adresse.

— C'est une plaisanterie ? s'écria-t-il.

— Ce n'est pas une plaisanterie, lui assura Fox, rempochant son stylo. Il y a des dizaines d'appartements habitables toujours en vente à Salamander Point. Certains sont même meublés… pour appâter les acquéreurs, je suppose.

Wauchope avait porté le regard au-delà de Fox, vers Terry Vass.

— Premier endroit où on aurait dû regarder, grommela-t-il d'une voix éraillée.

— Vous êtes plus malin que Breck et moi, observa Fox. Il n'était qu'en troisième ou quatrième position sur notre liste.

Il ménagea un bref silence.

— On en a terminé ici ? demanda-t-il.

Wauchope le fixa longuement d'un regard toujours aussi froid. Breck débrancha l'ordinateur et l'éteignit.

— On en a terminé, confirma le truand au bout d'un moment, criant à Vass : Terry, va chercher la camionnette…

30

Fox et Breck rentrèrent à Édimbourg en roulant à vive allure, Breck passant la plus grande partie du trajet au téléphone. Leur destination, le Q.G. de la police de Fettes Avenue. La Nissan de Tony Kaye était garée devant l'entrée principale. Fox s'arrêta à côté et descendit de voiture, imité par Breck. Kaye vint à leur rencontre, tandis que Charles Brogan restait sur le siège passager.

— Il va bien ? s'enquit Fox.

— Mort de trouille, répondit Kaye avec un sourire.

— Il a tout entendu ?

— On ne peut plus distinctement.

— Donc, ça l'a convaincu que c'est nous ou le néant ?

— Et comment ! Ce qui ne veut pas dire qu'il s'en réjouit.

— Il a assuré, fit remarquer Breck. Si Wauchope m'avait gueulé dessus comme ça, j'aurais pris mes jambes à mon cou.

— J'avais baissé le volume, expliqua Kaye. Je l'avais un peu briefé avant…

Breck leva ses deux pouces à l'intention de Brogan, lequel l'ignora superbement.

— Tu as pu visionner l'enregistrement ? demanda Fox à Kaye.

— C'est parfait, le son et les images… J'en ai fait une copie sur un disque dur externe, date et heure à l'appui.

— Qu'aurions-nous fait s'il avait repéré la caméra ? s'inquiéta Breck rétrospectivement.

— On lui aurait dit la vérité : elle est intégrée au portable, autrement dit on ne peut rien y faire.

— Il nous aurait proposé de la recouvrir.

— On aurait toujours eu le son, supposa Fox, regardant Kaye en quête d'une confirmation.

Celui-ci fit signe que oui, et Fox lui tapota le bras. En vérité, il s'était demandé, pendant un moment, si Kaye serait partant. Il se sentait un peu – mais sans plus – coupable d'avoir pensé cela…

Son téléphone sonna. Il prit l'appel. C'était Bob McEwan, qui l'informait que la brigade d'intervention était opérationnelle à Salamander Point.

— Il faudra confier la camionnette à la police scientifique, lui rappela Fox. Il se pourrait que ce soit celle dont ils se sont servis pour Vince Faulkner.

— Détends-toi, Malcolm, lâcha McEwan, avant de couper la communication.

— Il nous conseille de nous détendre, relaya Fox auprès de Breck et Kaye.

— On va assister à la petite fête ? proposa Breck.

Fox consulta sa montre.

— S'ils nous aperçoivent, ils sauront qu'il y a anguille sous roche, dit-il.

— Que fait-on de notre froussard attitré ?

— On le garde au Q.G. pour l'auditionner. Je n'aimerais pas qu'il lui arrive un « accident ».

— Tu penses qu'il ne serait pas en lieu sûr à Leith ?

— Où le serait-il ? rétorqua Fox, très sérieux.

Cinq minutes plus tard, la camionnette de surveillance arrivait, avec Joe Naysmith au volant et Gilchrist sur le siège passager. Fox ouvrit la portière côté conducteur.

— Alors ? demanda-t-il.

Naysmith sauta à terre et Breck lui tendit la prise triphasée qu'il avait branchée au pub en guise de câble du portable. En fait de prise, l'objet n'en avait que l'apparence. En réalité, il s'agissait d'un micro doté d'un transmetteur d'une portée de soixante-quinze mètres. Terry Vass avait regardé des deux côtés de la rue, mais le véhicule était garé plus loin, dans celle d'à côté.

— Capté tout ce qui s'est dit, annonça Naysmith, tout sourire.

— Et dûment enregistré, renchérit Gilchrist, brandissant un CD.

— Charlie Brogan… le portable… la surveillance…, énuméra Breck.

— Sans compter les traces et les indices que la Scientifique pourrait bien relever dans la camionnette, ajouta Fox. Plus le fait qu'ils sont sur le point d'être pris en flag…

— Affaire sur le point d'être bouclée, conclut Breck. Non ?

— Sur le point de l'être, parut approuver Fox.

Les deux hommes se regardèrent.

— Bien, concéda Fox. Allons-y.

Il ne leur fallut que quelques minutes pour se rendre à Salamander Point, aidés en cela par le fait que les rues étaient désertes. Ils avaient emprunté la voiture de Kaye pour réduire le risque de se faire repérer par Wauchope et Vass. Fox conduisait, ralentissant aux feux rouges, puis les grillant une fois certain qu'aucun autre véhicule n'approchait.

— On ne verra pas grand-chose si on reste dans la bagnole, se plaignit Breck. Il n'y a nulle part où se garer à proximité.

Ils laissèrent donc la Nissan dans une rue adjacente et contournèrent le site. La clôture provisoire avait été retirée à hauteur de la partie de Salamander Point où les appartements étaient achevés. De la pelouse semée, et quelques arbres et arbustes plantés. L'adresse donnée à Wauchope correspondait à l'une des rares maisons individuelles. Elle était jumelée et se dressait parmi une rangée de six. De la lumière brillait à la fenêtre de l'étage. Fox avait accepté cette option dans le but d'éloigner d'éventuels intrus. Nombre d'appartements étaient habités, mais quatre des six maisons étaient inoccupées. Fox et Breck se tinrent à distance, regardant par-dessus un mur en brique qui cachait à la vue de tous les poubelles des voisins.

— On n'a pas pu les rater, chuchota Breck. Ils n'ont peut-être pas réussi à faire démarrer leur camionnette, ou ils se sont dégonflés…

— Chut ! Écoute…

Le vrombissement d'un moteur. Une camionnette blanche toute déglinguée tournait à l'angle de la rue, s'engageant dans le cul-de-sac. Chaque propriétaire avait une place de parking attitrée, toutes étant regroupées au bout de l'alignement de maisons. La chaussée, qui devait rester dégagée en permanence, était séparée en deux par une bande jaune continue. Les occupants du véhicule ne s'en préoccupèrent pas. Ils s'arrêtèrent au beau milieu de la rue. Quand le moteur se tut, Fox prit conscience qu'il retenait son souffle. L'ampoule allumée dans la chambre de l'étage, c'était une idée de Tony Kaye. Une bonne idée. Les portes de la camionnette s'ouvrirent en grinçant, et deux hommes en descendirent. Fox les reconnut tout de suite. Ils marchèrent à pas mesurés jusqu'à la porte d'entrée de la maison, le visage de Wauchope illuminé par l'écran de son téléphone. Fox comprit qu'il regardait l'heure. Après quoi, l'homme fit un signe de tête à son compagnon. Vass tourna la poignée de la porte. L'ayant entrouverte, pour vérifier qu'elle n'était pas verrouillée, ils la refermèrent et allèrent regarder par la fenêtre du bas. Puis Bull Wauchope recula de deux ou trois pas, leva les yeux vers la fenêtre éclairée à l'étage. Il parut chuchoter quelques mots à Vass, qui approuva de la tête. Vass retourna à la camionnette, regardant des deux côtés de la rue, puis revint en portant une corde à linge et un rouleau de ruban adhésif.

Ce fut Wauchope qui ouvrit la porte, mais il laissa passer Vass en premier. Quand les deux hommes furent à l'intérieur, Fox fit signe à Breck. Ils quittèrent leur cachette pour traverser la rue. Quand ils arrivèrent au milieu de la chaussée, ils entendirent les cris. Soudain, les portes des maisons voisines s'ouvrirent à la volée, et des policiers sortirent en masse, s'élançant dans le sillage de Wauchope et Vass. On voyait des silhouettes à la fenêtre du haut – d'autres policiers. Ils étaient vêtus de noir, portaient des visières et des gilets de protection. Armés de bombes lacrymogènes et de matraques. Des ordres retentirent, suivis de bruits de lutte. Fox et Breck n'avaient aucun moyen de se faire reconnaître par leurs collègues, aussi restaient-ils à couvert, s'éloignant sur le côté quand l'équipe commença à ressortir. Wauchope et Vass étaient menottés et escortés jusqu'en bas, un policier derrière eux tenant la corde à linge et l'adhésif mis sous scellé. Breck resta pour observer la scène, mais Fox s'éloigna jusqu'à la camionnette. Il utilisa un coin d'une manche de sa veste pour tourner la poignée des portières arrière, puis regarda l'intérieur obscur. Alertés par le bruit, des voisins avaient fini par sortir de chez eux. Les policiers les rassuraient, leur répétant qu'ils ne devaient pas s'inquiéter. Fox continuait de regarder ce qu'il avait sous les yeux. Il entendit Terry Vass insulter les policiers qui l'appréhendaient. Des voitures de patrouille arrivaient sur les lieux, gyrophares tournoyant, attirant d'autres badauds. Fox ouvrit son téléphone, se servant de l'écran lumineux comme d'une torche électrique. Un panneau de contreplaqué séparait l'arrière des sièges de la cabine. Dans l'angle du fond, était calé un gros marteau d'acier de mauvais augure. Il était maculé de taches, et poissé de sortes de poils qui ressemblaient à s'y méprendre à des cheveux. L'écran du portable s'éteignit, et comme Fox détournait la tête, il sentit la main de Jamie Breck se poser avec légèreté sur son épaule.

— Ça va, Malcolm ?

— Je n'en suis pas sûr.

Fox vit Bob McEwan campé, mains dans les poches, sur le seuil de la maison. Celui-ci les aperçut, mais, au lieu de les saluer, il pivota sur ses talons et retourna à l'intérieur.

Mardi 24 février 2009

31

À quatre heures du matin, Fox était de retour chez lui.

Wauchope et Vass passeraient la nuit dans des cellules séparées, pendant que l'avocat de Wauchope – celui-là même qui se décarcassait pour arracher Bruce Wauchope Senior à sa prison – était déjà en route depuis Dundee. Charlie Brogan serait de nouveau interrogé dans la matinée. Tôt ou tard, Fox devrait tout expliquer à Jude, mais ça pouvait attendre. Il lui faudrait aussi appeler Linda Dearborn – il lui devait une exclusivité, et il avait l'embarras du choix. Il avait supposé qu'il se sentirait plus léger, mais il avait toujours un poids sur l'estomac. Il plaça deux ou trois livres de plus sur les étagères, puis se rassit avec un mug de thé. Quand il entendit une voiture s'arrêter devant chez lui, il tourna la tête vers la fenêtre. Les lumières du salon étaient éteintes, les rideaux ouverts. Le moteur de la voiture tournait au ralenti, puis les phares furent coupés, suivis du moteur. Une portière s'ouvrit et se ferma. Fox tenait sa tasse à deux mains, les coudes posés sur les genoux. Le visiteur ne sonna pas, mais frappa, sachant qu'il était attendu.

Fox laissa s'écouler quelques secondes avant de se lever en posant son mug sur la table basse. Quand il ouvrit sa porte, il se trouva face à Bob McEwan.

— Ça va? demanda ce dernier.

Fox opina de la tête et pria son supérieur d'entrer. Il avait passé le plus clair de la journée du dimanche à convaincre McEwan d'accepter le plan de Jamie Breck. De retour au salon, Fox alluma le plafonnier.

— Tony Kaye m'a dit que tu avais pu tout enregistrer.

— Tout, répéta Fox, qui ajouta après un bref silence : Enfin… à quelques détails près. Tu veux un verre ?

— Un whisky, peut-être ?

— Jamais d'alcool chez moi.

— Pas même pour les occasions spéciales, Malcolm ?

Fox fit non de la tête. McEwan, qui avait repéré le mug, en prit son parti.

— Du thé, alors, soupira-t-il.

Les deux hommes gagnèrent la cuisine. Fox emplit la bouilloire et la brancha.

— Ils n'ont pas opposé de résistance ? demanda-t-il.

— Vass a distribué deux ou trois coups de poing, mais tu avais prévenu les gars que ça leur pendait au nez, répondit McEwan qui tira un mouchoir de sa poche et se moucha. Ah, cette crève, ça ne s'arrange pas…

Fox se contenta de le regarder d'un air compatissant, et prit un mug dans le placard. Lequel était orné d'un dessin du château d'Édimbourg. Il hésita, puis se décida à le poser sur le plan de travail.

— Je ne peux pas accepter ça ! marmonna-t-il, passant à côté de McEwan.

— Accepter quoi ?

Fox regardait par la fenêtre quand McEwan le rejoignit au salon quelques instants plus tard.

— Qu'est-ce qui ne va pas ? s'inquiéta-t-il.

Fox, toujours dos à lui, murmura :

— Tu te rappelles ce que tu m'as dit, Bob ? Il y a des années, à mon arrivée aux Affaires internes : « Pas de faveurs. » En d'autres termes, tout le monde est à la même enseigne : les copains comme les autres, s'ils sont ripoux, on les casse.

— Je m'en souviens, répondit McEwan d'un ton posé.

Fox l'entendit s'asseoir.

— Adam Traynor t'a demandé une faveur : il voulait qu'un policier soit mis sous surveillance. Tu lui as dit qu'il vaudrait mieux que la demande émane de la Boîte à Pervers ; la voie ordinaire, somme toute.

— Tu crois, Malcolm ?

— Je ne vois pas comment ça aurait pu se passer autrement.

Fox ménagea un bref silence, inspira à fond et se lança :

— Ce devait être le jeudi ou le vendredi. Je mettais la dernière main au dossier Glen Heaton, avant de le transmettre au bureau du proc'. Tu m'as fait une observation ce jour-là, tu m'as fait savoir qu'il pourrait y avoir une affaire pour nous à Aberdeen.

Finalement, Fox se tourna vers McEwan.

— Et ça t'a donné une idée, continua-t-il. Tu en savais sûrement déjà un peu sur Jamie Breck… le genre de policier qu'il est. Tu as parié sur le fait que lui et moi, on s'entendrait bien. Qu'il m'intriguerait, parce que je verrais en lui des tas de choses que je ne suis pas… Tu as passé un deal avec les collègues des Grampians : ils me fileraient et, en échange, tu mettrais tout en œuvre pour que l'enquête sur leurs services soit la plus bâclée possible.

Fox regagna son fauteuil et s'assit en face de McEwan qui s'obstinait à regarder les piles de livres par terre à côté de lui. Il en prenait un de temps en temps et faisait mine de s'y intéresser avant de le reposer.

— Tu as eu tout ce week-end-là pour y réfléchir, poursuivit Fox, t'assurer que ce plan tenait la route. On me confierait la tâche de surveiller Jamie Breck. Plus j'en apprendrais sur lui, plus j'ajouterais foi à ses dires et non aux éléments de preuves accumulées contre lui. Me connaissant, tu étais sûr que je me mouillerais. C'était tout ce qu'il te fallait : que je commette une erreur. Le même genre de discrédit que celui dont Breck a été victime, et pour exactement les mêmes raisons.

Fox fit une pause avant d'ajouter :

— Ce qui, si c'est la réalité, te place dans la même catégorie que Bull Wauchope et Charlie Brogan…

— C'est vrai, finit par murmurer McEwan.

— La seule véritable coïncidence, c'est que Breck s'est vu confier l'enquête sur Faulkner – de l'or en barre, de ton point de vue. Ça me donnait des tas d'autres façons de tomber dans le panneau…

Fox se tut une nouvelle fois, donnant à McEwan l'occasion de prendre la parole, mais celui-ci se fit un plaisir de ne pas la saisir.

— Pendant que je lisais le dossier de Traynor, j'en ai profité pour consulter le tien dans la foulée, Bob.

J'ai repensé à une chose que tu m'avais dite au tout début de l'enquête sur Heaton : à savoir, que tu devais rester dans l'ombre. Tu avais raison : tu avais travaillé avec lui, après tout. Peu de temps, certes, mais c'est le genre d'élément qui revient vite nous hanter quand les équipes de défense s'en emparent. Sauf que ton dossier donne une autre version. En fait, ça remonte à loin, le temps où Glen Heaton était ton coéquipier : il commençait tout juste sa carrière et c'est toi qui lui as appris les ficelles du métier. Tu voulais ternir ma réputation pour que son avocat s'en serve contre nous au procès. Tu souhaitais que les Affaires internes se plantent. Ta propre équipe, Bob…

McEwan leva, pour la première fois, les yeux vers Fox.

— Et selon ta manière de penser, ça ne peut se jouer que d'une seule façon ? demanda-t-il.

— Tu te rappelles m'avoir indiqué que Breck et Heaton ne s'entendaient pas ? Tu as prétendu l'avoir appris par un de leurs collègues de Torphichen Place… mais en réalité, c'est de ton ancien pote Heaton que tu le tenais, hein ? On n'est pas là pour venir en aide à nos anciens potes, asséna Fox, inclinant le buste vers McEwan. On est les Affaires internes !

McEwan s'éclaircit la voix.

— Glen Heaton a fait du bon boulot, Malcolm.

— C'est ce qu'on n'arrête pas de me dire, et c'est l'excuse qu'on nous sert toujours !

Fox attendit que McEwan ajoute autre chose, mais celui-ci n'en fit rien, se contentant de jeter sur la table le livre qu'il tenait à la main et de s'enfoncer dans le canapé.

— Je pensais que c'était Wauchope qui aidait Heaton, admit Fox avec un sourire penaud.

— Bull Wauchope et Terry Vass sont des voyous, Malcolm.

— Contrairement à toi ? riposta Fox, le regard fixé sur son supérieur.

Au bout d'un moment de silence, il exhala un long soupir.

— Dans la matinée, reprit-il, tu transmettras à ton chef tous les éléments dont on dispose sur Wauchope, Brogan et Faulkner…

— Tous ?

— Tu vas devoir lui dire pour Traynor, et tu feras en sorte que Jamie Breck soit réintégré sans préjudice pour sa carrière et sans tache pour sa réputation.

McEwan opinait lentement de la tête.

— Et de notre côté ? demanda-t-il.

— La dernière chose que tu feras avant de sortir du bureau de ton chef, c'est lui donner ta démission – ça te laisse quelques heures pour t'inventer l'excuse qui te convienne. Je veux que l'inspecteur Stoddart soit gentiment rangée dans sa boîte, et j'exige d'être réintégré dans mes fonctions. Mais sans toi aux commandes.

— Et si je refuse ?

— Alors, ce sera à mon tour d'aller parler à ton chef.

— Ce sera ma parole contre la tienne.

— Tu veux vraiment courir ce risque ? À ta guise, rétorqua Fox. Je serai fixé d'ici quelques heures.

McEwan le regarda longuement, puis mit la main dans sa poche d'où il sortit un téléphone.

— Je suis ravi de voir que tu me tiens en si haute estime, remarqua-t-il, tout en composant un numéro.

Quand on prit l'appel, il ne prononça que quatre mots :

— Autant que tu viennes.

Fox entendit une autre portière s'ouvrir et claquer. McEwan sortit du salon pour accueillir le nouveau venu. Ils échangèrent quelques mots à voix basse dans le vestibule. Fox se leva. McEwan n'était tout de même pas venu avec Glen Heaton… Cela étant, Fox était prêt. La porte s'ouvrit et McEwan précéda dans la pièce un homme à l'allure distinguée.

— Malcolm, commença-t-il en guise de présentations, tu n'avais peut-être pas encore eu le plaisir de rencontrer notre supérieur hérarchique.

L'homme s'appelait Jim Byars. Il tendit la main à Fox qui la serra. Il avait une soixantaine d'années, des cheveux gris et épais lissés en arrière, des yeux enfoncés mais globuleux.

— Chef, le salua Fox.

— Bob m'expliquait que vous vous mépreniez, déclara Byars. Je propose que tout le monde s'assoie, d'accord ?

Après quoi, le chef de la police s'adressa à Fox.

— Vous avez consulté le dossier d'Adam Traynor, n'est-ce pas ?

— Oui, chef.

— Remarqué quelque chose ?

Fox opina de la tête.

— Certains de vos commentaires… En lisant entre les lignes, on a le sentiment que vous n'avez jamais vraiment envisagé Traynor comme successeur possible.

Byars se tourna vers McEwan.

— Il comprend vite, Bob.

— Je confirme, chef, renchérit McEwan. Ça lui arrive.

— En l'occurrence, reprit Byars, reportant son attention sur Fox, vous avez vu juste : il a toujours couru des bruits sur Adam Traynor.

— Qui datent à l'époque où il était en poste à Dundee ? supposa Fox.

— Il aurait eu de mauvaises fréquentations dans le passé. Bull Wauchope, pour commencer…

— C'est sûrement Wauchope qui a présenté Traynor à Glen Heaton, intervint Bob McEwan, les yeux fixés sur Fox. Tu as raison : Heaton et moi, ça remonte à loin… mais je n'ai jamais vendu un de mes hommes, Malcolm.

Fox déglutit. Le sang lui était monté au visage.

— Bob, reprit Byars, sentait qu'il se tramait quelque chose de pas clair. Il était impossible pour Traynor de monter une opération de surveillance contre vous sans que ça revienne à ses oreilles. Bob savait déjà que je nourrissais quelques inquiétudes au sujet de mon adjoint, inquiétudes qu'il partageait lui aussi désormais. L'inspecteur Stoddart a parlé avec son chef-adjoint de la police des Grampians, qui a admis que c'était Traynor qui avait donné l'ordre de vous surveiller.

— Il l'a admis ? s'étonna Fox. Aussi facilement ?

Le chef constable haussa les épaules.

— Contre la promesse que nous garderions certains détails pour nous, précisa Byars.

— En langage clair, qu'on ne criera pas sur les toits que Traynor a proposé un deal à Heaton : si ceux des

Grampians m'avaient à l'œil, les Affaires internes d'Édimbourg ne diligenteraient pas d'enquête sur ceux d'Aberdeen ?

— Quelque chose dans ce goût-là… Écoutez, je comprends parfaitement que vous le preniez mal…

— Et moi donc ! interrompit McEwan, décochant un regard à Fox. Tu pensais vraiment que j'étais derrière tout ça ?

— Ce n'est pas toi qui as servi de chair à canon ! riposta Fox.

Il s'avachit dans son fauteuil et se passa la main dans les cheveux. Des paroles de son père lui revinrent en mémoire : *Il faut que tu fasses attention… La machine, il faut s'en méfier…* Son vieux avait peut-être les idées parfaitement claires, après tout. Les services de police consistaient en un ensemble de mécanismes reliés les uns aux autres, dont chacun pouvait se dérégler, s'enrayer, se gripper…

— Pourquoi Traynor a-t-il placé Breck sous surveillance ? finit-il par demander.

Ce fut McEwan qui répondit.

— Le plus probable, c'est qu'il avait déjà assez de cartes en main sur vous deux pour te mettre hors-jeu. Plus la pression continuait sur Breck, plus ça générait de soupçons à son égard.

— Le règlement à SEIL avec la carte de crédit de Breck remonte à cinq semaines, fit remarquer Fox.

McEwan hocha la tête.

— Toute cette opération était dans les tuyaux depuis un moment, dit-il. Ils attendaient sans doute de voir s'il s'en apercevrait et le contesterait.

— Ou bien, ajouta Fox, ce qui leur importait, c'était

que Wishaw sache que Jamie Breck serait hors-circuit à un moment ou un autre, et arrêterait de le talonner.

Il s'accorda un petit moment de réflexion, puis ajouta :

— Mais le numéro de la carte de crédit de Breck… ?

— Il travaillait au côté de Glen Heaton, lui rappela McEwan. Heaton aime savoir tout ce qu'il y a à savoir… avec l'idée que tout peut toujours être utile un jour.

— Il aurait copié le numéro ?

— C'est le plus probable, rétorqua McEwan en haussant les épaules.

Le chef de la police les regarda tour à tour, puis posa les mains sur ses genoux, s'apprêtant à se lever.

— C'était Traynor ? demanda Fox.

McEwan opina de la tête.

— Traynor, confirma-t-il. Heaton lui a demandé un service, et Traynor y a vu le moyen de faire d'une pierre deux coups.

— Mais quand je t'ai accusé tout à l'heure…. avant que tu fasses venir notre chef… pourquoi n'as-tu rien dit ?

— J'ai bien le droit de m'amuser un peu, non ? plaisanta McEwan, qui se rembrunit aussitôt en ajoutant : Cela étant dit, ne t'en fais pas, toi et moi, on reparlera de ces conclusions que tu as tirées un peu trop à la va-vite…

— Oui, chef, parvint à répondre Fox, suivant des yeux Byars qui se dirigeait vers la porte. Autre chose, chef ! cria-t-il à ce dernier. Je crois qu'on m'est redevable de…

Jim Byars se figea.

— Qu'on est « quoi » ? se récria-t-il.

— Redevable, répéta Fox. Je veux que Dickson et Hall écopent d'une sanction disciplinaire.

Byars se tourna vers McEwan, quêtant une explication.

— Deux hommes de Billy Giles, indiqua obligeamment McEwan.

— Ils m'ont tabassé, précisa Fox, montrant les vestiges des dégâts sur son visage.

— Je vois, murmura le chef de la police, qui, l'air songeur, ajouta : Pour ça, il existe des voies officielles, vous savez…

Fox ne répondit pas, en laissant le soin à McEwan.

— Malcolm est bien placé pour le savoir, chef, dit ce dernier à Byars. Après tout, il est aux Affaires internes…

32

Fox s'arrêta au Starbucks près de chez Annie Inglis pour boire un double express. Il n'avait presque pas dormi. La salle du café était assiégée par des étudiants qui bouclaient leurs dissertes et des mères venant de déposer leurs mômes à la halte-garderie. La musique d'ambiance était de l'électro-pop années 1980. Fox prit un tabouret près de la porte et reluqua la file de voitures à l'intersection avec Holy Corner. La caféine n'eut pas d'effet immédiat, mais il décida de ne pas en prendre un autre. De toute façon, c'était l'heure.

Il remonta en voiture, parcourut la centaine de mètres qui le séparaient de chez Annie Inglis, se gara et attendit. Comme la dernière fois, Duncan fut le premier à partir. Fox le suivit des yeux tandis qu'il s'éloignait, encore à moitié endormi, vers son collège, puis descendit de voiture et se dirigea vers la porte d'entrée de l'immeuble. Au moment où il allait appuyer sur le bouton de l'interphone, il entendit des pas résonner dans l'escalier en pierre. Il attendit, et quand la porte s'ouvrit, ce fut justement Annie Inglis qui se trouva nez à nez avec lui. Elle sursauta en le voyant.

— Malcolm ! Mais qu'est-ce que… ?

— Tu as appris la nouvelle ?

— Quelle nouvelle ?

Elle le jaugea de la tête aux pieds.

— Tu dors dans la rue maintenant ?

Il éluda la question, ne quittant pas Annie Inglis des yeux.

— La carrière de Traynor est sur le point de voler en éclats, déclara-t-il. Fais attention qu'il ne t'entraîne pas dans sa chute.

Elle le regarda sans rien dire.

— Quand Gilchrist a reçu l'appel lui intimant de mettre un terme à la surveillance de Breck, poursuivit-il, prononçant les paroles qu'il s'était répétées des dizaines de fois dans sa tête, c'était toi à l'autre bout du fil, n'est-ce pas ?

— Malcolm…

— Tu me dois bien ça, Annie.

Il avait fait un pas vers elle, si bien que leurs visages se touchaient presque. Elle tripota la bandoulière de son sac.

— Hein ? insista-t-il.

— J'ignorais qu'il s'agissait d'un coup monté, Malcolm, tu dois me croire. Est-ce que je t'aurais donné le contact à la police de Melbourne si je ne t'avais pas fait confiance ?

— Tu ne faisais qu'obéir aux ordres, c'est ça ? Sauf que tu obtenais quelque chose en contrepartie, Annie : Gilchrist serait rayé du tableau. Ça, ce n'est pas dans le règlement, remarqua Fox en hochant la tête. Si tu n'étais pas au courant de cette cabale, au moins tu t'en doutais… mais tu as quand même marché. Le jour où j'ai dit à Stoddart que j'étais malade, je parie que tu t'es portée volontaire pour m'appeler afin de vérifier que ce n'était pas bidon. Raison pour laquelle tu m'as proposé de passer chez moi : deux précautions valent mieux qu'une.

Ce fut au tour de Fox de la jauger de la tête aux pieds.

— Beau travail ! ironisa-t-il.

— J'ai fait ce qu'on m'a dit de faire, déclara-t-elle, avec une expression sur le visage qui révélait que, même à ses oreilles, l'argument sonnait creux.

— Traynor t'a ordonné de demander aux Affaires internes de t'aider à épingler Jamie Breck. Il t'a donné mon nom… Traynor, pas Bob McEwan…

— L'inspecteur-chef McEwan ? Il n'a rien à voir dans tout ça.

Fox opina lentement de la tête, puis leva les yeux vers le ciel.

— Tu as aidé à piéger deux innocents pour précipiter leur chute, murmura-t-il.

Il abaissa le regard, le fixant sur elle.

— Je t'assure que je l'ignorais…, souffla-t-elle.

— M'inviter chez toi, n'était-ce pas prendre un petit risque ? C'était seulement pour me donner le change, pour m'amadouer ?

— Ou peut-être parce que je t'aimais bien… pour te mettre en garde ?

— Mais tu ne l'as pas fait.

— Quand je me suis rendu compte que tu avais consulté mon dossier…

— Oui ?

— Comment pouvais-je savoir si Adam n'y avait pas mentionné quelque chose ; ou ne le ferait pas à l'avenir ?

— Adam ? la reprit Fox. Tu parles de Traynor ?

— Il y a eu un petit quelque chose entre nous, ajouta-t-elle, fermant les yeux un bref instant.

Le silence retomba entre eux.

— Un petit quelque chose ? se décida à répéter Fox.

Mais elle fit non de la tête, et il n'insista pas.

— Et tu aurais fait tout ça sans poser de questions ? reprit-il. Sans demander aucune explication à Traynor ?

— Il y avait des éléments matériels contre Breck…

— Je te parle de moi, Annie ! Traynor a insisté pour que ce soit moi, et quand j'ai fait allusion au fait qu'il y aurait peut-être un conflit d'intérêts, il t'a demandé de me maintenir en piste. Tu n'as jamais pensé à le sonder ? s'étonna Fox. Ma carrière commence à prendre l'eau, et tu ne fais strictement rien ?

— Il m'a laissé entendre que tu étais un boulet… que tes amis des Affaires internes te couvraient…

— Tu n'as jamais pensé à lui demander des preuves ?

Elle secoua à nouveau la tête.

— Essaie de ne pas l'oublier la prochaine fois, balança-t-il en se détournant. Les degrés de preuves, ça a du bon !

Contrairement aux degrés d'alcool…

Il rentra chez lui et s'accorda deux heures de repos, étendu sur son canapé, les yeux fermés. Il avait acheté un rouleau de sacs-poubelle qu'il allait remplir avec ses piles de livres. Au bénéfice d'une œuvre caritative. Après s'être douché et changé, il se sentait un peu plus réveillé, mais l'esprit toujours engourdi. Jamie Breck lui avait laissé des messages sur son mobile, mais il n'avait pas envie de lui répondre. Il préféra prendre sa voiture et se rendre Saughtonhall Avenue pour chercher Jude.

— Tu ne remarques rien ? lança-t-elle en montant dans la voiture.

— Nouveau jean ?

— Plus de plâtre ! s'écria-t-elle en agitant son bras. On n'aurait jamais dû me plâtrer, d'après le médecin qui me l'a retiré.

Elle le regarda à deux fois.

— Quel enquêteur tu fais !

— Si tu savais, sœurette…

En chemin pour Lauder Lodge, il lui raconta une partie des faits. Elle l'écouta attentivement, les larmes roulant sur ses joues. Quand il s'excusa de la bouleverser, elle lui assura que ça allait. Elle avait besoin de savoir ce qui s'était passé.

— Tout, murmura-t-elle.

Il attendit à l'accueil, le temps qu'elle aille aux toilettes pour s'asperger le visage d'eau froide. Le personnel vaquait à ses occupations – c'était un jour comme un autre.

Mitch Fox les reçut dans la chambre de Mme Sanderson, tous deux assis l'un en face de l'autre comme s'ils étaient amis depuis toujours. Jude embrassa son père sur le front.

— Enfin débarrassée de ton plâtre, remarqua-t-il d'un ton approbateur.

— Tu es plus observateur que ton fils.

Fox serra l'épaule de son père en guise de bonjour, et déposa un baiser sur la joue poudrée d'Audrey Sanderson.

— Votre rhume est guéri, lui dit-elle.

— Le vôtre aussi.

Il se tourna vers son père.

— Un truc que je voulais te demander, dit-il. Tu as toujours de l'argent dans la Dunfermline Building Society ? Ça sent le roussi, à ce que j'ai entendu dire.

— Ce garçon s'inquiète trop, fit observer Mme Sanderson avec un petit rire de gorge.

— Tu m'avais dit trois heures et quart, le taquina Mitch en tapotant son poignet auquel il ne portait pas de montre.

— Circulation, répondit Fox en guise d'explication. Ils sont en pleins travaux au rond-point de Portobello. Et quelqu'un leur a fichu dans la tête que c'était le bon moment pour remplacer des canalisations de gaz, comme si, avec les trams, ce n'était pas assez le bordel. Sans parler du passage pour piétons à hauteur de Grassmarket, ça fait des mois qu'ils sont en train de l'installer ! Les touristes vont bientôt arriver, Dieu seul sait ce qu'ils vont en penser. Des morceaux de toits n'arrêtent pas de tomber des immeubles, selon le *Evening News*. Cette ville est un piège mortel ! Tout fout le camp en Écosse ! C'est la dégringolade ! Et si vous voulez mon avis, le reste du monde va suivre…

Il se tut, se sentant observé par les trois autres personnes présentes dans la pièce.

— Hé ho, du calme, on n'est pas le Bureau des plaintes ! s'écria le père de Fox dans le silence soudain, parlant en leur nom à tous.

Du même auteur
aux Éditions du Masque :

NOM DE CODE : WITCH, 2002.
DOUBLE DÉTENTE, 2003.
DU FOND DES TÉNÈBRES, 2004.
LA COLLINE DES CHAGRINS, 2005.
UNE DERNIÈRE CHANCE POUR REBUS, 2006.
TRAQUES, 2007.
CICATRICES, 2007.
FLESHMARKET CLOSE, 2008.
L'APPEL DES MORTS, 2009.
EXIT MUSIC, 2010.
PORTES OUVERTES, 2011.
LES GUETTEURS, 2013.
DEBOUT DANS LA TOMBE D'UN AUTRE, 2014.

PAPIER À BASE DE FIBRES CERTIFIÉES

Le Livre de Poche s'engage pour l'environnement en réduisant l'empreinte carbone de ses livres. Celle de cet exemplaire est de :
1,1 g éq. CO_2
Rendez-vous sur www.livredepoche-durable.fr

Composition réalisée par PCA

Imprimé en France par CPI
en avril 2015
N° d'impression : 2015137
Dépôt légal 1re publication : septembre 2014
Edition 05 - avril 2015
LIBRAIRIE GÉNÉRALE FRANÇAISE
31, rue de Fleurus - 75278 Paris Cedex 06

31/7374/7